谷长春／主编

——○满族口头遗产传统说部

〔扎呼泰妈妈〕

　　该说部讲述孝庄文皇后为皇太极围攻林丹汗献计献策，从而为八旗兵入关反明扫清道路。皇太极驾崩后，孝庄文皇后临危不惧，左右逢源，使年仅 6 岁天资聪敏的儿子福临登极大宝。她辅佐顺治、康熙儿孙两代皇帝，力行改革，为日后的康乾盛世打下坚实基础。

富育光／讲述　荆文礼／整理

吉林人民出版社

满族口头遗产

传统说部丛书

爱新觉罗·启骧恭题

满族说部是我国非物质文化遗产的瑰宝

周巍峙 题 丙戌年

满族说部是北方民族的百科全书

九十三翁贾芝

丙戌之春

清太宗爱新觉罗·皇太极像

孝庄文皇后像

清世祖爱新觉罗·福临像

沈阳故宫陈列的孝庄文皇后床榻

沈阳北陵皇太极塑像

多尔衮像

代善像

北京居庸关

洪承畴像

清代官员乘的轿车

紫禁城太和殿

清世祖爱新觉罗·福临书法

北京居庸关外景（王韬　拍摄）

满族口头遗产传统说部丛书编委会

主　编：谷长春

副主编：林　君　　马少红　　吴景春
　　　　荆文礼

编　委：（以姓氏笔画为序）
　　　　于　敏　　马少红　　孙桂林
　　　　邢万生　　邵　干　　谷长春
　　　　吴景春　　林　君　　林　毅
　　　　金旭东　　荆文礼　　赵东升
　　　　曹保明　　富育光

编辑部主任：荆文礼（兼）

《满族口头遗产传统说部丛书》在文化部和中共吉林省委、省人民政府的领导与支持下，经过有关科研和文化工作者多年的辛勤努力和编委会的精选、编辑、审定，现在陆续和读者见面了。

中华民族大家庭中的满族，同其他民族一样有着自己独特的文化源流，作为非物质文化遗产的满族传统说部，是满族民族精神和文化传统的重要载体之一。"说部"，是满族及其先民传承久远的民间长篇说唱形式，是满语"乌勒本"（ulabun）的汉译，为传或传记之意。20世纪初以来，在多数满族群众中已将"乌勒本"改为"说部"或"满族书"、"英雄传"的称谓。说部最初用满语讲述，清末满语渐废，改用汉语并夹杂一些满语讲述。在漫长的历史进程中，满族各氏族都凝结和积累有精彩的"乌勒本"传本，如数家珍，口耳相传，代代承袭，保有民族的、地域的、传统的、原生的形态，从未形成完整的文本，是民间的口碑文学。清末以来，我国社会发生了翻天覆地的变化，由于历史的、社会的、政治的、文化的诸多原因，满族古老的习俗和原始文化日渐淡化、失忆甚至被遗弃，及至"文革"，满族传统说部已濒临消亡。抢救与保护这份珍贵的民族文化遗产已迫在眉睫。现在奉献给读者的《满族口头遗产传统说部丛书》，是抢救与保护满族传统说部的可喜成果。

吉林省的长白山是满族的重要发祥地。满族及其先民世世代代在白山黑水间繁衍生息，建功立业，这里积淀着深厚的满族文化底蕴，也承载着满族传统说部流传的历史。吉林省抢救满族传统说部的工作始于20世纪80年代初。在党的十一届三中全会解放思想、拨乱反正精神的指引下，民族民间文化遗产重新受到重视，原吉林省社会科学院有关科研人员，冲破"左"的思想束缚，率先提出抢救满族传统说部的问题，得到了时任吉林省社会科学院院长、历史学家佟冬先生的支持，并具体组织实施抢救工作。自1981年起，我省几位科研工作者背起行囊，深入到吉林、黑龙江、辽宁、北京以及河北、四川等满族聚居地区调查访问。他们历经四五年的艰辛，了解了满族说部在各地的流传情况，掌握了第一手资料，并对一些传承人讲述的说部进行了录音。后来由于各种原因使有组织的抢救工作中断了，但从事这项工作的科研人员始终怀有抢救满族说部的"情结"，工作仍在断断续续地进行。1998年，吉林省文化厅在从事国家艺术科学规划重点项目《十大艺术集成志书》的编纂工作中，了解到上述情况，感到此事重大而紧迫，于是多次向文化部领导和专家、学者汇报、请教。全国艺术科学规划领导小组组长、中国文联主席周巍峙同志，文化部社文图司原司长陈琪林同志，著名专家学者钟敬文、贾芝、刘魁立、乌丙安、刘锡诚等同志都充分肯定了抢救满族传统说部的重要意义，并提出许多指导性的意见。几经周折，在认真准备、具体筹划的基础上，于2001年8月，吉林省文化厅重新启动了这项工程。2002年6月，经吉林省人民政府批准，省文化厅成立了吉林省中国满族传统说部艺术集成编委会，团结省内外一批专家、学者和有识之士，积极参与满族说部的抢救、保护工作。

这项工作，得到中国民间文艺家协会以及黑龙江、辽宁、北京、河北、吉林等省市民间文艺家协会和有关人士的认同与无私帮助，特别是得到了文化部和有关部门的鼎力支持。2003年8月，满族传统说部艺术集成被批准为全国艺术科学"十五"规划国家课题；2004年4月，被文化部列为中国民族民间文化保护工程试点项目；2006年5月被国务院批准为第一批国家级非物质文化遗产名录。这使我们增强了责任感、使命感和克服困难的信心。根据文化部和中国民族民间文化保护工程国家中心有关指示精神，我们对满族说部采取全面的保护措施，不但要忠实记录，保护好文本，还要保护传承人及其知识产权；不但要保护与说部的讲述内容和表现形式相关的资料，还要保护与说部传承相关的文物，从而对满族说部这一口头遗产进行整体保护。我们坚持保护为主、抢救第一的原则，以只争朝夕的精神，组织科研人员到满族聚居地区深入普查，扩大线索，寻源探流，查访传承人，利用现代化手段，通过录音、录像、文字记录等方式采录传承人讲述的说部。在记录整理过程中，不准许增删、编改，只是在文法、句式、史实方面作适当的梳理和调整，严格保持满族传统说部的原创性、科学性、真实性，保持讲述人的讲述风格、特点，保持口述史的原汁原味。

几年来的工作，使我们深感"抢救"二字的重要。目前健在的传承人多已年逾古稀，体弱多病，渐渐失去记忆。就在二三年前，我们刚刚采录完傅英仁、马亚川讲述的说部，还没来得及进一步发掘其记忆宝库，他们就溘然长逝了。一些熟悉往昔满族古老生活的长者和说部传承人，如二十多年前我们曾经访问过的黑龙江省的富希陆、杨青山、关墨卿、孟晓光，吉林省的何玉霖、许明达、关士英、赵文金、胡达千、张淑贞，辽宁省的张立忠，北京市的陈氏兄弟、富察·庄净，河北省的王恩祥，四川省的刘显之等先生都已相继谢世，使其名传遽迹、珍藏在记忆中的说部无以名世，成为永远的遗憾。今天出版这套丛书，也是对他们最好的纪念。

《满族口头遗产传统说部丛书》所选的作品，都是满族各氏族传承人讲述的优秀传统说部的忠实记录，反映了满族及其先民自强不息、勤劳创业、爱国爱族、粗犷豪放、骁勇坚韧的民族精神，具有很强的思想震撼力和艺术感染力，可以说是我国民间文学中的宝贵珍品，具有较高的科学价值。它的出版，不仅是对弘扬我国优秀民族文化遗产，建设社会主义先进文化的贡献，而且也为世界非物质文化遗产保护工程增添了一分光彩。

一、满族传统说部产生的历史渊源

满族及其先民是一个有着悠久历史的古老民族。满族的先民肃慎人自古就在白山黑水一带繁衍。据《山海经》载："东北海之外……大荒山中有山，名曰不咸，有肃慎氏之国。"据《孔子家语》卷四载：肃慎就以"楛矢石砮"为信物贡服于周天子。而后，汉、魏、晋、南北朝之挹娄、勿吉，隋唐之靺鞨，辽宋之女真，明清之满洲，这些同属于肃慎族系，只是不同朝代称谓不同罢了。唐朝初年，靺鞨人曾建立"渤海国"，是北方少数民族的地方政权，史称"海东盛国"。辽代以降，满族先世黑水女真部迅速崛起，其首领阿骨打，承继祖业，敏毗韬晦，扫平有二百余年历史的桀骜特强的庞然大国——辽王朝，建立了雄踞北方的大金王朝。到金世宗乌禄时代，在文化和经济等诸方面均达到了鼎盛时期，史称"小尧舜"。明末，建州女真首领努尔哈赤统一女真诸部，建立中国历史上又一个东北少数民族地方政权"后金"。其后人又从建立大清国，到打败明王朝，定鼎中原。满族及其先民绵长的一

满族口头遗产传统说部丛书 总序

脉相承的历史，是满族传统说部赖以产生的客观基础。

满族是一个创造源远流长、光辉灿烂文化的民族。满族及其先民女真人作为北方边远的游牧、渔猎少数民族，能够两度逐鹿中原，建立政权时间长达420年，对统一中国版图，形成多元一体的历史格局产生了深远影响，做出了重要贡献，这是与其以自己的文化养育顽强、坚毅的民族精神分不开的。一方水土养一方人。满族及其先民历经三千余年的风雨沧桑，世代生活在广袤数千里的山林原野，征伐变乱的砥砺，苦寒环境的锤炼，培育了自己的民族精神与品格，使他们成为粗犷剽悍、质朴豪爽、善歌尚勇、多情重义，"精骑射，善捕捉，重诚实，尚诗书，性直朴，习礼让，务农敦本"（引自《盛京通志》）的民族。渤海的武人颇喜角斗，以骁勇为荣，有"三人渤海当一虎"（引自宋·洪皓《松漠纪闻》）之谚。靺鞨人盛行歌舞之风，其渤海乐不仅传入中原王朝和日本，而且在民间不断延续流传。金太祖完颜阿骨打在对辽作战相当激烈的时候，便命开国元勋完颜希尹创制女真文字，在金朝建国不久的太祖天辅三年（1119年）正式颁行，当时被称为国书。女真有了文字，促进了文化的发展，以歌伴舞在民间广为盛行。有些贵族子弟为求佳偶，常"携尊驰马，戏饮其地，妇女闻其至，多聚观之，阆令侍坐，与之酒则饮，亦有起舞歌讴以侑觞者"（见《三朝北盟会编》卷三）。这说明，女真民间一直保持先祖古朴的风俗习惯。随着北宋灭亡，金人大量入关，女真民间歌舞很快传遍中原大地，甚至在金、元杂剧中广为传唱。满洲统治者从建立后金到入主中原，注意保持满族及其先民尚武骑射和语言风俗方面的独立性，努尔哈赤时期创制满文，皇太极时期改革老满文，推动了民族文化的发展。康、雍、乾等几代皇帝，在强调"国语骑射"为治国之本的同时，也注意各民族之间的文化交流与融合，特别是积极吸收汉文化。这是满族传统说部得以滥觞的文化根源。

几度争战几度崛起，几度鼎盛几度衰落，漫长的历史充满着可歌可泣的英雄人物和壮烈悲怆的故事，构筑了深厚的文化根基，从而孕育和产生了古朴而悠久的满族民间口头文学——传统说部。满族说部的形成与传播，历史相当久远。满族先民，在从肃慎、挹娄到靺鞨以及创建大金国的历史过程中，各氏族、部落迁徙、动荡、分合频繁，到明中叶以后，随着女真社会内部矛盾日益尖锐，强凌弱，众暴寡，各部落之间互相争雄，连年战乱，及至进入清代，内部争斗不断，外患与内祸迭起，这使各个氏族都无法选择地交织在历史的漩涡里，涌现众多的英雄人物和感人的业绩。满族及其先民凭借自己对善恶美丑的感受和对社会现象的审视，把一桩桩、一件件值得传诵、讴歌的人和事，详细地记载在各个氏族世代传袭的口碑之中，以此谈古论今。为此，不遗余力地随时积累、记录、采集、传扬本氏族的英雄故事，以光耀门楣，激励族人。满族诸姓氏间，都以据有"乌勒本"而赢得全族的拥戴和尊重，"乌勒本"令族众铭记和崇慕。

满族传统说部的广泛流传得益于"讲古"的习俗。满族及其先世女真人，是一个讲究慎终追远，重视求本寻根的民族。他们通过"讲古"、"说史"、"唱颂根子"的活动，将"民间记忆"升华为世代传承的说部艺术。讲古，就是一族族长、萨满或德高望重的老人讲述族源传说、家族历史、民族神话以及萨满故事等。元人宇文懋昭所撰的《大金國志》中说，女真金代习俗，"贫者以女年及笄，行歌于途。其歌也，乃自叙家世"。这说明在女真时期就有"行歌于途"，"自叙家世"的讲古习俗。据《金史》卷六六载："女真既未有文字，亦未尝有记录，故祖宗事皆不载。宗翰好访问女真老人，多得祖宗遗事。"从中可知，金代初期民间讲古的习俗就很盛行，已引起上层统治者的重视。据《金史·乐志》载：世宗不令女真后裔忘本，重视女真纯实之风，大定二十五年四月，幸上京，宴宗室于皇武殿，共饮乐。在群臣故老起舞后，自己吟歌，"上歌曲道祖宗创业艰难……歌至慨想祖宗音容如睹之语，悲感不复能成声"。世宗及群臣参与"唱颂根子"的活动，势必张扬民间讲古的习俗。满族先人的故事在"讲古"中传播，在传播中又不断被加工、修改或产生新的故事。讲古不单单是本氏族内部的事，各氏族间互相比赛，场面十分热烈。据《爱辉十里长江俗记》中记载："满洲众姓唱诵祖德至诚，有竞歌于野者，有设棚聚友者。此风据传康熙年间来自宁古塔，戍居爱辉沿成一景焉。"由此可见，满族早年讲唱"乌勒本"，是相当活跃的，甚而搭棚竞歌，聚众观之。此景与我国南方一些民族的歌圩相类似。

满族及其先民将"讲古"、"说史"、"唱颂根子"的"乌勒本"，推崇到神秘、肃穆和崇高的地位，考其源，同满族先民所虔诚信仰的原始宗教萨满教的多元神崇拜观念，有着十分密切的关

满族口头遗产传统说部丛书

总序

系。原始先民在漫长的社会劳动和生活中，由于生产力的极端低下，无力与强大的自然力抗衡，于是幻想在人的周围有一种超自然的力量主宰一切，并认为自然的东西都有灵魂，是他们控制着人类，给人类带来幸福，也带来灾难。正如恩格斯所说的，"由于自然力被人格化了，最初的神产生了"。这就是万物有灵论和原始神话。原始先民有了原始信仰和原始神话，便利用各种方法举行祭祀，向神灵祈祷、膜拜，于是产生了原始宗教，即萨满教。在萨满教诸神中，除自然神祇、动物神祇（包括图腾神祇）外，最重要而数目繁多者便是人神，即祖先英雄神祇。宗教与民俗从来就是形影相随的，"讲古"的习俗与萨满教的祭祀仪式结合了起来。满族及其先民以讲唱氏族英雄史传为中心主题的说部艺术，正是依照传统的宗教习俗，对本族英雄业绩和不平凡经历的讴歌和礼赞。人们对祖先英雄神，供奉它，赞美它，毕恭毕敬，祈祷祖灵保佑族众，荫庇子孙。萨满教极力崇奉祖灵，亦包括对本族历世祖先和英雄神祇的讴歌与缅怀。所以，在萨满祭祀中，有众多歌颂和祈祷祖先神祇的神谕、赞文、诗文和祷语，亦有叙事体的长篇祖先英雄颂词。满族及其先民的"颂祖"、"讲祖"礼俗，世代承继不衰，是因为把勉励子孙铭记祖先创业艰难，承继祖德宗功，继往开来，奋志蹈进，作为祖先崇拜的根本目的和信条。特别是乾隆十七年颁布的《钦命满洲跳神祭天典礼》，统一了萨满祭规，使萨满祭祀变成家族祭祖活动，把祖先崇拜推向高峰。经年累世，各氏族在集体智慧的滋育下，赞文日益丰富扩展，情节愈加凝炼集中，使之逐渐升华为长篇祖先颂歌。这也成为满族传统说部的一种源流。

二、满族传统说部的本体特征

满族传统说部经过千百年来的创作、传承和演变，形成了独特的表现空间和表现形式。满族先民自古"无文墨，以语言为约"（《太平御览》卷七八四），所以，说部是以口头形式产生和传承的，讲唱内容全凭记忆。最初记述手段，用一缕缕棕绳的纽结、一块块骨石的凹凸、一片片兽革的裂隙，刻述祖先的坎坷历程。这便是说部的最古老的形态，也叫"古本"、"原本"、"妈妈本"。满族人将这种"妈妈本"尊称"乌勒本"特曷。古人就是通过望图生意，看物想事，唱事讲古的。随着社会的发展，氏族中文化人的增多，满族说部的"妈妈本"逐渐用满文、汉文或汉文标音满文来简写提纲和萨满祭祀时赞颂祖先业绩的"神本子"。讲述人凭着提纲和记忆，发挥讲唱天赋，形成洋洋巨篇。

满族传统说部内容丰富，气势恢宏，它包罗天地生成、氏族聚散、古代征战、部族发轫兴亡、英雄颂歌、蛮荒古祭、生产生活知识等，每一部说部都是长篇巨著。满族说部之所以如此厚重，主要有以下三个方面的因素：

（一）关于记录和评说本氏族所发生的重大历史事件的说部，具有极严格的历史史实约束性，不允许隐饰，以翔实的根据来讲述；

（二）说部由氏族中德高望重、出类拔萃的专门成员承担整理和讲述义务，整理和讲述时吸收了众人谈资，所讲内容全凭记忆，口耳相传，无固定文本拘束，因而愈传愈丰愈精，是群体创作的累积；

（三）具有民间口头文学的生动性。说部多由一个主要故事为经线，辅以多个枝节故事为纬线，环环相扣，错综复杂，又杂糅地域的、民俗的奇特情景，加之口语化的北方语言，因而有深厚的文化积淀和感人的艺术魅力。

据我们掌握的三十余部满族说部来分析，从内容上可分为四种类型：

（一）窝车库乌勒本：俗称"神龛上的故事"，是由氏族的萨满讲述，并世代传承下来的萨满教神话和萨满祖师们的非凡神迹。窝车库乌勒本主要珍藏在萨满的记忆与一些重要的神谕及萨满遗稿中，如黑水女真人创世神话《天宫大战》、东海萨满创世史诗《乌布西奔妈妈》、爱辉地区流传的《音姜萨满》、《西林大萨满》等。

（二）包衣乌勒本：即家传、家史。如富察氏家族富希陆、傅英仁从爱辉、宁安传承的姊妹篇《萨大人传》和《萨布素将军传》（又名《老将军八十一件事》），黑龙江省双城县马亚川先生承袭的《女真谱评》，河北石家庄王氏家族传承的《忠烈罕王遗事》，乌拉部首领布占泰后裔赵东升先生承袭祖传的《扈伦传奇》，富氏家族传承的《顺康秘录》、《东海沉冤录》，傅英仁先生传承的《东海窝集传》等。

（三）巴图鲁乌勒本：即英雄传。满族说部有关这方面的内容很丰富，可分为两大类：一是真人真事的传述，如金代的《金兀术传》，明末清初的《两世罕王传》（又名《漠北精英传》）、《雪妃娘娘和包鲁嘎汗》，清中期的《飞啸三巧传奇》等；一是历史传说人物的演义，如《乌拉国佚史》、《佟春秀传奇》等。

（四）给孙乌春乌勒本：即说唱故事。这部分主要歌颂各氏族流传已久的历史传说中的英雄人物，如渤海时期的《红罗女》、《比剑联姻》，明代的《白花公主传》以及民间说唱故事《姻缘传》、《依尔哈木克》等。

满族传统说部在长期流传中形成了自己独特的风格，凝聚了有别于其他口头文学的鲜明特征。主要表现在：

（一）讲述环境的严肃性。各氏族讲唱"乌勒本"是非常隆重而神圣的事情。一般在逢年遇节、男女新婚嫁娶、老人寿诞、喜庆丰收、氏族隆重祭祀或葬礼时讲唱"乌勒本"。讲唱"乌勒本"之前，要虔诚肃穆地从西墙祖先神龛上，请下用石、骨、木、革绘成的符号或神谕、谱牒，族众焚香、祭拜。讲述者事前要梳头、洗手、漱口，听者按辈分依序而坐。讲毕，仍肃穆地将神谕、谱牒等送回西墙上的祖宗匣子里。这一系列程序表明有严格的内向性和宗教气氛。不像平时讲"朱奔"（意为故事、瞎话）那样随便地姑妄言之，姑妄听之。

（二）讲述目的的教化性。满族传统说部与萨满祖先崇拜的敬祖、颂祖、祭祖观念密切相关。讲述祖先过去的事情，都是真实地记述，是对祖先英雄业绩的虔诚赞颂，不允许隐瞒粉饰和随意编造，否则则认为是对祖先的不敬。讲唱说部的目的，不只是消遣和余兴，而是非常崇敬地视为培育儿孙的氏族课本和族规祖训，是对族人进行爱国、爱族、爱家的教育，起到增强氏族凝聚力的作用。因此，讲述内容、目的以及题材艺术化程度，均与话本、评书有较大区别。

（三）讲述形式的多样性。满族传统说部多为叙事体，以说为主，或说唱结合，夹叙夹议，活泼生动，并偶尔伴有讲叙者模拟动作表演，尤增加讲唱的浓烈气氛。从《萨大人传》和《飞啸三巧传奇》中我们可以看出，有说有唱，甚至还记录了讲唱的曲谱。讲唱说部关键在于说，说讲究真、细、险、趣四个字。真，即真实，故事情节合情入理，真实可信；细，即细腻，绘声绘色，细致入微；险，即惊险，突出关键的地方，有悬念，有艺术魅力；趣，即语言要风趣幽默，使人发笑。说唱时多喜用满族传统的以蛇、鸟、鱼、狍等皮革蒙制的小花抓鼓和小扎板伴奏，情绪高扬时听众也跟着呼应，击双膝伴唱，构成跌宕氛围，引人入胜。

（四）传承的单一性。满族传统说部的承继源流，主要以氏族中的一支或家庭中直系传承为主，虽有师传，但多半是血缘承袭，祖传父，父传子，子子孙孙，承继不渝，从而保持了说部传承的单一性与承继性。《萨大人传》是富察氏家族的祖传珍藏本，其传承顺序是：富察氏家族第十一世祖、清道光朝武将发福凌阿传给长子、爱辉副都统衙门委哨官伊郎阿将军；伊郎阿又传给长子富察德连；富察德连又传给其子富希陆和其侄富安禄、富荣禄；富希陆又传给长子富育光。一般来说，讲唱人大都与说部所宣扬的事件及其主人公有直系血缘关系，他们既对本氏族历史文化有一定的素养，又谙熟说部内容，并有组成说部题材结构的卓越能力和创作才华。《扈伦传奇》的传承就是很好的证明，其最早的传承人乌隆阿，纳喇氏第十一代，他把家史传给曾孙德明（五品官，通今博古），德明经过梳理后传给其侄十六辈霍隆阿（笔帖式），再传给十七辈双庆（五品官，精通满汉文），下传伊子崇禄（八品委官），二十辈的赵东升继承祖父崇禄先生，对家史进行整理。这些传承人都有高深的文化和创作才能。他们把记忆和传讲自己的族史视为己任，当做崇高而神圣的事情，世代不渝。他们在氏族中自行遴选弟子或由自己的后裔承继传诵。传承的方法是口耳相传，心领神会。所以，传承人在满族说部的纵向传承与横向传播的过程中，为保存民族文化遗产做出了应有的贡献。可以说，没有传承人，就没有满族说部。

（五）流传的地域性。满族说部在一些地域流传过程中，深受广大群众喜爱。因此，有的说部逐渐脱离原氏族的范围，被众多氏族传承诵颂，如《尼山萨满传》、《红罗女》、《飞啸三巧传奇》、《双钩记》（又名《窦氏家传》）、《松水凤楼传》、《姻缘传》等，在长期传诵中，已成为该地域更多姓氏甚至外族群众讲述的书目，并代代传承。

满族传统说部和其他口头文学一样，在流传过程中也有变异性。在传播中，传承人根据自己对讲述内容的认识和理解，不断加工、升华，从而产生新的故事纲目。特别是，随着氏族的繁荣，分出各个支系，每个支系都有自己的传承人，在讲述内容和形式上也有了变化。所以在不同的支系、不同的地域出现了不同的传本，如《红罗女》在黑龙江省牡丹江一带流传《比剑联姻》、《红罗女三打契丹》，而吉林省的东部就有《银鬃白马》、《红罗绿罗》等不同传本，这是正常的现象。说部在传播中演变，获得新的发展，并吸收汉族的评书和明清小说章回体的特点，这正是满族传统说部具有顽强生命力的表现。

三、满族传统说部的价值和意义

满族传统说部，是满族及其先民在一定历史时期、一定社会中的一种意识形态的反映，其中蕴藏着丰富、凝重的社会、历史内容。

满族传统说部具有历史学价值。满族传统说部大都是以古代英雄人物为中心、以历史事件为背景编织而成的，是述说满族及其先民各个部落、氏族的兴亡发轫、迁徙征战、拓疆守土、抵御外患等"先人昨天的故事"。如《萨大人传》、《东海窝集传》、《尼伦传奇》等所讲述苦难的经历，不朽的宗功，都从不同的侧面反映了各个氏族充满血泪、卓绝斗争的雄浑壮阔的历史。从各个氏族的说部中，能使人更好地了解到满族及其先民是怎样从遥远的过去走过来的，经历了哪些曲折坎坷和历史沧桑，而且比起正史有更多底层人民群众的历史活动和当时社会各层面的具体细节。高尔基说："如果不知道人民的口头创作，那就不可能知道劳动人民的真正历史。"说部的历史价值在于它是原生态的历史记忆，是"那时"民间留存下来的口述史。满族的先世在没有文字时，许多史实都靠各个氏族的说部代代相传，据《金史》卷六六载："天会六年（1128年）诏书求访祖宗遗事，以备国史。命勖与耶律迪越掌之，勖等采撷遗言旧事，自始祖以下十帝，综为三卷。"金代统治者重视采集民间遗闻旧事，并根据民间传说给始祖以下十帝立传，编入金史，这是满族说部为民间口述史的很好证明。满族说部是满族及其先民用自己的声音记述自己的历史，对各个部落、氏族重大事件的生动描写，细致记录，很多实事是鲜为人知的，有的补充了史料之不足，有的供专家研究或可匡正史误。说部以浩瀚的内容、恢宏的气势展示北方民族生动、具体的历史画卷，提供了各个历史时期活生生的人文景观。在《两世罕王传》、《尼伦传奇》、《雪妃娘娘和包鲁嘎汗》中记述了明朝与女真的交往、马市的内幕、东海窝集部与乌拉部的关系、尼伦四部争锋角逐、努尔哈赤创建八旗对女真的分化等等，都是各部族祖先的亲身经历。这对满族史、民族关系史、东北涉外疆域史的研究，都有见证历史的特殊价值。

满族传统说部具有文学审美价值。满族传统说部之所以能够世代传承诵颂，因为它具有独立情节，自成完整结构体系，人物描写栩栩如生、有血有肉,是歌颂克难履险、不畏强暴、能征善战、疾恶如仇的英雄的壮丽诗篇,充满了对英雄的崇敬,对美好生活的向往。说部中讲述的故事曲折生动,扣人心弦,语言朴实无华,简洁明快,具有感人至深的艺术魅力。许多说部都展现了浓郁的民族风韵,朴素、剽悍的独特风格,贯穿了反抗强权、除暴安良、保家卫国、急公好义、扶危济贫、知恩必报的积极主题,突出体现了满族及其先世的人文精神。它对启迪人们的智慧,端正人们的品格,鼓舞爱国主义思想,增强民族自豪感,有着潜移默化的作用。满族传统说部中反映的内容,与人民息息相通,因而受到北方各族群众的欢迎和享用。像《尼山萨满传》、《萨大人传》、《雪妃娘娘和包鲁嘎汗》、《松水凤楼传》等故事早已在达斡尔、鄂温克、赫哲、鄂伦春、锡伯以及汉族中广泛流传,只是过去没有被发掘而已。说部的创作不排除有被流放到北疆的高官和文化人的参与,如《飞啸三巧传奇》把北方民族抗俄守边的斗争与宫廷斗争相联系做了具体生动的描写,就可见流民文学的影子。满族传统说部创世神话《天宫大战》,反映了原始先民与自然力的抗争,歌颂了掌管日月运行、人类繁衍的三百女神与恶神进行惊心动魄地鏖战,是我国史前文化的重要遗迹,可以同世界诸民族的古神话相媲美,丰富了世界神话宝库。满族传统说部中的史诗《尼山萨满传》和有着六千余行的萨满史诗《乌布西奔妈妈》,以北方民族的独特语言,瑰丽神奇的情节,宏伟磅礴的气势,歌颂了萨满的丰功伟绩,具有很强的震撼力。可以说,满族说部是满族及其先世的史诗,是民族文化的精华和古卉,是我国和世界学术界研究满族及其先民历史和文化的不可或缺的宝贵资料,填补了我国民间文学史的空白。

满族传统说部具有民俗学价值。满族及其先世,在长期社会生活中,主要靠口碑传承生产、生存经验。在《飞啸三巧传奇》、《雪妃娘娘和包鲁嘎汗》中介绍了用桦树皮造纸、皮张的熟制、不同兽肉的制作和保鲜、鱼油灯的制作过程等古老工艺,还介绍了北方各种草药的药性和采集,北方少数民族的海葬、水葬、树葬等民俗。在《天宫大战》中介绍了祭火神,"跑火池",在《两世罕王传》中记述了明末清初一种娱柳活动——"跑柳池"等等。因此满族传统说部,为我们展现了满族及其先民等北方诸民族沿袭弥久的生产生活景观、五光十色的民俗现象、生动的萨满祭祀仪式和古时的天文地理、航海行舟、地动卜测、医药祛病以及动

011

植物繁衍知识等，特别是有关生产知识，操作技艺，往往通过故事中的口诀和韵语得以传承。这为研究北方诸民族的人文学、社会学、民俗学、宗教学等学科提供了具体、真实、形象的资料，使这些学科得到印证、阐明和补充。所以，有些专家称满族传统说部是北方诸民族的"百科全书"，其言不为过誉。

满族及其先民，数千年来，在亚洲阿尔泰语系乃至通古斯文化领域里，做出了不可泯灭的贡献。特别是有清二百六十余年来，为世界文化保留了浩瀚的满学典籍及各种文化遗产，满语的翻译历来为世界各国学者所青睐，满学已成为民族学、语言学的重要学科。满语因久已废弃，现存满语仅是清代书面语的沿用。近年来，我们采录了黑龙江省孙吴县78岁的何世环老人用流利的满语讲述的《音姜萨满》、《白云格格》等满族说部，它向世人重新展示了久已不闻的仍活在民间的活态满语形态，这对世界满学以及人文学的研究是弥足珍贵的。除此，在满族传统说部中还保留着大量的环太平洋区域古老民族与部落的古歌、古谣、古谚，故而具有丰富世界文化宝库的意义。

满族传统说部作为民间口述史，其中对历史的记忆也会有不真实、不准确的地方，但它毕竟是民间口头文学而不是史书，作为信史虽不排斥传说但不可要求口头传说与史书一样真实可信。满族及其先民由于受历史的局限和各种思想的影响，在说部中难免有不健康的东西和封建糟粕的成分，但这不是主流，它和所有非物质文化遗产一样，自有其存在的价值。我们把满族传统说部原原本本地奉献给广大读者，相信在批判地继承民族文化遗产的原则指引下，一些不健康的东西会得到剔除。我们在采录、整理、校勘、编辑过程中难免有所疏漏，敬请读者批评指正。

我们抢救、保护和编辑、出版《满族口头遗产传统说部丛书》，是为了贯彻落实党的十六大精神和"三个代表"重要思想，传承中华文明，发展社会主义先进文化，为建设社会主义精神文明和构建和谐社会尽绵薄之力，希望这套丛书的出版能发挥它应有的作用。

2006年6月

目录

《扎呼泰妈妈》传承概述……………………… 富育光 001

开　篇…………………………………………… 001

天之骄子 …………………………………… 005

智灭林丹汗 ………………………………… 035

同舟共济 …………………………………… 072

母仪天下 …………………………………… 106

巧断无头案 ………………………………… 193

满汉通婚 …………………………………… 340

福临亲政 …………………………………… 357

后　记…………………………………… 荆文礼 393

《扎呼泰妈妈》传承概述

富育光

　　满族传统说部《扎呼泰妈妈》，在东北三省满族耆老口中有口皆碑，最受喜爱和称颂，公认为大清国"孟母"新书，是最适宜于向阖族儿孙们传讲以至家喻户晓的一部长篇优秀说部。在早年，《扎呼泰妈妈》还有两个很诱人的书名——《顺康秘录》和《三艳记》，也颇有影响。这部满族说部讲的是大清定鼎燕京，大清王朝统御北京、承继前明的最初开创年间，百业待兴，朝中朝外，乱中求治，所涉及到的各方各色各类众多人物，令人眼花缭乱。但是，说部讲述巧妙，以史实为纵线，外讲大权独揽、性如狡黠野獾子似的多尔衮，内讲冲龄好事的福临幼帝，相互不谐，屡生枝节，纵然波澜迭起，千条溪流归大海，万绿丛中一点红，掐着大清舵柄的仍是足智多谋的女人——西西皇太后。这恰恰是满族说部《扎呼泰妈妈》的艺术魅力所在。全书的"书眼"，突出三位美女的征服力和巧智安天下的控制能力以及各自不同的经历和结局。这三位美女，同出身于一个家族，那就是蒙古科尔沁部博尔济吉特氏望族，被蒙古荣耀地誉为"草原上的百灵、明月、太阳"。蒙古科尔沁部博尔济吉特氏家族，在明清两朝，特别是在清代历史上占据着十分显赫的地位。其先祖是元太祖成吉思汗之弟哈布图哈萨尔的后裔。明嘉靖三年（1524）哈布图哈萨尔第十四世孙奎蒙克塔斯哈喇一系因受卫拉特蒙古部的欺凌，为避躲战乱，从原分封地石勒喀河、额尔古纳河、呼伦湖一带，率族南迁至嫩江流域驻牧，自称嫩科尔沁以别他部。该部日渐强大，最早归附后金，相互通婚结亲，联系亲密，成为后金和清建州女真耀武辽东、抗衡大明王朝的重要支柱。从清太祖努尔哈赤，到清太宗皇太极，直到清顺治皇帝以及努尔哈赤家族许多儿孙，都娶蒙古科尔沁部博尔济吉特氏家族美女为后为妃。这是后金及清政权对峙明廷、巩固地域势力的特殊手段。在清代，清皇室从来不把蒙古科尔沁部博尔济吉特氏家族视为外姓或异族，宫禁内外走动最近最亲，尊称"亲家""姥家""奶奶家"。这些在本说部中皆有详述。上述所誉三女，即清太宗皇太极一后两妃：孝端文皇后哲哲和其亲侄女辰辰、西西两姊妹。辰辰，少有姿色，曾被林丹罕抢掠，后赖科尔沁家族和清军救出。其长兄卓礼克图亲王吴克善感激清太宗皇太极，亲自护送大妹妹辰辰于天聪八年十月入宫，与西西庄妃同御清太宗皇太极。辰辰深受皇太极宠幸，二人感情甚笃。辰辰为人慈善，甚有亲和力，崇德元年被封关雎宫宸妃，掌管后宫诸事，可惜年寿不永，崇德六年薨，年仅三十。皇太极悲伤至极，追封为元妃；西西为辰辰小妹，机灵美貌，智勇超群，在科尔沁草原上马术与跤斗远胜男儿。早在后金天命十年二月，西西十三岁时就被选入宫，崇德元年，封为永福宫庄妃。全书就是讲述这三位非凡女人波澜跌宕的不平凡一生。俗话说得好："母凭子贵。"孝端文皇后哲哲一生三女，无有男儿；关雎宫宸妃虽生过男孩，但早早夭折，对她打击甚是沉重，也是她香魂早殒的重要因由。这样的结局，命运的天秤便完全倾斜向科尔沁部博尔济吉特氏三女中之庄妃，即后来的孝庄皇太后身上。说部突出讴歌和尽情抒说孝庄皇太后的丰功伟绩。说部讲述永福宫西西庄妃荷蒙天眷，首辅太宗皇太极，围锦州、计降洪承畴、驰逐林丹汗，皆不离太宗左右。太宗崩，独擎危局，临难不惊，左右逢源，转危为安，育教顺治与康熙两代儿孙，秉承帝业，力排众议，主张改革，倡导帝王务习汉学汉史，主张满汉通婚，优待明室汉臣，奖励农商，开拓康熙盛世。满族说部的历代传讲人，在为族众讲述中，不断发掘丰富，在科尔沁三美女中，说书量最大最重莫过于孝庄皇太后的丰功伟绩。故而，说部中孝庄皇太后的篇章最生动最感人。随之在民间传讲中，人们都习惯于亲切地改称本书叫《扎呼泰妈妈》，觉得更贴切些。"扎呼泰妈妈"，汉译就是"会管事妈妈"，颂扬她一生殚精竭虑、勤恳操劳、功高盖世，在中国历朝中鲜有。

　　经先父回忆，他青年时在故乡常听自己母亲和几位姑姑讲《扎呼泰妈妈》，每讲都有新意。经过详细打听，方知是从沈阳、齐齐哈尔等地传来。全书更多揭示西西庄妃每次涉险都能逢凶化吉、遇难成祥之谜窍，更增益故事性，百听不厌。"扎呼泰妈妈"的称谓，最早源出自满族世代虔诚信仰之萨满教祭礼。在氏族萨满崇祀大神中，有一位足智多谋的女神"窝离妈妈"，即"渥离妈妈"，也即是"万历妈妈""扎呼泰妈妈"，皆是"窝离妈妈"的转音，也被尊称为"奥都妈妈""管事妈妈"。祈祝窝离妈妈，女人心灵手巧，女红成锦，育籽成田，育畜成圈，育鸭满塘，多孕百子，万难皆消。敬诚聆听说唱《扎呼泰妈妈》，就是在劝学苦学"妈妈经"，唯有必听"妈妈经"才会成为合格的"珊音赫赫"，成为扎呼泰妈妈一样被世人敬重的好妈妈。这部必听的"妈妈经"，亦被尊称为"朱色箔乌吉勒特赫"，即"育子课本""育儿书"。扎呼泰妈妈为了氏族安宁、子孙繁衍，不怕猜疑，不嫌脏累，终日巡游大地，实心实意扶佑族人；治家有谋、教子有方、逢凶化吉、遇难呈祥。扎呼泰妈妈深受族众崇敬，百姓都愿意将扎呼泰妈妈接到家，成为形影不离的护身。满族说部《扎呼泰妈妈》也因此更加深入人心，人人争听《扎呼泰妈妈》，争讲《扎呼泰妈妈》，遂成为一代名书。满族说部《扎呼泰妈妈》的讲述非常自如，特别是在女人堆里讲述最多，早期多用满语讲唱。讲述人在讲颂扎呼泰妈妈博大的胸襟时，常常站起身来即兴加唱，边敲击竹板、恰拉器伴唱，有时听众用深情的"乌咧咧，乌咧咧"长调咏颂，尤显神秘、敬诚、肃穆，仿佛扎呼泰妈妈从遥远的天际登云骑马而来，送来吉祥、睿智和无畏，别有一番感受涌心间。

满洲及其先世女真人，自古高扬女权。凡大大小小部落家园，不论男子多寡，历来都是男儿勤操外事，擎撑一面天；而一切育子、育畜、生计、总理内务均要由长幼女人全权支配，公认女性细腻温柔，操事得体，井井有条，遂成古制。

据考，满族传统说部《扎呼泰妈妈》产生年代较早，最早传讲是在康熙年间，听瑷珲、卜奎、大五家子老一代人说，直到民国和伪满时期还在说唱，在满族讲述满族说部《萨大人传》，族人听讲时，就不约而同提到《扎呼泰妈妈》，都说康熙皇帝最想念、也最孝敬扎呼泰妈妈，不仅御驾东巡，亲自护拥太皇太后祭拜福陵、昭陵、永陵，而且每遇黑龙江将军巴海和萨布素时，时常情不自禁地回忆起太皇太后的洪恩大德，总是潸然泪下。康熙帝能记起许许多多从襁褓到懂事，皇祖母无微不至的爱抚。自己三四岁时体壮沉实像铁蛋子，也最能淘了，喜好往高处爬，哪管啥叫危险哪！皇祖母见此情从不阻拦，让皇孙尽兴地玩耍，尽情地攀登观景，累得皇祖母全身是汗，一刻不闲地亲手紧护，不让身边老嬷嬷们着手，怕她们没这个心劲儿，委屈了孙儿。玄烨五岁时，瞧见盛开的盆花香气扑鼻，甚觉好奇，一心要薅出花根的长须子，观察香味是从哪儿生的？皇祖母从来不嫌烦、不嗔怪玄烨凡事刨根问底，召来汤若望帮助说理。皇祖母把薅死的江南名花，用自己的银子交内务府，赔偿损失并嘱按季采购。萨布素将军曾在康熙三十年前后多次进京述职，康熙帝亲自询问萨布素东巡时所追忆之太皇太后及零散口谕汇集整理的情况。萨布素对康熙帝的谕旨十分认真，下过很大功夫汇集和传承。首先就在黑龙江省齐齐哈尔、瑷珲等地满洲八旗族众的说部中充实和讲述起来。最初仅是片断回忆，随着时光推移，到雍乾嘉以后说部内容不断拓展和充实，具备记史规模，出现讲述《三艳记》《顺康秘录》的小段子，渐渐与瑷珲富察氏家族《萨大人传》并驾齐驱，互相补充，相得益彰。《顺康秘录》也就传开来。早年满族众多说部，得以声闻关东，道咸同三朝的大学士、被贬谪到齐齐哈尔的英和大人功不可没。他是极力倡导献力的名师，《萨大人传》等成书皆蒙英和栽培和眷顾。《顺康秘录》等也有他的心血，后来他们父子又传播至盛京沈阳与京师。另外，富察氏十一代祖吉屯保（官讳发福凌阿）也是说部推波助澜之人，咸丰末告老还乡，晚年在故乡热心于整理家传满族说部，翻阅《顺康秘录》敬崇有加，告谕其子、瑷珲副都统衙门委哨官道："此书源于圣祖谕旨，乃我富察氏阖族之荣。不宜称为秘史，应光明正大，视为育人宝卷，仍用《扎呼泰妈妈》书名，尤彰敬诚也。"从此，满族说部"乌勒本"《扎呼泰妈妈》名称一直传袭至今。

满族说部《扎呼泰妈妈》遗稿，系由我祖母于1932年爷爷病逝前将记录说部的一大团彩条带子和小匣仔细保存下来。约于1945年春天奶奶病重，急信传叫父亲由孙吴镇赶回故乡大五家子，奶奶病逝。可惜说部小匣，因当时土匪猖獗，闯进我姑父张石头家仓房，连同旧柳箱和其中的说部小匣一并抢走，再无音讯。1951年，我的好友、黑龙江省艺术研究所隋书今先生，曾赴瑷珲和大五家子等地，采录满族民间故事，曾听我父亲向他讲述过《扎呼泰妈妈》，引起隋先生极大兴趣。因故事冗长，他们商定来年春专程再来大五家子村多住时日，系统记录长篇《扎呼泰妈妈》，后来隋书今先生总不得脱身，未能成行，还曾给我父亲捎信致意。可惜他英年早逝，未能如愿。2002年，吉林省成立吉林省满族说部集成编委会，我汇报了此说部遗存及传承情况，承蒙编委会领导大力支持，决定由我将先父在大妹妹倩华家讲述之《扎呼泰妈妈》，再回忆讲述出来。我也很喜欢《扎呼泰妈妈》，全书内容恢宏，简直就是一部清前史。我完全依照原有结构，忠实地讲述，如清太宗一后两妃的名字，均是哲哲、辰辰、西西双音节，不是有些书籍所记之名字，保持原样。我始终相信满族说部，忠实历史，当时用双音命名，很可能是蒙古该部固有的女孩幼年时给起的小名习惯，故沿袭依旧，保持不变。其他，仅在一些历史事件中的地名、人名，以及一些不够清晰的图绘符号，几经辨识做些修正，诸如原有观点与某些历史评价，一应保持原貌，供读者和学者参鉴。现在，趁我余年不多和国家对文化传承的重视，我将讲述手抄本交给荆文礼先生，请他修润整理，出版问世。

2012 年 11 月 25 日

开篇，也叫定场歌，满语为雅鲁顺。

尊敬的各位妈妈、玛发、喇嘛色夫、阿古、朋友，今天是全家族最吉祥的日子，请我们德高望重的九十岁的大萨满福顺爷爷讲唱《圣母妈妈传奇》乌勒本。乌勒本的称谓很多，满洲人古话叫"扎发台妈妈衣乌勒本"，即"管事妈妈乌勒本"，蒙古噶珊古话叫"滕格里波尔干必奇克"[①]。全屋的人哪，你们都坐好，要肃静，恭恭敬敬地听啊。

在佛龛前，一摞摞供果如山，一盘盘萨其马像彩带，一股一股香烟缭绕。在芬芳的烟雾中，圣母妈妈乘坐着一匹铺着鞍挂金镫的铁丽青小走马，侍女护拥，鹊雀登枝叫，征马长鬃如黑云卷卷，四个小白蹄像闪电、像波涛，震撼着星空寰宇。跪请圣母品尝满蒙子孙的敬献。

这惊雷，这献供，这气派，这威严，

驱走了一切邪恶，

赶跑了一切罪孽，

荡涤了一切污浊，

扫平了一切恶氛。

圣母庇佑，吉祥如意，

圣母庇佑，人寿年丰，

圣母庇佑，否极泰来，

圣母庇佑，国泰民安，

中华沃壤，亿万斯年。

尊敬的各位妈妈、玛发、色夫们哪，

今日朱伯西我要虔诚地讲唱圣母的诞生。圣母的降世，那可是非凡的时代，非凡的时刻，也是非凡的荣光啊！

梦中，大救世的文殊菩萨传给我的神册，

梦中，大智慧的莲花主菩萨授给我的巧舌，

三百年前的岁月都回到了我的记忆里，

---

① 滕格里波尔干必奇克：蒙古语，汉译为"天佛的书"。

三百年前的征杀重又回响在我的耳边。

那是苦难多灾的岁月，

那是蒙古人互相仇恨的朝夕。

察哈尔林丹汗凭着祖传的玉敕，威霸四方，

又有明皇的圣谕，统驭漠海，

顺我者昌，逆我者亡。

大明朝挑逗蒙古各部，大欺小，软怕硬，

杀杀砍砍，血溅科尔沁，到头来兄弟相残，

渔人得利！

圣母降世，是文殊迎送莲花生来世间，

给人间送来五百年安宁和福祉。

吉祥鸟选定了科尔沁莽古斯家族，

成吉思汗二弟哈布图哈萨尔的后裔。

叱咤风云，勇武盖世，

开拓嫩水之滨，千里沃野世代为家，

位居腹地，经略有方，

一跃成为蒙古众部中的雄狮。

科尔沁肥美的草原，安适的土地，

是漠北辽东当年最正义的世外乐园。

穷人、难民、流丐、逃人，

都躲避战火到草原谋生。

科尔沁台吉①们从不拒绝和驱赶，

从来都以礼相待，敬如宾朋，

舍出满圈的羊群，

任凭逃难饿民吃肉饱腹，裁做皮袍。

莽古斯有三个儿子，分掌科尔沁嫩江三大领地。

莽古斯小儿子色音布尔与父亲执掌都尔沁根中心领地，

两千里大草原，一马平川，

白鹤翔天，花香四野；

莽古斯二儿子巴尔鲁敖，

---

① 台吉：历史上蒙古贵族的称号，成吉思汗时代，只用于皇子，后来成为成吉思汗后裔的通称，清朝沿用这一名称。

执掌南河沿领地，
千里大草原，牛羊驼驴遍野，
兔鹿驰骋，牧猎丰盈；
莽古斯大儿子塞桑台吉，是草原猎手，
八百斤镔铁弓独占魁元，素有"蒙古豹"的绰号，
巴林、奈曼、敖汉、扎鲁特、喀尔喀、
克什克腾、巴岳特、弘吉喇特等部蒙古健儿，
没有一个能摔倒塞桑的。
察哈尔林丹汗特赏赐金绶带，赐"蒙古巴图鲁"的英雄称号，
另赏赐明皇敕书一道。
有此敕书可至京城赏玩、畅游，
明皇陛见，并得恩尝。
这是塞桑比其他蒙古各部台吉独得的莫大殊荣。
塞桑从不与弟兄争宠，
两个弟弟挑选完领地后他才向父汗申求，
就执掌科尔沁最北部边塞领地八百里的
荒石滩、草莽坡红松林子，
日夜野猪狼群出没，冬雪天狼群有数百只之多，
狼嗥之声通宵可闻，令人惊魂骇骨。
塞桑有着一颗菩萨的心肠，天下大善人的怜爱之心。
凡到关东的逃人，不论是何族何姓，
他都给土地、给牛羊，留他们安家落户。
从大明朝嘉靖十一年到万历初年，
塞桑所执掌的荒芜贫瘠的北部科尔沁地方，
竟变成了人烟密集、市景繁华、商旅乐道的
科尔沁大集市——波罗哈沁浩特，
进而成为科尔沁最活跃最有名望的圣地。
莽古斯老王爷都笑得闭不上嘴，连连称赞说：
"心好，菩萨相助哇！真是吉人天相啊！"
就在塞桑台吉所执掌的贫瘠的荒草滩上，野狼争啸之地，
圣母娘娘就降生在这里——
那是明万历四十一年春二月，癸丑黎明吉旦，
清晨，山岗、河川、大小湖泊，牛羊驼驴满草原，

全被从科尔沁茫茫的草原上刚刚升起的火红太阳照得红彤彤，
百花芬芳，百鸟鸣唱，河鱼蹦跃。
这是吉祥万福的日子啊，
这是福寿无疆的日子啊。
这时，突然天空中一道明亮的星辰闪烁划落，
一片红光，笼罩在银色的帐包之上。
在塞桑额吉的帐篷里，
顿时传来了一阵阵婴儿的哭声，
这声音震撼穹宇，
大清朝国母孝庄文皇后诞生了！
小婴儿铿锵的哭声如雷，
双眼目光炯炯明亮如神。
众侍女将婴儿捧给塞桑额真看，
塞桑额真的身边大喇嘛，口咏佛号，
为孩子起名"天狮"。
贵人降生，
是为拯救苦难，
而来到了人世。
塞桑笑逐颜开，命由法师护育。
大喇嘛亲自抚育调教，形影不离。
小"天狮"天资聪睿，
三岁歌舞，五岁弓马，
九岁跤手，女中豪杰。
"天狮"性癖男儿志，
一匹菊花青如闪电，
一杆蟒皮枪如蛟龙。
大草原上的明月，
蒙古人的智多星。
人人赞美，
人人称颂。

尊敬的各位妈妈、玛发、喇嘛色夫，朱伯西我现在正式开讲《圣母妈妈传奇》，满语都喜欢叫"扎呼泰妈妈乌勒本"，汉意就是歌唱管事的妈妈的故事。

说来扎呼泰妈妈的故事，来源于大清朝圣祖朝时代。圣祖爷晚年时总好做梦，常梦见管事的妈妈，圣祖爷说："妈妈来了，还惦念着朕哪！朕一时一事都想念着妈妈圣母太皇太后，她在庇佑我们！洪福齐天哪！"圣祖爷总好回忆说："圣母娘娘在世时，常说，我生下来就是一个好管事的命，管家、管儿子、管孙子、管子子孙孙的乱摊子事，到死了，我还得惦记着你们，惦着我的孙男娣女，你们要好好活着，少让我牵肠挂肚惦记着啊！"圣祖爷还说圣母娘娘在世时，多次郑重嘱咐朕说："你们要牢记，我最忌什么金枝玉叶的奉承词，我生来就是科尔沁草原上一个管羊的萨里甘居①，一生就牵挂天下的大小事，这已成为我的癖好，你们就叫我管事妈妈吧！这个名字好，恰合我的身份，蒙古博②和满洲祭祀有'窝离妈妈''扎呼泰妈妈'，就是终日骑马管事的女神妈妈。那就是我的本尊神祇，那就是我，不要叫其他的虚名！"于是圣祖爷便传谕宫内宫外及宫中的礼部，司掌满蒙祭祀礼仪诸官，皆晓此制，不可疏怠错谬。圣祖屡传谕众臣，钦定贴身大喇嘛专司此任，告谕曰：

> "朕为了免得挂念，便由朕身边的崇德育文大喇嘛将太皇太后的故事汇总一起，朕取名曰管事妈妈，扎呼泰乌勒本，随时讲述以释朕无限的思亲之恋！"

崇德育文大喇嘛，又名觉识大法师，康熙二十年已年近八旬。大法师自幼就在科尔沁蒙古塞桑台吉的府中，是博尔济吉特氏家族的侍佛捻香喇嘛，年龄比管事妈妈降生世上还要小一岁，从小陪伴、侍奉塞桑台吉家族的男女眷属。塞桑同蒙古部落中的众位尊贵的台吉、诺延一样，

---

① 萨里甘居：满语，即女儿。
② 蒙古博：即蒙古萨满。

在自己的庄园中都有专门供养佛家喇嘛的庙宇寺院。主人每日做佛事功课与休息、安眠、用餐，等等，均与喇嘛有关，一生一世永远与诵经拜佛的喇嘛僧人同眠共宿，意思是佛永在身边，佛永在心间，一生吉祥，万难全无。蒙古各个名贵望族，皆然如此。

觉识大法师就是塞桑之父莽古斯王爷舍银收下的草原弃婴，送入甘珠尔庙中成为佛祖收留下来的一个小喇嘛，剃度超尘，终生为佛祖劳碌献身。六岁时甘珠尔庙大喇嘛将他赏赐给塞桑台吉的神堂，为科尔沁草原、为博尔济吉特氏家族终生祈福，成为住宅守院的捻香小喇嘛。莽古斯老王爷向甘珠尔庙大喇嘛跪求小喇嘛的佛号，佛祖恩赏，赐"觉识"二字的名讳。于是，小喇嘛从此有了觉识喇嘛的名讳。觉识小喇嘛一生严谨、勤勉、洁守、坦荡磊落，恪守佛规，不贪不欲，不色不沾，虽年已八旬，但仍然是鹤首童颜，心智聪颖如少年，忆起昨日故事，犹在今日，历历在目，一览无余。

世祖在世时，喜见太后随行之觉识大法师，诗文礼仪句句背咏，口若悬河，万分惊悦，特赐"崇德育文大喇嘛"封号，以彰其德智。故此，在觉识大法师之上，又加崇德育文大喇嘛佛号，传咏至今。觉识大法师随管事妈妈一同进宫，奉侍太宗，又随管事妈妈一同抚育世祖，荣登大宝，又一同抚育圣祖，直至管事妈妈在康熙二十六年十二月薨。管事妈妈的丰功伟绩全在崇德育文大喇嘛——觉识大法师的英慧记忆之中。奉圣祖之命，思亲时觉识便咏颂一事，以慰圣心。圣祖聆听觉识大法师的颂赞，方使泪止而悄然入寝。圣祖常言，朕童龄幼小常偎祖母怀中，啼哭偎闹而祖母不厌，亲昵备至，拭泪中朕已甜睡矣。

管事妈妈生于大明万历四十一年春二月初八日。管事妈妈诞生之日，可是很不寻常，正是各部落征战、明与建州女真矛盾尖锐的时刻。你听我朱伯西慢慢道来。

咱们先说说辽东形势，千里旷野，正逢群雄逐鹿，烽烟四起，兵戈铁马征杀不宁之时。逞霸一隅者，除有京师的大明王朝，第十三个皇帝朱翊钧临政之时，整个辽东当时虽然各个州县皆由大明政权管辖，但是各地动乱纷争，可以说是"达爷成千、扈伦成百"，纷纷举旗各自称王，其中辽东的建州最为突出。以努尔哈赤父子为首的建州部于万历十一年，以父祖"十三副遗甲"起兵，明廷惧怕，竭力安抚。明皇赐敕书三十道，马三十匹，封努尔哈赤为建州左卫都指挥使。不久，明廷又封努尔哈赤为建州左卫都督佥事。纵然如此，努尔哈赤仍于万历十九年遣兵争夺长白山鸭绿江部，叶赫、哈达、辉发部皆受建州兵马的大兵威胁，使明廷震慑。明廷在东北辽东广宁（北镇）的总兵官，也无法抵御建州兵马，连连换将，日日惶惶不安。

明廷在无计可施之下，派人到叶赫部面见叶赫部贝勒布寨。明廷出银两，由他组织联军，与建州部努尔哈赤决一雌雄。叶赫当时也时时受到建州部的袭扰和抢掠人畜财产，也认为建州部是心头大患，也有决心组织力量反击建州部兵马的猖獗之势。于是，明廷、叶赫、哈达众位首领都想到了要想打败建州部的努尔哈赤，就必须联合一致共同对付建州部。这些首领还清醒地看到，要想打败建州部，光靠明军、叶赫、哈达、辉发的联合还远远不够，必须把东北地方最彪悍的西部大草原的蒙古力量给说通和调动起来。

西部蒙古可是辽东的一只无敌的凶狮猛虎，蒙古人自称是"天之骄子""忽必烈与成吉思汗的后裔子孙"，那真是一声狮子吼，天摇地动，在马队征师铁蹄之下，万物顿时化成尘烟齑粉。蒙古各部征战一向勇往无敌，所向披靡。话又说回来，蒙古铁蹄征战不是讲求战法，而是全靠群马冲杀，每战都是上千上万的骑兵，各个骑兵身上披着五层牛皮相结而成的重甲，从头蒙到全身，头上只留两个小小的孔洞，供两眼辨识战场和对方。他们骑在马上，马头和马的前胸也罩上盔甲，只留出两个马眼的孔洞，把马裹得严严紧紧的，马的前胸部位和整个前腿上部也用坚硬牛皮围裹，缠于马身上。战场上每匹战马都是如此包裹皮甲，一字排开，由控马贝子一声大吼，便整齐冲向前。这些战马因长时间受严训调教，已经熟悉控马贝子的大吼信号，只要吼声一发，上百上千匹战马驮着披着牛皮重甲的武士，像山崩地裂、排山倒海一般，平推着冲向对方。于是乎，呼啸着，纵跃着，嘶鸣着，拼命冲向对方，势如波涛怒浪，无法抵挡，无法躲藏。何况每匹披着重皮甲的骏马头上多数都携带着明晃晃、白亮亮的大长匕首，冲向敌阵，如闪电，如风雷，对方此刻即使放箭如雨，也难以抵御住蒙古千余匹骏马的疾速掠过，箭和刀枪已不管用了。敌方即便是用箭射刀砍伤及几匹烈马，波涛汹涌的蒙古群马的海浪，势如排山倒海的人马狂涛，也会霎时间把敌方淹没在烈马蹄下，化成一片血海肉浆，红红的血水飞溅泛流……蒙古骑士就是一阵夺命的魔风，瞬间掠过，顿时融成血海，掠走万人性命，任何生命都无法躲过厄运，想逃遁都没有半秒的机会。每次双方战马鏖搏，胜利者总是蒙古人。每次蒙古征战后，一匹匹征马从下半身到四蹄全都是殷红色的，湿漉漉的滴着血水，马的皮甲全是红色的，散放着血腥之气，传出十数里。

正因如此，明廷及辽东扈伦四部的众部落都非常期盼和蒙古兵协同作战，这样对付建州部才有大半胜算。

建州部努尔哈赤何尝不知蒙古兵的厉害，在征战中极力回避，努尔哈赤罕王爷意在笼络蒙古科尔沁，不至于双方结怨成仇。说来蒙古部落为元代的后裔，主要生活区自古以来就在古代的粟末水、嫩江、鸭子河、达鲁河、大北泊（查儿淖儿）、鱼儿泺（月亮泡）等水草丰盈之地，过着依水草而居的游牧生活。明代后期，蒙古逐渐形成三大部落：蒙古草原西部直至新疆准噶尔一带的漠西厄鲁特蒙古；在贝加尔湖以南，河套以北的漠北喀尔喀蒙古；在蒙古草原东部，大漠以南的漠南蒙古。漠南蒙古与海西女真诸部如叶赫、辉发、乌拉、哈达等关系密切，与赫图阿拉努尔哈赤建州部的后金政权相接壤。

漠南蒙古察哈尔部的林丹汗，与明廷结盟。林丹汗为达延汗七世孙，驻帐广宁以北，称雄蒙古，与后金政权相对峙。除此，还有扎鲁特、奈曼、敖汉、喀喇沁部，这些都是小部，漠南最强大的蒙古部落，就属于赫赫有名的科尔沁蒙古诸部落。科尔沁部地域广阔，在喜峰口东北八百七十里，至京师一千二百八十里，东西距八百七十里，南北距二千一百里，东至扎赉特界，西至扎鲁特界，南至盛京边境界，北至索伦界。蒙古科尔沁，也称"火儿慎""好儿趁""廓尔沁"，皆是蒙古语的汉字标音，原意系指成吉思汗皇帝帝队中专门披弓挂箭的战士之意。这个部落是成吉思汗二弟哈布图哈萨尔的后代，姓氏属博尔济吉特氏，元朝时曾驻牧于额尔古纳河与海拉尔河一带，传到十四代奎蒙克塔斯哈喇时，为躲避其他蒙古部落的袭扰，迁至嫩江流域，为避同族中阿鲁科尔沁部之称，便自号嫩科尔沁，后来就直称为科尔沁部。经过明代二百年间子孙繁衍，逐渐强盛，游牧之地北起嫩江，南至辽河，成为东蒙古草原上强大的蒙古部落之一。至明朝末年，各部基本上处于逐水草而居的游牧状态。蒙古博尔济吉特哈喇其望族谱系大致为：

（士谢图汗，哈布图哈萨尔第十八世孙，天聪六年（1632）病逝）

（十七世孙）翁果岱——奥巴——巴达礼（土谢图亲王）

龙果岱 ┬── 明安——孔果尔
　　　　└── 莽古斯 ┬── 塞桑 ┬── 吴克善
　　　　　　　　　　│　　　　├── 海珠（女，宸妃）
　　　　　　　　　　│　　　　└── 海玉（女，孝庄文皇后）
　　　　　　　　　　└── 哲哲（女，孝端文皇后）

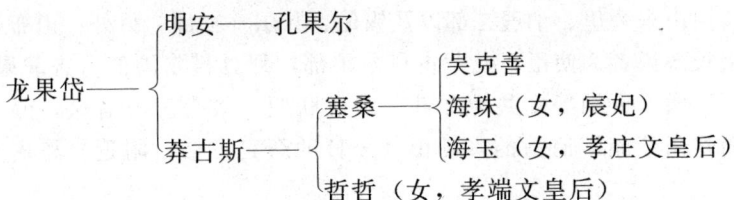

各位阿哥、玛发，大明朝与海西诸部的叶赫、哈达等部首领，为对付建州部，都一致想到眼下兵强马壮、雄踞漠南草原的蒙古数十万精兵。联络西部的蒙古，还真是想到点子上了，想对了！在当时的辽东，真正最为勇猛，有叱咤风云之势者，唯有蒙古众部落。可以说，在当时确实如不可摇撼的巍巍的泰山，势不可当，人人望而生畏，也只有他们还没有卷入互相倾轧血拼的纷争之中！不过，叶赫、乌拉、哈达等部在受到建州部的袭扰时，都要求明廷的援助，或者通过明廷派使臣到蒙古各部求蒙古派出强悍的骑兵增援，共同打击建州部的进攻。在大明朝联合哈达、乌拉、辉发、叶赫共同对付建州部努尔哈赤的军事威胁中，蒙古各部确实是至关重要的一支强悍力量。

当时，明廷和海西女真诸部在与建州部的征战中，见到建州部的赫图阿拉日益强大，军力日益壮大，成为对明廷的威胁，心中也是很恐惧的，十分担心有朝一日被建州部的努尔哈赤发兵侵凌。由于被努尔哈赤的声威所震慑，也考虑到建州部的威胁，便想办法如何对付。就在这种危机的形势之中，万历二十一年春，叶赫、哈达、辉发、乌拉等部的首领到广宁（北镇）拜见大明朝辽东总兵官杨给勋将军，向他讲述建州部如何强大，近日又遭建州兵马追袭，死伤惨重，请朝廷做主，给建州部施压，令其有所收敛。杨给勋颇有难色地说："赫图阿拉已多时不听朝廷管束，为所欲为。"杨给勋又给出策说："尔等要兄弟相助，宜于连纵对敌。"杨给勋的办法引起了叶赫、哈达、辉发、乌拉等部来使的兴趣，深觉可以组织一次联军，出其不意，使赫图阿拉痛遭打击！杨给勋并建议："派出使臣去科尔沁部，说明利害，令其出兵合力应对赫图阿拉，广联辽东之力，努尔哈赤岂有不败之理！"杨给勋巧妙指使叶赫，以其为首组织联合各部力量，广结兵源，择其弱处，乘其不备，一气呵成，速战速决，朝廷为众位首领爵酒相庆耳！

杨给勋总兵官的计谋，便是清史上颇有影响的"九部雄兵奇袭后金"大战，以叶赫部首领布寨为首，其弟纳奇布禄为次帅，联合了哈达部贝勒孟格布禄，乌拉部贝勒满泰之弟布占泰，辉发部贝勒拜音达礼，又有长白山朱舍里、讷殷二部以及锡伯、卦尔察二部。另外，由布寨亲自派擅长游说者为使臣，赴蒙古科尔沁部，拜见科尔沁部台吉翁果岱、莽古斯、明安贝勒等，共为九部，结成联盟，兵力三万有余，分作三路，向建州苏克素浒河的古勒山（今日的新宾古楼村附近）秘密突袭而来。

其实，建州部首领努尔哈赤早有预见，也早有防备。朱伯西我在讲述《鳌拜巴图鲁》乌勒本时就向各位玛发说到过，努尔哈赤父子很早就以极大的热心注意西部蒙古大草原上的众位蒙古兄弟。他建立政权后称后金，就是与前朝东北地方政权的契丹大辽和后来的大金国相衔接的。金朝为元所灭，元朝蒙古的骑兵可谓天下无双，世无匹敌。要接受金朝为元所灭的教训，就是要向蒙古人学习骑术，学习兵法，学习野战战术。要想立足于辽东，在赫图阿拉费阿拉老城起兵得胜，必须靠蒙古人的襄助，与蒙古结缘，才能大鹏展翅，搏击长空。

大明万历十六年，戊子，四月，努尔哈赤有幸结识苏完部主索尔果父子，其子费英东，就是精通兵法的智多星，努尔哈赤封他为一等大臣，并将自己长子褚英之女赐费英东为妻。努尔哈赤向费英东求教胜明之策，费英东便说："罕王要立足辽东，执掌山河，必以蒙古为擎天玉柱。"费英东让自己的族弟卫奇乔装潜入蒙地，久住科尔沁明安贝勒的牧场。明安最初不知卫奇来自建州，深得明安的信任，视为知己。明安加入叶赫九部联盟，早被卫奇回报于费英东和努尔哈赤。叶赫布寨等筹谋古勒山之战时，已被努尔哈赤暗中监视，并派兀里勘到前线秘密观察动静。最终努尔哈赤以逸待劳，以少胜多，命建州军马擒杀九部联军的统帅叶赫部首领，令其群龙无首，然后分而合击，逼得九部联军顿时溃不成军，一片大乱。此次大战，建州兵马将三万来敌俘虏四千余人，掠得征马三千余匹，铠甲千余副之多。

努尔哈赤在此次征杀中，极大地震慑了蒙古各部，并对其以礼相待，一切优厚。对蒙古科尔沁部翁果岱、莽古斯都热心款待，并赐给战马锦衣，被俘所有人马全部奉还，使翁果岱、莽古斯、明安万分惭愧，感激不尽。俗话说："不打不相识"，科尔沁蒙古部落的众头领，重新认识了建州部首领努尔哈赤，认识了天外有天，人外有人，可不能简单地认为只有蒙古是天之骄子，努尔哈赤更是不好惹的！相比之下若是得罪了大明朝，那必定是罪加一等，绝不轻饶。可是对自己咋这么宽宏忍让啊！说来建州部的人还是讲义气的！科尔沁蒙古的翁果岱和莽古斯、明

扎呼奉妈妈

安等头领这么一对比，反而与努尔哈赤更加亲近起来。

由于产生这个想法，翁果岱甚觉过意不去，回到本部主动选出良马百匹、骆驼十峰，去赫图阿拉赔礼赎罪，与建州永世通好，从此不再挑衅滋事。明安贝勒也亲自派使臣去努尔哈赤处通好谢罪。这样更加密切了建州部与科尔沁蒙古的来往关系。

这些举动，可使察哈尔部蒙古林丹汗极大愤怒。他气急败坏地痛骂翁果岱、明安、莽古斯等科尔沁部众位台吉，太没骨气了，丢尽了蒙古大汗的脸，这是长赫图阿拉努尔哈赤建州部的志气，灭蒙古人的威风。林丹汗凭着傲慢的禀性，目空一切的神威，立即派出自己的亲随大喇嘛宣谕科尔沁部，按照蒙古诸部统辖于察哈尔林丹汗训令的法制，必将严惩不贷。要想保留本部，必须趁着正与建州征战之际，将功折罪，勇杀建州，勿再与建州同流合污，否则，察汉浩特必将兴师不赦。

林丹汗，前书已说了一些，他的蒙古全名叫丹巴图尔台吉·灵丹，是蒙古察哈尔部的大汗，1604—1634 年在位，是当时蒙古最后一位大汗。1603 年其祖父布延薛禅汗去世，作为布延薛禅汗长孙的林丹汗，因其父莽古的早逝，13 岁的他便于 1604 年继汗位，在辽庆州旧址上即今内蒙古赤峰修建了瓦察尔图察汉城，又称白城，成为整个蒙古的政治、军事、经济、文化的中心，直接控制着内喀尔喀巴林、扎鲁特、岳巴特、乌齐叶特、弘吉喇等五部的同时，也遥控着蒙古其他各部落，都要统由林丹汗所居住的察汉浩特统治和管辖。

林丹汗崇信喇嘛教黄教，后又虔诚信奉喇嘛教红教，修建金顶白庙，供奉着庞大的金佛，远近驰名，男女信徒，一年四季络绎不绝。林丹汗可驱使蒙古各部发兵攻打努尔哈赤的屯寨，对后金的存在与发展，直接构成巨大的威胁。万历三十六年春，乌拉部宜罕山城受努尔哈赤长子褚英率五千人攻击，经林丹汗同意，科尔沁翁果岱巴图鲁与其子奥巴率科尔沁大军到达乌拉，击退褚英兵马。不久，在昌图和开原附近的叶赫部首领，因受建州部派兵攻伐，向林丹汗求援。林丹汗命翁果岱巴图鲁和其子奥巴领兵，前往援助叶赫部，击败建州兵马，杀死布杨古，获得全胜。科尔沁部明安诺延的儿子们，受林丹汗的唆使，曾多次率领兵马深入建州部境内，大掠其牲畜，给努尔哈赤制造了很多麻烦。

努尔哈赤对蒙古人的挑战与袭击，尽量采取忍让、迁就、克制的态度，尽量不与蒙古兵马对峙搏斗。但也曾有过几次相互无法回避的拼搏，努尔哈赤便命建州兵全部学习蒙古兵马的装束，以重甲对重甲，以马头匕首对马头匕首，相互对峙。努尔哈赤罕王爷有句话训诫自己的儿子和众将们，他说："兔羔子们，拿出你们的胆量来，两强相争，两虎相搏，贵在神速，胜在勇猛，谁做孬种，谁就死在马蹄之下！"在罕王爷亲自喊号下，万马奔腾，曾击败过林丹汗喀尔喀的蒙古骑兵，打退过科尔沁部受林丹汗之命前来偷袭和挑衅的兵马，他们也尝到了苦头，损兵折将，深知建州兵马绝不是轻易可碰的，是要付出双倍的生命代价才行的。因此，各部对林丹汗的一意孤行，拿同族的生命为赌注，十分怨恨和愤慨。

但是林丹汗更为残暴，各部对他的旨意，稍有违拗便会兴兵讨伐问罪，甚至处以死刑，更惨者火焚、土埋，甚者凌迟、剥皮而暴尸荒郊。林丹汗已成为蒙古各部头上悬着的一把夺命剑，不知何时因何事而被降罪，死于非命。

林丹汗有自己的贴心部族，如弘吉喇特、岳巴特等，就一切宽容，而对科尔沁部则疑心甚多，视如仇敌，怕他们反叛投靠后金。正因如此，更使科尔沁部与察哈尔部离心离德，更加众叛亲离，其关系日渐疏远。而对赫图阿拉的建州部努尔哈赤兵马，从心底更加亲近投缘，并日渐成为知己。

林丹汗不但在政治、军事、经济等方面严加控制科尔沁部，而且他生性荒淫好色，生活糜烂，身边众妃如云，喜新厌旧，多少蒙古妃子今朝宠幸，明朝便陈尸荒野，引来秃鹰和野狼嗥叫争食。林丹汗有不成文的谕告，蒙古各部众凡有新生女子，必上册上奏，九至十三岁少女，都得经林丹汗派来贴身大喇嘛遴选，中意者必按时送入察汉浩特。林丹汗常亲自出巡各地，自己随意选妃，纳入宫中享用。林丹汗选入宫中之蒙古女子无法计数，不少女子又由他赏给自己的子孙和身边的侍臣。报女选妃之事已成为蒙古各部的一大重负，是极不得民心之举。

更可笑的是，据传林丹汗颇有疑心，时刻警惕被选入身边的女子，生怕一旦不轨，会伤及自己的老命，故非常憎恶会武功之蒙古女子，被选入汗宫之蒙古女子，必须是文雅的秀女，只习莺歌燕舞，不准舞剑弄棒，否则不被遴选。这样一传开，蒙古部落中不少女子从小便纷纷习武，悬垂利剑，力争避免被林丹汗选入宫内，蒙遭厄运之灾。因科尔沁部处于沿脑温江流域，山清水秀，土质肥美，素有善出美女之说。所以，从林丹汗的祖父起，被察哈尔部林丹汗选走之蒙古秀女唯科尔沁女子最多，成为惯例。

扎呼泰妈妈

翁果岱等科尔沁部的众位台吉们，虽慑惧林丹汗之威，极力尽善承办，但内心却憎恨不已。久而久之，科尔沁部中一些台吉们，因与建州部交往日频，特别是自从经过"九部之战"，亲自阅历了努尔哈赤建州部的待人处事，深有感触，愈加认识到真正能够维护蒙古人利益者，并不是明朝皇帝，真正敬如宾朋者是赫图阿拉的努尔哈赤父子。莽古斯台吉等在愤怒怨言中，竟在台吉中说出"有女缘何必奉献察汉浩特，赫图阿拉难道不该结亲吗"的话语，这些怨言在科尔沁众台吉中，初听有些恐惧和刺耳，后来仔细品味，反而使更多台吉由衷地感到这何尝不是蒙古未来兴旺之路。

　　这种想法，对于建州部努尔哈赤父子来说真是正中下怀。努尔哈赤兄弟、父子与跟随他反明起事于辽东大地的额亦都、费英东、何和礼、安费杨古、扈尔汉等，深知最强劲、最真诚的帮手和助军，唯西部草原蒙古莫属，他们若加盟是至关重要的。因为蒙古兵强马壮，是畜养战争的力器——蒙古骏马的故乡，骁勇善战，骑术战法世上无有匹敌，而且盘踞山海关之外近三分之一的肥原沃土，人口资源任何部落都不可与之比肩。尤为令人仰慕者，蒙古男女俊美、刚健、坦荡磊落、仗义朴实，甚少世人的狡诈如狐、令人防而难防的禀性。所以，明廷对蒙古部落一贯采取诱、防两手之策，既使其部落之间相煎，又施计分而治之，也成为明廷制衡建州的一把利刃。

　　正如前书所说，建州女真人首领罕王努尔哈赤曾多次正面或侧面与蒙古诸部联络，由于蒙古诸部初受明廷蛊惑，与赫图阿拉疏而远之。"九部之战"，努尔哈赤父子采取"重挞叶赫，礼遇蒙古"之计，大有奏效，分化了九部联军，严惩首恶者，警告参事者，震慑了叶赫、乌拉，结交了科尔沁众位台吉，与他们拉近了关系，相互消除了许多隔阂，心开始相通相近了，确是努尔哈赤的一大收获。罕王爷常向皇太极等自己的儿子们喜形于色地讲："我一生中最难忘怀的事儿，就是在我三十六岁时，明万历二十二年大年正月，蒙古科尔沁部明安贝勒和喀尔喀部岳巴特劳萨贝勒到赫图阿拉结交办喜庆大事，那次真够热闹的，大大扩大了咱们的影响。从此咱们跟老蒙古的关系可不再是两个民族的关系了，那可是血肉相亲的亲戚情谊了！"罕王爷一提起来，大家都历历在目，记忆犹新。

　　大家最难忘的事情，大约在辛卯年冬月二十六七日，扈尔汉大将向罕王爷传报喜讯，科尔沁部的明安贝勒感谢建州对他的原谅和宽恕，他们带兵袭扰仍不念前仇，还赏赐锦衣绸缎，送给银币，甚觉过意不去。这次特派专使送来两车一千只雪兔，以备赫图阿拉满洲人迎接冬至节，烹作雪兔宴之用，并言明年春正月，迎迓万马奔腾之马年，将率使臣来拜谒罕王爷，以表谢罪通好之心意。

　　辛卯年，女真人过天马年，正是万历二十二年迎春初节的正月十五前后，这年正是午马年，蒙古人跟满洲人一样，格外地注重天干地支。这年正是蛇年过去，迎来马年，象征万马奔腾的兴旺发运之年！赫图阿拉建州女真首领努尔哈赤，凭着自己的智慧和军威，在已逝的癸巳年，即万历二十一年，蛇年，六月打败了叶赫、哈达、辉发、乌拉四部兵马对建州的侵犯，取得大胜；九月间又以少胜多，在古勒山战胜了以叶赫布寨首领为统帅的九部联军的进攻，从此古勒山威名大振；闰十一月冬底又亲去北京，到明廷"朝贡"，受到明皇家和权臣们的宴赏，可以说出尽了风光。建州部在辽东已经名声赫赫，前程似锦。

　　就是在喜报频传，万象更新，昂首迎来崭新的新岁马年之时，蒙古科尔沁部明安贝勒和喀尔喀部劳萨贝勒两大部的首领，赶来数百匹蒙古骏马，肥壮的十峰大骆驼，数十个羊群，和蒙古部落的歌舞男女，走了数十天千里地的路程，坐着有彩棚的十数辆大勒车搭的轿车，在载歌载舞的喧嚣声中，来到努尔哈赤所在的老城拜年送喜，使整个老城顿时活跃起来。建州部的巴雅喇①们，飞马传报罕王爷，蒙古人破天荒头一次到咱们地界送新年的年货，给咱们贺年拜年来啦！

　　罕王爷努尔哈赤率领着众兄弟、儿子和各位将领，出老城去迎接，见面后，按照北方人固有的礼节，下马互相半跪，顶额碰肩相互拥抱。努尔哈赤命巴雅喇捧着礼盘，斟上迎宾酒三杯，主人努尔哈赤和蒙古明安贝勒、劳萨贝勒派来的两位贵宾各擎酒杯，相互挎肩挽臂，都仰头一饮而尽，象征痛饮热酒，兄弟情长，遇难同当，永无二心。礼酒献毕，罕王爷努尔哈赤手拉住明安贝勒和劳萨贝勒的使臣一步步向老城中军大帐走来。众巴雅喇们在后边给牵着他们骑乘的骏马，迎宾的人们跟着一大串。江边又有蒙古客人的车轿与赶来的马匹、骆驼和羊群。老城里彩旗翻飞，锣鼓震天，满洲八旗男女将士们站立两旁，手舞足蹈，口中喊着："窝莫西珊音莎比！"②"窝莫西珊音莎比""图门查拉芬，沙沙乌勒

---

①　巴雅喇：满语，汉译为"护军"。
②　窝莫西珊音莎比：满语，即吉祥如意的意思。

滚，图门查拉芬，沙沙乌勒滚"①，相互说着，唱着，相拥相抱着一起喊着"沙音阿浑德"②"沙音谐达"③，彼此亲亲热热，融如一家人。

罕王爷努尔哈赤和弟弟舒尔哈赤及众儿子们，还有费英东、额亦都、何和礼与扈尔汉等众位大将军们，都被这个场面感染了。他们进入大客厅里先不是让座，而是互相搂抱到一起，边唱边跳起"玛克辛舞"。蒙古等北方各族部落一样，双方见面，抛露情感，就是最热情地击掌拍腿，互相碰肩，大唱大跳起来，感情越激动，越能跳、能唱，手脚、肩臂、头颅、腰脊、臀部、四肢、双足，每一个抖动，都是很有节奏的，都是心理情感的流露，这是剽悍的肢体语言，是思想感情尽情地倾吐。北方各族都有这个古老的传统，悠远的传承习惯，就在这一投足、一扭肩之中，互相都能够心领神会，心心相印，往昔再大的怨仇、猜忌、憎恶和痛苦与委屈，就完完全全、干干净净化为乌有，烟消云散，兄弟情谊顿时重又萌生出来，重归于好，可为对方和朋友的遭遇献身豁命，两肋插刀在所不惜！大家跳够了，唱够了，累得气喘吁吁，罕王爷努尔哈赤和众位蒙古客人，才一个个罢休，找个椅子坐下，拿起桌子上一大碗一大碗的"阿拉给"④像喝水似的痛饮起来。

还是罕王爷努尔哈赤头脑清醒，把酒碗放下，先大声地说："今日大正月十五，老城建州兵马喜事临门，迎来了我们朝夕相盼的蒙古兄弟，这都是我们满洲人一向敬佩的大草原的英雄豪杰，是草原的雄鹰，是天之骄子。我们赫图阿拉，我们旧老城，今日来了蒙古兄弟，是阿布卡恩都力⑤的恩赐，为我苏库素浒河水带来了光辉，给我们旧老城带来了荣耀，我们诚心欢迎你们，感谢你们，我的蒙古好兄弟！"

罕王爷努尔哈赤这么一说，把这些蒙古客人们给惊醒了。他们没想到赫图阿拉努尔哈赤的八旗将士们，这么真诚，这么热情，这么好客，并没有把他们看成是外人，是战败者，也没有半点的蔑视和看不起，完全当成最尊贵的宾客，使他们从醉酒中猛醒过来，感激万分，个个痛哭流涕。

喀尔喀部劳萨贝勒的使臣巴布钦沙眼含热泪跪下给罕王爷努尔哈赤

---

① 图门查拉芬，沙沙乌勒滚：满语，即万寿同欢的意思。
② 沙音阿浑德：满语，好兄弟的意思。
③ 沙音谐达：满语，好朋友的意思。
④ 阿拉给：满语，即白酒。
⑤ 阿布卡恩都力：满语，即天神。

磕头说："英明的罕王，小将受科尔沁部贝勒和本部贝勒之命，特带来蒙古骏马五百匹，骆驼十峰，羊群十群（每群四十只），敬献建州部，相互扶危，永世通好。我家主子劳萨诺延台吉一再嘱托，到尊贵的赫图阿拉，叩见大恩公建州部的大汗努尔哈赤大将军，为我谢罪。你们救活了劳萨台吉之弟，是救命恩人哪！"说着，使臣又寻找皇太极贝勒，又给皇太极跪下，感谢他救活了劳萨之弟，大恩大德，有着菩萨心肠，代表劳萨台吉连连叩头不止。

各位阿古、妈妈、玛发，朱伯西我得要细说一下，这蒙古劳萨台吉派来的使臣为何痛哭流涕，频频给建州部努尔哈赤父子叩头谢罪，是何缘由啊？原来，这件事还是起自去年九月，叶赫首领布寨唆使科尔沁等诸部与他们一起聚集了九部兵马，秘密奇袭赫图阿拉，想以三万虎狼之兵一口吞灭努尔哈赤的建州兵马，在出其不意中将他们从辽东的地图中抹去。为了实施这个毒计，明廷给他们打气助威，坐等渔人之利。可是谁想到努尔哈赤早有暗探，已经掌握了这个密报，没用一兵一卒，密令建州兵马放过所有蒙古兵马，全力擒住此次联军的统帅叶赫部首领布寨，让其群龙无首，自成败绩。结果建州兵马杀死了布寨，九部联军顿时变成鸟惊兽散，各自逃命。努尔哈赤兵马杀死数千人，俘获马匹及敌众甚多。在此次战役中，喀尔喀兵马也被赫图阿拉的兵马堵劫，损失惨重。喀尔喀部将在逃遁时被皇太极的追兵追到，其首领被惊马甩进深沟之中，建州的兵勇刚要举矛猛刺，皇太极大喊住手，才使其免于一死。仔细询问，方知是蒙古喀尔喀部一个首领。因努尔哈赤有话，凡遇蒙古兵马一律从宽，礼遇对待，不要刁难。于是，便将这个首领抬回老城，由郎中好心诊治，是腕骨骨折，给其服药包裹，并命蒙古兵马用轿车送回喀尔喀部。

此时，努尔哈赤、皇太极等从使臣口中方知，此首领竟是喀尔喀部劳萨贝勒之弟。这伙蒙古科尔沁部和喀尔喀部的两部首领，就因为九部之战，结果大败而归。建州部的努尔哈赤并没有伤害他们的人马，被俘后好言对待，热心照顾，并如数还给被俘人员和马匹，对首领还赏给锦衣缎袍，使他们感到万分惭愧，自责自己不该被叶赫、哈达、乌拉部所调唆。数月以来他们就想亲赴赫图阿拉向建州部的首领努尔哈赤当面谢罪，从此悔改自新，与建州部永世和好。可是，总是觉得无颜去面见努尔哈赤，怕赫图阿拉建州部的人怀疑自己在耍阴谋，不相信是真诚之举。对明安贝勒来说更感到惭愧，当初耀武扬威去袭击建州部的古勒山

扎呼泰妈妈

城，叶赫部首领布寨丧了性命，众部仓皇四逃，明安贝勒在慌乱之中，抓了一匹没有鞍辔的烈马逃之夭夭，结果仍被赫图阿拉的伏兵擒拿，不久被以礼放还，真丢尽了蒙古科尔沁部大贝勒的脸面。后来闻听翁果岱贝勒也去致谢，还送去不少骏马和骆驼，自己才决心派使臣去赫图阿拉赔罪道歉。

此时，正巧遇上喀尔喀部劳萨因感谢建州部努尔哈赤对自己弟弟的不杀之恩，也想去赫图阿拉当面认罪，正要找一个伴儿，于是便想与明安贝勒结伙同行。明安贝勒为此事费了不少心计，最后还是决定自己不出面，怕努尔哈赤小看自己，便派儿子孔果尔贝勒带领自己如花似玉的十岁小公主查查同行，让其为父汗向赫图阿拉赔罪通好。

在蒙古和北方满洲、索伦、达呼尔等民族，自古都崇拜和信仰本族中的女眷，视为本族的明亮花朵，是温柔和好、美丽无瑕的象征，凡是女眷出面应酬，是永世结缘的含意，对方就要丢弃仇怨与较斗，要以礼相待，不可再耍男儿尚武的派头，所以明安贝勒便把自己的小女查查作为自己的小使臣，随其兄孔果尔同去赫图阿拉，想那努尔哈赤，哪怕再有多少的仇恨、愤怒和报复之心，见到兄妹俩来给谢罪道歉，也会转怒为乐，消去一肚子火气。就这样，他们随劳萨贝勒的亲近使臣一同长途跋涉来到赫图阿拉。

开始，他们以为努尔哈赤建州部的人一定会冷遇他们，或者当面讥讽嘲笑，"九部联军的败将来了"。谁想，到赫图阿拉之后，与他们事先想象的完全不一样。赫图阿拉建州部，以努尔哈赤为首，人人都那么平易近人，热情好客，而且真诚地敬重蒙古部落的人，视为天之骄子，那种亲密友好的态度与叶赫、哈达、乌拉的人迥然不同，使他们个个感激涕零，痛哭流涕。他们对建州部的努尔哈赤及其部将立即感到是亲兄弟，自家人，待我们蒙古诸部如贵宾，毫无隔阂之意。这样就使明安贝勒的使臣和喀尔喀部落的蒙古人将悬着的心放下了，如释重负，从心里敬重赫图阿拉的努尔哈赤和他的众位属下，视他们为可敬可亲的大英雄，都是很正义、很侠义的人。

对努尔哈赤兄弟、子女和费英东等众位建州部的人来说，也大开了眼界，从此对西部草原的蒙古部落也有了最妥切的看法、认识，众人完全被蒙古人的气派、装束，给迷住了！过去还真没有想这些，注意这些情景，这次是最难得的接触、认识机会。努尔哈赤兄弟们和他的儿子皇太极、代善、济尔哈朗等不约而同地将目光投向科尔沁部孔果尔和十岁小妹查查身上，两人英俊美貌，一表人才。他们发现蒙古男女都是高鼻梁、浓眉毛、大眼睛、长长的眼睫毛，健壮的体魄和白白的肌肤，透露着迷人的美丽，这可能是嫩江的江水哺育的结果，有着天然的精明聪慧、朝气蓬勃的气概！令人由衷地产生喜爱和亲近。

这其中更使大家注意的是，现在正站在孔果尔身边的十岁蒙古小姑娘。她是科尔沁部明安贝勒的小女，叫查查，方才还彬彬有礼地来到努尔哈赤面前，低下头，双手轻提右下裙，缓缓半蹲，这与满洲人一样都是女子施行的"蹲礼"。然后由身边的一个美貌侍女捧过一个宝盒，交给她，查查又用新学的满语，还显得语音不甚准确，轻声燕语地说："额勒阿玛汗，宝玉布赫！"[①]

这美妙的声音，竟把努尔哈赤吸引住了。他正眼细看，眼前这个小小的女孩，非常美貌，真是天上的神女下凡了！只见查查头戴蒙古少女最美丽圣洁的姑娘帽，是细长方筒形，上细下宽，绘有彩云，尖顶还绣有几个小红绒彩球，额头上围着一条"旭日"珊瑚带，带上镶嵌着松石、玟瑁、琥珀珠子，头上还有几根"哈特乎日"银簪，都是银马飞翔形，微微颤动，使查查显得更加美丽。她双手戴着兰玉镯，双耳垂着"铵赫"耳坠，全是银片形，闪闪发光。身穿蒙古彩云红日百鸟彩缎袍，腰系金色彩带，垂于两侧，脚蹬一双绘有盘云图案的鹿皮小"马亥"，即高腰小马靴，格外精神诱人。

蒙古女人比满洲女人更会打扮，一身除有精美的服装外，全身耳环、耳坠、钗子、戒指、手镯、手帕、荷包、挂饰、彩绢等装饰有十余种之多，而且全部熏有野花和香麝的芳香之气。世间都在传讲："世上最美丽的地方，是蒙古牛羊满坡的大草原，大草原上最令人日夜思恋的是彩裙飘香、婀娜多姿的蒙古姑娘。"果不然，查查把努尔哈赤等赫图阿拉建州部的各位满洲人给吸引住了。查查刚刚十岁，就有如此风度，如此迷人，若是十三四岁该是草原上最皎洁的明月了！

常到蒙古部刺探情况的大将扈尔汉，会蒙古语、索伦语，对草原上的蒙古人非常熟悉，曾结识众多好友。他看出主子罕王爷努尔哈赤对查查的喜爱，便走过去小声说道："罕王爷，蒙古女子不但容貌美，而且都擅于马术，又都是管家能手，男人在牧场劳碌，整个帐包的一切活计全由女人经管，就像侍奉孩子，管理家务，喂奶羊羔，熟皮张，熬马

---

① 额勒阿玛汗，宝玉布赫：满语，汉译为"这是父汗给的宝玉"。

奶，做奶酪、奶茶、奶皮、奶饽饽，件件琐事，都格外细致耐心。她们勤劳淳朴，泼辣坚强，从来不是轻浮放荡的。蒙古女人都忠于自己的男人，关心自己的男人，体贴入微，在北方各族中也是独一无二的，所以说，要娶上蒙古女人，那是一生的福分哪！"

　　扈尔汉大将的话，还真不是有意说的，可这么一说，确在罕王爷努尔哈赤的心中扎下了根，打下了烙印，不由会心地点头同意，似有所悟。自万历二十二年，甲午年，努尔哈赤会见明安贝勒的小女儿查查之后，从此，查查的形象和身影，就在罕王爷的脑海中生了根，时时牵挂。果不然，他产生了一个很大的想法，为了赫图阿拉的辉煌，为了战胜明廷，为了笼络自己可靠的同盟军，应该与蒙古结亲缘之情，娶蒙古女人，做蒙古人的女婿，把蒙古大草原的人马娶到赫图阿拉。这样蒙古就真正变成了第二个赫图阿拉，第二个建州部。到那时，辽东就会江山一统，再攻伐明廷便易如反掌了。罕王爷这些谋想，越思索越深远、越振奋，实现这个理想也更加坚定。只是由于当时建州部还要应对哈达、辉发、叶赫、乌拉四部，就把与蒙古科尔沁部的满蒙联姻之事暂时停顿下来。

　　当时，距离赫图阿拉最近的哈达部，出现了可以攻击取胜的机会。正好，哈达部万罕去世，其子扈尔干（虎尔干）继贝勒，但不久也死去，王公第五子孟格布禄承继，因其母原是叶赫的温姐，所以与叶赫关系密切。叶赫为扩大自己的势力，夺得哈达，便拉拢孟格布禄。此时，建州部也在积极拉拢孟格布禄，后来发现了叶赫与孟格布禄秘密商议联手之事。

　　话说万历二十七年九月，努尔哈赤统兵征讨哈达，攻陷哈达城池，擒住孟格布禄后将其杀死，终使哈达灭亡。位于松花江流域的辉发部，部落首领王机奴，在辉发河畔屋尔奇山上筑城。王机奴死后，其孙拜音达礼自立为贝勒。建州部终于在万历三十五年攻陷屋尔奇山城，辉发灭亡。建州部乘胜前进，继续攻伐乌拉部。乌拉部在扈伦四部中兵力最强，而且占据松花江流域的广阔沃土，与西部草原蒙古科尔沁部接壤，两部关系密切。建州部罕王爷很早就嫉恨乌拉部处处与蒙古联手。万历三十六年罕王爷派自己长子洪巴图鲁褚英率五千兵马征伐乌拉部。乌拉部得知后便向近邻蒙古科尔沁部求援，在科尔沁部增援之下，褚英兵马只得撤退。后来，叶赫贝勒金太石受建州兵马的攻伐，也是在科尔沁蒙古兵马的支援下，打败了建州部，建州部的重要将领布扬古在征战中殉难，损失惨重。罕王爷努尔哈赤深感建州部在征战中使他最头疼、掣肘的就是西部草原的科尔沁部。罕王爷想，如果真要发兵与蒙古科尔沁部硬打，也能够制服和取胜，不过，到头来只能是把他们推到敌对方去，这样又会树敌，使蒙古兵马与明廷和叶赫、乌拉真正抱起团来，共同对付建州部。

这样一想，又使罕王爷努尔哈赤重新思考。他想起早在万历二十二年提出的与蒙古联姻建立亲戚纽带的构想，把蒙古兵马尽量争取过来，分化他们，孤立林丹汗的察哈尔部众。再说了，察哈尔部身边的喀尔喀五部也与林丹汗不是一个心眼，林丹汗的横行霸道、荒淫好色、凌驾蒙古各部之上的气焰，早已使他周围的蒙古诸部众叛亲离，林丹汗越来越变成孤家寡人了。在罕王爷努尔哈赤的分化瓦解、打入内部离间等手段之下，在万历三十四年冬十二月，喀尔喀五部蒙古台吉恩格德尔贝勒的使臣秘密联络与建州部通好，拥戴努尔哈赤为"昆都仑汗"①。这一举动对林丹汗是个沉重打击。这些都更加鼓励了努尔哈赤与蒙古建立友好关系的信心。

万历四十年壬子，罕王爷特派扈尔汉带着美酒等厚礼，专程赴科尔沁明安部，拜谒明安贝勒，申明建州部罕王爷努尔哈赤久已看中了明安贝勒小女查查的美貌绝伦，诚心愿意两部从此结成亲家，迎娶查查为赫图阿拉罕王爷的尊贵福晋。明安贝勒欣然接受，感到与建州部喜结良缘，是科尔沁明安部的荣耀，当即在部落中与自己的众儿子、大喇嘛、家院众妃们讲了，众人无不高兴赞美。扈尔汉在明安部落受到盛情款待，而且共同商议，恐夜长梦多，怕林丹汗的破坏与挑唆，当即就备办最昂贵的相亲酒宴。建州部赠送选购的珠宝彩礼，明安贝勒准备了蒙古家族的名鞍名马、名侍女为随嫁。

且说，正月二十日良辰吉日，由明安贝勒和妃子亲自陪送查查，百里设歌棚，百里有歌舞，一路歌来一路舞，一直送到威远堡。努尔哈赤率众儿子、大将军载歌载舞隆重迎接，一直接到赫图阿拉。赫图阿拉鞭炮齐鸣，鼓乐喧天，轰动了数百里，到处都流传着喜婚盛宴之事。

罕王爷努尔哈赤接受费英东、额亦都、何和礼等众谋臣之倡议，既办满蒙大婚，就一定要兴师动众，就要大张旗鼓，声势越大、喜报越传越好，让蒙古各部都知晓，让林丹汗坐不住金銮殿，让乌拉、叶赫胆战

---

① 昆都仑汗：恭敬汗之意。

心惊。乌拉部主布占泰知道满蒙联婚，这是宣告乌拉孤城无援，乌拉临近末日的前兆。

果不然，这年九月，罕王爷努尔哈赤以屡背盟约和以鸣镝穿射侄女娥恩哲为理由，率五子莽古尔泰、八子皇太极，声势浩大地征伐乌拉。建州兵马放火烧庄，尽焚敌粮，连下六城。罕王爷怒斥布占泰倒行逆施，背信弃义，辱得布占泰无地自容。罕王爷留精兵千人驻扎城下，自己率大军撤回赫图阿拉，给乌拉留个面子，未斩尽杀绝。

罕王爷努尔哈赤随即向科尔沁蒙古首领奥巴、明安、莽古斯及其属下发函，告示乌拉窘状，蒙古兵马切勿驰援，乌拉寿终正寝之日就在明晨。科尔沁部众台吉们谁还管这已奄奄一息的乌拉部，都坐听其变。自从万历四十一年壬子到四十二年癸丑春正月，乌拉古城中已人心向着罕王爷，布占泰如坐针毡。乌拉城外建州兵马军旗招展，战马嘶鸣，乌拉城中黎民百姓，纷纷出城投向建州。罕王爷已知瓜熟蒂落，便率次子代善、侄儿阿敏、大将费英东、额亦都、安费扬古、何和礼、扈尔汉及将士三万人，举黄盖，吹喇叭，敲锣打鼓，并宣布乌拉屡背盟约，幽禁侄女，强娶所聘叶赫贝勒布寨之女，送人先于叶赫四大罪责，再伐乌拉。建州兵马以摧枯拉朽之势，逼迫乌拉兵四处溃逃，于是攻下乌拉城，建州八旗兵旗帜城上飘扬，布占泰只身投奔叶赫而去，从此乌拉败亡。

这时，蒙古诸部中最大的盟主、对建州部恨之入骨、一心投靠大明王朝的察哈尔林丹汗，可真坐不住了，拍案大骂科尔沁部的众台吉不听他的指令，擅自做主将女儿外嫁，与努尔哈赤自结亲家，竟使对峙建州的强大屏障哈达、辉发、乌拉一个个陨落，不用多时建州人马就会来敲自己的丧钟！于是，他便派自己的亲随大喇嘛星夜到科尔沁去见明安、奥巴等蒙古诺延，重新宣谕他的意旨。明安、奥巴早已知晓，让属下推脱说："主子已出塞行围，久已不在帐包饮宴。"大喇嘛自知无趣，只好回察汉浩特回报去了。林丹汗气得摔盅砸碗，满地直蹦。

其实，自打明安贝勒不顾林丹汗传谕和大喇嘛屡次三番向他恫吓、逼迫示威，仍堂而皇之亲自送女儿小查查到赫图阿拉与建州部赫赫有名的努尔哈赤拜堂成亲，就轰动了整个辽东大地。明安贝勒的大名顿时如雷贯耳，身价顿升，不少明廷的官宦、蒙古各部的诺延台吉没有不啧啧称赞、暗自敬佩的，都认为他为蒙古台吉找出了一条光明之路，就是不听邪，自己走自己的路，管他狼嗥鬼叫呢！

明安贝勒成了众星捧月的草原诺延，受到人们的重视和敬重。天天到他的牧场和帐包，拜访看望的科尔沁部和周围各部的新老朋友、亲戚、陌生的人，真是连连不断，也忙坏了贝勒家的老管家和侍人们。在这些来访的人士中，我要专门介绍一下他们博尔济吉特哈喇，明安的同族弟弟莽古斯贝勒。莽古斯贝勒不但自己来了，还带来了自己的大儿子塞桑台吉，他们父子是科尔沁部著名的大牧场台吉，不仅有自己辽阔的大牧场和牧民，还掌握有很强盛的超哈①。科尔沁马队远近闻名，在蒙古科尔沁各部中都具有举足轻重的影响和领先地位。

莽古斯父子见到明安兄长，半跪施礼，向哥哥嫂嫂问安。明安让他们坐在帐包中的羊毛大地毡上，侍人奉上奶茶，莽古斯可能渴了，低头喝奶茶，儿子塞桑台吉盘膝坐在地毡上，一声不吭。明安贝勒一见他们父子的表情，如此这般沉默，闷闷无声，特别是自己弟弟莽古斯眼睛不睁，若有所思地一口一口缓缓品尝着甜奶茶，这哪里是自己叱咤风云的莽古斯弟弟的性格啊！他深知弟弟莽古斯大贝勒肯定遇上了最令他棘手的难题了，便说："好兄弟，愁眉苦脸的样子，哪是咱们兄弟的性格，你是挺刚强的人，究竟遇上啥头痛的事了？"

莽古斯放下奶茶杯说道："阿哥，有好些日子了，一件大事折磨得我日夜难眠，确实难住了我，帮我出个主意吧！"

明安听后，放下手中拿着的一把紫铜水烟袋，这是前年去京师，一个明宫里的公公送给他的纪念物，放在案上，注视着弟弟，忙问："究竟何事，能难住你这位力擒棕熊的巴图鲁！"

莽古斯说："唉，好汉别提当年勇，我如今真是一筹莫展。兄长知道，我与我的大妃万历二十七年己亥生下哲哲格格，今年十五岁了，我多年来始终以哲哲有病调治为由，避开林丹汗的骚扰，最近传开林丹汗又派大喇嘛到科尔沁来给诊病，实际是查看虚实，到头来恐怕恼怒林丹汗，又要押走我的哲哲格格。我的大妃闻知此讯，日夜啼哭，就瞒着哲哲格格一人，已由我的妹妹乌云夫妇接到他们牧场游玩。现在眼看察汉浩特的大喇嘛和兵勇们就要来了，我们怎么逃过这个厄运？兄长，我的儿子，你的侄儿塞桑夫妇也在日夜愁苦难眠，每天饮食难咽，只因他们两口已经生有一个女儿，我的孙女，在今年正月又生下一个女儿，可乖了，尚未起名，正在襁褓之中。可是林丹汗曾传谕，蒙古各部生女必即刻禀报上档，不可隐瞒，否则治罪。我与塞桑都未有公开此事，仍在部

————————
① 超哈：满语，即军队。

落中守口如瓶。此番林丹汗大喇嘛要到科尔沁来，这些事必然都被看穿，到头来难免林丹汗发兵征讨，我们父子只有以死相拼了！"

明安贝勒说："咱们兄弟都是硬骨头，从来不惧怕死字！这些年咱们与建州部的人交往日多，已经越来越看清前程，东蒙古之兴必与建州联手，念天假以寿，百吉百顺，万事如意。好弟弟与兄同行，听哥哥的话，尔等便不受窝囊气，挺直了腰杆，堂堂正正做一方之主。现在，明安我何等气颐顺畅啊！"

莽古斯又说："兄长，小探昨日传报，建州扈尔汉大将要陪贝勒代善、皇太极、莽古尔泰，由扎鲁特部而来，他们要到我们的牧场和庄园拜访我。扈尔汉那是咱们蒙古人的老谙达①，不知是何时竟打听到塞桑家生下一个小月亮，后天正好百天，科尔沁大牧场要办百羊宴，谢天祝贺。这可急坏了我，我知老哥哥你跟建州努尔哈赤的几个儿子早有交往，都很熟悉。我这还是头一遭迎接建州部的几位显赫有名的贝勒，特别是皇太极，那可是智勇双全的大将，在建州部众贝勒中最有名望，深得器重，理应厚礼接待，想来必定是扈尔汉为咱们安排的这次巧会。明安兄长，届时必请你莅临塞桑牧场，从中斡旋。此番建州的人来我部做客，我儿塞桑尚要感谢建州部仗义救命之恩，其因就由于我儿塞桑将我长孙女贞贞，私藏于布莫牧场，被林丹汗得知，怪罪于我，竟暗派喀尔喀五部中之巴林兵马星夜来到科尔沁部，在牧场找到塞桑，当面质问。塞桑不服，他们竟以无理巧辩之罪，将其捆拿至察汉浩特，未让我知晓。还是苍天有眼，途中逢巧遇到扈尔汉建州兵马，解救了塞桑，吓退了巴林的兵马，使塞桑免受林丹汗囚牢之苦。不过，此事又难躲过林丹汗的刁难和问责。"

明安贝勒为人坦荡，刚直不阿，从来是大英雄敢作敢当，在科尔沁部落中是很有名的。他有句话用来形容自己："我明安就是一匹不听摆弄的头马，专喜欢跑在前头，探一探山有多高，草有多深，哪儿有肥嫩的青草，哪儿有狼群和野豹子的窝巢，给马群寻路领道。"明安听了弟弟莽古斯的一席话，完全知晓了他们父子俩的来意，并且慨然应允，说："好吧，这是科尔沁草原的喜讯，到时候我一定去，好好款待客人，回去做准备去吧！"

各位妈妈、玛发、阿古们，扈尔汉带领代善、莽古尔泰、皇太极等

---

① 谙达：满语，朋友。

众贝勒去扎鲁特、科尔沁等部落一游，其实都是罕王爷努尔哈赤出的主意，美其名曰"古楚扎发合"①"尼雅曼卡牙布"②，让他的儿子们在征战空隙，多到蒙古地方走一走，看一看，闯一闯，长长见识，结交一些蒙古朋友，"看我哪个儿子最能讨蒙古人、蒙古沙里甘居喜欢，给我带回蒙古沙里甘③来，阿玛罕有赏！"

科尔沁贝勒莽古斯真是完全听从哥哥明安贝勒的话，回到本部之后稍事歇息，便带着小儿子色音布尔和猎达去准备，塞桑台吉也随父亲同行。当日下午便带着大驼皮帐，赶着大勒勒车，装着套网、钢叉、铁夹和宿营食用的炒米、肉干，由牧场的众青壮年陪行，专程北上兴安岭诺敏河密林中狩猎犴达罕，盘牙老野猪和香獐子、黑狐等。莽古斯心非常细，科尔沁草原虽然有黄羊、狍、鹿、熊等，可他想让建州来的宾客尝到更多兴安岭的野牲鲜食，送给建州努尔哈赤一些山货。所以就远走四百多里，进入兴安岭腹部。三天后马上车上装载着丰满的猎物胜利归来。

扈尔汉陪着建州众位贝勒到科尔沁部莽古斯的庄园时，唢呐、锣鼓喧天，蒙古男女载歌载舞，明安贝勒、奥巴、莽古斯、塞桑、孔果尔率族众迎接。这是蒙古科尔沁部首次迎接建州部这么多位声名赫赫的满洲贝勒。莽古斯做主人，明安、奥巴、塞桑、孔果尔等作陪，让建州众贝勒品尝别出心裁的兴安野宴，这在蒙古草原往昔都没举办过。代善、皇太极、莽古尔泰等十分兴奋，表示由衷的感激。

兴安野宴中，有兴安岭的犴、狍、鹿，嫩江的鲤鱼、雁、天鹅，查干霍淖的细鳞、哲罗、金龟，用这些野牲烹煮烧烤出不同色味香型的菜肴。莽古斯贝勒甚喜研考菜肴，兴安野宴的菜肴可随时变换，但总以九为数，天、地、水中之野牲种类甚多，任取其九，以调配美观可口为度，每牲所取之部位皆可为九：头、蹄、心、肝、上肩、中肋、臀、尾、肘，其他如禽、鱼亦大致又选九个部位，如此烹饪便是九九八十一道菜肴。此外再附以果饮、自酿米酒、烈酒、血（生饮龟血、蛇血、鹿心血、犴达罕、马鹿、梅花鹿之胎胞血）。皇太极等将此方带回赫图阿拉，又经名庖丰富，传下来《满洲野意宴》的菜谱，顺治后一直传至京

---

① 古楚扎发合：满语，寻找朋友之意。
② 尼雅曼卡牙布：满语，走亲戚之意。
③ 沙里甘：满语，即媳妇。

师，形成独特的《满菜》，满语称"满朱衣苏给"，颇有名气。康乾之后与汉地京、津、粤、鲁、潮、港大菜相糅而有《满汉全席》之传世。

这次扈尔汉带领代善、皇太极、莽古尔泰等贝勒到莽古斯庄园来，莽古斯备感荣耀，看到建州部对他的重视，异常兴奋，不但亲手操办兴安野宴，讨皇太极等人的欢心，而且他还特意安排了一个独出心裁的会见。此前他向扈尔汉大将暗地里详细打听了解了皇太极的喜好、性情和个人的生活阅历，已知道他还没像他的二哥代善、五哥莽古尔泰都在蒙古找到了心上人。于是他心中有数，便回自己的豹皮大帐与爱妃秘密商量去了。

莽古斯台吉是一地之主，他妃子甚多，现在他最宠幸的妃子年轻美貌，尊崇其为"大妃"，意思是她在众妻妾中最为尊贵，是众妃之首领，主宰众妻妾的一切事务。她与莽古斯于万历二十七年己亥生一位美貌的女儿，起名哲哲，今年已经一十四岁，是科尔沁的明月，是他们的掌上明珠。哲哲五岁擅歌舞，六岁随莽古斯去过盛京，观赏过江南的各式刺绣。这孩子独有这种天赋，由衷地喜欢江南的刺绣，就爱看各种刺绣品，让父母给她买回许多，而且更奇怪的是自己竟爱起刺绣来，哭闹着让莽古斯给买针买线。因为十分娇惯，莽古斯便随女儿心意，专门从京师延请到苏杭绣女，让其拜师学艺。六七年来已经甚有造诣，其绣工不亚于江南楚女，这在荒漠的北方蒙古草原里真是名声赫赫，独成一秀。莽古斯为显示自己宝贝女儿的技艺，他凡是馈送明廷达官贵人和蒙古台吉的礼物，必有女儿的刺绣，凡有贵客临门必以她的绣品供人鉴赏，这使莽古斯无限陶醉和自豪。

扈尔汉跟代善、皇太极、莽古尔泰说："各位贝勒爷，到科尔沁要不看莽古斯家藏的珍宝那可是终生遗憾哪！他最宠爱的小女哲哲，是天下奇才，她专用彩丝羊绒线在布帛上随意织绣花鸟虫鱼、蒙古牧场、草原狩猎、跤斗、蒙古少女的珍贵服饰与草原婚嫁，等等，她见到什么就能绣出什么，每件刺绣都是栩栩如生的精美珍品。在明廷万历皇帝的深宫，皇太后的卧榻，辽东总兵官的迎客厅，还有蒙古大汗林丹汗的宝幄金帐里，都有哲哲的杰作。她是天下的奇女子，就是目中无人，林丹汗几次求婚，可惜不在哲哲眼里，你们不想观瞻吗？"

扈尔汉这么一鼓动，谁都想见一见这个山海关外辽东蒙古的绣女。皇太极更是喜好观赏名画丹青，闻听在蒙古草原荒僻闭塞之地竟藏女中英才，甚为好奇，一再叫扈尔汉快快引路，不可错过此次良机。

扈尔汉先命小番通禀莽古斯说明来意。不大工夫，莽古斯的小儿子色音布尔便来驿馆拜见众位贝勒大人，言明莽古斯夫妇正在忙碌整理客厅，让我先行一步，前来恭迎建州众位贝勒爷到敝舍去。

扈尔汉等在色音布尔的陪同下来到莽古斯的庄园。那里用松木为栅，围成一个宽大的院落，种植着各种花草。院中不少小木笼，养着小鹿、小狐、紫貂、小黑熊、小狼等，俨然是一个草原的动物之家。再往里走，全是白色大帆布罩成的圆形蒙古帐包，外面用蓝色彩绘各种图案，比一般的草原帐包更高大、雄伟、庄严，一看便知这里是蒙古王爷的私人寝居。院中还锁着数十条蒙古烈犬，见有陌生人进来便双爪扑地，利齿狼牙，嗷吠喉叫，在警告外人休要前进一步。色音布尔一声吓唬，这些烈犬都悄悄地趴下，眼盯着扈尔汉等人不敢再张扬施威了。

这时，莽古斯贝勒偕大夫人，在众侍女的护拥下，从最高大的、帐包之中悬挂两个高竿灯笼并镶有七色图案的大帐包里走了出来，热心迎接建州来的贵客，并让入正厅。莽古斯和夫人向众贝勒施礼，献茶，寒暄数语后，便由莽古斯引导进入正厅内侧。此处是藏文房四宝书画的亮敞书房，有侍女接迎，满帐包壁上的精美挂毯、羊绒织品，特别是正西面墙壁上悬挂一大张羊绒绣画，到近处一看方知，挂图底面是由彩染羊毛线绣织的一位美若天仙、风姿威严、端庄肃穆的蒙古大福晋，头戴红色彩绣女子高帽，美丽的"旭日"珊瑚带缀满珍珠，在额头闪烁垂摇。修长的大睫毛毛茸茸的，大眼睛凝望着远方的山峦和牧场中银子一般撒满在绿草坪的万点羊群，身披棕绿色羊绒大斗篷，内穿黄褐色绣满美妙的百鸟朝凤的长袍，显得那么雍容华贵，安详自得。两手腕上戴着双"箔箍"（双镯），都是松花绿晶石雕磨而成的无价之宝。眼前的绣图立即把众人的目光吸引到画中人身上，是那么魅力迷人，让人由衷地产生蒙古女人是天下第一美女，天下最温情脉脉、最擅于管理山河的美丽主人的印象。

莽古斯过来指着绣图说："众位贝勒爷，俺的格格哲哲在十岁时听她爷爷讲过蒙古秘史，讲道成吉思汗二弟哈布图哈萨尔的福晋神威夫人，是牧羊女出身的嫩科尔沁第一美女，后来哲哲经过六六三十六个日夜，用羊绒编织成这幅壮观的巾帼壁画。"

代善、皇太极、莽古尔泰、扈尔汉都被这张巾帼壁图感动了，如同站在科尔沁部开疆首领哈布图哈萨尔的尊贵福晋面前瞻仰她的玉容，聆听她的心声，久久不想挪动脚步。在这大幅福晋图像旁边，周围有几幅草原生活的掠影彩绣，也极为生动感人。蒙古女子在喂小牛犊，老母牛在一旁看着，从眼神中可以看出老母牛那么亲切温柔，看着自己的孩子吮吸主人送给的奶瓶，可看出来老母牛对女主人的无限信任和满意的情感。这个女主人就是大妃。这是小哲哲十岁时的杰作。在大草原中的蒙古妇女，旷野风大，蒙古女人自古喜欢用薄巾包头，头巾有的很长很长，缠在头上脖上，最末段拖到地上。小哲哲的绒绣，不少是在蒙古女人大小不等的包头围巾上刺绣的各种花鸟虫鱼、日月山川及各种各样的图案花饰，别有一番新意，生动感人。这肯定受到科尔沁草原的蒙古女人们的喜欢和称颂。小哲哲的名字一定在草原上非常受人们喜爱、欢迎和尊敬。

当扈尔汉、代善、莽古尔泰与莽古斯攀谈时，皇太极信步边观赏边往前走。他从小受父汗的影响，很关注明朝时的书画墨宝。每次罕王到京师朝贡，除得到明廷赏赐的"敕书"之外，还能赏给一些墨宝绘画，都是宋明以来名人的佳作。其用心在于展示中原人才济济，是文明大国，潜移默化地引导努尔哈赤要心向朝廷，不要顽固不化，固守东夷陋俗。不过，带回来的许多名画，也确实濡染了皇太极等人鉴赏古玩古画的情操。皇太极心灵手巧、聪明，同他父汗一样，在勘察战场之后，就以记忆之力绘制攻伐战图，做到观敌必细，一山一水一坡必记忆甚详，用兵方可百战百胜。还画明朝各级朝廷文武画像，传于八旗营中，人人传看，知道此战要千方百计夺下何地，斩首何将，才能奏凯。此时，他正被莽古斯展示的羊绒鹿皮彩画所迷恋，全神贯注，若有所思。他边欣赏边缓步走着，面前竟是一个布幔帐，皇太极想这一定是一个房间了，便颇有兴趣地将帘一拉，迈进了一个文雅静谧的绘画间。屋内有一个蒙古小姑娘在低头静心编织一幅彩图，见有人进来她很有礼貌地让座，然后仍低头忙自己手中的活儿。

皇太极见这个蒙古小姑娘身穿蒙古红颜彩袍，额头上包裹着红地银石的珊瑚彩带，头上银簪闪烁，长得很是俊秀，但一点也看不出高傲之态。所以皇太极以为这一定是莽古斯家中的侍女在忙碌。

哪知，这个小姑娘很是大方，用汉语说道："你这人怎么不懂规矩，没看我这么忙吗？脑袋这么乱，不知怎么编织好，进来净给我捣乱！"她说着也不抬头，还在整理彩绒线，看来思想完全陷入要编绣的鹿板皮上，正在苦苦构思。

皇太极蹑手蹑脚地轻轻走过去，低头一看，只见这个小姑娘双手摁着一个白皮板，已经编绣出一只枝上啼叫的小鸟，正张嘴鸣叫，仿佛在呼唤伙伴。皇太极高兴极了，竟脱口说出："好哇，这雀绣得就像真的一般，我都听到叫声了！好！"

他的话语把正伏案全神贯注的小姑娘吓了一跳，她抬头见身边站着一位穿着长服甲胄的魁伟男子，忙站立起来。虽然不认识，但她知道此人肯定是额奇克①的客人，忙让座。皇太极点头致礼，并未坐下，就说："我看了展出的各种挂图，颇有草原蒙古风味，震撼心弦，了不起呀！若能再领悟一些风情故事或者再习学古人的名画神图就更好了。明朝有个大画家吕纪，最擅长绘画百鸟。他的《山禽图》《四季花鸟》等都堪称传世珍品。你要设法多看一看，必会启发你的灵性和才艺，你一定会更上一层楼，风光无限尤添神采！"

哪知皇太极这么一说，反倒引起这个小姑娘的神往，忙说："习古人名画神图，太好了，我就缺这些啊，到何处寻，求何处师啊？"

皇太极说："这好办，何时到我们那里，你会开阔眼界的！"

他们正说着，莽古斯领着扈尔汉、代善等进来，忙说，"哎呀，贝勒原来在此"，又向那个小姑娘说，"哲哲，这就是我说的建州部四贝勒皇太极，快快见礼！"

那个小姑娘顿时满脸绯红，转身就跑了。莽古斯叫也没叫住，喘口气责怪地说："这孩子让我娇惯的，这么任性，不听话。"

代善因罕王爷命他近日速去渥集部，收降数地，急于返回赫图阿拉，莽古尔泰也陪同回去。这样，他们在莽古斯庄园的观览就匆匆结束了。莽古斯、明安等蒙古贝勒们还要请建州的客人去塞桑的牧场，去恭贺塞桑的小女百天，和访问科尔沁阿巴亥地域的漠北大牧场，就由扈尔汉陪同皇太极去了。皇太极此次见到莽古斯的小女哲哲，那么美丽无瑕，天真烂漫，心灵手巧，由此留下了深刻的钟情。

傍晚，扈尔汉、皇太极在明安贝勒、莽古斯贝勒的陪同下，到塞桑的牧场做客，又是一番热情洋溢、载歌载舞的场面。塞桑台吉夫妇敬献哈达，感激建州部皇太极四贝勒的莅临。塞桑之弟也跪地叩头感谢救命之恩，他们的北原牧场兄弟们，额其格台吉、楚祜尔台吉等也来致礼问候。

话说，塞桑小女的百日宴，备办得格外隆重大气，科尔沁草原蒙古

---

① 额奇克：蒙古语，父亲。

部落的头领全部到场。蒙古科尔沁部博尔济吉特氏哈喇家族经历代繁衍发展，已成左右东蒙的强大望族。近些年，众首领睿智聪明，已看清单纯以蒙古元裔的名义已经无法在辽东站稳脚跟。因为辽东鸡鸣山下、苏子河畔的建州部努尔哈赤父子，已经迅猛崛起，远逼大明王朝，近迫扈伦四部土崩瓦解，现在只剩叶赫还在苟延残喘，其寿终之日已经不远。原来倚靠的大元后裔察哈尔部蒙古当今的大汗林丹汗已经明日黄花，何况林丹汗狂妄自大，荒淫无度，心胸狭窄，嫉妒多疑，而且偏听偏信，挑拨中伤蒙古各部之间的关系，他本人是胸无大志，不能成大器之人。科尔沁部蒙古已经完全看透了林丹汗，已经挣脱开林丹汗的羁绊，与建州部手拉手，成为辽东最亲密的弟兄、亲戚，融如一家。

科尔沁部博尔济吉特氏望族，主要成员由原为科尔沁博尔济吉特氏哈喇在嫩江流域的两大分支组成：一支生活在嫩江北部，前郭尔罗斯地域的博尔济吉特氏蒙阿岱部落翁果岱诺延为首的博尔济吉特哈喇子孙，其子就是赫赫有名的奥巴台吉及其子孙们；另一支是生活在嫩江西部与扎鲁特接壤的兀鲁特科尔沁蒙古，为博尔济吉特氏哈喇的子孙，其代表的蒙古科尔沁诺延就是明安贝勒、莽古斯、塞桑这一支博尔济吉特哈喇望族。从人口兴旺程度和在辽东的影响，后部科尔沁蒙古的博尔济吉特哈喇与建州部关系更密切，影响更大，姻亲关系更密。塞桑小女百日宴，已标志科尔沁蒙古博尔济吉特氏家族的壮大和崛起，并显示出这种声威，百日宴办得非同寻常。

在北方满洲、蒙古等民族部落，自古在望族中都极为重视儿女生辰中的第一大宴，即百日宴，颇似汉人要在百天中宴请亲朋好友，共庆新生儿女的生辰吉日，观赏其体态、笑容，预祝其一生吉祥。特别是孩子的父母，怀抱儿女，用炭墨花汁在布帛、桦树皮、光板皮革上，由萨满、名师彩绘图形，世代珍藏，或由萨满见形塑像，供于神堂。有些姓氏珍藏数代，存供于家庙。塞桑就宰杀鹿、野猪、白羊和江里鱼，供奉祖灵，请本哈喇"博"[①] 跳神祭祖，举行三日祭，三日喜宴，祭贺三日。

塞桑夫妇身穿吉服，怀抱百日小女，侍女护拥四周，供参宴祝贺者当面祝福。塞桑夫妇恭请明安贝勒为小女取名，明安谦让地说："让你

---

① 博：即蒙古萨满。

们的额奇克，额克①给起吧！"

莽古斯夫妇诚恳地说："恭请阿哈②赐名。"

明安说："我科尔沁部博尔济吉特神灵护佑！我意还是向神灵祈名，以表虔诚。"

于是，莽古斯把本部大喇嘛请来，又请"博"跳神祈祷。神灵显示，"博"击鼓咏唱，在浓烈的野菊花、杜茶花香枝的熏烟中，"博"击鼓越加激扬有力，众位助神人竭力护佑挽扶。"博"突然跳起，躺倒在地，手鼓仍紧握手中。塞桑等跪地叩头，祈祷恩赐。"博"闭目咏唱蒙古忽必烈时民间古歌长调，其声悠长悦耳，似有神鹰在室内烟雾中飞翔盘旋。少许，古歌声更加响亮，众人多听不懂其语含义，还是叩头在地的明安贝勒，他自幼对蒙古古语就喜探求，而且又通汉学，可谓通贯古今，最终还是他欣然点头，三叩首之后，站起来向族众宣告说："神灵显示，其义是滕格里灵山送神玉，光照千秋澄尘宇，此女非常人，必为大器。"

遵照明安贝勒的汉语译文，取其"神玉"的"玉"字，"哈斯"为名。因蒙古人女孩多习用重叠音，如"查查""哲哲""囊囊"等，故名叫"西西"，蒙古语为"腾格里·哈斯"，亦即"天狮""天狼"之义。大喇嘛曾取名"天狮"，实际上"天狮"在蒙古语中仍是"天狼"的代称。蒙古人自古就崇拜"天狼"。《蒙古秘史》开篇便记载，成吉思汗的根基，是奉天命而降生人世的，称作"字兀帖赤那"，即苍狼。他的妻子叫豁埃马阑勒，即惨白色的鹿。蒙古语"赤那""奇诺"，就是狼。科尔沁蒙古各部都有"天狼"的神话，天神降下天狼，与白鹿成亲，生下了勤劳勇敢、刚毅正直、最善于生活的子民，就是草原上的男女蒙古人，他们是世界上最勤勉的人，最刚毅正直的人。科尔沁部就是天狼的后代。

蒙古科尔沁大喇嘛、明安贝勒就给塞桑之女取乳名"赤赤那""奇奇那"，简呼之为"赤赤""奇奇""西西"，时间长了便只剩下"西西"一音，叫惯了，叫响了，一直传了下来。后来，孝庄皇太后当着众臣属下常训育儿孙、臣僚，也说"自己最喜欢'西西'一名，是祖先留下的。愿做天狼，才有生存的希望和勤敏。"这是后话，但"西西"之乳

---

① 额奇克，额克：蒙古语，父母。

② 阿哈：蒙古语，兄。

名，确传了下来。

来科尔沁部的所有内外宾客，都过来齐声祝贺塞桑夫妇天降神女，锣鼓唢呐齐鸣，满院的人彩袖翩翩起舞，在马圈、羊圈、勒勒车上，各处都挂上红色彩绸，哈达满院飘扬。塞桑之女的乳名已由大喇嘛上阖族档册，将"滕格里·哈斯"的蒙古文写在宗族祠堂的牛皮档簿里。于是，百日宴命名厚礼才庄重结束。

接着，在塞桑小女百日宴上，明安、莽古斯等几位长辈分别为塞桑小女送大礼。其中，特由盛京匠役全用白银打造的吉祥如意锁共两件，锁式精美，内镶东珠和金花图案，其银链、银锁、银铃亮闪闪，真是价值连城。

扈尔汉和皇太极遵照明安贝勒的话，"你们不要给金银，我们不缺，你们既然来参加喜宴，留下自己最值得纪念的物件一枚，不论大小，有纪念意义便可"。他们根据主人之意各自献上一件心爱之物。

扈尔汉将征战喀尔喀五部时得到的一把金柄匕首献上说："这个金柄匕首据传是元朝传世的镇宅驱邪宝器，送给塞桑台吉，祝你们的格格一生一世滕格里保佑，福星高照。"

皇太极此番出来未带什么奇物，摸来摸去胸前只有一挂金链，链下挂着一尊佛菩萨小金像，是避邪之物。此物是自己生母挂在他脖子上的，已有二十多年，实在舍不得，但又不能空手，又不能立刻找到其他物品可以代替，也就只好割爱送给塞桑小女的百日，作为吉祥物献给他们。

皇太极将这挂金链送上来，明安贝勒看了看，哈哈大笑，非常高兴，向莽古斯、塞桑说道："蒙古自古有谚语，赠项链，同心爱；亲连亲，永不断。这可是吉祥如意的好兆头哇！"这话说得真有远见，再过十三年，就这个百天的蒙古小格格，果真应了明安贝勒的话，成为皇太极永福宫的庄妃，育生大清朝定鼎中原的顺治皇帝，成为显赫的皇太后，世称孝庄文皇后，这是后话。

话说百日宴后，塞桑在牧场举行隆重热烈的套马比赛，塞桑牧场附近的九大牧场，不少都是蒙古博尔济吉特氏家族的几大支子孙，奥巴家族的阿巴亥儿子们等骑马手，也都来参加盛会。塞桑兄弟热情邀请建州部贵客皇太极、扈尔汉参加套马比赛。扈尔汉因常到蒙古大草原，对蒙古人的驭马经验非常熟悉，套马比赛也参加过，至于皇太极从来没到过蒙古牧场参与蒙古人的套马大赛，很生疏，可是皇太极从来不服输，干什么事都有股热情，喜欢参与，喜欢试一试。所以，对于这次到塞桑牧场能赶上一次套马大赛，他感到是千载难逢的机遇，从来没想退却，静待一旁看热闹，而是毫不犹豫地爽快答应下来。

扈尔汉可担心了，套马大赛那可是玩命，是勇敢者的比赛，必须有高超的驭马技能方可报名参加。何况是在蒙古牧场，所有参赛者全都是从小就在大草原牧场上骑马奔驰惯了，他们一向以骑马为生活乐趣和生活必需之事，草原的人离开了骏马，就仿佛鸟儿没有了翅膀，无法生存下去！扈尔汉惧怕的是，自己陪伴四贝勒来蒙古草原，若一旦出现个三长两短可怎么向罕王爷交代呀！于是，他就想劝皇太极站在一旁，观赏大家比赛，不要下场。可是，皇太极干脆不听，扈尔汉只好向他传授经验和套马比赛的规则，让皇太极仔细记清楚，以免出事。

套马比赛很有情趣，是蒙古人生活中必备的生产经验。蒙古牧场中牧畜就是驼、马，以马为主，马群在大的部落能圈养数千匹之多，平时都是在牧场中游牧，从来不备鞍辔。每匹烈马，因平时无人管束，人要是抓它，非常不易，便在大草原上拼命奔跑，不愿让牧人抓到它。牧人想抓住它为人干活，必须到牧场去捕捉不可。这就要求牧马人有迅速捕捉到草原烈马的能耐，要有擅长套马的技术。要套住牧场的骏马，就要有专门能捉住骏马的套马杆。牧场的牧马人就是凭一根很长的套马杆捉住马。光有套马杆还不行，还得有专门训练有素的能够听牧马人指挥迅速追赶要套住野马的骏马才行。这种马俗称"套马杆马"，或简称"套马杆"。牧马人在骑上这种专门训练的套马杆马之前，把手中拿着的长竿，向要捕捉的骏马一指，套马杆马便领会主人之意图，拼力向要捕捉的野马穷追过去，紧紧追赶不放松。追赶上那匹骏马后，牧马人便把长竿一甩，长竿上的绳套正好套住骏马，然后跟着骏马奔跑，一直到前边的骏马被绳套套紧，渐渐放缓了蹄速，站住不动时，骏马这才被套住。

明安贝勒心很细，嘱告塞桑要注意安全，保护建州部皇太极等贵客。这次套马赛分为两级，第一级为蒙古众骑士参与比赛，扈尔汉也加入了这个赛队；皇太极参加了第二级赛队，这个赛队都是蒙古的少年参与。蒙古赛马不分男女，按年龄分级，从来是男女一致、平等，不互相轻视。这两级赛队，都是男女混在一起，只是按年龄分成一二级而已。

在皇太极参与竞赛的队伍中，有不少仅仅是十岁左右的蒙古男女少年，个个英姿飒爽，气宇轩昂，互不服气，志在千里，令皇太极由衷地喜爱赞佩。蒙古少年真是年少有志，不可小视。每个少年都喜欢骑骟马，手持住长鬃，任马蹦跳，纵跃，也无法甩掉这些男女少年，而且每个男女少年都毫无惊惧之色。可见他们从小就是生长在马背之上，就习惯了这种马上的颠簸生活。

这时，只听明安贝勒吹了一声长筒唢呐，"呜"的一声，各个马队就出发了。比赛规定在一定时间内，骑马人能够套到马数最多者为优胜。只奖优胜级，可赢得白银十两，白布三匹，东珠五颗。套马比赛，部落年年都举行，竞赛优胜者，年年日积月累，为儿女用白银、布匹、东珠打造饰物和珠饰，所以人们年年期盼套马竞赛，个个精于骑术，勇夺魁元。

皇太极参与竞赛，了解了不少蒙古部落的内情，更理解蒙古为何在征战中如此勇武无敌，原来蒙古人各部从小就锤炼自己的子弟，以骑术尚勇为先。父罕嘱告建州部要与蒙古结盟，确是英明良举，蒙古部落确有许多值得学习之处。因此，更助长了皇太极的气概，他手握套马杆，按照扈尔汉刚才叮嘱的要领，在马上一要坐稳，二要紧握长竿，三要看准捕捉的马，脚登骏马的肚子，一直追赶不放。精神要集中，不可犹疑不定，必能如愿。

话说，皇太极选中一匹前马后，便拼命打马追撵。他骑的马很快就要追上前马了，他把长竿一甩要套前马，哪知前马非常狡猾机灵，突然一掉头，往回跑来。皇太极的人和马已经冲了过去，身子一晃，长竿不知该怎么甩好，就在这一霎时，旁边两个十岁左右的蒙古小女孩从左右两侧冲了过来。皇太极不知，两边早有人在保护他，就在他身子一摇晃险些被快马抛到地上之时，这两边飞马赶过来的两个蒙古女孩，从左右两侧身子往皇太极方向一碰，使皇太极又正正地坐在马上，没有被烈马摔下，就听一个小女孩说："别盯那个回头马，快甩长竿，套你前面这匹小红马，它跑得不快，快套！"

这时皇太极突然清醒，忙把长竿一甩，右手一兜，正好把前边的银鬃小红马给套住了。就听另一侧一个蒙古小姑娘说："抓住长竿，抓住长竿，别松手，跟着小红马跑，跑一气它就服输了！"皇太极按照这个小女孩的话做了，真管用，小红马被套住之后，先跑了一阵，怎么也甩不掉被套的长绳子，知道自己被人抓到了，只好老老实实听话了。于是，站住听从号令。

在这场套马竞赛中，明安贝勒、莽古斯贝勒、塞桑贝勒亲自奖赏获

天之骄子

胜者，并向皇太极祝贺，虽然他仅套住一匹小马，但并未空手而归。赏给他那根长长的套马杆，拿回建州部作为永久的纪念。

这时，皇太极一再向塞桑台吉恳求想认识一下在套马时左右相助的两位蒙古小女孩。明安贝勒高兴地喊叫阿巴亥额齐格，亲切地领着自己的女儿来到皇太极身边，并向皇太极施礼问安。那两个小女孩才仅仅九岁，都是草原的小牧民。他们叫"囊囊""辰辰"。皇太极非常感谢，又将自己的两个彩穗金丝荷苞赠送给两个小女孩，作为纪念，并向明安贝勒说："众位蒙古诺延，我皇太极自幼弯弓盘马，今日到了蒙古草原学到了许多新奇的骑术，又巧遇两位蒙古童师，真是受益匪浅哪！"

朱伯西在这里再多叙说几句。这"囊囊"和"辰辰"，后来都被林丹汉掠去，成为妃子，不久皆为皇太极所救。这是后话。

从此，建州部与蒙古科尔沁部众位诺延的关系日益密切，心心相通了，猜疑化解了，互相之间走亲戚，拜望朋友，双方的关系远远超过了与明廷的来往。

到万历四十二年，女真天虎年四月，赫图阿拉贝勒代善与上年交往密切的科尔沁西部蒙古扎鲁特部钟嫩之女成婚；莽古尔泰与蒙古扎鲁特部纳齐贝勒之妹成婚；六月，皇太极将思念已久的蒙古科尔沁部莽古斯之女，羊绒彩绣巧手哲哲接回赫图阿拉，举行大婚典礼。这位蒙古绣女就是未来大清国著名的孝端文皇后。

万历四十三年，女真天兔年正月，罕王努尔哈赤又正式娶蒙古科尔沁部明安贝勒三子孔果尔之女为福晋。至此，满蒙联婚已成常制，与蒙古科尔沁部的结盟已经十分牢固，震撼了明廷和蒙古察哈尔部林丹汗的强悍势力。至此，罕王爷努尔哈赤的建州部在关外的辽东，从自身的八旗兵力势力范围到气势完全占据了上风，制控全辽东已为期不远了。

　　蒙古科尔沁部兀鲁特博尔济吉特氏以明安为首众贝勒、台吉与建州部努尔哈赤的亲近、通婚、结亲，融如一家，使当时大明朝廷和蒙古一些部落又怕又恨。这其中最不能容忍、气急败坏者就是察哈尔部的林丹汗。他一向高傲地自称"四十万蒙古大王"，蔑视建州努尔哈赤是"北滨三万之王"，没想到如今众叛亲离，自己越来越孤立、被动，而努尔哈赤却创建后金政权，独立成汗，连明廷都惧其三分。林丹汗在亲随大喇嘛策划下，施以毒手，将一腔怒火全发泄到科尔沁部博尔济吉特氏家族身上来。

　　在科尔沁部自塞桑为小女大办百日宴之后，一直到明天启六年，后金天命十一年八月，英明罕努尔哈赤因率军伐明，身负重伤，赴清河温泉休养。归途中，一代雄主死于瑷鸡堡，享年六十有八。罕王爷最宠爱的八子皇太极多年追随父汗，冲锋陷阵，智勇双全，天命八年，罕王设八大臣辅佐，皇太极为八旗旗主。天命十年，迁都沈阳，皇太极受父汗之命，迎娶了他参加百日盛宴的蒙古"腾格里·哈斯"即"西西"神女入宫成婚。天命十一年九月一日，皇太极受众贝勒拥戴即汗位于沈阳，诏以明年即明天启七年为后金天聪元年。

　　后金天命十一年，皇太极受父汗之命迎娶西西进入后金。西西嫁后金罕王第八子，尊为四大贝勒之一的皇太极为妻。西西曾向蒙古双亲讲过最震撼她的大事，令她终生毛骨悚然。一件事是听哲哲姑姑告诉她，后金罕王爷曾格外宠幸的大福晋富察氏衮代皇后，曾被视为掌上明珠，后来被人诬陷，还传言与自己的二子代善关系暧昧，被罕王爷贬斥，从此休弃于冷宫。尤其使她骇然者是她亲身经历之事：罕王爷长眠瑷鸡堡，由他的几个儿子中的谁来继汗位，承继后金大权，经争吵权衡，最后统一到由自己的畏根[①]皇太极继汗位。

　　当时，罕王爷继贬去大福晋富察氏衮代皇后之后，其大福晋就是乌拉部首领之女，自己的爱妻，又美又精灵，非常体贴罕王爷的阿巴亥。

　　———————————
　　① 畏根：满语，即丈夫。

阿巴亥姿色艳丽，待人处事均被赞颂。当时，已有两子，即八岁的多尔衮和其弟弟多铎。最终因太祖"遗命"，令阿巴亥脚踏劲弓殉夫自尽。西西见年轻俊俏、武功超群的小多尔衮，霎时没有了靠山成为小孤儿，十分惋惜同情。眼见他在虎狼相争的权力角斗中立即处于极为危险不利的境地。将来就看他的求生能耐和造化了！西西从中又悟出自强不息的心劲来，深入女真人宫闱之中，必有警觉，必赢主爱，必显奇才，永做草原上的驭马人，驰骋千里，风光无限。否则就难以立足，无法堂堂正正地活下去。

天聪元年，皇太极自继承汗位，就一心朴实践行父罕的重军伐明之志，为此分兵消剪四方余党，南摄朝鲜，北伐黑龙江未抚诸部，继续征讨宁远锦州之明兵辽东袁崇焕、祖大寿之顽敌；西以更大兵力亲征蒙古察哈尔部林丹汗，此乃后金南进最凶恶的拦路虎，不灭林丹汗，难进山海关大举伐明。所以，皇太极将南北各敌分由各贝勒率精兵分而击破，自己亲率大军奔袭敖本伦等地，闪击察哈尔所属多罗特等部。

说来，皇太极声势浩大地伐明，下此决心绝非一时之念，而是蓄谋已久。皇太极迎娶莽古斯贝勒之女——心灵手巧的哲哲为妻，即汗位后，册封为正位中宫皇后，深受皇太极的宠爱。在此期间，皇后之母曾多次进宫探望，皇太极均优厚待遇，追封皇后之父莽古斯为和硕福亲王，母大妃为和硕福妃。大妃每来，均将蒙古众位台吉的祈愿、要求禀奏皇太极。所以，皇太极对科尔沁部情况非常熟悉。特别是自小西西天性活泼机灵，身姿修美，容貌绝伦，尤得皇太极的宠幸。次年，天命十一年九月，皇太极即位成汗，封西西为永福宫庄妃。

庄妃能够进入宫闱，说来多亏莽古斯大妃与哲哲几番禀奏力荐。庄妃西西是塞桑之女，而塞桑是哲哲之兄长，虽不是一母所生，但都是莽古斯的亲生儿女，相互间感情甚为投缘亲密。哲哲为人慈善、贤淑，性喜静思，好工艺编织，有才女之雅称。建州部努尔哈赤同意并极力让自己的儿子皇太极与莽古斯之女成婚，实际说来，主因还是意在加固建州部与科尔沁部蒙古上层诸延们的军事联盟。皇太极与哲哲成婚，大大改变了哲哲的情感追求和生活习性，她帮助丈夫皇太极办理众多与蒙古台吉们的交往之事，但不善于弓马刀剑。皇太极既喜爱哲哲，又觉哲哲身上缺少尚勇睿智的巾帼风采。哲哲已有觉察，她与皇太极虽两情相笃，但总觉不足，深感自己的举止不能满足皇上之爱愿而为憾。

怎么办呢？哲哲想来想去，便想到自己故乡含苞待放的滕格里·哈

扎呼泰妈妈

斯——西西。西西是自己的亲侄女，那是天之女，已到婚嫁之年。她是草原的骄傲，美丽的明月，天资聪睿，三岁能歌舞，五岁习弓马，九岁擅摔跤，男儿都惧怕，不愧是女中魁杰。她自小受父塞桑之命闯入千里牧场，勇斗狼群，智降棕熊，洪水中引部众逃生，在草莽烈火中遇难不惊，指挥十九万牧民父老遇难呈祥，使之没受到伤害。西西在科尔沁部中虽是年幼少女，但已经骑马驰骋千里牧场，每次马赛、布库赛、那达慕大赛，都是声名赫赫，男女中勇夺魁元。

哲哲将西西奇才奇功禀奏皇太极，皇太极已早有烙印，除赞同外，也常在父汗面前详述其能，终得罕王努尔哈赤的青睐，命扈尔汉专程赴科尔沁部明安处，从中斡旋，与莽古斯商谈。莽古斯欣然应允，赫图阿拉又专备丰厚的彩礼献上，很快便完成了婚姻大礼，喜结连理。从此，皇太极不仅有聪慧手巧、沉稳寡言的美女哲哲相助，更有一位年少美丽、文武双全、机智多乖的小西西终日陪伴，尤让皇太极欣慰。

皇太极和其父汗努尔哈赤一样对妻妾有明确的要求："女人既要操心畏根的食住，更要与畏根一心多思虑建州大计，方为贤内助也！"没想到，小西西天生就有这般造化，她在科尔沁草原没出嫁之前，从小小年纪起，就喜欢成为父母牧场的大总管。她爱骑马，爱闯大草原，整天跟着牧羊老人们追撵野豹、野狼，护养羊群，成为塞桑的"小管家"。进入后金的宫闱，也没改她的性格喜好。别看小西西在本部落中年岁小，又是一个女孩家，可那是群儿之首，草原、牧场，处处、事事哪里也少不了她。小西西骑射高强，多少男孩子、女孩子都是她箭法、马术的败将。她十二岁就成为科尔沁大草原的明星，因而被赫图阿拉建州部努尔哈赤和其子皇太极看中，用最珍贵的彩礼，请明安贝勒、希福为媒人，迎娶西西与皇太极成婚。她成为科尔沁博尔济吉特氏家族继莽古斯之女，西西的亲姑姑哲哲之后，第二位被选中的蒙古美女。由西西的哥哥亲自送到赫图阿拉，与皇太极贝勒拜堂成亲，礼乐七日，轰动赫图阿拉所在的苏库素浒河两岸。满洲八旗将勇和所有满洲诸申姓氏，都齐声称赞赫图阿拉的皇太极真有福分，把科尔沁的小太阳接来了，真是姿色照人，光芒万丈！

小西西可不同于皇太极早年迎娶的哲哲，她绝顶聪明，且有心计。她总是暗地里说姑姑太亲迷于自己的小小闺房生活，而她却有远大的志向和不拘泥宫闱的寂寞应酬，既是赫图阿拉中的一员，又是努尔哈赤四贝勒皇太极的妻妾。小西西常说："一个女人不能只是终日做那平淡的

'赫赫白塔'①的事，要有大志，有天狼的气概，天狼的勇气，与男子畏根比肩，成为女英雄，女豪杰。"

西西到赫图阿拉后，很快就通晓了女真语，通晓了赫图阿拉特有的权力体系，这比蒙古更为严格有序。努尔哈赤是后金汗，全部兵马皆以旗为统帅，满语称为"固山"，旗主称为"固山额真"，共分八旗，正黄、镶黄、正白、镶白、正红、镶红、正蓝、镶蓝。努尔哈赤罕王爷掌管正黄、镶黄，努尔哈赤二子代善掌管正红、镶红，努尔哈赤第八子皇太极掌管正白，努尔哈赤第五子莽古尔泰掌管正蓝，努尔哈赤之弟舒尔哈赤之子阿敏掌管镶蓝。后来旗主又有变更，皇太极掌管正黄、镶黄，正白、镶白为皇太极掌管。掌管旗，便掌管了人口、军队和土地，凡在旗下的人口，就是旗主的奴才，生杀买卖全由旗主支配。赫图阿拉就是在八旗统领下生存发展的。西西摸清这些秘密，便知道如何协助畏根皇太极，壮大自己旗帜的力量，控制其他旗帜的冲击与干扰，使皇太极越来越有强大不可震撼的影响。西西就是这样很有心计地发挥自己的特殊地位和力量，越来越得到皇太极的宠爱和襄助，使她在众妃中出类拔萃，脱颖而出，成为光照千秋的国母。

西西凡事喜欢打听，喜欢动脑筋，勤琢磨事儿。皇太极每当沉思与愁苦，小西西都急得坐立不安，茶饭难进，经过思索谈出自己的想法。皇太极听后喜笑重现，百愁得解。小西西又露出她那闪亮的眼神，笑容可掬，声音那么爽朗好听，引起皇太极无限的爱慕和亲昵。这样，小西西很快就完全变成另一个人了，一个为建州部的荣耀忠实可靠、勤勉进取的八旗成员之一。

哲哲和西西两人喜好不同，皇太极尽量满足哲哲绒绣、彩绘的喜好，给她请来不少沈阳城的彩绘、彩绣匠师，让哲哲高兴。皇太极很会发扬其长，使两位美貌的蒙古姑侄都得他的宠爱。姑侄两人又常在皇太极身边禀奏科尔沁博尔济吉特氏女儿之苦，部落人生女必告察哈尔部林丹汗，专由林丹汗贴身大喇嘛逐部落记名上档，严规只嫁蒙古，不允外嫁，尤忌与建州部通婚。这些年就因科尔沁与建州部通婚日频，已令林丹汗暴跳如雷，声言要踏平科尔沁，惩责蒙古犯戒的台吉和诺延。罕王曾熟知的科尔沁奥巴家族阿巴亥额其格诺延之女囊囊格格，奥巴家族阿巴亥楚祜尔女淑淑都被林丹汗发来兵马，强行将二女掠到察汉浩特，她

---

① 赫赫白塔：满语，直译"女人事"，寓意为"发泄物"。

们已成林丹汗第七十九、八十妃子。而且科尔沁莽古斯家族塞桑贝勒之长女，即庄妃之姊辰辰在童龄时就被抢走，已成为林丹汗之新妃。英明汗啊，救救蒙古女子吧！遭其害和受凌辱者几百成千不可数计，多数不堪凌辱逃遁自杀，甚或死于林丹汗的烈马蹄下，烈犬口中，有多少暴尸荒野，尸骨难寻。林丹汗残害蒙古各族之女，恫吓敢于与他二心者，已堕落成不如一条垂死的疯狗。庄妃之母大妃，亦多次来宫中，叩见皇太极并痛述蒙古部落父母思女之心切。明安、奥巴等贝勒也多次叩见皇太极，求其拯救科尔沁博尔济吉特氏无辜被囚和蹂躏之可怜女人。

皇后、皇妃和蒙古部落的众位台吉的血泪讲述，令皇太极惊骇不已，尤其是他忆起曾在科尔沁草原参与套马大赛时，正是囊囊与辰辰两位美貌俊秀的蒙古少女以娴熟的套马技艺护佑他转危为安，还捕捉到一匹银鬃小红马，受到蒙古众台吉的夸赞。囊囊与辰辰两位美女，经常在他脑海中出现，从未有忘怀过。此时她们已遭林丹汗的毒手，使他心中万分忧伤和愤慨，倍增早日踏平察汉浩特、擒拿林丹汗的决心，他要早日救出困在林丹汗宫中众多像囊囊姑娘一样可怜的无辜受害者。

哲哲和西西，姑侄俩先后进入后金的宫院，立即成为宫中最为显赫、最受宠幸的人，也是皇太极最为倚重的女人。当时，后金汗的妃妾，还不像明代和后来清人关后仿效历代宫妃礼制，制定各种礼制和规范，而是完全按照满洲及其先世女真人以遵循祖宗礼仪和民族习惯行事。后金自罕王努尔哈赤就习惯办任何事都是举办家族会议，族中的辈分决定座次，家族中男女老少只要无疾病的成年人均可参加。罕王爷努尔哈赤时代，他的妻妾妃子有时也参与大事的商议或献策。而皇太极自承袭汗位更加注意发挥各方面有智之士，助其破敌和破解疑难大事，尤其是皇太极所迎娶进宫的人，都是蒙古科尔沁部博尔济吉特氏的女中豪杰，蒙古女子如同满洲女子一样，素来与男子相同，肩挑全家生存大梁，自幼便受到各种磨炼，使她们自强泼辣，擅理家务。所以蒙古部族历来男女平等，自主自上。特别是女人比男子在全族全家中更吃香，更受重视。这种习惯自古如此，俗语称，"小姑家中宝，治家敬老最可靠，爹娘的钱匣子，规训儿孙的好名师。"

皇太极是英明之主，学仿古人阿骨打反辽的气概。阿骨打大妃徐氏就是抗辽先锋，为建大金政权战死疆场。努尔哈赤、皇太极需用这些前贤故事激励后人。据祖上传讲，皇太极在天聪二年正喜迎戊辰天龙年新春佳节之际，就召开家族聚会，参加者除皇太极、哲哲、西西之外，还有他的弟弟多尔衮、多铎、莽古尔泰，代善因身体欠佳没有出席。后金时代，皇权等级观念还不像以后那么复杂，没有众多礼规禁忌，而是很自然，除个个都恪守家族礼仪外，互相接触、相处，都极为单纯真诚，大家都心地坦荡也就很少戒律。代善、莽古尔泰、多尔衮、多铎、济尔哈朗、德格类、豪格、阿敏，等等，都按照辈分、礼节与哲哲、西西见面，兄嫂、弟妻相见都极为纯正密切。满洲自古就少汉人儒家的戒律，何况都是年龄相仿的人，互相间仍有笑谈，浪漫天真无邪。喜迎龙年新年，互相祝贺，互相屈膝撞肩、叩头拜年。

　　皇太极召集的家族聚会，主要是商议龙年中建州攻伐大事，眼下让他们最棘手、最头痛的必须先解决的大事，就是蒙古察哈尔部林丹汗。林丹汗从中作梗，给建州兵马伐明和统一大业屡屡制造困难。林丹汗成了建州前进的绊脚石，必须想法搬掉这块大石头，否则处处掣肘，无法施展。建州兵马从罕王爷努尔哈赤在世时的天命十年十月，就曾给林丹汗沉重打击。努尔哈赤为粉碎其有生力量，就命皇太极、莽古尔泰率领五千精骑，追歼林丹汗亲自率领的内喀尔喀兵力，赶到农安辽塔地方援助科尔沁奥巴台吉，迫使林丹汗撤兵，使得内喀尔喀巴岳特部鄂托克达尔汉巴图鲁之子恩格德尔降服，并斩杀了扎鲁特昂安台吉，尽获其妻奴人力畜产，动摇了林丹汗的影响。建州已经在林丹汗周围喀尔喀五部中有立足之地，目前正是乘胜追歼的好时机。

　　说起来究竟是什么大事让皇太极焦急，必须召集家族聚会，商议决策呢？皇太极是聪颖过人的人，他总是牢记父汗努尔哈赤的话："用兵必有长计，穷寇永袭，毙灭辄止。"意思就是不给敌兵喘息休整之机，连续作战，直至败亡方可言讲歇息。林丹汗周围在他控制之下的内喀尔喀五部，现在已经开始瓦解，有不少台吉投诚后金，眼下正是连续进兵之时。与林丹汗最密切的蒙古外围还有奈曼和敖汉，都属于察哈尔部中重要的鄂托克成员。罕王爷努尔哈赤通过蒙古科尔沁部明安贝勒认识喀喇沁蒙古杜木钦德大喇嘛和济浓大喇嘛，并通过他们的关系结识了奈曼旗中很有影响的乌木萨特绰尔济大喇嘛，策动奈曼部首领衮楚克巴图鲁台吉归顺后金。皇太极设大宴款待，并赏赐绸缎、金丝雕鞍和白银，席间问及衮楚克巴图鲁台吉，可否去敖汉部面见首领诺索木杜克，询问能否归服后金。

　　衮楚克巴图鲁台吉面带难色地说："我们与敖汉互有防范，他们对我已有戒备。若想说服敖汉，可让科尔沁部莽古斯出力，他的二女儿便嫁到敖汉，诺索木杜克是他的二女婿。"

皇太极知道这个秘密之后，便与自己的爱妃、皇后哲哲说："速派人回科尔沁向莽古斯言及招降敖汉部之事。"哲哲最头痛这些交往，但又不能不做，便找永福宫的庄妃西西商量，求她帮助姑姑想个良策。

哲哲和西西姑侄二人都知道莽古斯虽心向建州部，但从来都是以年迈多病为由，凡涉及各部联络诸事，都是想办法能推则推，实在无法解脱，就让找其兄长明安诺延去处理，而且一再暗地叮嘱哲哲，到建州后就忙你的绣技，万万不可为父揽什么到蒙古各部中做游说斡旋之事。别人要问起，就言父重病缠身，无力他顾。哲哲自己也是不善言语斡旋之人，从来为此事却步，但又碍着皇太极之圣谕，只好找小智多星庄妃商量。

小西西听姑姑一席话，心里挺高兴。她最尊敬姑姑，在赫图阿拉姑姑是她最近的亲人了。所以，哲哲的话就像圣旨一般。她仔细寻思一阵就说："我的阿巴嘎额克西①，不必犯愁，这好办，你就往我身上推呀！让畏根来求我！"

哲哲一想，对呀，何不让皇太极早早去找小西西，省得我每日为他提的事思索没个完。于是，在一个夜里，皇太极到她的闺房，两人在无限情爱中，哲哲就特别反反复复跟皇太极讲了一个秘密："皇上只需抓住小西西，她是我们科尔沁的小智多星，宝贝点子多过天上的星星。我家的济农福祥大喇嘛就说过：'小西西是蒙古世代供奉的管家妈妈神，投生我们博尔济吉特氏哈喇家族。我们家族从此可喜可贺，飞黄腾达了！'"

皇太极说："我要去找小西西你不觉得冷清吗？"

哲哲平日喜欢静心待在深宫，不愿有众多侍女每日出出进进，就愿闷头思索她的美妙构图。皇太极应她之求，不知从何处掏弄来那么多宋、明古画，据说，有些古画古书，是来自义州、朝阳、锦州、铁岭，在征战中拾得的，都抱到哲哲的深闺。哲哲对皇太极的话也没有深想，也没觉得有什么不好的意思，就默认了。

皇太极是很有心计的人，言语不多，凡所言之语从不重复，而且说做就做，从不更改。从此，皇太极就总是到小西西的宫闱中言事。西西是伶俐活泼的小姑娘，一举一动，一言一语，总是逗得皇太极感到那么

---

① 阿巴嘎额克西：满语，即姑姑。

舒心、喜悦和迷恋。数十年来，皇太极在所经历过的所有女子中，他发现小西西是最能体贴他的心，最令他感到快乐的人。一个大男人，一天在外要经历多少酸甜苦辣、恶言美语、残酷惊骇之事，够心身疲倦的了，多希望晚上在安卧之榻有个最知心之人，像神灵一样，顿时使自己身心乏累皆无，只剩下欢乐和幸福。西西就是能做到这一点的奇女子，皇太极向供奉的神灵默默致谢祝祷，这是天之赐，神之悯，助我皇太极事业有成啊！

皇太极与小西西两人越处越好，越谈越投机，互相就越倾心，真恨相见太晚。日子一长两人越来越感到谁也离不开谁，就像古书中说的"如胶似漆"，密不可分。

哲哲说得真对，西西的道道儿就是多，而且真能帮助皇太极化解忧虑，遇到难事总能指点迷津，使之柳暗花明又一村。还是小西西告诉皇太极说："汗哪，我从小在家，爷爷、额奇克总在有难时召开家族会，集思广益，拿出最好的想法，这已成了传统，我家世代如此，你们也有这个习惯吧！有事时把大家叫到一起，让大家的头脑都不闲着，围着额真之所思而转，自古有云'众志成城'，还愁何事卡住咱们向前迈步哇！"

小西西的话，一下子打开了一扇门，皇太极心明眼亮，想起父汗早有这个习惯，就说："好，好哇！明天就把我的兄弟，代善哥哥，还有莽古尔泰、济尔哈朗、多尔衮、多铎、德格类、扈尔汉都叫到一起，大家谈事，就谈如何尽早铲掉林丹汗这个毒瘤！"

西西说："汗哪，我从小在家时，爷爷、额奇克总好把我们男男女女都叫到一起，常用狼群斗土豹来比喻，说土豹最凶悍，狼群、鹿群、狍群、猪群都是它的饱餐，是草原一霸，谁也无法与它抗衡，唯有狼最聪明，也最厉害，狼群每遇到凶恶的土豹子就有办法治它，不管它多么暴啸、纵跃，能跳涧，能上树，可狼遇到土豹子之后，没有一个四散逃跑的。公狼仰天一声长嗥，四面八方的狼都向豹子方向聚来，一齐围攻它，把它团团围住。豹子咬死一个，几十只狼冲上去，围一天，围两天，围十天，跟土豹子斗，直到土豹子筋疲力尽，又渴又饿，最后成为群狼的饱餐。在这场除豹大战中，狼群中不论大狼、小狼、公狼、母狼都是一律向前冲，一起跟它干到底，荣辱与共，生死同享！汗哪，我们祖上讲的这些比喻多好哇！汗，咱们面前的大敌除了林丹汗，不是还有大明吗？你们男人冲锋陷阵，别忘了，我们赫赫①也不是吃闲饭的，八仙过海，各显其能。我西西就不想落在男人后头，我们赫赫也要参加共议！"

皇太极已近三十六岁，除了父汗一些话令他终生永记，没想到眼前的多西浑沙勒甘②西西的话却令他惊奇，顺耳，真是刮目相看，令人振聋发聩呀！从此皇太极更加喜爱宠幸小西西，真是难得的巾帼知己！

次日晨，皇太极在自己寝宫，命侍卫们请来自己的众位兄弟，爱妃哲哲、西西也出席会议。这在罕王爷在世时是少有的，从此西西参加一些重要会议是常有之事。这次家族聚会，就是商议罕王爷在世时早已行之有效的"色克"③战术，选擅长蒙古语、蒙习并与蒙古有亲朋关系的，在蒙古常驻多年，明为蒙古人暗为建州成员，像希福、卫奇、鳌拜以及扈尔汉，他们不单会索伦、达呼尔、东海人语言、习俗，又精蒙习，更是全面能手。现在皇太极、希福、扈尔汉就知卫奇、鳌拜仍在蒙古兵马之中，又与明将祖大寿联系。鳌拜当时就以蒙古人、蒙名身份活动。鳌拜后来在建州被皇太极赐名，请见《鳌拜传》便知分晓。

多尔衮首先向皇太极介绍，要降伏林丹汗，就要抓住几个扣子，解开几个扣子，就会使林丹汗土崩瓦解，大厦倾塌。要抓住和解开这些扣子，必有"色克"从中斡旋。

各位阿哥，朱伯西我告诉各位，有几个赫图阿拉的"色克"，一位就是喀喇沁杜木钦德大喇嘛，是明安贝勒的好友，原在科尔沁部，其师圆寂于天聪初年，而后便到喀喇沁执掌住持之职，他身边有济农等众位大喇嘛，都与建州交好；另一位是奈曼鄂托中颇有影响的乌木萨特绰尔济大喇嘛，他本是科尔沁部翁果岱诺延之父佛堂的大喇嘛，与翁果岱、奥巴有三世的友情，也因其宗师霍布特济刚大喇嘛圆寂，召其回奈曼执掌神堂。他为人刚正，看不惯林丹汗诋毁佛法的行为。林丹汗虽自幼受黄教影响甚深，其祖父病逝由他承继大汗之位，崇尚黄教、红教，并建金顶白庙，庙中供奉大金佛像，翻译《甘珠尔经》百余卷，但后来却变得荒淫无度，五戒皆染，杀戮尤多，屡忤佛法，引起不少大喇嘛的憎恶。杜木钦德大喇嘛曾去白庙叩拜佛祖和众师贤，叩见林丹汗，谁知在论法时顶撞林丹汗，被驱逐出林丹汗的宫殿，从此结怨日重。为此林丹汗屡屡派亲近喇嘛，暗中秘密来奈曼等地寺院想杀掉杜木钦德大喇嘛。可杜木钦德大喇嘛乃有道高僧，有护法神护佑，总是躲过劫难，绝路逢生，使林丹汗倍加恼怒。但奈曼离察汉浩特甚近，林丹汗岂能容忍自己膝前有劲敌，只好从察哈尔部内喀尔喀五部中选派喇嘛到奈曼、敖汉一带执掌各部喇嘛神权，左右形势，有利于林丹汗行使监控众蒙古部落之图谋；第三位是阿勒达波尔干大喇嘛，此佛深入浅出，住居林丹汗中堂，此人极为诡秘，不便多讲，时辰到时，佛现则林丹汗阳限已终。故不在此次聚义叙谈人中，到时辰必显佛音。

代善、莽古尔泰、济尔哈朗等都同意皇太极承继天命年间之武威，承前启后，置林丹汗于死地，不可手软退却或他顾，要一以贯之，不获全胜绝不收兵。大家说完，众目都注视皇太极，让皇太极发出号令。哪知皇太极没有立刻发令，却停了停，看了看众位贝勒，非常自信而果断地说道："众贝勒，现请谙熟察哈尔部蒙古实情的西西说一说，听听她的高见，然后我再讲述吧！"

皇太极这么一说，大家都注意到皇太极右侧坐着西西，左侧坐着哲哲。皇太极还是头一次将汗的讲话往后推，让自己的爱妃陈述看法。大家都全神贯注，洗耳静听。

西西站起来，先稳重地向各位兄长、弟弟行半蹲礼，然后说道："汗让我西西抒发个人意见，使我忐忑不安，但是我从小家族中就有这个规矩，我是成员之一，理当讲话，也就不惧怕了。林丹汗是我蒙古最尊贵的大汗，位居中宫，统辖全部蒙古，蒙古各部犬牙交错，互相牵制。自罕王爷在世至今，几经干戈，蒙古这个滕格里筑就的大厦早已梁栋倾塌，像我科尔沁蒙古、扎鲁特蒙古、察哈尔内喀尔喀五部蒙古，大多数诺延早已投奔建州，同时以乌牛白马血盟，永与建州通好，唯仰建州马首是瞻。此皆赖佛祖之恩赐，罕王爷之圣明，众位兄弟舍生忘死，同舟共济，乃有今朝之功。犹如开基创业，今已楼阁将竣，唯有一壑未平，兄弟姊妹垒土掩之，勿懈同心。观林丹汗近况，众叛亲离，病入膏肓。厮可苟延残喘者，唯有察哈尔林丹汗亲信如四子部等而已，建州巧计挖心，必获全胜。"

西西的话条理清晰，论断精辟，几句话涵盖了建州近二十年来的辽东与蒙古的关系，众贝勒个个称赞，一个蒙古十几岁的少女不仅姿颜绝伦，获得皇太极的喜欢，也引起众贝勒总是多多偷眼打量几番，暗暗赞佩，而且竟有大将军的远见卓识，真是难能可贵。进入赫图阿拉宫中，仅仅几年工夫，竟能高屋建瓴，运筹帷幄，分析透彻，不能不令众人暗自称颂佩服。

莽古尔泰早就从内心中喜欢皇太极从蒙古要来的这个小女子，认为很有神气，总想搭讪说上几句话，可总也没这个机会，这次可有了机会，便说："西西所言甚好，可是大难者，何人堪当挖心之任？"这话问得也对，眼下谁能做林丹汗的挖心人呢？

西西马上答道："我！蒙古科尔沁部博尔济吉特氏明安贝勒、莽古斯贝勒两位爷爷为我做靠山，塞桑额奇克助我一臂之力，但谁为我发兵护阵？"

皇太极马上接过来说："好哇，我率兵五千护阵，多尔衮、多铎做我的左右翼，扈尔汉为先锋。"

莽古尔泰说："兵家无儿戏。你们这可好哇，沙里甘居出马，畏根护驾；两个小叔子左右翼，扈尔汉打前站，由谁详判？出师不胜可要咋办？可不能有自家人袒护的先例，日后可如何用兵调将？"莽古尔泰性格从来如此，罕王爷在世时就很敢说，今天说这话还真有分量，一点儿没给皇太极面子。

代善坐在一旁说："莽古尔泰何必这么苛求，西西为赫图阿拉肯于在深宫中出马献力，风尘仆仆，心系建州大业，其志可嘉，你们怎么做我都欣慰至极呀！"

皇太极说："二哥放心，赏罚分明，军中无儿戏，自古如此，此番亦毫无例外。"

西西忙说："我自愿报号担当挖心之任，愿立军令状，如有闪失，众贝勒就依军法处置好了，我西西甘愿受罚。我皇后姑姑在座，她老人家为我作保。我意兵贵神速，不可议而未动，以免机密泄漏，宜早不宜晚。"

哲哲忙说："西西生性闯荡，言语不周之处望众贝勒爷多包涵。她在科尔沁就有名气，从来说做就做，毫不含糊，素有'草原之虎'之称。此番所言，曾多次与我商议，又和我们护身喇嘛与部里人士密商，且有足够把握，请各位放心。"

西西此番虽是初次与大家公开议论国事，都未详知她的底细。不过从皇太极的自信和愿意出五千护军，可以看出他的态度。多尔衮本是聪明的人，也未迟疑，甘心愿做左右翼护军，何况又有哲哲皇后的话作保。大家都知道哲哲皇后的为人，从来谨言慎行，不善于出头露面，也为西西——她的侄女说话，那哲哲自然是心中早有把握了，大家也就不再犹豫，便将这次重大的战役部署在家族中确定下来。

西西是说干就干的人，当日就与哲哲回到宫内专心准备起来。她初到赫图阿拉时，其父塞桑就一再告诉她，"此次你是进宫当皇娘，是皇妃，可不再是蒙古包里看马、看骆驼、看羊的女娃啦，你过去用的、穿的都不行了，该换样了。"可是西西不听这个，她日常穿用的物件和兵器、服饰，照样让侍女们专门装在一个大牛皮箱之中，与她一同进了赫图阿拉的宫中大内。这天，小西西让侍女们打开她带来的五大牛皮箱，找出她需用的衣物。此次她报号出马去林丹汗处秘密施行"挖心"战术，说到底就是暗中找与察哈尔部有机密联络关系的自己人，从中做策反、暗探、招降等大事。

皇太极也深知，对付林丹汗，最后要摧毁其老巢，必须靠蒙古内部反林丹汗的力量，必须有一大群与林丹汗对立的蒙古各部的精英骨干，靠他们众志成城，推翻林丹汗的政权。在这方面最可信赖的有力人马，就是科尔沁部的奥巴、明安、莽古斯这些掌握蒙古实力、影响大、名望高的贝勒、诺延、台吉们。而哲哲、西西都是他们的儿女，是他们的骄傲和荣耀。此次西西报号亲自出马，必会得到科尔沁众贝勒的最有力支援和相助。凭着西西的聪慧、才智，必能左右逢源，打入林丹汗心脏，将大事做得事半功倍，获得最理想的结局。对此，皇太极是坚信不疑的。

皇太极在前殿忙完了军务，批阅了几本奏折，发给殿前师爷笔帖式们，让各巴雅喇①送到各部衙门，自己惦念西西，便很快回到永福宫。

众侍女们迎接皇太极回到内室，室内客厅摆了不少衣物，皇太极挺纳闷，不知西西去了何处？正要问宫女时，突然珠帘一打开，从内室走出一位戴玛拉嘎②的美貌少年，上身穿着蓝皮的德格勒③，外罩是金黄色绣着百头鸟的库勒莫④，珠沃勒博克⑤套在外身，下身腰间两侧挂满

---

① 巴雅喇：满语，汉译为"护军"。
② 玛拉嘎：满语，汉译为"冠帽"。
③ 德格勒：满语，汉译为"袍"。
④ 库勒莫：满语，汉译为"裤"。
⑤ 珠沃勒博克：满语，即坎肩。

金黄色的察绰克穗子，有几个美丽的七彩哈布它嘎①，格外引人，脚蹬小鹿皮高腰部托勒②，外身还披着金色驼绒的大亲奇③，缓步走出，来到皇太极面前，叩头下拜，说："英明汗，蒙古布尔丹台吉给您老叩头啦！祝英明汗万福金安！"低头连磕三个响头。

真把皇太极弄愣了，慌忙俯身去扶，忙说："免了，免了，怎么到我的内宫拜我？"深感莫名其妙，因听是蒙古台吉，心想必定是哲哲或西西府上来的客人，就要俯身还礼。

皇太极刚要低头施礼，对方哈哈大笑，笑得前仰后合，连忙说："英明汗，你看看，你仔细看看，我是西西呀！"

皇太极仔细一看，也大笑起来，还真是可爱的小西西，长长的眼睫毛，黑亮亮的大眼睛，又白又红的大脸蛋，白白的肌肤，是啊，世上哪有这么俊俏的美男子啊，皇太极说："你这是什么打扮哪？"

西西告诉他说："我要由希福大将陪伴，去奈曼见我的干姥——大喇嘛乌木萨特绰尔济，由他引荐我去索诺木诺延，为了怕路上知道我是女人不方便，我化妆成蒙古青年男子，是个小兄弟，一切方便，不会引起林丹汗的注意。"

皇太极听了觉得很在理，便点了点头，说："好哇，你考虑叫希福陪同，我放心。他心细，蒙古语好，扮什么像什么，遇事点子多又机灵。"

皇太极说的真是心里话，其他像多尔衮等虽然都非常勇敢、机智，但他们之间还是弟嫂关系，多尔衮只比小西西大一岁，在一起扮个男子，像兄弟还差不多，多尔衮是兄长，西西是弟弟，总感到不太得劲儿。希福大将已经四十多岁，像西西的父亲，一路上像儿子在随父亲去串亲戚，路上行人都不会引起注意，引人猜疑，不易节外生枝。

好在西西乔装此行也不是头一次。还是罕王爷在世时的天命十一年二月，西西刚到赫图阿拉第二个迎新年之际，皇太极受命与岊尔汉、希福为攻取大小凌河王化贞的广宁巡抚衙门，打通去喀喇沁的秘密通道，与鳌拜（小达库）所在的杜木钦德大喇嘛联系，就得到罕王爷的应允，起用科尔沁部秘密的"色克"——明安贝勒属下之塞桑家族。正巧当时

---

① 哈布它嘎：满语，即荷包。

② 部托勒：满语，即皮靴。

③ 亲奇：满语，即斗篷。

林丹汗派来他贴身的药师大喇嘛，名义是到科尔沁部地方巡察瘟疫蔓延情况，并送泻药治病，实际是探听明安部科尔沁与建州赫图阿拉私下结盟迹象，察其虚实，致使明安、塞桑等台吉们被盯得死死的，不便从当地走出一人，怕药师有所察觉。明安贝勒用家犬贝贝送书扈尔汉，赫图阿拉获此消息，禀奏罕王爷努尔哈赤和皇太极，军情甚紧甚急。当时被哲哲、西西知道此情，为解皇太极之苦，黄犬贝贝送函中便有"可让西西助之"之语，西西便坦然接受此任，一切做得那么自然、顺利。罕王爷和皇太极发现西西是个才女，甚为高兴，尤其钦佩科尔沁部族自立自强的强大实力，科尔沁蒙古非常凝聚，上下一致一心，所以未被强悍的察哈尔林丹汗挤压摧垮，也未被大明的威逼利诱而动心分化，一心一意追随努尔哈赤父子，实令努尔哈赤感激不尽。

正因如此，皇太极对西西这次慷慨应召出马，就比较放心。说实在的，西西在皇太极心上的位置早已越来越重要，他更加疼爱心上人，也更担心她此行的安全，两人在卧寝中详细商量。皇太极再三叮嘱事事小心，不可有半点疏漏。西西一再安慰皇太极，敬请放心。

天明上路之前，皇太极又与大将希福商谈，命他一定周密计划，形影不离护卫好西西，不可出半点闪失。

希福也很有信心地告诉罕王敬请放心，誓言"宁愿我希福死，也必安全送还西西。"

皇太极甚为感动地说："希福玛发，哪里话，必须要双双回来见我，一切吉祥如意。"

皇太极又召来左右两翼将领多尔衮、多铎兄弟，详细做了兵马护卫追随等秘密安排。多尔衮说："皇兄，我已派出色克三百人，完全乔装进入奈曼、敖汉一带，团团围住奈曼，不会有任何人进出此地；如有人进出必受我方盘查跟踪。希福是最熟悉蒙古各部的地理通，经他引路就错不了，必会办妥一切事，我军既护卫西西，再封禁奈曼，万事俱备，我自有主张，请皇兄放心吧！"

皇太极深信自己弟弟多尔衮的军事才能和方略。他总是稳扎稳打，从不干没有把握之事，只要让多尔衮咬定之后，就必然按照他的方略实现，绝不会出现第二种结局。这在罕王爷的屡屡夸赞中就早有定论，并说："多尔衮那可是飞豹子，让他咬住，一切猎狗都会毙命无疑。"

各位阿古，妈妈，玛发，朱伯西我还要多说几句西征林丹汗的事。皇太极清醒地知道，察哈尔林丹汗是他在蒙古方面遇到的一个劲敌，只有降伏林丹汗，整个漠南蒙古才能俯首听命。皇太极自打天聪元年正月，即皇帝位才几个月，就十分关注和团结蒙古各部力量，寻找时机进剿林丹汗。当年七月，喀喇沁部派遣喇嘛四人，率五百三十人的使者来沈阳"乞盟"，与皇太极谈判，共讨林丹汗，双方"刑白马乌牛，誓告天地"，取得了共同攻伐林丹汗的一致决心，并请皇太极为盟主，形成了对峙林丹汗的坚强军事联盟。天聪二年（戊辰）二月，皇太极率精骑在敖木伦地方，闪击了察哈尔所属多罗特部落，俘获一万二千二百余人，先挫察哈尔锐气。天聪六年（壬申）三月，皇太极联合各部蒙古兵马，率师再征讨林丹汗，进攻察哈尔，直取林丹汗巢穴，一举荡平察哈尔，统一内蒙古。现在，皇太极召开家族会议，西西助阵，决定深入林丹汗的多个窝巢，擒获多个爪牙，擒拿林丹汗，解救被他蹂躏的蒙古儿女。

话休絮繁，且说万事安排已毕，皇太极率领精兵五千，神不知鬼不晓地离开京师沈阳城，一霎时人影全无。宫内全体上下，均不知永福宫中少了西西。哲哲在宫内侍女服侍下，仍安然地观赏宋明时的书画，悠闲安逸，什么异常现象也看不出来。西西乔装西行，宫内上下人等都没有传出来，成了一个秘密。

再说皇太极率大军晓行夜宿郊野，迅即来到奈曼四周，布下天罗地网。奈曼的蒙古兵马都不知建州兵马已在自己身边。建州兵马的神速在辽东各部中很有名气，忽现忽隐，难以捉摸。建州兵之所以这样行动，是因为林丹汗对蒙古监视越来越严密，他的"色克"也甚多，明里暗里都是林丹汗的人，而且手很黑，不管是汉人、建州人，还是蒙古人，凡对他不利者，就杀掉，干得非常利索干脆，使蒙古与他不一心的部落，对林丹汗都十分惧怕，不知何时何处就一命鸣呼，亲人都不知因何故而失踪的，弄得人人惊恐，个个自危，亲朋之间、部落之间都互不相信。为此，建州部为了自身，为了保护蒙古盟友们，只能如此神秘行动，不给朋友、盟军增加麻烦。

单说这日皇太极率大军出发，右翼由多铎率领先行出发，左翼多尔衮受皇太极之命，单独选出精悍的巴雅拉五百人，完全是蒙古兵的装束。这些精兵都是多尔衮特从蒙古人中挑选出来的，经长时间苦练马上功、地上功、水上功，本领样样过硬。特别是最擅长擒拿摔跤，平时跟抓来圈养的黑瞎子老熊摔跤，比力量，把老熊气得嗷嗷大叫。在熊暴怒时，小伙子们冲上去与熊滚爬在一起，人和熊互相骑压，较量力气，他们就练这种不怕死的尚勇精神。这些小伙子身上被熊咬得、抓挠得一道子一道子的红伤。明军的兵勇都知道多尔衮有一群不怕死的"拼命太岁",没有不惧怕的。多尔衮带这支队伍,专门暗中护卫"西西西行",保卫她的安全。所以皇太极对西西西行非常放心,大造声势,传出去让林丹汗知晓,赫图阿拉二十万大军冲进察哈尔了。

此时,西西也已秘密离开京城沈阳了。她穿着一件很不显眼的蒙古蓝布袍子,扎着蓝腰带,身上还挂个大皮褡裢,戴着黑绒小帽,帽顶上有红色的琥珀珠子。她并不坐轿车,也不骑马,而是坐在高高的大黄骆驼双峰之中,悠闲而行。阿克达西[①],是一位身穿蒙古袍的老者,一看便知是希福玛发乔装打扮,脸腮上还贴满黑胡须,穿的袍子肥大,可知他用的兵刃都藏在袍子之中。跟随骆驼而行的还有五个护从,各背着粮米袋、水壶和账簿。在当时,这种打扮的人很多,一见便知,这是去赤峰、张家口外一带做生意的蒙古商贾。他们喜好骑骆驼,高大、体胖,道路遥远,骑着不觉颠簸乏力,坐在骆驼上,有如睡在软床上,既温暖平稳,又舒适优哉,尽赏田野风光,游云雁鸣。而且明兵、蒙古各部兵马见他们也都放行,知道是生意人,行商只求半分利,至于各伙兵马只注意两军谁输谁赢,从不关心在意赶骆驼的行旅。

西西这个打扮还是希福出的点子,让她扮成老板家的小掌柜的,出去讨债要钱,是个男人装束。跟随的几个人除希福大将外,其余几人都是永福宫的侍卫,他们都是武林高手,各有专长,藏而不露。

这伙人的饭食,全由多尔衮一路供给。多尔衮一路狩猎,专门供给西西和希福他们食用。多尔衮最喜欢打猎,是有名的猎手,他弓箭好,使二百石大硬弓,可穿透野猪、土豹子,弓力大且百发百中。利箭专射野兽左前肋,刺中肋骨直刺心脏,当即瘫倒毙命。多尔衮从小就练"一支箭",不发则已,若发就中的。他平时在府中不干别的,就专练他的"一支箭"。每次出猎,他不同于其他兄弟,箭袋轻轻,并无多余的弓箭,从来身轻利索。出征打仗也挎上他的一张弓、一支箭,每次都有猎物,让跟随他的将士们都能吃到鲜活的野牲野味,大伙都喜欢甚至争着与睿亲王一同出征,能享口福。

这次出征的几路兵马约定会合的地点在敖汉和奈曼两地,重心在奈曼。皇太极在外围合围,奈曼和敖汉两地城池分别由多尔衮、多铎包

---

① 阿克达西:满语,牵骆驼人。

围。这是采取重兵聚歼令蒙古兵马就地归降的办法，不服者由西西、希福从中斡旋，说服，说不通者就立即擒拿或斩杀。这是采取集中兵力速战的办法，隔断林丹汗的外围力量，使林丹汗孤立无援，然后再重兵合歼吃掉察哈尔部林丹汗的全部力量。皇太极这一招儿，是很凶狠的。奈曼、敖汉是察哈尔部东部的两大支柱，因林丹汗经营多年，投放了许多精兵强将，他的不少心腹都在奈曼和敖汉。另一个地方还有南部的喀尔沁，也是林丹汉倚仗的据点。但是皇太极采取突然进攻的闪电战术，合围、瓦解、利诱其中几位台吉归降，使奈曼、敖汉从此并入建州的势力范围。这样建州兵马就可以长驱直入，西进赤峰、承德，进逼京师北京，打开进京畿的西部关隘。将奈曼、敖汉拿下之后，再顺道平定喀喇沁，直捣林丹汗察哈尔老巢。

　　建州部的兵马非常强劲凶猛，而且又把蒙古科尔沁部众台吉敬佩的年轻女杰——皇太极的爱妃西西派出，你说能不使林丹汗一伙人惧怕吗？奈曼部首领和敖汉部首领都是风华正茂的蒙古巴图鲁，在几次科尔沁举办的竞抢大赛中都与西西比赛过。蒙古有比武招亲之俗，可惜他们都被比自己年少的西西压过，马术、刀法、竞技都远远在西西之下，一个个都没有让西西看上眼。他们深感遗憾，但不死心，仍在苦苦追求。后来得悉建州赫图阿拉努尔哈赤第八子皇太极娶走了草原上的美女，众星捧月的西西，个个叹惜不已，仍有一个不服，一千个不满的妒意。

　　西西在奈曼、敖汉、喀喇沁能有如此这般大的影响，还要靠原来在明安部的杜木钦德大喇嘛和其师弟济农大喇嘛，他们都是仁德四海的高僧，修身养性，受众人敬仰，而且武功精湛，都是在明朝颇有声誉的武林大师。二位大师与明安是知己，明安是未受戒神坛的黄教虔诚的信徒，日日也在咏经敬佛。所以，他的家族上下都虔诚供奉养育神庙，奉养喇嘛法佛，这已成为全家族的护法神。莽古斯家族如此，莽古斯之子塞桑等也如此。西西从小就是在喇嘛咏经焚香敬佛中哺育成长的，大喇嘛在她诞生时命法名为"天狮"，为西西祈福、祛病、消灾，并与许多蒙古男女共同拜佛，加入同一法门。凡同一法门之亲师兄弟，无言不讲，无话不谈。西西此次出马，就是以法门之弟子身份，游说众师兄，使他们脱离邪魔，归顺后金这个光明正义佛堂。西西对此有充分的信心，就向皇太极要下这个硬差事。

　　说来，这件事起因还是由于希福玛发获得"色克"的信儿。希福奉命在新春佳节之前探得索诺木杜楞酒后痛骂皇太极，扬言要发敖汉和奈曼之兵，依靠父汗林丹汗为后盾，打败建州兵马。这酒后的狂言不知怎么传了出来。且说索诺木杜楞这小子也真够胆大包天了，吃了豹子胆，还真苦练起兵马来，并有了蠢蠢欲动的动向。原本他与奈曼部头领衮楚克已经谈妥，心向建州，一同归顺建州。哪知又变了卦，甚至还很嚣张。

希福把这个信儿带回京师，马上就禀报了皇太极。皇太极听到后大怒，多年来他还没听到敢于放肆咒骂自己的蒙古诺延。对于西征林丹汗是罕王爷在世时就定下的方略。奈曼索诺木杜楞这么一闹，正是点把火，让皇太极尽快发兵西征。你说，索诺木杜楞这不纯是送死吗？

皇太极把此事装在心上，琢磨如何西征，如何打消索诺木杜楞无知、傲慢的气焰。晚上回到后宫就住在西西的房中，已经有很多日子一直在西西的房间歇息。因为哲哲总是这么劝引他，她喜欢静养，不愿卧榻有人，从小自己母亲莽古斯大妃把她娇养惯了，就是孤僻的性格，晚上她的闺房要是有侍女同寝就轰出去，她就习惯独自一人自享自乐。皇太极在西西屋中，西西万般温柔体贴，亲自为畏根睡前盥漱、脱衣。见皇太极总是饮闷茶，知道必有心事，千方百计用热语套皇太极说出气闷之因。开始皇太极不说，但架不住西西会问，她用一腔同情心，体恤心，感动了皇太极。皇太极便在两人同枕时谈到奈曼部首领索诺木杜楞的嚣张气焰，他是在为索诺木杜楞生闷气。

西西探出了一二，明白皇太极不快的原因，便说："索诺木哇，那是乌合之辈，跟他怄气，那可是犯不上。他就是一条倔驴，光会摇晃着两只大耳朵，哏嘎大叫，真要是让他上碾子拉套干活计，可就尿泥了。大可不必，别怕他，皇上你何苦来呢！"

西西这么一说，可把皇太极惊呆了，西西年纪轻轻的，还认识奈曼的索诺木杜楞，便说："西西，你认识索诺木杜楞？"

西西说："我是蒙古人哪，蒙古各地就那么几头大蒜，我能不知道吗？"听她这么一说皇太极更有兴趣了，就开始刨根问个究竟。

西西一看皇太极这么认真，真得说清楚，一个女孩子家认识些男人不讲清楚，自己的畏根要有啥想法，那可就糟了。于是就对皇太极一五一十地说道："事情是这样的，索诺木杜楞自小是在我们塞桑部中长大的。有一年塞桑台吉被召到察哈尔部，察汉浩特林丹汗首领操练战法，由明军的武师传授。林丹汗好宴好酒款待，讲孙子兵法之策，讲刘伯温的退敌战法。林丹汗此举就是为把蒙古兵马操练成天下无敌的铁军。

塞桑临回来时，在林丹汗军营中捡到林丹汗妃与林丹汗属下私通生下的私生子，当时被抛弃在河沟。塞桑好管闲事，心地善良，听到河沟中孩子的啼哭声，忍不住便抱了起来，当夜便骑快马把这孩子带回科尔沁，交给科尔沁牧场的索诺木妈妈喂养，从此他就成了索诺木妈妈的儿子。索诺木妈妈去世后，塞桑也未照看，他就成为牧场的一个大男孩，很吃苦，很能干，常到塞桑帐包，和塞桑的儿女都很亲近，像亲兄弟。索诺木杜楞的名字就是塞桑台吉给取的。他比西西我大七八岁，今年已经二十三四岁了，是蒙古骑士。林丹汗招收蒙古年轻有为的男子，索诺木被收到察汉浩特加入了他的御营军。索诺木杜楞在御营军中摸爬滚打，成为很勇敢的一只猛狮子，比武、赛箭、摔跤样样都不落在别人后边，这样就被林丹汗看中。最初在察汉浩特中成为百人长，弓箭营的诺延，后来升为察哈尔部的小首领副旗长，再后来又升任蒙古奈曼部的诺延，就是奈曼部的主要首领，领兵大将。他因为塞桑一家对他有恩，我西西也与他常在一起玩耍，对我们很有感情。我们俩可以说是青梅竹马，他是大哥哥，我是小妹妹，一来二去也就有了感情。后来他很早就到察汉浩特，与我们科尔沁部分开。由于他长期受林丹汗的熏染，狂傲自大，目空一切，仇视建州部，认为建州部挑拨离间林丹汗与科尔沁部的关系，把科尔沁拉到了建州部一边，不跟林丹汗一个心眼，他索诺木杜楞完全成为林丹汗驯养的一条忠实的烈狗。"

接着西西又献策说："解铃还得系铃人，由我们塞桑家族出面，就能解决这个问题。索诺木杜楞对我们塞桑家族，对我小西西都是另眼看待的。我小时候，索诺木杜楞哥哥给我抓蛐蛐儿、抓小狍子养着，还给我们抓回一个丢了娘的小黑熊。他对我们可好了，我们要啥，他无论如何都会想办法弄到，这样谁也不敢欺侮我们姊妹。有一年发大水，就是索诺木杜楞哥哥照看我们小姐妹俩，大人去治水护羊群和牧场，由他给我们打水做饭，抓兔子吃。"说完，西西还建议开个家族会议，好好商议一番。由西西出马去说服索诺木杜楞，凭着他们的往昔兄妹情谊，他会听我劝告的。

皇太极听了西西的一席话，心立刻敞亮起来。后来又与多尔衮、希福反复商量，坚定了信心，才有了上述的一切行动。所以说，对于此次西征，真正知道行动底细的只有皇太极、西西、多尔衮、希福，范围很小，以防泄露机密。要是林丹汗、奈曼、敖汉等部有所提防，就无法施行密计了。

别看多尔衮今年才十六岁，比西西大一岁，可也是领军的大将了。他非常机灵、聪慧，勇猛无敌，是皇太极最信赖、最倚重的小弟弟。多尔衮与多铎深知在赫图阿拉真正的亲人和靠山，现在就是英明汗皇太极了，有再大的苦，再大的风险，都不能退缩，皇太极就是自己的生存贵人，依靠他就有出路和前程，因此对皇太极有股两肋插刀在所不惜的忠诚和决心。正因如此，他也非常敬重和听从西西这位小嫂子一切行动的号令，把她完全看成兄长皇太极就在眼前，不敢有丝毫闪失和过错。多尔衮深知，皇太极命他与多铎为大军的左右翼将领，是对他们兄弟深信不疑的良苦安排，是负有众望的。可以说，多尔衮一路上无微不至地护卫西西和希福这个骆驼队，随时去看望西西，随时聆听西西的调遣。

多尔衮从来都是诺诺听命，更讨得西西对他的敬仰、感激和满意。多尔衮不仅保持与希福、西西的密切联系，而且他还起着桥梁作用，随时随地与皇太极的大军通禀与联系，使皇太极时时都了解他与希福、西西的情况。皇太极大军虽然大造声势，恫吓林丹汗，但那是虚张声势。事实上，皇太极的大军也在暗暗地了解、搜集多尔衮传来的信儿，知道希福、西西的安危和行进的情况，已到何处，下一步如何进行。时刻听从核心人物西西传来的指令，真是万绿丛中一点红。这个"一点红"，就是西西的行动，西西就是这场战役关键的关键。

话说希福和西西这个骆驼队晓行夜宿，不断前进。西西骑在骆驼上悄悄问希福："老玛发，现在到什么地界啦？"

希福扬着脸对西西说："现在已到奈曼，奈曼忽木城从来不关城门，来往随便，他们认为都是蒙古人进进出出，沈阳城离这儿很远，建州的人不敢轻易到这里来。他们总有一种莫名其妙的傲气。"

西西低下头脸冲着希福说："行，咱们就让他们傲气几天吧！老玛发，咱们进城后就去绰尔济喇嘛爷爷处，先拜访老爷爷，然后再看下一步怎么办才好。"希福点头，便命一个随从去传告多尔衮将军。

希福、西西顺利进入奈曼城。这时已是下半晌了，他们径直去东关点心铺和宝和药房西侧的喇嘛寺。这里希福很熟悉，西西还头一次进奈曼城，一切都陌生。只见小城不大，但都是青砖青瓦，有不少古色古香的店铺，还有不少皮铺，挂着羊皮板的大幌子，显示这里不同沈阳等地，牧场多，牛羊多，充满了蒙古人的生活景象。

希福来到寺院门前的下马石前，停下骆驼，西西在随从们搀扶下下了骆驼。骆驼可能也累了，主人下来后，它就像很懂事似的，自己前腿

扎呼泰妈妈

一伸，慢慢卧在地上，可能也走乏了，卧在地上瞅着希福，希福忙说："我知道你，老伙计，你是又渴又饿，该好好歇一歇了。"说完便命随从去买来谷草，提来一桶水，让骆驼吃喝。然后希福陪着西西来到寺院正门，小喇嘛出来向希福施礼，希福老人直接告诉他要拜见老住持乌木萨特绰尔济大师。

小喇嘛一听是师父的客人，便崇敬地施礼往里让客。他头前引路，进入内院，穿过长廊，走过葡萄架和绿树林，来到后院一个青砖青瓦的三间房舍。院里很幽静，梨树和海棠树各在东西两边，中间养着菊花、刺梅，几个小喇嘛正在浇水、剪枝，来回忙碌着。带路的那个小喇嘛拉开门说："师傅，有客人来拜访您老人家来了！"小喇嘛说完，只见门帘一打开，走出一位白白的长眉毛，满面红光，体魄肥胖的身穿黄色袈裟的大喇嘛。希福和西西一看便认出来了，正是要拜见的绰尔济大喇嘛。

大喇嘛一眼就认出来的客人是希福，忙上前拉着他的手让进内室。内室也是个佛堂，满屋香气，正堂有尊大铜佛，神案上摆满供果，两个大蜡台上红烛还在燃着亮光，原来大喇嘛正在做佛事呢！大喇嘛热情让希福、西西进入内暖阁。这里是个小客厅，有卧榻、佛经等，一看便知这里一定是大喇嘛平时做佛事休息的地方。

希福和西西走进大喇嘛的内暖阁，刚刚坐下，大喇嘛的目光就注视坐在希福身旁的小西西。一见是个年轻俊俏的少年男子，一身的穿戴是个当地小老板的打扮，头戴瓜皮小蓝帽，头顶琥珀扣，帽头的玉板闪亮，还戴着大大的密镜，使老人家看不清少年白皙的面孔，唉，真是个美少年，让老人家格外注意。他是哪地方人氏，头一次到我寺院来。于是便向希福问道："你带的这位小客官，我老僧还是头一次见面，请介绍一下府上做何生意，真是发福发财，前程无量啊！"大喇嘛这么一说，只见这个少年有点害羞，笑着把头一低。

希福忙站起来说："大师傅，您仔细瞧瞧，看她究竟是谁？"

大喇嘛向前迈了一步，低下头，双手扶着这少年仔细打量，小西西再也憋不住了，嘿嘿大笑，也站起来，把小帽和墨镜一摘，头上盘着的乌黑云卷松散开来，大喇嘛再一细看，连声呼叫说："阿弥陀佛，阿弥陀佛，许久未见，不，贵妃驾到，有失远迎。从沈阳城到奈曼路途遥远，一路上受老苦了吧？真难为您了，皇太极皇上不心疼啊，把您也派了出来？"

小西西向她尊敬的乌木萨特绰尔济大师半蹲施礼，然后说："老爷爷师傅，哪里，这是我硬争着出来的，会会朋友，与您老多年不见了，心里想啊。"说着，西西就坦然地脱下大斗篷，一身修长美丽动人的身材都显现出来。

说来，西西从小就是在大喇嘛爷爷跟前长大的。蒙古人自大元时起，各部落都敬重佛祖，修建寺庙，养育喇嘛。科尔沁博尔济吉特哈喇家族十几代都是如此，氏族中的每一个成员从降生落地、啼哭、百日、学语、行走，二龄挂长命锁，三龄开斋，五龄挂福禄锁，开聪智，通弦歌舞，六龄祭马跨马，七龄拜山神、土地、草原众神，总之每日每天，每向前迈一步全由府上、帐包中、家中大喇嘛为之祈福祝祷，天天上告，天天诵经，蒙古子女全都是在佛堂的香烟、佛堂的木鱼和铜钟声、佛堂的诵经声中慢慢长大懂事成人的。小西西就是在这样的环境下成长为大草原的美女，万众仰慕的女杰。蒙古人有句老话："供佛信佛不勤，儿女难得美貌聪慧。"妇老皆遵。正因如此，西西将乌木萨特绰尔济大喇嘛看成自己的保家神、保命神，万分敬仰，无比亲近。

这时小西西像孩子一样双手紧紧拉着大师傅说："大师傅，我这次来就是让您老帮我训教训教索诺木杜楞和他的那些哥儿们，让他们回心转意，英明汗的八旗大军已经围住奈曼、敖汉了。"

大喇嘛慈眉善目，两鬓一绺银白色的长髯，他双手捋着长髯说："西西、希福，我马上让寺里喇嘛先请来你们认识的衮楚克诺延，让他想法把索木诺杜楞叫来，你们就在我的寺里攀谈，我的寺院安全也清静。西西呀，您可不是在草原上骑马奔跑的小马驹了，你是金枝玉叶，我老喇嘛要保你的平安，要是出了半点闪失可怎么向天聪汗皇太极报账啊！希大人、西西，你们就拿出浑身解数，说服索诺木杜楞这个倔牤牛，让他认清前途利害，尽量免生杀戮，救一命胜过七级浮屠，阿弥陀佛！"

说着，老喇嘛令人备好了斋饭，西西、希福在寺院中盥洗完毕，几个人简单用过素餐之后，小喇嘛已经将奈曼部诺延衮楚克请来。希福与他早有多年过往，他们是好兄弟。西西也公开了身份，露出了女妆。衮楚克对西西万分敬慕，久闻昨日草原美女，今朝建州部大汗的爱妃，自己是蒙古人，感到无上的荣耀，因而对西西的一切要求唯命是听。

说来索诺木杜楞是被少年时代的蒙古好友衮楚克叫来的。他们小时候都在科尔沁明安部生活过，共同度过了难忘的童年。后来又都受林丹汗的青睐，收到察汉浩特，被林丹汗赐金赐银赐美女，成为一方执掌兵

扎呼泰妈妈

权的诺延大人。因战功赫赫，都多次受到林丹汗的褒奖，成为他的心腹脊梁。袞楚克告诉西西和希福，现在的索诺木杜楞，可非同一般人物，他是林丹汗的亲信、大将，直接掌握林丹汗所在察汉浩特的东奈曼前线的军事屏障，成为抵御建州部后金的强大堡垒，有精兵四十万，而且索诺木杜楞还南控去喀喇沁的重要通道，也是去喀喇沁的强大堡垒和军事屏障。这是建州部进攻察哈尔部，西进攻伐北京和蒙古、奈曼、喀喇沁难以逾越的屏障。林丹汗可下了最大的决心和力量，正因如此，索诺木杜楞在蒙古众部中就更有地位，他是举足轻重的人物。所以，索诺木杜楞本人也就更自大高傲，目空一切，一切都不在他的话下。往日的朋友、同伴都不放在他心上，自己俨然以林丹汗的干儿子、太子自居，真是威风十足。

索诺木杜楞最初听到奈曼部袞楚克请他，本想不去，可是又一想，自己的兵马有一部分就驻在奈曼地带，敖汉部由自己严控。林丹汗不放心袞楚克这个人，就让索诺木杜楞带着兵马，强行占据奈曼地方，从此就成了索诺木杜楞的军事要塞中的一部分。这样袞楚克就被孤立了，即使他自己投靠后金，地盘还归林丹汗管辖，后金仍无法顺利夺取。现在就是这种拉锯形势，实权控制在索诺木杜楞手中。索诺木杜楞心想，现在还不能公开得罪袞楚克，表面上还要拉住他，不至于立刻撕破脸皮，不然他带领兵马投靠皇太极后金一方，就使自己被动了。所以，虽然他心里不愿意，也只好硬着头皮去袞楚克处，询问有何事要找他。

索诺木杜楞带两个贴心随从，便大摇大摆地去奈曼部袞楚克的兵营驻地。听众兵丁说，袞楚克正在乌木萨特绰尔济大喇嘛寺院里，索诺木杜楞心中甚觉奇怪，于是就带着亲随去乌木萨特绰尔济大喇嘛的寺院。

索诺木杜楞也心知肚明，乌木萨特绰尔济大喇嘛就像自己爷爷一样，从小都是在他手下长大的，许多经文都是乌木萨特绰尔济大喇嘛一口一口传授给自己的，对大师既很尊重，又很惧怕。大师的眼神非常厉害，心中藏什么事，大师一眼就能看透，大师多次教训他要爱蒙古、爱族众，少杀牲，不要与林丹汗同流合污，要做积德之事，不然到头来自己死无葬身之地。索诺木杜楞采取两面手段，阳奉阴违，心还是向着林丹汗。大师让他与袞楚克一起归顺后金，他始终以许多家事没处理为由不正面回答，而且林丹汗还把自己的小女赏给索诺木杜楞，成了林丹汗的女婿。他又靠林丹汗的威力，强行将喀喇沁部贝勒的女儿抢在家中，表面是父女关系，实际成了人质，被索诺木杜楞霸占为妾，以此控制喀喇沁部，让他听命于林丹汗。索诺木杜楞得到这么多好处，他能爽快地与衮楚克一起归顺后金吗？不会的。

索诺木杜楞知道衮楚克请他来，又到寺庙乌木萨特绰尔济大喇嘛那里，必定又是逼他归顺后金之事。索诺木杜楞对此事早已死了心，决不投降皇太极的后金，凭我们蒙古兵马的实力，我与后金较量，谁输谁赢还不一定呢，我一定让后金皇太极尝一尝苦头，吃些教训。于是他很有把握，信心百倍地去寺院会见衮楚克，他仍以为后金不敢正面发兵，又不知他耍什么花招来哄骗我。于是，索诺木杜楞趾高气扬地让亲随先去通报一声。

话说索诺木杜楞真是盛气凌人，大摇大摆地走进乌木萨特绰尔济的大佛堂。他不先拜佛燃香叩头，而是掀帘子直接进入大师的小暖阁。一脚迈进屋里，他立刻惊愕，见屋里没有大师，也没见到衮楚克诺延，一屋子人一个都不认识。他急忙缩身要退回来，不知身后是谁把他推进了屋，说："大诺延，一向可好，为何见到我们就想溜啊！"这说话的人正是化了装的多尔衮，他不认识。屋里人也都是蒙古人平时的装束，他根本不知是何许人也。

这时，希福走过来，双手一压索诺木杜楞的双肩说："诺延，请坐下，有话坐下说。"

索诺木杜楞顿时觉得不对劲儿，一看周围的人都不是奈曼、敖汉部的人，自己的亲随在掀帘子让他进屋里时，没有随进来，自己是被人家推进来的。一想明白了，上当了，自己和亲随这回都成了俘虏了。这些人是谁呢？是大明朝廷的人？还是建州部的人？怎么事先一点信儿都不知晓？我派出去的二百多哨探都到哪儿去了？

索诺木杜楞睁大眼睛忙问："各位是哪里人？有话好说，好说。我的兵丁在外头敲诈勒索的事常有，队伍人多太杂，管教不严，有伤哪路贵人的话，尽管告诉我，我会加倍奉还的。"

希福一听索诺木杜楞净说些没用的，便打断了他的话，说道："索诺木杜楞，你可能做梦也想不到我们会直接与你见面，告诉你吧！赫图阿拉建州部英明汗皇太极率精骑五千人马，就驻扎在奈曼、敖汉城外的五里地，已完全包围了你们的城池。方才睿亲王传信，你受林丹汗之命派出的二百多名明岗暗哨，全被我们俘获，都在我们天聪汗处看押。我奉天聪汗皇太极圣谕，与贵妃直接来劝你归降后金，我就是你用重金缉拿的蒙古"色克"明安贝勒的好友希福大将。"说着，他用手指着站在他身旁的一位魁伟将军说道："这位就是天聪汗的御弟睿亲王多尔衮，又是此次西征兵马左翼统领。"

希福这么一说，可把索诺木杜楞吓得腿肚子转筋了，全身颤抖。希福、多尔衮的大名如雷贯耳，那可不是一般人物，都是后金的大将，多少蒙古兵马都败在他们的马下，闻风丧胆。没想到这两位今日就站在自己面前，他不知所措，连话都说不出来了。索诺木杜楞事先根本没想到，建州兵马如神兵天将一般到了他的跟前。更可怕的是，林丹汗一点消息也不知，这对林丹汗威胁太大了。察哈尔的察汉浩特离这儿也就是二百来里地，快马很快就到，要是他们知道消息就好了。索诺木杜楞心中思索，只好将计就计，先把希福他们拉住，然后再想计对付，所以索诺木杜楞干脆装傻、装呆、装糊涂，什么都不说，只是唯唯诺诺，一口一答应，应付希福、多尔衮两位将军。

其实，这时西西正隐身在内暖阁的一个屏风后面，还没有露面，索诺木杜楞进来与希福、多尔衮等人的对话，她都听得一清二楚，这个场面就是西西设计的，就想先摸一摸索诺木杜楞心里是怎么想的，然后再做处理。西西一听方才他们的谈话，心想，这个索诺木杜楞比以前变得更奸诈狡猾了，他采取装聋作哑、装死狗的应付策略，这可不行，不能让他摆弄住，必须打乱他的阵脚，步步紧逼，让他一败涂地。这时，西西在屏风里故意将桌上的茶杯移动一下，传出一个响动，就是让多尔衮和希福做一件事情，以此牵动索诺木杜楞。西西此时微微移动一下茶杯，暗示多尔衮、希福抖落索诺木杜楞的罪行，逼他认罪，让他认识自己的罪恶行为，使之无地自容。让他乖乖放下臭架子，投降建州部。

西西的暗号，多尔衮立即明白，这是皇嫂在命令自己向索诺木杜楞发起攻势。书中暗表，此番多尔衮作为西征军左翼，有一种特殊任务。右翼西征人军，主要指挥大任由其弟弟多铎担任。多尔衮率五百轻骑兵马，化装前进，凭借武功、夜行术和特技，秘密接近奈曼、敖汉部西部蒙古兵马，主要是摸清和拿到西部诺延的各方罪证、赃证，甚至抓到一些人犯或找到受难者，以便西西与他们谈判时有令其归顺的证据和酬码，争取主动，劝降对方。多尔衮是个机灵鬼，小皇嫂让自己发起攻击，打消眼前的僵持局面，多尔衮寻思了一阵，经过几天密查，找到索诺木杜楞罪恶甚多，必须先抛出一件让皇嫂熟知，使索诺木杜楞自感无颜人世，让他无地自容，震慑他一下。于是，多尔衮走过来，叫一声："杜楞子，我问你，你现在称自己是林丹汗的额驸，是他的女婿，口口声声说自己原配夫人楚楚多病在身，你把她抛哪去了？实话告诉我们！"

索诺木杜楞听多尔衮突然问自己的家事，很不耐烦，说："扯这没用，那是我的家事，她早不在人世了！"

多尔衮向门外摆了一下手，几个亲随把门一开，送进一位女人。她见到索诺木杜楞便痛哭不止，大骂他："丧尽天良，为了成为林丹汗的乘龙快婿，你泯灭天良，害我于死地。你还有何颜面活在人世？"说着，猛然间扑过去，向索诺木杜楞的头和脸上又抓又打又挠，索诺木杜楞抱头满地跑，吓得大叫："哎呀，活见鬼了，见鬼了！"还是希福上前把这个夫人劝住、拉住，才平静下来。

此时，门大开，乌木萨特绰尔济大喇嘛进来了，喊着佛号，说道："索诺木杜楞啊，你敢不认你的结发妻子吗？是你一锤把她打死，抛到荒郊野外，正巧在我寺庙之外，被我的小喇嘛发现，幸好人还没死，满头是血，我让众喇嘛把她抬进寺院，专门用药调治。楚楚也是科尔沁人，我把她从小拉扯大，成了草原的美女，你看中了她，求多少人说和让她嫁给你，可是没想到你变了心。唉，还是你的夫人楚楚命大呀！不该死，在我的寺院活了过来，我就养她，知你已娶林丹汗小女，成了大汗的额驸，为成全你的名声，也为保护楚楚安全，就一直让楚楚在我的寺院内打扫庭院，已住一年有余。楚楚是人，不是鬼，索诺木杜楞你仔细瞧一瞧，认识一下，她是不是你的夫人？"

索诺木杜楞这时冷静下来，抬头看了看，立刻瘫在地上，无言以答。

这时屏风里边站着的一位身姿俊美的"阔少"走了出来，还是一身男装，只是不戴黑黑的墨镜，更显出白皙秀美英俊男子的面容，闪着浓黑的大眼睛，长睫毛，人们乍见都觉得惊奇，天底下竟有如此的美男子。

此人走过来，直奔蹲在地上的索诺木杜楞，又走到背着身子面向墙壁仍在嘤嘤哭泣的楚楚身边，说道："如今，天下人真是无奇不有，为了巴结权贵，飞黄腾达，竟然丧心病狂到这种程度！从小都在一个饭锅里抢手把肉，过年节一块穿上额穆①给做的同样白色、同样大小、同样荷包的崭新羊皮小德力克②，说穿上它能够得到神灵的祝福和吉祥，魔

① 额穆：蒙古语，即母亲。
② 德力克：蒙古语，即棉皮袍。

鬼不敢欺。穿上新衣裳，大家在雪地里滚成一团，把小羊、小狗引逗过来，啃咱们的脸蛋，亲个没完。这可好，有了权有了势，竟下毒手，成了杀人歹徒！小杜楞子，你快钻进地缝子吧，羞死人了！”

这个青年说出简短的肺腑之言，竟把面向墙壁哭泣的楚楚和抱着头蹲在地上生怒气的索诺木杜楞给震惊了。他们马上抬头，两眼盯住这个陌生的阔男子，瞅了瞅，不认识，可他说的话，每一个字、每一件事都是十几年前在科尔沁草原上童年时难忘的经历呀，自己这些天真活泼的童趣，怎能忘掉哇！他们俩同时思索，他是何人，竟知道得这样详细，于是都不约而同地凑过去仔细分辨。

站在一旁的大喇嘛说：“阿弥陀佛，她是你们的小妹妹，建州部天聪汗的贵妃，你们的阿济格芬[①]妹妹看望你们来了！”

索诺木杜楞和楚楚比西西大十来岁，经过这么多年，变化很大，但大喇嘛这么一说，西西又讲童年的故事，俩人立即被感动。楚楚上前抱住西西便大声痛哭，哭得更是伤心。索诺木杜楞自小就喜欢小西西，后来也曾追求过，都因自己马术和摔跤远不如比自己小很多的西西的技能、灵活和耐力，被西西一阵讥笑。他怀恨在心，至今还在背地里痛恨建州人敢抢蒙古人的姑娘，他决心要与皇太极决一雌雄。如今，西西找上门来了，西西的气势、风采和光芒，把他罩得蜷缩成一团，往日的八面威风都丢得一干二净！

还是楚楚口齿伶俐，多年来没有寻到亲人了，今日见到童年时的小妹妹，一肚子苦水就尽情地往外吐出来，好像找到了天下最能为自己说理，为自己伸张屈侮的人了，就边哭边喊着说起来。西西拉着她苦苦劝慰都劝不住，只听她说：“哎呀，我的西西小妹妹，这个杜楞，可不是当年跟咱们一块骑马，一块放羊，一块寻找貉子洞，抓貉子的小杜楞子了。他如今就是魔鬼，就是豺狼，是他密告林丹汗，抓走明安爷爷在察汉浩特坐着水牢，是他秘密派‘色克’，杀死赫图阿拉到喀尔喀谈判的三个使者，是他怕我找乌木萨特大喇嘛爷爷告密他要捉拿衮楚克众兄弟归顺赫图阿拉的事，用木槌敲死我，杀人灭口，还仗——”

突然，索诺木杜楞大声喊叫，制止楚楚哭诉他的罪行。索诺木杜楞气急败坏，随手一扬，想打出他的绣花毒箭，一箭封喉，让楚楚立即毙命，不再大喊大叫。楚楚的控诉，像在剜他的心！哪知此时，早已被西

---

① 阿济格芬：满语，童年的意思。

西、多尔衮、希福事先注意到了。多尔衮、希福猛然间跳过去，立即摁住索诺木杜楞，不让他还手。

而西西早有准备，可能西西早已看透了索诺木杜楞就是一只忘恩负义的黑心狼，就在楚楚大喊大叫，索诺木杜楞制止不住时，他的手往腰间一碰，西西心想不好，这小子要下毒手，立刻也做了准备。就在索诺木杜楞手刚往腰间一摸，手向上一抬时，西西早已在神不知鬼不觉之际，甩出她的两枚袖箭，虽然无毒，但非常厉害、锋利，能射入皮内骨上，使全身麻木。这些技能都是乌木萨特绰尔济大喇嘛的师兄——杜木钦德大喇嘛从少林寺僧那学来的，又在科尔沁本部传授，以防身拒敌之用。其箭小巧方便，神出鬼没，百发百中。西西抛出的小神箭，迅速射向索诺木杜楞刚刚抬起来要用毒箭射向楚楚的手，哪知西西的小神箭先飞了过来，不偏不斜地射在他的手背和手腕之上，他的毒箭落在地上，自己的手发麻抬不起来，疼痛难忍。疼得他哎哟哎哟直叫。

西西说道："索诺木杜楞，你这个狠心贼子，装什么相，我的袖箭没有毒，就是让你疼一疼，教训教训你这个黑了心肝的家伙，你号叫什么！"

西西这么一说，索诺木杜楞心里有了底，射他手上的两根袖箭没带毒液，就说明手被射中后，不至于一个时辰就溃烂流黄水，必须截肢，否则全身毒汁扩散，不下五个时辰人就要昏睡而死。索诺木杜楞心黑，他的袖箭是毒液泡的，方才没出去。没等索诺木杜楞的毒箭射向楚楚时，西西的袖箭已射中他的右腕和右手背，钢针刺骨，手麻木疼痛得如火灼刀割，自己的袖箭立刻掉在地上，他忙捂手大叫。

西西又说："你早就是我的手下败将，从小你甩毒箭就不行，到如今还是没见长进，竟敢在我面前动武，你纯粹找死！"

这时，多尔衮走过来，抬腿一踹，把索诺木杜楞踹倒，过来几个武士立刻把他五花大绑，他就像狗啃泥似的趴在地上。

不一会儿，进来两个士兵，给多尔衮叩头禀报："禀报亲王爷，天聪汗已命多铎亲王拿下奈曼部郊镇三城，十一屯，俘奈曼兵马三千，战马两千匹，奈曼部副将巴图尔巴图鲁已投降，敖汉部长亦归顺。罕王爷已进驻多尔毕浩特。"传信儿的两名士兵，其实是暗受多尔衮之命，特意在被擒的索诺木杜楞面前大声传报，就是给他听的！

躺在地上的索诺木杜楞一听这个信儿，彻底崩溃了。自己在奈曼部的副将巴图尔巴图鲁已降，说明奈曼已经归入皇太极之手。本以为他们

扎呼泰妈妈

抓住我，不等于奈曼败了，现在一切都输得精光，败得很惨，全都成了建州部的俘虏，现在自己必死无疑了，白白跟着林丹汗拼死卖命，到头来得了这个下场。

西西命多尔衮迅速将索诺木杜楞带走，安排好奈曼地方的军务。多尔衮下令，奈曼军队暂由衮楚克兼理，依天聪汗之命，即日向多尔毕浩特进发，与天聪汗会合，然后再做下一步安排。

西西此次西征，真是非常顺利。西西将楚楚带到自己身边，关怀照顾她。楚楚最初哭泣不止，哀求西西说："西西妹妹你救了我，我终生感激不尽，可我不能连累你。你现在是金枝玉叶，我怎么能在你身边啊，我情愿一死，不想活了，这都是我自己命不好，我认了！"

西西耐心劝她说："姐姐，你真糊涂，你一定要好好活下去。我此番西征，是天聪汗深明大义，得到他的同情和理解，才从宫闱中挣脱出来。我一生的夙愿就是要拯救咱们蒙古受难的妇女，现在还有多少人在林丹汗的魔掌下受到凌辱，不单是楚楚姐姐你一人哪！咱们的姊妹有多少人还在流泪哭泣，还在水深火热中受煎熬，你能忍心一死了之，不与我一同设法救那些手足姊妹吗？他们之中不少人咱们都熟悉呀！楚楚姐姐，跟我一块走，到沈阳去，天聪汗是最仁义、最慈悲、胸怀四海的恩主，怜悯天下一切无辜的人。"

楚楚在西西好言安慰劝说之下，有了生的愿望和劲头，便在乌木萨特绰尔济大喇嘛的寺院里共同叩拜了大喇嘛，然后同希福玛发护卫着西西就上路了。

此番行走西西不再乘坐骆驼，不再穿男装了，敖汉部衮楚克给专备了四马大轿车，让西西、楚楚乘坐。多尔衮也改换亲王的服装。希福和衮楚克等奈曼、敖汉的蒙古诸部归顺建州的诸延将领们，一同向草原中的美丽明珠——碧草荡漾的多尔毕浩特的帐包进发。

此时，建州部后金西征的几路人马会合，多尔衮拜谒天聪汗，西西与天聪汗团聚，大家欢聚一堂，好不热闹。

多尔毕浩特是大草原中黄羊最密集的地方，草原中有许多天鹅、大雁、野鸭在银色的湖泊中嬉戏、飞翔，湖泊、河流中有肥美的鱼虾，这里一向是蒙古人富饶的天堂。多尔衮多次向皇兄皇太极禀奏，应早一天夺得多尔毕浩特，作为咱们的野猎之地，以及夏日避暑的胜地。此次终于如愿以偿，建州兵马很快齐聚西部草原多尔毕浩特。西西在多尔衮、希福的护卫下，也迅速到了多尔毕浩特草原。

这时，已经新搭好百张羊皮大帐篷，一片白亮亮的，中间有大的骆驼棚帐，作为军营行宫，是天聪汗皇太极临时临朝之地，仿佛把沈阳的宫殿搬到这里，真是一片繁华。四周插着八旗的军旗，八旗将士昼夜护卫，显得非常壮观气派。

多尔衮依照皇嫂西西的嘱咐，将索诺木杜楞关押在大木笼囚车之中，一同押往多尔毕浩特，等待接受皇太极的审问定夺。西西一再叮嘱多尔衮："一路上要好好照顾索诺木杜楞，他可是有用之人。"楚楚虽万般痛恨黑心的索诺木杜楞，但是也很有远见，心胸宽大，她一再劝说西西手下留情，不能立即杀掉索诺木杜楞。

西西心中很高兴，佯装不解地问楚楚："姐姐，索诺木杜楞一再害你，这次又要杀你，你为何还替他求情啊？"

楚楚说："西西妹妹呀，你有所不知，杜楞子现如今是林丹汗最贴心的心腹，他的账以后再算。现在最要紧的是让他戴罪立功，他有不少林丹汗的朋友，了解林丹汗和察哈尔部内情最多，他与林丹汗后妃内院的总管大人们走动密切，最了解林丹汗所有妃子的身世和现在的处境，以及她们被残害、抛弃等秘密的事情，要救咱们的姊妹，就需要这种人，让他们帮忙。"

西西连连点头称是，尽管索诺木杜楞有多少条罪状，但要做这些事就少不了他来帮助，所以，索诺木杜楞还是有用的人。

西西到了多尔毕浩特见到了皇太极。皇太极早已从多尔衮、希福等人口中得知西西此次出山所做出的贡献，把奈曼部顺利拿下，索诺木杜楞这个林丹汗的鹰犬迅速就擒，使他非常高兴。皇太极也是疾恶如仇之人，闻听索诺木杜楞杀妻攀贵，还当着西西等人的面，想发袖箭射杀结发妻子，真是丧尽天良，便立即喝令推出斩了，少留这个人间败类！于是，众刀斧手从囚车拉出索诺木杜楞。

这时西西向皇太极附耳说了一些话，不外是留下此人对于瓦解林丹汗有用处，皇太极立即采纳，依西西之计，当即命侍卫把索诺木杜楞拉回来。索诺木杜楞紧闭双眼，浑身颤抖，心想，是自己犯下的罪行昭彰，今天必成刀下之鬼，已后悔万分。哪知又听皇太极说道："爱妃，此人就由你们来处理吧。"索诺木杜楞心里有了底，精神放松了一些。

此时多尔毕浩特成了皇太极临时的行宫，不少急办之事都一一呈报上来，皇太极批阅奏章甚多，便向希福说道："本罕王现在处理黑龙江多尔哈部来投降之事去了。"说完随侍卫进入另一个大帐。

索诺木杜楞就由西西、多尔衮等人单独审讯、处置。多尔衮专向索诺木杜楞讲他的罪行，一宗宗一件件详细道来；西西专对索诺木杜楞讲往日的旧情，情理交融，历历在目。索诺木杜楞既惭愧，又感慨，他之所以未成刀下鬼，深知是西西救了他的命。他感到建州部的人宽宏大量，知人善用，决心为建州效力，以感谢不杀之恩。

单说这一日，皇太极在多尔毕浩特地方大摆黄羊宴，款待受降的西部蒙古各部的诺延、台吉。在建州部强大攻势下，蒙古西部不少部落纷纷倒向建州部，使建州部的军事力量逐渐强大。皇太极和西西就一直住在多尔毕浩特地方。到这年冬十二月，林丹汗察哈尔部的四周许多部落首领如扣肯巴图鲁、昂坤杜楞等台吉都率部归顺了建州部赫图阿拉。接着，皇太极、多尔衮、西西布阵，对待蒙古西部首领，采取礼贤下士、好言劝慰、不计前嫌、宽宏大度的政策，联合一切力量，孤立林丹汗。

由于这样做，使索诺木杜楞这些死硬的顽固头领们都大受感动，痛哭流涕，向西西、楚楚等蒙古童年时期的朋友们诚心认罪，败子回头，决心与林丹汗决裂。索诺木杜楞亲自到林丹汗的属地现身说法，动员反叛，已有数万人马投降皇太极的建州部。在这种极为有力的形势下，多尔衮、多铎兄弟和扈尔汉等人率大军征讨多罗特部，这是林丹汗的又一据点。在这场征战中，杀死台吉固嘎，副将多尔济哈坦巴图鲁受伤逃跑，建州大胜，又夺取了喀喇沁部。

皇太极采纳西西之策："对林丹汗必施以重拳，要死的骆驼比马大，不可掉以轻心，不能认为已奏凯旋，就回京师了。要继续分化林丹汗的各部躯体，一直到把一头大骆驼全部分割成零碎小块，使他体无完肤，才能说西征之战凯旋奏捷。"为了实现上述策略，皇太极派兵在喀喇沁尽量招降林丹汗的兵马人畜，征服林丹汗的所有属下和牧场，命喀喇沁的归顺部落与过去归顺皇太极的部落台吉，合兵攻打林丹汗现在的据点，逼迫察哈尔部地区形成内乱的趋势，摇撼林丹汗的军心。

从天聪二年，大明天启七年，一直到天聪五年，明崇祯四年，这四年间皇太极在多尔毕浩特草原行宫，一方面指挥八旗兵马进攻北京，首先夺下遵化、永平等重镇，率大军围大凌河，进逼明将祖大寿；另一方面又率满蒙联军西征察哈尔，夺城拔寨，使林丹汗没有立足之地，逃往兴安岭以北，使其走上穷途末路。天聪六年，明崇祯五年夏，林丹汗饥寒交迫，病死在青海的大草滩，林丹汗终于被消灭，多尔衮的追兵获得大元朝传国玉玺。在这一系列征讨中，西西极力举荐多尔衮的功勋，皇太极也对其弟、英雄虎将多尔衮极为夸赞，赞其"既勇且智"，战功卓著，赐予"墨尔根岱青"称号，后又封为固山贝勒，在众贝勒中声名显赫。

天聪十年四月，明崇祯九年，皇太极受满蒙王公及大臣拥立继皇帝位，建国号为大清，改元崇德。这年哲哲被封为正位中宫，西西被封为永福宫庄妃。同时，攻伐林丹汗，解救了众多科尔沁蒙古美女。由于哲哲、西西的百般努力，寻找到一些失落的姊妹，在她们的举荐之下，有几位便留在宫中。前书所讲，皇太极在科尔沁赛马场上结识的赛马女囊囊被收为福晋，另一位美女娜木钟也被收为福晋，并于崇德元年七月封为西麟趾宫贵妃。皇太极从弟济尔哈朗娶苏泰福晋，七兄阿巴泰娶俄尔哲图为福晋，长子豪格娶苔丝娜伯奇福晋，代善娶林丹汗之妹泰松公主，多尔衮娶窦土门福晋之女。

在女真人的古谚中有这样的话："畏根察里甘，包得朱图喇。"意思是"夫妻是家的两根柱子。"蒙古自古也有这样的谚语："夫妻是并翼双鹰。"都是说明、比喻夫妻共创天下，缺一不可。罕王爷在世时常说："不要把赫赫光看成'追箔拨金扎卡'①，而是要当成哈哈②左右臂，共同打天下。"所以，两世罕王都重视女辈，看重女辈，敬重女辈，对那些蔑视、玩弄女流之辈从来恨之入骨，认为这种人连畜生都不如。

西西跟随天聪汗日日夜夜，形影不离，对天聪汗是无微不至地关怀照顾。众侍人、侍女们每做好茶饮后，她都亲口尝一尝温热。在征战时，每一串烤肉，每一盆炖肉，每一碗蒸饽饽，她都必须先亲口尝一尝口味。在夜晚冷帐中，被褥无论多么暄厚、舒坦，她都先脱衣钻进去暖一阵子才请天聪汗入睡。还亲自给解衣宽带，使天聪汗感激万分，曾慨言道："西西是天下第一能解男人心的沙里甘。"正因夫妻和谐，心心相印，天聪汗自多尔毕浩特会战后，就离不开西西了，每战必让其跟随。何况西西的马术也极为高超，能与皇太极、多尔衮等并辔前行，如男儿一样英勇无畏。

天聪汗也最喜欢聆听西西的建议，他觉得西西说话好听，而且从来都是先说天聪汗愿意听的笑话啊，谚语啊，引起他的兴趣，激励他的好问性格，然后再慢慢引申到自己的建议。她知道，天聪汗对任何事情都

---

① 追箔拨金扎卡：满语，汉译为"生孩子的货"。

② 哈哈：满语，即男人。

喜欢反复思考，凡是办一件事情，首先要搞清楚做了有什么益处，不做又有什么害处，要一层层、一件件、一步步想清楚，就像给孩子脱衣服一样，慢慢来，不能性急。所以，每做一件事，一定让天聪汗亲眼看到好处，这样天聪汗就会欣然应允。天聪汗只要应允之事，一定扎扎实实做好，不能含糊拖沓，要行必做，做必果。

西西还领略到，天聪汗有像罕王爷一样的脾气，他能知错就改，肯于接受众贝勒的正确建议，喜欢知无不言，言无不尽，只要说得在理，就是骂他难听的话，他也从不忌恨在心。他讲究源头活水，不喜欢一潭死水，喜欢开动脑筋，想事，不喜欢他的属下都是木头疙瘩，死葫芦。要广开言路，集思广益，不能光听自己唱大戏。正因如此，从罕王爷到天聪汗都是一群生龙活虎、敢作敢为、不拘一格的人，是一群富有朝气、生气的集体，一点没有大明朝的僵死气氛。

西西深深懂得这些道理，她做事最合天聪汗的心和众贝勒的心。虽然西西在众贝勒、众将领中身价甚为尊贵，地位甚高，但她自己感到年岁最小，阅历最浅，很容易说错话，办错事，总是百般的注意。她感到由于自己所处的位置，一句话、一声笑、一抬足，都能给人以影响，因此百倍的检点、谨慎，不让人们看到天聪汗爱妃的高傲、娇态，她也从不在众人面前显示蒙古显赫台吉的高贵格格的音容，而是以一名八旗将士的身姿与众位将士、贝勒相处。所以使上上下下都甚感亲近而不畏惧，所以每听到将士中的某些不满和积怨，自己都设法帮助缓解或告诉多尔衮去巧妙办理，她一再嘱咐绝不可伤及那些有怨言的将士。西西常讲，人心齐、泰山移的团结如磐石的道理，令多尔衮大将军也深深敬佩爱戴这位美貌聪敏的天赐阿沙①，是皇兄天聪汗之福，也是赫图阿拉女真人之福祉。

蒙古美女西西成为大聪汗形影不离的贤内助，这是后金天聪朝的福音。今天天聪汗还有一喜的是，他真正得到了原为仇家的罕王爷爱妃大福晋已殉丧的阿巴亥之子多尔衮和多铎兄弟。西西在陪侍天聪汗时，都相互心领神会，心照不宣，都相互努力地做着亲近、关照多尔衮、多铎兄弟的举动，让多尔衮、多铎感到他们没有孤单，没有被遗弃，没有被人背地蔑视或抹杀他们的功绩，使他们感到今天的天聪汗和西西，就是他们在世的兄妹，慈母阿巴亥并没有走。

---

① 阿沙：满语，即嫂嫂。

多尔衮最聪明，别看年龄小，做任何事情都让天聪汗放心、满意，这一点其他贝勒都很服气。多尔衮很有志气，也真有机智和能耐，各路群雄，智有胜算。令皇太极很欣然地理直气壮地命他执掌天聪朝的一切权谋，指挥若定，而多尔衮确是天造的小天才，紧跟皇兄皇太极，博得他的信任和欢心。多尔衮凡事都做到天衣无缝，备受赞誉。

西西只要与多尔衮见面，总以兄嫂之情指点他，帮他出谋和献策，所以多尔衮也愿意把自己心里想的事情都向嫂子谈，嫂如亲母，多尔衮深有感触。在这样温馨的氛围中，多尔衮倍生大智大勇，每次征战都显示出他的无畏和才智，他率军闪电出击蒙古察哈尔多罗部，战功赫赫，皇太极赐予"墨尔根岱青"的称号，年纪轻轻就被封为固山贝勒。次年攻遵化等地，斩获甚众，随天聪汗伐明，入龙门口进入山西取台堡，俘获牲畜无数。伐朝鲜成为天聪汗的左膀右臂，功勋卓著。攻察哈尔部，逼迫林丹汗逃亡，死于青海大草滩。皇太极命多尔衮收拾残局，多尔衮不负汗望，穷追不舍，收降了林丹汗之妻囊囊太后，后来又逼索诺木台吉来降，然后趁大雾包围林丹汗之子额哲所部，迫其归顺。

更令皇太极惊喜的是，多尔衮此番从林丹汗之妻苏泰太后手中得到遗失二百多年的元朝传国玉玺。其妻囊囊是皇太极、西西早年在蒙古科尔沁草原结识的朋友、亲人。多尔衮非常有心计，终使他们苦尽甜来，相逢团聚。

皇太极于天聪十年，改国号大清，年号崇德，进而称帝，与大明朝廷处在对等地位。其御弟多尔衮功劳最大，论功行封，多尔衮被封为和硕睿亲王，时年仅二十四岁。多尔衮已完全成为皇太极的忠诚佐臣。

西西对多尔衮的才干早有发现和了解，因此在大清皇帝皇太极面前进荐："皇上，人最贵有自尊心，皇上要完全信赖、依靠多尔衮，多尔衮就会拼命为陛下效力。"崇德三年之后，沈阳正面临两宗大事，史称"两路出击，南北双捷"。这个策略，就是皇太极、多尔衮还有皇太极的爱妃西西共同谋划的。所说"两路出击"，就是南伐大明，攻入山海关以内，马踏鲁晋二地，以强掠人口、攻陷城池为主，破坏明廷京师外围抵御能力；另一路选通晓黑龙江沿岸民情的骁将萨穆什喀、索海等，发重兵歼袭索伦部反叛头领博穆博果尔，沉重打击其蔑视大清的傲慢之心，使其继续向清廷进献貂皮和马匹，称臣归顺，如若再嚣张闹事，必踏平索伦部。

前者，自崇德初年，多尔衮几次亲率大军进入山海关以内，追讨明兵。明兵惧怕清八旗的马队，清八旗兵一来，真如排山倒海，战马奔腾，蹄声如海涛，震天动地，没等明兵见到人影，就像阵风暴卷来，明兵早已被踏死马下，立刻成了一片血海，惨不忍睹。多尔衮用这种战术，攻城夺寨，使明军闻风丧胆。皇太极为表彰多尔衮的功劳，崇德三年授予"奉命大将军"的美名。而后又在巨鹿大败明军，明统帅卢象升战死。继而攻入山东、山西，多尔衮飞将军横扫华北、华东，夺城三十六座，败敌十七阵，俘获人畜二十五万七千多，还活捉明廷的亲王郡王，沉重地打击了明王朝，使此战获得了全胜。

后者北征开始于崇德初年。索伦是黑龙江上游诸部中最强的一个大部落，向来以骁勇善战闻名北方。其首领博穆博果尔慑于后金日益强壮，曾派人来向后金朝贡。博穆博果尔于崇德二年、三年也亲自去沈阳朝贡两次，后来就不再来了。索伦部主要活动在黑龙江上游和雅克萨、铎陈、乌库尔、阿萨金、多津等城堡一带地方。清八旗军萨穆什喀、索海等受皇太极之命，进军黑龙江。从呼玛尔分兵向索伦所驻在的雅克萨、铎陈、多津等地进兵。因索伦部屯堡分散，清军不熟悉当地的地理环境和民情民风，时时陷入索伦各部的埋伏和偷袭，损失惨重。直到崇德五年四月前，萨穆什喀、索海等施计与博穆博果尔展开激烈争战，结果清军大胜，前后共俘获壮勇两千七百多人，妇女儿童两千九百六十人，总计五千六百多人，但是还没有擒拿住索伦部的头领博穆博果尔。皇太极并不甘心，夜不能寐，惦记此事。

西西见皇上焦虑北方不能安宁，于是便向皇上献出一个良策，西西说："皇上，何不将我们蒙古科尔沁的精锐骑兵调来，他们最熟悉索伦部的马上人生活，选出精悍骑军，最好由熟悉蒙古生活曾在科尔沁部中征战过的席特库领兵前往，秘密进入黑龙江以突然袭击的战法，包围清剿博穆博果尔，一定会取得预期的战果。"果然，皇太极采纳了西西的良计，在科尔沁蒙古诸部中选拔强健军骑、弓法精明的蒙古骑兵二百九十名，另由席特库从大旗护军中又挑选四十名兵勇，组建精骑军，配备精良的战马、骆驼和充实的粮食。由索伦向导带队，专走嫩江沿岸和秘密山道，星夜直奔黑龙江。经急驰两个多月，在齐洛台顺利地摸到了博穆博果尔的帐包。至此，博穆博果尔被擒，他的弟弟及其家属也全部被俘，押回盛京，博穆博果尔被正法。从此平息了索伦之乱，收复了黑龙江上游整个地方。

崇德六年至八年间，皇太极心中还想着黑龙江、松花江流域的呼尔哈部地方仍未收入大清版图之事，他仍日夜挂念，难以安枕。西西爱妃心疼皇上的龙体，与代善、多尔衮等贝勒商议，多尔衮说道："皇上心系北疆，是他一统寰宇的圣念，只有凤愿克遂，方可安寝。"正如多尔衮所言，皇太极命护军统领阿尔津哈宁嘎远征呼尔哈部。至七月，捷报传来，进军顺利，收获甚丰，呼尔哈地方基本收入大清版图。听到这个消息，皇太极兴奋地说："予缵承皇考太祖皇帝大业，嗣位以来，蒙天眷佑，自东北海滨，迄西北海滨，其间使犬使鹿之帮，及产黑狐黑貂之地，不事耕种渔猎为生之俗，厄鲁特部落以至斡难河源，远弥诸国，在在臣服。"

各位阿哥，到大清国崇德八年时，永福宫庄妃西西已经是赫图阿拉上上下下显赫的人物，是皇太极一人之下，万人之上的贵妃，身边除有皇帝皇太极的宠幸，而且更有像多尔衮、多铎这样一心维护其地位和权势的宫中虎将的支持。西西所以如此高贵，光彩夺目，显赫清宫，因为西西身边有皇太极爱子——福临，母因子贵，满朝光芒万丈。这说来不能不是老天的眷顾，天恩普照哇！

西西善解人意，又能安慰关怀体贴皇太极，两情相笃，西西生儿很密，自打明万历四十二年，后金天命十年二月进入赫图阿拉城，十五岁就怀孕生固伦雍长公主，接着生育二女固伦淑慧长公主，再生固伦淑哲长公主。皇太极称帝后，西西被封为永福宫庄妃。崇德三年，明崇祯十一年正月甲午，天降圣子，惠顾美丽的庄妃，生皇太极第九子名福临，从此西西在皇太极心目中益加崇耀尊贵。西西完全明白，往后既要更加忠勤护爱畏根——皇上皇太极，又要更加倾注全心护育皇儿。当时盛京上下贝勒臣僚都万分敬仰西西。西西的娘家亲母、哥哥吴克善经皇太极准允，由西西亲点从蒙古科尔沁部选来嬷嬷侍女，终日在永福宫中侍奉福临。西西每因战事，都陪着皇太极远征，宫中所留育儿人，皆为西西老家至亲的嬷嬷、侍人，使福临从小就被哺育在安全、安乐、舒适的襁褓之中。

朱伯西我还要述说一事，西西在娘家哥哥的细心照顾之下，在宫中的生活过得有滋有味，健康快乐。后来应西西所求，又将自己的姐姐辰辰，于天聪八年，明崇祯七年十月送到赫图阿拉，与皇太极成婚。所以，辰辰姐姐入宫，也是她的温情举荐，使皇太极身边又多一位蒙古科尔沁部善解人意的绝代佳人。皇太极身边三位美女，都是科尔沁部博尔济吉特氏家族的丽人，哲哲，西西，辰辰，都是一家人，共同侍奉皇太

扎呼泰妈妈

极。辰辰受到皇太极的宠爱，被封关雎宫宸妃，宫中诸事皆由宸妃指定。可惜寿命不永，宸妃于崇德六年薨。皇太极、哲哲、西西痛悼涕泣。

正当皇太极、西西、多尔衮等众英雄豪杰跃马扬鞭、捷报频传，黑龙江流域的大片土地尽归大清版图，明王朝京畿告急，岌岌可危，崇祯帝朱由检已穷途末路，披孝哭拜祖宗灵堂，一筹莫展之大好时辰，天聪帝却呜呼哀哉，于崇德八年八月初九夜，明崇祯十六年，天聪帝皇太极竟因连日操劳战事，独自一人，端坐寝宫南炕，突然头感眩晕，闭目长逝，终年五十有二，在位十有七年，清史尊奉为太宗文皇帝。

智灭林丹汗

真是晴天霹雳，盛京皇宫里发生了天大的哀情。那是大清国崇德八年（1643）八月初九深夜，大明崇祯十六年，清太宗皇帝皇太极端坐在崇政殿寝宫南炕上，突患神智不醒，言语失声，手脚僵硬，仰脸倒在靠枕被褥之上，闭目而逝。

太宗早年就有这个脾气，他在想事批阅案卷时，不让亲随和侍人站立一旁，怕影响他的思绪。年初时，太宗皇上就曾有过不适，皇后、庄妃就很害怕，没过几天，硬挺过去了。这次等侍人进宫换茶时，发现皇上倒在炕上，慌忙惊呼禀报宫中总管侍卫大人，又进内宫跪禀哲哲皇后和永福宫庄妃。众人慌忙赶到崇政殿寝宫，皇上已经人事不省，顿时满宫内哭声、喊声一片。

这时，礼亲王代善、郑亲王济尔哈朗、和硕睿亲王多尔衮、和硕豫亲王多铎及众亲王、贝子都纷纷赶来。由宫中九位御医精心验身诊看，然后怀着沉痛的心情向众王爷、皇后、众妃恭宣大行皇帝确已驾鹤归天。当即，以礼亲王代善为首，率领众亲王、皇子、贝勒和公、侯、大臣们议定，由仪礼官以礼安排大行皇帝梓宫，筹办一应供物、丧葬、幡幔冥帐诸事。

内宫的中宫皇后哲哲和永福宫庄妃西西头披丧帽、身穿重孝衫，哭声惊天，泪如泉涌。姑侄俩紧紧搂抱在一起，悲痛哭泣的情景最为伤心感人，几经昏厥，几次被侍女呼唤叫醒。众侍女边搀扶皇后、庄妃边痛哭，哀声不绝。还是小西西庄妃强忍悲痛，一再安抚姑姑中宫皇后，不要过于悲痛，伤坏了自己的身体，可是自己还是以泪洗面，仍劝不住悲痛欲绝的皇后。

正在这时，侍人禀报，科尔沁部吴克善王爷已经闻知噩耗，率族众飞马来盛京吊丧。他一进皇宫就扑倒在太宗梓宫前大声痛哭，悲痛难忍，痛哭失声。礼亲王代善、郑亲王济尔哈朗、睿亲王多尔衮、太宗之子肃亲王豪格和裕亲王硕塞也都怀着万分悲痛的心情亲自到吴克善王爷面前劝慰，才由侍人搀扶进内宫歇息，可他还急着去叩见皇后和妹妹庄妃。亲人相见又是一阵抱头痛哭。那悲悲切切凄凉的哭声，真是让人撕肝裂肺呀！

吴克善王爷非常精明，首先就想到皇太极之子福临，马上小声关心地问庄妃：“乌钦德古①啊，哈哈追②可好？”

皇后和庄妃马上会意地说：“由咱们蒙古家里送来的伯尔根③专门看护呢，这个大事还没告诉他，正睡着呢！”

吴克善王爷又埋怨庄妃小西西说：“我临走前，讲过多少遍，皇上太累了，你们劝着点，不能离开他半个时辰，咋能让皇上一个人忙碌？滕格里天神哪，愿吉祥神永远永远都守护着你们！”

小西西是很有心计的人，远比她姑姑哲哲皇后更有远见卓识。她从小就在哥哥吴克善身边长大，跟着哥哥骑马跑遍科尔沁所有的湖沼和牧场，弓法和马术也是从哥哥吴克善手中学过来的。后来又由哥哥吴克善给她介绍了几位弓箭手，她从中学到弓箭的神技，弓法远远超过了哥哥吴克善。小西西进赫图阿拉的皇宫，也是由吴克善亲自陪送来的。她与哥哥可以说无话不谈，无事不唠，吴克善讲给她不少在宫中如何讨得皇太极喜欢、宠幸的亲近办法。小西西在哥哥吴克善的关怀、嘱咐之下，经过在宫中的磨炼，她比她哥哥吴克善更聪明百倍。

此时吴克善想到她那六岁的哈哈追——福临，这是皇太极的儿子。皇上驾崩，哈哈追就有希望承继父位，当上皇上啊！吴克善暗里叮嘱她，一定要好好抚育、栽培哈哈追，让这棵小苗快长成参天的大树。

说来，一个被选入宫中的女子，朝夕最盼望的大事，就是得到皇上的临幸，求天告地盼望临幸后，肚子里留下龙种。这可是一个入宫女人一生中最大的期盼和祈愿。母因子贵，或因有了龙子，女人就会一步登天，一世荣耀！所以，在宫中都暗地里烧香求佛，日夜祈祷，祈愿子孙娘娘或佛朵妈妈开恩，天赐“哈哈追”，暗语叫“哈追”，汉译为“男孩子”“小小子”。小西西还是很有福分的，不像她的中宫皇后哲哲姑姑，到现在只是连续生下了三个格格，没有男孩，根本没有继承皇位的希望。而自己是后金天命十年（1625）二月入宫，生两女，又于崇德三年正月甲午喜生皇子。皇太极喜得第九子，兴奋不已，并惊喜地向众王爷说：“夫都离吉曷！夫都离吉曷！”④ 于是，便以皇太极这句报喜的话，

① 乌钦德古：蒙古语，即妹子。
② 哈哈追：蒙古语，即孩子。
③ 伯尔根：蒙古语，即嫂子。
④ 夫都离吉曷：满语，汉译为“福到了”。

作为皇子的名字，汉译为"福临"，即未来的清世祖。

哲哲皇后和西西庄妃都特别关注福临的成长，由吴克善专门从科尔沁部自己身边遴选来的嬷嬷，经皇后与西西庄妃说于皇太极，准允入宫，专做福临的嬷嬷，其他嬷嬷是不准靠前的。皇太极儿子很多，在八旗中与其父皇太极主管正黄、镶黄两旗的大将肃亲王豪格，为皇太极长子，是继妃乌拉那拉氏所生。

福临是皇太极儿子中年龄最小的，今年虚岁刚刚六岁。福临很聪明，戴着琥珀小凉帽，身着褐色丝缎的坎肩，里穿黄缎子小长衫，格外秀气精神。虽然年岁很小，但待人处事很有礼貌，就像他额姆见着众王爷、格格，都主动问候一样，很招人喜欢。在范文程大学士的指导下，还能背唐诗、宋词。特别是李太白的《春夜宴桃李园序》，岁数那么小，就能流利、通畅地背下来。他背诗那朗朗的声音和自信的表情，显得非常聪明，引起代善、皇太极、多尔衮的一再夸奖。范大学士有绘画神功，专门将《三字经》《百家姓》《弟子规》《幼学琼林》故事画成图像，这更惹小福临喜欢，走到哪儿都带着看，爱不释手。

庄妃西西很能体恤皇上，平日总在一起，关爱皇上的龙体，问寒问暖。皇太极有时出外打仗，只要回到盛京，他们就到一起。当时赫图阿拉在君臣间、君妃间相处还没有更多繁缛的礼节、禁忌和规矩，往往亲情多于朝中的礼仪。因此，西西、哲哲等与皇太极接触也更加随意自如。皇太极有一个癖好，凡是在思索、想事时，总习惯独来独往，不喜欢任何人在一旁走动或陪立，怕自己无法静下心来。他非常喜欢范文程给他写的一幅条幅，是诸葛孔明训诫幼子的遗书："君子之行，静以修身，俭以养德。非淡泊，无以明志；非宁静，无以致远。夫学须静也，才须学也。非学，无以广才；非宁静，无以成学；淫慢，则不能研精；险躁，则不能理性。年与时驰，意与岁去，遂成枯落，悲叹穷庐，将复何及也。"皇太极反复琢磨孔明"君子之行，静以修身"的道理，所以他常常在夜深人静时，独自一人在静静地思考着后金的重大决策。而今，偏偏就在他一人时出了事，你说这事蹊跷不蹊跷？

西西、哲哲都万分懊悔，没有知晓皇上之意，陪伴在崇政殿，这成为她们终生不可饶恕的悔恨！世人安知皇上对自己的苛求，自从受命承继大统，终日枕戈待旦，从没有一夜宽衣而眠过。纵有爱妃陪眠，亦仅不过一二时辰便整衣至另一寝宫，翻阅奏折或绘览兵家布阵图，或者聚精会神，凝思久久。西西为他披衣而不觉，呆若痴儿。西西就像一个带孩子的妈妈，跟着皇上跑，还生怕皇上嗔怪。有时皇上率兵打仗，收拾、准备一应用具，都是小西西悄悄递过来，皇上刚想怪怒，一见小西西的模样和那股亲热劲，就舍不得申斥驱逐了。何况小西西很有眼力见儿，会来事儿，又不以皇上的妃子身份在侧，而是军中的小谋士、小机灵、小笔特式①，遇到啥难事，诸如地名、蒙古各部的领军头领是谁？各有多少马队、兵员，小西西都胸有成竹，对答如流。西西之所以这样精明，全靠她平时多留心，多注意打听，而且又跟皇上身边的爱将、弟弟多尔衮常打听，常商量，所以，她对很多军中之事都了如指掌。

多尔衮多聪明啊，他就是皇上皇太极的大智囊，他身边有数百名"色克"，敌军的情报都在他的脑子里，并及时传给小西西。所以只要皇上在宫中来回踱步，沉思之时，小西西就能摸到皇上正在琢磨啥事，马上能说上去，而且说得对，正中皇上下怀。每次皇太极都格外佩服，甚感吃惊。小西西不但长得美貌，而且声音甜美、动听，她的一举一动、一言一语，样样都让他心动、倾倒，从心里就喜欢。更重要的是小西西是他肚里的虫，他刚想到什么事，小西西就能给他说出子午卯酉来，而且讲得头头是道。在皇太极看来，小西西简直就是一个活神仙，是天神阿布卡恩都力为我后金打造的一位记忆女神。这样一来二去，皇太极也离不开她了，使他感到小西西比身边多少谋士都有用，也愿意她不离自己左右，走到哪儿都带着她。

西西平日为了不显露姿色，从小就喜欢女扮男装，从来都以一个干净利索的小男侍卫形象跟随皇上。这样也减轻了皇上的担忧，放下了包袱，睁一眼闭一眼，让小西西跟着走吧！这使小西西越加了解了各方战事，也更容易发表一些精明的见解，帮助了皇太极，为皇上解决许多左右为难、一时难下决断的军令和御旨，使皇太极显得更加具有决胜千里、运筹帷幄的大统帅气概！

小西西痛恨自己没有照顾好皇上。这些日子见皇上喜形于色，每当侍卫送上几道饭菜，皇上都能夹上几口，吃得挺香，就知道战事顺利，便对皇上起居放松了一些。她忙着向新投诚的大明大将军、总督洪承畴暗学治政机宜，让他给自己讲司马光的《资治通鉴》，听得很起劲。她恨自己顾了这头，竟忘记了皇上那边的大头，结果真出了天大的闪失，像天塌地陷一般，令她痛哭流涕地捶胸顿足责骂自己！

---

① 笔特式：满语，即文书、书记官。

小西西最了解皇上了，完全是因为劳累、思虑过度而丧命啊！皇上太累了，太可怜了！皇太极多次跟她和多尔衮讲过："朕心中两大郁结，一是北方的博穆博果尔，不除掉无法南下，后院失火了，必事事掣肘；二是伐明已迫在眉睫，万事俱备，又可叹明廷尚据守锦州和山海关，关山难渡，必须拔掉挡道的硬橛子，方可长驱直入，直捣朱由检的小龙庭。"这确是皇上这几年来废寝忘食、朝思暮想、调兵遣将，在马不停蹄地忙碌着的大事。

凭着皇上的睿智和韬略，从天聪八年（1634）起就用重兵去征讨黑龙江呼尔哈部，迫索伦部长博穆博果尔来朝敬献貂皮，可是没多久他就无影无踪了。博穆博果尔这是一头桀骜不驯的大秃雕，放荡不羁惯了，哪愿意受到盛京"天朝"的束缚。皇太极费尽心机，也制服不了。而博穆博果尔就像旷野上的一个跳蚤，到处乱窜。皇太极派数万精兵，就是捕捉不到，损失惨重。后来是小西西帮助出的点子，从她哥哥的科尔沁部蒙古兵中选出精干的人，他们熟悉大草原，又消息灵通，秘密抄近路直接找到博穆博果尔夫妻儿女的藏身之地，擒拿归案，在京师正法。从此北方安定，完全在赫图阿拉的统治之下。皇太极这才松了口气，反过身来对付在锦州、松山、杏山、宁远的明兵，巧渡大小凌河，长时围困锦州，智取宁远、杏山、松山。

当时明朝皇帝朱由检为保朝廷社稷之安稳，重用辽东著名大将祖大寿。祖大寿是闻名的"辽东一只虎"，祖家军声威震辽东。好在皇太极在父汗努尔哈赤时代，在费英东大将军策划下，将自己弟弟卫奇打入蒙古科尔沁部，与明安贝勒交友。后来又通过曲线关系，卫奇之子塔库（即鳌拜）打入祖家军内部，拜祖大寿为师，并娶祖大寿小女为妻，成为祖大寿的女婿、心腹。所以，建州部对祖大寿的一举一动都在掌握之中。可惜，不久明皇朱由检即崇祯皇帝，为了固守山海关至锦州一线的安危，又从陕西调来了抗击张献忠、李自成农民军的洪承畴大将军。

各位阿哥，智擒洪承畴，这是大清国建国之初一段妇孺乐道的佳话。可惜传诵中，掺杂了许多莫名其妙的非议。朱伯西我真得按史重述一番。这是太宗皇上文韬武略的一大妙笔，值得记住，先人创业之勇之智，后人勿可松怠，不负祖望。洪承畴，号亨九，字彦演，福建泉州南安霞美乡人士。少时家贫，有大志，万历四十三年进士出身。因为通晓兵法，为朝廷器重，初授刑部江西清吏司主事，后升迁两浙承宣布政左参议。崇祯三年六月，任延绥巡抚，参与围剿声威日盛的农民起义军队

扎呼泰妈妈

伍，屡建功勋，而名声日振。后升任三边总督。崇祯九年七月，洪承畴率明军飞驰赶到临潼，完全是以全师赛跑的速度进军的，不少兵将张着大口直喘，有的坐在地上，有的趴在地上。洪承畴命统领大将手执粗鞭，猛打猛抽，打死勿论，逼众军拼死命赶到潼关。洪承畴说："众将士，前面的反明义军正在安然熟睡，只有我等拼命赶到，哪怕累死万人，我们就可以全歼潼关顽敌！必须豁出命给我往前冲！"明军在洪承畴催逼之下，疾速进军，围歼了十来万农民军，获得大胜。

此役，使洪承畴占据了围剿农民军的主动。陕西农民叛军最高首领叫高迎祥，此人是武士出身，善战法，通卜术，在农民军中威望最高，是起义军众首领张献忠、罗汝才、李自成等的最高统帅、主心骨。洪承畴率兵擒拿农民军头领高迎祥，后押解京师，磔死。高迎祥余部的李自成，自称闯王，号令义军，声威再起。崇祯十一年，因清军在皇太极率领下，直捣河北，攻陷真定、广平、大名、高阳，明廷大学士孙承宗殉职，卢象升阵亡，京师危急。洪承畴临危受命，从西线奔袭辽东，固守锦州一线，以抵御皇太极。皇太极数十万精兵全力以赴，决心拔掉明军在辽东的锦州、宁远、松山、杏山、山海关等钉子，打通去关内的通道，为灭亡大明、夺取北京铺平道路。

后金崇德三年（1638），大明崇祯十一年，皇太极遣多尔衮率军入关，遍踏冀鲁，攻占重镇义州，获人畜四十万，进而开始对锦州的围攻战。此时，明总兵祖大寿正拼命据守锦州。过去，祖大寿曾因建州部的强大攻势，投降建州部，后来又以接迎自己眷属为名跑回锦州，竟不想回来。皇太极派孔有德、耿仲明、尚可喜率兵助围锦州。明军损失惨重，祖大寿几番想突围均不得出城。

明崇祯皇帝朱由检，满以为把本朝当今最通晓战书兵法，打得陕西农民军落花流水的大军事家、大功臣洪承畴派到辽东东线，就有了新的万里长城，危难可解，为此，满朝上下都松了一口气。洪承畴更是胸有成竹，虽感建州兵马勇猛无敌、屡败明军，士气正旺，但是他心中早有拒敌的方略，只要用兵谨慎，稳扎稳打，就可以力挽狂澜。官拜蓟辽总督的洪承畴到辽东后，就采取以守为攻之策，应对皇太极。五月间，洪承畴以兵六万支援被困的锦州，自己稳坐中军帐在松山北岗，见势而动。

太宗皇太极根据这个形势，告诫济尔哈朗、多尔衮、豪格，不可令洪承畴有立足之地，必须牵着鼻子让他疲于奔命，动中歼之。济尔哈朗率军奇袭，斩首两千级，明兵惊慌逃窜。多尔衮、豪格等又对逃窜的明军突然袭击，合兵败明，俘虏明兵于松山，这样又形成包围明援兵之势。洪承畴惊恐万分，忙率兵出击。明崇祯十二年冬，后金崇德五年，洪承畴派兵支援锦州，结果被建州兵马歼于塔山。次年春，洪承畴率宣府总兵杨国柱、大同总兵王朴、密云总兵唐通、宁远总兵吴三桂十三万精兵，战马四万匹集结宁远，妄想击败皇太极的建州兵马。

明崇祯十三年三月间，皇太极见时机已到，发大兵围攻锦州，围兵如铁壁坚固，志在必克。明守将祖大寿危在旦夕，节省仅有的粮草，死命困守。皇太极建州兵马以逸待劳，一边围困，一边歼灭明军支援的队伍。锦州粮草殆尽，城已难保。直到崇祯十四年、崇德六年春，松山城破，洪承畴和巡抚邱民仰被俘，总兵曹变蛟等被杀，锦州祖大寿等部七千余人第二次降清。松山决战，破明兵十三万，生擒明朝权臣、总督洪承畴。锦州被攻下，辽东再没有清军进攻大明的绊脚石了，从辽东可直达长城卫所、海滨。山海关已没有明兵把守，建州可以迅疾发重兵长驱直入，直抵京师北京。

皇上皇太极为夺取锦州，一连三个月与兵士共眠，和衣而卧。小西西亲自为皇上更换内衣内裤，抓"其合"。活捉蓟辽总督后，辽东全境皆入建州之手，山海关已成空城，北京明宫就摆在面前，随时可以摘取。朱由检的小王朝已经完完全全揞在皇太极的手心。当时农民军李自成已经在攻伐京师。建州不少部将，其中包括睿亲王多尔衮、肃亲王豪格、郑亲王济尔哈朗，都摇摇手势，一致上奏"杀死洪承畴，兵发北京城"。可是皇太极不同意，力排众议，提出"越到喜时心宜静，兵戈胜时宜攻心"，应该迫使洪承畴、祖大寿真心投降大清。

洪承畴开始耍死狗，闭目养神，在大木笼牢中一言不发。后来多尔衮奉皇太极御旨，将他用八抬大轿抬到辉煌的馆驿，室如宫殿，金碧耀眼，山珍海味，美酒香果侍奉。洪承畴照样绝食不语。一连数日，拒不言降。气得多尔衮、豪格恨不能一拳将他捶死，马上发兵入关。数十万兵马就让这个癫死狗给缠住了。皇太极也干着急想不出好办法，如何让洪承畴开口讲话。男人攻心不成，便换女将。最后还是由多尔衮举荐，让小西西庄妃出马，凭她的机敏口舌打动洪承畴，皇太极准允了。

小西西庄妃有个主张，得到皇太极和多尔衮、豪格等众将的首肯。西西说："洪承畴自鸣得意，身为大明重臣，一摆臭架子，二来也瞧不起建州山野土民，必须让他知道，爱国兴邦者如今唯有建州，令其敬、令其动心。"

各位阿哥有所不知，都传言赫图阿拉建州人唯有骑术能征善战之能，没有文韬武略之才，贬东夷国国盲无文，岂能治国。此为明人轻蔑之语，不足信也。老罕王努尔哈赤就敬重汉学，凡明朝儒士、名将都视为色夫[①]。最早如李成梁、李如松、李时珍，后来归降的李永芳、范文程，都待如上宾，从内心敬慕其满腹的经纶。罕王虽然出身平庸，但自强不息，晚年不倦学习汉字，夜咏《百家姓》《三字经》《千字文》，其子褚英、代善、皇太极亦有文风，不仅通晓满、蒙、达斡尔、索伦民间土语，而且能读汉文，背咏《三国》《聊斋》《红楼梦》中的名人名句，学其技艺，谙其要理。不像蒙古各部遇到明将明宦只知用蒙语与其联络，不会用汉语，更不懂汉礼。罕王与皇太极所纳之妻妾，必嘱其习练汉语。赫图阿拉很早就设立庙庵，养佛家僧尼，传播《大悲咒》《般若波罗蜜多心经》。从辽东、京畿用重金请来汉家文武色夫，在赫图阿拉专设栅栏瓦舍，供其居住，不受外扰，让他们教授汉家文武之精华，其中不少是少林、武当、峨眉诸派，武功不逊于冀鲁的武馆。西西在皇太极的催促影响之下，也是个痴迷汉书的虫，是范文程的得意弟子，能背咏《千字文》《三字经》，又与皇太极、多尔衮共读一本范大学士手抄的《幼学琼林》。

小西西暗地里通过部将找来洪承畴属下的将士，询问洪承畴的日常喜好，平时爱读的书籍，等等。又请来范文程协助找出和教授洪承畴喜欢的一些案头书籍，以及福建泉州人的一些名书名集等。小西西头脑聪明，别人只要一说她就能刻记入心，还能背诵几句。

这天，小西西庄妃特别精心梳妆打扮一番，刚进二十八岁的美女，乍看宛如年方二九的北国西施，真是美貌绝伦。她轻轻走进室中，洪承畴照样低头不语，也不理她。洪承畴经过几天的折腾，不吃不喝，再加上窝囊上火，瘦得非常明显，看上去四肢无力，神志恍惚。

小西西见洪承畴这般情况，走进厨内，自己给调制了"窝尔霍达拉拉"，就是人参小米粥。她知道福建泉州人喜欢吃甜食，略微放了一些糖和大枣、桂圆之类的补品，真是香甜可口。人到临死时也惜命啊，何况这样香的粥怎能不吃呢！西西长得艳丽，声音悦耳，体贴入微，手中拿着一个白瓷勺，盛着甜粥深情怜爱地瞅着他。洪承畴还是不张口，她

---

① 色夫：满语，即师傅。

就站在那儿，擎着小白瓷勺，两眼瞅着他一动不动。两人僵持片刻，终于打动了洪承畴，他低头沉思，没想到，自己故乡出美女，在这漠北荒寒的塞外，皆言"人人蛮如恶虎"之地，竟也有月中嫦娥，凤仪亭的貂蝉，一举一动宛如自家的美人。他想到这儿，便张口咽下去了。小西西非常兴奋，便一连喂了四五勺。

小西西说："大将军，人生一世，要耀祖光宗，何寻短见？我给您背一首《水调歌头》，有了思乡情，就不会想死了。'谁是中州豪杰？借我五湖舟楫，去做钓鱼翁。故园且如首，此竟莫匆匆。'"

洪承畴听罢便轻蔑地问道："你知道这是何人所作？"

洪大都督一肚子傲气，满以为落入土贼窝里，根本没想到在荒蛮的辽东能有文士知音，更没有想到站在自己身边的美女能通晓一些古书，原以为都是山野之人，只是脸蛋白净而已。他闭着双眼，不屑一顾。哪知道西西马上答道："南宋杨炎正，济翁先生所作。"

洪承畴是进士及第，才高八斗，平生最喜读书，一下勾起他的情绪，忙问："你难道也会读汉书？"

西西笑一笑，答道："范文程先生是我的恩师，他教我读《资治通鉴》。"

洪承畴问道："难道你还知道《资治通鉴》？"

西西说："北宋司马光编写，全书294卷，通贯古今，鉴于往事，资于治道，大清志在立国，岂有不学之理？"

洪承畴惊愕，面前化妆夷女，美艳多学，看来建州绝非如陕甘流寇犯上作乱之辈，不可小觑也！洪承畴深深叹了口气，便要求面见盛京崇德皇帝。

各位阿哥，朱伯西我这样讲述庄妃，必有人斥我粉饰历史。其实，我正要申明此事，有不少人为自己的一己私利，以小人之心度君子之腹，竟然谰言庄妃以女色勾魂洪承畴，使他降清，纯系胡猜而已。孝庄皇后在世时就曾向臣僚讲述过此事。洪承畴亦是自幼通读圣贤之书，万历时进士及第，何况当时所处危机哪有行苟且之心。各为一方的两人能谈心者唯有国学，因为皆有中华报国之心。洪承畴降清之后，一心为社稷安危着想，死后受到追封，就是很好的证明。有人编造绯闻，既诬大清，又诬正视现实弃暗投明之明臣，此乃谬论也。

西西得知洪承畴要面见皇太极，立刻回禀。次晨，忙命侍卫引路，洪承畴面见大清皇帝皇太极。皇太极以汉家礼仪，抱拳说："亨九总督，我们等您多时了。"

洪承畴抱拳还礼，不跪，周围部将仗剑，脸露怒色。而皇太极对洪承畴不行宫礼却毫不在意。这时，西西也在一旁，又换上男儿便装，一表人才。皇太极看洪承畴身上穿得单薄，忙脱下自己穿着的貂裘大衣，给洪承畴披在身上，说："亨九总督你身子消瘦得很，以防染受风寒。"

你别看皇太极这个披衣动作很一般，却深深打动了明朝的一品大员洪承畴。想那崇祯皇帝以九五之尊，高高在上，只会催臣子为其效力卖命，甚或猜忌连连，哪有对臣下问寒问暖之心。他自被俘后，大清国敬待上宾，皇太极的爱妃亲自劝解开导，真是人才济济，善于攻心，天祚已倾向大清了，应投明主。

洪承畴被皇太极礼贤下士之风所感动，说道："皇上真是命世之主哇！亨九乞降。"说着拜倒在地。

皇太极忙上前用双手挽起，赐座。洪承畴随即按大清礼节剃头易服，诚心归顺大清。皇太极高兴地说："朕大喜呀！得了珊音雅拉浑泰！①

洪承畴见到站在皇太极身旁的美男子，一眼便认出正是此前热心劝导自己的那位丽人，而此人就是皇太极身边赫赫有名的蒙古博尔济吉特氏庄妃，她的风度和才华令洪承畴敬佩得五体投地。赫图阿拉真是人杰地灵的宝地呀，天助其昌，大明天下真正到了寿终正寝的时候了。

皇太极对洪承畴降清，龙心大悦，下旨，洪承畴隶属他掌管的正黄、镶黄两旗下的镶黄旗，任旗下参赞笔特式，就是皇上御前的行辕参军。

小西西庄妃见洪承畴经过此番折磨、惊吓，身体瘦弱，又远离自己的家室奉陪，于是便向皇上献策，要厚礼款待洪承畴，拨给府第和侍人、侍女侍奉，让他在内室静养，整理思绪，以便适应未来的重用。连日来，睿亲王多尔衮成了洪承畴府第的常客，隔日一宴，重聚攀谈，从洪承畴口中了解明廷的各地兵马布阵和起动状况。小西西也常来探望，问候洪承畴，传达皇上思念询问之情，也令洪承畴感激不尽。

西西是一位好学爽朗的女中魁杰，她与皇太极一样，都是天命年间由铁岭归降后金的范文程的挚友。范文程成为西西、皇太极的教师，教他们诗文汉学以及伐明的战略和行军、用兵时需要注意的一些民风禁

---

① 珊音雅拉浑泰：满语，汉译为"最好的向导、引路人"。

忌，等等。如今又多了一位大明朝官阶更高的明崇祯帝重用的权臣洪承畴。西西特别敬重他谙熟兵书，曾在陕西三边一带大破农民起义军，名声大噪。锦州之战因明军各总兵骄横出名，各自为战，号令无法贯通，因而被皇太极个个击破，陷入覆灭的危境，最终洪承畴被擒获，全军溃败。皇太极、西西、多尔衮深知，洪承畴是大清攻伐明廷大有用的人才，便都与他坦荡交心，期望成为新结识的好朋友。

皇太极自收降洪承畴、祖大寿以来，自己的目光早已关注到明京师的北京城，命阿巴泰于崇德七年、崇祯十五年，率八旗劲旅进入山海关，以欲伐大树先斩断根须的战术，马队践踏北京外围诸地，冲入山东，俘获人口三十六万九千人，牲畜三十二万余头，大胜而归。建州兵在冀鲁诸地，声势显赫，如入无人之境，明军闻讯而逃。此时，李自成的闯王兵马也向京师突进，明廷已是风雨飘摇、岌岌可危的境地。

皇太极、多尔衮、西西等人都在为如何兵发北京找到一个"出师有名"的借口而思索着。他们怕无端发兵，必会大伤汉人之心，使之事与愿违，引起不可遏制的反清巨浪，这样无法因势利导，得不到瓜熟蒂落的完美结局。这正是皇太极密派百名"色克"，日夜进入明边境和内地，刺探大明动静、兵情布防、人心离合、朝臣倾轧等现况，寻找机会，如何巧妙运兵，一举围住燕京，为此绞尽了脑汁和心血，彻夜不眠的原因。突然一股热血涌上头来，身子一软，便人事不省。在宫殿暖阁里，周围竟没有一个侍人和公公在旁，皇太极张着嘴，满口流着口水，停止了呼吸……

皇太极——清太宗皇帝，继承太祖武皇帝努尔哈赤丕绪，御极十有七载，励精图治，躬理机务，鸿纲巨制，贻谟宏远，伐叛抚降，臣服朝鲜，平定察哈尔等蒙古诸部，怀德威远，功高盖世。正值国势滋隆，龙驭上宾。突然的噩耗，令日月无光，苍天伤悲。盛京上上下下，所有宫妃、王爷、公、侯、伯爵、贝子、贝勒，众位将军、臣僚，八旗兵勇，旗民百姓，哭声动天，白白的幡孝飘舞使天地皆白。众位满洲旗民，都舍不得叱咤风云、风华正茂的四贝勒爷、大清国皇上离开我们。这时，人们都猛然想到一件大事上，由谁来继承皇位呀？

往日，都一心忙于战事，皇上身体没看出有啥病，天天马上来马上去，动如猛虎。可是谁也想不到竟出了这桩大事。天不可无日，国不可无君，天位不可久虚。文武群臣在和硕礼亲王代善为首的聚义之下，郑亲王济尔哈朗、睿亲王多尔衮、英亲王阿济格、豫亲王多铎、肃亲王豪格都参与共议皇位承继之事。

众位阿哥，民间广泛谈议，太宗皇太极在生前没有口谕既定人选，这确是事实。但太宗生前所系念之最中心意之人选就是几位他曾在科尔沁部蒙古巡察时邂逅的几位草原美女。她们的子嗣都是他最喜爱的。朱伯西我前书提及过，在一次草原赛马之后，在小西西降生祝贺时，皇太极认识了几位美艳绝伦、马术夺魁的蒙古女杰，从此铭记在心。后来，又把他的思念暗地禀告父罕。努尔哈赤很喜欢儿子皇太极的痴情，鼓励皇太极要像草原天鹅一样，把她们全收到自己的羽翼之下，永远爱护不离不弃。后来，小西西真的就到了他的怀里，不久又孕生龙子。

可惜，凶恶的林丹汗最先下毒手，派喀尔喀骑兵，夜进科尔沁，按早锁定的选妃名册，一个个给抢走。北方有抢婚的古俗，斗智斗勇的抢婚，任何人不得反抗，何况又是蒙古最后一位大汗呢！皇太极闻讯，由吴克善亲王送来了十三岁的小西西，与之成婚。又于天聪八年五月，吴克善亲王秘密从林丹汗处买通大喇嘛，救出被掠走的小西西的姐姐辰辰。辰辰也在热恋皇太极，思念赫图阿拉的小妹妹西西。她用计骗过林丹汗，逃出王宫，躲进黄狗圈里，被大喇嘛发现带入佛堂。经询问，辰辰如实倾吐对赫图阿拉的衷情，一生就想像自己妹妹西西那样、像姑姑皇后哲哲一样，自由自在地生活在皇太极的身边，哪怕做奴仆，刷盆刷碗也心甘情愿。辰辰的哭诉着实感动了众位大喇嘛，他们又不想得罪赫图阿拉，便把辰辰藏在寺庙里，装成小喇嘛。其兄吴克善闻讯之后，便匆匆赶到察哈浩特林丹汗王宫，秘密见到大喇嘛，将父亲塞桑感激众喇嘛救女之举所献上的千两黄金，献给佛堂作为寺院灯油费用，接回辰辰。他怕夜长梦多，被林丹汗及其爪牙发觉，便于九月亲自送辰辰到沈阳，送入宫中。皇太极见到心上人，感慨落泪，更感叹辰辰一片赤诚之心，倍加宠爱之极，从此两情相笃。皇太极于天聪十年改称人清皇帝，将辰辰封为关雎宫宸妃，凡宫中诸事，皆由宸妃定夺。

宸妃心地善良，更关心胞妹西西，两人从小就要好。辰辰虽大西西两岁，但两人长相、个头、处事宛若双胞胎，一样的美、一样的俊、一样的聪慧迷人。姊妹常常共同陪伴爱根①皇太极，宫中侍人皆知。辰辰因被掠察哈尔林丹汗宫，受惊吓和郁气积患，常常血崩晕厥，不能成孕。崇德三年正月甲午，皇九子福临降生，辰辰还热诚协助护养，亲若

同舟共济

———————————
① 爱根：满语，汉译为"夫君"。

生母。

福临自幼天聪神敏，刚一岁就长得白胖如玉娃，多少御医皆颂其福相有别于常人。生日喜宴，皇太极与皇后、宸妃以及众嫔妃齐来恭贺，另外还有礼亲王代善、郑亲王济尔哈朗、睿亲王多尔衮、豫亲王多铎、英亲王阿济格、肃亲王豪格皆来祝福庆贺。福嬷嬷抱着福临，交给庄妃西西额姆，首先来到皇上身前，给皇上皇太极祝福。皇太极笑得合不上嘴，小福临像懂事似的，竟扎撒开小手小腿，嘎嘎笑着，哇哇像跟皇上说话。旁边的嬷嬷说："皇上，祝你万寿无疆哩！小皇上在给皇上磕头，说话呢，这可是头一回呀！"皇上、皇后和诸王爷都在场，嬷嬷心情激动，一开口就说错了话。西西庄妃在旁边看了她一眼，嬷嬷可能还没有觉察。皇太极只顾喜欢小福临了，拍着小屁股，瞅着自己的襁褓儿子，那么天真、活泼、甜蜜，光顾高兴了，根本没把嬷嬷说的"小皇上"三个字放在心上，也没有责怪，像无此事一般。众王爷也就不在意了。

前来祝贺的范文程大学士，忙在炕上摆出玉器、胭脂、金帛、算盘、小匕首、一本《四书五经》，还有饽饽、果品等。庄妃西西把小福临放在炕上，孩子先爬着瞅众人，又瞅前面这些物件，很机灵，睁着小眼睛好像在问大家，你们这是在演什么戏呀？让我做啥呀？还特意望了望皇上皇太极。嬷嬷和庄妃西西、宸妃都走过去瞅着小福临，怕他往回爬，一下摔着。嬷嬷冲着小福临说："哈哈追，哈哈追，扎发哈，扎发哈[①]！"。

小福临最认识的就是这位蒙古老嬷嬷，与她朝夕与共。小福临好像是听懂了嬷嬷的话语，便一直往前爬，还真挺省劲儿，爬得挺快，爬进众物件之中，四处瞅着这些五光十色的物件。这时皇上、皇后、众妃、众王爷都目光一致地盯着小福临的小手，看他往哪个物件上使劲儿摸。大伙都凑到近前，把孩子紧紧围在当中。小福临并不慌张，还那么自由自在，两只大眼睛看着身边这些奇奇怪怪的物件。不一会儿，他用胖乎乎的小右手竟把《四书五经》抓在手中，扯了过来，抱在怀里，举在头上，嘴里边还发着稚嫩的婴儿笑声，还在呀呀说着什么，两个小胖腿紧蹬得，笑声那么响亮，竟引起宫中的皇上、皇后、嫔妃和众王爷都跟着会心的满堂笑。

宸妃对皇上说："皇上，臣妃祝福皇上，小福临真是天赐灵童，看

———————————

① 扎发哈，扎发哈：满语，汉译为"去抓，去抓"。

他那么玩弄《四书五经》，真是从小就喜欢圣贤书，多像皇上您哪！"

宸妃的话，更引起皇太极龙心大悦，当即传谕，众爱卿全到崇政殿，赐喜宴。多尔衮、多铎两兄弟昨日奉皇上之命，去科尔沁部拜见小福临的大舅蒙古王爷吴克善台吉，驮回一千只飞龙，由御厨专门烹饪百道大席"飞龙宴"，君臣共享，象征"祥龙千载"之寓意，喜宴子夜方休。

宸妃总是叮嘱西西庄妃："妹妹，我很羡慕你，你前程无量，一定要处好各方面的关系。"乍听起来，西西有点不懂其意，姐姐宸妃告诉她："皇上有九个儿女，肃亲王豪格是福临的大哥，能征善战，是皇上的得力爱将，你平日一定跟豪格亲近，千万别惹恼他，要多关照他，亲近他，让他感激你，尊重你，他也就尊重自己的小弟弟福临，将来遇事就不会跟他小弟弟争了。"

宸妃提到的豪格，是建州部一位赫赫有名的年轻英雄，是皇上皇太极的第一个儿子，其母是乌拉部乌拉氏，天命年与皇太极成为夫妇。说起豪格，本身就有许多故事，是建州部的传奇人物，在许多满族说部中都有对豪格的重重的描绘。庄妃西西初进沈阳宫闱，哲哲姑姑是自己丈夫畏根皇太极的大妻。明万历四十二年来赫图阿拉与皇太极成婚的，那还是后金天命元年努尔哈赤时代的前两年，姑姑比小西西来宫中早十三个年头，认识许多人，知道许多事。哲哲姑姑就告诉她："西西呀，咱们畏根有个大儿子，他岁数比你还大，你十三岁进宫，他已十四五岁了，啥事都懂，畏根很疼他，喜欢他，由他性子长，在宫中哪个地方都去，抱这个妻，搂那个妾，大伙都干吃亏，谁也不敢声张，都哄着他，由着他，让他给占过的侍女、年轻的嬷嬷就有几个，还缠过我呢！我告诉畏根，畏根在天井中太阳下让他罚跪了半天，还是我给说情饶了他。打那以后不来磨我了。你也要小心点。我虽然告了小豪格，我赢了，可是也得罪了畏根，他是很要脸的人，也是最疼自己儿子的人。我告了豪格，就等于卷了畏根的脸面，伤了他的心。从此好长时间不到我宫中来，不光顾，总到咱们老家去看辰辰和你，后来把你也招进他的宫中。"

小西西是个有心计的人，听姑姑一说，就刻在心里了。一天，姑侄两人在一起闲聊，西西特意打听豪格这个人，她想自己一定要了解他，知道他的为人，知己知彼才能永远占据主动。小西西自入皇太极畏根的怀抱，深得畏根的抚爱，关怀备至待若珍宝，朝夕与共。皇太极从来都让小西西天天尽情高兴和随意。这中间也见过几次畏根的大儿子豪格，身穿甲胄，英俊美貌，一表人才，确是一位美少年，而且听畏根常讲："他的本事不差于自己，射箭最稳最准，比过他的九个叔叔，如多尔衮、多铎、阿济格。马术更高，与他的大爷莽古尔泰、阿巴泰和叔叔多尔衮比过赛马，我的小豪格从来都是首冲红绳。他的马飞越过第一红线之后，再响三声鼓时，多尔衮、莽古尔泰等才冲过红绳。你不知，赛马有个规矩，拉一根长红绳，在千尺、三千尺、五千尺之外，一声锣响，各个参加赛马者立即拍马向前冲，比赛就开始了，谁先冲到红绳，谁就是首拔魁元。这时起监赛官手掐鼓槌击鼓，都是一个速度，咚、咚、咚、咚，看谁的马能踏上这个按序的鼓点，决定判断为第二、第三、第四的名次。多尔衮在豪格之后的第三声咚鼓时，飞马冲红绳，其余贝勒爷就更逊多尔衮了。多尔衮、莽古尔泰们不得不佩服我的珊延哈哈济①豪格，又都咬牙切齿不服气，可就没有法子，老天爷就给我这小牛犊子这么好的身板和雏鹰的翅膀！"

小西西记得，还有一次，是在崇德二年，皇太极亲率大军突袭察哈尔部敖木伦地区，惩治忠实于林丹汗的蒙古罗特部落，本次征伐由多尔衮统领。皇上皇太极得知兵马已经整装待发，他去校场查阅。西西安排好内务，告别皇后和宸妃，叮嘱嬷嬷后，随畏根皇太极出了宫门，同去校场看各旗兵马。校场有五千轻骑，各个身披铁甲，马匹的头胸也挂甲，全副武装，八旗将士挂箭背弓，像一座座黑铁塔，威风凛然。各轻骑完全以旗分队，分左右两翼，站在队列之前的都是各旗统领，黄旗在前，由皇太极的长子豪格统领，统帅正黄、镶黄两大旗兵马，耀武扬威；白旗由多尔衮统领，统帅正白、镶白两旗兵马；蓝旗由莽古尔泰统领，统帅正蓝、镶蓝两旗兵马；红旗由代善统领，统帅正红、镶红两旗兵马。征旗招展，战马嘶鸣，战鼓咚咚，惊天动地，震撼环宇。这时，蓝旗马队中士兵戏闹哗笑，黄旗统帅豪格嗔怪地说："蓝旗如此不守军戒，大兵将发，有辱军威！"

蓝旗统帅莽古尔泰怒道："没长眼珠的毛孩子，竟敢斥责我吗？纯是牲畜，以小犯上，蓝旗有我在，哪有你说话之理！"莽古尔泰倚仗是豪格的长辈，更不顾皇太极在场，大声斥责，许多将士都看不惯了。

多尔衮开口说："五王爷，兵发察汉浩特，士气慷慨同仇，豪格之言有理，怎能哗然戏闹，有失军威。纲纪不整，实乃统帅其责，你之过

---

① 珊延哈哈济：满语，即好小子。

也。不论长辈晚辈，凡为军威而语，心系大清也！"

莽古尔泰更是不服，大发雷霆，要纵马冲出去当面质问多尔衮。这时皇太极说道："九王言之有理，朕亦赞成此语。五兄过也，何必与豪格泄怒，是否有积怨于朕乎？"

皇太极语言不多，斩钉截铁，非常有力，全校场肃穆无声。莽古尔泰此刻也不敢太声张了，紧勒战马，低头不语。可以看出来，他的脸红胀胀的，压住一腔怒火，没有发泄而已。皇太极继续说道："此番西征蒙古喀尔喀罗特部，朕量其实力，不必出征五千兵马，朕率黄旗、白旗两旗兵马，多尔衮、豪格从之即可。红旗、蓝旗两旗兵马回旗待命。"

皇太极说完便率领多尔衮、豪格出发了。把代善、莽古尔泰留下，走前只是向皇兄代善告别，安排盛京诸务，都没跟莽古尔泰说话，就纵马远行了。莽古尔泰和皇太极之间的纠葛和不和越来越加深了。众人看得十分清楚，莽古尔泰与皇太极父子之间有隙暴露无遗。但也可以看出来，皇太极非常护爱自己的儿子豪格，谁要说豪格坏话，或者和豪格对着干，皇太极都会忌恨在心的。

小西西为了讨好畏根皇太极，始终都小心翼翼地与豪格相处，特别精心关爱、照顾他。通过兄长吴克善王爷，从故乡蒙古科尔沁部专给豪格制作了一套在小白羊羔皮面上刺绣而成的内坎肩和蓝缎面内镶卷毛白羊羔皮的春季长袍，又轻又暖，式样美观，把它送给豪格。皇太极和豪格都格外喜欢，豪格总是说："阿玛汗，阿布卡恩都力赐给您一位可心的漂亮菩萨。"

小西西从姐姐宸妃口中又知道不少豪格的秘密，这些机密都是宸妃与皇太极恩爱时透露出来的。豪格是皇太极在很小时，也就刚通点男女性爱的事儿时生下来的。他当时不懂啥叫父亲，谁是母亲，反正就有了孩子，会呱呱哭，红红的小肉团儿，便随便叫他"豪格"。这是女真语，汉译就是"瓜"的意思，把孩子叫作一个瓜，在瓜园里捡来的瓜，根本没想这瓜将来是什么样的。皇太极想到这儿，总是当笑话说一说。那么这瓜是怎么降生的呢？

原来，皇太极从小就跟着父汗努尔哈赤。说来，努尔哈赤也怪，这么多儿子，他就特别喜欢皇太极，他自幼聪明、伶俐，悟性高，好问，领悟事情的能力过人，这格外引起努尔哈赤的喜欢。努尔哈赤常委以家事，年仅六岁的皇太极就能够把每一件事给你办得很合理、很周全，不让努尔哈赤操心。十二岁时，皇太极的额嬷叶赫那拉氏逝世，从此他成了小孤儿，便睡在努尔哈赤的被窝里，人们常说"一个被窝两个哈哈"。努尔哈赤远征回来累得要死，可是他跟皇太极在一起睡，很是开心解乏。皇太极从小跟随父汗努尔哈赤出去打鹿、野猪、猞猁、野鸡，练出了好箭法，好马术。进入二十岁，就随努尔哈赤出征乌拉国，后来成为领兵的小统帅。当时罕王努尔哈赤就鼓励众将领说："各个小兔羔子们，你们得像个敢咬人的烈狗，可不能像那个趴窝里等食儿的懒狗，看谁能够抢到吃的、用的，一定要成为最厉害的狗，最凶最凶的狼，谁抢到东西就归谁，就完全偿给你，东西归你，女人也归你！"那时，奖励掠敌方的人、畜、财物，不少兵勇因征战勇敢富有起来，有的兵勇天天有女人陪伴，反以为荣。皇太极就在那个时候，正是年轻小伙子，什么事都懂了，也懂得要女人了。在征战中，他掠到不少乌拉部的妙龄女子，在父汗努尔哈赤的共同排选下，与一位刚十几岁的美女——乌拉部乌拉氏成婚。次年就降生了"瓜"，即豪格。

豪格降生那年大约是后金九年，明天启四年，当年女真部各将领的妻妾都是随军与畏根在一起的，统由旗务总管衙门管理，并不完全依赖各部将领直接照顾关怀。甚至因离开时间过长，有不少将领都不认识自己的儿女，儿女也不认识自己的父母，只有从旗务档中可以索查出来。豪格很长时间就是黄旗衙门中的一员。在旗务衙门中就专门有不少个"哈哈圈""赫赫圈"，跟牧场里放牧牛羊一样，任它们吃、任它们玩，最后长成大牛、大羊，再加入大牧场。其实，代善、莽古尔泰、济尔哈朗、多尔衮、多铎、阿济格等人，都是这么长大的。天赐以阳光，大地赐以食物和水，天高任鸟飞，地阔任人开，全靠各自聪明才智，看本人造化和机遇，造出女真的英雄豪杰和壮士好汉。豪格就是小瓜蛋子，在赫图阿拉的开天创业的烈火中，没有被烧毁，而是炼成铁蛋子、金疙瘩。到后金天命三年，小豪格满六岁，虚七岁，爷爷天命汗努尔哈赤以七大恨告天伐明，众大爷、叔叔、阿玛都列队铭誓，歃血拜旗，鼓声震天，壮志豪迈。豪格等小兄弟也从"哈哈圈"（"哈哈拖克索""哈哈营"）中声如炸雷似的，呼叫着，拼命地奔跑着，来到誓旗前跪下，叩头，誓死要与祖辈、父辈同仇敌，跃马挥刀，血战沙场。按祖制，首先报号请缨，爷爷努尔哈赤罕王爷准允了，就留在军中，不允仍回"哈哈营"锤炼待选。在鼓声唢呐声中，从"哈哈营"中出来的小儿男一个一个前来报号，择优而定。当二大爷代善大将军喊道："豪格出列，先禀报你是何人之后，多大年岁，有何本事，为何请缨要当八旗绰哈①？"

小豪格不退缩，听代善二大爷一叫，高喊一声"嗻"，便大步跑了出来，站在军前高高的八旗旗纛之下。由于人小，像大旗杆下的一个小人，众武士膝下的小胖娃娃，不由地传出一阵笑声。小豪格毫不气馁，对笑声进行驳斥，说："笑什么？我豪格人小可敢上山伏虎，你们要跟我比试布库②，别看你傻大黑粗，我人小能摘掉你的'乌哈拉'③！"场内顿时一片笑声。

代善大将军站在桌案前，拍了一下桌案，严肃地说："众位别笑豪格，你这哈哈济④，听我问话，回答我的话。"

豪格马上恭手站立，大声报号道："小将豪格，我认识您老，是我代善二大爷大将军，我隶属正黄、镶黄两旗，阿玛就是皇太极贝勒。今年我七岁，擅弓箭、擅马术和赛马，再狂再凶的烈马，我骑在马身上都掉不下来，我是马身上的毛，马身上的鬃，马的魂魄，指哪到哪，马到成功！"

小豪格的话说得干脆痛快，口齿也伶俐，充满自信、自尊及大无畏的女真父兄精神，全场轰动，响起一片热烈的掌声。这时大伙都把目光投向罕王爷努尔哈赤旁全副甲胄的皇太极。皇太极也大吃一惊，他早已忘记自己在"哈哈营"中的儿子了。这年皇太极已经二十七岁，他于二十三岁时由父汗做主，正式成婚，第一位明媒正娶的爱妻，就是蒙古科尔沁部莽古斯贝勒之女哲哲格格，现在已有一女降生。他早年征战中与乌拉部乌拉女的邂逅，不记在心。乌拉女已于五年前因咯血病早夭。此次父汗树旗歃血铭誓，在万马军中见到了自己的儿子，都长这么大了，已经七岁，懂事了，竟来军前报号想成一名女真响当当的绰哈，真有志气、骨气，那倔强和自信的性格跟自己一模一样！众兄弟和将军们都为豪格赞美，皇太极也甚感欣慰、满意。

小豪格在校场，应考师色夫代善大将军之命，当场比试了拉硬弓，因他人小拉五十石弓，射鸽子，三箭均中靶心，又试赛马，马术均以优异成绩记档。最终爷爷罕王努尔哈赤笑容可掬地点头示意说："皇太极的哈哈济人小志大，武功甚佳，准随军行走。"于是，豪格七岁就正式

同舟共济

---

① 绰哈：满语，即兵。

② 布库：满语，即摔跤。

③ 乌哈拉：满语，即卵子。

④ 哈哈济：满语，即小子。

加入了爷爷努尔哈赤的八旗劲旅。

代善很喜欢豪格。天命十一年春，豪格跟随代善大将军头次出征，专门给他做的全身战裙战袍。豪格除弓箭好之外，他也很喜欢长柄大砍刀，自己磨得能削铁如泥。豪格从小就胆大，不怕死，敢冲、敢闯、敢拼。他们夜走五百，冲到蒙古扎鲁特部，蒙古戒备森严，不可强攻，豪格便向二大爷代善献策，让大军在五里外扎寨，他乔装以小儿身混入扎鲁特部大帐，寻找其首领，取其首级而回。初，代善不同意，怕有危险，害了皇太极的儿子。可是豪格把每个步骤都说得井井有条，讲得非常细腻，代善仔细分析，感到切实可行。代善被说服了，认为机不可失，便同意豪格的计谋，要求他不要贪多，斩其首领，震慑一下，就是胜利，切不可恋战，要速战速决，我们在外围接应。

豪格领命后，将自己化装成蒙古人的模样，只是人小，穿蒙古小袍子，骑着一匹小走马。在"哈哈营"里，也有蒙古娃，他跟其学了不少平常蒙古语。他很机灵，装得也真像，这样就瞒过哨卡，进入扎鲁特部，打探清楚了兵防布阵安排后，归来密告代善，又给代善出谋，代善完全采纳，半夜时代善兵马从西门杀入，喊声震天，火烧扎鲁特的十个羊皮大帐，放出三圈羊群。扎鲁特部行辕大帐，正是首领鄂则图贝勒的卧房。豪格冲进去杀死了鄂则图和小夫人，提着人头两颗冲回哨卡，安全返程与代善胜利会师。一时间"扎鲁特夜丢贝勒和夫人人头，建州兵马神兵天降"的故事传了出来，大长了赫图阿拉的声誉。从此蒙古兵马不敢追随大明与建州为敌。老罕王努尔哈赤对此战赞美，豪格小儿郎的名声也就传开了。

天聪二年，豪格跟随叔叔济尔哈朗讨伐蒙古获大胜。三年，跟五大爷莽古尔泰贝勒征通州渡河，逼近明京师附近，迎击宁锦援兵于广渠门，明兵大败。六年，从父皇皇太极伐察哈尔，屡建战功。十三岁就荣升和硕贝勒，跟随父皇皇太极、额驸大将杨古利、多尔衮收服察哈尔林丹汗子额哲。崇德元年晋封肃亲王，掌户部事，年轻有为，其武功、谋略都在众贝勒之上。但为人直率，耿正，不善于心计，为多尔衮等妒忌，常为多尔衮施巧计利用，借其勇而坐收渔人之利，功劳自得。民间有传言，多尔衮满语名为獾，说獾喜吃瓜，故豪格总被多尔衮所使坏。

皇后哲哲和庄妃西西喜欢豪格的忠勇无畏，又怜悯其生活孤单，不会料理衣食起居，于是从科尔沁部为其寻来一位妙龄美女，初为莽古尔泰掠去，又为他寻来一位姿色秀丽的少女恩则艮。民间传讲，科尔沁出美女，真是说对了。从努尔哈赤罕王爷到皇太极，都是娶科尔沁的蒙古美女。现在的皇后哲哲、庄妃西西都是科尔沁人，都是博尔济吉特氏家族出来的绝代佳人。就连多尔衮睿亲王的元妃嫡福晋，也是来自蒙古科尔沁部，是桑噶尔察台吉的爱女，是明安贝勒的孙女，和哲哲、西西都是同姓的家人，是哲哲皇后的从侄女，庄妃西西的从姐姐。她们给豪格选的美女，正是多尔衮大福晋博尔济吉特氏的亲妹妹，叫恩则艮。由嬷嬷把姑娘接进宫中，让豪格见面。豪格一见面就非常喜欢，马上结为夫妻。皇太极、代善等都来吃喜酒祝贺。其女恩则艮美貌如皇后哲哲、庄妃西西。在场的多尔衮从来风流，立即动了心，但不敢轻举妄动。豪格的沙里甘可就成了园中一朵又香又艳的美丁香，都想去采摘入怀，其中最动心者莫过于多尔衮、多铎兄弟俩。

庄妃西西总是时时处处关照恩则艮，嘱其少出外游，又嘱豪格多关照妻子。豪格一有战事，就拼命征杀，竟数日不归，忘了家里的恩则艮。还是西西、哲哲常去看望，命侍人送一些用物。有一次，多尔衮借口让他的福晋与妹妹团聚，由众侍人把恩则艮强骗到多尔衮府上，一顿灌酒。全仗庄妃西西想得周全，命侍女前去禀告，以庄妃有事命恩则艮速去为由，把她及时接回来。否则，恩则艮难逃厄运。

豪格非常感激皇后和庄妃西西，从心里敬重皇后和庄妃。在皇后和庄妃的影响下，皇上皇太极也很关心豪格，器重豪格，总感到过去有些愧疚，对自己的儿子关照不多。豪格不是靠父爱、母爱成长起来的，完全是自强不息，拼命活下来，是自己挣扎成长起来的。他很倔强、很刚毅，值得令人钦佩。他在众长辈、众兄弟间不负众望，是个出类拔萃的人物。这一点，哲哲、西西都很称道。皇太极对豪格看得更清楚，他感到自己儿子过于耿直，尚缺心计和心智，远远比不过多尔衮兄弟，既有大将的勇猛和风采，又有超人的心智和计谋。皇太极曾向庄妃西西说过："豪格是个将才，不是帅才。早晚会因耿直害了自己。"皇太极所言，将豪格已经看透，后来的结局，正如其父皇的预言，这是后话。

皇太极逝世，皇后和庄妃西西心中都有数，皇上心中并没有将未来的皇位传给豪格之意。正因如此，皇后哲哲、庄妃西西以及在天聪八年入宫的宸妃，即西西的姐姐，她们三人心心相通，都把未来的希望寄托在庄妃生下的小福临身上。不单她们爱护有加，又竭力使皇上皇太极护爱他的小福临，这是皇太极亲自给起的名讳。

说来，宸妃性情向来以贤淑文静著称。自入宫以来，其美貌和品格令皇太极宠幸备至，封在关雎宫，地位仅次于中宫皇后哲哲。不久有孕，生下皇八子，生在庄妃西西生福临的头一年，次年福临降生。宫中除有豪格外，又有了两个龙子。皇太极都十分喜欢，每次征战归来都高兴地到两宫看望。只可惜，宸妃的儿子在两岁时而殇，这对宸妃是天大的打击。她从此一病不起，染成沉疴，日益沉重。皇后哲哲、庄妃西西总是在病床前陪伴，引各种话语使她消愁愈病。宸妃很是感激，西西又是自己的胞妹，两人从小就好得像一个人，自己多难被掠到察汉浩特，还是皇后哲哲、庄妃西西一再讲述宸妃之美，引起皇上皇太极旧情复燃，誓要铲除林丹汗，拯救无辜的科尔沁美女，辰辰等才进入清宫，尊为爱妃。此恩此德都与哲哲姑姑、西西妹妹有关。思前想后，宸妃越来越想清楚了，有一天曾叹息地对西西说："西西妹妹，姐姐无福，但妹妹得福姐姐也心满意足，凡事命定，这是滕格里的巧安排。望妹妹一定要护理好福临，他是大清的龙种，大清的根苗。姐姐我只要一息尚存，咱们姐妹就共同护理好福临。这可是皇上的根苗啊，皇上年事已高，已五十多岁，恐怕不会再有天赐贵子了。"

小西西庄妃听后说："姐姐，怪难为情的，能说福临就是明天的皇上吗?"

宸妃躺在炕上，郑重其事地说："妹子，为皇上生皇上，是皇后嫔妃的天职，谁都是这么想，心照不宣。福临之后没有谁能继皇上宝座了。皇上百年后，准是他!"

果不然，正中宸妃预言，福临确是皇上第九个孩子，也是最末一个龙子。宸妃病情每况愈下，崇德六年九月，宸妃病重，皇太极从清军围困锦州的前敌中匆匆赶回沈阳探视，但未能赶上宸妃咽气前到宫中，宸妃停灵于关雎宫。皇后、庄妃两人哭得像泪人一般，正在跪地焚香燃冥钱之宝，满宫中哭声一片。不久，皇太极赶到，哭拜梓宫，当即痛哭晕倒，被侍卫搀扶到外殿。皇后哲哲、庄妃西西又急忙过来安慰皇上宽心，社稷为大，要善保龙体。皇太极追封宸妃为元妃，谥敏惠恭和。崇德八年二月，陵墓建成，隆重厚葬元妃。

庄妃西西始终铭记姐姐宸妃的嘱托，护养好福临。在皇后哲哲、庄妃西西的心目中，福临就是大清国的皇位继承者，虽未有公开言明，但心知肚明，一天也没有含糊过，只不过是皇上健在，没急于想此事而已。

话说太宗皇太极驾崩后，庄妃西西与皇后私下谈论以上之事，皇后让庄妃主动拜见礼亲王，只要老王爷稳坐不乱，就翻不起大浪。庄妃便借机遂见礼亲王，当面询问皇位之事。代善坦然回答："大行皇帝自己有子，皇位只能由其子承继。此乃我一贯之言。皇子中以谁为宜，诸王尚无议定，皆在权衡中。"代善还暗助西西说："宜感豪格之心。"西西便领悟。

此时，庄妃又惦念起肃亲王豪格，这样想是否亏待了没娘的豪格呢？可是又反过来想，豪格这孩子虽有不少长处，但做一国之君，其仁君的胸襟和大智慧，远逊于先皇皇太极，难负众望，都不会拥戴的。豪格如先皇所言，仅是一个将军而已。豪格心地狭窄，不能容人，又常常高傲犯上，使莽古尔泰、多尔衮、多铎、阿济格众位叔叔们，不能得意，平时都看在太宗皇太极的面上，没有与他分辨是非，一忍再忍，得过且过而已。太宗死后，众叔叔对豪格的不满情绪就公开显露出来，特别是多尔衮、多铎两兄弟。

太宗是闻名的马上皇帝，事事躬亲，文治武功英明盖世，而且善于用人，对弟弟多尔衮、多铎和对自己儿子豪格他都有公开的赞誉，不但在父汗努尔哈赤面前夸奖多尔衮，他也颇得父汗的信赖和喜爱。在皇太极当朝时，多尔衮比任何大将都特殊受到重用，多次被任命为领兵大将军，征朝鲜、蒙古，讨伐大明，屡立奇功，成为皇太极最器重的将领。豪格远远逊于多尔衮，不被其父重视。由此可知，太宗皇太极生前就倚重多尔衮。

在宫中，太宗皇太极生前最由衷地爱恋、喜欢的是非常能善解人意，能体贴人、关怀人，既聪明又有心计的西西庄妃，事事总与庄妃商量，愿听庄妃献策，而西西也毫无顾忌，大胆地提出自己的看法，每每都得到皇太极的夸赞。所以这些事情，被经常在皇太极身边的多尔衮，看在眼里记在心上，心领神会。太宗皇太极逝世，皇位继承事实上已经显而易见。

当时赫图阿拉为了皇位之事，确有十分紧张激烈的争论，明里暗里争斗不息。对继承皇位的人选争论最激烈的就是两个人，都是从当时战事考虑的。当时辽东已完全归于大清，成为大清的国土，但这远远不够，必须继承太宗的遗志，率兵伐明，创立大清的天下。基于这个想法，谁是皇位继承人，谁就是率兵的统帅。最适合这个条件的人就是太宗的九弟睿亲王多尔衮，另一个合适人选就是太宗长子肃亲王豪格。双方各有支持者，互不相让。支持豪格者如内大臣索伦、巴图鲁鳌拜、谭泰、巩阿岱等，以"先帝有皇子在，必立其一"，合乎伦理，合乎礼制，而且礼亲王代善也有这个意思，由豪格继位。但是受到执掌两白旗的睿亲王多尔衮、豫亲王多铎的坚决反对。豪格早有考虑，说："我豪格福少德薄，不敢承大业。"所以，一些人认为，真正可以继承太宗遗志，直捣北京伐明者非多尔衮莫属。

可是，多尔衮是何等聪明的人。他暗暗思忖权衡，自古皇位继承皆是父传子的承继程式，兄及弟或另种传袭法则多系事出有因。太宗皇太极理应传于其子，关键是传给哪一个儿子，更对自己权柄和伐明形势有利而无害。多尔衮越想越在头脑中条理明晰起来，不觉心明眼亮，眼前闪出一条宽阔平坦的光辉大道来，使他异常振奋。

这时，有一人来到多尔衮面前站住，多尔衮一见非常吃惊，忙收敛起欢喜的表情，谦恭地说："西西嫂，您可安好？一切敬望多加珍惜保重贵体，节哀呀！"

西西这时变得那么深沉，沉静，两眼早已哭红了，眼泡都肿了起来，见了多尔衮像见到了至亲的亲人和挚友一般，又止不住热泪，顿时泪如泉涌，声音嘶哑缓缓地说道："九王爷，大行皇帝升天了，把俺娘俩抛下不管了，我举目无亲，可让我怎么活呀？"说着更加悲伤，不可抑止，干脆大声号啕痛哭起来。

站在一旁的多尔衮也跟着西西悲伤落泪，然后又慌忙劝解、安慰。西西哭着说："九王爷，我们母子的未来全靠九王爷了，您可要大慈大悲，救救我西西，看在这些年来久恋沙场的情分上，看在我那可怜的年仅六龄的小福临面上，他可是没有阿玛的孤儿了，九王爷您就是我们母子的再造贵人，千万救命啊。我愿事成由叔王统揽朝事，一切求助叔王了。"说着又潸然泪下。

多尔衮完全深知庄妃西西的思绪和企望，便斩钉截铁地安慰说："有些旗主推崇我继皇兄大位，我完全无有此心，深感身微德薄，唯福临正合天意。我与皇帝皆科尔沁姑爷，同一根脉，福临是皇兄先帝根脉，天资聪颖，一身福相，是上天所赐。礼亲王、郑亲王均已意决，众望所归，福临承继大宝。多尔衮我鞠躬尽瘁，辅佐幼主，死而后已。"

庄妃听后，悬着多日的心终于放了下来。大清国国母西西和睿亲王多尔衮心心相印，拧在了一起，就奠定了甲申清军问鼎中原、赢得明王朝燕京的先基，从此同舟共济，共创大业，开拓大清朝的新天地。

从大行皇帝皇太极染疾而终，到议定承袭皇位，共七天时间，便于崇德八年八月二十六日，礼亲王代善和诸王文武群臣定议，拥立太宗第九子，年甫六龄之福临承继大统，誓告天地。由和硕郑亲王济尔哈朗和和硕睿亲王多尔衮辅政，又称摄政，即位于笃恭殿，改明年为顺治元年。尊太宗皇后哲哲、庄妃西西为皇太后。两位皇太后代表幼帝恭谢众位王爷："福临年在幼冲，尚赖诸伯叔、大臣共襄治理。"

礼仪十分隆重，因在大行皇帝国丧期间，免一切声乐，百官的官服皆罩白衫，披白带。福临在两宫太后的陪护之下，身穿特制小龙袍，头戴小金顶龙冠，腰系白带，龙冠亦缠有白带，先去崇政殿叩拜先帝梓宫，众臣随拜梓宫。然后来至宫院中，途拜皇天后土，礼毕，两宫太后护领福临至大政殿八角龙厅，宣礼官由多尔衮亲自承担，诏告天下，众文武大臣行三拜九叩之礼。即位大典礼序谨严，神威肃穆。礼毕，两宫太后手拉着福临下殿，再到崇政殿叩拜梓宫。

在大行皇帝灵前，两宫太后热泪再也忍不住，不断地掉下来，痛哭不止，在梓宫前晕倒，众文武大臣同声痛哭，甚感悲伤。还是睿亲王多尔衮百般劝慰，对两宫太后说："两宫太后和皇帝，保重贵体，今日幼帝登极，秉承大业，我大清如日悬天，辉煌永照，有慰大行皇帝在天之灵，必会庇佑伐明全胜，帝业永昌。"

在睿亲王多尔衮、郑亲王济尔哈朗的精心操持下，由皇太后西西倡议，确定了皇太极陵寝重地，在沈阳北陵构筑陵基。这里曾是大行皇帝生前常骑马游玩之地，山清水秀，风光旖旎，先帝曾称此地为"人间福地"。如今成为皇太极陵基宝地。这里恰与太祖努尔哈赤的天柱山福陵遥遥相对。

九月，葬皇太极梓宫于昭陵，并将此地奉命为隆业山。天柱山福陵后称东陵，隆业山昭陵后称北陵。在有清一代，经历朝的修葺朝拜，红色陵墙高峻，森严壁垒，陵道两侧座有石驼、石马、卫士，其规模格式不逊于关内历代皇陵，真是苍林翠海，一碧万顷。而且清代后来的历朝皇帝都在两陵增设八旗将勇，每年皆有例祭。清帝入关后，历代皇上都来东北拜祖祭陵，成为二百多年来的祖制，这是后话。

朱伯西我向众位妈妈、玛发、阿古值得讲述的佳话是，西西皇太后的绝顶聪明，办事灵巧，为后人称颂，赢得众王爷的拥戴。特别是睿亲王多尔衮从内心服气、敬重。他虽为两摄政大臣的首位，但凡事都要禀奏皇上、皇太后，不能越过宫中的这位美貌、沉静、敏智超人的第一位女主，从不敢慢怠，朝中大事，仍掌控在西西太后之手中。凡一切权柄都出自皇上名义，虽然皇上幼冲，但实际上都掌控在甚有主见、指挥若定的西西皇太后的深思远虑之中。清军劲旅和众位王爷权臣的一切行为如展翅的风筝，不管飞翔多么高，多么远，这个扯线人和遥控人就是清宫中这位叱咤风云的顺治皇帝之母。在皇太后懿旨下，众王爷、大臣奔忙于跪拜大行皇帝梓宫，突击筑建下葬的昭陵陵寝，不能有半点差错，既要分秒必争，又要八方拜到，使礼亲王代善、睿亲王又兼摄政王的多尔衮、郑亲王又兼摄政王的济尔哈朗痛痛快快、心甘情愿地办好福临登极大典。而后，那就是马不停蹄，人不歇息，号炮点兵，誓师伐明，践行大行皇帝皇太极未尽之遗志。

要知道，这都是连环套似的一步接一步的大事情，谁是这个大转轮的暗里推动者？表面看像代善老王爷，又像睿亲王多尔衮，实际上他俩遵循的是皇太后西西的殷殷期望，被她那动情的柔肠话语所感动，也是在她天衣无缝的计划下，竭尽心思地操劳着。西西皇太后始终铭记姐姐、已逝的宸妃对她的嘱告："宫里众位王爷，都是惹不起的大王爷，你必须有推动大山的能耐，要动其情，识其心，特别要会看透各大山的脾气禀性，有的喜欢捧，有的喜欢温情，有的爱听关照的话，有的特别喜欢奇珍异宝，酸甜苦辣各不一样，你只要有心计，你就会被众星捧月，像《三国》里的孔明先生，坐在大轮车里，大家推着你走。"

西西皇太后根据姐姐宸妃讲的，左右权衡，心里有数了，大小棋子我若能紧紧抓住睿亲王多尔衮，满盘棋就皆活了。豫亲王多铎性情暴烈，喜欢美女和好大喜功，可他一切都听一奶同胞哥哥多尔衮的指使，只要能把多尔衮的心得到了，就能手掐两员虎将。多尔衮聪明，颖悟灵敏，刚毅自强，宁死不做牛尾，凡事必然争前茅，喜颂扬厌恶评说，怒而自抑，危而自静，故被众将赞誉而为帅。但是多尔衮也有不足的一面，他性淫喜嫩女，传夜御二而从不疲，因纵淫一生无子，唯此而自憾。

济尔哈朗是武皇帝努尔哈赤之弟舒尔哈赤之子，聪敏于人，骁勇善战，被努尔哈赤所爱收为义子。他自幼长在伯父家，然因其父与其兄有隙，死于狱中，使济尔哈朗总有压力，觉自己矮于众兄弟，自卑心甚重，遇事从不与人争，处处让于众兄弟，颇有孔融让梨之心。只要以礼敬待郑亲王，事事多关照他，暗中多在睿亲王多尔衮、豫亲王多铎面前为他说些好话，争争口袋，济尔哈朗就感恩不尽，就会为顺治帝效犬马之劳的。

肃亲王豪格，大行皇帝太宗皇太极的长子，比西西皇太后年龄大一两岁。因生下来未有得到名师传授，又无慈母的爱抚，全是跟着长辈在征杀岁月中摸爬滚打出来的，有尚武精神，不怕死，骁勇善战，屡建奇功，然而缺少心计，也从未得过父爱，未享过天伦之福。自己的皇父妃子甚多，艳女如云，豪格早被遗忘。因而他是可怜的有父母的"孤儿"，没人疼，没有爱，并且总遭来自多方的妒忌和仇视。因他是皇太极之子，有人恨不得将其早早杀掉或贬斥为庶人，少一个绊脚石和对手，这是豪格的悲哀和不幸。西西皇太后甚体恤豪格的危境，更知他根本不是福临继承大统的对手，不防范他，而倍加亲近他，关照他，帮他从故乡娶来博尔济吉特氏蒙古美女，结果还成了与多尔衮的"连桥"，他娶的是妹妹，多尔衮娶的是姐姐。豪格尚勇，不贪色，一生为自己突来的安危而东挡西躲，哪有心思迷恋女色呀！西西皇太后在扶持自己幼小的福临皇上，使其帝位安稳之外，还要时时照顾豪格，使他能得到温暖和关爱。

西西皇太后心细得对每个王爷的脾气和隐私诸事都掌握得清清楚楚，所以她接触八方的人，都非常仗义，有底气，从不忐忑、扭捏，而是大大方方的。对某个王爷的傲气，必要时她还能敲打几句，对方一见皇太后的强硬态度，只好退缩了。所以她能进则进，能退则退，能攻则攻，能守则守，应付自如。

这不，经过一段时间的忙碌、悲伤和大喜的日子之后，西西向众王爷说："众位王爷，皇上的伯父、叔叔、阿古们，大行皇帝如今已安眠在昭陵，可他老人家双眼还没有闭上啊，他惦记着发兵山海关的事情。如今山海关之外地方已尽为我有，陕西的流寇李自成已经杀向燕京，崇祯皇帝已经坐不稳大明紫禁城的金銮殿了。咱们还能让别人给摘了桃子吗？睿亲王最机灵了，跟山海关的总兵吴三桂搭上了交道，最近收到他的十万火急的信，盼我八旗兵去镇妖拿怪。咱们是否该有动静啦？盼众位王爷早早拿个主意呀！"

西西皇太后这把火点得好，一下子使心绪很乱的众王爷，把心钉到了伐明西进的大计上来。礼亲王代善频频点头说："皇太后说得极是，正中老王爷我的心思啊！"

睿亲王多尔衮说："事不宜迟，如今军心沸腾，耀武扬威，都盼马踏西疆，直捣燕京，以慰大行皇帝在天之灵。"

西西皇太后早已授意大学士范文程和众位学士，为顺治皇帝代书文诰，在堂子祭拜神灵，命摄政和硕睿亲王多尔衮统御大军前往伐明，皇祖在天之灵必在庇佑，旗开得胜。西西皇太后手拉顺治帝御笃恭殿，赐摄政和硕睿亲王多尔衮大将军敕印，代帝西征。敕曰：

> "朕年冲幼，未能亲履戎行，特命尔摄政和硕睿亲王多尔衮代统大军，往定中原。用以殊礼，锡以御用纛盖等物，特授奉命大将军印，一切赏罚俱便宜从事。至攻取方略，尔王钦承皇考圣训，谅已素谙。其诸王贝勒、贝子、公、大臣等事大将军，当如事朕，同心协力，以图进取。庶祖考英灵，为之欣慰矣。尚其钦哉，赐王黄伞一、纛二、黑狐帽、貂袍、貂褂、貂坐褥、凉帽、蟒袍、蟒褂、蟒坐褥。仍赐从征诸王、贝勒、贝子、公等衣服鞍马有差。"

众王爷、贝勒、贝子甚感荣耀，真是非同一般。

西西皇太后还特意命御厨花费五天工夫，用狍、鹿、飞龙、海蟹精心烹制皇帝赐西征将士的"巴图鲁沙林"①。西西皇太后还下懿旨，为表示对出征亲人的无上敬仰与感激，并对未来凯旋和明天盛景的渴盼与憧憬，在盛京大清宫中破例头一次将大宴安排在宫中八角亭大院中间。这里宽敞，又是往昔太祖高皇帝八角龙亭，仿佛太祖高皇帝在俯视着自己的虎羔子一般的尚武儿孙们。在院中搭台，四周围小台，台上摆桌宴。中台皇太后、皇上、礼亲王代善、摄政睿亲王多尔衮、摄政郑亲王济尔哈朗、英亲王阿济格、豫亲王多铎。二台有范文程、宁完我、洪承畴、苏克萨哈、索尼、阿达礼、刚林、肃亲王豪格等，四台围桌，众公、侯、大臣、勋将等。最令人敬慕者大行皇帝太宗的嫔妃也都素妆、插白花以示敬重与为众位西征英雄送行。原中宫皇后现为皇太后的哲哲、西西皇太后，博尔济吉特氏懿靖贵妃太后、博尔济吉特氏康惠淑妃太后也都出席。

西西皇太后手拉着福临顺治皇帝首先向各台的众叔伯、阿古、色夫、公、侯、将军们一一敬酒，以表示亲密无间。西西皇太后让福临顺治皇帝伸出小手致敬，被敬者诸王爷、贝勒、贝子、大臣，一个个躬身

---

① 巴图鲁沙林：满语，汉译为"英雄盛宴"。

施礼，不用跪拜，俯身捧出双手，高抬，手心向上，手伸出托住顺治皇帝的手，——这么做。这意味着圣上与臣属心心相印，朕意相托，继往开来，使众臣与众将领感激涕零。然后西西皇太后宣布："圣上需午休，卯时尚有课业要办完，就不陪众臣了。哀家等代帝诚待众王爷喝好吃好，尽情畅饮，勿忘皇上体恤之诚。"

在科尔沁蒙古自古有述真情之哑舞，不用乐章与伴器，专为葬期而用。其舞姿慷慨淋漓，一投足，一摆腰，一扭身，一昂首，皆表现无穷的语言与思绪。舞蹈动作把模拟、象征、想象、联想完全融会一体，浑然一心，令人感激宣泄，与哑舞人心心相印。哑舞的一切舞式全在无言中，全入人心中，令人终生回味，刻骨铭心。现在正是大忌期，禁动乐。西西皇太后为使酒宴不至于冷寂，便得到哲哲姑姑皇太后允准，率领懿靖和康惠两姐姐，又命多尔衮、豪格两福晋姊妹亦加入助兴，手舞白绸翩翩跳哑舞。西西等五位美女，虽年已到中年，但个个风采奕奕，其美艳仙姿真如神女下凡。在翻江倒海似的白绸浪涛中忽闪忽隐，忽明忽暗，白绸抖动发出江涛之声。长绸甩出，似波浪排空，仿佛万马横空；长绸卷回，又仿佛神女回宫；长绸滚滚，仿佛荡涤尘魔；长绸竖立，仿佛旌旗列队。哑舞昭告无敌劲旅，扫荡妖氛，清除浊尘，迎来红日满天，笙歌燕舞新寰宇，重塑吉乐天。

西西皇太后手舞白绸，白鹿皮小筒靴踮起脚尖，像阵香风来到摄政和硕睿亲王多尔衮、摄政和硕郑亲王济尔哈朗席前，白绸一抖，绸梢轻拂两位王爷的甲胄，仿佛在给拂尘，又仿佛在轻拍两人的肩膀。两位王爷早被美丽的西西皇太后惊动，立刻站立起来，单膝跪倒下拜、施礼。西西皇太后用白绸一抖，绸梢上挑，将两位王爷拉起，好像在说："二位王爷，劳苦功高，免于叩拜。"

两位王爷刚刚入座，西西皇太后长袖一绕，将摄政睿亲王多尔衮全身裹住，哪知在这裹身的白长绸子上面书写着范文程大学士的楷书"捷报频传，早听佳音"八个大字，全场席上报以热烈掌声，高呼"莎音，莎音"①"安班乌勒滚"②"图门白塔，莎音沙比！"③

单说，此时感动得睿亲王多尔衮热泪横流，拱手抱拳大声说："皇

---

① 莎音，莎音：满语，汉译为"好哇！好哇！"
② 安班乌勒滚：满语，汉译为"大喜呀！"
③ 图门白塔，莎音沙比：满语，汉译为"万事吉祥！"

上皇太后，奴才本王绝不辜负圣心系念，请静候捷报佳音！"举起酒杯遥向八角龙亭酹酒祭酒，向宫阙跪地，行三跪九叩头礼。这时，所有在席上的众王爷、贝勒、贝子、公、侯、大臣、将军都一齐跪地三呼万岁，行三跪九叩头礼，全场立刻沸腾起来……

是日，摄政和硕睿亲王多尔衮同多罗豫亲王多铎、多罗武英郡王阿济格、恭顺王孔有德、怀顺王耿仲明、智顺王尚可喜等诸贝勒、贝子，诣堂子奏乐行礼，陈列八纛，向天行礼，统领满洲、蒙古、汉军、恭顺等三王将勇，声炮启行。

此次西征，延请洪承畴为军事咨政，一路上请教洪亨九谋士。洪承畴答曰："我军之强，天下无敌，将帅同心，步伍整肃，流寇可一战而除，宇内可计日而定矣。今宜宣布王令，扫除乱逆，期于灭贼，有抗拒者，必加诛戮。不屠人民，不焚庐舍，不掠财物。仍布告各府州县，有开门归降者，官则加升，军民秋毫无犯。若抗拒不服者，城下之日，官吏诛，百姓仍予安全。有首倡内应，立大功者，则破格封赏。"睿亲王多尔衮完全采纳洪承畴之策，进兵顺利。

睿亲王多尔衮师次翁后，收明平西伯吴三桂遣副将杨坤、游击郭云龙自山海关来致书函，内云："流寇逆天犯阙，先帝不幸，九庙灰烬。今贼首僭称尊号，掳掠妇女财帛，罪恶已极。三桂受国厚恩，悯斯民之罹难，拒守边门，欲兴师问罪，以慰人心。奈京东地小，兵力未集，特泣血求助，速选精兵，直入中协西协。三桂自率所部合兵以抵都门，灭流寇于宫廷，示大义于中国，则我朝之报北朝者，岂惟财帛，将裂地以酬，不敢食言。"

睿亲王多尔衮师次西拉塔拉，复吴三桂书曰："予闻流寇攻陷京师，明主惨亡，不胜发指。用是率仁义之师，沉舟破釜，誓不返旆，期必灭贼，出民水火，及伯遣使致书，深为喜悦。今伯若率众来归，必封以故土，晋为藩王，一则国仇得报，一则身家可保，世世子孙，长享富贵，如河山之永也。"

睿亲王多尔衮军次连山，又收吴三桂遣郭云龙、孙文焕来致书，书云："三桂承王谕，即发精锐于山海以西要处，诱贼速来。今贼亲率党羽蚁聚永平一带，此乃自投陷阱。今三桂已悉简精锐，以图相机剿灭。幸王速整虎旅，直入山海，首尾夹攻，逆贼可擒。"

睿亲王多尔衮在山海关附近，遇流寇唐通数百人，击败，生擒贼寇。兵至山海关，吴三桂降清，晋吴三桂平西王爵，随多尔衮进趋燕京。

这时，西西皇太后在悬念中，收到快马传报，摄政睿亲王多尔衮捷音奏闻。奏告睿亲王多尔衮率征西大军，吴三桂降清，贼首李自成已陷燕京，明崇祯帝后俱自尽。李自成于三月二十二日僭称帝，国号大顺，改元永昌。初遣人招降吴三桂，三桂不从，随自永平进入山海关，与清军联系，清军星夜兵发山海关。当时正值李自成亲率马步兵二十余万挟崇祯帝太子、第三子定王、第四子及宗室晋王、秦王、汉王、邵王并三桂父吴襄俱来，围攻山海关。此时正是清军与贼酋唐通鏖战于一片石，斩其百余人，贼兵逃遁。接着清军抵达山海关，与流寇李自成对峙，大败贼兵，向燕京逃亡。清军穷追流贼，抵抚宁，抚宁知县率民出降。师次昌黎，昌黎知县率民出城迎降。师次滦州，学正率民迎降。师次开平，明指挥率众来降。师次玉田，玉田县首率民出城迎降。师次通州，知州率百姓迎降。师至燕京，故明文武官员出迎五里外。摄政和硕睿亲王多尔衮进朝阳门，老幼焚香跪迎。内监，以故明卤薄、御辇阵皇城外，跪迎路左，启多尔衮乘辇，推辞不得，乘辇入武英殿，升座，故明众臣，供拜，伏呼万岁。

诸将入城，厮养人等概不许入。百姓安睹，秋毫无犯。清兵谕令燕京故明官员、耆老兵民曰，流贼李自成，原系故明百姓，纠集丑类，逼陷京城，弑主暴尸，掠取诸王、公主、驸马、官民财质，酷刑肆虐，诚天人共愤，法不容诛者。我虽敌国，涤用悯伤，今令官民人等，为崇祯帝服丧三日，以展舆情。清军此举，官民大悦，皆颂我大清国真仁义之师，万民崇仰，讴歌万代云。

西西皇太后认真读过从燕京前敌送来的奏章，又详细询问送奏文之人，便将奏文之意又禀告哲哲姑姑皇太后。哲哲姑姑没有提出懿旨，可是西西皇太后却读出了奏文背后的不少东西，让她静思不止。整个睿亲王大将军率八旗西征，摧枯拉朽，清军捷报频传，大明臣民喜迎清军，开门迎降，一切顺利，皇天护佑，将士竞勇，甚嘉甚贺。可是奏文中睿亲王多尔衮在降民拥戴下，乘上明皇的龙辇入武英殿，并受纳故明众官伏拜，呼万岁之举，心有一震。睿亲王怎么这样做？天子今在盛京，尔代天子西征，到任何地方都是臣下身份，不可受纳叩拜天子的万岁大礼，这过分了。由此，可暗察其心迹，心中要有数。西西皇太后心态非常平稳，笑着向传报官传达皇上皇太后的由衷祝祷，望王在外多多珍惜贵体，多传佳音。

西西皇太后诸事顺着摄政睿亲王多尔衮，颇有女人的细心、温情，处处体贴备至，支持睿亲王顺利施行各种安抚良策，广招故明贤才，对其原职原衔留任。对有功者甚至还要升迁奖赏。清兵纪律严明，不入民宅，不欺耆老乡民，不戏掠民女，不私占焚毁民宅，对市贾不贪不掠，公平贸易，以安民心。清兵有病患亦不可私闯民宅讨医讨药，要自带郎中或军中色夫，建馆驿受纳伤兵，重者送回辽东故里。嘱其务多多聆听洪承畴、宁完我等故明众臣良策，征战贵在争民心，夺地贵在夺得万民信任，敬望叔王仔细玩味，不可疏忽。

睿亲王多尔衮亦不时传回奏章，诚谢皇上皇嫂皇太后的谕旨，刻骨铭心，字字践行不误。西西皇太后还特别发过几道谕诏，代皇上传谕，凡西征王爷、大臣、将士，一一在册，盛京已设"征伐郎中"和"征伐启心郎"，其职专为征伐将士眷属所谋，所有衣食病灾，皆全由他们操办，使户户安心，征眷满意，以化解征战将士的远地系念，一心为定鼎中原呕心沥血。西西皇太后并以皇上名义，由身边学士书就圣谕，告慰摄政睿亲王多尔衮大将军，激励斗志，奋志蹈进，上荷天恩，下赖众志成城，民箪食壶浆，无往而不胜哉。

然而，在顺治元年五月中旬之后，西西皇太后则与住在燕京前敌的摄政睿亲王多尔衮相互书函抵牾，乃至双方引生仇怒之危。摄政睿亲王多尔衮遵西西皇太后之约，大军每驻次一地，必以文奏来，以免圣躬系念。多尔衮也真办到了，每师次一地便呈来奏文，所历之事详述以奏。清军自入山海关后，由平西王吴三桂引领，万事顺绥，唯每道奏文皆有"各处城堡，著遣人持檄招抚，檄文到日，剃发归顺"，"虽称归顺，而不剃发者，是有狐疑观望之意"，"凡投诚官吏军民，皆著剃发"，"遵制剃发，各安生业，倘仍怙恶，定行诛剿"等语句。西西太后当即懿旨回文："王师底定燕京，乃天恩助佑，勿屡谕剃发，激生民变，失民心则立根难久矣。"

睿亲王多尔衮以摄政之威，斥皇太后不知征夺明城百姓之艰，回文奏曰："皇上敕书余为大将军，身居摄政之位。俗曰，'将在外，君命有所不受'。明城吏民悉数明装，争掠难辨，唯剃发可知其诚心归顺。降民多如蚁众，唯以本朝旗服剃发泾渭可辨，便于挞伐，不愿剃发刁蛮者可洞其心，必与我相峙，怀有敌意。余为摄政，岂奈妇人之见。如今天祚大清，明运已终，扬我大清古风，乃如日出东天，水归大海，岂非不昭昭然乎？"

西西皇太后收览奏文，甚怒，全文显露睿亲王身为摄政王，已经为天下之第一人，自己虽为皇上之母皇太后，在睿亲王眼中仅为"妇人之见"，令她方醒。十余年来自己侍于大行皇帝身边，睿亲王崇敬有加，如今，却直言不讳称"妇人"，此乃头一次，令她甚是惊惧不已。左右思忖，西西皇太后深知不可扰乱睿亲王正率军西征的大任，不可令他思绪紊乱，任何迹象都不能让睿亲王知晓。可是，她又深觉强行剃发之制，必招民愤，恐生枝节，究竟将酿成何种后患，自己又不能耳闻目睹。西西皇太后便秘密命豪格乔装率数人去抚宁、昌黎、开平、玉田、通州，在该地故明官吏军民中，探听"遵行剃发之制"的反映，将民情详情以报。秘访中不可露本人的清廷身份，违者斩，速查速回，不许久留。

话说，豪格领命后乔装明朝耕家，速去察访，不过五日返回禀奏，言说睿亲王多尔衮率军所过之地，皆以剃发为降清标记，民间传为"剃难"，竟云"留发不留头，留头不留发"，"民敢怒不敢言，民怨沸腾"，"竟有不少民家，为避剃发，齐聚祠堂疼哭叩拜，而后饮鸩同亡，阖族三百人，棺椁埋葬占半顷良田。"

西西皇太后将此情禀告哲哲皇太后，哲哲无主意，无语而对。西西刚毅地辞别姑姑皇太后，领皇上诣堂子行三跪九叩礼，禀奏列祖列宗和大行皇帝，绝意让睿亲王务要终止此制。她思前想后，眼下不是相互争执之际，必想良策，迅令睿亲王不伤民心，迅及改弦更张，珍惜血汗换来的良好声誉。最后，她终于想到个妥善的办法，正好礼亲王代善老王爷在府内养病，便请人将礼亲王代善接进宫来，又请范文程大学士也来宫中相陪。

礼亲王代善得知后便很快进了皇宫，要拜见皇太后、皇上。西西皇太后匆忙命侍卫、侍女、挽扶老王爷，并请老王爷上座、献茶。这时，西西皇太后走过来，非常谦恭地向老王爷恭行蹲礼问安，说道："大行皇帝皇兄礼亲王，皇上早有谕旨，见帝不拜，哪能还让老王爷为我行拜礼。皇上与我等还要托老王爷的福呢！"

西西皇太后的话音刚落，范文程大学士到，拜见礼亲王和皇太后。西西皇太后便将近期摄政睿亲王征西大将军多尔衮，王师频奏凯歌，大军已经进入燕京，流寇李自成西逃陕西，京师万事顺利，故明官吏军民开门迎降，唯有强行剃发之制民怨沸腾，恐失民心，与老王爷商议安抚之策。

礼亲王代善老王爷说："九王之事我们也不晓实情，如何判断真伪呀？"老王爷提出这个问题，西西皇太后心中有数，命肃亲王豪格率领访察人等叩见礼亲王和范大学士，并命他们将访察之地的乡民愤怒情感与抵抗，如实以报。他们禀报之后，令礼亲王甚为吃惊。

西西皇太后说："老王爷，太祖皇帝在世就曾说过，后金女真生民，起于漠北，壮于咸镜、白山、浑水，部族宗多，俗风相糅，各有所长，此兴兆之象。先帝亦曾慨叹：蒙天眷佑，自东北海滨，迄西北海滨，其间使犬、使鹿之邦及产黑狐、黑貂之地，不事耕种、渔猎为生之俗，厄鲁特部落，以至斡难河源，遐迩诸国，均为臣服。今日我大清定鼎燕京，广纳汉家兄弟，何必强求一律，祖先从未如此遗训。哀家初入赫图阿拉，蒙古之俗犹然至今，蒙古福晋留发沿用蒙俗，明安祖爷从未依满洲之风留发，武皇帝已未责怪，云何今日必为此积怨于汉民？争民心贵于征战，不求发长发短耳。望烦劳老王爷与范大学士前去燕京，以理说服睿亲王。当务之急，唯有安稳故明黎庶，方有皇上早日誉临燕京之贺，有劳老王爷了。"

西西皇太后的深情寄望言说，着实感动了礼亲王代善。他左右权衡，觉得皇太后所言在理，是是非非已经很清楚了，为了尽早挽回影响，礼亲王代善和范文程大学士当日乘驷马大轿车，由卫士陪护，星夜赶发燕京。经过二日半的长途跋涉，便抵达京师。

礼亲王代善和大学士范文程在武英殿见到了睿亲王多尔衮。多尔衮惊奇地叩拜皇兄，惊问缘何来京师？

代善很会说话，特别是能言善辩的范文程，一阵巧舌，既奉迎睿亲王摄政之伟业，令多尔衮内心万般舒坦自得，深知世上多少人已知其扭转乾坤之功绩，又很巧妙地言说西西皇太后之为剃发担忧，近日来皇上茶饭不进，不知学业，西西皇太后已为皇上数夜未眠，体魄消瘦，思念睿亲王。

睿亲王多尔衮也甚惦念皇上和西西皇太后，听说已数日水米不进，那还了得，甚恨自己奏文语气粗蛮，害了皇太后。再加上礼亲王代善又将西西皇太后为剃发之事，秘委心腹赴昌黎、玉田、通州等民间访察，获许多因剃发殉死，清兵与地方民众角斗争杀，激起许多地方的官民降而又反的实情，深感此事已激怒了民众，以防再生张献忠、李自成、刘宗敏、唐通等匪类，不可因小而失大。目前贵在争民心，暖民心，事事应合民意，这样方会使黎民箪食壶浆以迎王师。

扎呼泰妈妈

摄政睿亲王多尔衮也是聪敏过人之人，最近深深感到强倡剃发，笼络民心，反而适得其反。皇兄带病千里迢迢来京师，带来西西皇太后派人到故明民众中造访之实情，令他甚为敬佩，此乃非寻常女流之辈，堪有父皇努尔哈赤、皇兄皇太极之风，不可小觑也！摄政睿亲王多尔衮好言送回老皇兄代善，命范文程翔实禀奏皇上和皇太后，当即发文告，不再以剃发为区分归降大清的标志，望皇上、皇太后放心。待稍日安定之后，迎请皇驾迁都燕京。

摄政睿亲王多尔衮谕兵部曰：我国建都燕京，天下军民之罹难者，如在水火之中，可即传檄救之。其各府州县，驰文招抚，文到之日，即行归顺者，城内官员各升一级，军民各仍其业。予前因归顺之民，无所分别，故令其剃发，以别顺逆。今闻甚拂民愿，自兹日以后，天下臣民，照旧束发，悉从其便。并命侍从，书就百余张，分发各地，广为张贴，传谕庶黎，一体周知。

同舟共济

105

扎呼泰妈妈

各位妈妈、玛发、色夫、阿古，听过朱伯西前面讲的几段故事，都知道和领教了西西皇太后的办事能耐，那可不一般。她从小在蒙古草原时，就是一个谁也不敢惹的沙里甘居，最能抓事，找事，管事。明安贝勒、莽古斯贝勒，都夸赞小西西是"看家虎""掌管草原的雄鹰"。她自从来到爱新觉罗家族，成为清太宗皇帝皇太极的掌上明珠——庄妃，一点没改早年的脾气，还是那么活泼，精力充沛，好管事。中宫皇后哲哲姑姑和宸妃姐姐，把西西的绰号带到了清宫，从皇上皇太极到众位王爷、嫔妃、内监们，都喜欢叫她"扎呼泰妈妈"，就是"管事妈妈"。因为西西庄妃帮助皇上皇太极管理政务、军情而出名。皇太极有时因都是平辈兄弟间的王爷，总好徇点私情，唯有庄妃西西不饶人，头脑清楚，对事不含糊，一是一，二是二，谁也别想马虎，混过去。睿亲王多尔衮、郑亲王济尔哈朗叫西西庄妃"额勒孙阿沙"，就是"厉害嫂子"，而且竟给叫了出去，在宫中传了开来。太宗皇太极听后格外高兴，更加宠幸和喜欢身边这位管家人。所以，前书讲到西西皇太后请来礼亲王代善，指责睿亲王多尔衮征战中强力推行"剃发之制"，也就是西西皇太后，他们惹不起，辩不过，别不过。西西皇太后要制服对手，心里最精明，总能找出许许多多奇特的叫你想不到的鬼点子，来制服你，让你乖乖地认输，她才不再折腾你。

说实话，西西是一个从草原来的马上牧民王爷的娇女，并没有高深的文化，只晓得蒙古文，蒙古语，不通满文、满学，更不懂汉字、汉学，可是在皇太极的宫中成为其爱妃庄妃的短短几年，凭自己的刚强、毅力和不服输的韧劲，不睡不偷闲，一年四季，春夏秋冬，不怕非议，不嫌羞涩，自己主动去拜范文程大学士为师，跟其学习汉文、汉字，拜倒在希福大玛发膝前，苦学满文、满学。学完了就利用早晚时间默背、默写、默诵，她就像个傻子、呆子，一门心思学习。经过几年的努力，她硬是一步登天，竟能与皇上皇太极、睿亲王多尔衮谈论经学诗话，令他们惊奇万分，从此不敢小瞧，都刮目相看。

更令人敬佩的是，西西有了皇儿福临，平时不但要照看护理福临，还要管教福临的学识长进。在福临的学习上，她都不完全依靠希福恩师、宁完我恩师，而是自己亲自去教。对福临来说，她既是慈母，又是恩师。她与四五六岁的小福临同学同练同背同唱。尽管她整天这样的忙碌，还无时不挂念着皇上皇太极，对皇上的生活如饭食、茶点、休息、睡眠和整理军务、梳理成沓的奏章、文诰、谕令，入档、抄录等事项都给予关心，同时还协助皇上提出备忘。西西皇太后真是个神人，整天都看不到她能安安稳稳地睡上几个时辰的觉。众侍女都心疼她，为在夏日让她能闭上一个时辰的眼睛，不少宫女、嬷嬷互相争着、抢着为她赶苍蝇，而且都是那么静静的、无声无息，生怕惊醒了令人心疼的庄妃娘娘。

　　说来，自从老罕王建后金统一辽东全境，皇太极继承罕王进军中原、灭明立清的方略，但是他壮志未酬，英年早逝。是庄妃西西擎起灭明立清的大旗，团结各亲王，辅佐、教育年幼的顺治皇帝，使大清国如辉辉红日。若问大清国是何日所造？是何人所赐？追本求源，大清国上上下下人等，都会不约而同地说：是老罕王努尔哈赤、太宗皇太极和庄妃娘娘"扎呼泰妈妈"西西缔造的。岁岁年年，年年岁岁，西西庄妃是天下之母，昔有孟母，今有扎呼泰妈妈，是母亲的典范，是教子有方的好妈妈、好管家人。她呕心沥血，为天下哺育了我大清两朝幼帝，两代明君，确保大清国二百六十多载昊天基业如日中天。

　　西西皇太后成为清宫中的"扎呼泰妈妈"，人人敬畏，她有这个权威，也有这个实力。首先，西西皇太后有强大的蒙古家族的得力襄助。现在，不仅是最亲密的故乡蒙古科尔沁部，而且蒙古的喀尔喀、察哈尔、喀喇沁、敖汉、扎鲁特等诸部王爷贝勒都是她的坚强后盾，一呼百应。太宗皇太极去世，最能调动蒙古力量者，首屈一指的就是西西皇太后，致使睿亲王多尔衮等办事都极为谨慎小心，不敢得罪西西皇太后。不仅如此，科尔沁部卓礼克图亲王吴克善拥骑兵十万，全是飞虎铁骑，日行千里，驰行如白云掠过，每人手执大砍刀，未见人声，刀光一闪，人头落地，素有"滚地风"美名，无人敢敌。他就是西西皇太后的大哥哥，是她的坚强后盾。

　　其次，身边有知己的干将。皇太极死后，西西皇太后为使福临顺利登极继承皇位，她笼络住最有影响的两员大将，一是郑亲王济尔哈朗，其父是太祖努尔哈赤二弟舒尔哈赤，他从小受伯父努尔哈赤疼爱，收到自己身边为义子，如亲生儿子一样对待。济尔哈朗在征战中屡建奇功，太宗封其为郑亲王。此人为人正直、忠厚，心向皇太极，所以对西西皇太后唯命是听。济尔哈朗也很聪明，知道自己的身份，不能与睿亲王多尔衮、豫亲王多铎相比，处处都让三分，事事总是自谦自逊，退避三舍。虽然皇上、皇太后下旨命其与多尔衮辅政，但他心中有数，不张扬，不抢功，事事都推睿亲王多尔衮出面，自己情愿不显山不露水。睿亲王多尔衮是好邀功的人，处处爱表现自己，是朝中第一人，武帅第一人。他喜欢济尔哈朗不与自己比肩争高下。而济尔哈朗的所作所为，也正合他的心思。即使如此，他还是不满足，总想把济尔哈朗赶下去，把自己弟弟多铎提上来，兄弟同朝为臣宰，那时他才真正畅快舒心。

另一位是睿亲王多尔衮，智勇无敌，始终追随太宗皇太极，深得皇太极的宠信、重用。他执掌两白旗，权势甚大，也亲近西西皇太后，是员虎将帅才，为大清国中流砥柱。西西皇太后在福临登极时以皇上福临名义将两位隆重地册封为摄政和硕郑亲王、摄政和硕睿亲王。两王遇事得先于睿亲王，即首先向睿亲王禀奏，这实际上已分出了首副身份。西西皇太后深解济尔哈朗之义，凡事皆让于多尔衮，他又惧畏多尔衮，没有多尔衮的虎威、狠劲和心计，总因其父之罪而感到自卑，不会与多尔衮争锋计较。

与此同时，西西皇太后争取和保护了太宗皇太极之长子、福临之兄长肃亲王豪格。这个举措很重要，前书已讲过，豪格处处被多尔衮欺压。四月，固山额真何洛会诬告肃亲王豪格悖妄罪。睿亲王多尔衮本来与豪格有宿仇，他听说有人告豪格，便非常得意，在一旁添油加醋，一时间弄得盛京乌烟瘴气。何洛会善于见机行事，他见到睿亲王多尔衮势力和影响越来越大，并且很久以来就忌恨肃亲王豪格能征善战，为讨好睿亲王，便诬告豪格。豪格脾气暴躁，曾在大凌河鏖战时，斥责何洛会率兵迟钝，不敢冲锋在前，是怕死鬼，这惹恼了何洛会，致使其从此记下仇恨。如今太宗已逝，睿亲王当权，正是整治豪格的时机，既报私仇，又讨睿亲王高兴。因为豪格的功绩和地位，直接影响睿亲王的升迁和发展，昔有宿怨，两人水火不容。何洛会弹劾豪格有罪，正中多尔衮下怀，便落井下石。自己是摄政和硕睿亲王，大权在握，不由分说便命随从提拿豪格，将他五花大绑。群臣见此情景，敢怒不敢言，谁要敢于说情就被贬为庶人，驱逐门外。

豪格之子、之弟哭泣着找西西皇太后鸣冤求救。西西皇太后仗义执

扎呼泰妈妈

言，才没有被没籍其家产和奴仆，以观后效。西西皇太后和宫中一些大臣明眼一看便知，这是在打击黄旗的势力，削弱王权，也在危及皇上和西西皇太后。因为豪格承继了太宗皇帝正黄、镶黄两旗的统帅，这两旗最有战斗力、影响力。打击豪格，也就打击了太宗后裔的势力，这个下马威非常嚣张，非常猖狂，真是胆大包天。太宗刚刚去世，掌控两白旗势力的多尔衮就显露出来，并表现出急不可耐的狠斗狠夺的架势，不能不令西西皇太后想到前程维艰，不会一帆风顺。

这些复杂的形势摆在西西皇太后面前，使她不寒而栗。要摆脱这个局面，她感到危难之时要头脑清醒，应变自如，不能走错一步，要善于左右逢源，这样才能化险为夷。要善于摆弄、驾驭好睿亲王多尔衮这个既能拉大清国前进的大车，又随时会踢人咬人的烈马，就看自己的能耐了。可是眼前又一时找不到解决危难的办法，又不能得罪睿亲王多尔衮的追随者何洛会，只好将计就计了。西西皇太后便同意将来提升何洛会统领盛京事务，让他先高兴高兴，一切事情慢慢来办。

西西皇太后巧妙平息了此事，又好生安慰豪格的子女和亲人，让他们暂时忍耐，让他们理解眼下的处境，又不好驳斥，只能将豪格贬为庶人。西西皇太后则暗中将他保护下来，让豪格留在皇上和自己身边，担当盛京军务等，待日后有机会时再复其爵位。

西西皇太后现在心里还惦念的一桩大事，就是皇上的大婚事。欣喜的是今天兄长卓礼克图亲王吴克善到朝中祝贺。这次是亲王和福晋一同来的，带来了蒙古七个大部落的祝贺和彩礼，恭祝福临登极。亲王和福晋向小妹妹西西皇太后又提出应该为福临选后之事，何况现在已经称帝，应有三宫六院，更应从科尔沁部中选妃。亲王和福晋又一再提议选他们的女儿博尔济吉特氏嫣嫣为妃。小女儿嫣嫣年方七岁，虚八岁，弓马娴熟，长得像小妹一样美，俗话说："妻大两（岁），福绵长"，天作之合。亲王和福晋三说两说终于把西西皇太后说通了。

当年，大行皇帝皇太极在世时，卓礼克图亲王吴克善就来说亲，皇上说："皇儿尚在襁褓之中，亲事容期再议。"皇上一句话便给挡住了。如今，福临年已六岁，已经登极皇位，该到选妃册封皇后之时了。所以，吴克善和福晋又亲自来宫中，面见妹妹西西皇太后，磨成这门亲套亲的喜事。西西皇太后当然打心里同意这门亲事了。

还是吴克善王爷聪明，借此事又正好与睿亲王多尔衮联系上了。因为有亲属关系，清宫中有不少好事自然都要摊在吴克善亲王的部落身上，这样有事好说话，好办事。故此，他们夫妇俩专门为睿亲王多尔衮和他的福晋科尔沁部博尔济吉特氏带来大草原的厚礼，让大权独揽的多尔衮满意，然后再让他出面为福临说媒。他们用好言好语不断奉承讴歌多尔衮。多尔衮也最爱听这些喜歌。多尔衮的妃子在一旁不时帮助说好话："睿亲王亲点皇后，福临长大后必会更感激您，将来处处都听您的了！"多尔衮便满口答应为福临说媒。

这天，多尔衮亲自陪吴克善王爷和福晋进宫叩见西西皇太后，说明来意。其实，西西皇太后早已同意，她看多尔衮这么热心，更是高兴，连忙说："我们博尔济吉特氏家族，感谢睿亲王的深恩大德。"西西皇太后满面春风，当即应允多尔衮这个月下老人为福临说媒。

这时，西西皇太后让嬷嬷进内宫，把正在背诵《诗经》的皇上福临领出来，并来到吴克善夫妇、母亲西西皇太后和睿亲王多尔衮面前。吴克善王爷和福晋要大礼参拜，被西西皇太后婉言谢绝了。福临天真地问额姆西西皇太后说："你们因何事不让我背诵《诗经》，传叫我出来？"

西西皇太后刚要说"皇儿，都是为了你的……"

哪知睿亲王多嘴，也没在意，认为自己是皇叔，显一显做长辈的派头，就赶忙说道："皇上，是为你的喜事啊，我给你做媒，已跟你额姆皇太后商量，打算给你娶正宫娘娘，她就是卓尔克图老王爷的嫣嫣小格格，也是你额姆皇太后家乡的人，是你额姆的亲侄女，皇上你的小表姐！"

当时福临刚刚六岁，还是稚气的小顽童，多尔衮在唠唠叨叨讲这么多话的时候，他一心还在想着《诗经》里的诗句，可能一点也没入心听进去，小眼睛不住地滚动，万般不解地大声顶起叔叔睿亲王多尔衮来，便激动地说："什么破玩意儿，我不要皇后，不娶皇后，我愿意读书、写字、骑大马，打猎捉老虎。"说着想返身跑进宫去，仍去读他的《诗经》。

西西皇太后站起来一把抓住他，抱在自己怀里，坐下，脸上装出生气嗔怪的样子说："福临，咋这么没礼貌，额姆我怎么告诉你的，凡是好孩子珊音哈哈济，都是最听妈妈玛发的话的。站在你面前的人除了额姆我之外，那两位是额姆我的亲大哥、亲大嫂，也是你的亲大舅、大舅妈，睿亲王九王爷是你阿玛皇父的亲弟弟，你最敬慕的窝西浑①大玛

---

① 窝西浑：满语，尊敬之意。

发。你怎么不听话就跑走呢！净说傻话，让额姆我伤心，你不是最怕额姆我哭、掉眼泪吗？以后不许再气我、气你的九王爷叔叔了！他真像你的阿玛一样亲你、疼你、爱你，保护咱娘俩不受欺侮，保你一生平安幸福。"

福临最爱听额姆西西皇太后语重心长的话，人虽小但懂事，马上不闹了。从西西皇太后怀里跳下来，老实地站立，双手拉着睿亲王的手，一声不吭。福临人小倔强，不吭声就表示心悦诚服，在听大人的话语。这门选后之事，就这样立即定了下来。

召宣宫中翰林院的笔特式们拿来文房四宝，记载皇后的生辰八字，由宫中色夫选定吉日良辰，互送彩礼定亲，并由西西皇太后设喜宴，隆重款待吴克善王爷和福晋，当然也隆重款待月下老人睿亲王多尔衮，并请豫亲王多铎、英亲王阿济格、郑亲王济尔哈朗作陪祝贺。老王爷代善因身体不适派来了自己的儿辈莅席，饮宴祝贺。大宴很是热烈，夜半方散。

次日，由西西皇太后代表皇上厚赏吴克善王爷，由范文程大学士、济尔哈朗亲王亲自送出十里，送卓礼克图亲王吴克善夫妇回科尔沁部去了。

话说，顺治元年五月，摄政和硕睿亲王多尔衮传报，经查询，故明著名大学士冯铨现在舍中，此人正直，学识深厚，是难得之贤才。西西皇太后命学士詹霸、侍卫巴图致书睿亲王，不遗余力招聘贤才，为我大清献力。辛丑，多尔衮以书征故明大学士冯铨。铨闻命即至，亲王赐冯以所服衣帽，并有鞍马银印，入朝以原衔重用。

此刻，在燕京的摄政睿亲王多尔衮与诸王贝勒大臣等议定，京师一切安稳，万民安居乐业，应建都燕京，禀奏皇上、皇太后，迁都燕京，定鼎中原，开大清万年帝业。遣辅国公吞齐喀、和托，固山额真何洛会赴盛京迎驾，文曰：

> 迎荷天眷，皇上洪福，已克燕京，臣再三思维，燕京势踞形胜，乃自古兴工之地，有明建都之所，今既蒙天畀皇上迁都于此，以定天下。则宅中图治宇内朝宗，无不通达。可以慰天下仰望之心，可以赐四方和恒之福。伏祈皇上熟虑俯纳焉。

多尔衮派来传报迁都的使者都是他身边的亲信，如辅国公吞齐喀、和托，固山额真何洛会等，一个个耀武扬威，一派胜利者的傲气。西西皇太后心中有数，向各位使者代皇上福临祝贺睿亲王和众位王爷、贝勒、贝子及众武将们，也感谢他们风尘仆仆归来传信，让他们好好安歇一宿。次日西西皇太后设宴款待，代皇上赏赐雕鞍、玉带，然后说："回去禀报睿亲王，盛京行在按计划南行，只请睿亲王在通州备龙辇迎驾，到时必有小校传报。"之后，便打发他们返回。

皇太后哲哲听说送走睿亲王派来传信的官员，便对西西皇太后说："如此安排，打发他们回去，睿亲王不怪吗？"

西西皇太后说："姑姑，我自有办法，凡事要以谨慎为上，只要我们按时顺利到京，睿亲王也怪罪不了咱们什么。"西西想事就是周密，很有大将风度。她对迁都的安排，想得非常周到细致，生怕出现什么闪失，这是保护小皇上千里之程啊！

西西皇太后禀奏哲哲皇太后，欣纳睿亲王多尔衮之奏文，中原平定，不宜久拖，迅及迁都至为大事。引顺治帝于癸巳遣官祭告太庙、福陵，与睿亲王多尔衮共议，迁都燕京，另命何洛会等统兵镇守盛京等处以及驻防。诸事、诸项落实。西西皇太后率群臣将大行皇帝宝宫安葬昭陵地宫，陈设祭物，行大葬祭礼。

所有诸事办毕，西西皇太后、哲哲皇太后并众嫔妃，领着幼帝顺治皇上于乙亥吉日良辰，自盛京乘辇轿赴京。他们的一路扈从亲随，皆由西西皇太后一一审定，毫不马虎大意。睿亲王派来之人未用。最令西西皇太后、哲哲皇太后伤脑筋的事，还是人选。手下没有得力的帮手，一切由皇太后出面，也未有这种安排，不合礼制，再说了也不方便。她们共同想到了被废为庶人的肃亲王豪格，她们并未征得摄政睿亲王多尔衮的准允，自行做主，将豪格招进宫来，授以重任，令豪格感激万分。

此事，何洛会迅及密报睿亲王，他们大吃一惊，尽管十分气恼，但又无可奈何，知道西西皇太后那是不好惹的女主子，只好到京后再与她理论。

其实，西西皇太后早有准备，还是两位太后以皇上福临的名义下旨，恢复豪格将军职，赦其子孙，赐予原有爵位，并令其速来宫中复职，主理迁都诸事。豪格父子等感激涕零，叩谢两宫皇太后，叩拜小皇上。经西西皇太后好生安慰，豪格才勉强站起，但愤恨睿亲王铲除异己之情并未消失。西西皇太后一顿劝导，叮嘱他以先帝大业为重，明朝已亡，大清定鼎京师，开基创业，要不负先帝的期望。当今八旗将勇皆在京师，盛京兵防甚弱，处处有明廷溃军残部，又有李自成闯王的流寇出没，从盛京到关内京师数百里，危机四伏，要格外警觉防范，特请豪格将军速速统筹安排兵马人役，护送圣驾进京。

西西皇太后特别对豪格说："睿亲王已派来兵马护迎，被我以京师重地，正用兵之时，不必出关护驾之由谢拒。让睿亲王一心专注燕京及京师诸地的抚恤与用兵。我们娘们这边不用操心，由我等妥善应付。现在要拿出肃亲王你的本事来，不负往日先帝对你的培育与信任。盛京的迁都及圣驾行在等重任，全由你豪格将军担当。我们两宫和福临皇上的安危全靠你扈从了，我们就信着你了，好好保护好你的皇弟顺治皇上，安安全全抵达京师。豪格之功，陛下必将有重赏。"

西西皇太后的话，真使豪格由衷地感激，也知道这是两宫皇太后对他的莫大信任和重用，倍加振奋了他的勇猛精神和威武之气，皇太后交给迁都的任务很重，对多尔衮的积怨和仇恨暂时都忘得一干二净。忙问西西皇太后如何实施迁都之事。

西西皇太后让豪格坐下，便将她的想法详详细细传旨于豪格，她说道："大清国盛京为开基之地，这里的每一座宫殿、寺庙、陵寝等都要完好地守护，要分拨出一批八旗将勇护卫好这片圣地，设立规章戒律，不可违犯，所有俸饷待遇及人马食用供应，不可短缺，更应加倍从优赏赐，以安在盛京的八旗各部人等及所有家眷。你要把留守人等先给我拨出来，使他们心中有数，不可疏惰自卑。留与走皆为重任，各守其职，皆为皇上忠诚效力，赏罚均等。而且日后或有两地因公轮换互调之机，故不可互相争执、互相挑剔、互相斥责，要合力同心，共为王业。豪格将军，你先与盛京各部大臣做好此事，然后再安排下一步事宜。"

豪格谨遵皇太后西西的嘱咐，很快便将在盛京的八旗劲旅分拨开来，共分留守与行在两大部分，各方均明确己任，登记上档，井井有条。而且豪格在西西皇太后的严厉指派下，完全是悄悄地不声不响地有序进行。宫外、世外人众并不知迁都之秘，皇太后西西绝不准鸣锣击鼓地张扬于外。宫中的文武百官，各司其职，不准询问打听。西西皇太后英明决策、指挥若定，未过半月便将太祖、太宗所经营数十年的后金清宫的基业，分拨得神速而清晰，使宫中上自皇上下至众臣将勇，一起迁入关内燕京，定鼎中原。沈阳盛京仍是举国上下威名显赫之陪都，仍然生机勃勃，威严肃穆，万民崇仰之龙兴宝地。

太后西西的睿智不仅如此，她远比姑姑哲哲皇太后想得更远，早就思索燕京即北京的诸项大事，便禀告姑姑皇太后。哲哲皇太后便说："小西西，一应之事你就以福临名义定吧。我心绪不安，茶饮不下，需要静静待些时日。"

西西皇太后行蹲礼，说："是，西西谨记。"她便退了出去。因姑姑皇太后托一切事全由她与皇上做主，心里便稳定多了。

西西皇太后考虑进京后，需要马上办的事甚多，但当务之急，最需要先办好的大事，绝不可疏忽怠慢，必须办得好，办得干脆、利落，像下棋一样，每个棋子怎么放，怎么摆，至关重要，那么全盘棋子就马上活起来，会产生意想不到的良效。在皇驾入京前，西西皇太后就富有远见地、沉稳地办了几件大事：

头件大事，在睿亲王多尔衮八旗将勇入关进京时，命洪承畴随军进关伐明。行前西西皇太后设宴，与福临顺治皇帝为睿亲王饯行，并亲自为睿亲王斟酒，祝九王爷马到成功。西西皇太后还为睿亲王跳蒙古安代舞，令睿亲王激动万分，酩酊大醉，是由侍卫搀扶着回到自己府中去的。西西皇太后又专门摆宴款待并为洪承畴饯行。洪承畴大将军自降清后，深得西西皇太后的照顾。他很敬佩她的文才和机智，是天下难得的才女呀！对西西皇太后有深深的敬佩之心之情。西西皇太后也最敬重洪承畴。西西皇太后深有所感，若真能赢得伐明的胜利，大清国真正屹立于中原，自己儿子福临能够承继大统，得国威，得民心，定鼎北京，还要依仗洪承畴这样的明朝重臣，要求师于洪大将军，洪大总督。

洪承畴应邀参加西西皇太后之盛宴，宁完我、范文程作陪。西西皇太后亲自斟酒、作舞，求教洪大将军，使洪承畴万分感动，受宠若惊。他为西西皇太后献策说："太后，亨九斗胆放言，大清往昔久居关边，如坐井观天，此番入京，如步入九天琼楼玉宇，会大开视野。太后要以母仪天下之姿，抚育四海，方有万邦来朝。要使大清龙旗昌盛，要习汉文，懂汉语，通汉人之礼俗，应设直书房，幼帝苦习儒家学说。要渐渐抛弃和淡化满汉之间的畛域，狭窄之一域之心，难以融汇天下。"洪承畴语重心长的建言，深深扎在西西皇太后心中，令西西皇太后受益匪浅，给她点燃起一盏前进的明灯。

第二件大事，西西皇太后心中始终铭记睿亲王多尔衮委派他的亲信参军何洛会将军由京师赶来，通禀睿亲王已率十万精兵进入北京，明臣已降大清，特接皇驾进京，迁都北京。何洛会几番宣讲睿亲王的赫赫功勋，明朝已亡，大清龙旗辉耀中天。睿亲王之功最高，启奏皇上为睿亲王建碑刻绩亦显不足。西西皇太后想，应该以顺治帝名义赐九王爷睿亲王何等爵位方能感动抚慰睿亲王呢？

为此，西西皇太后去中宫与姑姑哲哲皇太后商议。哲哲皇太后命西西皇太后酌定之。几天来，西西皇太后茶饭不进，便找范文程大学士帮助出主意。范文程大学士提出可仿前朝的做法，这样最终想到摄政王之爵位最合适也最高。西西皇太后越想头脑越清楚，俗话说："要送人情就送到底。"睿亲王多尔衮是九王爷，是福临顺治皇上的叔父，对，为了更亲近皇族之间的关系，便决定爵位为"叔父摄政王"，这样显得最亲近，也最贴切，也就最能让睿亲王欢心。就这样，在西西皇太后未到北京之前，便将多尔衮"叔父摄政王"的最高爵位和权力已经考虑清晰，确定下来了。

第三件事，西西皇太后深知，睿亲王随着兵权在握，他身边的亲信甚多，必会排除异己。他最大的眼中钉就是肃亲王豪格。两人因承袭等因成为死对头。前不久多尔衮用兵权将豪格废为庶人，众将敢怒不敢言。最后还是西西皇太后力挽狂澜，以皇上顺治名义将豪格保了下来。现在西西皇太后身边协助办理迁都诸事。将来进京后，双方还将有理不清的纠葛和争斗。自己身为顺治帝之母，是当朝皇太后，诸事就要敢于仗义执言，就要敢于管事，真正做一位扎呼泰妈妈。扎呼泰，满语，是萨满祭祀中一位明察秋毫、护卫氏族兴旺吉祥的守家女神。对，西西我就做扎呼泰妈妈。

甲申年是中原大地天翻地覆永载史册之年。西西皇太后诸事办理周密细致，丝毫未有半分迁都之乱，盛京没有出现不堪狼藉之事。这些轰动朝野的大事，皆由睿智的西西皇太后运筹帷幄而成，充分显示出太后统御朝纲的卓越天才。这时，何洛会大将军受睿亲王多尔衮之命，带着封册来盛京履任，被任命为迁都之后管理盛京等地的大将军。与何洛会同时任职者尚有驻守锦州、凤凰城、义州、岫岩、盖州等处将军。这些任命事先根本未申奏盛京皇上，而且所有被任将军皆系睿亲王的亲信和贴身将勇。西西皇太后虽然心中不快，但又一想，既然重用睿亲王，又主动推崇为叔父摄政王，让睿亲王做就做吧，不必干预。她便重新命豪格不必管理盛京等地迁都后的守御诸事，就一心一意安排好迁都大事。

豪格遵西西皇太后之命，详细布置扈驾车帐兵甲的组建、统领之事，一路约法三章，自携米水，不惊扰沿途州府乡民。特别嘱咐，为防生事，不露皇驾行迹，秘而进京。抵通州京郊时设建通州行宫，致信多尔衮备龙辇奉迎皇上，鼓乐声中入宫。豪格完全按西西皇太后的嘱咐，认真办理，诸事一切顺利、神速。

整个迁都大事整整忙了一个多月，诸事完毕。此时，大学士范文程由京师赶回，协助西西皇太后处理迁都众事。

他们选定良辰吉日，两宫太后手拉着幼帝福临，于八月乘风和日丽的北疆风光，便出发了，身边有皇上和皇太后喜欢的学士詹霸、侍卫巴图。詹霸之父原是父皇皇太极的贴身侍卫，皇太极驾崩，随王殉丧，福临和西西皇太后收其子詹霸为亲随。巴图为蒙古吴克善王爷赠给妹妹西西皇太后的贴心保卫武士，武功盖世，曾受徒于嵩山少林寺贯一大和尚。宫中萨满太太选定在丑时登上了车轿，四周有范文程等人护拥。豪格率精骑千员护卫，前呼后拥向广宁、山海关进发。一路不惊动州府、庶民。车驾抵山海关，礼亲王代善、郑亲王济尔哈朗早在长城下等候。"天下第一关"关门大开，跪地迎接，叩见皇上和两宫皇太后，问安问暖。两宫皇太后向两亲王并代其向多尔衮致谢，赞扬他想得周到细致。

西西皇太后不希望多耽搁时辰，因时间一长更容易引起外界的注意，便下旨继续催车轿速进，早早安抵通州。

代善王爷禀奏："太后懿旨甚善，由山海关到通州，尚有数百里路程，还要走上两日，一路风尘，太后和皇上珍摄龙凤之躯。"于是，继续前进。

九月初，抵通州。远远就看见旌旗招展，战马嘶鸣，八旗将勇按旗色的旗蠹英勇站立。皇上车轿陆续走进来，各旗统帅跳下征马，叩拜在地。为首者为身穿甲胄的武将，正是睿亲王多尔衮和随他西征的豫亲王多铎、英亲王阿济格等众王爷、贝勒、贝子。多尔衮早遵西西皇太后之命，头五日已在通州远郊阔野建起行宫，迎驾皇上和太后。

这日，多尔衮率西征的将士隆重迎皇上、皇太后进行宫。礼亲王代善、郑亲王济尔哈朗、大学士范文程等也随皇上、皇太后进入行宫。摆好供桌，焚香叩拜。皇上、皇太后、多尔衮与代善等互相拜见。多尔衮询问皇驾一路的行程和举措，从豪格口中可知，完全是西西皇太后的谋略，令多尔衮更加佩服不已。然后，多尔衮亲率众贝勒、贝子、文武群臣于通州行宫叩见顺治帝和两宫皇太后。

次晨，顺治福临在两宫太后护领下，乘九龙大轿，自正阳门入明宫。礼炮齐鸣，众臣、将士欢呼。满洲皇帝从此进入大明的京师宫殿。

十月，顺治帝诣南郊告祭天地，遣官告祭太庙、社稷。说来，顺治帝于十月末定鼎燕京，格外威严隆重，成为各姓八旗统领儿孙讲述的美谈。登极仪礼，承前启后，不逊于历朝。谨效前明朱元璋金陵之仪，届日，遣官先拜庙寺，大驾卤簿，小顺治帝身着由两宫皇太后亲御制的黄绫缎祭服，由西西皇太后挽着，哲哲皇太后陪伴，睿亲王多尔衮、郑亲王济尔哈朗、礼亲王代善、肃亲王豪格、英亲王阿济格亲随，出大清门，去南郊，祭告天地。礼成，再由仪礼官范文程、洪承畴导引入天坛。顺治帝再易礼服，御座，两宫皇太后、顺治帝上御座，受群臣跪礼祝贺，礼毕，御驾还宫。诸王、贝勒、文武官员等序立内金水桥北，奏乐，鸣鞭炮，群臣祝贺。礼毕，皇太后、皇上入宫。

上太宗尊谥，告祭郊庙、社稷。顺治帝御皇极门（后称太和门）举行入关后的登极大典，颁诏天下。皇太后西西事先早已与皇太后哲哲议定，一定要厚厚褒奖多尔衮等王爷，是他们智勇双全，笼络了吴三桂，顺利进北京。顺治能在北疆面南称帝，君临天下，思来想去，皇太后西西要给多尔衮等最高的荣耀。在两宫皇太后的主持下，懿旨加封和硕睿亲王多尔衮为"叔父摄政王"，和硕郑亲王济尔哈朗为信义辅政王，多罗武英郡王阿济格为和硕英亲王，多罗豫郡王多铎为和硕豫亲王，复封豪格为和硕肃亲王。定诸王、贝勒、贝子岁俸；定摄政王及诸王、贝勒、贝子等冠服贵室之制；定皇帝卤簿仪仗。仿照盛京清宁宫之制；定坤宁宫萨满祭礼；定朝会乐章；定赐宴群臣朝贺大典，内监不得列席。

说来，这个分封名号，多尔衮非常满意，正随他心思。多铎也非常自得。特别是睿亲王多尔衮现在位极人臣，可谓其权位早在幼年的皇上福临和两位皇太后之上，从今日起大清国的文武之权柄全在多尔衮之手。多尔衮被封为摄政王，摄政即收取天子之政于一身，代天上行王事，这权威可真正显赫了。多尔衮行叔父摄政王之位，是西西皇太后从范文程处讨来的最高封号，她想用什么封号能感动安抚多尔衮呢？范文程就给出了这个主意。范文程对西西皇太后说："太后您给他摄政王之衔，先安抚稳定京师，这是至关重要的。"

各位妈妈、玛发、色夫、阿哥，"扎呼泰妈妈"这部书说到这儿，朱伯西我不能不再提范文程大学士，他可是大清国之初的最高功臣。他深谋远虑，是西西皇太后的御前谋士，贴心的大师傅。范文程，字宪斗，号辉岳，辽东沈阳卫人士，他是北宋名相范仲淹第十七世孙，万历四十六年就侍奉清太祖老罕王努尔哈赤，是重要笔特式。此后又奉侍太宗皇太极。他遇事沉稳，善于多思，有远谋，而且他的所有预言和远略皆合实际，故被太祖、太宗所信赖。皇太极在世时，不回避当时的庄妃，一同与范文程谋事。因此范文程对西西皇太后有着深厚的敬佩情感，也心甘情愿帮助西西皇太后，为她多想事，多出点子。真像一个德高望重的恩师在扶助西西皇太后。太宗皇太极驾崩后，他从心里真正惦念和关心西西皇太后，帮助谋划计策，观察形势，让她避险躲礁，转危为安，扯着小篷帆，将太后母子顺利地领进明宫大内，成为明宫中新一代的君主，开始书写大清国史。

西西皇太后也很有远见，上天又让她很早就敬拜范文程大学士为恩师。西西皇太后常讲，不知什么力量使她就看中了范文程，一见便有缘，就愿向他问民风、问明史、问典籍。范文程口齿甚佳，说话好听易懂易记，甚有耐心，百问不厌。她凡弄不懂的故事、道理问及他，从不嫌累，总是一遍又一遍地讲，直到她听懂为止。他乐意在书斋中朝夕翻查典籍而不知疲倦，终获所得，方能心安辄止。这也正是太宗皇太极和西西等人更加器重和敬佩信赖他的原因所在。自福临登极后，范文程是最忙的红人，多尔衮离不开他，西西皇太后更离不开他，简直寸步难离，最终还是让西西皇太后从多尔衮处争过来范大学士，成为她的智多星，宫中的活神仙，事事能讲得头头是道。大清国初创之时，很多决策都是与范文程大学士分不开的。

西西皇太后乍进入燕京，现改称北京的明朝十一帝的红墙宫院，多么宏大，规模多么壮观，红墙是西西太后、哲哲太后从来没见过，也根本没有想到如此宏伟壮阔。红墙、黄瓦和每一个小狮子，每一块玉石路，每一座雕龙的石壁、牌坊、画廊都是有生以来头一次见到，让其大开视野。她们仿佛是野寨的村妇进入了世间的仙境，看什么都看不够，看什么都新鲜，都是奇闻、奇珍异宝。乍进宫中，就把西西皇太后惊呆了，豪格等将领和侍从前呼后拥地走在昨日的明宫中，所见所闻令她万分悲痛、叹惜，与她听到的对明宫的传讲和所看到的雕廊玉栋大相径庭。原来，在西西皇太后、哲哲皇太后和幼帝顺治福临面前的明宫，是被大火焚烧后的狼狈残象，虽然可以看出有几栋宫楼画廊和中路甬道上的石板、雕砖，但这是近几个月间，经过人工维护、修缮后，粉刷一新后的模样。

陪两宫皇太后和皇上巡视的何洛会大人边走边向太后禀告："您看到的这些崭新的宫楼群，是半年来摄政王为迎接圣驾入宫，全城征召义工连夜忙碌修缮而成的。明朝这座庞大壮观的宫殿，始建于明永乐年间，明永乐帝朱棣成帝由南京迁都燕京，在元大都的基础上于永乐十八年建成。全宫城建筑由"外朝"与"内廷"两部分组成，中间以乾清门为界，乾清门以南为"外朝"，以北为"内廷"。外朝主要建筑都在皇宫中轴线上，由南向北摆列，殿基越来越高，非常威武气魄。最南大殿叫奉天殿，明嘉靖时改称皇极殿，就是俗称的金銮殿，是皇上朝会和举行盛典之地。中间大殿是华盖殿，明嘉靖时更名为中极殿。最后大殿称谨身殿，明嘉靖时更名为遇极殿。三大殿两翼东有文华殿、文渊阁、上马四院、南三所；西有武英殿、内务府。明宫"内廷"主要有乾清宫、文泰殿、坤宁宫，两翼为养心殿，东六宫、西六宫、斋宫、毓庆宫，为皇帝与皇后皇妃生活起居之地，内廷两部尚有慈宁宫、寿安宫、重华宫、北五所，为皇太后起居之所。宫城最后（北）部分为颇有盛名的御花园。

明崇祯十七年四月初，陕西流寇闯王李自成冲入北京，占据明宫，奸淫烧杀，明宫横遭劫难，起义军大肆抢掠，宫廷受到空前的洗劫。清兵在睿亲王多尔衮统帅下，在威远城击败李自成属下的大顺军唐通部，吴三桂剃发称臣，开城出迎清军。李自成的农民军猝不及防，退回北京。四月二十九日李自成在明宫武英殿慌忙举行登极大礼，自己称大顺皇帝。因李自成农民军惧怕大清铁骑赶到北京，匆匆命众军焚烧大明宫殿紫禁城，抢夺财物，掠走宫中美女。大明宫殿顿时被焚烧得浓烟滚滚，两日未熄，好端端的宫殿竟成一片焦土残垣，惨状不堪睹目。仅有武英殿、英华殿、南熏殿和四角楼与皇极门未焚，其余建筑全已倒塌。

两宫皇太后和顺治皇上进京，由冯铨、洪承畴陪同，睿亲王恭请圣安，暂入府内。府内人等全部迁出，暂做皇驾驻跸之所。睿亲王多尔衮仔细思量，认为皇驾已轰动北京城，这样不利防卫，亦不安全，便命速在李自成焚烧的明宫中，招募能工巧匠，请鲁班师傅迅修明宫，迎驾福临皇上与皇太后进宫。

西西皇太后非常感激睿亲王英明决断，才使她们母子进入宫中，有了宽绰的行在宫闱安住下来。西西皇太后命豪格和由盛京跟随过来的数百名侍卫、内监和侍人们，重新依据现状将宫中男女侍人分拨开来，使众老少嫔妃各领牌号，暂时安居下来。因何洛会大人现在重务甚多甚紧，也不好事事烦扰，西西皇太后便命何大人回到睿亲王所在的武英殿述职回话。多尔衮自进京师后，就在武英殿日常办事居住。

送走何洛会之后，西西皇太后心中想着的大事是如何处理入京后的一应事务，了解京师情况，约见明朝降臣，宫内的日常讲经授课，福临的学习和平日训育，众嫔妃入新宫闱之后的规诫条例，等等，都要仔细一一斟酌。另外，明宫中原有侍男侍女、嫔妃、太监的安排，也要妥帖、办好。于是，立即派人将范文程大学士宣来。

哲哲皇太后、西西皇太后两人像个天真的孩子，毫不顾及地发问范大学士："范大恩师，我们母子进了宫中，究竟应从何事做起呀？真是眼花缭乱，事事引起我们好奇，好打听，心都要蹦出来了。真是万事开头难，我们应从何抓起、做起，望恩师指点。"

范文程与两宫太后太熟悉了，也不介意礼仪，就忙说道："太后哇，当今理朝治政和平定天下大业，太后与皇上已经下旨由摄政王统理，他会运筹帷幄，敬请太后放心。太后乃一国之母，古有母仪天下之说，为天下母亲教子有方，做出楷模。昔有孟母，今有两宫太后，皇上方甫六龄，使其成为御国明君，皆赖太后苦心栽培。当务之急，太后必要倾心训育幼帝，不可疏懈。太后哇，摄政于人，乃权宜之策，皇上亲政则为万民之福祉。事在人为，只争朝夕。太后颖悟超凡，亦知其要，宪斗何费唇舌也。"

范文程说完看了太后聚精会神听讲的样子，使他很佩服太后的虚心态度，接着又说："倾心训育，非同庶民之母，要以举国庙堂为大任，安邦治国于天下，有此志此行并育成帝业，继而施之，一以贯之，天下升平，民安职守，万国仰慕，乃为国母也。恭思历朝，真正国母，尚未诜诜乎载入历册。明帝遭李逆作乱，哀亡煤山梨下，方引清雪恨兴邦，定鼎燕京。多难兴师，百废待兴。外有摄政王统御文武，内有皇太后睿智侍帝，纲举目张，天下安矣。两宫太后永垂青史，堪称孟母之后真国母也。艰辛哉，践行哉，片刻不可小怠。"哲哲、西西皇太后衷心感激范大学士的肺腑之言。

西西皇太后多聪明啊，范文程言简意赅地一点化就完全清醒了，心也沉下来，觉也能睡了，饭也能吃了，头脑立即清晰，心计也重又焕发出来。西西皇太后、哲哲皇太后专心治理大内。在范文程帮助下，凡事没等摄政王多尔衮发话，就一一办理妥帖，倍加引起摄政王的宽慰和高兴，使他省下不少精力，专心应对入关后的繁缛要事。清八旗人马家眷侍人入关进入京畿重地，衣食住行全都提到日程，方出现占地圈地之争，又不可兴兵强取，又必须以武安民，用武用文两者兼而有之，费尽了多尔衮的巧智，使他茶饭不进，睡卧难眠。内宫事也没心管了。

扎呼泰妈妈

西西皇太后迁都时，就将盛京宫中的总管、侍卫、侍人全部带到北京，这都是宫中两代侍人，都是最贴心的侍从，满蒙男女侍人居多，也有少量汉人侍女与男人，久经考验，甚多是"乌津"①几代的奴才。此番进京后西西皇太后便以这些人等为贴心跟随，为各宫的总管，都被升迁重用。西西皇太后菩萨心肠，并没有同意多尔衮摄政王之意，凡明宫原有皇后、嫔妃，一律受到清军保护，原封册不变，专门迁入明宫的几个殿宇之内，所用侍从人等仍遵原制。对明宫中大内臣官杂役人等，清军进行严格核审，被控奸诈欺侮的"宫虎子"，一律逐出宫，此乃大快人心。除此之外，很少裁减原明宫人员，一律留于宫中，原职原俸不变，使宫中没有寻死上吊之事发生，一片欢腾，大家三呼万岁，恭祝皇上、皇太后万寿无疆，吉祥万福。

　　这样做，使近万人的皇宫稳定下来。过去有不少流言蜚语，认为明宫是马蜂窝，一捅就会炸了营，清军难以应付，结果平安无事。大清国进北京，这也是一大奇迹，是头一功。

　　说来，大清皇室乍进明朝大内宫苑，见到的宫殿是一片残破的状况。因为自明朝万历至天启年间，特别是崇祯末年，长期应付征战，国库严重匮缺帑银，不能及时维修，加上闯王兵马进宫践踏毁坏，真是一片凋零残缺，仿佛破落的大屯寨，如大名鼎鼎的乾清宫、太和殿、中和殿、位育宫，又如文泰殿、景仁宫、承乾宫、永寿宫、钟粹宫、储秀宫、翊坤宫，等等，名称甚多，一时都叫不出名字来，个个宫殿都是残瓦破漆，很不像样子，只是徒有威名而已。摄政王多尔衮陪着皇上、皇太后在宫中乘辇轿一溜遍光地巡视半日，因忙于政务他匆匆辞别而去，大内的居住安排完全交付西西皇太后做主，一切由她吩咐。

　　且说，摄政王多尔衮自到京师以来，终日忙碌，今日还真是在百忙中抽时奉陪皇上、皇太后四处巡游一番，这也是给皇上、皇太后面子了。这都是身边的亲随何洛会大人以及洪承畴大人等一再进谏，说明这是臣子的礼貌，皇上、皇太后初次进燕京，进入大内，摄政王应该屈贱奉侍一番，此话说得恭敬婉转。而多尔衮根本不在乎，自以为是摄政王，是京师第一人了，可是又没碍过何洛会的巧嘴，还是顺听他们的意见办了。多尔衮虽然很敬重西西皇太后，因为过去她是大行皇帝太宗的宠妃，脸蛋白净，又有能说会道的甜嘴、巧舌，也真会讨皇兄皇太极在

---

　　① 乌津：满语，即奴才的孩子。

世时的喜欢。可现在不同了，已是孤儿寡母，事事要靠我摄政王的了。

西西皇太后完全知道自己的处境，她们母子要执掌大清的天下，就得暂时依附于九王爷摄政王。此时，她心中早已有了小九九，顺水推舟，将计就计，就得死心塌地依靠九王爷的帮助了。所以她处处注意、谨慎，从不惹九王的不悦。对九王爷来陪伴巡视内宫，一再致谢，并亲切地说："九王爷摄政事大，耽搁时辰太多，西西我与姑姑皇太后心实不安哪！"

其实，这时的多尔衮还未真正认识这个昔日的庄妃，今日的圣母皇太后，他没想过她会有多大能耐，所以不太介意。岂不知，西西皇太后的胸襟那是阔如寰宇，只不过未有展示让人们目睹而已。自从母子进入燕京大内，才逐显圣母的容颜，她才真正开始巧应付，管大事，施展纵横捭阖之术，左右逢源，闯荡出清孝庄辅佐皇儿之路，载入大清初创之史册。

说起来，博尔济吉特氏西西皇太后，是最善于抓大事管大事的女主，人们尊称其"扎呼泰妈妈"，就是管事妈妈。她在陪福临皇上巡视时，边看边在心中暗想如何管好几件事，并未注意那些在多尔衮身边前呼后拥，比她们母子更有声威气派的亲随们。这时，有武将急报，请摄政王去前宫议事。何洛会等立刻都蜂拥过去，护摄政王摆驾离开大内。还没等多尔衮说话，西西皇太后便大声说："送摄政王，尔等好生侍奉啦！"众亲随齐声说："嗻！"

两宫皇太后领着皇上选定乾清宫驻跸之所，其余宫殿就由范文程大学士和豪格率领明降官宦安排了。初进宫中，明宫废除，并未制定典章戒规，一切按盛京中的老规矩办事。西西皇太后、哲哲皇太后并众嫔妃，小心陪侍小皇帝福临。然后打扫出宫中西部一片清静的宫殿院落，作为皇太后母子下榻的寝宫，任何人不得侵扰。她们一心一意地专注于侍奉、陪护、训育皇上的大事而朝夕忙碌着。

福临天资聪颖，从降生便有神灵护佑。襁褓中就慧眼敏锐，炯炯有神的双目，一刻不停地仰视寰宇，仿佛在洞察人间祸福，拯世驱邪而不知疲倦，故甚得先皇皇太极的宠爱。皇太极有多妃多子女，唯独抱过襁褓中的第九子小福临。众嬷嬷胆战心惊，怕皇子尿了皇上的龙袍，而皇太极却笑声朗朗，还是当时的庄妃西西把皇儿从皇上怀中硬接了过来，才解了众嬷嬷的担心。

前书说过，"福临"的名字是由皇太极亲自给起的。庄妃从皇太极

扎呼泰妈妈

给起名叫福临，就像宝贝心肝一样地亲自侍奉，亲自更换新衣、新被，而且所有抚育福临的嬷嬷人等，皆由庄妃西西审视、问讯，最后敲定。即使是来自蒙古科尔沁部的二十至三十岁以内的预选嬷嬷，也先经卓礼克图亲王吴克善王爷的福晋亲自过目、问话，并找来她的上下两代直系亲眷查讯几遍，才预定下来。然后再禀奏宫中，庄妃西西才派去贴身侍女大小内宫主管去叩见亲王福晋，把选定的侍人接进宫中，再奏明皇上皇太极，下旨大内和内院男女主管大人，发下来有御旨大印的文书凭证，上书"奉旨钦点抚育嬷嬷"八个大字。这些嬷嬷在宫中享有得天独厚的待遇，她们吃得好，住得好，没有敢于打扰的，平时也看不着她们，戒备森严。就连中宫哲哲皇后和庄妃西西所居住的深宫一个阳光明媚的正厅，也不是谁都能随意闯进去的。

说来，嬷嬷在宫中是很重要的侍从。同样是嬷嬷，但也不一样，还分几级，一级嬷嬷是过奶嬷嬷，已经过了哺乳期，没有奶了。这时御旨降下"休致"二字，便不再为福临哺乳了，在宫内静一月，银俸照发，一月后因其本身才艺高低，如主子喜爱有加，再决定她的去留，可能由高头大马套大轿车送回故里。走时重赏俸银布帛和赐给宫中所自用过的衣被、寝具，并万般叮嘱不可私露宫中的起居生活、育婴等一应细情，要画押做保证。若不能守口如瓶，日后出事，定重罚不饶。从此与宫中永无关系。

二级育奶嬷嬷，是众嬷嬷中被宫中众星捧月的姐姐，在宫中称"大姐""二姐"等称，对这样的姐姐，宫中的一应男女侍人，必须小心侍候，对她们说话不能高声大嗓，不能惊吓了众姐姐们。要小声小气，笑语相迎，相敬如宾，一切令姐姐舒心、宽心。所有这一切都是为了使众育奶嬷嬷下奶如注，使育婴总能吸吮到甜美如蜜的人乳。《妇人宝鉴》中云："甜乳健子，泪乳伤子。"故此，讲究哺婴母下奶必须应时、情顺，戒暴怒、郁愁哀恸之时哺育幼婴。母之一切情愁皆随乳入儿腹，婴出世仿若一笺洁白的嫩帛，不可印上"残暴忧悲惊恐惧"的印痕，不仅伤子身，对育子未来之禀赋亦尤应珍省也。这些育奶嬷嬷每日俸银加倍，另有皇上赏、皇后赏、皇妃赏等额外的银俸奖励，其名位声誉俨如众妃之下的另类喜贵人。

第三级是侍育嬷嬷，这些人等被选定随之入宫，居住安适之地，寝食丰盈，天天嬉戏自如，欢天喜地，皆由宫中男女侍人好生侍奉，是未来的喜贵人。而且，她们天天要经宫中御医诊视，若发现有些微疾患，必要详察，不少侍育嬷嬷最终被送出深宫，失去宠幸的资格，即使哭拜哀告，也无济于事。被送出宫外，自恨自己命苦，没有宫中享乐的福分。

宫中所有这些安排，都是庄妃西西提出，又求得中宫皇后哲哲的准允和帮助，并蒙皇上皇太极的恩允定下来。从此，宫中育婴之法成为制礼，后来一直沿袭下来。特别是皇子的哺养，大体都是由庄妃西西时定下来的陈规。后来沿袭，代代皇儿聪健，睿智多才，精力充沛，皆赖庄妃的苦心操办所至。

西西皇太后不但自作主张开拓性地抓了皇子的养育大事，从顺治帝起代代承继下去不算，更有远见卓识的是，她提出皇子学习大事，必须延请名师，其制应远超过明、宋历朝廷教之礼。"子不教，父之过；皇子不教，皇太后之责，必成常制。"所以，西西皇太后用自学带皇子学，开一朝先例。

要说皇子的教育与学习成才，继承大宝龙庭之尊，大清国也不比前明以及唐、宋诸朝差。刚刚建立后金，哪有什么像样的典章规程啊，早在老罕王努尔哈赤高祖皇爷时，众嫔妃生的子女，就是跟着父母兄长一起跑、一起跳成长起来的。在众嬷嬷喂养中蹦蹦跳跳长大的，大了之后跟着父兄走南闯北，在风雨中折腾锻炼，使得个个皮实，像铁蛋子一样，都禁磕打，禁磨炼，好铁变成钢的！罕王爷在早有句话说得好："小子们，哈哈济们，你们要像燕窝里那帮张嘴喳喳叫掏食吃的小燕子，得要有一股争抢劲，老燕子把嘴里的虫往窝里一递，你们就得赶紧冲过去大口大口咬，谁咬着谁就有活下去的希望。谁老是够不上，老是张嘴咬不到虫，那后来就得被窝里的燕子踩死，被挤出燕窝掉地上摔死。孩子们，要生龙活虎哇，可不能瞪眼望着天空给你掉馅饼！"所以，过去他的众儿子都挺像狗圈里的狗崽子，狼窝里的狼崽子，跟着大狼学会抢食，学会争斗，学会智谋，在饥饿中学会拼杀，在挣扎中学会搏斗，在死亡中学会偷生，一个狼就是这么成为狼王的。所以，罕王爷的每个儿子都是出类拔萃的！到太宗皇太极时也是如法炮制，对子女也是让其在战争中学会战争，在战争中学会人的生存知识和成功的本领。那时，还没有专门学校去育人传育后代。

大清国真正自觉地有了教育、养育后代皇子的礼制、规矩，说实在的，又要归功于西西皇太后，是从她开始才真正摆上了日程，当回正事，使育儿训子逐渐有了常态常制，这也使大清国从顺治帝、康熙帝才真正开始步入正轨。所有一切办法，都是西西皇太后自己摸索、归拢、钦定下来，最后成为有清以来的定制。

皇太极对自己正式娶的中宫皇后哲哲、庄妃西西、爱妃辰辰，都非常称心，她们都好学擅学，特别是庄妃好学的劲头更为突出。要知道，她们都是从蒙古大草原来的蒙古女孩子，到了赫图阿拉建州部征战时所去的地方，人们使用的语言都是女真语和汉语，用蒙古语极少，而且蒙古语和女真语差别很大，特别是发音有很大的不同，学起来非常拗口。所以，凡是满蒙通婚的蒙古女子进入建州部之后，第一大关就是语言关。太祖努尔哈赤非常重视这件事，专门由科尔沁部明安贝勒选定的几位满蒙两种语言均优的老中年嬷嬷为色夫，随婚嫁的蒙古福晋到建州部，她们过去就生活在蒙古福晋的身边，充当通译，平时在对话中教授满语，使蒙古福晋尽早会说女真语。然后，再去担当另一位蒙古福晋的通译，这些嬷嬷就成为教授女真语的色夫。当时，这些色夫格外吃香，被视为父母长辈，就连太祖努尔哈赤都敬重三分。

庄妃西西不仅自己学女真语，即建州语、满语，而且成为一位传授蒙古语、女真语、满语的色夫，令太宗皇太极甚为高兴，因此更加宠幸她。宸妃曾在林丹汗宫中居住过，林丹汗就非常注意蒙古语、汉语、女真语的掌握，他野心很大，要君临天下，所以要通晓三种语言。她身边的妃子都有这个本事。正因如此，宸妃会几个民族的语言，皇太极就让她主管宫中之事，各宫福晋等都听她管理。西西暗暗下决心，向她姐姐宸妃学习。当宸妃病逝后，庄妃就身兼宸妃之任了。为此，皇太极非常满意。

最令皇太极由衷满意的是，庄妃不仅能随时奉陪他到围锦州的战场，到察哈尔攻伐林丹汗，夜晚将被褥温热侍奉，令皇太极终日随心外，更令其惊叹百倍的是，西西亲训皇儿福临。在托付自己选定的几位嬷嬷育侍爱子福临的同时，西西庄妃订立"五日一小亲，十日一大亲"，亲者即亲侍福临，与福临同枕而眠，同席而卧，同吟歌，同咏诗，同习文，同书法，宛如福临的幼师。皇太极乍闻听此事，以为是溢美之语，一次暗地访察，果然如此，令皇太极极为感动，乐极涕泪地说："西西呀，堪称好人母，足见为朕的一片热心！"皇太极又详细计算了一下，西西的一天时间，既要陪好朕，又要参与一些战事的谋划；既要查阅宫中之事，还要训育福临，时光甚紧，算来算去，庄妃西西一日自己的睡眠太少了，常常是跑步度日，甚至是在马上边跑边睡。庄妃西西是如此要强，如此劳累！前书介绍过，西西曾协助叛根使洪承畴投降，并使其成为大清国攻讨大明的活向导和智多星。这其中就有西西之功。西西的文才令洪承畴惊叹，就是因为西西很早就工于汉学、满学，其聪明过人，不亚于皇太极。

皇太极是一个非常好学的人，博文广识，所以他选用的人才既重文又重武。当时他身边的两大才子，为建州立下了赫赫功勋。这两位才子，一是范文程大学士，一是希福大学士。范大学士勤奋自强，汉学博大精深，自到建州部之后，努力自学女真语。他不仅通晓女真语，还会满文，为皇太极，为西西皇太后翻译了许多汉文的书籍和文献，在学习汉人先进文化上帮助了西西皇太后。因此，西西皇太后敬称他是"安班色夫"，即"大师"。希福通晓蒙、汉、满（女真）三种文字与语言，博才多能，也是皇太极、西西皇太后最知己的智囊与谋士，又是恩师，也被西西皇太后尊称为"窝西浑安班色夫"，即"尊敬的大师"。

各位阿哥有所不知，往昔只知《三国演义》《水浒传》《聊斋志异》等译成满文传于世上。其实《千字文》《三字经》等也全部译成了满文，这个译者就是范文程、希福。他们在崇德年间就应庄妃西西之托，开始翻译、讲授。皇太极、多尔衮、庄妃西西等都是最早认真听讲的学生。特别是西西后来成为皇太后，自己为育子，竟能背诵《千字文》《三字经》，她把这部书看作是做人立身行事之本，也成为西西皇太后的起居座右铭。当时西西住在沈阳的内宫中，自己的闺房幔帷上，坠有不少白绢丝条幅，其中不少警世格言，大多源出《千字文》，也有《论语》《孟子》或《三字经》中的一些名句，既有汉字楷书、隶书体，又有满文书法。这里除有范文程先生、希福先生的书法外，也有西西自己的学字书法。这里不像闺房，倒像书斋了。

更有趣的是，汉文《千字文》《三字经》在范大学士、希福等名师仔细研磨吟咏校勘之下，译成满文，也很好记，不生涩，不拗口，合辙易记，这样也就迅速传了开来，人们都说这是从皇上皇太极处传下来的"宝歌"，在社会上就像清风一般，很快传遍在大江南北的八旗兵勇中。当然，辽东的盛京、吉林、黑龙江等地满族望族中也将其作为重要的劝学篇传述起来。在满族民间"乌勒本"书场，不少色夫在说大部书之前，先给说上一段满文三字经、千字文，听众感到挺新鲜、好听，朗朗上口，调节情趣，然后再书归正传。

西西皇太后得悉此事后，便曾询问范文程大师傅："大师，这些翻译是否准确，可不能以讹传讹，应多延请汉学名师协助校正。"

自从来到京师，住进宫内，西西皇太后就非常关注《三字经》《千字文》等汉学的讲述及满文译本。因为六岁的福临皇上，正是长知识的时期，皇太后朝朝暮暮最关心的事就是皇上的学习，管教极为认真。西西皇太后几乎天天跟福临皇上默诵《三字经》《千字文》。福临非常聪明，背诵如流，令中宫皇太后哲哲、皇太后西西格外喜悦。两位皇后一合计，如今进了燕京，有多少令人敬重的明朝大学士，不如也请来几位拜为大师，让皇上福临的汉学、儒学百尺竿头更进一步。这种想法又传告摄政王多尔衮，多尔衮没有异议，谨遵两宫皇太后之命，便命亲随何洛会遴选明朝的学士入宫。

何洛会，失其氏，满洲镶白旗人，父何赖事在太祖时从征战，官牛录额真，卒。何洛会，天聪八年从伐明，崇德五年授正黄旗蒙古固山额真，从睿亲王多尔衮伐明，围锦州并攻下锦州。后来又在肃亲王豪格属下征战。他发现多尔衮与豪格两人城府甚重，互不服气，互相攻击、谩骂，毫不顾及。何洛会凭着自己的聪明，知道掌握两白旗的多尔衮前程无量，必有更大发展，便专门找豪格的毛病。不久，皇太极突然病逝，多尔衮掌握了大权，便靠多尔衮的势力，沉重打击豪格，甚至使豪格被贬为庶人。后来全仗西西皇太后帮助，以皇上的名义为豪格恢复了爵位，豪格始终感激不尽，一心向着西西皇太后。于是，豪格又开始威风起来。何洛会怕豪格缓过气来报复自己，早就暗暗打定主意，找个机会，再在摄政王跟前攻讦他一些罪名，让豪格永世不能翻身。豪格是个烈性子，从小就仗着阿玛皇太极的称赞，能杀能拼，是员勇将，所以谁也不在他的话下。

正因如此，争强好胜的多尔衮虽比他还小一岁，但总是不服豪格。豪格也不在乎他是九叔就敬他三分，是骡子是马拉出来遛遛看，是真英雄巴图鲁还是假英雄巴图鲁疆场上看谁的本事硬。每次多尔衮还真赢不了豪格，气得多尔衮嗷嗷乱叫乱蹦。后来，因为太宗皇太极突然驾崩，两人都为继承皇位斗得分外眼红，从此两人的仇、两人的恨越结越深。多尔衮仗着自己两白旗的势力和叔王地位与早年所积下来的赫赫战功，气压豪格。豪格阿玛死后靠山没了，平时又不会联络人，没有多尔衮那么多的心计、智谋，文臣武将都站在睿亲王一边，豪格总是被挤压得气都喘不过来，处处挨整，虽有两黄旗的势力，但多数人都被睿亲王拉了过去。豪格全靠西西皇太后心慈，看在自己儿子顺治福临与豪格同父异母亲兄弟的分上，总是明里暗里支持豪格，使豪格免受被杀被掠被逐之灾。

何洛会这次是受多尔衮之命，向西西皇太后传摄政王谕："国事方稳，不宜抛头露面，召明臣入见缓办。"何洛会一见豪格在宫中，就知道豪格必遵皇太后之命去宫外宣召明臣入宫晋见之事，便说道："豪格止步，摄政王传谕，召明臣入宫缓办。快速速返回，不可抗违摄政王谕命！"

豪格一听就炸了，皇上、皇太后是大清国第一人，你何洛会也不自己掂量一下，有几个脑袋，敢给皇太后下谕令。摄政王是皇上、皇太后赐的爵位，弄不好，我们再给你收回去！便大骂道："何洛会，你放什么臭屁，皇上、皇太后御驾也敢挡？滚开，不用别人管，我豪格就首先扯断你这个狗舌头！"说着，两人越靠越近，何洛会哪能饶这个，就张口骂了起来。

豪格更不饶人，何洛会一骂，他就窜过去，跟何洛会打到一起了。这一打可就热闹了，引来不少看热闹、拉架的人。这事竟让摄政王多尔衮知道了，大怒，以有失八旗风范，丢掉在京师的清人面子为由，便命御办。官兵立刻上来擒拿豪格。

豪格本来就一肚子火，见一伙儿官兵来抓他，更压不住怒火了，真是欺人太甚了，便施展他的威风，当场打倒多尔衮的五名侍卫，这样双方互相动起刀矛铜锤。就在这危急时刻，多尔衮的武功队上来，用罗网将豪格罩住，擒拿。摄政王下旨立即押赴午门问斩。

这大乱子传进了深宫，两宫皇太后知悉了，忙拉着小皇上福临摆驾来到午门救人。

何洛会等见西西皇太后、皇上来了，都佯装不知，还在辱骂豪格，拳打脚踢豪格。这时西西皇太后大喊："何洛会大胆，还不住手！"何洛会这才站在那儿，慢慢走过来，给皇上、皇太后叩头，显出一脸不耐烦的样子。他仗摄政王多尔衮的势力，连皇上、皇太后都没放在眼里。皇太后、皇上的侍卫都看在眼里，没有一个不对何洛会怒目横眉的。

西西皇太后下了凤辇，款步走了过去，众擒拿豪格的多尔衮卫士们方放手，给皇太后叩头。西西皇太后命众卫士退下，说："你们回去吧！这是误会，豪格是哀家命他办差的，不是他的过错，他无罪。"众卫士都退了下去，遵皇太后之命回去了。

领头的参军惧怕何洛会在摄政王面前攻讦他们"治暴无能，逐籍开差"之名，被逐出摄政王府，失去令人眼馋的俸禄，不然他们才不讨这个麻烦呢！何况他们对肃亲王平日也没有半点怨仇，谁愿意结这个仇哇！所以，他们遵皇太后之命立刻都走了，现场上只有何洛会、豪格面对西西皇太后。

这时，西西皇太后轻声问豪格说："豪格，哀家命你延请范大人等，你怎么与何大人争斗起来？你怎么这么好惹是生非，让哀家总为你操心哪！"

豪格刚要张口，何洛会却挺胸晃臂地大声宣布道："何洛会奉摄政王谕旨，特去皇太后处传谕，没想半道碰上豪格挡路，给我动起'武把抄'来了！"

豪格一听炸了，想要瞪眼分辨是非，被皇太后挡住，让何洛会把话说完。何洛会便接着说道："摄政王有谕旨，国事方稳，不宜抛头露面，召明臣入见缓办。"

西西皇太后听了，不相信自己的耳朵，仔细聆听玩味一番，又不十分相信，便又叮问何洛会说："怎么？你再说一遍摄政王的谕旨。"

何洛会便又重述了一番，果然不错。西西皇太后从来是很稳重不动声色的人，再大的事她都坦然自若，每个字从她嘴里跳出来都显得那么不易。她从心里对多尔衮传来的谕旨十分不快，刚刚被尊为摄政王，就如此专权跋扈，毫无道理，竟然传出不宜抛头露面的恶语。国家刚定鼎中原，皇上、皇太后应更加勤民，更加与燕京、京师各行人士相亲联络，而不应回避臣民，难道只能摄政王抛头露面，我们皇上母子就得躲在深宫内院，这成何体统？绝不能让多尔衮这种气势占了上风，那我们娘们儿可就要遭祸殃了。西西是很聪明顾大体的国母，脑中一转悠，便转笑说道："噢，那是摄政王没有理会哀家的心思，日后我再为摄政王的谕旨亲自与摄政王说说，何洛会你就回去吧！"

西西皇太后给何洛会和多尔衮足够的面子，不能当面打多尔衮的脸，摄政王的事还得让他好好办下去，我不能说三道四，要圆他的面子，这对皇上，对开拓大清的局面都有好处。

何洛会叩别了西西皇太后转身回摄政王多尔衮处，禀奏皇太后依摄政王之谕照行了。

其实，西西皇太后心中有数，表面上我给足了摄政王的面子，但事情照样按哀家预想的去办，不可含糊。宫中大内之事，福临顺治皇上的延师授业之事，延请与范文程大师商妥的几位大师之事，自己照样去做。我身为国母皇太后，该做的事情一件也不能含糊，马虎半点都是对大清的损失！眼下皇上尚小，我作为皇太后不去做，就等于没有了皇上的声名和影响，那多尔衮就与和他一样心情之人越发猖狂了。我西西不能那么办。多尔衮让我少抛头露面，我可不能这样做，我倒要借《三字经》之事大做文章，任何人也休想让社会上的人忘掉大清国有一位六岁继皇帝位的顺治皇上，是大清国明天的临朝君主。

西西皇太后回到宫里，仍按预先安排，让范文程大学士出面，为她延请几位明朝有声望的大臣、大学士，还有此前请来的几位，像宁完我、洪承畴、陈名复、冯铨、金之俊、希福等文臣学士，都一一请到。不用管摄政王的干预，让他一心执掌国家军政大事，我管宫中之事，为了皇上今后的学识和成长，将来能成为像太祖、太宗那样的罕王和大清国君主，我必须这样做，这样管，只有这样，我才对得起大行皇帝的在天之灵，才对得起大清王朝。这样，我这皇太后才不徒有虚名。我走得正，心不歪，人正不怕影子斜，让历史去述说吧，我不怕后代子孙如何议论！

西西皇太后的名声，在当时的京师早已传开了，简直成了社会各阶层也包括街谈巷议的重要话题，她成了极有人气的风云人物、神秘人物，越是没有见到大清国的皇太后，就越讲得活灵活现，生动已极，有鼻子有眼的，说她是既神秘又美貌赛天仙的奇才女子！在当时崇祯皇帝朱由检吊死煤山，长城山海关外盛京大清国皇太后到北京了，这个新闻像晴天霹雳，震惊了北京城。人们都传说大清国皇太后是绝代佳人。人们还说，吴三桂爱妃陈圆圆是"江南八艳"之一，吴三桂在陈府巧遇陈圆圆，两人一见倾心，被吴三桂纳为妾。后来吴三桂爱妾为李闯王大顺军部下大将刘宗敏所掳，才引出"冲冠一怒为红颜"的传说，吴三桂引多尔衮率八旗劲旅入关进北京，大清王朝定鼎中原。北京城人们都有声有色地讲着陈圆圆被掳，大明天下沦丧的故事。还盛传陈圆圆之美远逊大清国太宗之妃庄妃之美，其艳美比过西施、貂蝉，其他如陈圆圆不在话下，远逊几筹。庄妃不仅美貌，还贤良卓识，才华超群，特别是大明朝辽东总督洪承畴就是因被其口才和风采所迷而甘愿屈膝称臣降大清的。

洪承畴被俘前，燕京风传洪承畴总督与建州八旗苦战数月，壮烈殉国。当时的崇祯帝率群臣为洪承畴立碑，设祠堂，为之招魂叩拜。后来听说竟被大清国皇太极爱妃所劝投降了大清。大明朝廷为洪承畴所建的英雄牌坊全是骗局。这位美娇娘，令洪承畴一失足成千古恨。如今这位美女携幼帝顺治来京，成了皇太后，成为一国之母，这是多大的神话奇闻哪！有多少人都想亲眼看一下这位倾国倾城的皇太后的芳容。

没想到，现在就有了机会。这次进宫应召的权臣，除过去降清的范文程、宁完我外，还有冯铨、金之俊两位明朝的文士。范文程早已是西西皇太后的恩师，不多介绍。

宁完我，字公甫，辽东辽阳人，天命年降后金，隶汉军正红旗。皇太极授为参将，从征大凌河与察哈尔诸地，极力提倡和主张仿明制，与范文程等向皇太极献灭明之策，皆被采纳。后因赌博案革职闲居。西西皇太后知其通晓文史，有奇才，为人正义，倾心满洲八旗，故此很是器重他，特命范文程延请他入见。

冯铨，字振鹭，顺天涿州人，明万历进士，文渊阁大学士兼户部尚书，加少保兼太子太保。顺治元年睿亲王即定京师，以书征召，铨慨然应召，便以大学士原衔入直内院。多尔衮向西西皇太后推荐冯铨，西西也慕其才，又是原明廷权臣，甚有威望，便请其入见。

金之俊，字凯几，江苏吴江人，万历进士，官到兵部右侍郎。李自成攻克北京被捕，清军攻陷北京，官复原职，为人颇为仗义、刚正，又有文才，洪承畴知其人品，甚喜之，特荐给西西皇太后。

皇太后特在慈安宫召见以范文程为首的宁完我、冯铨、金之俊众位大人。众大人叩拜皇太后。这时西西皇太后穿一身浅红色彩缎旗装，虽已是近三十岁的人了，但显得非常年轻、端庄，并不显艳丽惑众，文静而聪颖，诱人而适度。深邃有神的目光，亲切又不令人生畏地笑视众位名臣。

众臣都一一叩拜皇太后和身边年幼好动的顺治皇上。皇太后西西对每位叩拜都谦恭地从凤椅上站起，微伏前身，满身珠翠缨缨有声，笑着说："大学士，大先生请免礼，请就座。"并命侍女和众公公们给铺好坐垫，搀扶各位坐下。升腾热气的名茶，侍女们早早奉在桌案之上。

西西皇太后温和地说道："众位学士，也是皇上和哀家首次入见的恩师。大清立国有年，入京尚仅两载，国事方兴，求贤若渴。亨九大人、宪斗大人、希福大人，早在盛京就是我们母子的授业恩师。今朝又蒙众位大人进宫，哀家甚谢了。亨九大人与百史先生因在摄政王麾下，正在忙政务，未能莅席。众恩师不必拘泥宫中缛礼，吃茶啖果，说谈如在自家一样。哀家我早在盛京就喜与文武名士往来，习以为便，听宪斗、亨九告哀家，明宫中礼俗甚多，皇上、皇太后与臣子晋见有甚多的礼仪和规程。咱们大清国固然要循守必有之古礼古俗，君臣父子臣僚诸纲未可更舍，然而也应简繁从便为宜，这些诸事摄政王必谕令礼部逐渐明确与理顺的。不过今日特殊，就算是哀家我与福临首见众师，师傅进门那是送知识送智慧来了，送宝来了，应受我母子一拜！"说着领着小福临站起来，就要撩起长裙翩然下拜。

众位大人起初以为只是皇太后客套几句，没想到真要实说实做，个个都惊恐万状，吓得慌忙站起来，立刻跪地叩头说："请太后皇上上座，俺们可受不了，自古没有这个规矩。"

还是范文程大学士先挡住西西皇太后，拉住她请与皇上坐好后，又重叫各位大人归座。这场惊人的风波才算平静下来，不过众位大人也着实深受感动。大清国的皇太后真是一位实实在在为社稷兴旺，为皇上未来成长着想，身为庙堂之君主，而屈躬名贵之身，要为众臣下拜，以诚以心感动感化众位明臣。众位都与摄政王多尔衮多次接触，也多次应召议事，摄政王则不可与西西皇太后相比。这位谦逊自敛、慈祥可亲，而那位颇有摄政王的威严和指点江河、控掌江山的胜利者的情态，令人不寒而栗，望而生畏，于是产生少见面少生事为妙的想法。与西西皇太后一朝见了面，就有想多见面的亲切感。

冯铨、金之俊等明朝的旧臣，今日有幸能拜见大清国的皇太后，而且是闻名遐迩的风云人物，在他们的心目中，都以为皇太后是身穿凤袍、头梳凤冠、金玉飘香的绝代美女。他们知道皇太后的年岁就在三十将过，但并不显妖艳风流，也不是世间风传的那种惑众爱美、轻浮风骚的女人，非常肃穆端庄。她身穿金丝披肩的巴图鲁坎肩，内套连身的黄色龙凤呈祥箭袍，腰系金色宽幅彩带，左右带间悬垂彩穗香囊荷包、玛瑙珠坠，右胯间还有一把玉匕首，紧贴腰肘间。头梳凤卷，插有凤簪和银饰，闪闪有光，全身光闪照人，颇有一位女杰的英姿，又像初从草原征骑归来的一身健武的装束，只是没有披着威武的斗篷。给众位大臣的印象就是一位叱咤风云、久经沙场的万马军中一员女将，令人望而崇敬。往昔那些燕京中传闻的女真艳后的所有风流传言，完全被横扫一空，不言自破！

众臣齐上前一步，撩衣叩拜皇上、皇太后的圣母尊容。西西皇太后热语抚慰众位恩师，直言陈述说："众位恩师，哀家我久慕尊名，如雷贯耳，今日有幸相见，哀家与皇上心甚慰哉！往昔在盛京时，哀家与先帝大行皇帝太宗甚仰慕汉学典籍，数十年来未有一日不手不释卷，苦学默记。荀子之言'学不可已矣'，实乃哀家的座右铭。身为皇太后，幼帝年甫六龄，尤不敢虚度辰光。诚记孟母择邻之说，不敢苟费寸阴也。哀家进京前，宪斗师言，燕京乃元明故都，藏龙卧虎，人杰地灵，人才济济之宝地。皇上定鼎中原，既要承袭前朝先王礼记之规，改黜偏安一隅之故弊，又要广征博采，广招贤才，广播恩惠于四海。皇上必要虚怀若谷，古之周易、尚书、礼记、春秋、左传、子书皆应一一研习涉猎，才有圣人之心，行圣人之举，扬圣人之德，国昌民安，有尧舜之治。故哀家进京入宫未知安适，而求贤诸师，以安吾治国兴邦之心也。"

西西皇太后的一席肺腑之言，令众位大人很是感动，是众位事先并未有想过之事，更没想到皇太后心系这些经文，并念念不忘。西西皇太后见众位大师没有说话，在默默沉思，心想，恐有疑虑，故而未敢侃侃坦言。而后又深情地说："治国大计，有摄政王和郑亲王、豫亲王等主持，哀家想得少了，然而国家兴亡匹夫有责，国家方兴，必重经文。众师尊以国事为重，荐献良策，凡知有名士，有退隐野居，有自守田园者，举荐本朝，哀家与皇上必学三顾之心，殷其走出草堂而入朝纲，求苍生福祉为己任，大清朝必以迎姜翁之礼厚待之。"

西西皇太后的句句话语，很暖众人心。看来，听来，眼前这位声名显赫的塞外女真满洲人的圣母皇太后，绝不是荒野中的柴门妇女，不仅貌美绝伦，而且胸有文史，仿古之女杰降世，绝对得刮目相看，不可小觑。

西西皇太后之所以有这么广厚的中原文史才华，绝非偶然。大清国早在盛京太宗年代，就极为重视官员掌握史学、文学以及民情往来的礼俗道德。太宗皇太极在天聪五年正式设六部，之前已有雏形，以贝勒掌管各部之事，设满、汉承政，参政，启心郎诸官名，主要管理文史知识，传播各方民情古俗，开通和解释、讲说各地各朝代的民情俚俗，后来又扩大到对蒙古、外藩的文化宣传与传播教育。入燕京顺治年代之后，女真满洲在盛京时的这些官名，都相应接踵明制，改用明朝官吏名称，如将汉官名称承政改为尚书，参政改为侍郎，理事官改为郎中，副理事官改为员外郎，额者库改为主事，又设众多他赤哈哈番、笔帖式、哈番，后改称为六品、七品、八品衔或无顶戴的笔帖式，都是传授文史的官员和文墨人员，即通译，等等。往昔，在赫图阿拉，在沈阳盛京的文士，都统称"榜式"，即笔帖式，是满语"巴克什"的转音。太宗时代这些掌管文案之史的榜式们，都入直文馆，收为内三院，即国史院、秘书院、弘文院，其文才最高，德高望重，博有众望者被授以大学士、学士之衔，位授人臣，受到各层人士的敬仰尊重。如赫舍里氏·希福大人，就是崇德元年的国承院承政，尊授弘文院大学士。

说来，那时赫图阿拉地处偏僻，文化不兴，尤其汉、满书籍实难寻觅。罕王爷甚是重视子弟的文才博学，征战空隙常言不可一日无书，习兵书，读战法，识地理，通语言，千方百计乔装入开原马市或晋京朝拜之机，重银购各种画图书籍，又花重银延请汉人文武色夫，将其接入赫图阿拉，在北山窝专有"尼堪包"，专设尼堪宅院，自己有井、有菜园、鸡舍，严禁满洲旗人闯入扰众色夫宁静的田园生活，违者重责，甚者罚数日为其奴，期满方解，令其永记不忘。对汉家文武色夫均敬重如宾如师。当时，延请之师名目繁多，有烘炉师、色染师、织造师、武功师、熬纸师、缝裁师、兽班师、药王师、骏骥师，最受敬慕者为文师，其汉学博能者最受崇仰。如通晓梁朝散骑郎、给侍中周兴嗣编成的《千字文》，气势磅礴，内容丰富，是人生入门的百科全书，最受女真人的欢迎喜爱。又如南宋学者王应麟编创的《三字经》，家喻户晓，也是为罕王爷并其儿孙最喜背诵、手不释卷的启蒙课本。

希福大人因通晓满、蒙、汉文，从崇德年间以来为皇太极、中宫皇后哲哲、庄妃西西翻译了《蒲松龄的聊斋故事》《西天取经》《李渔谈绘松竹芍药与牡丹》《三字经满蒙译咏对照》，等等。范文程也协助做了勘校核定诸事。

在崇德年间之后，盛京宫内侍讲、侍读与"乌勒本"讲唱为常事，不单太宗皇太极宣侍臣择时讲唱，而且常召礼亲王、郑亲王、睿亲王、英亲王、肃亲王同所讲读，中宫皇后哲哲、宸妃、庄妃等应召共同聆听。西西皇太后到燕京，进入北京紫禁城宫中尤记忆往昔的讲读举措，记忆甚深，并深情眷恋，多次与范大学士、希福大学士讲述"宫中侍读之制不应废止，尤应为常事"。西西皇太后并向摄政王多尔衮申明此意，摄政王亦甚合心意。

故此，顺治元年增内三院学士各一员。顺治二年，定为正二品衙门，以翰林官分隶三院，称内翰林国史院、内翰林秘书院、内翰林弘文院。各院设大学士、学士、侍读学士、侍读、侍讲修撰等官。这些全是在西西皇太后入京后亲自倡导下钦定下来的。

这时，西西皇太后命站在身边的福临顺治帝站了起来，让福临背诵

扎呼泰妈妈

《三字经》和《千字文》，冯铨等众臣头一次听到小皇上站在那儿背诵《三字经》和《千字文》，都慌忙站了起来，那是一国之君皇上啊，都诚惶诚恐地肃立。

西西皇太后站起来，先让福临停住，然后说道："众位色夫，不必以君臣对待，今天我们娘俩完全是学堂受业，皇上是众位大师色夫的'沙比'①，都请入座吧！"众位大学士听过西西皇太后亲切诚恳的话语后，才又重新入座，坐好。接着，西西皇太后又让福临背诵。

福临背诵之前，西西皇太后又说道："众位大师傅色夫，皇上背诵的《三字经》《千字文》，都是他五岁起学习并铭记下来的。早年，我们在盛京宫内，秉承大行皇帝太宗之命，严格教授福临，五岁开始学习满文满语，继学蒙古文蒙古语，继学汉书汉语。遵照更漏报时，一时不敢小息。按照地支计时法，大约从寅时便开始受业，正是早晨四点开始，每日定时入课。一般至卯刻止，即至六点歇息。清晨早膳，辰初开始，未初歇息。夜间有时酉初至亥初，也补学一段时辰，循环往复，始终如此。这个学业之制，完全遵循古制家法，太宗时期就是这样做的。故此，太宗也如此严训福临等子弟亦遵此规。福临受业，我亦从学，一直陪学，从未中辍。我们学习之法，先请希福色夫将汉文《三字经》《千字文》译成满文，先背诵满文《三字经》、满文《千字文》，色夫不求全懂，只求背记，记忆通熟之后，由希福色夫再讲授汉字之义，然后再背诵汉文《三字经》《千字文》乃至《幼学琼林》《道德经》等，后来又增《诗经》《论语》《孟子》及其他五子之书。"

福临顺治皇帝今年七岁，此时为顺治二年。他并不胆怯，声音洪亮，大声仰脖背诵，口若悬河，相当熟练。福临顺治皇帝先大声背诵满文《三字经》："尼玛达，巴宁塞。巴宁孩，塔旗阔。艾那泰，巴林货。塔旗觉，珊拙托。锡孟额，阿达顺。追拉库，达拉茅。……"接着一口气又背诵"人之初，性本善。性相近，习相远。苟不教，性乃迁。教之道，贵以专。昔孟母，择邻处。子不学，断机杼……"如滔滔江水一泻而发，未见有中途停顿或稍有迟疑之态。众大臣都鼓掌祝贺，皇上天聪颖慧无比，俨然神童降世，实乃万民之福祉，国家兴盛葱茏之兆，众大臣皆赞佩涕零。

范大学士既是皇太后的恩师，多年的知己，又是幼帝福临的师尊。

———————————

① 沙比：满语，即弟子。

早在盛京时，范文程就常在幼小的福临身边护侍。福临常挎在范大学士的脖颈子上，亲个没完。福临不少诗词古文都来自范大学士，福临跟他很熟了。范文程说道："众大人不必夸，皇上虽小但很懂事理，深知学汉书汉文不是图一时痛快，更不是听几句夸赞话，而是君临天下、做一代明君必备的品格和圣德。皇上啊，今后就苦学汉文，吃透经义，不必背诵满文，汉学浩瀚如海，要深习十三经，要通研《资治通鉴》，要通读周秦以来历朝的通鉴，应理之文史，重任在肩。除此，圣上还要游历中华山川物阜，民俗风情，还要不忘祖上尚武之德，弯弓盘马，继先皇马上皇帝的神威。向在座众恩师苦学吧。"

西西皇太后忙命侍女拿来一个楠木镶金长盒，打开，里面装着一杆紫铜的水烟袋，说道："哀家知道冯铨师傅喜用水烟，此乃先翁老王爷塞桑阿玛贝勒在世时喜用之物，为早年明皇所赐，特送给老恩师留念。"

冯铨诚惶诚恐地站起来，躬身接过去。没想到哇，西西皇太后对自己了解得如此透彻，想得多周到哇！这时嬷嬷拿来烟叶末给装上，点燃后捧送给冯铨大学士。

在座的宁完我深有所思地赞叹道："皇上天聪神颖，彰显先帝太宗之英威。令我忆起天聪八年，太宗便倡兴会试选才之制。本朝刚林大学士就是那载命礼部考取的清国满人习满书的头名举人。太宗开创考取举人，惊动了朝野，人才荟萃，有满人习满书、满人习汉书、蒙古习蒙书三种卓优名士，共十六位皆赐为举人，并赏赐锦衣一套，宴于礼部，这是我国会试选贤之始。其后崇德三年、六年，亦有取中举人之事，成为美谈。故此，本朝虽偏安东塞漠北，皇家子嗣文采昭著，有其必然之源，根深叶茂，甚感仰慕和欣慰也！"

西西皇太后听宁完我的一席话，甚中心意，便接着说道："宁大师傅所言甚善。现已进入顺治二年，太宗取中举人之制，何不沿袭下去。众位师尊，大清开基建业，凡有兴国良策均应竭力光大之。"

坐在太师椅上，吸了一口紫铜水烟的冯铨老学士也引起兴趣，便侃侃言道："本朝应大兴文武之道，古有会试之制，不仅谋皇家子嗣长远大计，且为立国之基，安邦之本。古之科举，始于周代，则天女皇尤倡博学鸿词，兴科考，选天下贤良，唐宋后益加完备。前明科举尤为盛举，大率二月乡试，八月会试，九月或十月举行殿试，传胪宣榜，考取进士及第，一甲中魁为状元，榜眼，探花。本朝应设明制，兴科举会试，以书艺、经艺，设科取士，弘扬文韬武略，方显泱泱大国之风。"

扎呼泰妈妈

在西西皇太后虚心求教倡引下，众臣坦然献策。从顺治二年秋始，行乡试，即在各省地方设考场，三年春行会试，拔取贡生，九、十月份举行殿试，考取进士一甲二甲。会试的考官称总裁，当年会试考官就是范文程、刚林、宁完我、冯铨，后来又增加洪承畴、宋权、王文奎等大学士。这些大师尊、大先生都是西西皇太后延请的福临顺治帝的恩师。清初，并未有专门皇帝之师，也没有专门机构，全在西西皇太后的左右逢迎、苦心磨砺使顺治帝从小就受到严格的中华诗经典籍等十三经的熏陶，每日听讲、演义，勤习汉学书法、绘画、诗词咏调音律，等等。

福临十一岁，顺治五年时，在慈母西西皇太后精心诱导、劝慰训育及关怀下，已经远比父祖博学多才，汉学满腹经纶了。俗话说："十年树木，百年树人。"树人并不是一件容易的事，因为人也不是那么很顺当听从诲教的。调教好一个孩子，对父母来说，那是要费尽心血，熬白头的！说实在的，福临顺治皇上，从小慢慢长大成人，要经历很多的磨炼。不要以为是皇上，就很顺利地成长成圣明君主，而是费尽了她母亲西西皇太后的多少心酸泪水，操尽心思了！但西西皇太后后来还是心有无限的遗憾、叹息，很不满意自己的一切努力和作为。为什么？说来话长了。

福临从小就非常有主见，别看人小，却有自己的小道眼，拗得很！犟得很！常常与额娘西西皇太后顶嘴，最后还是西西皇太后心疼儿子，心一软就随着他，总是这样的结果。福临从小就由着性子来，由着性子长，聪明伶俐，过目不忘，凡古文古诗只要朗读五遍，就能给你一字不差不漏地背下来，真让人刮目相看，佩服皇上的神智天聪，超越常人。正因如此，众嬷嬷、色夫都为福临顺治帝讲情，帮助美言说好话。西西皇太后也见皇儿所有课业皆达优异，有绝顶之才，无懈可击，也就心软让步，顺从儿子了。

福临从三四岁开始，到七岁虚八岁年头了，就养成了特有的不求人、不服输，喜独立判断，决断周围事务的个性，而且处事非常沉稳，话语很少。范文程说："圣上立言谨慎，字若珠玑"，充满帝王的威严和自信。从小福临会冒话时，就喜欢爬在炕上，后来坐在炕上，两个有神的明亮的小眼睛，总是看不够周围任何物件，那么好奇，那么认真，那么全神贯注，仿佛要看穿他降生来到的这个繁碌的神秘的人间世界。福临不单盯着眼睛看不够，让众嬷嬷、众侍卫、公公、学士，甚至西西皇太后最头痛、最打怵的是，福临那些说不尽、问不完的问题、事情，什

母仪天下

么都问，什么都刨根问底，什么都逃不过、躲不过他的古古怪怪的思索，把所有人都追问得语穷言尽，找不到再合适的词语能回答清楚福临的每一个问话。到头来总是让福临因不满意而吵喊哭闹。

这时，只能是西西皇太后最后装成嗔怒，懿旨"不许扰人"的斩钉截铁的话，才使福临不吭声。众嬷嬷、众公公、众侍卫才解脱重负。因为福临不是寻常孩子啊，那是当今天子，是皇上啊，金口玉言，一旦震怒都怕惹来杀身之灾，个个吓得胆战心惊，汗流浃背。

福临有王子之风，突出表现是他从懂事起就无所畏惧，不懂得什么是"怕"字，什么是"不准知道""不敢说"的事，这一点颇有他父皇皇太极的禀性。听老罕王努尔哈赤常说，八贝勒皇太极从小就有和他一样的胆量，刀压在脖子上还冲人笑，凡事总要占上风。福临和他父皇皇太极一样，有胆量，有主见，要说通他极不易，若是以武以怒威胁他闭嘴，不准直抒胸臆，福临会气得大声叫，大声喊，直到让他满意为止。任何大人的气势也镇不住他，压不住他，有股铮铮铁骨、凛凛刚毅之风。

这不福临刚刚来到燕京，事事处处都由圣母皇太后姑奶哲哲、母亲西西皇太后出面，三呼万岁，万众景仰。而对福临皇上，都没太理他。不少大臣和降清的明朝老臣、大学士、大将军、众侍卫和臣僚，甚至为首的摄政王叔父睿亲王多尔衮，从内心都觉得他还仅仅是七岁的小皇帝，陛下幼冲，尚不谙世事，没太在意他。

说实在的，自从西西皇太后和圣驾及哲哲皇太后，并宫中嫔妃太后，所有大行皇帝太宗时期的宫中众嬷嬷、额娘、侍人数百人之多，还有侍奉宫中嫔妃的中宫总管、侍卫、内监又数百人，都住在明宫，宫殿残垣断壁，加上人员众多，生活很艰难。虽然叔父摄政王多尔衮之前已做过妥善安排，可惜宫中因流贼李自成兵马的掠夺、破坏、焚烧，明宫一片狼藉不堪，虽有些修缮，其面目仍显得龌龊可憎。西西皇太后倒能将就，一言不发，驻跸何处皆可。可福临从小没受过这个气，从来都居住得舒舒服服，于是就发起小孩子脾气来，一定要回盛京老家，大叫大闹起来。还是西西皇太后、哲哲皇太后好言劝导，才不出声了。西西皇太后一再叮嘱福临："在九叔摄政王面前，不要得啥说啥。皇上，你不是小孩子了，要懂事，要少说话，不要给额娘我添乱子！"

哪知，这回福临见到叔父摄政王多尔衮就板不住嘴了，就说："叔王九叔，这怎么可以呢？这几天我既无听讲经书之地，请来各位大学士色夫，坐没坐的地方，吃茶喝水都没一个好呆处，外面风也大，尘沙弄脏了水，色夫怎么喝？何况我请来前明大学士谢升老夫子，他讲述农家的流离失所，匪患猖獗，急盼清军骑师征剿。正当讲到兴致时，一阵风沙吹得老夫子咳喘难耐，朕甚是惭愧歉憾已极。朕要一个安然僻静之处，选何处为好？"

刚由盛京调回来的何洛会，处处帮助摄政王多尔衮说话，竟插话说："陛下，眼下只能委屈一阵，过几月，宫殿修葺完毕，就一切好办了。"

福临怒气地说："何洛会，朕与九叔摄政王说话，哪有你插话的，退下！"

西西皇太后心里也对何洛会的无礼十分震怒，但为了缓和局面，还是说道："福临，不要计较了，叔父摄政王不是正在急着想办法吗？"

这时，叔父摄政王多尔衮也瞪了一眼何洛会，斥责他多嘴，然后回过头来，笑脸面向福临说道："圣上睿智，说得甚对，臣等操事不利，竟惹皇上、皇太后居无安所。从即日起皇上临朝就御武英殿，皇太后和圣上权且寝宫在皇极殿，本王立即委派内府大臣，由何洛会督办，遵皇太后和皇上旨意，内宫修葺一番。其他众皇考、嫔妃等都暂居英华殿、南薰殿诸处，不过数月即可将宫内廷之众宫殿修缮完毕的。"

福临顺治帝说："叔王代朕临朝，日日有大事要办，武英殿朕就不总在那里出面了。朕喜欢父皇和叔王你常驻御幄大帐，何不在武英殿或者皇极殿外，为朕搭盘龙大帐，做朕日常起居和读书之宫。朕喜静肃，最烦嘈杂，淡泊方可明志，宁静方能致远。"

福临这一番话，使身边的众臣、叔父摄政王和不敢再张扬多嘴的何洛会，个个都瞠目结舌。谁都没想到，这些话是出自一个刚进八岁的孩子之口，使多尔衮倒吸了口凉气。他心想，可不能小瞧顺治小皇帝了，别看他人小，可是处处事事都明白，还会安排宫中事务，深知叔王我在代皇上临朝。顺治皇帝十分清醒自己在众臣、在清宫中的崇高地位和至高无上的君王权威。可要小心侍候，万万不可慢怠、搪塞、应付，甚至有何心思，都会被这小皇上看到底的！何况小皇上福临身后又有更精明的西西皇太后。想到这里，多尔衮手心里真是捏把汗。

多尔衮事先没想到这么复杂，这次君臣对答令他清醒了许多。叔父摄政王多尔衮便立即遵照顺治皇上之意，马上选在乾清门外平坦的地方，令宫中侍卫、内监、礼部官员，清理瓦砾尘土，又命锦衣卫旗兵搬来上千块青砖平铺地面，立即搭建皇上驻跸之九龙御幄三座。大帐共三殿，完全可以躲避风雷霜雨。御幄中又装潢画廊、暖墙，帐壁建暖阁、外厅、正堂、书斋，陈摆江南花草香卉，有的阁厅中还有八哥、鹦鹉、杜鹃、鸟笼。羊毛驼皮御幄有众侍卫、内监、宫女陪驾，戒备森严，温暖如春，与深宫大内不逊几分。顺治皇帝由此时一直住到顺治三年，几座宫殿陆续修好，才搬出他习惯而亲点的九龙御幄。

西西皇太后不放心，福临从来没离开过自己，虽有众侍卫、内监和嬷嬷、宫女侍奉，但总是不习惯，几次去御幄探视，并嘱告福临，读书、听学士讲课完毕，还是回到皇极殿，与额姆我和姑太哲哲皇太后住在一起。福临执意不肯，怎么劝也不行。西西皇太后心疼皇儿，怕逼迫他而为此事上火，伤了身体，也就不再劝了。自己安慰自己，孩子长大了，懂事了，娘也不能像老鹞子一样总搂在怀里了，小福临要自己走路了！西西皇太后为此事，还偷偷掉了眼泪。

话说西西皇太后从御幄回来，众侍女护拥着，迎面正巧遇上范文程大学士。范大师禀告皇太后："洪承畴、冯铨、谢升都在皇极殿熙情殿，本来想一起来叩见皇太后，都闻知皇上住到九龙御幄，知道皇太后不放心母子突然分开，做额姆的难免伤情，都来探视，不敢打扰皇上，就都聚到熙情殿，想来看望皇太后。"

西西皇太后闻知，心中十分高兴，已多日未见到洪亨九大学士了，他襄助摄政王正在指挥豫亲王多铎兴师江南，扫清南明流窜的福王，战功赫赫，劳苦功高，从心里也非常感激和惦念，总想到燕京后要重赏众位功臣。听范文程一说，西西皇太后重新打起了精神，紧迈几步，急着赶回皇极殿，会见众贤臣。

"西西皇太后到——"内监早扯着嗓子向内宫大声宣说。洪承畴、谢升、冯铨等急忙站立，并不约而同地从内宫走出来，出门恭迎皇太后，要躬身叩拜，让西西皇太后挡住，忙说："洪大师傅和众位大师，来哀家处就让哀家喜出望外，一切礼节全在心里了，哀家领了，快快请坐。"命内监："快快献茶。"

洪承畴等众位大学士，又询问皇上近况，问安祝福。西西皇太后一一回答："皇上很好，到燕京这几个月，龙体康泰，学业从未中断，这不为讨宁静之所，硬是跟叔父摄政王讨了一个场地，建起九龙御幄，给修建得俨然就是一座大宫殿，很是气魄。宁完我大学士称赞皇上的驼皮、羊绒大帐，颇有金风，仿佛金世宗时的驼绒御帐降世到京师宫中，别有北国风情，独特已极呀！"

众位大臣听后个个兴奋不已。洪承畴首先说道："太后，皇上喜欢展卷研读，此大清兴盛之兆，我等倍感欣悦幸福。近月，朝中收各地疏折，不少州府文士关注皇上的学业，勿不可因战事、因平抚民生而疏忽幼帝的经筵大事，孰重孰轻务要衡定清楚，诸事由摄政王统揽办理，皇太后精心操理皇上事，臣等便心安了。"

接着冯铨说道："亨九所言甚善。从古帝王，无不懋修君德，首重经筵，今皇上睿资凝命，正宜及时典学，请择端雅儒，循序渐进。前明皇帝重道炼丹，实乃误国。大清应创一代文宗，帝蹈尧舜，文武之治，国运绵远昌隆矣。"

谢升大学士，年已七旬，双目仍炯炯有神，洪承畴、冯铨说完，老先生想了想，慢声慢语地说道："两位大人所言极是，亦甚重要，然老夫我尤重者比读万卷书更加急迫、重要，非危言耸听。当今圈地甚害黎民，民不聊生，满官私占私贪甚重，竟有相分不公而兴殴斗，村民更苦不堪言。君主应知民情，君乃民之母，子女无法生计，俨有国家民丰之说，长久若此，岂不又生李自成乎？"

洪承畴听了非常惧怕，一直在扯谢升的后衣襟，谢升硬是不理，照样在说，后来让洪承畴扯动太大了，就干脆又大声说起来："亨九老弟，我知道你怕我被杀头，我老夫子还是要说，我知道皇太后乃今朝之尧舜，此时不吐胸臆还待何时。大清国可不能不听直谏忠言哪！"

西西皇太后说："谢老夫子，所言发自肺腑，一片丹心为了大清国，哀家爱听，越多说越让哀家知晓民情，总唱喜歌是最可怕的，历代误国就因为让喜歌给蒙骗而病入膏肓的。"西西皇太后这么一讲，众臣都轻松起来，脸上浮出安详而敬佩之情，众人说话也就更无所顾忌了，彼此之间亲切不少。

谢升老夫子，本来要告老还乡，是由叔父摄政王婉言留于朝中，谢升也就没有回家养老，颐养天年。他留朝中，主要是对民情十分谙熟，做过多年吏部、户部要务，这次主要协助摄政王做招降明臣和抚民重任，数月来甚有成效，深得摄政王厚爱。皇上皇太后到燕京，想了解燕京的民情冷暖，叔父摄政王就举荐谢升大学士向皇上、皇太后禀奏和介绍京、津、顺天诸地动向，使皇太后都听得迷醉，忘了茶饭和歇息。谢老夫子凡事认真，是敢于说实话，直谏民情，忧国忧民的人。西西皇太后与他虽相识较晚，但对其甚打烙印，印象颇好，深深感到他是一位可敬的老人。

谢升老夫子见皇太后慈祥可亲，特别喜欢了解眼下的民情，又兴致勃勃地说："尊敬的皇太后，您若这么想，我谢升再禀奏一桩事情，也值得朝廷重视，速采良策杜绝之。"

这时，突然间从宫殿帷幔的后面走出顺治皇帝福临，很有兴趣地凑过来说："谢升老色夫，朕最爱听您老讲的故事，我赶来正是时候吧！"

西西皇太后这时才见到皇儿来了，十分喜悦，就说："好皇儿，你来得对，听这些大师傅讲，就顶上读十年书了，快，坐下。"

这时，洪承畴、冯铨、谢升都慌忙站起，迎接圣驾。福临皇上就坐在洪承畴和谢升的中间。大家都坐好，皇上就催谢升快讲下边的故事。

谢升想了想说道："皇太后，皇上，还能记得数日前宣召老臣觐见，询问冀州宣府地方民情的事。臣禀奏圣上，当地巡抚李鉴为官清廉耿正，敢为民做主，勤俭为民，在当地颇有威望。清兵入燕京，秋毫无犯，不入民宅，不焚庐舍，不掠民财，还迅疾捕逮、平息各村舍的匪盗，大得民心。特别是为大明天子崇祯皇上和皇后厚葬，诸事都令李鉴万分感动，便应召率全府百姓迎接清军降清，李鉴仍袭巡抚原职。当地赤城道朱寿鉴，为人贪婪，苛税良民，是一个贪酷不法之人，早有民怨。李鉴就想清军来后揭发他的罪孽，这种害群之马应该剪除，不应该让他还霸占一个赤城道的官位，继续伤害百姓。哪知道，这朱寿鉴消息灵通，知道这个信儿之后，就忙让自己的儿子上京师，设法找门子，叩见和硕英亲王阿济格大人。他们都知道那阿济格王爷是当今摄政王的亲弟弟。这朱寿鉴的儿子认识英亲王的贴身参将绰书泰大人。这绰书泰大人因为圈土地，来到宣府，朱寿鉴父子日日夜夜帮助绰书泰大人挨村屯重新登记造册，对无主的土地和明朝官员的良田，统由英亲王收归自己管理和经营，成为进入京师之后自己和本旗兵勇的衣食财源。为此，朱氏父子与绰书泰参将就成为知己。父子两人合谋好，便去找英亲王帮助通融，想躲过李鉴巡抚劾奏之难。这绰书泰也真替朱氏父子解了围，在英亲王面前说了不少好话，打动了英亲王的心。之后领着英亲王到宣府，宣召李鉴面谕，命李鉴不许再刁难朱寿鉴，并说朱寿鉴是忠良之臣，你应释免其不实之罪，不要弹劾他。可李鉴那是位刚正不阿的人，不听邪，便对英亲王说：'王爷，此案卑职已禀告谢升大学士，大学士已奏给当今皇上顺治帝，帝甚在心，已是钦犯，岂可轻易更改。若擅自释放，对王爷您亦不便。'绰书泰在一旁竟大胆地说：'你为何不惧怕英王的神威，竟怕一个冲龄的皇上？'他从没把皇上放在眼里，可恶已极。李鉴毫无胆怯，并未被绰书泰恫吓住，拂袖而去。"

谢升老夫子的慷慨陈述，令皇上、皇太后和在座的洪承畴、冯铨都十分气愤，尤其是顺治皇上，别看人小，听后全然理解，站起来说道："朕冲龄如何，难道就毫无帝王之威吗？朕必得告知叔父摄政王知晓。"

事也真是凑巧，这话正让走进宫里来的叔父摄政王多尔衮听个清清楚楚。随多尔衮来的还有何洛会、苏拜、博尔惠众亲随大臣武将。叔父摄政王多尔衮神采奕奕，笑容可掬地说："圣上，又缘何震怒，是谁惹了陛下呀？本王绝不宽饶。"多尔衮给皇上、皇太后施礼。

这时，谢升将方才所言之事又向叔父摄政王多尔衮复述一遍，说道："摄政王，臣所述全是事实，对此类人如绰书泰目中没有皇上，属十恶不赦，应该严惩以儆效尤。"

多尔衮说："本王必命人详查，由内院衙门会鞫，若实，必以律条惩贷不赦。本王此来向皇太后、皇上禀奏，顺天府为喜迎乙酉新春，特备大清河、永定河鲜鱼和渤海黄花鱼与虾贡献，敬太后、皇上，以表臣民乙酉迎新春之礼。另外，内院各衙门、各宗室、各部翰林学士已备有迎春礼物，由旗务衙门和内务府派员送到各个府邸。"

不久，叔父摄政王多尔衮派来亲信禀奏皇太后、皇上，言李鉴巡抚被英亲王查询之事属实，部院会鞫，朱寿鉴有罪，宗宗查实。朱寿鉴、绰书泰及绰书泰四子俱斩，并籍其家。赐宣府巡抚李鉴玲珑鞍马一匹，貂裘一套，金五十两，银千两，并以朱寿鉴家产给之。英亲王阿济格，由叔父摄政王多尔衮作证，李鉴之事实为其参将绰书泰冒英亲王之名讳所为，实乃不知此事，故未受瓜葛。英亲王阿济格万分感谢摄政王办事光明磊落，刚正不阿。

叔父摄政王多尔衮，在小皇上顺治福临的一再提议之下，经他权衡下令，谕礼部赐大学士冯铨、谢升、洪承畴等，各黄金二十两，白金一千两，另有嵌宝金钟盘、螺钿盒、玉壶等，赐金之俊等鞍马各一匹，以此表彰对大清王朝的忠心。

不过，李鉴事之后，叔父摄政王多尔衮特宣谢升大学士入内廷，热心款待酒宴，宴间嘱告谢升说："尔乃降本朝之明臣，本王视尔耿正无私，且有学识，仍原职为大学士。此后凡事皆禀告本王，本王为叔父摄政王，统御文武政事，勿得随意散言流语，本王安能畅行政务。"摄政王多尔衮话里话外都是斥责谢升不该在皇太后、皇上面前随意乱讲，使

143

摄政王无法行使政务。谢升是明朝的降臣，哪受得了摄政王的指责，回府后心情郁闷，本已是七旬多的老人，哪受得了这些，突然暴病不起，家人传告朝廷。

此事竟让皇太后、皇上知道了，听说谢老夫子有疾，顺治皇上要亲自去探视，但是让范文程、冯铨、洪承畴给挡住了。由皇太后派亲随内监和卫士带领太医院堂上官去探视。此时谢升官至少傅兼太子太傅，吏部尚书，建极殿大学士，不久病逝。顺治皇帝万分悲痛，赐故大学士谢升为太傅，谥"清义"。后来，顺治皇帝还亲自过问，命叔父摄政王多尔衮派专人将故大学士谢升棺椁送回他的山东故里，立祠安葬。

在西西皇太后极力推举之下，朝廷奖赏对幼帝训育教授有功的范文程大学士，以开国著劳之名升大学士范文程为三等梅勒章京，大学士刚林为二等甲喇章京，都是朝中最显耀的爵位。并从翰林院中选拔文德兼优之臣，充任幼帝的讲师，在原来的范文程、冯铨、金之俊、洪承畴、宁完我等之后，新升翰林弘文院学士管国子监祭祀事。李若琳为翰林弘文院学士，专门为皇上选备文籍，讲授古籍经典。李若琳是明万历进士，翰林院侍读，以文采著称。

福临是位寡言心重之人。谢升之耿直令福临倍加敬重，本是降清重臣，若一般人等为保身价，溜须大清权贵，必可官运亨通，而谢升大学士，心系大清立国，敢仗义执言，志在清朝兴盛之举，实可嘉也，可敬也，可颂也，大清亟待有成百成千之谢升大学士，乃国家之幸也。因此，几天来福临顺治皇上日夜难寐，只要一闭目，一静思，就重又复现谢老夫子坐在对面，向其侃侃而谈。老人家在民间之所闻所见，令他如身临其境，心系黎庶。谢老夫子的言行，在顺治帝幼小的心灵中烙印深刻，竟至冥思而不知有人来到。

这些日子，叔父摄政王多尔衮为谢升之事，也是朝思暮想，他也万般敬佩谢升。谢升是他发现的，当初又是他执言留在内廷，善言请他助一臂之力，劝其不要因年老而隐退，要为大清立国献言献策。谢升因多尔衮求贤若渴、爱才如命的心情和求教之诚恳，着实被打动和感激，便留了下来，当即官复原职仍为大学士兼吏部尚书。可惜，多尔衮只是希望凡他收降重用的故明重臣，只要忠诚和一心助他从事军政便可，不喜欢，也不愿意他到处献策，到年岁幼冲的皇上、皇太后那儿讲述朝政的事，口虽然不说，但心中总觉得这是在干扰他施政，在给他添麻烦，添乱子。在多尔衮心目中，皇上尚年幼，是个孩子，当务之急是静而苦学

扎呼泰妈妈

圣人书，不要干预和参与政事，觉得一时半晌向福临皇上也说不明、道不明的一些政事，反而会制造一些难题，无事生非，哪有工夫应付哇！所以，从这个角度来说，多尔衮又觉得谢升是惹事的老头子，嘴太贱，太贫，不忠于自己，是在制造他与西西皇太后之间的裂隙。

话说不久前，多尔衮又听何洛会、刚林等人向他禀奏，这些日子顺治皇上精神恍惚，总在思念谢升，不思学业，不恋茶饭，与以前判若两人，这使多尔衮产生许多想法。叔父摄政王多尔衮，认为自己是已经钦定，并有宝册的叔父摄政王，是福临皇上的叔父，且又是摄政王，操理大清一切国政。自顺治元年晋封吴三桂为平西王，其率军在一片石驱走流寇唐道，唐运降清。对一时声噪海内的闯王李自成，他正派弟弟豫亲王率兵进入陕西围剿，不日就有捷报传来，流寇李自成死期已近。大军正以摧枯拉朽之势兵发山西、山东、江南，大明王朝的群臣，在雄师八旗劲旅之马蹄之下，争先恐后降清，已有数百万民众加入清籍户册，数万明臣武将重官文士加入大清朝政事，多数是原职原任，而且还有一些转调他省他县州府，便于施政，放手让他们为国效力。原大明朝上上下下国家机器，如今在大清朝运转得令人兴奋，其效益与名声远高于明朝。所有这一切，皆我严遵大行皇帝、皇兄太宗之遗志，而忠贞不贰地在践行中获得的，我无愧于先帝，无愧于列祖列宗。想到这里，多尔衮就觉得福临这孩子不懂事，乱掺和，我有权向皇上指点，这也是自己的责任。于是他来到宫中先见过西西皇太后，又领皇太后西西一同来到顺治皇帝的九龙御幄之中。

多尔衮、西西皇太后两人进入大帐，没让内监、侍卫们通禀，便悄悄进入帐内。只见顺治皇上正站在帐中兀案前遐思冥想，像个呆人，根本没有发觉有两个人进入大帐，走到了他的身边。西西皇太后看到这种情景，也吓坏了，难道皇儿有病了？怎么让谢升这个老头子给折腾成这个模样！着实让她心疼孩子，不由得眼泪又流了下来。她走向前去，手扶着福临的肩膀，心疼地说："我的哈哈济，你怎么了？可别吓唬额姆我呀，你看谁来了！"

这时，才惊动了福临顺治皇上，从追思谢升老夫子的思绪中重又回到自己的九龙大帐之中，眼前见到了额姆西西皇太后和叔父摄政王多尔衮。两人眼睛都直勾勾地在盯着自己，仿佛自己得了什么大病，让他们惊吓不已。

叔父摄政王多尔衮见到福临像丢了魂似的，若有所思，全不在意叔父摄政王来到面前，也一时忘记了君臣之礼，他没有得到福临皇上的敬重，像丢了面子，丢了威严和尊严，于是便显示自己的大将军脾气，说道："皇上，乃九王之尊，怎么竟变得如此柔弱，竟让一个明朝的老者弄得像失魂落魄一般。凡事有我叔父摄政王，圣上和皇太后不是都托给我了吗？一切事情要听叔父摄政王的！记住，皇上，从今日起不要听任何人的闲言碎语，扰乱了圣躬的思绪，圣上就一心读圣贤书吧。皇太后，您就热心于圣上的经筵讲授和听讲学问，累了可以让圣上学习玩弄笔墨丹青，绘画花鸟虫鱼，圣上自小不是喜好手指墨画吗？以此消磨辰光，何必为闲事伤了心神。"

西西皇太后本来怕皇儿福临为此闹出病灾，心中十分焦急，又十分心疼皇儿福临。福临从小就有个痴迷病，遇事入神，两耳若聋，周围啥动静佯若不知，颇像他的皇父太宗皇太极，专心致志，遐思起来又一切不晓不顾，凝思起来呆若木人，与皇父太宗一个性情。西西皇太后每遇此种情景，都非常惧怕，不敢轻易打乱他们的思绪，等一个时辰后，会自然而然转过这个神态。西西皇太后只希望静下来，不再刺激皇儿，哪知叔父摄政王像连珠炮似的发表一通斥责的话，着实心中不快。而多尔衮那种气势，那种口气，那种目无圣上的傲慢可恶的表情，让她感到太过分了，真是大失做臣子的身份，是明目张胆地凌驾在我和福临之上，真成了不可一世的太上皇摄政王了，所以也非常有气。但又考虑自己皇太后的身份，又面临军政理朝要务，不能干扰多尔衮，怕节外生枝，不好收拾场面，所以，一压再压，一忍再忍，自己没有把话说出来，不过手、脚、嘴都在暗暗颤抖着。

西西皇太后能忍住，可是福临顺治皇上已经是七岁、虚八岁的孩子，就忍不下去了，从小到大还没有一个人敢跟自己这么数落的！他早就变了脸色，仰着头大声说："朕怎么不闻天下事，一门死读书了，天下圣君哪有如此的做法？朕从小牢记父皇之事事躬亲，朕也崇敬叔父心系庶黎安危，朕不以冲龄而不自强，应百舸争流，奋志勇进，不辱列祖列宗之愿望。"

别看福临年岁小，说得句句在理，字字有力，而不过分。西西皇太后听了也很满意，就连多尔衮也被福临说的话给噎住了，深深感到福临很倔强，不好惹，有种天不怕地不怕的劲儿，很像皇兄太宗皇太极的性格。多尔衮马上急转冰冷的表情，满脸堆笑，好生安慰地说："太后、皇上，臣怕伤了圣躬的身体，让满朝文武为之悬念。本王因诸事甚繁，李自成仍拥兵二十余万，尚在困兽犹斗，豫亲王带病率军征杀在追剿南明兵马的疆场。大清礼仪典章尚未议定完备，举国各地文武会试正在议定上疏，盛京故地兵马守卫将帅尚待议定，欲向黑龙江进发之沙尔虎达和额罗塞侄子急等皇上下谕起行。日日忙得本王焦头烂额，故此，未能随时禀奏朝事，令太后、圣上心思惦念。说来，责任仍在本王身上。"

　　叔父摄政王多尔衮这番话是一箭双雕，意思是朝中有这么多难办又必须急办的事，皇太后、皇上谁能接手办下去？没有我摄政王多尔衮能行吗？话语充满自傲、自豪和自信，而且流露出早在盛京时从没有听见过的目中无人的摄政王身份的虎威气势。说白了，就是在叫号，谁能与我睿亲王多尔衮比试？没有我多尔衮，能有今天的大清朝吗？没有我多尔衮，你们娘俩还能成为皇太后、皇上，能够来到山海关内，在往日大明的京师燕京做国母和当大清皇帝？天下还能寻找到第二个人吗？老老实实听我的吧，别瞎闹腾，若闹大发了，说不定会成啥样子？总之，叔父摄政王多尔衮说的这番话，让你分析琢磨起来，要多轻就多轻，要多重就多重，你们母子掂量吧。福临年小不懂事，你作为皇太后的应该知道怎么管教约束自己的儿子了！此番多尔衮全是下马威的架势。

　　西西皇太后是精明的人，能听不出来吗？她从内心也真知道和感激多尔衮，人家干出来的功绩，要怎么评价、赞赏都不过分，将来会青史留名的。多尔衮自负自傲，对福临管事、过问朝事不满也完全可以理解。多尔衮话里话外所提出来的警言也无可非议，闹大了，多尔衮也可能啥事都干得出来，现在羽翼已丰满，追随他的八旗将帅如云，举国上下皆知多尔衮是大清入京以来的叔父摄政王，凌驾幼冲天子之上，天是老大，他老二，一呼百应的！西西皇太后想到这里，就依然坚定了自己一贯的主张，到任何时候都要附和多尔衮，支持多尔衮，扶持多尔衮，纵然有点纰漏，也要支持他，同意他的主张和他的策谋，不能顶撞他，站在他的对立面上。眼下，只能安抚多尔衮，说服和斥责福临顺治帝，一定让多尔衮看到和相信自己不是事事处处一味祖护和附和年幼皇上的想法和作为，而且要让他看出在年幼固执倔强的皇上面前，有着不可逾越的威严和权力。

　　西西皇太后想明白之后，马上向福临顺治帝板着脸说道："福临，怎么跟叔父摄政王这样说话，不要随意讲话，皇上一言九鼎，金口玉牙，何况你还年幼，政事不知，干扰叔父摄政王践行大行皇帝太宗皇帝的遗训，就对不起列祖列宗了。"然后又变成虔诚的笑脸对摄政王多尔衮说:"九王爷,请多多原谅,圣上还是一个孩子,不懂事,涉事甚浅,万请不要介意。"

多尔衮摆出傲慢的摄政王架子,也没有回答西西皇太后的话,更未向福临顺治皇上道别,便说道:"木王尚有朝事要办,得要退下。"说完转身向武英殿走去。

叔父摄政王多尔衮走后,西西皇太后来到儿子福临顺治皇帝面前。小福临正一声不吭地坐在殿外长廊里黄绒鼓形小京凳上,低个头正生闷气呢。西西皇太后虽然心里疼爱儿子,但还是很严肃地对福临说:"福临啊,你应该识时务了,不该不假思索,做事还这么莽撞。你是一国之主,凡事要从国家安危社稷平稳着想。如今,大清国初进燕京,南明福王尚在江南,流贼李自成正挣扎在陕西,社会动荡,民心不稳,要全靠叔父摄政王和众位王爷将勇,精诚所至,运筹帷幄而求捷报频传。"

说完,西西皇太后特传命召辅政王济尔哈朗、大学士兼兵部尚书洪承畴、大学士范文程、户部尚书额尔岱、礼部尚书觉罗郎球、吏部尚书巩阿岱、内大臣何洛会等,叩见福临顺治皇上,恭听皇太后谕:以和硕豫亲王多铎征伐西安,所获战利黄金八万四千余两,银一百五十三万七千余两,缎二千四百匹,用于赏赐治理朝政和征伐有功的亲王和将领,特赐摄政王多尔衮金三千两,蟒缎十五匹,赐辅政王济尔哈朗金一千五百两,蟒缎八匹,并分赐诸王、贝勒、贝子、公主及各旗官员有差。

西西皇太后为安抚叔父摄政王多尔衮,又征得辅政王济尔哈朗同意,并由他上呈疏文,与众大臣定议,在叔父摄政王多尔衮称号之上,加"皇"字,以示多尔衮在代皇上,代天摄政,应正式尊称"皇叔父摄政王",方显声威崇隆之仪。礼部就此又制定了迎送皇叔父摄政王一切大礼,如出师围猎,操练兵马,应列班跪送。遇元旦和庆贺礼,满汉文武诸臣,朝贺皇上毕,要祝贺皇叔父摄政王。从此,多尔衮的声威倍加崇隆。

咱们前书说过,福临很有个性,自己额姆西西皇太后说了他,虽然不敢违拗,不说话了,可是心中自有数,有自己的主见。他从幼小心灵中就感到自己额姆处处总是向着叔父,顺着叔父,从没有半点相拗的意见和说法,和自己的倔强劲儿总不能一拍即合。自那次与叔父摄政王多尔衮顶撞之后,虽然额姆皇太后又赏赐叔父摄政王黄金、白银、蟒缎等,后来又尊为皇叔父摄政王,其尊称极为荣耀。福临心里有些不悦。但对多尔衮来说却有了变化,从此比以前更频繁地呈送奏章,心中有了皇上、皇太后，而且在每道奏章上，总是申明百官武将如何跪迎他如皇上一般，他每每辞却或申斥不受，非常注意君臣之礼，不敢越位。但实际上多尔衮非常看重皇叔父摄政王之尊称，曾背地里向其爱妃博尔济吉特氏讲："皇叔父摄政王实属相应，本王所行之事，即为皇上所为。"

此话传到她的妹妹和硕肃亲王之妃，又传到豪格耳中，再传到顺治皇上耳里，顺治帝又禀告西西皇太后。西西皇太后申斥福临说："此言有何歧义？身为皇上，多思治国之道，多修治国之躯，勿学村妇愚氓之心，何等卑俗！"

西西皇太后为使福临健康成长，专意遴选几名文武兼备的幼龄"哈哈济"，有福临大哥肃亲王豪格的三儿子小猛峨，原太宗时代身边著名的侍卫苏克萨哈之小儿子安珠儿。苏克萨哈正白旗，那拉氏，初授牛录额真，从郑亲王济尔哈朗等攻明，勇猛无畏，人称"巴图鲁"，太宗皇太极下令晋三等甲喇章京。皇太极很喜欢他，在西西皇太后心目中也有深刻印象，而且福临称帝，他是积极赞许者，是正白旗中心向太宗和福临的人。他现在随皇叔父摄政王多尔衮控御京畿，日夜忙碌，但与正黄旗的和硕肃亲王豪格一家及西西皇太后、顺治福临私下往来密切亲近。他的小儿子安珠儿，今年也是七岁，与福临同庚，生日大，是正月生的。因在苏克萨哈身边，从小受其父训教，马上功，腿下功，都非常好，人又机灵，身轻如燕。苏克萨哈从小就深得河南嵩山一位高僧传授，身、手、腿、眼的功夫不凡，故深得太宗皇太极器重，在身边伴随为侍卫。在大小凌河之役，苏克萨哈大显神功，夜探敌楼，敌隘口，智擒明巡抚，巧斗祖大寿，助擒洪承畴，名声大扬。

小安珠儿也有他阿玛的机敏、灵巧的身法。一次西西皇太后在盛京遴选福临伴读小伙伴时，就想到了苏克萨哈的小安珠儿。在数十个珊岩"哈哈济"①之中，他与豪格的猛峨，鹤立鸡群，为范文程、洪承畴喜爱，西西皇太后满意，被选拔为顺治帝的伴读小卫士，即小"巴雅喇"②。

进入燕京之后，因王宫初修，事繁，福临身边的小伙伴没有聚在一起，猛峨、安珠儿都各在自家中，没有入宫伴随顺治帝。现在，西西皇太后发现福临很好动，很好过问周围政事，别看人小，心中思虑、牵挂

母仪天下

---

① 珊岩哈哈济：满语，即俊儿、健儿。

② 巴雅喇：满语，即亲随。

之事犹如一个成年人。西西皇太后怕他闹出事惹乱子，也为了福临的安全，思前想后，自己一旦照看不周，想得不细，出现任何差错都对不起在天的大行皇帝太宗皇太极。所以，决意在福临顺治帝身边配备几位智勇双全、品学兼优的尚好童子，保护幼帝，陪伴幼帝，约束幼帝，也为自己多几个耳目，这样她才能放下心来。

西西皇太后想得周全，福临从小就喜欢的两位亲随，都是文武奇才，为顺治帝所钦佩，这便是从盛京带来的学士詹霸、侍卫巴图两人。詹霸自幼在太宗身边长大，待如亲子。詹霸之父实为科尔沁蒙古人，原为明安贝勒送的著名控马奴，武功绝佳，太宗巡幸大赞其勇。明安贝勒给太宗为侍奴，人称"德尼亚玛"①，战死在征战林丹汗的察汉浩特。詹霸忠于太宗，忠于福临，习其父生死陪于福临周围，成为福临文案的总笔帖式②。巴图其父也是太宗的亲随侍卫，正黄旗钮祜禄氏，额驸大将杨古利之重孙，家出名门，声名显赫。其人箭法高超，拳腿功法亦出名派，俗有"夜行侠"绰号，又有"赛神猴"的美名。其从小为太宗喜爱，后为太宗御前卫士。福临五岁，便下旨为福临武术业师，所以"巴图色夫"是顺治皇上童龄少时的"武林师尊"。巴图也是西西皇太后之前的侍卫，多次陪护当时的西西庄妃，随扈太宗征伐锦州和察汉浩特。西西皇太后也非常熟知"巴图色夫"，对他的为人，对主子的忠心，武术的高超，都是坚信不疑的。把福临交给他，心里是最放心的，有他在身边，谁也不敢欺侮福临。

话说有这么一天，福临顺治皇上读了一阵《尧典》《舜典》，又背诵虞书《大禹谟》，觉得疲累，头发晕，便放下书卷，从讲筵色夫处请个"殿外行走"小歇的假，便随身边的卫士巴图大师傅到附近走一走，散散心，等头脑不再晕疼时再回殿中接着复读学过的尚书诸卷。别看福临年幼，仅仅是七岁的孩子，但他天资神颖，甚通事理，远比一般同龄的孩子头脑开窍得早，他经多识广，能够广开思路，触类旁通，耳边又朝朝暮暮听到治国安邦的谈论。由于耳濡目染，使他身临其境感受到治国安邦的艰辛。自己虽然是个孩童，却被满朝文武众臣跪地拥戴，个个扑伏在地，不敢对自己仰视，唯有圣母西西皇太后说话后，他们方敢仰视一下便又扑伏在地。他在童年时已经知晓自己在文武众臣中的地位，仅

---

① 德尼亚玛：满语，即飞人。

② 总笔帖式：满语，这里指书译师傅。

扎呼泰妈妈

150

是圣母皇太后额母之下的天下第一人，逐渐便有了强大的不可被压抑、不可被蔑视的自尊感。这是皇帝的尊严，是君临天下的神威。在圣母西西皇太后的天天训育、教诲下，福临顺治皇上心里想着，"一定不能辜负大行皇帝、自己皇父太宗的神威和遗训，承继帝业，不可荒废学识，要使自己早早成人，做一位有志有道有威有谋的明君，不能像明朝皇上朱由检崇祯被民众抛弃，最后上吊惨死煤山梨树之下。事在人为，不要自谅自己年龄小，就放宽自己的苦读苦学苦练，一定要给额姆争光，一定要给皇父太宗、太祖爷和列祖列宗争光。"所以，福临自幼就非常刻苦好学、用功，过目不忘，百听不厌，像个"书痴""书迷"，为他授过课的范文程、希福、冯铨、宁完我、洪承畴等没有不感到惊奇和称赞的。尤其是福临顺治皇上进入燕京称帝后，众位大学士，众位文臣武将，众位王爷、贝勒、贝子、公主们，以及皇叔父摄政王多尔衮，都格外感受到幼冲皇帝比在盛京时更加懂事，心里也能装事，而且喜好过问周围之事，有一种君主不可欺瞒的威严感和尽责心。

这日，福临顺治帝在侍卫巴图，筵讲伴读安珠儿、猛峨等陪同下，在宫中散步，从皇极门到武英殿，又来到已经修葺一新的乾清宫殿，真是非常气魄，宏伟壮观，众工匠正在修葺太和殿和中和殿。臣役们都在忙碌，人群中突然见到内大臣伊尔台正陪护着皇叔父摄政王多尔衮从工地走出来，后面跟着随从吴拜和苏拜两个人。从内大臣的脸色和口述中便可看出来，一定是皇叔父摄政王多尔衮来巡视宫殿的修建情况，迎面正好与福临顺治皇上和侍卫巴图等人相遇。内大臣一见是顺治皇上慌忙跪地叩头，巴图、安珠儿、猛峨也慌忙给皇叔父摄政王多尔衮跪地叩头。

皇叔父摄政王多尔衮一见到巴图侍卫等竟把皇上顺治帝领到这地方来，顿时面生愠色，说道："巴图，好不懂事，怎么把皇上领到如此危险之地？"然后又转过脸面向顺治皇上说："怎么不在宫中听讲经筵，荒废课业，到此嘈杂之地来，圣母太后可知此事吗？"

福临顺治皇上一见皇叔父摄政王多尔衮那种孤芳自赏、目空一切的架势，从心里就很不是滋味，把他看成个小孩子，根本没放在眼里，很伤自尊心，便侃然说道："朕读卷疲累，出来舒散一下心志，是朕的意思。"

皇叔父摄政王多尔衮是很自负的人，根本不容有敢谬他之心的人，听福临这番话，感到对他的话毫不介意，纵然是皇上，他也想扭一扭他的脾气，便指手命内大臣回工地催办工程之事，不必在这里陪伴他们。内大臣嗫嚅后退拜别皇叔父摄政王和皇上顺治，径直朝太和殿工地去了。

皇叔父摄政王多尔衮尽管朝事甚忙，还想找碴儿训教福临一番，便在工地旁边堆放新锯好的楠木厚板地方，手一抬把顺治帝和巴图几个人叫了过来，说道："皇上，来，在这里坐一气儿，咱们君臣聊聊，本王好久也未讨个时候听皇上的学识长进如何。俗话说得好，'少小不努力，老大徒伤悲'呀！皇上来坐一坐，本王陪你坐一会儿。"说着，自己先坐下来。

巴图、安珠儿、猛峨从心里生气，皇上还没坐下来，他倒先坐下了。顺治皇上便走过来，按多尔衮指的几摞大厚楠木板子，巴图给放上虎皮绒垫，顺治福临便坐了下来。

哪知，刚坐下来，皇叔父摄政王多尔衮四面观望了一下，又觉得繁忙紊乱的工地，匠役众多，有的在抬料、运输，有的在房架上给新建成的魁伟宫楼镶嵌画板，有的在画板上用色膏涂绘画廊，声音嘈杂，都能望见他们的一举一动。可能他觉得君臣在此处聊天不便，于是又站了起来。多尔衮也真够麻烦的，刚站起来四处张望，吴拜、苏拜上前小声向主子不知说了什么，皇叔父摄政王多尔衮把头摇晃了几下，像似驳斥他们的建议，径直缓步走在前头，福临顺治皇上和巴图等人也站起来，跟着多尔衮向前走。

福临顺治皇上很有个性，一声不吭，心里想，皇叔父摄政王不是让朕跟着走嘛，不是有什么话要说嘛，就跟着你去，怕啥？皇叔父摄政王多尔衮走在前边，福临顺治皇上跟在后边。多尔衮的一举一动都彰显皇叔父摄政王的架势，根本没把福临放在眼里，在他心目中福临是个不懂事的小孩子，皇上的名义是我皇叔父给的，你是我的晚辈后生。多尔衮还把福临看成从盛京来不久一个刚登极大宝的幼帝，仅是一个名义而已，没有什么大的长进。

福临从去年登极到如今，才八个月，现在已进顺治二年的六月，京师的天开始酷热起来。多尔衮有几次面见皇太后和皇上，除那日受到福临当面顶撞，心中不快之外，还真没有工夫再详细了解福临的近况，皇上的学业怎样？有何长进？知晓不细。自那日被福临询问，皇太后求情，自己又有急务去办，便放下了答对，但心目中的梗塞并没有消失，没想到福临不静心于课业，闲来跑到太和殿工地游逛。西西皇太后也不约束，有失皇上的身份和体统，便想趁机泄一下火气，好好数落一下福临，让他收敛一下张狂劲儿，在本王面前得有叔侄的礼貌。这是多尔衮的心里话，也是他一定要放下诸事，带福临找个安静之处述说的原因。

说实在的，多尔衮不仅对福临的作为有些想法和怒气，而且对福临身边的侍卫、伴读特别不满意。这些人未征得他的点头应允，都是西西皇太后和福临顺治皇上钦点的。因为这几个陪伴福临的人，除了苏克萨哈之子安珠儿还算过得去外，猛峨那是肃亲王豪格之子，豪格始终得到西西皇太后和哲哲皇太后的庇护，是他的眼中钉，几次总想剪除这个祸害，不得下手，还在暗设计谋。有猛峨在顺治身边对自己施政和说服皇上，使其听从自己的谋策，那都是泡影，都将被中伤。可是，碍着皇太后的旨意，听从福临的性情，由他性子来，多尔衮从内心深处受不了这个安排，也使他总是心火胸中燃，倍感恼怒。这也是多尔衮一定要福临顺治帝跟他走的原因，想借机找点碴儿，以便再在两宫皇太后面前好好说道说道。

多尔衮在吴拜、苏拜的引领之下，来到了皇极殿，回到福临讲读听讲经筵之地，这儿正是福临方才听讲走出来的宫殿。多尔衮将福临顺治帝领到皇极殿东暖阁，这里是皇叔父摄政王多尔衮除武英殿之外的另一处听众臣禀奏朝事之处。这个东暖阁主要是接见外地州府进京申奏政事，举劾官司员，辩述实情等，除由各部给事中办理和收管奏折外，多数由皇叔父摄政王多尔衮亲自聆听或指派专责官员代王聆听，以备议定下达。所以，这个东阁楼在当时清廷中是最忙碌、最应接不暇之要地。

皇叔父摄政王多尔衮在东暖阁的内室客厅，屏退众侍人，请福临顺治帝和巴图等亲随们进屋，让座，侍人献茶果。皇叔父摄政王多尔衮坐在正位太师椅上，首先说道："皇上，本王事繁，但又不能不荐所思虑之事，国家将兴，众将征伐陕西、江南，流贼已平，扬州方定，事务繁忙，百业待兴。而皇上竟游赏到太和殿施工重地，匠役与操持工期的臣僚们将以何言问疑皇上，能有闲时赏游，大失我朝兢业忠职之美名，岂不引起降清的明旧臣暗中讥笑，大清皇上与故明皇上有何相异耶！"

多尔衮越说越动情，越说声音越大，好像抓住了福临这个小皇上天大的把柄，这回可真正的畅快，吐了一口憋了好长时间的闷气。

可是，坐在另一把太师椅了上的顺治福临，反而一声不响，非常冷静、沉稳，边听边乐。这个沉稳劲儿非常像太宗皇上，越到最令人愤慨激奋之时，反而心静如水，一点火气都没有，一言不发地、静静地听对方发泄、喊骂，等大家都静下来之后，太宗才大声地反击过去。

此时，皇叔父摄政王多尔衮发一顿火，大声指责一通，出了气，满以为福临这个孩子口服心服了，被震住了，掐住了。谁想，福临一声没吭，静静地瞅着他，没有一点火气，没有与他吵架，非常反常，也非常令人惧怕。这使多尔衮思绪中猛然间浮现出往昔可怕的情景，他与太宗皇太极发难争吵，或别的王爷与太宗皇上皇太极争吵，也是这个局面。太宗皇太极从不吵、不闹，任凭对方大喊大叫，而他就是那么沉稳，不露声色，对方吵够了，不出声了，太宗皇太极才一改原来的静态，对向他发泄的谬论，一宗宗、一件件地反击，直到驳斥得那些争吵者一个个哑口无言、一败涂地为止。多尔衮突然感到福临这个孩子，这个小皇上，怎么那么像他过世的父皇，也有这个禀性，也有这个能耐，于是开始惧怕起来。对于对面这个年龄比自己小得多的幼冲皇上，他感到惹不起，不可轻视，可能有什么智谋令自己将来拜倒在他的威权之下。

多尔衮开始冷静了，正在思考时，顺治皇上从太师椅上站了起来，并不直接回答皇叔父摄政王多尔衮的一大套对他的数落言辞，而是对巴图慢慢说道："巴图师傅，请你把范老色夫、刚林老色夫给我请来。"又向猛峨说："猛峨，去把朕额姆西西皇太后请来，禀奏太后，朕的皇叔父摄政王百忙中莅临皇极殿，有事训示。"

巴图与猛峨受命后，转身要出去请人。他们心中有数，知道皇上是让去搬兵，别看多尔衮气势汹汹，这回够他喝一壶的！

这时，皇叔父摄政王多尔衮急了，他不想让西西皇太后来，好像我这么大的摄政王，没有肚量，总跟个年幼的小皇上怄气，反显自己心胸狭隘。本想自己发一顿火之后，让福临老实一些，别总好挑事、瞎闹腾就行了，不想把事闹大，弄得满城风雨。皇太后一来，就怕再生出什么枝节，反而更助长福临的威风，日后更不好管教他了。便说："不，不，不用麻烦讨扰太后了，本王尚有急务去武英殿，不能在此逗留陪伴皇上了。"说着抬腿要走。

这时，福临向巴图等人使了个眼色，大家会意，挡住了多尔衮的去路。巴图个子很高，又十分魁伟，而且武功高强，苏拜、吴拜包括多尔衮都已久闻之勇，都不是他的对手，远在太宗在世时就领教过的。巴图为人耿正，多尔衮几次诱惑他，拉拢他，让做他的巴雅喇，都被巴图婉言谢绝了。巴图用手一拦，苏拜、吴拜就不敢再放肆了，都退了下去。

福临顺治帝向他们几位说道："皇叔父摄政王，朕深知您朝务甚繁，能在万忙之中费尽口舌，倾吐对朕的一片爱抚之心，忠心可嘉，实乃令朕感激之至啊。俗言说得好，雨不浇不透，话不说不明。皇叔父摄政王所言至关重大，涉及朕身为皇上，竟游赏施工重地，大失我朝兢业忠职之美名，甚者斥言大清皇上与故明皇上有何相异，此语岂非戏言，朕甚重视，不可不分辨真伪。皇叔父摄政王多次训育朕躬亲，勿负先祖列宗与大行皇帝遗训，朕至今铭刻在心。今皇叔父摄政王又以前语评朕，必要在皇太后与诸大学士面前，评讲清楚，岂能言即出而逃之夭夭，非皇叔父摄政王之作为也。评君亦是正务，不可搪塞了之，请皇叔父摄政王小坐，朕虽年幼冲齿，大是大非者必讨明之。"

福临说的话句句如钢铁，人虽小，志气大，而且句句在理，驳得多尔衮无言以对，只恨自己说话欠考虑，小看了顺治，也像他的父王精明强悍，口齿伶俐，勇而有谋。这回已惹了乱子，让福临给抓住了话把，现在只好静静地坐下。

巴图和猛峨分别出去，不大工夫，范大学士、刚林大学士与西西皇太后陆续来到皇极殿，互相拜见坐好后，大家都静静地等待着。

西西皇太后在猛峨去请时，心中一跳，知道福临可能又惹出乱子，这孩子就是静不下来，好动得很，她经常嘱咐巴图、安珠儿、猛峨勤约束点，也没有起作用，总是一波未平，一波又起。前些日子曾给多尔衮又加爵，尊称皇叔父，又赐金银，安抚一阵，谁想没过几天，福临又把皇叔父摄政王给惹恼了。唉，真是没有办法，心中挂念着，只好跟猛峨来到皇极殿。不过西西皇太后也深知福临顺治皇上不是不懂事的孩子，为人正义、善良，有忧国忧民之心，酷像他的父王勤于政事，而且睿智聪敏，此事惹恼多尔衮，必是福临又有何主张，他不是无理胡闹的人，这里必有原因。但是，又不能得罪了当朝一品大清国顶梁柱的多尔衮，事事都靠着他呢。还得严于律己，多多约束福临为上策。所以，西西皇太后先说话了：

"皇叔父摄政王，你政务甚忙，又搅扰了你，哀家甚是过意不去，福临哪，你又缘何把额姆找来呀？"

没等顺治皇上说话，多尔衮首先说了，又把方才福临闲游工地，那里工事甚紧，不安全，何况易被人当成话柄，不利我朝声威等等说了一遍。福临顺治皇上等多尔衮讲完，也不生气，轻声地问道："皇叔父摄政王，您就这些疑虑吗？"

多尔衮说："就是这些。"

福临顺治帝便说："那好。"然后转身向刚林大学士说："刚林大师傅，方才朕受业于大学士，请先生讲述一下朕的行止。"

刚林大学士说道："皇上今日授课经筵讲授尚书，学讲《尧典》《舜典》，皇上聪资神敏，能顺畅诵讲两典之义，然后背诵《汤誓》，臣亦满意。皇上言头晕疲累，请假出殿外散散心志，臣允许出去的，不能说是闲游，课业间松散头脑筋骨，反而头聪目明，翰林经筵，历朝如此，皇上无有过错。"

坐在旁边的范文程知道多尔衮对顺治皇上的好动好问常有愠色，总瞧不起小皇上，便开口说道："皇上，您不是说能背诵《大禹谟》吗？好，请圣上背诵一段出来，让皇叔父摄政王评鉴评鉴，这也是极难得的好机遇呀！"

顺治福临当即站起来，问道："范大师傅，让朕背诵哪一段呢？"

范文程想了想，便说道："那么，我说上句，你就给我们背诵下面诸句，我开口为：'人心惟危，道心惟微'，你背至'天禄永终'为止。"

说来，这很不容易呀，三千多字，任选其中几句，提出来首句，接下来就能够通畅地背诵下去，必须经久熟记，不单背诵古文，必须深晓其义，否则根本无法熟诵古文。这在古代背书皆然如此。福临顺治帝并没有被范文程大学士难住，他刚诵念完"人心惟危，道心惟微"，福临马上接过问语，说道："这正是《大禹谟》一文中间的名句。《大禹谟》是《尚书》中《虞书》最重要的文章，出于虞舜时期。中原王朝有史可考，最初有文史记载，可追溯到史前两千七百多年前的黄帝轩辕氏，经过三百多年，就是历史中有名的唐尧、虞舜。虞舜在位四十八年，禅位夏禹。夏禹治水有功，受命于皋陶，舜传位时向大禹传治政的宏谟谋略。这就是《大禹谟》，为千古名典，历朝为君者之厥谟。《大禹谟》四千余字，其主要内容是：惟汝贤，克勤于邦，克俭于家，不自满假，惟汝贤。汝惟不矜，天下莫与汝争能。汝惟不伐，天下莫与汝争功。予懋乃德，嘉乃丕绩，天之历数在汝躬，汝终陟元后。人心惟危，道心惟微，惟精惟一，允执厥中。无稽之言勿听，弗询之谋勿庸。可爱非君，可畏非民，众非元后何戴，后非众，罔与守邦，钦哉，慎乃有位，敬修其可愿，四海困穷，天禄永终……"

福临顺治帝如行云流水，一气呵成地流畅背诵下来，使范文程、刚林都频频点头称赞，记忆十分清晰，不差一字，而且解释也很中肯贴切，令两位大师非常欣慰。

扎呼泰妈妈

皇叔父摄政王多尔衮虽然身位崇高，率兵征战可以决胜于千里之外，雄风盖世，可是读及汉学中的《尚书》，那他是一窍不通。只见众大学士点头称赞，福临小皇帝对答如流。过去老认为他是一个乳臭未干的毛孩子，只是受居帝王之家，承袭帝位而已，今天算领略到这个小皇帝的才华和睿智了，非一般寻常之人。尽管这样，他还不服输，便说道："皇上，你背诵得倒很流利，你能否给我们解释一下，你说的这个书文都是什么意思啊？"

范文程大学士一听，知道摄政王还在挑理，想难为他，让福临给说一下这篇古文经典的白话含义，便说："皇上，对，给大家再解释一下都是什么意思？"

福临顺治帝知道范大学士在指点自己，也是给自己打气，在皇叔父摄政王面前好好显示一下自己的真本事，便又站起来，像一位读书的学子一样，恭恭敬敬地继续回答师尊的问题。说道："好，朕作回答。朕刚才所背诵的一段内容是舜称赞治水功臣大禹，并决意禅位于大禹，所颂赞他的话：大禹呀，天降洪水，傲视我等，唯尔勤力成功，你对庶黎最为忠贤，你忠勤于国，你节俭于家，又不自满自大，只有你做得最好。你不自以为是，所以天下人没有人能与你争。你不夸功，所以天下没有人与你争功。我赞美你的德行，嘉许你的功业，今日上天的大任落到你的身上了，你终当升为大君。要知道人心最难测，道心最精微，精研要专一，诚实无悔地保守中道。无足信验的话不要听，不经查询的独断谋略不要采用，可爱的不是君主吗？可敬的不是人民吗？众生除非大君，他们还拥戴什么？君主脱离众民就不能护守家邦了。实在如此啊！慎重对待你的大位，敬谨去践行人民期愿。何如四海人民困穷，天的福分就将永远终止了……舜帝话语告诫大禹，要做一位体察民心，一心谋取黎庶福祉的好君主。"

福临顺治皇帝，虽然当时年岁尚幼，但能侃侃而论，令众学士一个个认真听他解释，不住地点头应合，就连坐在最上位的西西皇太后，乍开始还以为他好找事，好闹事，惹了皇叔父摄政王，又得哀家我出面从中周旋，帮着这个小倔皇上揸屁股。哪知，听福临一讲，竟把《大禹谟》给解释得挺清楚，让人们听明白了这篇古文的深奥含义，不由得内心得到莫大安慰，孩子是长大了，天聪神敏，没有辜负哀家夙夜为他操尽了心血啊！

这时，福临顺治帝并未停止他的直抒胸臆，毫不怯口，又说道：

"众位大师傅，福临深为大舜帝对禹的禅让嘱托而感佩在心，字字珠玑，肺腑名言，历代为君者皆应奉为座右铭啊！"

这时，坐在西西皇太后身旁的皇叔父摄政王多尔衮，则听得不耐烦了，他总是横挑鼻子竖挑眼，反正对这个小皇上总觉得乳臭未干，牙嘴毛子还未生出来，就敢于夸夸其谈所学到的几段汉学典籍，能与当今朝政有何补益？便打断了顺治皇帝的谈论，大声说道："皇上，光知道或光会背几句汉学古文，不是能耐，皇上你能不能给本王和众位大学士再侃侃讲一下，自打皇太后和皇上抵达燕京以来已经近一年矣，有几件皇上入心的大事，给讲一讲，说一说，本王愿洗耳恭听，可以验晓身为天子者装下大清国多少可载入史册的盛事，名垂千古，以此继往开来，创建一代基业。"

皇叔父摄政王多尔衮这一番话，也真够"嘎故"了，意思是不要夸夸其谈那些陈年老事，你是一国之君，看没看到，我皇叔父摄政王所开拓的大清伟业，让你顺顺当当进燕京登极坐上了金銮殿，皇上你上心没有？记住没有？多尔衮想试探一下年幼皇帝对朝事的入心程度。俗话讲，不在其位，不谋其政，身为皇上，你心中装下多少朝中大事，给我们复述一遍。多尔衮要考考福临的记忆、福临的聪慧。

此时，坐在他身旁一言不语的洪承畴和冯铨两位大学士，都是朝中重臣，也觉得多尔衮有些话语太重，太苛刻了。顺治帝才仅仅是个七岁多的皇上，能背诵不少古文，而且理解得很不错，循序渐进，应该满意才是。皇上真是个小神童，够天聪神赐了，不要再为难他了，也应给西西皇太后一点面子，俩人都说："皇上是神童，是天赐，可以了，可以了，请摄政王到此为止吧。皇太后、皇上已经在此时辰不少了，该回宫歇息了。"想打一个圆场，请皇太后、皇上尽早离开这里，觉得不能让多尔衮老是纠缠不完。

谁想，没等多尔衮说话，福临顺治帝反而站了起来，说："皇叔父摄政王提到朕奉两宫皇太后进入燕京，登极大宝，皆赖天麻与众王爷护佑。朕虽年幼，确有皇叔父摄政王所讲诸多入心铭刻之事，永生刻记在心，可能是朕未来取之不尽，用之不竭的动力源泉。朕愿在此略述几事，对朕而言，亦是经筵学问，立事之本。刻骨铭心者，为顺治元年十月初一登极大典，昭告祝文乃恩师大学士冯铨、谢升、洪承畴所撰，朕已字字铭记在心。"说着福临顺治帝又高声诵颂起来，众人惊愕：

"大清国皇帝臣敢昭告于皇天后土，帝鉴无私，眷隆有德。我皇祖宠膺天命，肇造东土，建立丕基，及皇考开国承家，恢弘大业。臣以眇躬，缵兹鸿绪，值明祚将终，奸雄蠢起，以致生灵涂炭，佥望来苏。臣钦承祖宗功德，倚任贤亲，爰整六师，救民水火，扫除暴虐，抚辑黎元，内外同心，大勋克集。因兹定鼎燕京，以绥中国，臣工众庶，佥云神助不可违，舆情不可负，宜登大位，表正万邦，臣祇荷天眷，以顺民情，于本年十月初一日，告天即位，仍用大清国号，顺治纪元，率由初制，伏惟天地佑助，早靖祸乱，载戢干戈，九州悉平，登进仁寿。俾我大清，皇图永固。"

福临顺治皇上津津有味、口若悬河地一字一句、有声有韵地给众位大学士和皇叔父摄政王多尔衮背诵下来，当时赞礼官在登极大典上唱颂的顺治帝登极拜天祝文，令在场的洪承畴、范文程等构思执笔人都感到非常亲切。福临当时还由哲哲皇太后和西西皇太后手拉手领着，坐在两宫皇太后中间，身穿按身材特制的十三珠金顶皇冠，团龙袍褂，朝见京师文武百官。小皇帝神采飞扬，端庄肃穆。众大臣皆认为小皇帝在盛典上的祝词只不过是由大臣撰文，大臣诵唱，他仅仅是按大礼走个过场，哪能一字不差地完全背述下来，这是任何人士也想象不到的。追溯历代王朝，还真没有听到有一位皇帝能够一字不差地向众臣子背诵当时的登极祝祷辞文妙句。福临顺治帝真是从小就是一位天资神敏的有心人。

这件事使在座的人没有不为之惊叹赞誉的，就连始终板着个冰冷面孔、不屑一顾的皇叔父摄政王多尔衮也为之一震。登极祝赞文辞最先就是摄政王多尔衮谕令洪承畴、范文程按他的口谕构思，打的腹稿，写成之后又由多尔衮亲自阅示首肯。可以说这篇向中外宣告大清定鼎中原、君临天下的神圣檄文，是灌注了他多少日夜的心血和思考而留下名垂千古的文诰哇！真令多尔衮这个威武严峻的摄政王都坐立不住，为之动心了！但他仍然不表露在脸上。

这时，坐在上席的西西皇太后说道："福临能背诵下来祝词，只是说明尚能用心于学习，没有虚度时光，不要为此就沾沾自喜。要苦学历代君王的长处，在众位大学士和皇叔父摄政王的抚育之下，学会治国安邦的本事，成为大清国定鼎燕京的第一位开国之君，不负先帝之托，不负万民之望，尔前程之路甚长，好自为之，哀家就放心了！"

福临顺治帝谦恭且俯首地说："福临，谨遵谕命。"然后看看众位大学士，又接着说道："母后，皇叔父摄政王，众位大学士，朕的恩师，朕自在盛京，后在燕京，始终牢记和谨遵两宫圣母皇太后谕训，永记未忘，缔造大清国开基建业的名垂青史的功绩，首推第一名臣便是皇叔父摄政王。恭请冯铨、洪承畴、谢升等学士撰书之皇叔父摄政王功德碑文，命礼部尚书郎球、侍郎蓝拜、启心郎渥赫立碑纪绩，朕至今对碑文记忆在心，不忘幼年时圣母皇太后殷殷嘱语：'为大清赴汤蹈火，缔造丕基者要永铭在心。'今日，朕还要向众位恩师诵颂，以朕名义昭告天下之赐多尔衮册文：

> "太祖肇基鸿业，垂裕后昆。太宗嗣位，西并蒙古，东臣朝鲜，拓土开疆。叔父摄政王征讨元裔察哈尔国，俘其后妃世子，迁其邦族，获制诰玉宝。又随皇考征朝鲜，率领水师破江华岛，尽掳其国王眷属，遂平朝鲜。各处征伐，皆叔父倡谋出奇，攻城必克，野战必胜。叔父幼而正直，义无隐情，体国忠贞，助成大业。皇考特加爱重，赐以宝册，先封和硕睿王，又辅朕登极，佐理朕躬，历思功德，高于周公。皇考上宾之时，宗室诸王，人人觊觎，有援立叔父之谋，叔父坚誓不允，念先皇殊常隆遇，一心殚忠，精诚为国。以朕系父皇帝子，不为幼冲，翊戴拥立。及乎明国失纪，流贼窃位，怵恶中原，叔父又率领大军，入山海关，破贼兵二十万，遂取燕京，抚定中夏，迎朕来京，膺受大宝。此皆周王所未有，而叔父过之，硕德丰功，实宜昭揭于天下，用加崇号，封为叔父摄政王，赐之宝册，式昭宠异，重念我叔父靖乱定策。辅翊眇躬，推诚尽忠，克全慈孝，中原赖以廓清，万方从而底定。有此殊勋，尤宜褒显，特令建碑纪绩，用垂功名于万世。"

福临顺治皇上，站在众大学士面前，滔滔背诵完毕后，说道："朕背诵皇叔父摄政王功碑册文，犹如读史。皇叔父摄政王所创丰功伟绩，实乃我大清的福昭创业史迹，令朕如重昭金戈铁马的征战之中，风云变幻，摧枯拉朽，拓创出龙旗飞舞的新天地。朕虽年幼，应永记列祖前贤皇叔父之艰辛创业，何岂艰险，何岂不易，珍视昨天，倍爱今朝。故此，朕非敢分秒虚度时光，一日十二辰，辰辰不可苟且而过，寸金难买寸光阴，必有时时学，事事学，处处入心，分秒必争，见贤思齐之趣也！"

小小的福临顺治帝，深情地陈述，感情之真着实令众大学士感动，就连皇叔父摄政王多尔衮也如梦方醒。站在面前的顺治帝，绝非常人，绝不能把他当作顽童，小看几分，原来是很有心计，很善于思索的人，只不过少言寡语而已。从顺治帝能滔滔背诵本王的功绩来看，别人若有任何隐私之事，也不会从他的眼神之中逃脱掉。今后可不能疏忽大意，我要叮嘱何洛会、吴拜、苏拜等人，要倍加注意了。多尔衮心中暗暗思量，便又向西西皇太后笑着拱手祝贺道："皇太后，本王闻听皇上的话语，倍感欣慰亲切，此皆赖先帝的洪福，也皆赖两宫皇太后的圣慧，对幼帝耳提面命之功。今朝蒙皇上坦述胸臆，聆听圣谕，乃字字珠玑，绝非一小儿学语，为圣明君主的睿智名言。本王和众臣感激皇太后对吾等矢志报国、开基立业殊勋的褒奖与弘扬，吾等必鞠躬尽瘁，死而后已，以报圣恩。"

真没想到，西西皇太后担心惧怕福临这孩子给惹出大事来，不好安抚皇叔父摄政王，始终一颗心悬在嗓子眼儿，现在总算转危为安。更使皇太后内心一百个高兴的是，这次交谈显露出福临顺治小皇上幼冲神敏，天资聪慧，这些情况往日西西皇太后都不甚了了，看来福临自到燕京后，一年来变化很大，孩子真是一天一个样，正在长大成熟起来。自己今后也不要总以幼冲为由对他把得太死、太紧，该放点手，让福临得到更多更大的锻炼和提高，将来还得靠他自己去执掌朝纲，独立去治理天下的啊！

这时，礼部尚书觉罗郎球进宫，叩见皇太后、皇上、皇叔父摄政王，禀报西安、扬州捷报佳音，又使在座的众位大学士和皇太后、皇上、皇叔父摄政王万分惊喜，纷纷遥向祖庙和天穹叩拜祝祷，天赐洪恩浩荡，万世吉祥。

原来传来的两大佳音，确实是最令人欣喜若狂的喜讯。第一件喜事是，自打顺治二年乙卯，定国大将军和硕豫亲王多铎等奏报，追剿流贼的八旗劲旅于顺治元年十二月十五日，追剿流贼李自成至陕州，先遣前锋将领奇袭贼寇，捷报频传。贼首李自成在西安闻信，率援军妄拒我师，结果被我英武之师掩杀，斩获过半。进入顺治二年正月，八旗劲旅又破李自成流贼，俘斩甚多，贼骑逃窜，李自成逃走西安。潼关守将马世尧率所部七千余众迎降，计获马千余匹，辎重甲杖无数。李自成料不能敌，焚烧西安宫室，挈其子女，出蓝田，窜奔商州。顺治二年闰六月甲申，靖远大将军和硕英亲王阿济格率兵分水陆两路追剿西逃的流贼李自成，最后穷寇李自成逃入九宫山，清军随之追至山中，遍索李自成，有降卒及被擒贼兵招供，言及李自成窜走时，携随身步卒仅二十人，为村民所围，不能脱身，遂自缢死。因遣索识李自成者，往认其尸，尸朽莫辨，或存或亡，俟就彼再行察访。俘获李自成两叔及李自成妻妾两口，获金印一颗，又获贼酋刘宗敏并一妻二媳，李自成养子姜耐妻等。还有李自成的亲用术士，伪军师宋矮子，俱就地正法。李自成又有妾妃三口，因我军追急，投扬子江死。至此，反明、焚烧明宫，逼死崇祯皇帝的逆贼李自成终被歼灭，以申明帝之恨，遗臭万年。

第二件大喜事是明流亡政权被摧毁。福王朱由崧，为时赫赫有名，明朝崇祯帝被李自成推翻，在煤山上吊自杀后，他被拥立为弘光皇帝，史称"南明"，暂短只有一年时间，就寿终正寝。朱由崧此人据史载，万历三十五年（1607）七月生，清顺治三年（1646）五月死，终年四十岁。朱由崧为明神宗朱翊钧之孙，明嘉宗朱由校、明思宗朱由检堂兄弟，福王朱常洵长子。崇祯帝于崇祯十七年（1644）三月上吊后，清顺治元年（1644）五月，朱由崧被拥戴在金陵称帝，建元弘光。清定国大将军和硕豫亲王多铎奉命率清军于四月初五日自归德府起行，沿途郡邑，南明残军闻清军所至纷纷俱已投顺，一路顺捷，夜渡淮河，直抵扬州城北，获船百余艘。是日，清军距扬州城二十里列营，后率师至扬州城南，获船二百余艘。十八日抵扬州城下，福王率明臣及诸太监潜遁，清军占领金陵南京，旋定江南。福王逃至太平，清军追讨。福王复走芜湖，清军趋击。福王在登州欲渡江，被清军堵去路。经双方逆战，清军击败福王护从，尽夺其舟，福王身边的伪总兵官田雄和马德功知大势已去，便缚福王和其妃来献，并率十总兵部众投降，清军获金银绸缎貂皮等物无数。南明政权就此灭亡。九月，奉旨福王朱由崧被押解北京。福王荒淫无道，在南明不理朝政，终日声色犬马，不听明忠臣史可法等殷殷劝导，结果闹到如此可悲下场，于顺治三年五月，被凌迟于菜市口，了却了可怜的一生。

回过头再说，福临顺治皇上一连吵闹了两次，真正在皇叔父摄政王和西西皇太后的印象中，打下了非同一般的烙印：这个刚满七岁多的小皇上不一般，不能仍像在盛京时对待他一样。他人小懂事特早特快，而且记忆力、口齿都非同寻常，过目能诵，是个小神童。多尔衮觉得过去自己有些忽视了，要引起注意；对西西皇太后来说，也是一大警觉，一方面对皇儿福临的敏学、天聪、口齿伶俐甚感欣慰，确有帝王之才，哀家没白操心和时时处处系念，对得起先帝太宗皇太极了。另一方面，她又吸了一口凉气，面对功高盖世、趾高气扬、独断专行的皇叔父摄政王多尔衮，福临的聪慧、多事，必然不会使他喜欢，甚至认为是对他主政的挑衅、捣乱，对福临将来临朝会制造许多麻烦。想到这儿，西西皇太后真是不寒而栗。

西西皇太后还想到，多尔衮身边亲信甚多，而且手段都甚是毒辣阴险，就像对和硕肃亲王豪格，那是福临同父异母的亲兄弟，多尔衮几番借莫须有之罪废为庶人，又想随时杀戮，甚至还要夺他的美妻，即多尔衮的小姨子。多尔衮也不是缺什么美女，他要什么美女，那是天天有，夜夜有，只不过他到处扬言"不能让豪格传留下代，我要早晚治他于死地，我与他就像两虎占一山，不能两全！"还多亏西西皇太后和哲哲皇太后都看在先帝太宗的情面上，看豪格这孩子很可怜，打仗勇猛不怕死，但是头脑非常简单，脾气又极为暴躁，点火就着，动不动就干起来，人缘不好，他哪是多尔衮的对手哇！只因为多尔衮心眼忒多，总想在太宗皇太极面前显露自己的能耐，使太宗皇上日后能重用他，传大位于他。可是，豪格是太宗皇帝的长子，能打仗，很勇敢，太宗最喜欢征战中勇往直前、所向披靡之将才，故而对自己儿子也非常满意，多次赞许豪格之勇，引以为荣。这样，豪格就成为多尔衮争宠的一大敌手。多尔衮是最好嫉妒人的人，哪能容忍哪，太宗在世时就不服气，总挑刺儿。太宗皇太极宾天后，他成了摄政王，大权在握，被他视为眼中钉的豪格可就倒血霉了，总想把他收拾掉，置他于死地。

西西皇太后以皇上顺治名义，对豪格多方保护，总是大事化小，小事化无，转危为安，使多尔衮未能得逞。现在又有倔强、正义、眼中不容揉进沙子的福临顺治皇上，何况顺治福临和豪格甚有兄弟之谊，处处向着豪格。如今在福临顺治身边伴读和做侍卫的猛峨，就是豪格的小儿子，是在西西皇太后一再执意坚持之下，大大驳了多尔衮的面子，才使他留在福临顺治身边的。也因为顺治皇上一再闹皇太后，不得不留下他。这事也得罪了多尔衮。长此下去，多尔衮必要挑事儿，而顺治福临也不会善罢甘休，双方肯定还要生事，有棘手的纠葛。我身为皇太后，可更安静不下来了。

自那日之事后，皇叔父摄政王多尔衮还来叩见西西皇太后，表面上

母仪天下

禀奏一些臣僚的疏折，言辞凿凿，幼主应以习文为重，政事由摄政王办理，乃为君之本。户科给事中郝杰疏言，从古帝王，无不懋修君德，首重经筵。今皇上睿资凝命，正宜及时典学，请择端雅儒臣，日译进大学衍义，及尚书典谟教条，更宜遵旧典，遣祀阙里，示天下所宗。另，工科给事中许作梅疏言，"辅养圣德，学问为先，臣请择国学中满洲子弟，通汉语汉书及汉子弟聪慧端庄者数人，更番侍读句读明音义辨，然后慎简贤良博学之臣，为讲读等官，皇上时御经筵，群臣尽心开导，于六经诸史中，检其有益君身治道者，录呈圣览，凡历代兴亡治乱，风土物情，人才进退，不越几案而得之，则圣学王道合而为一矣。"

皇叔父摄政王多尔衮将这些疏文，念给西西皇太后听，并一再说："皇上冲龄，正为一心向学五经四书之良辰吉期，不可荒废。皇太后应严以训育，及时典学诚属要务，本王则自当优择儒臣为皇上师，以防与闲儿游好，严以为戒。"

西西皇太后好言感谢皇叔父摄政王的殷嘱，便说："哀家知道了，自有安排就是了。"西西皇太后送别多尔衮，又将福临顺治皇上传召进宫。

福临顺治帝叩见皇太后后，问道："额姆皇太后，召儿臣有何训示？"

西西皇太后叹了口气说道："皇儿啊，尔日后就安于宫中经筵听讲，少到宫外再惹是非，哀家也真不愿意再看到你皇叔父摄政王那种咄咄逼人的目光了！"

福临顺治帝莫名其妙地问："究竟又生出何事了，惹您老这般叹息？"

西西皇太后又将方才皇叔父摄政王专程进宫传述朝臣的疏折，又将户科与工科给事中官员的疏文详详细细地复述了一遍，让顺治帝仔细聆听，熟悉并能记下来，说道："皇儿啊，这些良臣的疏言，皆为皇上好，应该牢记下来，不要辜负臣僚们之拳拳诚意。"

福临顺治皇上听后，便说道："臣僚之疏文确为良言，朕记住了。额姆皇太后，皇叔父摄政王专来传谕这事，他乃是对朕不满，是别有用心。朕会遵从圣母皇太后谕旨和众位大学士恩师的训导，精研经典文籍。朕知文武之才对治国爱民安邦之重要。知子者唯母也，皇太后日夜为儿系念，皇儿岂有疏忘乎？朕深惜光阴之可贵，恨更漏疾驰，良辰易去，而学识迟进，安可？唤昊天神力，给予朕一天十倍的精力，十倍的体魄，十二辰时都全神贯注于读书习练。纵然体衰寿减，亦在所不惜！"

西西皇太后嗔怪地说道："皇儿，你说来说去，竟胡说这些可憎之言，务求智体双收，福寿齐康，哀家才对你放心，日后不可再说那令哀家讨烦的混话！"

福临皇上像孩子似的偎在西西皇太后的身边，亲昵地说："额姆皇太后，日后不要总向着皇叔父摄政王说话，不要像他一样，感觉朕总长不大，仍是个冲龄幼儿，让一切尽他狂为。"

西西皇太后左右环顾一下，忙止住福临的话，说道："皇儿，你怎么又犯忌，胡言起来，咱们娘俩还得倚仗皇叔父摄政王，说实在的，你的皇位还不是摄政王赐给的吗？要事事处处谨言慎行，可不能由你的性子得意妄为。如果是那样，额姆哀家我可不饶恕你，可真让皇叔父摄政王好好惩治你不可！"这纯粹是西西皇太后的气话，福临知道自己的额姆圣母皇太后是处处袒护自己的，不会说于皇叔父摄政王多尔衮的！

福临顺治帝依然偎在西西皇太后的怀里，向皇太后说："真的，额姆皇太后，朕现在不是小孩子了，不可把朕仍当成骑竹为马的顽童看待。范大学士、希福大学士常给朕讲述汉人掌故，对朕启迪尤深。额姆圣母皇太后知否？汉史春秋战国时，有个项橐，七岁就做了孔子的老师。战国时有个名叫甘罗的人，十二岁就做秦国丞相，成为文信侯吕不韦的家臣。相传，甘罗是战国时楚国下蔡（今安徽凤台）人，是著名少年政治家，是秦国丞相甘茂的后代，从小聪明过人。当时，秦国企图联燕攻赵，打算派大臣张唐出使燕国，可是张唐借故推辞，吕不韦无计可施。甘罗自告奋勇，愿去劝说张唐赴任。甘罗驱车去见张唐，说：'当年武安君白起就因为不服从应侯范雎的命令去攻打赵国，被应侯撵出咸阳，死在杜邮。现在，文信侯的权力比应侯大得多，你违抗他的命令，看来你的死期不远了！'甘罗的一席话吓得张唐乖乖地答应出使燕国。甘罗又征得吕不韦的同意，按照秦国扩大河间郡的意图，赴赵国去进行游说。他针对赵王担心秦燕联盟对赵国不利的心理，大加攻心，说：'秦燕联盟，无非是想占赵国的河间之地，你如果把河间五城割让给秦国，我可以回去劝秦王取消张唐的使命，断绝和燕国的联盟。到那时，你们攻打燕国，秦绝不干涉。赵国所得又岂止五城！'赵王闻听大喜，忙把河间五城的地图、户籍交给甘罗。甘罗满载而归，秦王不费一兵一卒而得河间之地。于是秦王封十二岁的甘罗为上卿，并把每年封给甘茂的土地赏给他。由于当时丞相和上卿的官阶差不多，民间因此演绎出甘

母仪天下

罗十二岁为丞相的说法。额母皇太后，这个故事说明人不可貌相，不可以年岁大小论人才高低。人生于世，处处皆学问。苦读书，只晓读书，两耳不闻天下事，那只是一个'书虫'，岂不成为与世隔绝者，日后安能担承治国平天下的大任？人生在世，有志不在年高，无志空活百岁。朕历来我行我素，自成蹊规，安受他们妄点鸳鸯，人生必要学行并立，言践相辅，不可偏颇，望圣母皇太后少听闲语，勿畏强人，皇儿自有经纬。"

西西皇太后向来知道自己儿子任性倔强的禀性，也知无法说服他，只是安慰一番，叮嘱他夜里不要总在灯下，展卷不释手，要珍惜眼睛和身体。福临一一答应，母子也不多说了。

福临叩辞圣母皇太后，回到自己寝宫，又拿出一卷《龙文鞭影》闲读起来。福临的书源广大。福临嗜书成癖，总不闲着，除了宫外习武练步和拳脚外，回宫后侍人早早为他准备好事先要的书籍，一一研读。希福、范文程、冯铨、洪承畴、宁完我和已逝的谢升先生，都是清代大学士，后来翰林院的大色夫，是顺治帝的"安巴笔特曷哈什"①。

各位阿古、玛发、色夫，朱伯西我要多说几句，在大清国乍进入燕京之时，皇上的起居还没有中原历朝天子的"起居注"礼仪。清朝自太祖、太宗和顺治帝进入北京，皇上的一天安排皆由内大臣与皇上身边一等二等侍卫，宗宗件件帮助皇上办理或依照皇上事先的嘱咐告谕，及时再禀奏提醒一番。自福临进入燕京后，深受前朝大臣和锦衣卫、太监们的提示，西西皇太后特别对皇宫中皇上的"起居注"一事尤为赞许。从康熙初年才正式在内宫建立了皇上"起居注"仪程，由内宫大臣专门记书皇上一天的起居要事，即是一日的提示要点，又是日后的皇帝御用记录。管理宫中之事已按部就班，井然有序了。在顺治初年和很长时间内，皆由西西皇太后天天想着皇上顺治帝的作息，还未有"起居注"的明确礼记。西西皇太后为了照顾福临顺治帝更及时更随时知其动向，还依靠顺治皇帝身边的詹霸学士、巴图侍卫以及猛峨、安珠儿等几个福临贴心的小伙伴、小伴读协助照看。尤其进入京师后，福临一天天长大了，管事也多了，也特别爱跑爱动，什么都不怕，好奇得很，听到点宫中之事，就想方设法寻根摸底，并亲自去弄个明白，根本不考虑是否有何危险，有何隐患，福临从不在意。

---

① 安巴笔特曷哈什：满语，汉译为"大书库"。

福临每次临朝，朝见众大臣、王公、贝勒、贝子，行各种繁缛礼仪，虽然由西西皇太后亲手拉着，形影不离，可是礼仪完毕，赞礼官宣读完毕了，众臣要散去了，福临帝还是余兴未了，还拉着西西皇太后看这看那，问这问那。西西皇太后和中宫哲哲姑太皇太后一再好言劝说，福临也不想回宫，就想刨根问底，弄得范文程、洪承畴、希福、宁完我众大学士——福临顺治帝的大师傅们很为难，又想躲，又不敢躲。后来总是由威风严峻的皇叔父摄政王多尔衮，拿出统御千军万马、至高无上的权力，瞪起两眼，面色沉凝，鼻中吭出一声："时辰不早啦，皇上、皇太后速速回宫吧！"多尔衮声音虽然不大，但是一种高高在上、不可一世的权威声调十分刺耳。小福临是个十分精灵的孩子，能听不出来好歹声音吗？还想瞪眼分辩几句。西西皇太后见这种情况，硬拉着福临的手，不出声地把福临顺治帝领出宫殿，下朝回宫去了。

西西皇太后遇到这种局面，总是非常尴尬，而福临顺治帝又是一阵闹，数落额姆偏向皇叔父，不分青红皂白。不管西西皇太后怎么说，怎么解释，也说不通福临顺治帝，还要应付皇叔父摄政王多尔衮，她总以为能够说通多尔衮，这样能互相理解，也能给身为皇太后的自己一个面子。于是在事后总是好言好语地嘱告多尔衮，说："九王爷呀，您别跟小孩子一般见识，以后说话声音小点。福临皇上性子急，平时被哀家与太宗皇上从小宠惯，太宗皇上在世时总是笑着说话，从不觑孩子。你可别吓着皇上。"

多尔衮听后反倒拂袖不悦，说道："太后惯孩子，本王我可不惯。是皇上，又是孩子，他总是个孩子！"弄得西西皇太后哑然无语。

谁知，多尔衮的这番话，不知怎么的让福临顺治皇上听到了。福临在额姆皇太后面前就跺着脚大发起脾气来，他就不愿听到说自己是个孩子，或叫"哈哈济"，或叫"追儿"的满洲称"孩子"的话，总认为这是对自己的蔑视，是看不起，有失尊严，他犟要强了！福临顺治皇上颇有乃父之风，小时候就不愿听别人说他不行。他从小吃饭喝粥就不让众嬷嬷一勺一勺地喂，自己拿勺拿筷子往嘴里扒拉，吃得满桌、满脸都沾着汤饭，自己要"瓦丹"①来学着揩拭；从五岁就学骑马，由侍卫和控马奴小心扶着，骑在马背上一步一步地走。西西皇太后当时是庄妃，看那些侍卫和控马奴真是太辛苦了，马又不能快走，他们又要小心地扶抱

———————

① 瓦丹：满语，即抹布。

着马背上的福临，走得非常慢，非常稳，一个个累得汗流满面。别看福临人小，天生爱骏马，他就知道自己是在骑高头大马，在马背上小嘴嘎嘎笑着叫着，显得那么天真烂漫。看着侍卫的辛苦劲儿，庄妃有些不忍心，就命侍卫和控马奴们别太惯福临了，不让他们抱着福临骑在马背上来回走动了。

无巧不成书，这时太宗皇帝皇太极不知何时路过驯马场，正巧见到这个情景，便说道："庄妃呀，让福临练吧，爱马是好事啊，这真是朕的孩子，长大必有出息。"

福临从小就能骑烈马，不配戴鞍鞯照样能骑。到六岁时，大人把他扶到马背上，他手抓长鬃，爬在马身上跑个五里十里不算啥，也不伤屁股。一些大臣、贝勒都夸奖福临真能耐。这些事，其实多尔衮也知道，只不过不往这方面看罢了。西西皇太后常暗暗思忖，可能他们两人是"克星"，相互克制，总是合不来，真令人头痛！

哲哲姑太皇太后闻知此事，就私下跟福临顺治帝说："皇上，你哭叫顶啥用？就拿出你不是"哈哈济""追儿"的气概来，处处要强，不用理皇叔父摄政王，能闯荡姑太我就喜欢，光啃书本不行，要有体察万民之心，像你父皇太宗一样。"

西西皇太后听了吓了一大跳，忙向哲哲皇太后说："姑太皇太后，您老可别宠福临了，他要是上天咱俩都抓不住了！"

哲哲皇太后说："西西，不要怕这怕那的，由他做吧！"

皇叔父摄政王日理万机，他咋能天天过问顺治皇上的起居行止啊。再说了，福临顺治皇上根本没在意多尔衮的严厉告诫，照样我行我素，就连额姆西西皇太后也约束不了，有哲哲姑太皇太后撑腰，胆子更大了。所以，福临顺治帝从小就对中宫哲哲姑太皇太后倍加感激、敬慕和爱戴。西西皇太后因有姑姑的谕旨，也对福临顺治帝不好多说什么了，只能是大事过得去，不出格，就可以了，对日常小事，尽量少管。

当时，在盛京时就有个老规矩，皇子和贝子们在小时候，都要遴选一些优秀的王公大臣的幼童子弟，进宫陪伴他们，一天天在一起陪读、玩耍、习弓、盘马，就像小侍卫一样，称为"哈哈朱子"。西西皇太后到燕京后，也专门挑选了几个哈哈朱子，时时陪伴在福临身边。西西皇太后还特意把这几个小哥们就像詹霸、巴图、猛峨、安珠儿找来，好一阵嘱咐，不要领皇上到处走，注意皇上的安危，别惹是非，有什么难事或者遇到什么危险的迹象，一定要马上禀奏哀家，一定要管住皇上啊！

扎呼泰妈妈

若出了事哀家可绝不宽恕！

接连这么一闹腾，你还别说，福临顺治帝的活动范围反而更扩大了，使他更轻松自如了！顺治皇上还真机灵，他善于抓住人心，先交好了身边的几个陪读的卫士、学士和护从，他知道这些人都是额姆皇太后钦点的得意心腹，也是她的耳目，要办啥事，都必须首先得到他们赞同和帮助。特别是巴图，那是万人难敌的武林高手，是朕的安危靠山；詹霸是通晓文史的大家，是朕的学识谋士，文案之事全靠詹霸了；至于猛峨、安珠儿都是朕的铁兄弟，而且都是为兄弟两肋插刀在所不惜的主。他们都是小机灵鬼，智多星，既有燕青之能，又有鼓上蚤之技，办啥事都是身脚麻利，无事不能，无事不成。朕必须和他们交成生死弟兄，使他们做到处处事事听朕的话，听朕的摆布才行。顺治帝真有办法，真把他们几个笼络住了，唯福临是听，调动得滴溜转。

福临自小在宫中被宠养成特有的、独一无二的、身为皇子的优越感，特别是从六岁开始懂事时起，坐在盛京皇宫八角龙庭的威严无上的龙椅上，继自己爷爷太祖武皇帝努尔哈赤，自己阿玛太宗皇太极之后，三代登极坐殿，百官朝贺，君临天下，何等威武，何等神往。自己不是一般人，是受天命、天赐的君王国主。这种自豪、自傲、自强不凡之心，在他幼小的心灵中不时地显露出来。别以为福临是个七八岁的孩子，那也是烙印刻骨深哪！在他记忆中十分清楚，当时给他下跪的就有自己的大爷、叔叔、伯伯、姑姑们，真是天老爷是老大，自己是世上第二人了，能和自己平起平坐的世上唯有中宫姑太皇太后和自己额姆西西皇太后，她们手拉着我并坐两侧，享受众王爷、贝勒、贝子、宗室王公、嫔妃、文臣武将的朝拜，而且都是三呼万岁，行三跪九叩大礼。在福临心目中，也包括詹霸、巴图、猛峨、安珠儿，他们听福临顺治帝的号令是天经地义的礼义和君臣之道，皇上是金口玉牙，万人倾心，哪有敢悖朕意之人！

所以，福临顺治皇上非常理直气壮、气宇轩昂地看待一切事物。当他进入燕京，随着年岁的增长，社会阅历的丰富，万人对自己的景仰益深，所以当见到听到皇叔父摄政王多尔衮在满朝中处处以圣上自居，"竟以朝廷自居"，以代朕传旨都变成他自己谕旨，甚至在"一切政事及批阅上命，擅作威福，任意黜免"，而对圣母西西皇太后全不放眼里，竟常有驳斥、不屑一顾之态，对朕更常视如襁褓乳儿，全不放在眼里，因此福临顺治帝对皇叔父摄政王看不上自己的态度，更是不可接受，愤懑已极！他总想跟皇叔父申辩、顶撞、痛斥一番，但总是时时处处受到两宫皇太后的严加告诫、管束，尤其是额姆西西皇太后常常背地里严词勒令不许胡来，甚至含泪与朕分说，自己只能一忍再忍。日月如梭，随着年龄增长，自己懂事后，这种不能容忍的情感更加折磨人，真是痛苦已极！

不单是福临一天比一天不可容忍，就连至高无上的西西皇太后也很难容忍。说实在的，也真太难为她了。孤儿寡母，她的日子最难熬，最痛苦，要受几方的气，还要多方去好生地应对。这种痛苦日子，时时在折磨着她。

众位阿哥呀，朱伯西我讲到这里，也真为大智大勇、大慈大悲、胸怀如海的西西皇太后叫好，她真是一位难得的圣母皇太后哇！

俗话讲，万水归源，万事归宗，千根针一条线，纵有多少事最后都归到西西皇太后身上。有多少难事、争吵事、攻讦事，最后都归到西西皇太后那里，最终都由西西皇太后去收场，去调和，去中和，去化解，去安抚，把一切化为乌有。这个能耐，唯有西西皇太后能驾驭，就像如来佛祖的手心，都在她的掌心中，一切纠葛经她去平衡、化解，和好如初，保持昔日正常的人际秩序，使车照样往前走，车轮照样往前转，不生偏差，未有颠簸，使外界人一点也没有任何感觉地拼命奔跑，受不到震动和影响，这个可敬可爱的人就是大清国的西西皇太后。

要知道，大清国从盛京进燕京，君临天下、母仪天下的掌舵人仅仅是一位刚刚三十出头的蒙古女子。太宗在世时她就被封为庄妃，深受宠幸。在太宗皇上皇太极一生戎马生涯中，他宠幸的女人很多，其中最宠爱的就是宸妃和宸妃妹妹，即西西皇太后，不仅有姿色，美若天仙，而且是当年科尔沁蒙古草原上万人仰慕的娇娇明月。林丹汗曾垂涎三尺，最终为赫图阿拉的皇子皇太极所得，她们聪明贤惠过人，深得太宗的钟爱。

前书说过，宸妃早逝，西西皇太后当年是太宗的亲随，征战到哪里就随驾到哪里，夫妻笃爱，形影不离，在两情如漆似胶之际，太宗溘然长逝。这对西西庄妃的打击太大了，几乎产生为太宗殉葬之心。但是福临太小，又要为福临继任大统之事左右周旋。在一片混乱之中，多尔衮与豪格为争得皇位，互相争斗已达烈焰迅猛燃烧的程度。她凭着自己的身份、睿智和伶牙甜嘴，辗转周旋在众王爷、众贝勒、众贝子之间，赢得八方对自己的好感和同情，使自己这个美貌绝伦的寡妇能够被众星捧

扎呼泰妈妈

月，转危为安。豪格退出争皇位的角逐，睿亲王多尔衮是最有希望争得皇位的人选。为了西西庄妃，也为了对得起皇兄皇太极对他的知遇之恩，他主动放弃了争夺皇位，让给了西西庄妃怀中的冲龄九皇子福临，使轰动一时的皇位之争总算偃旗息鼓了。福临登极称帝，从此，征服明廷，定鼎燕京，迎来大清一统天下。

可是，事情并未结束，进入京师后，随着八旗军节节胜利，迅速平定陕西、江南、湘广，万民归清。面对这一大好局面，睿亲王多尔衮总是不心甘情愿，认为自己功劳最大，天下是他打下来的，西西皇太后和福临是坐享其成。于是，时不时便流露出他对她们母子恩深如海，常向西西皇太后邀功邀赏，并通过亲信何洛会等人向西西皇太后透露此心情。

西西皇太后是个明白人，能不心领神会吗？便顺水推舟，一切百依百顺，尽量让多尔衮高兴满意。她深知多尔衮主要是要"名"，要地位，他不缺女色，自己虽仍如丽人，多尔衮尽管好色，但也不会伤害自己。满洲众贝勒爷日日都有少女陪伴，此时，多尔衮就享有至高无上的名声显位。西西皇太后想，只要为福临把握紧皇帝的位置，其他什么都可以满足睿亲王多尔衮。要巧用他，善用他，又要把握好分寸火候，便主动在众王爷大学士中提出封睿亲王多尔衮为叔父摄政王。就是说，大清国一切权策皆由睿亲王统管，一切权利归于多尔衮一身。历史上真正的摄政王也屈指可数，而真正握有实权者甚是寥寥。这样，使多尔衮和多尔衮的一群追随者都心满意足。这还不够，西西皇太后还要把人情送到底，又进一步册封睿亲王多尔衮为皇叔父摄政王。而且在册封中一再强调圣谕，今后在各种场合和各种文书上，必要在叔父摄政王之上加"皇"字，其更深的意思就是说，叔父摄政王本人也有皇权皇威，是代表皇帝行使权柄，应视叔父摄政王如见到皇上一般。这样就把多尔衮推上了顺治皇上之下的皇极地位。在多尔衮和他的贴身亲随的心目中，常常把福临顺治皇上忘掉，只想到自己头上这个"皇"字了。

说来，这正是西西皇太后聪明过人之处，知道他心中所追求的就在这个"皇"字上，不如将计就计，就给他这个"皇"字，看他如何对待这个"皇"字。说实在的，西西皇太后提出"皇叔父摄政王"这个封号时，也受到过抵触。

首先就是中宫姑太哲哲皇太后，曾对她说："西西，这可是大事，你要掂量好，易惹非议呀，也容易为多尔衮所利用。"西西皇太后详问其理，哲哲皇太后便说："皇叔父，皇叔父，叫惯了，叫急了，就成了皇父摄政王，你可就吃亏了！"西西脸不红，忙说："姑姑，我不怕，只要为大清的江山社稷，何惧非议。"

再一个执意反对者就是福临顺治帝。自从到燕京后，福临好像越来越长大了，懂事多了，他特别不愿听到"皇叔父摄政王"的封号。为此事背地里母子俩曾多次争吵，令西西皇太后费尽了多少唾沫口水，向皇儿解释，可是不管怎样耐心劝解，就是说不通福临顺治这个倔强的小皇帝。更令西西皇太后伤心的是，福临顺治皇上话里话外也有莫大的误解，他说："额姆皇太后，不要给他这个封号，这个封号好像朕的皇父一般！不要太张扬纵容九叔，人的私欲犹如深涧沟壑，永无止境，很难填平满足的！"

事实上，正像姑太哲哲皇太后预见的那样，不久，便在京师，在明臣对清廷怀有切齿仇恨的人群中，甚至在民间中确传出诸多飞语，从皇叔父摄政王的封号中，随心所欲地谣生出"太后下嫁"等绯闻，不胫而走。此语也传入顺治帝和西西皇太后耳中，引起母子不少唇舌和口角。西西皇太后多次说过，后来也曾提起此事，她说："有的人以小人之心度君子之腹，我们蒙古人不像满洲人，满洲人确有大舅子、小叔子互相嬉闹，更有易女之事，这是部落故俗。我们蒙古人，忠贞不移，最恶女人欺瞒丈夫，为人所不齿。俗话说，路遥知马力，日久见人心。多尔衮从年少时便贪女色，都知道他是花花公子，身边有我们蒙古的美女，还贪占别人的妻室，将自己美妻的妹妹豪格之妻霸占为己有，还倚势逼朝鲜晋献美女。逼朝鲜献美女后，还不满足，认为不美貌，要求更换，令朝鲜国王日夜难安。他只求未婚少女，纵其玩耍，根本不缺美色！多尔衮深知哀家禀性，武功马术不逊于他，他安敢欺我！我曾在'布库'中摔倒过非礼的莽古尔泰、多铎、阿济格，他是亲眼领教过的！"

在皇叔父摄政王多尔衮的眼中，西西皇太后那是一位带刺的玫瑰，他心有余悸，自知自己底细、心计、口齿都赢不过西西皇太后。有时他感到，西西皇太后有一股不可征服的威力在震慑着他，使他总在西西皇太后面前有所拘泥。这也就是说西西皇太后不用多说话，她的身威就令他冷静下来，能降住他。

对西西皇太后来说，给她惹事的人就是自己的皇儿福临顺治帝了，真拿他没有办法。福临都是自己惯的，娇生惯养，长成如此这样的性格。他真是天不怕，地不怕，什么都敢问，什么都敢去尝试，什么都敢去碰，事事好奇，有强烈的自尊心和占有欲，征服感。福临自小就不唯唯诺诺，敢跟任何人吵，争个面红耳赤。这也是令西西皇太后最头疼的事，说不服他，他就闹、就问，就打破砂锅问到底，绝不被任何权势吓住退缩下来。福临很像他皇父太宗皇太极，也像额姆西西皇太后，善辩、善争论，也有自己的一套套道理，因他读书甚多，远比西西皇太后的知识、经书、典故知晓得多。西西皇太后根本说不过他，西西皇太后常被福临问得无言以对。母子俩只能是互不吱声，坐在那里干生闷气。娘俩争执的焦点就是皇叔父摄政王多尔衮，应该怎样对待他才合情合理。

西西皇太后认为顺治皇上你太小，还没有理政，一切听额姆我和你姑太皇太后安排，你不要瞎掺和，把事弄大了，得罪了九王爷你叔父摄政王，那他可就撂下挑子甩手不管了，或者干脆翻脸不认咱们娘俩，不把你看成是幼帝，我行我素，到那时，咱们一切都完了。咱们没有多大能耐，也无法扭转乾坤，就是你父王时代的满朝将臣帮忙，也抵不过九王爷两大白旗兵马干将和大臣们的力量。孩子啊，一切要忍，额姆我为社稷江山，为你长大临朝执政，什么苦、什么罪、什么讥言讽语和外边恶意攻击、毁我声誉我都能忍受，甘愿忍受。皇儿啊，有啥大事，由额姆我扛着、擎着、顶着、受着。说着，西西皇太后热泪难抑，甚感委屈。

可是，福临听不进去，也甚是任性，就不解其母之心，一味认为额姆西西皇太后怎么这般软弱，好像有什么把柄被人家抓在手里一样，对叔父摄政王太迁就、太忍让、太奉迎、太信任过度了。反之，对自己的约束越来越大，动辄得咎，活像范文程大学士给讲的，西天观世音菩萨给大圣孙悟空头上硬套上个箍儿，太狠心了！说着，也伤心地吧嗒着流眼泪。

说来，福临顺治皇上真是不了解慈母的一片用心，还是冤枉了西西皇太后对皇儿福临的一片慈母心。她非常喜欢福临，福临机灵、勤奋、好学，从小就懂事、省事、悟事，五岁就会背唐诗，习汉文，深得大学士希福、范文程以及后来的洪承畴、冯铨等人的赞誉。福临从不知偷懒，手不释卷地读书。因勤奋，从五岁以来福临就常出鼻血，昏眩过去，经太医诊治，言其"郁火攻心所致"。西西皇太后非常心疼福临，不敢再催他苦学，他也能够自觉苦学，从不用别人操心。要说操心事，倒是因为他总好过问政事，引起多尔衮的不满。关心政事，这一点非常像其父太宗皇帝，天生就爱问民生大事，总视救民出水火为人生己任，因此过早就心涉时务，甚至忘却歇息茶饭，愁得不得了！这使西西皇太后心中暗自高兴，十分欣慰，真是没有辜负自己的一片心，也让已逝的太宗皇上皇太极没白抱过他，给他起"福临"的大名，真是个好苗子，是大清国龙兴之福哇！想到这儿，西西皇太后又不生气了，也不掉泪了，然后叹了口气，自言自语地说："唉，福临终究还是个孩子，不能跟他一般见识，不要太苛求了，让他一点一点地理解额姆的心意和苦衷吧！

与此同时，西西皇太后又进一步想，这多尔衮因权大势大，说话处事也真不像以前的姿态、口气了，对他既要听之任之，又要记住姑姑的话："凡事多有所思，多有所设，多有所备，也不是坏事。"想到这儿，便对福临顺治皇儿的一些质问有些理解和感到顺耳了，于是又对福临说："皇儿啊，你一天读书也要珍惜身体，累了，可以出去游赏一番，过问一些事情也不是不可，也是练达自己处事的能耐，事事处处皆学问，也说得上精研圣贤书。记住，有事先学会放在肚子里，先跟额姆说，不要去搅扰皇叔父摄政王，有事额姆和姑太皇太后替你办，替你做主。"

西西皇太后和福临顺治皇上娘俩的激烈争论，还是西西皇太后忍让几步，福临顺治帝赢了，占了上风。尽管如此，西西皇太后心中有数，表面上让着皇儿，暗地里管束依然很严。皇太后又把詹霸、巴图召来，严谕两人，凡皇上有任何举动一定及时禀奏，没有哀家之谕旨，不可轻率依从皇上的任意所为。詹霸、巴图叩谢皇太后的托嘱和信任，然后唯唯诺诺地退了下去。

正如西西皇太后早已料到的，福临绝不是一个省油的灯，绝不会闲着，必会有新的动静。果不然，福临觉得眼下正是旧历七月，已进白露秋分时节，在京师已经熬过了闷热满身淌汗的苦日子。这样的生活，福临过去在盛京时哪受过呀，家乡风光宜人，气候畅爽，生活多舒服哇！在燕京这个地方一连熬了两个年头，每到旧历六月以后，一天比一天闷热，开门开窗也受不了，外边比屋中还闷热十倍。他曾哭着跟额姆皇太后闹吵，要回盛京，躲过燕京像在笼屉里蹲着一样的日子。为此，遭到额姆皇太后的申斥，他不敢再闹了。圣母皇太后专命内大臣到冰窖中一日五换冰盒、冰虎、冰象、冰鹿、冰狼、冰蹬脚，就是用薄铁或薄铜打造而成的涂着彩漆的各种动物形体，肩上有盖，打开盖后往里边摆满小

扎呼泰妈妈

冰块，放入各宫中散发寒气，使室内空气得以降温。不过，必须得勤换，由侍卫们、侍女们将这些外形好看的小薄铁、薄铜容器中的水倒出，再装上新冰块，这样随时换随时装。这些冰盒造型生动，形象逼真好看。可就是苦了宫中的众侍人、公公们，一天天总有一群人背着冰盒篓，往皇太后、皇太妃、皇上、嫔妃、皇子等宫中送，很是忙碌。就是这样，福临还是觉得热得受不了。不过在西西皇太后的严肃约束之下，进入顺治二年小暑以后总算习惯多了，不闹吵闷热了。

在这里，朱伯西我多说几句，北京盛夏的防暑，说来从元明以后就开始了。因为京师不比辽东，入暑以后，一日热甚一日，直到旧历八月之后才一天天凉爽起来。所以京师人民自元明以来又有一种特殊的营生——"冰活儿"，就是专门供应冰块的。明代官家叫"冰局"，私家称"冰铺"，管经营冰块营生的差人尊称"冰掌柜""寒爷""冰翁"。"冰局"主要为明朝王爷府、将门府邸供应冰块，私营者供应商贾、饭馆和仕宦人家。但总的规模都不大。进入清代则不同，京师的冰业颇有规模，这与满人进关后，从顺治朝起就非常重视供冰行当。西西皇太后、顺治帝一再强调振兴冰业，清《会典》有详细记载："冰局"有专门官员统理，从冬季起便在御河、北海、什刹海破冰取冰块。冰块大小都有一定规格，宫中用冰，王府用冰，一般官宦用冰各有出处，从不混淆。特别是打冰、运冰、窖中藏冰、窖中摆冰、垒冰都甚有技术和讲究，否则使冰块滑落，实难摆平摆高。清代专有藏冰的"冰博士库"，即冰师傅，专门通晓如何在冰河、冰湖中选冰、凿冰、运冰，筑深层冰窖藏冰，堆积冰块，如何除积水，将冰块陈放良久之技法，是门学问，大有讲究。故此，这些人俸银高，深受敬重。进入康熙、乾隆朝之后，北京京师的冰活儿，甚至冰嬉，在京中百姓和宫中都甚为活跃、讲究。朝廷对冰的需求主要在夏季，有庞大的"冰局"掌握一定的规模并对其管制使其益加完善，本书就不多叙了，那是后话。

说到这儿，朱伯西我还要专讲一个京师中的奇景。说奇，也不奇，似乎是司空见惯的，可对于从长城之外辽东盛京进入燕京京师的满洲八旗子弟和清宫中的小皇帝福临，到京师之后，却感到奇了。每到入暑以后，北京城中粗柳、老槐、古榆树上传出日夜鸣叫不息的知了声，此起彼伏，其声高亢、嘹亮、清脆、悠扬、悦耳，这是在关外享受不到的美好虫鸣。福临最头疼，最惧怕的是旧历七月、八月天闷热得难以入睡，大汗淋漓，全身发痒，前书已述。可是，这种小虫的鸣唱，又是一喜一惊。在北京，它大名叫"知了"，大概四五月间出生，八九月才死，有三四个月的时间在茂柳高槐上嘶叫。在老北京住的人家，都习惯了，可是对关外来的满洲人可就甚感稀奇了，对它产生了极大的兴趣和喜爱。从元明以来，北京的老人孩子就有制长竿"粘知了"的技艺。北京城里各街巷专有售卖"粘知了竿""知了盒""知了罐"的，各式大小的"知了盒"，堪称一景。

再说，福临小皇上，凡事都好奇，这"知了"又叫"鸣蝉"，把福临迷住了。自从福临到京师宫中之后，令他神奇向往的是，每到盛夏，宫中树上便传出来非常悦耳的蝉鸣之声，此起彼伏，中午尤甚。这是在盛京时从来没有听到过的秋韵，他非常好奇，总想找到这个小生物，看它究竟长得什么样？怎么叫出声来的？声音怎么这么响亮、宏大、清脆、悦耳，像共同在奏乐唱歌似的，为什么要叫？是传达什么意思？福临就曾问到额姆西西皇太后，皇太后不耐烦，也不十分清楚，也是进京师后乍听到的，便叫詹霸、巴图找明代宫中留下的老公公打听，让皇上懂得。福临就专由老公公领着天天捉鸣蝉。你还别说，还真抓到几个，放在老公公编的柳匣之中，让福临仔细观察。

福临天生就是一个遇事好琢磨、好想的孩子，他就蹲在小凳子上，两眼死盯着柳匣，仔细瞧是怎么响出的声音？他放一个，再放一个，鸣蝉都飞跑了，公公和侍人们到处抓。有时夜里醒来，还看鸣蝉的动静，很有耐性。福临还是一个贪玩的孩子，他跟皇爷努尔哈赤、皇父皇太极一样，什么事都必须弄通，必须真正懂得问题的症结在哪，凡事不研考清楚，决不罢休。

福临带着猛峨、安珠儿双眼盯着小柳匣里边的鸣蝉，在没人碰它们时，有时也振翅而鸣。今年，老公公爬树抓来一些鸣蝉，摆在了福临顺治帝的宫中。在读书习字之余，福临欣赏小鸣蝉的英姿，思考群蝉鸣叫的原因。

一天福临高兴地向姑太皇太后讲解鸣蝉的奥秘，"是因为它们寻找伴侣，拼命地磨擦亮翅，它们是在互相说话呢！"探明了鸣蝉鸣叫的奥妙，总算让喜动的福临安静了一段时间，也不闹西西皇太后了。

可是，事过不久，福临顺治皇上又来到西西皇太后的身边说道："额姆，朕到燕京快两年了，除去园坛祭天外，还没有出去看一看这么大的燕京城。顺天府尹送来的春牛、春饼、春果、秋柿、秋栗，永定河的大鲤鱼，厂甸庙会的油茶、炸糕、炒肝都吃着了，还看过送进宫里的碑帖、字画，可就是没亲眼见一见，额姆领朕走一趟吧，朕要见识见识这个北京城。"

这真像一声炸雷，西西皇太后的头嗡地一下，当即不知如何回答是好。眼下虽然清军已完全控制了长江以北的京城、天津、山西、张家口等地，最近甘肃、陕西已经平定下来，人心归清已成定局。南明福王虽已被擒，但是朱氏的反清后裔又在两广等地再树政权，南方和西南仍是战争激烈，有没有反清力量渗入京师，很难说，不可麻痹大意呀！

西西皇太后心中更清楚，皇叔父摄政王以铁师征明，顺我者昌，逆我者亡，不允许敌方有半点的迟疑，唯有投降，可以易服剃发为清官，可以保留原职原官，甚至可以升迁，委以高任。多数明官被越格提拔，并有极丰厚的赏赐和名位。否则，唯有自尽或被斩决。西西皇太后多次听到范文程、洪承畴、希福、宁完我及后来的冯铨与死去的谢升或委婉或死谏摄政王能高抬贵手，"温和进军"，"以笑争人"，不要强圈民地，更不要威逼汉人按满俗"剃发"，"民习古风乃祖宗千年之故习，非可用刀箭或一纸行文便能一朝更改的，否则必酿大祸"，"即使通行，变后恶语难消。"哲哲姑太皇太后、西西皇太后，虽心里不反对摄政王进军之虎威，也惧怕"民反"，"结怨广众"，"遗患无穷"，因此多次劝阻摄政王"温和进兵"，"勿谈剃发"，清军各旗占用民地不可滥扩豪夺，民无地何以生，必将是官逼民反，会有新的闯军，重蹈天下。摄政王严词回拒，至今在清八旗军威之下，表面显现升平之世，可是反清的火焰可能在地下猛燃，目前时局尚乱，仇心暗涌，怎么能让福临这孩子出宫游赏呢？绝不可以，可又怎么安抚住这个任性的福临呢？真难住了西西皇太后。

西西皇太后先好言安抚皇儿："让额姆先想一想，然后再告诉你，先安心读书，完成众位大学士色夫们给皇儿留下的课业，勿使额姆悬念。"福临只好听额姆的话，回宫继续读书。

福临走后，西西皇太后先去叩见姑姑皇太后，向老人家禀告福临的出宫要求。哲哲姑太皇太后听后问道："西西，你有何想法？"其实，她们姑侄之间无话不谈，感情至深，她们也常常议起军情政事，一切了如指掌。

西西皇太后开门见山地说："姑姑，我倒不担心社会是否安定，皇儿终要临政理事，也不能总是关在笼子里，见不到外界的世面，还是让他多见些事，懂些事，想些事更好，好孩子要在烈火中去磨炼，在各种危难中去磕磕碰碰。侄儿意思，选好护卫人，让他出去闯一闯！"

姑太皇太后笑了，说："西西，你这不想得很周到么，这就对了！我意先不要告诉摄政王，他知道了，又要千遮万挡不准出宫。你找几个可心人商议一下，千万保证福临的安全。你我无法亲自投入民间，福临或许是咱们的耳目之寄呢！"

西西皇太后得到了尚方宝剑，心中就更有主见了，回到宫中便想究竟该找哪位大师傅商议此事呢？范文程大学士？不行，范大师傅心太软，根本说不服福临，绕来绕去就被福临给绕进去，最后只得听福临的，由福临的性子来。再说，范文程大学士对摄政王有几分惧色，他也不会愿意掺和此事。冯铨大学士，福临倒很尊重，但相处时日不甚长，福临与冯铨大学士还不甚亲近，冯铨也不成。西西皇太后思前想后，能与之商量，真正能帮哀家出好主意的人，那就是最熟悉燕京，又在燕京上下层人士中最有威望的即当今的兵部尚书内院大学士洪承畴。他也是深得皇叔父摄政王多尔衮倚重之人，当然也是就连内宫的姑太皇太后、自己和皇儿福临也都信任和依靠的原明朝总督大人。西西皇太后认为洪承畴最合适，他也最有心计和办法。

想到这里，便命詹霸学士去武英殿即摄政王议事殿中，不要惊动皇叔父摄政王，悄悄将洪大学士给哀家延请来，不论他有啥忙事，即便是在紧急处理军情，也要拨冗来太清宫一趟。

詹霸受命后便匆匆去了。

洪承畴果真在忙于招抚湖广明臣之事，正向他的亲随李鉴等面授机宜。洪承畴当今可是大清立国的第一功臣。皇叔父摄政王多尔衮之下，虽有辅政王济尔哈朗等众王爷大臣，但真正举足轻重者多尔衮第一，洪承畴第二。在满洲八旗众将领都统、副将、参领、备御以及所有旗人诸姓，都甚是感激"洪哈番"[①]，称他是"洪巴图鲁"，帮助大清开拓了新天地。如果赏赐功臣，天下最高的奖赏那就应该给"洪巴图鲁"。所以，洪承畴在满汉人士之中，他的威望和影响、地位，实际上又高于多尔衮，可以说是皇太后、顺治皇上之后，第三位者就是"洪安班[②]哈番"了。

洪承畴闻听是西西皇太后宣召，知必有要事，便点头示意说："匀

---

① 哈番：满语，即官。
② 安班：满语，即大的意思。

速去禀奏皇太后，知晓了。"詹霸退下回复皇太后。

果不然，西西皇太后刚刚摞下多尔衮呈上来的军情疏文折子，便听苏老公公奏："内院大学士洪承畴听宣候旨！"西西皇太后马上站起来，并未命苏老公公去宣召，而是同苏老公公一起走到宫内内暖阁处，苏老公公掀展黄绫大门帘，习惯地喊："大学士请——"。

洪承畴正躬身在内暖阁门槛外，门帘一打开，他见到西西皇太后慌忙躬身施礼。西西皇太后笑着说："洪大师傅，快快请进，请进。"洪承畴急忙走进来，随西西皇太后进入内暖阁。这都是新修葺后新辟出来的宫舍，并未有进入后来修葺一新的慈宁宫，这里也是刚刚入住还不过半年。

洪承畴落座之后，首先开言道："皇太后，不知宣臣入宫，有何圣谕？"

西西皇太后让侍人献茶，自己坐在洪承畴的对面，便将福临顺治皇上想要出宫巡游之事，详细学说一遍，又说："大学士，哀家实在没有主意，究竟如何答对皇上，这孩子任性，他要办的事总得办成。这也是缘何哀家平日可怜他从小就孤苦伶仃，太宗早早驾崩，失掉父爱，便总是不想拗福临的性子，一来二去，把孩子惯得太有主见，太任性子了。可此事非同一般，出宫巡游，怕生出闪失，又怕摄政王怪罪下来。大师傅，为此事特召您进宫，哀家想听听您的主见？"

洪承畴听后，思忖了一下，然后说道："皇太后，臣愚意，福临皇上天资聪颖，心装天下，虽在幼冲之年，却心系民谟，意在民众之间，此乃国家之福祉，万民之幸。臣意不该阻拦，让其见见世面，熟悉民情冷暖，为明朝亲政大有裨益，应助皇上成行为上策。"

西西皇太后又问道："若皇上出宫巡游，哀家最担心的是社会并不安宁，令哀家万分牵挂呀！"

洪承畴说："皇太后所言极是，要预先备办好皇上出行的路线，妥善选准扈从，至关重要。由谁陪同，首先必得是皇太后您最得力贴心的巴雅喇①，而且要有武功非同寻常的卫士不离左右。只可惜愚臣不能在京师随行皇上，只因受皇太后、皇上、摄政王谕命，七月近日臣暂离阙廷，驰往江南，招抚南国众多至今徘徊迟疑未附观望者。这些原明廷江南各省的总督、官员人等，以臣之诚意和声威，现身说法，昭宣德意，

母仪天下

———————————

① 巴雅喇：满语，即随从，总理杂务。

179

为此要务，不能留京助皇太后佐皇上巡视下情。不过臣可以召顺天府尹李鲁生来叩见太后和皇上。李鲁生原为明朝时户部给事中之职。其人祖籍燕山，武举出身，一生忠恳勤勉，是臣之属下，又是知己好友，对京师十分谙熟。说来，李鲁生此人，皇太后和皇上会有耳闻，他是大学士谢升的好友，共同抵抗李自成的大顺匪兵，后来归降大清，因其功现任顺天府尹之职。由他主持亲信，可做向导，手下武林人甚有名，京师一带地方皆在李鲁生掌控中，会保护皇上一行顺绥无虞的。"

西西皇太后听了很是满意，而且与她的想法一致，支持福临出外看看世面。洪承畴也最理解西西皇太后作为母亲疼爱顺治皇上的一片心思，从盛京走到今天，她付出了多少心血。一位年轻美貌的女子，今年还不过三十二岁，如果说稍失风韵，就是因为对福临幼帝的操劳所致，想了想又关切地说："太后，摄政王那边要妥善言说，或者就不用去说。皇太后为宫中圣母，乃国母，顺治皇帝的起居行走等亲御之事，臣子无权知晓。前明如是，历朝如此。臣明日就要起行南下，不能在皇太后、皇上身边奉侍了，恭希事事珍摄，万福吉祥。"洪承畴因很快要启程，西西皇太后也不想再挽留，便送至宫门，洪承畴拜辞而去。

西西皇太后心里很满意，尤其是临行前的几句话，更显洪承畴对她对福临皇上十分亲近。现在满朝文武大臣都围着皇叔父摄政王多尔衮转，都不敢得罪多尔衮，甚至有不少人宁亲近多尔衮，疏远西西皇太后、顺治皇上，怕多尔衮和他身边的众亲随怪罪。而洪承畴能在这关键时刻帮助西西皇太后出主意，就更令西西皇太后倍感不易。她深信："洪承畴与哀家是一心的。"

洪承畴的话虽不多，但句句有力，使西西皇太后马上又在眼前浮现一人，那就是巴图鲁鳌拜大将军，这可是先皇太宗最得意的身边勇将。此人正黄旗，曾在与明廷鏖战中救过皇太极。他早期跟随其父卫奇，主要在蒙古科尔沁部明安贝勒处做满蒙联盟的要务。鳌拜兄弟从小就生在大草原，他们父子为努尔哈赤、皇太极可以说真是鞠躬尽瘁，功高盖世。哲哲姑太皇太后、西西皇太后等与武皇帝努尔哈赤及其子孙联姻，成为一家，水乳交融，都是鳌拜父子们筑建的。鳌拜忠勇，武功甚强，控制两白旗势力的多尔衮早就十分嫉妒，双方矛盾甚烈。鳌拜与豪格像亲兄弟一样，都是两黄旗的主将。西西皇太后知道，鳌拜与豪格征伐陕西李自成流贼，李自成被斩，后又奉命进入四川，斩杀张献忠，收复遵义、茂州诸县，近日已回京在府上小住数日，不久前还进宫叩见。福临顺治皇上也非常喜欢鳌拜、豪格等众将，他们从心里投缘，情感融洽一致。好，哀家就召鳌拜，让他扈卫福临出宫巡游，万无一失，哀家就一千个放心了。

次日晨，詹霸学士、巴图侍卫报："顺天府尹李鲁生宫外候皇太后听宣。"

西西皇太后大喜，洪承畴办事就是麻利认真，他行前就先把李鲁生召来，可见洪承畴一定是辞别皇太后之后，就急匆匆去找李鲁生，向他做了详细交代和嘱托，然后才去办他自己的南行诸事。李鲁生也真认真，一大清早就进宫候旨，真不愧为尽职尽责之人。西西皇太后便忙命宣顺天府尹觐见。

不大工夫，刘老公公领着李鲁生府尹进宫，叩见西西皇太后。这刘老公公还得多介绍几句，他原来是随侍中宫哲哲皇后的，跟随有年，为人办事细密，甚谙宫中礼仪，且又通书艺，为哲哲喜爱，是太宗在世时专门由内大臣的帮助从众公公中选拔出来的。太宗驾崩，哲哲皇太后由盛京来燕京，刘老公公一直陪伴左右。这些日子因西西皇太后总进宫中讲述福临顺治帝年幼好学好动，也甚喜书艺，常磨皇太后给画虫鸟松鼠、游鱼戏水、海棠牡丹等。西西皇太后还真不甚熟绘画技艺，每画一物，累得头眼昏花、腰酸腿疼的，詹霸等学士的画艺也一般，惹不起福临的执拗，又不能对他的兴趣泼冷水，怎么办呢？可愁坏了西西皇太后。谁想，一日在姑太皇太后面前，没由心地将福临闹事，磨她画虫画蝶画鱼，可把她累蒙了，不能答对的一些事，向姑姑皇太后诉诉苦衷。

这话让姑太皇太后入心了，当即说道："西西，这有何愁？就让姑太我身边的'刘姐'过你那边去吧，他不但画艺有名，又最温存体贴之人，还很会逗孩子乐。他跟福临在一起，你我都放心！"哲哲皇太后说的"刘姐"就是刘公公，甚能体贴皇后，有女人禀性，哲哲把他称作"姐姐额云"。刘公公受宠若惊，叩头拜谢娘娘，从此就这样叫出来了。不过，"刘姐"的称呼，那是有专利的，唯有哲哲皇太后这么一直叫着，其他人都仍尊称"刘老公公"。刘老公公近些日子才由哲哲姑太皇太后身边搬到西西皇太后这边，因他年高德劭，到西西皇太后宫中之后，便成为众公公之首。他是西西皇太后最信任最敬重的贴身主事老公公，比原来的齐老公公更谙通事理，指挥若定，众公公都被摊派得个个闲不住，做什么大小差使都感到顺心思，腿脚再累也心甘情愿。齐老公公也很愿意退居二位，听从刘老公公的安排。

这不，顺天府尹李鲁生进宫，就由刘老公公引见西西皇太后，叩头毕，西西皇太后让座。李鲁生是第一次有幸瞻仰和叩见当今圣母皇太后的天颜，诚惶诚恐，根本不敢正位坐下，只是上半身倚在金丝绒的绣凤案椅边上，低着头，双手扶膝，满头直冒汗。他万分紧张的样子早让刘老公公看在眼里。刘公公是宫中老人，遇到这种场面，都想方设法给打个圆场，让被召见的臣子们心绪安宁一些，否则常常出现万分尴尬的局面。圣上问什么话，下边受召的臣子们，两耳就像聋子一般，什么也听不到，呆若木鸡，最终被公公们搀起带出宫殿，半天才能恢复过来，耳、目、口、鼻、双手、双足才恢复了本能。那时，后悔已极，可惜错过了良辰机遇。

这时，刘公公连忙手挥拂尘，笑着俯身向西西皇太后大声地说："恭喜皇太后，今日召见顺天府尹，他可是功高盖世。皇太后、皇上，自打进入燕京，御膳房献上的京师蜜饯、果脯、荔枝、桂圆肉、桃仁、松子、染红的瓜子仁和青、红丝的八宝粥、金丝枣、花生粘、小花生、倭瓜子，八月仲秋京师闻名的什锦月饼、提浆月饼、翻毛月饼，都是李鲁生府尹率京中名师炮制献给皇上、皇太后的。李府尹可是自大明朝万历四十七年以来顺天府任最有名的府尹大人，是明宫、清宫里的衣食司库，每年献春都是由李府尹亲自呈献的！今日，李府尹进宫，皇太后认识一下，让他向太后禀报一下京师的地方风物，他可是燕京通啊！"

刘老公公一席话，宫内气氛顿时轻松欢快起来。西西皇太后点头称赞，笑容满面地面对顺天府尹李鲁生。李鲁生此时也如释重负，绷得紧张的面孔开始舒展开来，手脚好像也有地方摆放了，坐在那里也自然了许多。因为刘老公公讲到了他对宫中的贡献，说到他的荣耀之处，也就有了自信和力量，忙说："这是奴才分内之事，分内之事，何足挂齿！"

西西皇太后忙命身边的巴图侍卫速去顺治皇上处，请皇上和他的小伴读们来这里会见顺天府尹。

不一会儿，福临和猛峨、安珠儿等来见皇太后。叩拜皇太后毕，西西皇太后说："顺天府尹进宫，讲述京师事情，你们认真听听，长长见识。"

这时，顺天府尹李鲁生慌忙站起，向顺治皇上叩拜，说："奴才，李鲁生给皇上叩头。"

福临顺治皇上很亲近地将他扶起，说："朕非常高兴认识你，顺天大名早已如雷贯耳。品尝顺天府献春的各式贡品，朕墙上挂着的三个大风筝，都是顺天府匠役的高超精品，朕甚是喜欢！"

西西皇太后和福临顺治皇上与众随从，这时才都全神贯注地注视李鲁生的一身装束，令众人都感到惊奇和喜爱。李鲁生被皇太后、皇上和众人看得又十分紧张起来，不知自己出了什么破绽，吓得又要冒冷汗。

还是刘老公公又给打了圆场，说道："太后、皇上，李府尹的官服，他也是头一遭穿在身上，自己还没来得及在衣镜前照一下，就让我给拉进宫里来，怕太后着急。"

确实如此，顺治二年六七月之后，百官的官司冠制礼才正式确定下来，而且立即按制裁制，并迅及颁发下来。李鲁生收到清朝官制官服才是昨天的事，还未来得及换上，刘老公公便赶到了府衙宣召进宫。他们之间早就熟悉，从明代以来就有个老规矩，顺天府那是天子脚下第一衙门，是与宫廷关系最为密切的，而且名声大，权势高，远远超过各地州府县丞衙门。皇宫一年四季的年节和日常生活需用都多由顺天府供给。每年春顺天府要例行进春，供春节应用品，赏鲜。所以，顺天府从明代起，就与宫中关系最亲近最密切。为了讨得宫中皇上的欢欣，顺天府与皇上身边的众太监关系最为知心，因为他们最知道皇上的喜好和想法了，宫里希望开春就进贡物，需要什么美食、玩物、赏品，只要问清皇上的众位宫奴和贴身太监就一清二楚了。所以，顺天府在明代、清朝宫中都有自己最知心的太监互通消息，使顺天府的府尹府丞得到皇上的信任和喜欢。于是顺天府尹们更会官运亨通，奖赏不绝。李鲁生和刘老公公也建起这种关系，他们成了知己。

刘老公公奉西西皇太后命，召李鲁生进宫，李鲁生当时还照样穿着明代的旧官服，清初时这是允许的，因未有清代官服，穿明朝官服，按其官服品级，降清后为清朝办事，这样一直沿袭了两年来时间。现在清朝官服制礼卜来了，刘老公公便嘱咐李鲁生说："别老穿旧袍子了，好像你还在留恋崇祯皇帝似的，穿上大清国新颁行的官冠服制，那多么光彩，让皇太后看了多么高兴啊！"这么一说，李鲁生匆忙穿上新官服，重新梳洗打扮一番，便急忙进宫。

李鲁生是顺天府尹，按清朝官制是正三品衔。新颁定的官服礼制，一、二、三品官，帽冠皆为花金顶，上衔明亮的红宝石一大颗，中嵌小蓝宝石一颗，格外威武耀眼。清初时服饰尚不统一，沿用明朝同阶官服，亦可穿青蓝缎衣衫，后来文官三品补服前后绣孔雀，朝带镂花金圆版四，每具上饰红宝石一。现在李鲁生戴新三品官帽，衣着青缎蓝衫，显得很庄重英武。

西西皇太后和福临顺治皇上虽然初次见李鲁生，得知他是已故大学士谢升的好友，格外亲近，感到特别亲密。福临皇上走过来，拉着李鲁生的手说道："李府尹，朕见到你就想起大恩师谢升大学士，他真是一位博学多才、正直忠厚的长者。朕从他的忠心中学到不少知识，长不少见识，令朕怀恋。李府尹，朕就想知道这北京城的风俗和特色古迹。"

李鲁生这时见顺治帝拉住自己的袖口，跟自己说话，早已胆战心惊了，想立即跪地叩头，只因顺治帝抓住他的宽大衣袖无法下跪，正在着急，这时西西皇太后说："李府尹，不必拘泥，此非在宫殿朝会，而是在哀家内宫，属于家中叙谈，不必强求大礼。哀家也想听听这北京城的古都风貌。"

西西皇太后的话，打消了李鲁生的顾虑，开始讲起北京城来，侃侃而言道："北京古城已有五千多年的历史，早在西周时代这里就是燕国之都城，后来故称北京为燕京。到金朝时，这里称为中都。元朝时成吉思汗建立大元帝国，北京被定为首都，称为大都，史称'元大都'，按蒙古语含义就是'大罕居住之城'。进入明代，明成祖朱棣进一步修筑北京城，永乐元年改北京为'行在'，成为朱棣发展壮大自己势力的北方重要基地。永乐十九年正月，朱棣正式由南京金陵迁都到北京。从此历史上出现了顺天府北京的称呼，称为'京师'，南京降为'陪都'。北京从此名声显赫。进入我大清，定鼎燕京，顺治皇帝洪福齐天，万民景仰，几朝名都北京益加光耀中外，与日月同辉。要唠起北京的特色古迹，奴才几天也讲不完，略禀寡闻名地，仅供太后、皇上圣听。

说起燕都北京，有三大奇观，燕都的古刹古庙是中华一绝，如白塔寺、护国寺、花市、隆福寺、东岳庙、吕祖阁、药王庙、九天宫、十八狱、火神庙、关帝庙、卧佛寺、报国寺，等等，年年香客络绎不绝，香火数百年不断，而且民间杂戏、戏曲竞相媲美，千姿百态，献神行善，围观者水泄不通。

第二大奇观，燕京是中华文明荟萃之地，传统节令均有各种展示，五光十色，又为京中一绝。如春节要过腊八、扫房、祭灶，除夕祭财神，喜迎人日，顺寻求福，上元节要走桥摸灯、打灯虎，放花炮焰火，阖族闹元宵，吃汤圆；二月二龙抬头，喜接姑奶奶；五月端阳迎请张天师和张贴钟馗神像，满屋撒菖蒲，艾叶包粽子；中元节放河灯；中秋节摆兔爷摊，赏月吃月饼；重阳、冬至亦各有京中特色，不一而足。

第三大奇观为京中小吃，为中华盖世一绝。若论京中小吃从辽金元明以来能点出数万种之多，若每天品尝一种小吃，就是吃上一年也吃不绝种。据《燕京岁时记》讲，北京的元宵都是先做馅，什么山楂白糖的、桂花白糖、枣泥、豆沙、奶油的，把糖化好后，掺上果料，凝固成坨之后，切成骰子形方块，一颗颗放在大笸箩里的干糯米粉上，紧摇晃大笸箩，使馅块滚上糯米粉，滚上的粉逐渐增多，便成了元宵。更有趣的是，做元宵还唱元宵歌，商铺伙计们会唱许多土歌土谣，边跳边唱喜歌，在喜歌声中滚元宵、煮元宵，阖家老少吃元宵。北京城赏灯笼的生意挺火，老人孩子都喜欢买灯笼，用一根小秫秸棍儿钉在当间，上边张一伞盖，柱子下边支撑着四个小人，形态各异，点蜡一烤，小人便转动不止。还有宫灯、气死风灯、龙鱼灯、狮子灯、巴狗灯、小兔爷灯、鲤鱼灯、鹤寿灯，都能转动，栩栩如生。

老北京的豆汁有数百年的历史，辽代就有做豆汁的。豆汁是老北京人离不开的街巷饮料，不拘贫富，都爱喝北京的豆汁，清香开胃，喝了赛过活神仙。老北京的豆汁专从粉房把生豆汁趸来，挑到庙前空场，支上布棚摊子，就地升火熬熟，哎，香气传开，老远都能闻到！摊子里摆上几张长条桌子，上摆四个大玻璃罩子，一个放辣咸菜，一个放萝卜干，一个放麻酱烧饼和马蹄烧饼，一个放油炸果子，最能招八方游客，生意兴隆，远近闻名。

老北京的凉粉、扒糕、灌肠、茶汤、油茶、豆面糕（驴打滚儿）、炒肝、炸丸子、老豆腐、豌豆黄儿、艾窝窝都驰名南七北六十三省，到京师都要去亲口尝一尝，否则枉来北京逛一场！

李鲁生兴致勃勃地陈述，真让众人流口水，还要讲，倒让福临顺治小皇上给打住了，说："朕眼下没有兴趣听这些京中奇闻美食。朕想知道自人清定鼎燕京即顺治朝开基以来，下边的民情俚俗，府尹大人能不能再讲述一二，让朕心中有数哇！"

李鲁生听后，马上低身谦恭地说："太后、皇上，大清国扫除流寇逆贼，以大礼安葬明崇祯帝后，如今天下太平，万民讴歌，国运亨通，外国来朝，臣等愿效犬马之劳，报效浩荡的皇恩。臣所在顺天地方，路不拾遗，夜不闭户，此天下升平前代所无，此乃万民之福，万民之幸也。"

西西皇太后、福临顺治皇上一听李鲁生这番话，全是在背诵颂文，非出于内心。别看福临顺治皇上人小，颇有天子风范和气概，便说道：

"府尹大人，不必背诵陈辞，朕就想洗耳恭听你的肺腑之言。"

李鲁生听后，忙跪下说："太后，皇上，奴才哪敢妄言，天下升平，万民欢悦，为我顺天府的实情，全赖圣母皇太后和皇上的洪福齐天和祥瑞恩赐！"

站在皇太后身旁的刘老公公说："李府尹不必话语吞吐迟疑，要遵旨说心里话，所见所闻，不该隐瞒，那可是抗旨啊。尽管大胆说，太后皇上已下旨不会降罪的。"

李鲁生也深知，皇太后、皇上都是圣明君主，既然问到这里，就得一五一十地禀奏了，藏或躲是逃不过去了。他想了想，也只能如此，要杀要剐只能受着了，就和盘说出吧。于是跪地叩头说道："奴才有罪，现如实陈奏。奴才数月来正为几桩奇案费尽心思，府衙仵作与狱监们正在民间访查，连续出现几起无头案和殴斗惨杀案，正在询访之中。奴才有罪，前未敢实陈，今皇上命奴才据实陈奏，奴才斗胆也不敢瞒饰。京师地方近年民怨屡升，皆因摄政王严苛政令，民不遵剃发制格杀勿论，阡陌良田尽行圈地，民无地亦无所倚，揭竿而起，被蛊惑者所唆，不听政令，致使社会震荡。又有歹人乘机售买土地，与满洲旗人相互结伙成一方之霸，他们有旗人官宦武将为后盾，狐假虎威，鱼肉乡里，生民不安，世道动荡。奴才废寝忘食，竭力要抚民之难，然终因年近六旬，多疾在身，难能担起大任，平定积怨，使社会宁静，奴才诚愿卸职归隐田园，派有为之臣勇担重务，以换京师安宁，释解皇太后和皇上的系念。"李鲁生一片丹心和自责，头不住地往地下猛磕，激动得声音嘶哑，泪流满面。

西西皇太后说："鲁生府尹，哀家前此已闻知此情，亦为之系念，责不在你。你忠于职守，夙夜匪懈，已做得很是上乘了，不必自愧难过。哀家、皇上对你甚为满意，更谢你敢于直言不讳，以社稷安危为己任，实可称道也。"

李鲁生听太后这番话，提到嗓子眼的心才落了底。

西西皇太后又说："哀家命刘老公公宣你入宫，就深信你的品德和为人。今有事相托，皇上要在近日出巡顺天一些地方，你要安排好扈从，做好接迎诸事，不必声张，一切事务刘老公公会随时知会于你，哀家谢谢你了。"

李鲁生又慌忙跪地叩头，说："皇太后，奴才谨记圣谕，当万死不辞。"

扎呼泰妈妈

西西皇太后被李鲁生的忠诚所感动，全宫内的人都为之心动。为缓解气氛，西西皇太后命刘老公公去御膳房取两盘子小饽饽和饊子点心，满语称"克什"，赏赐给李鲁生等人。在宫中常有赏"克什"礼仪，表示在与皇上叙谈之余，吃点茶点，调节情趣，"克什"就是赏赐之意。

话说诸事安排妥当，福临顺治小皇上就出行了。过去古诗，有"车辚辚，马萧萧"之句，这次，顺治福临在燕京的第一次出行，也颇有这种气势。尽管西西皇太后一再传谕，"不必声张"，"勿要惊动武英殿"，结果还是传了出去，最终让皇叔父摄政王知晓了，多尔衮专为此事到两宫皇太后所在的保和殿。此时保和殿已经修竣，即明宫中著名的位育宫，由两宫皇太后居住。这比以前住的地方宽敞、大方、气派多了。福临顺治皇上也随两宫皇太后入驻保和殿。西西皇太后就是不放心，谕旨众嬷嬷、侍卫陪福临顺治皇上住到自己身边，随时能有个照顾，一日不见面就惦记着，连姑太皇太后哲哲也是如此，总是福临长、福临短的，一劲儿打听、询问西西皇太后。所以索性就让小宝贝皇上始终与两宫皇太后住在一个宫中。

且说，这一回皇叔父摄政王多尔衮叩见西西皇太后，就开门见山、直言不讳地指出："国事方稳，皇上不宜出行，若有不虞，岂可预测。"这话说来，表面上确实有道理，但两宫皇太后自有主见。自多尔衮讨得皇叔父摄政王之封册后，朝中朝外诸多军务、政务，也包括满洲臣子、故明降清臣子的调配降迁，许多事宜都不与两宫皇太后打个知会，也不告谕皇上。但是，凡下一切旨谕皆以顺治皇上之旨意为名发下，西西皇太后和哲哲姑太皇太后确有想法，但不敢当福临顺治面谈论此事。因福临顺治小皇上有着强烈的自尊心、自信心、自强心，他听到后会暴怒气炸肺的，所以都是背着福临姑侄俩暗中议论，觉得摄政王做事欠思考。虽然摄政王主管朝中一切事务，代行皇权，有权发号施令，但是也应该尊重两宫皇太后，主动听取她们的意见。她们才是大清皇上的最高代表，应当多倾听和领悟两宫皇太后的谕旨方为妥当，办事才算周严谨慎，使大清开国诸多方略少生缺憾、遗漏和谬误，贻害本朝声威。

西西皇太后是个聪明睿智之人，十分关怀朝事，常从朝中亲信禀奏中知道许多事情，诸如强令剃发，逼迫划一，不剃必杀等。两宫皇太后一再主张"缓行""缓施""生民万类难求划一""不求衣表，唯求德政、仁政""以善施政，力戒嗜杀"。又如每每强谕摄政王，"入关旗兵，占地严苛，勿压民土，衣食无浇""圈地赛夺命，恐酿蝼蚁搬家之患""力倡佛说，仁爱为上"，等等，皆为两宫皇太后与皇叔父摄政王常议之语。而多尔衮为了办事痛快，也不想让两宫皇太后知晓太多，认为"妇人之心多软善，婆婆妈妈非男儿气""文武之道，一张一弛，然归根结底仍以武治国，天下太平""摄政摄武威，雷厉风行，安可蹒跚学步"。从顺治元年进入顺治二年末，这种议论愈加激烈。

福临顺治小皇上由于耳濡目染，也甚赞姑太、额姆两宫皇太后之意，此番福临顺治皇上想出去走一走，看一看，虽是出于自己的好奇和求政问政的热心，暗里却有两宫皇太后良苦用心，想更多知晓外界情况，体察民说民心民情，亦是为了初创开基之大清帝业。认为这个威武偌大的航船扬帆每一行程，每一进取，都一定要稳中求妥，稳中求稳，稳扎稳进。这样，大清龙旗才能飘扬万万年。正因如此，摄政王多尔衮向两宫皇太后表明心意后，首先还是哲哲姑太皇太后说话了："摄政王，你说得在理。可是福临吵着闹着一定要出去看看，他也懂事了，不是怀抱的婴儿，让他出去走一走，也不碍什么朝中施政和军务，不必过多疑虑，哀家放心。"

西西皇太后也说："皇叔父摄政王，您说的话哀家谨记。福临不会远走，去京畿观赏一番，就让他速速回宫。哀家会命最可靠的侍卫们扈从左右，万无一失，敬请摄政王放心好了！"

两宫皇太后都同意福临顺治出游。多尔衮明白了，这就不可遏止。心想，一帮小孩子，出去看一看，能有何大事，就让他们出去玩一玩吧！这么一想，也就安心了，于是告退出宫。

说来事实也正是如此。在满洲皇室之中，自武皇帝努尔哈赤起，就常常外出巡游，不是令人吃惊的大事，而且满洲皇室已形成了传统，多喜出行，不受拘束，更随和、更自由，也更方便，不必兴师动众，搅扰八方，不得安宁。都是轻车简行，这样办一些事也痛快，没有扯手扯脚的，更利索麻溜，常常是事半功倍，获得预想不到的良好效果。太宗皇太极就有遗训："越是好摆谱的官，前呼后拥，锣鼓齐鸣，百姓越讨嫌，最后只能是讨得香了自己的嘴，臭了自己的名声。"所以，自太宗皇太极时起就主张加强侍卫职能，建立三等侍卫制，即分一等侍卫、二等侍卫、三等侍卫，这三等侍卫其实都是侍卫级别，都在三品之内。皇帝近臣侍卫多在二品之内。三等侍卫不等于是三品侍卫，侍卫不是按品级分工，而是以其能耐和随侍年份的久远分级别。一品侍卫在皇帝周围，即近身侍卫，二品侍卫是在百步或二百步之外的随扈侍卫，远离皇上开

扎呼泰妈妈

路，护守外围的侍卫为三品侍卫。这三等侍卫只是分工不同而已，都极为重要，以所施之事而进行分工。但根据皇上出行的地点和情况常有变化，发挥各侍卫之所长，灵活机动，相互默契，这样不为外界摸清底细，使之出其不意，机智灵巧地保护皇上。

说来，福临顺治皇上身边的贴身侍卫，真正的分工，孰远孰近，唯有西西皇太后一人知道，均由太后自己承悦同意，第二人是不知晓的，也不向外界详论。特别是进入燕京之后，西西皇太后和顺治福临皇上还将明宫中锦衣卫的体制，适当援纳进来。锦衣卫就是皇上身边最贴身的近臣侍卫，为皇上的耳目和卫士，只为皇上一人服务，以永保其安危为己任，誓死献身，终生不渝。顺治朝时，还直接用这个词，到康熙帝以后，吸收了这个职能，加强了这个职能，只是不再使用这个明宫中声誉不甚好的锦衣卫名称了。顺治帝后来也一直喜欢这个称谓。

李鲁生府尹本人就是文武全才，在明朝万历年间为进士，天启初年进入兵科给事中，在兵部中任职。他本人武功甚好，缉拿匪徒曾屡次立功。入清以后，由于洪承畴的举荐，他能高攀到西西皇太后和年幼的顺治皇帝，是他的造化，受到西西皇太后的赏识，并亲点为福临顺治皇帝在京畿的向导、近臣侍卫。李鲁生提议顺治帝这次出行首推之地便是京畿顺天府所管辖的昌平州。

京师燕京有九道门，古称燕门和九座围屏，守护京畿要地，进不了九座门，就进不了京师燕京。顺治时期这九座城门并未有专门将领守护，进入康熙时代，才正式任命"九门提督"之职。北京城九座城门，就是正阳门、崇文门、宣武门、安定门、德胜门、东直门、西直门、朝阳门、阜成门。这其中的西北方向的城门曰德胜门，出了城门八里为土城，再前行二十里为清河，又行二十四里为玄福宫，又向前行十八里为沙河店，再前行二十里就是昌平州了。昌平州算来离北京城九十里地。

各位阿哥，你们可不能拿民国以后北京城的发展来计算与昌平的里程，那清初时就是九十里，不会错的！昌平州在商州之时一直为县制，在明正德元年升为州，仍属顺天府管辖，清代因循之。昌平州东与顺义、南与宛平县、北与边墙、西北与延庆州、东北与密云县、东南与大兴县相连。追溯昌平一词的来历，相传为汉齐悼惠王子印以昌平侯立为胶西王，县名始见于此。

西西皇太后、顺治皇上因听李鲁生禀奏，近年顺天府发生奇特的九起无头案，又详细询问李鲁生，仍言道昌平地方就发生几起，足资可窥一般。于是便决意顺治皇上初巡就到昌平州。

怎么个出巡法？以什么名义和借口，还不使外界引起注意？这时李鲁生府尹出了个好主意，正巧他们昌平府孙庄头家二小子孙虎娶三房媳妇，已经选好吉日良辰。孙庄头是当地名贾，又是昌平府郊外孙家营的大庄主，有土地百顷，房屋百间，家丁百员，还有自己的庄勇，甚有势力。孙家二小子孙虎是一个教头，武林中人，掌管有八十多号人的一个镖局，专包揽昌平州到张家口、天津、承德府的金银饰物日用百货和驼、马、牛、驴等大牲口的护运，也颇有名气。他娶第三房娇妻，人们都去捧场庆贺。这确是个好机会，从中认识一些人士，就可以知晓不少事情。经过大伙共同商议，为使外界不知道内情，届时乔装而去，并决定五日之后在昌平州相见。

西西皇太后非常满意，又把随行的刘老公公、巴图、猛峨、安珠儿，一个个介绍给李鲁生，相互见礼。除刘老公公年岁已高之外，便是李鲁生府尹了，他已经是五十九岁的人了。其余，巴图刚进三十岁，猛峨、安珠儿都与顺治皇上年岁相仿。

刘老公公给大家出了个主意，福临顺治皇上乔装为山西富家公子，刘老公公为老管家，巴图为赶轿车的老板子，小猛峨、安珠儿是王公子的同在塾学里受业的少年小友。秋日一同出游，同到昌平居庸关观音洞、孤松岩、白鹤峰、白瀑峰，观红叶，赏瀑泉。

福临顺治皇上要出游，最高兴的莫过于小猛峨了，他已经几天没好好睡个觉了，整日盼啊盼。他这股子劲头全是一腔复仇怒火，为啥呢？就为了他阿玛和硕肃亲王豪格将军。各位阿哥知道，前书已讲过，西西皇太后、姑太哲哲皇太后和福临顺治小皇上，从盛京迁都到燕京之时，朝中出了一桩大事，那是顺治元年甲申夏月，摄政王多尔衮亲信固山额真何洛会等诬告和硕肃亲王豪格狂妄自大，不听摄政王号令，自己装病，不愿出征为国效力，论罪幽禁和硕肃亲王豪格，又言罪过多端，岂能悉数为由，夺所属七牛录人等，罚银五千两，废为庶人，俄莫克图、杨善、伊成格、罗硕等因为豪格说情评理，惨遭弃市①，为此事连累许多黄旗将士。后来，全凭两宫皇太后和顺治皇上恩典，豪格才得以从庶人恢复肃亲王之爵位，得以重用。豪格及其阖家子女，皆十分清楚，所以被诬告遭贬，就因为摄政王多尔衮的嫉贤妒能，心怀仇视，想压过豪

---

① 弃市：即杀死在街头。

格，夺取高位。多尔衮到处找豪格的毛病生事，恶意中伤，直到今日还总是对豪格耿耿于怀。豪格早已对多尔衮心怀仇恨，可惜碍着西西皇太后对他的严加管束，使他不敢对多尔衮动手。多尔衮掌握正白旗与镶白旗大权，豪格承袭太宗皇太极正黄旗、镶黄旗大权，双方旗鼓相当，但只因多尔衮现在是皇叔父摄政王，众王、贝勒、贝子、公、王爷皆得听其谕令，他的权力最高也最大，又压住豪格几筹。在进入燕京施行八旗圈地扩招投充人男女为奴美差中，多尔衮又大占便宜，竭力欺压威逼其他旗主，为此各旗之间相互仇怨，对多尔衮恨之入骨。

豪格很庆幸，自己的小儿子猛峨得到西西皇太后的厚爱，做自己的皇弟、福临顺治皇上的贴身伴读，相互关系真是亲密无间。猛峨也深知自己的阿玛被摄政王欺压之苦，多次与阿玛豪格密谈，设法鼓动顺治皇上能够出巡，出去就能详查多尔衮在圈地等事中的罪证，再借机奏明皇上，弹劾多尔衮。只要深入下去，"早早晚晚能抓住狐狸尾巴"，"让他在光天化日之下暴露出虎狼之心"，使罪证一宗宗兑现，报复前仇和申诉欺压我黄旗多年来喘不过气的积怨，让多尔衮最终不得好报！

正因这事，豪格暗里使劲儿，猛峨明里不时向福临顺治皇上递话，鼓励他应出去巡游，他说："身为皇上，应知天下事，岂可闭守书斋，两耳不闻天下事"，"雏鹰凌空，幼虎出洞，少年天子应有凌霄之志"。他一个劲给福临鼓劲，同时尽量让李鲁生多禀奏天下的奇闻异案。他深知福临顺治皇上就有凡事好追求其结果，好刨根问底，凡事都想方设法搞清楚，不解决、不弄得水落石出誓不休的禀性。

此番皇太后召宣李鲁生进宫，所讲述之事已经引起福临顺治皇上的莫大兴趣，让他闭门在宫内也已经摁不住了，恨不能马上就跟李鲁生一同去昌平，详知那里的一些事情，这对顺治皇上来说都是非常新鲜的、奇特的！

还是西西皇太后稳重，谕命福临顺治皇上说："凡事都要做好准备，你头一次在燕京出巡，又是微服出行，没有那么多的扈军扈从伞盖、卤簿护拥，凡事都要想得周到仔细。今日就让李府尹回去准备迎驾，明日你们出宫也不为迟。"然后，西西皇太后又分别与巴图鲁鳌拜、豪格、侍卫巴图等详议一切事情。最后又召豪格之子猛峨和安珠儿共同商定出巡的具体应对办法。诸事都想得具体细致，万无一失。西西皇太后这才最后谕命允准福临顺治皇上出宫到京师郊外巡游。

这是顺治皇上尚未亲政前的重大行动，时年仅仅为虚九岁。从此福临顺治皇上便像一位成年的皇帝一样开始了不御皇极殿的特殊的临政大业。说到底，这也是慈母的一片苦心，再爱护幼子，疼爱幼子，也不能总是揽护在暖宫之中，得放飞他，锤炼他，有朝一日才能胜任有人日夜窥视着的皇位宝座。

扎
呼
泰
妈
妈

　　在昌平境内西南四十里有个月儿湾，这水的上游就是流贯全昌平的温榆河，碧水涟涟，树木苍翠，是全州最美的胜地。温榆河古名温余水，辽代始称温榆河，其下游便是著名的沙河流域，流经顺义汇入白河。这白河发源于二百里外的密云雾灵山，相传每年六月六日现祥光如雾，山上多奇花，故名万花台，如仙境一般。雾灵山，本名优凌山，十分高峻，严嶂寒深，阴崖积雪，凝冰夏解，故称伏凌山，后改称雾灵山。昌平地处燕山，雄关重叠，如山涛绵延不断，为历代狩猎之美域。有熊、罴、虎、豹、狼、野猪、麃、麋、鹿、兔、黄羊、獾，又有红鸭、沙鸡、黄鹰、皂鹰、崖鹰、地鹋、鸱鹗、雉鸡、山鸡、鹌鹑、山鹠等。除此盛产蛇胆、知母、人参等药材，又产黄精、半夏、柴胡、当归、黄芩、茯苓、大黄，药质纯正，特异他处。昌平葡萄更甜，枣个大核小，益气安神。此外，还有桃、栗子、大梨、榛子、杏、李子、白樱桃、文官果，等等。昌平地方山高林密，风景宜人，尤其是有诸多古洞、古寺、古庵，诸多古人遗留下来的掌故逸闻。所以，从唐、宋、元、明以来，昌平是京畿北屏最为人们青睐的郊游、狩猎、重九登高、游赏枫叶的胜地。元明时期，还有不少皇室留下来的诗文。可是，明末清初的近几年，这里江河日下，游人甚少。什么原因呢？在温榆河畔绿草塘中，民众与仵作连续发现无头男尸三具，其穿戴皆为明时民装，都为中年男子。这样一来，这里一瞬间成为恐怖之地，游人绝迹，往昔温馨的温榆河，今日令人毛骨悚然，人人皆绕而行之，怕沾上任何腥味，让官府传去问讯一顿，那可是倒霉的事！为此人们都远远地躲避着。所以，这往日繁荣的北京北大门就显得十分冷清了。

　　这些日子，最头疼的，就是顺天府尹李鲁生和府丞王万象两位大人了。他俩是地方父母官，是昌平州的最高官爷。昌平州同知叫庞强，是武举人出身，有点武功，原在怀柔县任知县，办事认真勤恳。明崇祯十三年，因侦缉明十三陵世宗陵寝玉石栏杆顶端两尊小狮子被毁盗走案，在王家峪捉拿住偷石狮贼，得到明廷的褒奖，晋升昌平州同知要职。可惜好景不长，没过五年崇祯就吊死煤山，明祚已尽，庞强犯愁未来的日

193

子如何过法。还是他的世交王万象救了他。

王万象原是明朝兵科副督察使，洪承畴的挚友。在洪承畴的举荐之下，大清国摄政王多尔衮便顺利收纳李鲁生、王万象等燕京通，并迅速成了多尔衮治理和安定燕京的左膀右臂。由李鲁生、王万象召集他们的知心好友，举荐可靠的明朝良臣，这其中就包括庞强等明朝勇将，分拨各地，掌控京畿要地重职，使京师迅速宁静运转起来。其形势依如前朝，甚至比崇祯时期更显生气勃勃。

事情总不遂人愿，哪知偏偏在天子脚下北大门的昌平州，就在顺治二年以前，连续发生了无头恶案。摄政王多尔衮是非常要脸面之人，出现如此凶案，大失光彩，社会不安，人心惶恐，何况要让皇太后知晓，能不对善行文武之道的摄政王产生不信任的看法吗？多尔衮闻奏后大发雷霆，下谕旨云："我大清以武治天下，顺者昌，逆者亡，命顺天府迅擒凶贼，京畿皇上榻下，岂可容此凶顽，速擒速奏，不可迟误。"

可惜，谕令已下三月有余，至今未能如实上奏，早令李鲁生、王万象急得如坐针毡，满嘴生疱，茶饭不进。李鲁生、王万象那些日子，就把昌平同知庞强硬逼在衙役之中，不许回家，天天率仵作、武士们巡查密访贼人。纵然他们的夫人、家丁来找，说家中有急事必须回去，也全被李鲁生严令留住，并说："不给我找出贼子，休想迈出你的同知府门。"李鲁生所以如此，就是让摄政王多尔衮一纸圣谕给威吓逼出来的！李鲁生本是很要强的人，偏偏就出这事，这不给自己的恩师洪大学士抹黑丢脸嘛！他们都是洪大都督亲自举荐的，洪大学士在大清国威望甚昌，可直接在宫中叩见两宫皇太后和福临顺治小皇上。他有时还背顺治小皇上，这是莫大的恩宠，外人除了亲近的太监老公公和皇太后，其他人谁能有这份殊荣呢！把李鲁生逼得实在没有办法，眼看过数月了，案子还没破，便硬着头皮去叩拜大学士兵部尚书洪承畴大人。他进门先叩头，又痛哭一场，哀求洪大人帮忙，无头案实难侦破，唯有一死而已。

洪承畴详细询问这个无头案的症结。原来昌平州同知庞强等人侦察数月有余，这连续出现的悬疑无头案，皆在温榆河上游古林崖洞之中，三个尸体虽不是同一时间被害，但全身衣服皆被剥掉，给罩上破旧的蓝衣衫，在一个无头尸体之下，发现有一个发辫，其他二尸没有，可以判定，其中一位应该是旗人，因为只有旗人才有辫子。当时清军强令剃发，即使留辫也不会这么长，所以三尸中有一尸为旗人，另二尸为汉人。这就更令人棘手了，是谁胆大包天，又为何故敢杀害旗人呢？这旗

扎呼泰妈妈

人绝非一般人士，应该是一方之长，或是八旗兵。此事若禀奏摄政王，这不是活活要自己的命吗？可能这也是为何昌平州的无头命案不能迅速上奏朝廷，未敢如实禀报兵部、户部，一直拖延了下来的奥秘所在。

洪承畴一听也惊愕不止，吓了一大跳。这还了得，凡敢杀旗人之人，除了早年的流冠李自成之余党，或者是当今那些尚对清朝心怀仇恨的企图固守明朝旧政之人，难道说，京畿重地眼下也有此类人等，这又如何是好？自己身为兵部尚书，京畿不稳难脱其咎，这可真难坏了洪大学士。李鲁生是自己的人，又是自己向摄政王极力举荐之才，这昌平州出现如此之要案，不仅李鲁生等摘脱不了干系，对自己的前程和摄政王的信任也十分不利！如何是好？真想当面怒责一顿李鲁生，可是他想了想，话到唇边又咽了回去，唉，这又有何用？必须想法应对摄政王的责问，转危为安。

还是洪大学士、兵部尚书，当年崇祯帝最器重的洪承畴最聪明，能力挽狂澜。他身经百战，遇的事多，也真有道眼，脑袋这么一转，眼睛亮了，精神来了，他用手一招，叫李鲁生过来，俯耳边悄悄跟他叨咕了半天，然后说道："文恪啊（李鲁生字文恪），本学士受皇命，近日便到江南会故友，招降明廷旧臣，要讲明利害，归降我大清，共谋大业，以壮清帝祚国运其昌。故而，不能在京中久留，尔拿我的官牌，面叩皇太后。解铃还得系铃人，旗人之案唯皇太后降旨开恩了。"

李鲁生听洪承畴这么细讲一通，使他顿时喜出望外，愁云皆散，忙说："谢谢洪大人，谢谢洪大人，可是皇太后怎么能见到呢？"

洪承畴说："巧得很，我前日奉召进宫，向太后介绍了你。近日，皇太后必会传你的，小心侍候就是了！"

李鲁生俯首敬谢，说："晚生，谨记训诲。"

洪承畴究竟跟李鲁生叨咕了什么锦囊妙计，各位阿哥，朱伯西我先不能说，窗户纸捅破就没意思了；还是请各位听我讲就便知分晓。

洪承畴告诉李鲁生的话真准，果不然，不过数日，宫中刘老公公专门由侍卫巴图陪同，两人骑马来到德胜门附近的顺天府府邸，李鲁生、王万象率领府里人等迎接。刘老公公和巴图侍卫被让进正堂，施礼之后，刘老公公不入座，先召李鲁生、王万象接旨。二人跪下，刘老公公宣皇太后懿旨："召顺天府府尹李鲁生入宫觐见，皇太后和皇上有事询奏，钦此。"

前书说过，刘老公公与李鲁生有几面之交，甚为投缘。刘老公公虽然是随皇太后和皇上来自盛京，可为人和气、慈祥、平易近人，从不摆宫中老公公的架子，所以太宗在世时就喜欢他，并选他在自己身边侍奉，后又赏赐给中宫娘娘哲哲。刘老公公进入燕京，便急着熟悉燕京的洪承畴、冯铨、谢升等三位大学士引荐的京师名臣遗老，特别是他们的故交好友，主动联系，为了皇太后、皇上，广泛结识故明的老臣，尽心扩大皇太后和福临顺治皇上的威望和圣恩。这样，刘老公公也就交下了顺天府府尹李鲁生。顺天府是天子脚下的第一重臣。西西皇太后多次殷切嘱咐，刘老公公一定要与顺天府尹打好交道，咱们的衣食住行在人家掌管的几垧宝地之上，随时要倚仗人家，一定要和他们成为知己，不要摆皇家架子，让他们把咱们当成一家人、贴心人，咱们才能安身立命，开拓未来。西西皇太后的这种想法，使刘老公公等众公公，都不像明宫中的宦官那样耀武扬威，而是使下边人感到都像自己最亲的老爷爷、叔叔、伯伯、兄长一般，愿意跟他们相见，相处。

刘老公公宣读完皇太后谕旨后，李鲁生就斗胆询问皇太后、皇上宣召他进宫究竟是何用意，难道要治什么罪不成？刘老公公说："请府尹尽量宽心，不必拘束，不要害怕。"于是就把皇上福临想出去巡游之事说了，"太后请你进宫帮助出出主意，也想了解一下京畿地方的历史概貌、百姓生活与习俗诸事，不要顾虑，要多多向皇上讲述，让圣上知道京畿地方的更多故事。皇上幼冲，就想多长长见识，增加治国安邦的智慧和能耐。你不必惶恐，皇太后是当今天下最圣贤慈爱的圣母，喜欢接见百官黎庶，见面后就会令你久久难忘，会萌生出亲切友好的感情。"

李鲁生又询问如何迎接皇上圣驾等事，刘老公公又叮嘱说："这事你不必管了，宫内自有安排。你介绍好顺天府之事，就可以了，其他事勿用操心，随时听候召唤就是了。"

顺天府府尹李鲁生自进宫叩见皇太后和顺治皇上之后，倍受崇爱，真如刘老公公所言，当今圣母皇太后那么年少清秀而虚怀若谷，极为慈祥温和，不像大明朝皇太后那么威严难见；而小皇上福临天资聪颖，性格爽朗好问，足智多谋，也丝毫没有一朝天子盛气凌人的气势。皇上很敬重皇太后，唯命是听，这些都给他留下终生难忘的印象。

顺天府尹李鲁生临出宫时，顺治皇上遵皇太后之命，在猛峨、安珠儿等几个小侍卫的护拥下，竟出宫送李鲁生很远。李鲁生受宠若惊，跪地叩头辞谢，"敬请圣上留步，奴才万死不敢惊扰皇上送奴才出宫。"

顺治皇上竟笑了笑说："哪有这个道理，府尹既来宫中，你是客，朕是主，主送客理所应该，不必过谦。"

顺治小皇上，天真活泼，朝气蓬勃，没有君王架子，李鲁生回到府上后，时过一天多还回味无穷，让他感怀不已。

李鲁生传来他的副手王万象府丞，向他讲述了这些终生难忘的奇遇，尔后命他做好一应准备。王万象听后也惊喜地祝贺府尹大人，便忙询问："大人，咱们如何迎接圣驾啊？"

李鲁生说："这个我也不晓，你就传告昌平州同知、怀柔知县、顺义知县做好准备，尤要做好武卫，万事平安，安保圣驾。在顺天府不可生出事端，这也是顺天府的最大荣耀，会载入史册的。李鲁生细致叮嘱王万象做好昌平、怀柔的迎驾诸事。

王万象也是洪承畴的亲随，曾随洪承畴进兵陕西，与张献忠、李自成鏖战有年。后又随洪承畴奉命率兵转战辽沈，与女真后金兵搏战于锦州，始终不离洪承畴左右。后来与洪承畴一起在锦州被俘，降清。在洪承畴极力保荐之下，初在大军中做清军向导，称传报章京，得到摄政王多尔衮的好评。清军进入燕京，京畿重地的官宦极为重要，多尔衮接受洪承畴的举荐，李鲁生、王万象被任顺天府府尹和府丞。李鲁生年高，将进入六旬，而王万象尚在五旬，办事干练，年轻有为，且机智多谋，又久经战场，使他获得了各方面的应对办法与处事的经验。李鲁生府尹一向他讲述此事，他心中便完全领悟，早已有了一整套如何迎驾和乔装私访的方案。他虽未见过皇上，可是在他的脑海中似乎已经形成了这个大清国小皇上的影子，也有了迎接和护卫皇上万无一失的好办法。他早知太宗驾崩，宫中因由谁继位而呈现的尖锐斗争，集中在太宗之长子豪格与九王爷睿亲王多尔衮两人之间。王万象心中是暗助豪格，可是最终是由太宗第九子豪格之弟福临继位，睿亲王多尔衮扶助福临称帝有功，升为摄政王，而豪格却遭多尔衮的打击，贬为庶人，几乎被杀。王万象因有洪承畴的维护，未受牵连，但至今心中还同情豪格，与豪格来往密切。

自打昌平州连续出现无头奇案，昌平州同知庞强禀报此案，王万象心中就有了小九九，已心知肚明。这奇案必与摄政王于顺治二年十月为安置进驻京师的满洲八旗王公、贝勒、贝子、勋臣的衣、食、住等生计圈占土地有关。圈占无主荒地还可以，但是圈占有主人的地亩，就会引起农民的不满，虽然对被占者安排生计，亦可投充入旗，为之解除贫苦，但农民还是不愿意。特别是，这个谕令使满洲各旗主大肆抢占良田，甚者多半并不是无主荒地，而是世代耕耘之肥田沃土，致使无数农民顿失土地沦为流民、奴才，啼饥号寒，无依无靠，只好投充于满洲富户，任其屠割蹂躏，可悲可叹。想来，这无主无头大案，必与圈地有关。因清朝初期，人心无主，谁敢牵扯这一是非之事，皆避而远之，不敢好事深究，使无头大案一拖再拖，总是以"实难查询"为由，不敢揭开谜底。可是，长久拖延不结案，也难于复兵部、户部急下追议折子，一旦询问此事情况又回答不上来。这就像身上的毒瘤，早晚必得化脓出头，总拖也不是个办法。王万象被逼无奈，又找李鲁生府尹禀报和商议。李鲁生最后又把这棘手大案推给王万象，让他设法巧妙地与当今顺治皇上身边的猛峨接上头，他能转告肃亲王，设法让他们介入，咱们就脱开干系了，让他们去破解这个谜吧！

前书说过，豪格与多尔衮素有宿怨，豪格被多尔衮害苦了，早就想借机暗察多尔衮扩充实力、图谋不轨的勾当。小猛峨就是其父豪格的暗线，随时将皇上的举动禀告阿玛，所以豪格在府中就知道一切动静。此番李鲁生被宣召入宫之事，已完全知道，他命猛峨加紧活动，一定想办法领顺治皇上出游，多知民间的疾苦，知道多尔衮为正白旗夺地夺人、发展自己势力的罪行，让皇太后也知道这个底细，让多尔衮喝上一壶他自己酿造的苦酒！

李鲁生府尹知道王万象个人与和硕肃亲王早有一面之交，两人能说到一块儿，就让他设法与豪格联系，他会帮助咱们的！原来，顺治初年，数十万八旗劲旅随摄政王多尔衮进入京畿、蓟、宝坻、武清、通州、宛平、固安、永平、房山、涿县、昌平、怀柔、延庆、赤城、平谷、兴隆、遵化、玉田、丰润、宁河、静海诸县邑州府，这都是围绕京师的重地。燕京地方不但历史悠久，素来还是兵家必争之地，物产丰盈，地若肥脂，特别是自金大定之后，佛、道教尤其兴盛，大元又建都燕京。进入明代，成祖建都由金陵迁到燕京，又精心建筑修扩北京，使这座城市更日渐富庶、兴旺、繁华。京师与河北交界的东灵山，为北京最高峰，周围又是一片丘陵，盛产香梨、栗子、葡萄等山果。纵贯京师京畿地方的河流甚多，密如蛛网，有永定河、潮白河、北运河、拒马河、沟河五大水流，滋育京畿的平畴沃野。不仅如此，这京畿地方北有长城护拥，山高绵亘，古刹纵横，是天然的屏障。京师燕京东拥津蓟，濒依渤海湾，盛产鱼盐，富甲天下。且有几条大河斜向东西，流入渤海，使土质肥沃，百姓富饶，远比愚蛮荒瘠不开的关东山外和西部陕甘、西南云贵进化百倍。满洲八旗将领和众旗兵，进入京畿真是大开眼界，不仅气候宜人，四季常青，衣食生行，吃喝玩乐，样样有，样样新，犹如进入天堂之地。按满洲八旗的土语，称谓"阿布卡堂艮多西哈"①，皆大欢喜。

这皆大欢喜，可就不得了了！谁都想驻守在最富庶最富有胜景的天堂福地，各旗之间都互不相让，互不服气，互相拼比，于是越争越凶。进入燕京之后，不再为皇位明争暗斗了，而是在谁占有最好的地域上开始摽劲、斗智、鼓动起来。最初睿亲王多尔衮提出为八旗勋臣、贝勒、贝子及家眷圈占土地，为八旗生计而用田亩解决衣食生计之源，虽然明着是按八旗分制排定圈占地亩，但实际上谁的旗主最有权势和兵力、威望，谁就先占据良田，划归当地田产，使耕地变为圈占者所有，被圈占之地原居民可投充入旗或为主家奴仆。这些做法都是女真人在东北时的老传统、老习惯，掠夺民地，连同土地之男女劳力统统收归占有者为奴为获利品，形成谁最能征善战，最能驱马圈地，最能拼搏掠抢，谁最终就是最勇武的征服者，为众人所景仰、羡慕。

说来话长，自打清天聪八年太宗皇太极突然驾崩，为了承继大宝，众位王爷就有一场激烈的争吵，最终总算为大局生计着想，同意由六岁的福临登极大宝。一波刚平，一波又起，睿亲王多尔衮、郑亲王济尔哈朗、豫亲王多铎率师入关，定鼎燕京。福临顺治帝迁都燕京，随皇上、诸王而进入燕京的八旗劲旅和其家眷奴仆都要重新在京畿各地安家落户，保护京师和大清王朝的社稷永固。这就有八旗军旅永驻关内各地，成为京畿驻防八旗的部署。按满洲八旗分布的传统，都是按在盛京时八旗驻扎分为黄旗、白旗、红旗、蓝旗四旗分制法，而四旗又分为正镶两旗，分出左右翼的分制形式。京师内城由八旗分布驻守，京师外域乃至河北京津蓟外围，由满洲八旗驻守管制。虽然清初以来就有大体的要求和分布情况，但是随着社会发展、兵力变化及人口的分布，满洲八旗的驻守分布变化很大，而且更因各旗旗主在满洲八旗中的影响、地位、权势不同，已有极大的变迁和移动。可以讲，满洲八旗驻守地域的优势，始终是各旗主相互倾轧的主要原因，相互明争暗斗了十年之久，甚有惨死者，直到康熙爷临政之后，巧计禁锢了巴图鲁鳌拜，才算平息了多年酿成的积怨。这是后话。

———————————————————

① 阿布卡堂艮多西哈：满语，汉译为"进入了天堂"。

现在正是这场积怨初生之际，入关初时，两宫皇太后和礼烈亲王代善老王爷就多次好言劝慰和硕睿亲王多尔衮，严律旗规，勿以强势而凌他旗。代善老王爷甘愿红旗占据丘陵山坡之地，命自己儿子不与别旗比圈地的多少，严守自律。而黄旗、白旗因两大旗主固山额真均为盛京时代的皇家掌控，互不相让。后来掌控正白、镶白旗之摄政王多尔衮权威最大，力排众议，圈占选占土地，掠夺民人，作为本旗的佣奴。尤为猖獗的是，凡京畿重地及昌平、怀柔、密云、固安、涿县、良乡、廊坊皆有白旗驻兵。进入顺治四五年之后，又圈占了遵化、蓟州、抚宁等地田陌，纳入本旗治辖统御之下。多尔衮依仗势力和摄政王的权威，肆无忌惮地纵使本旗掠占良田和搜掠民间劳力，成为自己庄园的奴仆。众人都看在眼里，恨在心上，虽不敢张扬和直言举谏，但恶行早被不少人暗暗记下了一本账，早早晚晚要禀奏皇太后和皇上的。不用急，皇上会长大成人，瞒他一时，不能瞒他十几年，早晚多尔衮要现原形被皇上制裁的。

这是朝中一些反对多尔衮的人们心里的想法。其中，和硕肃亲王豪格可是一个天不怕、地不怕的大英雄，早对多尔衮恨之入骨。因皇太后的劝阻，一压再压，使他未有把怒气完全爆发出来。就这样，他在暗地里总是在找摄政王多尔衮的碴子，抓他的把柄，有机会就在皇太后、皇上面前拿出他的罪证弹劾他。他的小儿子猛峨，也是很有心计的孩子，会来事儿，跟皇太后、皇上关系甚密，在潜移默化中总是向小皇上灌输摄政王表面敬重皇太后和皇上，但他最善于阳奉阴违，暗地里在不断壮大自己的声威和权势，扩大自己的军事、财产、奴才的数额和实力，不断往自己腰包里猛装国库的黄金和白银。他欺侮郑亲王、肃亲王，顺我者昌，逆我者忙，皇上若不信你就暗地里私下访一访，查一查，听一听，你都会气炸了肺。

皇上架不住这些小伙伴天天在耳边叨咕，时间一长，福临顺治皇上也就听习惯了，听顺耳了。一来二去，就总想按照小猛峨他们讲的话，去下边听一听，看一看，究竟是怎么回事。

福临顺治皇上受猛峨的影响，经常在姑太皇太后、额姆皇太后耳边叨咕这些事。天长日久，也就使两宫皇太后心动了，也就越加相信福临在巴图、小猛峨、小安珠儿随扈之下办理这宗大事，也应该，别太横加干涉了！

单说这一日，天气快临处暑，京师最闷热的日子过去了，早晚出现了可喜的凉意。京师的老人小孩多坐在胡同里的各家门口，搬个小凳子

扎呼泰妈妈

纳凉聊天，很是热闹。在京师通往昌平州的路上，出现了几个小轮车，前头引路的是位骑红鬃马的人，头戴一顶当年很时兴的竹子编的大凉帽，身穿黑缎子长袍，外罩蓝色印花大坎肩，长袍下身宽阔肥大，把骑在马上的黑呢子长靴都遮盖上了。一见便知，这位肯定是哪位阔家的总管，马背上还驮着一个大帆布绣花的大褡裢。马走得很快。紧接着是一个双马拉着的圆顶单窗竹板镶嵌的小轿车，前有身穿蓝大褂的车夫，轿车后尾有个护车的小嘎什哈①。看这轿车不甚讲究，当年这种小轿车很多，凡富裕之家男女主人皆乘此类轿车当步，既体面，又安全。小轿车上四角垂有小铜铃，马铃声，车铃声，一走起来嘤嘤悦耳，格外好听。后边还跟随四辆独轮车，由四个伙计推着，车上装着各种物件，都用大苫布盖着。当年富家办喜事，商家送货，远道是用镖车，近程多是用这种小货车，百八十里的路，快腿伙计也就是起早贪黑一日的行程。这一伙人从街巷里一过，也挺惹人瞩目，一看便知，这准是哪家货栈老板携物出访，小独轮车上的物件，可能是布帛油盐器皿等，准是远道有预约购物的，货栈主人亲自去送货。

各位阿哥、玛发，这伙送货的人，不是什么货栈或什么富裕家的人，正是当今皇上福临顺治帝秘密出宫的平民打扮。让京师的人乍眼一见，都根本想不到是大清国顺治皇上的车驾。这个打扮，是西西皇太后认真询问了鳌拜巴图鲁、范文程大学士、李鲁生府尹后，经反复考虑，才决定采用当时燕京城里自明末以来最常见到的"送小货"的习惯，不特别醒目，不为人们惊觉、注意而设计的。确实一路顺利，一个个从当时燕京城中的满蒙八旗巡捕营的人和守城的兵勇们身边走过，也没发现什么破绽，没有被叫住盘问一番。从顺治初年到顺治五六年间，燕京外城若有些事，巡捕营的兵丁是很忙碌辛苦的。

这伙人中值得一提的是，侍卫巴图是武林高手，常常化装外巡，巡捕营的兵丁都不知晓。他素有"踏雪无痕，浮光掠影"的美名，形容他行走之速，身形之快，干事麻溜，像一股清风扑面，在你刚有知觉时已被擒拿，再想挣脱逃跑为时晚矣。他一天中行装扮相几变，老少中年，五行八作，扮相随意，或因所侦缉之事而随时变换，神奇得很，故为福临顺治小皇上格外敬重，称巴图侍卫是一个魔术大师。

此番出行的时节，正逢深秋，也是燕京最好的时节，瓜果芳香，老

---

① 嘎什哈：满语，即小随从。

北京人自傲地称为"果子秋"。此时大街小巷，搭盖棚席，内设高案盒筐，满置鲜品、瓜蔬，诸如桃、石榴、梨、枣、葡萄、苹果等，晚间灯下一望，红绿相间，香气袭人，卖果者高声卖鬻，一路不绝。特别是此时燕京久已闻名的用精白面烤制的什锦月饼，用枣泥、豆沙、豌豆、山楂、白糖等各种馅制成的月饼，五光十色，各有红色小戳记号，标明馅的类别。还有提浆月饼、翻毛月饼，名目繁多。顺治皇上在宫中虽吃到过，但从未见到市面上如此热闹，他从轿车窗帘中往外观瞧，可把他迷住了，真是大开眼界，总想让车夫停下，出外仔仔细细观赏个够。这时赶车的巴图侍卫紧向主子递眼色，不能久停，一旦停下来，就得被市面的人流包围住，想挣脱都难，一旦出了闪失，那还了得！他口中大声吆喝："让道啦，小心车碰着！"巴图侍卫这一喊，像是喊给市面上拥挤得熙熙攘攘的人群听的，实际上是向前车老板喊的，告诉他快赶车，快点出城，早早离开。纵然福临顺治皇上在轿车内怎样焦急，他也得听巴图侍卫的，这是额姆皇太后的口谕："出去一切事都得听巴图的，不可任性。"所以，福临顺治只能叹息，只好从车窗观望市景，只恨轿车迅速掠过。

　　去昌平州出京师，是往西北方向走，要经过北京城的德胜门。北京城有"内九外七皇城四"的说法，内城九门非常重要，各有各的用途，故有"九门走九车"之说。朝阳门走粮车；崇文门走酒车；阜成门走水车；正阳门是皇家祭天坛必经之路，故称"走龙车"；宣武门走囚车；德胜门为出兵发马祈求征战胜利，故称"德胜门"；其他还有安定门、西直门、东直门等一共九道城门。这是明代以来卫戍守护京城而建的东西南北九大城门。清初，满洲八旗劲旅进入燕京，便由满、蒙、汉八旗步兵和京师绿营的马步军护守，戒备森严。康熙朝之后，专设九门提督之职，由兵部直接管辖。清初时仅由满洲八旗一位固山额真负责镇守九门。德胜门现在就是兵部洪承畴专门举荐、委派的一位原在山海关的明代将领程国建调来率军驻守，升为梅勒章京，从二品衔。另一位副将则是皇叔父摄政王多尔衮身边的正白旗梅勒章京额克钦兼任。额克钦平时在多尔衮身边，与苏拜、罗什等众将辅助皇叔父摄政王处理京城大事，另外还直接负责"京师九大城门"巡查、监理、用人、核考、盘诘等一应军务人事，权限很大。因涉及燕京天子脚下的安危大事，九门虽然都是由明代降将为门首，但皆由额克钦亲自过问，而且多尔衮平时也过问九门来往过客，也万分警觉。

单说这日正赶上福临顺治皇上乔装的车轿和独轮车路过之时，镇守德胜门的梅勒章京程国建不在城门楼上，到阜成门会友，都是众位兄弟相聚。他被大学士洪承畴推荐，由山西晋城调来，新任阜成门的护卫统领，才上任不几天。巧得很，这天由其他几位同道提议，让各门的老友们集聚阜成门为新上任的护城统领接风洗尘，共叙友情。程国建当然不好推辞，欣然前往，就这时偏偏德胜门出了大乱子，这事正巧又让福临顺治皇上遇上了。

出什么事了？这时城门正大开着，来往的行人、车辆、马队、骆驼队、挑担的十分热闹，人声嘈杂。城门下东厢房是两排青砖青瓦的小平房，这里是守护城门的兵勇们居住之所。房前有一个平坦地铺满白沙的场地，是守城将士平日习武操练之地。这时城门处被围得人山人海，远处只听得人群里一阵阵叫骂声，吵架声，还有孩子们的喊叫声。过往行人随着叫喊声，越聚越多，几乎把出城的土路都要堵塞住了。护卫巴图在最前头，这时也不能走了，车轿也停下来，后边的几个独轮车也跟着停下来。人们都好奇地争着、挤着往人群里挤，都想看个究竟，不知里头发生了什么事。

陪顺治小皇爷在小车轿里坐着的刘老公公，奉皇上命，下了轿车，小声问巴图侍卫："皇上问出了啥事，闹得这么厉害？"巴图也答不上来，与刘老公公私下合计，这里乃是非之地，为皇上的安全，咱们还是应该早出城，直去昌平州，不可在此久留。刘老公公也同意巴图侍卫的想法，便让巴图在前头开路，从人群中迅速挤出一条道，快快通过这里，别管这里闹翻了天，与咱们挨不着，理他干吗？

他们商定后，刘老公公又回到轿车，让车夫赶忙打马前行。巴图在前边硬是挤出一条窄路，轿车往前走了，后边的小独轮车也动了。可这时，轿车中的福临不知外边出了啥事了？这么乱，他不甘心就这么白白过去，便问："老公公，车先别走哇！这里闹什么事啦，这么多的人，你问没问？"

刘老公公说："皇上，您老平时在宫里不出来，不知外头的事，上牙碰下牙，舌尖碰腮帮子，人和人在一起，还能没有事吗？都是鸡毛蒜皮的小事，别理他，咱们去干咱们的事，皇上别管它！"

可是，福临顺治皇上不同意，忙说："老公公，别，别走哇，朕要知个究竟，鸡毛蒜皮的事，朕也想听一听。不能就这么走哇，叫巴图去问一下。"

皇上下旨了，刘老公公不敢阻拦，只好"嗻"的一声，又让赶轿车的老板子停下，便下了车。哪知，这福临顺治皇上不再闷在轿车里，也跟着下了车。刘老公公那是从小就跟随主子太宗皇上的宫中老公公，知道他们父子皇上的脾气，要说做什么事，就必须马上认真去做，任何人也阻拦不了的，就只好小声说："皇上，千万别露了咱们的身份，您老人家是福大人家的小公子，我们叫您老'福公子'一定要答应。"

福临顺治点头，随着下了车。这时，侍卫巴图、陪读小猛峨、安珠儿都惊奇地凑过来，从四面把福临顺治帝紧紧护在中间。

各位阿哥呀，我朱伯西还没有细说，宫中老早就有了扈卫皇上的暗规："明侍卫，暗扈从，心照不宣"。不光是皇上身边贴身的几个侍卫，还有扈从，其实暗扈从更为重要，更为厉害，他们都是武林高手，也都是一二等侍卫，只不过因情因事分工不同而已，其武功都各有所长，各有所能，身手腿眼之功都不逊色。他们只是有的在明处，有的在暗处，相互之间的距离和暗号事先都有约定，所以配合默契，久已形成一整套应对千变万化、错综复杂情况的策略。

巴图侍卫前书已讲过，那是一位久经战场、屡立奇功的御前一等侍卫，很有经验，也很有威信。此次出巡，众侍卫扈从都聚精会神地盯住他，领会他的每一个手势、暗语和不被外人觉察出来的进退离合等各式各样号令的动作。此刻，巴图侍卫一见轿车停下，刘老公公下车，福临顺治皇上也随着下车，立即知晓，皇上关注德胜门下的众人围观，必想知道其内情。他早想到，要迅速离开这里，皇上肯定不答应。所以，他已做好了充分准备，刘老公公上轿车催着要走，他就大声咳嗽了两声，举起右臂，像伸懒腰似的在头上划一个半弧形，以示通告暗地里二十几位从宫中出来一路上跟随他们的扈从。他们穿着不同的衣服，真是五行八作，样样皆有，外人根本不知，他们从来不露真相尊容，所以，我朱伯西也无法告诉你。反正他们是御驾四周的隐身人，都在皇上的四周，有远有近，若即若离，各有自己表面的活计，仿佛互不相识，做事互不相干，但实际上他们是一个极严密的防卫整体。

巴图这一动作，他们立即领会意图。巴图侍卫这一手势，是命令他们迅速聚到皇上坐的蓝布铜铃黄穗小轿车来护驾。于是，立即形成了刘老公公、猛峨、安珠儿在福临顺治皇上身边，那些扈从在外层保护的人群。就连福临顺治皇上也以为这些人都是路上相遇挤来看热闹的。出宫前，他们做了分工，巴图侍卫为跑外柜的，负责替主人出外经商送货，与客户联络等差使。刘老公公年事已高，是小主人身边的管家，很少说话，外人亦难知他是宫中的太监。小猛峨武功厉害，专门负责保护福临小主人，安珠儿兼与猛峨护卫福临皇上外，他口齿伶俐，头脑机灵，对外联系交际问询之事，都由他去办。

福临顺治皇上好奇地问众人："究竟因何事，招来了这么多人？"

不知何时安珠儿早已探知了消息，忙说："城楼的兵抓到了几个小绺子。"

福临顺治皇上又问："什么是小绺子？"

猛峨说："就是绺窃之徒。小主子，咱们快去瞧个热闹。"猛峨就盼皇上能出来走一走，引起他的兴趣，趁机向皇上渗透摄政王多尔衮的那些自立山头的事，现在是机会了，能不尽量鼓动吗？

刘老公公和巴图心里不快，不同意猛峨这样煽动事，让皇上也缠在这个围众之间，一旦出事不堪设想。怎奈，皇上天性好动，什么事都想了解清楚，便径直向围着的人群中走去。巴图侍卫见势不妙，便用手势语告诉众位扈从，注意精力，不要疏忽大意，保护好皇上。

这时，福临顺治皇上在周围扈从的护拥之下，已经挤进人群里，见到几个清兵，都是守卫城门的兵勇，有的正蹲在地上，双手摁着几个人，这些人都被扒光了裤子，光着腚和大腿，脸朝下趴着，双手伸在前面，双脚也被兵丁猛劲摁着。中间站着一位大高个子，头盘着又粗又黑的长辫子，满脸黑茸茸的大连鬓胡子，手里抡着大木板子，正在打趴在地上人的屁股蛋子，噼噼啪啪地打个不停，吓得围观的人都不忍细看，低着头，不敢瞅。那三个被打的人，一个个还很坚强，没有一个喊叫的，可是嘴里不闲着，一个劲地大骂道："打死也不服！我们没地种，没饭吃，你们肥吃肥喝，我们拿点也应该！"这话一说，更惹恼了那个挥舞大板子的连鬓胡子的黑大汉，又要抡起大板子往这三个人屁股上揍。

顺治皇上头一遭看到打人家屁股，早吓得全身都颤抖，何况再仔细瞧趴在地上的三个人，年岁都不大，也就比自己大不了几岁。他早气炸了肺，巴图一把没扯住，他竟蹿了出去，冲出人群，大声叫喊："住手！混账的东西，手怎么这么狠，为何打人？他们犯了什么大罪，也该送到衙门去，你们仗势打人，大清律法绝不宽恕！"

福临顺治皇上这一嗓子，又响亮，又清脆，围观的人都听得清清楚楚，可真给大家出了口气，不少人都呼应着说："是啊，说得真对！你们不能这么熊这帮可怜的孩子!"还有的说:"这位小官人心真好,真敢说话,人家府上说不准也是朝廷里的几品高官呢!""你瞧这公子那股豪横劲儿!"福临顺治皇上说话的冲劲儿,立刻把全场给镇住了。

那个手举大板子正要往下拍的人,被这一嗓子镇住,手高高举着大板子没有往下打。那几个兵勇都睁着大眼睛盯盯瞅福临顺治皇上,看他穿一身干净利落的蓝仕布的小褂子,下身穿着黑色的小肥腿裤子,脚蹬一双千层底的布鞋,头上小辫子稍上还缠着红头绳,急匆匆走过来用力夺大高个子手中的大木板。

这时全场就乱了,随这个小公子呼啦啦像一窝蜂一般,阔步上来七八个壮汉,这些人都比小公子个头高,年岁都在十一二到二十出头不等。这伙人在围观人的眼里,穿戴不同,都以为他们是过往行人,看不惯城门兵勇如此狠毒地当众脱光腔打这帮孩子,对他们抱以同情心,出来解围,仗义说理的。其实,他们都是护卫皇上的暗线侍卫。为首的就是巴图、猛峨、安珠儿,怕皇上性急被这帮兵勇伤着,就急忙跑上前,先拉住福临顺治皇上小声说:"福公子,您老不要动,小心伤着,有奴才们呢!"巴图和刘老公公两人护卫着福临,连劝带解释,总算把他接入轿车里,安慰地说:"皇上,您老别急,静静等着,我们会平息这宗事,问个明白的。"福临顺治皇上这才重又坐在车里,由刘老公公陪同,不再出声了。

守护城门的众官兵,特别是那位大高个子,身躯魁伟的、满脸连鬓胡子的黑大汉,那是一位兵中的小头领骁骑校,叫拜督,满洲正白旗人,骁勇善战,进入燕京后一向以胜军之姿在市民中大肆炫耀。人们对他都暗暗夸奖称道,见面都以礼相让,可是他哪经过此等事,偶然遇上几个不知身份的市面人,竟敢来夺他手中的大木板子。他以为这些人充其量是仗着钱势,敢跟八旗兵较量,敢指责军旅的行为,真是吃豹子胆了!你说,他能咽下这口气吗?当着这么多围观的人,是绝不善罢甘休的。于是,他便大声叫骂起来:"好大的胆,你们一伙究竟是什么人?这伙燕子帮为非作歹,竟偷到我们城门营兵的伙房里了!肉也偷,粮谷也拿走,我们按兵丁人口,天天去领伙食额数,一个不多,一个也不少,可他们把我们吃用的粮米菜肴抢走,我们没吃的,还能守护城门不?这伙人太气人了,所以,我们要惩罚他,不应该吗?"

这个骁骑校这么一说,一些围观的人都明白了真相,开始同情这些日夜守护燕京北大门的官兵了,怒火也就消失了许多。不过,有些人还

扎呼泰妈妈

气不过。这时巴图侍卫说道:"即便你们是对的,他们有大罪,也不该在大庭广众之下,扒他们裤子打板子,羞辱人,打人哪!"说着,走过来亲自把地上三个被打的人扶了起来。猛峨、安珠儿过来帮助穿上裤子,搀着他们一瘸一瘸地走路,疼得他们不住地咧嘴呻吟。

这时人群中跑出来许多与这三个人年龄差不多的孩子,一边点头诚谢巴图、猛峨、安珠儿这些人仗义救了他们的同伙,一边上前搀起三个人,想匆匆离开德胜门,但都被轿车中那位公子——福临顺治皇上给留住了。

巴图走过来对他们说:"各位先不要急着走,我家小主人是位乐善好施的人,他很可怜你们这些终日无依无靠、过着可怜生活的人,你们可不可以坐下来,咱们互相认识认识,交个朋友。"说完,巴图看了看他们的表情,然后又说:"众位兄弟,你们终日东躲西藏,到处以绺窃为生,怎么可以呢?这样终究不是个办法,要想一条万全之策,过安适静心的日子啊!"

说着,巴图从自己背着的行囊里,取出一根金条和三百两白银,捧在手心,向他们说:"这是我的主子福公子赏给你们的金银,你们从此要安身立命,改恶从善,做一个自食其力的大清国的好臣民!"

巴图把手中的金银这么一展示,这些年轻人眼睛都亮了,立刻都聚拢过来,都想能分得一些银子。巴图侍卫大声说:"你们这样白白拿走金银不行,得坐下来,俺们福公子要听听你们的心里话,说对了,说好了,才能给你们!"

众人都说:"好,好,就遵从福公子的吩咐,我们讲讲我们的苦,说说我们的心里话,禀报一下我们的打算,这成吧?"

巴图侍卫的话,着实让在场的所有人无不动情,由衷地感慨,大清国真是善人多呀!这帮流浪孩子的命多好哇!碰上菩萨啦!尤其是那些德胜门守城的兵勇和骁骑校军爷,也为巴图的话和仗义的举动所震动、感慨、惊叹,本来还有一肚子的怒火想发泄,还没来得及吐,正要与福公子这伙揽局的人评评理,发泄不满情绪,甚至想追问他们是伙什么人?哪来这么大的胆子,敢跟八旗兵斗劲儿,不想活了?可是,一听巴图的话和拿出金条和银子,接济这些人,劝他们走安身立命之路,痛改前非,做一个自食其力的人,这时,他们感到这些人不是歹人,是一帮善人哪!他们的行动深深打动了他,一腔怒火一下子全都忘净了,反而更加羡慕敬重这伙人。他确信这伙人不是歹人,他们是替大清国办好事的人！他又见巴图一伙人还把被他们打伤的三个人搀到一边的空地上，又把他们的同伙都召到轿车跟前，那个老头还从轿车里取出一条很长的鹿皮褥子，铺在地上，让众人坐下。这时就见轿车里的年轻公子被请了下来，笑容可掬地来到他们之间，彬彬有礼。

这时，城门骁骑校走过来，一改常态，主动上前说道："这位客官，我们有城门看守营房，很宽绰敞亮，敬请带他们到我们营房的长筒屋里坐下攀谈。真是不打不成交，各位不要在意，话不说不透，人不交不亲。我真想认识各位，交个朋友，请到我们营房喝茶吧，不要嫌弃我们营房简陋，可我们的心是好的。走吧，别坐在地上了，挺潮的，又影响过路人，还会招来不少围观的人，不知我们城门口又出啥档子事哩！"

这位骁骑校还挺客气，也会说话，他这么一说，把大家一肚子积怨，一下子都丢掉了，互相亲近，重归于好。这时骁骑校又向眼前过往围观不走的人说："各位兄弟，我们城门口现在没事了，请诸位各自忙自己的事去吧，别在这儿围观了，有碍来往行旅的交通顺畅，各位原谅啦，请多多帮忙！"骁骑校又向众人做个连环揖，口气平和，态度和善，不大功夫围观的人群就自动散去。德胜门前恢复了往日的平静，秩序井然。

刘老公公、巴图侍卫陪伴福临顺治皇上，带领这伙人听从骁骑校的迎请，都来到城门下左侧的长筒青砖营房之中。营房里边十分幽静，原来这里是守城营兵平日里习文练字读书之所，中间摆一大长桌，两边摆放有二十多张木板长条凳，室内打扫得挺整洁利落，桌上还有数个口杯。巴图在骁骑校的引领下，让众人进入营房，一一落座。几个旗兵还给倒了热水，请众人喝。

就在这时，太巧了，德胜门城守尉副统领程建国大人迎接老友莅任的欢宴结束，回到德胜门。正赶上副将骁骑校让这些陌生的客人进入军营里落座，想互相结识一下，消除隔阂，挽回个面子，程建国副统领就回来了。骁骑校马上禀报统领方才发生的不愉快诸事。

程建国听完骁骑校的禀告，对他后来办事很得体、未生殴斗滋事等情，心甚满意，大大夸奖了一番，然后让他率领营兵歇息一日，算作奖赏，又摊派另一个步兵校率领兵卒守城门。被召集到营房的这伙客人由程建国来应酬款待。

程建国来到这两伙人之中，首先就认出来刘老公公，虽然像一个老仆人的模样，但从他那光光的胖脸上，虽有皱纹，但看上去是女人面孔，颏下和嘴上都没有胡须，他已判断清楚，这个人一定是宫中的老太监，便走过去悄声问道："请问哪位是巴图侍卫？"他的声音非常小，刘老公公当即明白，这是一位知道底细的人，便瞅了瞅程建国，用手指了一下站在前边的巴图侍卫。

程建国来到巴图身边，把巴图拉到营房之外，找一个僻静之地说道："巴侍卫，我受李鲁生府尹之命在等您老的到来。"接着在巴图耳边又叨咕了一些什么。巴图立即领悟，便点头应承。然后，程建国先走了。

巴图侍卫返身回到营房里，向众位明卫暗扈弟兄说道："有劳众位兄弟，我们哥儿几个帮主子送货就足够了，后会有期，谢绿林好汉！"巴图侍卫双手抱拳，向众兄弟施礼致意。这些暗话众兄弟完全明了，巴图大哥命咱们退下，仍担当暗中护卫之职。众兄弟相互寒暄数语，抱拳相别，迅即不见了。

营房中只有福临顺治皇上、刘老公公、猛峨、安珠儿、巴图和那三位被城门营兵打的兄弟及他们同伙的一帮年轻后生们。他们等着评理和赏赐金银，都一个个坐在那里。

这时，程建国副统领进来，后边随着两个官营师爷，捧着一个漆盒，里边放着干鲜果品，提着一个小水壶和一小筐陶瓷水杯。程副统领说："方才多有得罪，本官因有事不在城楼之下，兵勇们办事鲁莽，竟伤了几位兄弟，本官必按军法严惩不贷。既然各位来到我德胜门，互相亦是有缘，请轿车送货的众位到我的客室小座，喝几口茶去。"程统领说完，叫来一名巴雅喇很有礼貌地率领巴图等人离开这里。

程统领又命另一名巴雅喇将果盒打开，给每人一个白瓷小杯，倒上香茶，让大家边吃边喝。这个巴雅喇挺会说："众兄弟，多吃多喝，我们统领说了，让你们几位吃个饱，知道你们无家无地，着实受苦了，这里就是你们的家，你们很有福气，有幸遇上了福大人，算你们有造化呀！吃吧！喝吧！"这伙人也真够饥饿了，可能几天没吃上一顿饱饭，见送来这么多当年德胜门西道口闻名的"燕京八珍糕点老店"的新出炉的各式糕点、香果，能不欢天喜地吗？他们大口大口地吃，香得直喊娘！

书中暗表，这程建国只是一个护城门的副统领，哪能有这些银子，买这么多的糕点哪！说来他也占了个好名声，成了天下最大的好心人。其实说来，让赏赐糕点的人正是坐在轿车里的福临顺治皇上，他见这伙人太心疼了，虽然没见着怎么打屁股，但噼啪的打板子声，他有生头一次听到，心都快搅出来了。后来又见到这伙人，年岁都不大，个个脸色憔悴，瘦得光剩两个大眼睛，还听说都是无家可归的孤儿，着实很可怜，便让刘老公公设法给买点糕点。这些孩子可能都饿了、渴了，让他们垫吧垫吧空肚子。刘老公公就交给巴图侍卫去办。

巴图侍卫从背囊里拿些银子，交给程建国，程建国让他手下的巴雅喇去买糕点。要知道，在德胜门西道口当年有个门市很显赫的"燕京八珍老店"，专卖京式糕点，办店有年。相传，明万历皇帝和皇后们，就常吃这个老店师傅们特制的各式糕点、果品，一下子名噪京师，分店开到了远在天津总督府的街面上，人来人往，也成了天津糕店一绝。

咱们不说这伙流浪燕子们大享糕点的如意心情和满口称道这德胜门程统领的大恩大德，再说巴图侍卫护拥着福临顺治皇上和刘老公公、小猛峨、安珠儿几位跟随城门营兵来到城门营房后院一所青砖红门红窗的宽敞的待客厅，里面陈设一般，但有桌案、座椅和几张壁画，一看便知，这可能是城门官员平时接待客人的厅堂。

福临顺治帝等依次坐好，里间门帘打开，程建国身穿武官袍服大步走了出来，掸了掸双袖，向着顺治皇上俯伏双膝跪倒，大声说："奴才，德胜门梅勒章京程建国给皇上叩头，皇上万岁，万岁，万万岁！奴才，早密受大学士兵部尚书洪承畴和顺天府尹李鲁生大人之谕，知皇上要北上访巡，很可能经过德胜门，命奴才小心伺候。哪知今日事多，奴才不在，城门兵勇出此纰漏，奴才有罪难赦，祈望皇上饶奴才一死。"说着嘣嘣往砖地上叩着响头。

刘老公公代皇上传谕，说："程建国，皇上饶你无罪了，起来吧。皇上有谕旨问你，坐在一旁，好生回答。"程建国叩头谢恩，慢慢站起，俯身退至左侧，半坐在一张木椅上，躬身聆听福临顺治皇上传谕。

顺治皇上问："程建国，朕甚为不解，缘何有这么多年岁相仿、不太大的孩子和青年人聚众闹事，你们为何招引这些可怜的孤儿们呢？"

程建国一听，大吃一惊，又慌忙跪地叩头，连连说道："皇上啊，这可不是奴才们的罪过呀！与我们毫无干系呀！"

福临顺治皇上又问："程建国，你不必慌张，从实说来，朕不怪罪的，朕就想知道事情的底里。"

程建国跪在地上，头低着，不敢抬头，说道："奴才有罪，不敢言讲，奴才我可不敢犯上，胡言乱语，皇上饶恕奴才吧！"说着，又是连

扎呼泰妈妈

续不断地叩头，然后又说道："奴才真不知细情，不敢妄说，奴才家有妻小，请皇上恕罪。"

程建国如此忐忑，恐惧不安之态，反倒让福临顺治皇上更想详知内情，更想问下去，便说："程建国，你知啥说啥，不要顾及，朕赦你无罪，讲一讲，究竟这伙人是怎么个来历？"

在一旁的刘老公公说："建国，既然李鲁生已经向你打过招呼，你也不要顾虑，皇上是仁慈爱民之主，会为你等做主，不会牵涉到你的。巴图侍卫你知道，他是当今武林高手，少林弟子，师兄师弟遍天下，有他在，谁敢碰你，皇上给你做主，说吧！"

程建国虽头次见到刘老公公，可早就听洪承畴大学士向他叨念过，那是皇太极身旁最吃香的人，所以，一见他老人家的面，便认出来了，并对老人家百倍敬重。刘老公公这么一说，他是绝对听从，于是胆子也壮了，头脑也清楚了，话也就滔滔不绝地上来了。他叩头禀奏道："皇上，奴才把知道的一些细情向皇上禀奏，望祈皇上恕罪。说来话长，在顺天府燕京这个地儿，自打顺治元年起，就闹起燕子帮，都是一帮年纪轻轻的嘴上没毛的孩子，岁数最小的才七八岁，岁数大的也就十一二岁，最大不超过十五六岁吧！都是有名有姓有娘有爹的孩子，只因摄政王下道大令，说什么满洲八旗到燕京来都是开国元勋，在京畿地界得有自己一帮家口，奴才们也得有安身立命之地，要有自己的田产、房窝子，就得占地开垦。于是，由燕京一带的州府县丞们带领，在京师四周凡是无主之田便骑马一圈占地，竖起木桩，写上满洲字，盖上州府大印，此地就为某某旗人所有，凡汉人及其他人等再不能侵扰。如此一圈占，原来地界里的一切物件、人等便都随满洲新主，人也改姓为奴了，这样一来可就闹起了纷争。原说是占荒田，可京畿之地哪有那么多荒田哪！京师土地如金，又不可能是沟沟坎坎一些小块的荒地，大片的田亩早已是世代有主，代代耕耘，一家数口就靠它活命呢！恕奴才斗胆直言，满洲勋臣将军们因有摄政王袒护，都明着说是占荒田，实则都是争抢肥田沃土，都是靠自己的武功和武力，谁敢不服。何况有些田家更倚仗满洲旗人权势，凭自己的银两，买通一些地主，尽量收拢土地，全投入满洲有名望的王爷、贝勒、贝子名下，原土地的主人，被投充抬旗，摇身变成满洲某一皇族的奴才、家佣。这可苦了原田地上的小民子，一律成为地主投充下的附庸，失去了原来的地位、名分，变成满洲某姓的家奴。自己的儿女、孙子，男男女女全都成了家奴。"

程建国这么滔滔不绝地叩头禀奏,顺治小皇上细心听着,这些事令他大为惊奇,全是头一次听见的,对此事甚为忧虑怀疑,忙问道:"程建国,你所言属实,抑或是在向朕编排故事,令我们解乏取乐呀?"

程建国又慌忙叩头,言之凿凿地说:"皇上啊,奴才不敢妄语,那可是杀头大罪,奴才所言千真万确。皇上还要北巡,请详察便能知晓。这个燕子帮,就是各家各户遭害之人,都是老实巴交靠田活命之人,其祖、其父、其母、其姑,也包括姊妹兄弟,一时间变成他人之奴,失田失房产,有的逃难到晋、鲁、陕、鄂、湘一代,成为难民。子女们流离当地,无法生活,便寻衅聚拢到一起,天天吵吵闹闹,成了无巢无娘亲的浪游小孤燕,整天啼饥号寒。就是这群燕子帮,有帮主帮兄,凝似铁蛋,世人不敢欺,连官家也惧之三分。有时,忽如清风来,一顿抢掠打凿;忽而如旋风陡然吹过,官兵马队亦追索不及,顷刻间鸟兽散,化整为零,使人难辨何人为燕子帮。他们长啸一声便骤聚,又长啸一声便突散,散得无影无踪,要捕擒他们是难上难,就如同抓蝇虻蚊蚁,有劲使不上,大巴掌拍不着一个小蚂蚱,这可难坏了朝廷众将军。在民间燕子帮之称,传遍了顺天府,拿他们没有法子,只见其形,只闻其声,擒捉不易也!"

福临顺治小皇上听程建国这么绘声绘形地一说,倒把他说乐了,连连点头,心里想:这帮小哥们还真挺厉害,我倒挺佩服他们!于是又问道:"那么朝廷里究竟有何良策能平息燕子帮?"

程建国说:"这已成京师一患。近闻朝廷摄政王调回在陕西的何洛会内大臣,专管违制剃发、圈地、假投充的刁民,轻则掌棍板,重则流放数百里,毫无宽贷,格杀勿论。皇上,细情奴才不详,您出了德胜门,必会比比闻见的。"

福临顺治皇上从德胜门这里所见诸多奇闻奇事,在宫中略知其事,然而难晓其详,这回可以说大开了眼界,知道了许多难已知晓的真相。顺治皇上谢过程建国,在刘老公公、巴图侍卫的护拥下,猛峨、安珠儿跟随,又往那个青砖营房走去,一心想见那伙燕子帮的人。顺治皇上从心里很喜爱又很同情这伙青年人,没想到他们的青春年华大好光阴,竟遭此厄运,必得想方设法帮助他们扭转这倒霉的遭遇,见到额姆皇太后和姑太皇太后一定要跟皇叔父摄政王好好学说,可不能这么狠心哪!顺治皇上大步流星往前走,刘老公公急得跟趷跐地跟着,很快进入营房,见到了众燕子帮的人。

顺治皇上还特意来到那三个屁股挨板子的年轻人跟前。现在他们都吃了点心，吃饱喝足，在一起天真烂漫地说笑，早已忘记了忧伤，彼此都嘻嘻哈哈，显得朝气蓬勃。顺治皇上就是这个性格，和他们能融入一起，本想问一声挨打的各位大哥哥们"疼不疼"，可一见他们这么融洽友好，就不想再提那个不愉快的事了。

巴图侍卫从背囊中取出一个黄绫子包裹，交给顺治皇上，接着向在座的众位燕子帮的人说："各位兄弟，咱们萍水相逢，还是前世有缘来相聚，实属难得。我们福公子心地慈善，喜结天下友好，今日有幸巧遇众位兄弟，他特别高兴。有的兄弟受到挞责，他非常同情怜悯，特赐银三千两，请各位收纳。"

福临顺治皇上说："众位兄长，家父与本朝户部尚书英俄尔岱大人有私交，必向尚书大人求情，多开办书馆，开创乡学、官学、塾学，诸位兄弟正处求知创业之际，益从于学业。众弟兄之境遇多舛，令余心痛，当竭力助于倒悬，小待月余，余必将家父之努力情状转告众位，亦必有喜景临降顺天府的。乌云过去，必会是晴天红日，同享新朝之乐。古人云，吾等时不我待，务勤于学、精于业，不可枉度时光。一寸光阴一寸金，寸金难买寸光阴。百舸竞流，或乡试中榜，或求他年殿士夺魁，诸兄共勉，国家栋梁，耀祖光宗。兄弟再聚日，余将杯酒金樽相贺焉。"

福临顺治皇上侃侃而谈，字字珠玑，使心情沮丧之众多青年，着实受到感动和鼓励，甚觉这个萍水相逢的陌生少年公子颇有见地，颇有远谋，听其言必出于名胄豪门，能与大清国当朝之户部尚书友谊，绝非京中非凡人物，个个都由衷敬慕，心中甚有巧遇贵人之无比欣慰之感。他们窃窃私语："公子之言甚善，不可终日如落霞孤鹜，穷混时光，应苦读圣贤书，明日也得个一官半职，或讨得个安身立命的营生，总比如今这样永无休止地东奔西跑好，像乱头的苍蝇，商铺嫌，百姓烦，官府见了怕得如降临瘟疫。整日游手好闲，讨食懒干，爹妈不爱，友人躲着，可不能再这般混日子、熬岁月了。大清国正是新朝旭日东升，处处用英才，处处盼能人，正如福公子之劝，不可虚度时光，勿要再受恶言蛊惑、贼人挑唆。男儿当自强，应立志走正道。终日瞎胡混，一晃便白头。真是少小不努力，老大徒伤悲，可怜，可叹，只好向隅而泣耶！"

这些年轻浪子，互相这么一说，一劝，个个都犹如拨云见日，顿时如梦方醒，心中立刻敞亮：何苦这么胡闹呢，就依照这个公子之言来办，听他的话，由他父亲去找户部大人，咱们信着他，不再无休止地聚众挑衅，正正经经地攻自己的学业，参加乡试、殿试。现在正是大清百业待兴，广招贤才之时，也是自己追求功名前程的好时机，要紧紧抓住哇！

俗话说得好，凡事在于引导，没想到福临顺治皇上奇遇的这帮年轻人，原本一肚子怒火，无处诉怨泄愤，让福临顺治皇上给疏通了经络，消了气，泄了愤，犹如多时淤积的湖水打开了一个闸门，瞬息间一下泄开。众年轻人个个抱拳向陌生的小公子致谢，一齐围了过来，有的拉顺治皇上的手，有的拍顺治皇上的肩膀，并齐声说："小兄弟，你真是世上最好的亲兄弟呀！"

周围众年轻燕子帮的人这么一围上来，有的还大声喊叫"小兄弟"，这可吓坏了巴图侍卫和猛峨、安珠儿。安珠儿忙把这伙人给拉开，让他们离开福公子远远地站在一边，并大声对这伙人说："别碰我们的小主子，我们都叫主子，不能称兄弟。"

福临顺治皇上听安珠儿这么更正，忙说道："安珠儿，别老想着我们府上的老规矩，他们叫我兄弟，我挺愿意的，听着很顺耳，就让众位兄弟们这么称呼我吧！"

福临顺治皇上一席话，更拉近了与燕子帮的亲密劲儿，不少年轻人把自己的名字、居址和市井中的职业，写在小木片上。当年互相联络都喜欢用小木片写上名字居址，那时叫"名牌"。燕子帮的人把名牌送给这位热心肠、肯于助人的小公子，以备日后有事能予以关照和帮忙。他们互相寒暄一阵之后，拉手告别，纷纷散去。

最后还是由巴图侍卫挽留住几个燕子帮主事的头领，将三千两银子交给他，并嘱咐他，凡有无家可归、生活无着落的朋友，分给些银两，作为他们回家谋生的盘缠。另外，巴图侍卫又暗中唤来护驾的顺天府乔装的兵勇，佯称是户部、兵部的招贤司笔帖式，马上立桩竖牌贴上招军榜文，招收新军和运河上的船夫、文书人等。报名人士非常踊跃，广招人士皆由顺天府李鲁生大人实施安排。不过数日，顺天府和京师燕子帮乱巢之事便迎刃而解。此事，后来被皇叔父摄政王多尔衮知晓，甚为惊奇，甚为欣喜。因李鲁生受福临顺治帝密旨"不许言及皇上"，这个功劳就完全记在李鲁生的功劳簿上了。这是后话。

巧解燕子帮，德胜门恢复了往日的平静，所有街肆小巷，再看不到东一群燕子帮，西一伙燕子帮了。过去这伙人到处讨酒讨饭讨要银钱，闹得百姓不安，已成一患。现在这种现象不见了，百姓没有不啧啧称道的。相传，是天降一位善财童子，施舍白银万两，化解了燕子怨，不少店家商栈，还放了不少挂鞭炮，焚香祝祭善财童子，颂语赞言越传越神奇。有的曾受过燕子帮祸害的掌柜，由于"燕子"飞走了，再不伤害他们了，还供起了彩绘的善财童子像。德胜门附近一时很是热闹。

咱们再说回来，福临顺治皇上出巡的一伙人，在德胜门诸事办理完毕，刘老公公请皇上上轿车，巴图侍卫重新召集猛峨、安珠儿等人迅速离开德胜门。德胜门统领程建国恭送众位大人和皇上车轿北上，通过德胜门的铁车旱道，穿过一片杨树林子，过护城河大小桥，一直奔向昌平州而去。程建国率兵勇步行送五里，才返回德胜门。

此时，天色已临傍晚，好在暮秋天尚不显黑暗。热气仍一阵阵袭来，不感到凉爽。京师的夜里，也不觉得多么凉。刘老公公深知福临顺治皇上最怕酷热，他专门带来一个大圆蒲扇，怕皇上随时讨要，时而轻轻给皇上扇几下。因为这是在有帏幔的长帘皇家轿车里，虽有小帘窗，透一点风，但仍较闷热。

轿车外巴图侍卫兴高采烈，口里哼着《冀州小调》："咿呀呀，海儿憨。推着小车上江湾。路儿窄，石头尖，走路小心别大步颠。冷不丁蹿出一条大黑狗，咬伤了你的后腚血涟涟。"巴图侍卫大声唱着，逗得轿车里的福临皇上和刘老公公都笑出了声。

在轿车外面跟着走的猛峨、安珠儿和那帮暗里陪护的众侍卫们，也被逗得神采飞扬，精神抖擞，早忘了赶路的疲劳，全神贯注地护拥皇上的车轿向昌平州奔去。

外边来往过路人，看见这几个赶车送货的人，走路还这么活泼有趣，嘻嘻哈哈，也跟着傻笑不止。其实，巴图侍卫这样唱，是以唱传号令，暗谕明里暗里的众位侍卫，不许精神溜号，要全神贯注扈从好皇上北巡，小心"野狗"（敌对势力）的偷袭。

巴图侍卫确实不愧为太宗时代的御前一等侍卫，警觉性就是高。在他万分警惕之下，突然感到前方是一片密密苍苍的古松林，松树之上一群群白肚长尾的大喜鹊在上下翻飞，又在喳喳喧闹。有经验的武林人就会感到：林中必有奇物，使喜鹊惊觉不宁，可能是鹰隼，或者是什么飞鼠、猫头鹰、山狸子、小豹子，也许是蹲着什么人，使喜鹊惧怕伤着自己和同类，便叫个不停。此种情况引起巴图侍卫的百般注意。他上下观望一下天空和旷野，此时天色已经开始擦黑了，估计时辰已进入卯时时分，附近的村舍挂出了小灯笼。皇上乘坐的大轿车，车辕上的一座气死风灯里边的油灯碗也点着了。巴图侍卫想到，这时最容易在林莽和偏僻之地隐藏歹人，借机图谋行事，可要万分小心。他马上跑到前边引路，不时地回头向赶轿车的车夫们说道："道不好走，沟沟坎坎的，小心别让石头硌着车轮，注意！注意呀！我的哥们儿！"这也是暗号，明里暗里的扈卫们马上明白，前方有"石头"（指值得怀疑的危险物），命各自在自己护卫的位子上注意警觉，不可懈怠。这是与明里暗里扈从的侍卫早已约定俗成的老规矩，各自按暗语行事，不准慌乱，要井然有序，外人看不出，他们自己都心知肚明。此刻，发令人自己的行动方便，不受任何人的约束，其他任何扈从都不得询问喊话。

随着巴图喊完暗语，告诉轿车车夫（暗指众扈卫）小心"石头"后，将手中的独轮车交给身边的随从，身形一缩，双腿一弯，双臂一使劲，来个花鼠上树，嗖的一声，已经跃上一棵盘根古松的粗枝上，闪闪身影，立刻隐入一片绿葱葱的松林树海之中。他很像一只黑茸茸的大狸猫，从一棵古松跳到另一棵古松。只见松林抖抖，松枝像波浪一般波动着伸向前方的树海。这就是巴图侍卫以缩骨术穿行在松海之中，有时松涛之间空隙不太大，也挡不住他的穿行术，蹦蹦跳跳，蹬树拨枝，前进自如，可见其技艺的高超，已达到登峰造极的程度。

随着巴图侍卫跃上松林树干之中，不断飞身穿行时，在通往昌平州大旱路两侧树林草莽中的暗里扈卫皇驾的众侍卫之中，蹿出两位武林高手，这是巴图侍卫的两名师弟——苗小六、苗小七，两人是双胞胎兄弟，都是辽东铁岭人士。清天聪初年投奔太宗皇太极，时年八岁，父母双亡，在清军攻陷锦州之前，苗小六、苗小七加入清参将里云鹤创办的武林习艺会。这个武林习艺会招募了九十余名辽东的流丐，全部衣食及兵刃均由盛京兵部供给。习艺会初在广宁巡抚王化贞管辖下的小林庄，后来迁入医巫闾山中的常兴店，专由俘获的明朝武林教头们授课，习练武艺，甚是有名。苗小六、苗小七出徒之后，便加入太宗伐辽大军，围陷山海关，攻伐蓟州、宛平、通州，征伐勇猛、善战，后来被皇叔父摄政王多尔衮授为巴雅喇、参将。在一次校场演练拳术之时，兄弟俩连胜十八员武士，被西西皇太后看中，甚是喜欢，真是天下难寻的奇才，于是下懿旨将他俩调入禁军，为顺治福临皇上的三等侍卫，在御前行走。从此，苗氏兄弟与巴图侍卫、猛峨、安珠儿等更加亲密无间，朝夕与皇上形影不离。

此次北巡，巴图侍卫密授苗氏兄弟为外围暗卫，乔装而行。两人乔装为砍柴夫，在道路的两侧暗里扈卫皇上的轿车前行。前面所说经过德胜门时，因未接巴图侍卫的暗号，所以，他们哥俩就静静地蹲在德胜门东道口，那里有干柴市场，是专门买卖柴草干枝的集市，都是德胜门外各地村屯庄户砍来、背来或用小车推来一摞摞、一堆堆的柴草干枝，蹲在集市里叫卖，一二分钱就可以抱走一堆干柴。京师家庭主妇、老太太们就来这里到处看，看好了哪一堆柴草，便讲价，说通了，双方满意就算成交，一手钱，一手柴，不用争吵，和和气气地把柴草卖出，换回银两，次日再来交易。所以，当年德胜门的柴草集市挺红火、热闹，在北京城也有点名声！

话说这天，苗小六、苗小七哥俩便蹲在干柴集市里看热闹，也有一些老大爷、老大娘看中了他们屁股下边坐着的木桦子，他俩背的烧柴全是在宫中专门由内务府衙役从倒木上破下来的，都是一整块一整块的松木桦子，还散着松油香味，远比集市中出卖的小干枝、乱柴棒好多了，既美观又抗烧，谁见谁都喜欢，都争着与他们兄弟俩讲价钱，愿意出重银买他俩的烧柴。好话说了千千万，苗家兄弟就是婉言谢绝——"不卖"。这可令前来买柴木的城里市民奇怪了，瞅着他俩，都不解其意，难道他们是呆子、傻子？苗氏兄弟见一群人瞪眼瞅着他们，怎么劝也不走，硬是要买他俩的木桦子，他俩也不能吐露真情，只好站起来背上木桦子，口里吆喝着："卖上好的桦子哩！"边喊着，边赶紧离开了人群。后边手拿纹银想买他俩木桦子的人们，都奇怪地议论着："天下无奇不有，今个儿可真碰到了怪事。这两个人可能是个疯子吧？"他俩也不管别人说什么，自己背着木桦子悄悄隐入城门下一群人围得水泄不通的地方。

原来人们都在看一个老者领着一个梳两个小辫子的姑娘，在里边正逗弄戏耍两个小猕猴。猴子戴着一顶乌纱帽，身穿小蟒袍，腰系玉带，正坐在小红桌子上，审一个穿着苏三花旦衣衫的小猴子，跪在地当间儿，吱吱呀呀怪叫。原来是猴子在演"女起解"，逗得围观的人拍手喝彩。苗氏兄弟也挤着看热闹，这会没人向他们讨售松木桦子了。

到了下半晌，皇上车轿起动，苗小六、苗小七各自赶忙背上一大捆松木桦子，白手巾往脖子上一搭，混进出德胜门的人群之中，向昌平州走去。在往前行走时，他俩的双眼紧紧盯着在大路上行走的巴图侍卫，随时听候他的指令。所有暗中陪扈的众侍卫们都是如此，全神贯注，保护皇上。突然，他俩见巴图侍卫纵身飞上前边的一片松林，按照出宫前的计议，凡巴图侍卫有重大举动，他俩便相应行动，作为左右翼跟进而行，这样分头合击，令捕捉物插翅难逃。说时迟，那时快，两人一纵身也随巴图侍卫蹿入松林。

各位阿哥，朱伯西我再多说几句，那苗小六、苗小七可不是一般人物，是一对有名的神行太保，两腿的功夫可谓盖世无双。他俩曾经跟骏马学步，骏马飞奔，他俩在后面跟着马跑，或者在马脖子上套一根大粗绳子，另一头他俩抓在手上，紧紧勒住骏马登蹄飞跑。乍开始，他们抓住粗绳跟着马跑，跑几步就把绳子扔掉了。因为跑不过马，不扔绳子就会被扯倒，被马带着拖地而行，肩膀被大地磨出一片血淋淋的红肉，时常昏厥过去。但是他们不灰心，再接着练。经过长时间的苦练，他们能抓住粗绳，逐渐追马跑出一里、二里、三里、四里，甚至五里、十里，真是健步如飞。不仅腿脚能跟上，而且肺不胀疼，呼吸喘气平和，不感到憋气。他俩还能追上飞镖，射出的利箭，迅即抓在手心，什么贼人想跑，都必定掯在他们兄弟手中。正因如此，苗小六、苗小七平日里不是在野外射野兔，而是撵野兔，几大步就把小野兔踩在脚下，厉害得很！

闲话少叙，苗氏兄弟此刻看到巴图侍卫飞身纵上松林的刹那间，嘴中发出"我来也"三字暗语，既显示他要上树擒敌，又暗示两翼的苗氏兄弟，迅速跟上来，共同擒拿贼寇。两人迅即扔下木样子，缩身形，纵身蹿入松林，像两只飞鹰跃上树冠。巴图侍卫在中间，苗小六、苗小七在巴图左右两侧，各自施展登枝穿行术，在林间向前搜寻。

各位阿哥，我朱伯西嘴跟不上他们的飞行，其实也就是一眨眼工夫，外人不知道，他们三人已在松林中穿行数里之遥，一点响动和声音都没有。纵然有点小动静，早被林中风声、松林枝干摇动声给淹没了。要知道这是三双侍卫的神眼，松林再大，再密，也遮挡不住他们锐敏的目光。这时，三人不约而同发现在前方两棵百年粗大的红松树干的枝杈间，正蹲着两个身穿黑衣的人。这两个人可能也发现了他们，突然来个鲤鱼打挺，头向下一翻，企图跳下逃跑。

巴图侍卫和苗小六、苗小七像三股钢叉，从三个方向同时向他俩闪电般包剿过去。双方都不吭一声，手都拿钢针匕首，这在林中使用方便，轻巧，舞动自如。巴图侍卫和苗小六、苗小七都暗暗高兴，满以为这次必能活捉这两个暗中刺探皇上北巡的歹徒。他们是何图谋，有何背景？他们怎么知晓我们北巡信息的？这事关重大，非同小可，必须捉活

扎呼泰妈妈

的，不能让他们跑掉了。

巴图侍卫尽力缩小包围圈，直接冲向躲藏在松树中的两个歹徒，手中又连续发出敲动树干的声响，暗示苗小六、苗小七两人迅速跟上，擒拿两个歹徒。谁知不巧得很，松林漫延到这一带正巧是一道沟壑的边沿，再往前走是一道悬崖，松林又丛生到前方沟谷之中。那两个歹徒纵身跳下，顺势一滚，滚下悬崖。苗小六、苗小七腿快想活捉两个歹徒。苗小七灵敏，手举长条钢针匕首，向歹人一刺，正巧刺中他的臀部，只听啊呀一声，滚入谷中。巴图侍卫、苗小六、苗小七三人纵下树林，跳入沟谷，想抓住两个歹徒。可惜山谷中荒蒿比人还高，又有松树、柞树、榆树，还有不少乱石，极难迅跑，等他们到了沟底，两个歹徒已不知去向。

他们在搜索中，在石头堆乱草丛中拾到一件腰牌，他们一看，正是正白旗旗兵衙门的腰牌。巴图侍卫已经明白了，这歹徒是正白旗衙门的人，按图索骥，回去必会查得水落石出的。这歹人究竟是谁呢？苗小六、苗小七两人说："巴图大哥，我俩看清了一个人的脸，非常像围脖太岁温嘎里，他跳下松树慌忙逃窜，低头跑时，伸个长脖在松林里躲来躲去，我们十分真切地看到他脖子上的黑色胎痣，别人没这个印记。"

说来温嘎里，巴图侍卫也熟悉，是皇叔父摄政王多尔衮身边贴身的几员大将之中的博尔惠副都统的爱徒，为人心狠手辣，因轻功好，平日多担当密访巡查诸事，是博尔惠将军得力的左膀右臂，屡立奇功，现在已是正白旗健锐营中的一名参将。巴图侍卫心想，若是温嘎里到来，那另一个歹人必定是博尔惠了。他们师徒俩总是形影不离，他们究竟为何来秘密跟踪圣驾呢？值得深思。

巴图侍卫便立即命苗小六、苗小七，务要仔细搜查这一带莽林蒿草丛中，博尔惠和温嘎里绝不会逃跑，一定要捉到一个，审问他们的意图。苗小七说："巴图大哥，我刺伤了这两个歹徒中的一个，必会流血不止，他想逃跑也不会太快，因为身上有伤，不利于施展飞行术，必能捉住的。"于是他们三人四处寻找。

果然，没用一个时辰的工夫，苗小六、苗小七两个神行太保，真就追逐到了温嘎里，他头钻进沟谷草丛中，屁股还隐约露在草穗外边，被苗小六一把给撸了出来，像扔一条抓住的野猫，吧唧一下给抛到石崖边的石堆上，可把温嘎里疼得没命的嗷嗷怪叫。你想啊，那是石头地，尖楞不平的石块满地，何况这个温嘎里本来就身高体胖，一身胖肉偏偏摔在硬邦邦的石头地上，你说他能好受吗？这时，他真像受刑一般的痛苦，脸、鼻子、耳朵、前胸脯和四肢的伤痕红肿，一道道划破的血印子，全身开花了。

温嘎里咱们前书说过，那是围脖太岁，脖子和后颈及两耳根全是黑色的胎痣，从小带来的，谁见谁认识，反正丢不了。苗小七跳过去，从腰间取出捆贼绳，两人立刻就把这贼人五花大绑起来。可能给勒得太紧了，他痛苦难忍，便哭咧咧地哀告道："苗家兄弟，都是旗下人，平日无怨，素日无恨，何必如此凶狠，手下留情，围脖太岁我，好汉做事好汉当，我不会逃跑的，我跑也逃不出巴图侍卫的手心啊，巴图大师兄那是闻名两朝的皇家头等侍卫呀！"

温嘎里这么一说，苗小六、苗小七兄弟俩听了心中一惊，感到温嘎里对他们三人了如指掌，看来双方早就互有准备、互有防范了。而且更可怕的是，巴图侍卫率队扈卫皇上北巡的一切情况，朝中皇叔父摄政王手下的一伙人完全知晓，并且知道得如此准确迅速，这让巴图、苗小六、苗小七万分吃惊，自己的一言一行全在人家的耳目监视之下。

这时，巴图侍卫使个眼色，让苗小六、苗小七两人不再狠捆温嘎里，两人左右架着，一同爬上沟顶，重入松林中。不一会儿便步入大道，将温嘎里带到正往前行的皇上轿车后边的一辆备用空轿车中，由苗小六、苗小七兄弟俩在车上看押，轿车继续前行。

各位阿哥，朱伯西我说巴图侍卫擒捉林中的温嘎里，仅仅是瞬间之事。这时刘老公公、猛峨、安珠儿等人照样在缓缓前行，皇上的轿车和众扈卫并未停止前进，似乎不知此事，也未有显露出任何痕迹和异常的现象。巴图侍卫率苗小六、苗小七抓到温嘎里把他放在后备轿车中，前边皇上的轿车等并不知晓，其行动如此神速、稳健、快捷。

当然，福临顺治皇上、刘老公公等也未闲着，他们一边前行一边做着、想着各自的一些事情。轿车中的顺治皇上，从来是闲不住的，仍有活泼好动、贪玩的孩子气，命刘老公公给他讲点故事，解解闷儿。刘老公公想了想，便说道："皇上，您不是挺喜欢看《龙文鞭影》吗？奴才接着给您讲几段其中的小掌故吧！"

福临顺治皇上在轿车内背靠着龙凤棉被，坐在一张虎皮褥子之上，手拄着长方形的鹅绒百蝶绣金丝的大枕头，说道："行，公公讲吧！"

刘老公公虽已年近六旬，但头脑聪颖，口才甚好，记忆力不逊宫中一些年富力强的太监们，便滔滔不绝地讲起《龙文鞭影》中"商王祷雨汉祖歌风""太宗怀鹞 桓典乘骢""神威翼德 义勇云长""羿雄射日 衍愤飞霜""王祥求鲤 叔向埋平""苟息累卵 王基载舟"等典故。福临顺治帝都听着迷了，真是专心致志的听。刘老公公也津津乐道，逗得皇上频频大笑，说道："王基之言甚有启迪，朕当熟记之。古人以水喻民，寓言何等深奥也！水可以载舟，亦可以覆舟。今事役百姓，应深察施政之弊，务谙水舟之喻耳。"

　　咱们不谈刘老公公与皇上顺治帝主奴闲聊，再说说猛峨、安珠儿两个人。猛峨可是心事重重的人，他从宫中出来就一门琢磨，怎么让福临顺治皇上尽早尽快地知道和了解民间下情，皇上虽小，可是心地慈善而正义，爱民敬民如太宗皇帝，像他们祖上人的禀性和性格。自己的阿玛肃亲王，顺治皇上的大哥豪格，屡遭摄政王多尔衮一伙的诬陷排挤，趁此次皇上北巡，要让皇上详查摄政王私夺民田、强收投充人等为奴、私占美女之累累罪案，官民不敢申冤报案，啼饥号寒，痛苦不堪。一定要让顺治皇上知道民怨实情。皇上、皇太后只听喜讯而不知民间熬煎之苦。猛峨一直在琢磨怎么让皇上知道这些情况，所以在静静地深思熟虑，一言不发。

　　那安珠儿虽没有太多心事，因与猛峨情谊甚笃，无话不谈，打心里对肃亲王豪格的不公待遇也甚感不平，万分同情，所以，他的心必然向着猛峨小哥哥了。这次北巡，他俩虽有自己的陪侍差使，也看到了巴图侍卫纵入松林，知道必是发现什么异常的事情，他俩坚信巴图武功盖世，像一只如来佛头上的金翅大鹏雕，任何劣迹和贼人都难逃他的法眼，也必被他的巨爪捉拿。不久，见巴图等押解流贼回来，放入后边的轿车之中，心甚高兴，知道这个被俘的贼人必与无头命案有关系。

　　猛峨向四周看了看，他还真熟悉，他曾来过这里，远处有一排排青砖大瓦房，是明朝一个王爷的远郊墅馆，是一个消遣盛地。此墅馆初为阿玛肃亲王收占，后又被睿亲王看中，现在这里已成为摄政王多尔衮的郊外墅馆，他选的几个少龄美女，这里就有两位。何洛会等人常来为摄政王管理。这里就是出德胜门二十里的清河古镇，再往前走二十里就是玄福宫，曾是为明宣德爱妃出宫休憩所建的观鸟阁。后来年年修葺，名声日大，又有些臣僚也在此修建馆所，就日渐出名，成为玄福之地，后尊称玄福宫，成为京师北面一盛地。虽然庄户不大，但赫赫有名。再往前十八里就是沙河集，又称沙河店。再往前二十里就是昌平州所在之阜了。

小猛峨心想，我得想法与巴图侍卫擒拿的这个贼寇见个面，知道他究竟是哪路的歹徒，被何人唆使，竟敢紧追圣驾，胆子也真够大的了。此案应该介入，也可能这是何洛会、罗什、苏拜同伙手下的一个凶徒，亦未可知。小猛峨不想亲自出面，便串通安珠儿出面，去与巴图侍卫硬磨。安珠儿人小，会说，也最讨巴图侍卫的喜欢，让他从中美言最好不过了。

这安珠儿也真有办法，跑到前边追上巴图侍卫后，就说开了。安珠儿脑瓜子可真灵巧，嘴还特别甜。他跟巴图侍卫说："巴图师傅，你知道，这京师北上到昌平，那可是大明朝往日的御路，直到十三陵皇家坟茔地，有那么多明代的陵寝。这一路上都是故明的侍卫、权臣、将军后裔的窝巢所据要地，是藏龙卧虎之处哇，您能想到能有多少暗藏杀机之人，咱们要百倍小心，百倍注意。您抓到一个凶寇，不知还有多少个凶寇正在霍霍磨刀呢！我跟猛峨小哥相议，车驾前进之中，我想与猛峨在车上审问歹徒，不能让他闲着，还要防备有人劫持。"

巴图侍卫对安珠儿的话，虽然感到有些骇人听闻，但细想一下也颇有道理，对自己来说也是个提醒，免得事中生错，便被小安珠儿说通了，说道："也好，你们可以审问，但不要动刑，还不知他的背后都是些什么来历的人。"然后，巴图侍卫又叮嘱一顿，说："你们要不动声色，免得惊动了皇上。"

小安珠儿忙说："放心吧，我们懂得，做事会干净利索的。"

小安珠儿讨得巴图侍卫的准允，很是高兴，回过头向小猛峨招招手，打个招呼，意思是说："巴图师傅同意了！"猛峨也非常高兴。在护卫皇驾的这个车队，安珠儿、猛峨俩也扮成随主子送货的伙计，跟随着两辆轿车。巴图侍卫在前头引路，皇上和刘老公公坐的轿车在后面，另一辆大轿车原是空的，现在里边囚着围脖太岁温嘎里，后边还有几个人推着独轮小车，上边装着大包小裹的各色布帛等。外面人一见就知道，这准是哪个丝绸缎庄的送货伙计们。

猛峨和安珠儿两人，便走到第二辆大轿车近前，赶车的老板子是巴图侍卫身边的随从弟子黑子。黑子眼睛非常锐敏机灵，安珠儿跟自己师傅商量他都看得真真切切，师傅答应，回头向他点头示意了。这时，他见猛峨、安珠儿两人走过来，也就很主动地把马鞭子交给安珠儿，这个轿车就交给他们俩了。黑子跳下车，来到前边巴图侍卫那里，帮助巴图侍卫推着独轮送货车。

猛峨、安珠儿两个人跳上轿车，安珠儿赶车，猛峨拉开轿车帘进到车里。车里囚的温嘎里，被五花大绑，嘴上还塞着一大块白布，温嘎里仰面朝天被绑在车内，躺在车底板上。好在，巴图侍卫来之前就专门选了一辆陪护的轿车，是当年轿车中最大型号的黑漆蓝帘四窗大轿车，里边能容纳五七人。这种车叫"大肚（音都）车"，是专门作为主人外出时，为了私访诸地，延请某些随客，坐这种轿车。在车内随时商议事务，临时歇脚、饮茶等，既可防雨防风沙，又可以在车内歇息，是专门备用的随行大轿车。巴图侍卫办事就是想得周全，这不就有了用场了。

　　且说，猛峨钻进车内，低头瞅着温嘎里，用脚踢他两下，温嘎里紧闭着双眼，像昏睡一般，就是不理猛峨，佯装不知，硬摆出一股大英雄视死如归的气派。这惹得小猛峨怒火上升，心想，你到如今还摆什么臭架子，仗着多尔衮的威风，认为我们不敢把你咋样？还幻想有人很快把你救走？

　　其实，被绑在车内的温嘎里并没有真正紧闭双眼，见有人进来才闭上眼睛，也仅仅是微微合上双眼，从眼缝中他看小猛峨也非常真切，见来的是一个八九岁的孩子，乳臭未干，不值得重视。所以，猛峨踢他也不吭不理，根本没瞧得起！

　　猛峨见他不理，反身出去，跳下轿车，四面蹚摸，有办法了。在大道旁一侧的庄稼地头，有不少沤粪池，池边拴一个小瓷碗，他舀了一碗粪池中的粪汤和蛆，回到车内。不管温嘎里知不知道，便把他嘴里的白布团揪了出来，没等温嘎里大喘气，也就一眨眼的工夫，猛峨动作非常麻利，一只手把他嘴掰开，一只手把粪汤给他灌进嘴里。温嘎里哪防备这一手，嘴被掰开，一吸气，这瓷碗中的粪汤和蛆就滑溜溜地咽下肚里。他就觉得一股子邪味，软乎乎、滑溜溜的，一阵阵恶心，不是滋味。他把大鲍鱼眼珠子瞪得圆圆的，大声吵叫："好大胆，你给我灌什么东西了？"

　　猛峨见温嘎里睁开眼睛说话了，很是得意，忙说："你小声点，再吵吵我还要多赏给你这美味的如意羹，实话告诉你，你别小瞧我年岁比你小，敢蔑视我，我什么都能干出来，你方才进肚的美餐就是庄稼人沤的粪汤和又粗又胖的蛆，你要是不听我的话，我就接着喂你，你啥时候老实了，我啥时候就住手，我看你还能挺到何时！"

　　这温嘎里一听，头都要气炸了，原来给灌了一肚子粪汤和蛆呀！这小子太损，太坏了，人小可真是坏到极点了！我温嘎里是一世英雄，怎么让一个小孩子给熊到这分上了！这时他全身猛使劲，可惜绑得太紧，一点也动不了。温嘎里也是久经沙场的人，好汉不吃眼前亏，怨自己倒霉，遇上这个又坏又损的孩子，只能认了，不可硬顶，如再让我尝一碗那粪汤，我可真是受不了了，于是便服软地说："行，我温嘎里听你的，你想要知道什么？"温嘎里心想，被巴图侍卫抓住，这伙人必是皇上身边的人，若是真得罪了他们，皇上降旨，太后发怒，那是必死无疑，好汉不吃眼前亏，问啥就说啥吧，我不能为大人们的事硬扛着！温嘎里还真痛快，就把自己怎么让博尔惠将军逼迫，让他暗探巴图侍卫乔装由宫中出来，不知为何事，到何处去的行踪秘密探听清楚，把这个经过一五一十全告诉了猛峨。

猛峨见温嘎里还挺识相，不那么顽抗了，也甚满意，便走出去告诉安珠儿，叫他快禀告巴图师傅。安珠儿便把马鞭交给猛峨，跳下轿车到前头去禀告巴图侍卫。

不大工夫，巴图侍卫来了，他让黑子在头前引路，车驾继续前行。巴图侍卫随猛峨进入轿车里，安珠儿照样赶车前进，驾，驾，轿车飞快地往前跑。

巴图侍卫进了车内，见温嘎里很老实地坐在车内，也就放心了。温嘎里见巴图侍卫进来，慌忙起来磕了头，说道："巴侍卫，小的久仰大名，你不认识我，可我认识你呀。你和那个兄弟一动手，我就感到不一般，我猜着准是巴图大师傅！师傅，我不是心甘情愿来的，我纯属让博尔惠硬逼迫来的呀！饶命啊！您老出来，一准是圣驾出宫了，小的哪有这个胆子，我这不是祸灭九族嘛！"说着，连连磕头，都磕出了声来。

巴图侍卫说道："不要磕了，说吧，到底是怎么回事？你们怎么知道我们出宫的？不要着急，慢慢说，你要敢撒谎，骗我，你也知道我巴图不是好惹的！"

猛峨忙说："师傅，我出去瞭哨，你问他吧！"

巴图侍卫笑了笑，说："猛峨呀，你长见识了，想得好，不过，我早已让苗家兄弟在暗中保护和防范劫抢温嘎里，不用怕，你也听一听温嘎里讲的话，便于我们下一步行动。"然后，巴图侍卫又严厉地对温嘎里说："温嘎里，你不许耍花招，要老实告诉我们，博尔惠他威逼你，让你盯住我们，是什么用意？他怎么叮嘱你的？他知道我们什么情况？不许隐瞒！"

温嘎里见巴图侍卫怒气冲冲的架势，早已吓得心惊肉跳。说实在的，温嘎里虽然也是江湖上一个杀人不眨眼的刽子手，可他对巴图侍卫这伙人没有任何深仇大恨。过去没有交往过，他主要是在河北乐亭一带打家劫舍，干些偷鸡摸狗之事。顺治初年被博尔惠、罗什、吴拜等人擒拿。温嘎里见机行事，就投降了博尔惠，拜他为师，始终跟随博尔惠。他表面上忠心耿耿，改邪归正，做大清国顺民，也就成为摄政王多尔衮手下的一个武士。博尔惠还挺满意他的武功，办事干练、麻利。他手使一把大砍刀，刀功、腿功都很不错，确实是博尔惠的好帮手。从此，博尔惠处处离不开他了。况且温嘎里又会阿谀奉承，顺情说好话，这更得到了博尔惠的信任，现在已经是一员八旗兵正白旗军中的参将了。但温嘎里也很聪明，他打听得很详细，知道博尔惠是多尔衮摄政王的人，他又听说这伙人非常阴险，处处得小心。满洲八旗军中还有正黄、镶黄等旗，都是当今皇上心腹之人，肃亲王豪格是当今皇上顺治帝的亲大哥，此人为人正直，也有一定势力。他心里想，我可不能只抱着博尔惠一个人的大腿，表面不得罪，心中要有数，更不能得罪皇上和正黄镶黄两旗的人，跟着皇上一辈子都能吃饱饭，要有心眼。正因如此，温嘎里就暗暗抱定决心，脚踩两只船，不能得罪皇上那边的人，更要找到肃亲王豪格将军，成为他的参将。俗话说得好，投胎要投对，跟着正派人就一生平安。于是温嘎里说："巴图大人，小的不明一事请问大人，您是属正黄旗、镶黄旗吗？您是太宗皇帝统御的正黄镶黄两旗的人吗？要是的话，小的甘愿把什么事都抖搂干净，就降你们了。要不是，我温嘎里砍断头也啥都不说，你们也不必费工夫了。大丈夫情愿一死，眼睛都不会眨一下！"

没等巴图侍卫说话，猛峨已耐不住性子，马上抢着说道："怎么，你问我们属什么旗的？我告诉你，我们就是领正黄镶黄两旗的，我阿玛肃亲王豪格是太宗皇帝的长子，是当今顺治皇上的长兄，我叫猛峨，我就是肃亲王豪格的小儿子。巴图大师傅是太宗皇上的侍卫，也是顺治皇上的侍卫，你要找的人就是我们！"

温嘎里一听，连忙说："真是佛爷有眼，让我终于找到了你们！我原名叫孙长庆，是河北涿州人氏，从小父母双亡，由大爷养大，后来我大爷也去世了。我从十七岁起就到处流浪，在安平、香河一带与当地丐帮交友混在一起。后来加入李闯王的大顺军，被睿亲王多尔衮将军统率下的罗什、博尔惠收降，从此跟随博尔惠将军大人，成为他的上马奴，跟随他镇守京师，围剿流寇。因我敢于拼争，擒获平谷县大明朝知县武装头领一只虎和兵勇百人有功，被摄政王下谕晋升为副将，而且给我起了个满人的名字，不再叫孙长庆了，叫温嘎里，汉意耳目之意。主子让我能成为他的耳目，做他们可靠的探子。这些年我真就这样干了，得到他们的信任。可是，他们——博尔惠、罗什等将军杀人不眨眼，为摄政王霸占田产，抢掠京师的上好民宅并把所有人收为他的家奴，谁要是反抗逃跑，抓回来以《逃人法》治罪，重则割脚后筋、剁手、剁脚、活埋，更甚者，他们逼着让我们对这些人治罪。他们身旁有三六九等奴仆，我们属于最下等，杀人抢货之事净让我们来干，不遂他们的愿，就要受到鞭责，几天不给水喝和饭吃，又渴又饿，逼得有人连马尿都当水来喝，他们心太狠太歹毒了！我早就想逃跑，可是他们管得特别严，根本跑不了。也有跑了的，抓回来后，就被活埋杀头。巴图大人，猛峨小英雄，你们收留我吧！我情愿投奔你们，投奔皇上，投奔肃亲王，做牛做马我都心甘情愿。我终生不忘你们的救命之恩！"

这时，安珠儿进到车里，在巴图耳边说道："刘老公公叫您过去，皇上在唤您。"

巴图急忙站起，便说道："温嘎里，我有事，你仔细想一想，但愿你说的都是实情。"

巴图下了轿车，到皇上的轿车内禀奏："皇上，昌平州就要到了。"

刘老公公说："皇上问你昌平州的历史。"

巴图说："到昌平州，皇上就会听到州官禀报了。"说完，巴图又让猛峨传话给温嘎里，进入昌平后，还要专门审问他，看他是否有诚心，对他们幕后有何不可告人的勾当要和盘托出，触及任何大人都不要顾及，只要按此去做，我们就收留你。我们还有些事问你，快到昌平了，到昌平你我再谈。温嘎里，我们不再捆你了，看你的真心，是否有悔改之意，你好好在这个囚车里坐着，别想逃跑，你要相信我，你是跑不了的。我就有这个能耐，一路上都是我的人，你必会再入罗网。

温嘎里忙对猛峨说："请你告诉巴图大人，我不逃，我不逃，我已经找到真正的主子了，就是打死我，也不会逃跑的！"

巴图侍卫和猛峨都想看看温嘎里是否真心诚意投诚，都离开轿车，没有捆绑温嘎里。

此时，轿车已经进入昌平州界，府尹李鲁生、府丞王万象率昌平州同知丘宝琪出城郊十五里迎接，一直引入州衙正堂。福临顺治皇帝在刘老公公、巴图侍卫护拥之下，又有猛峨、安珠儿左右伺候，在正堂里落座。刘老公公一再叮嘱李鲁生，皇上此行为微服出游，尚未临政，不必大肆迎迓，不必鸣鞭炮，不要声张，不要外扬，以表达问俗亲民之诚意。

福临顺治皇上从小心大，很有正事。进入正堂里，虽然满室芳香，摆满花卉和鲜果，彩女站立两排，花枝招展，但是福临顺治小皇上并不感兴趣，便命彩女退下，各自去忙碌自己的事情。顺治皇上坐在正堂大雕寿貂椅子之上，先受李鲁生等众顺天府昌平州官员的叩拜，这个礼节必须有。

顺治帝首先开口说："朕此行意在体察民情和问俗，一切随意，不必讲究君臣大礼，唯愿以诚相待，倾心侃谈，朕来唯为学习。太后有谕，不以皇驾赫人，不以帝位远人，就以亲戚来访，朋友相聚，欢度此次难忘的相见之日吧！"

李鲁生、王万象慌忙又跪下，边叩头边说："皇上多言了，奴才不敢慢待。皇上光临昌平，实乃万民之福祉。"

刘老公公在一旁给打了圆场，说道："李大人、王大人，不必过谦，一切听皇上旨意办吧。此后，不必如此行礼，皇上不喜欢这种场面，你们也不必事事身前侍奉，召之即来即可，不召见不来，召谁谁来，你们尽可忙自己的事情。皇上来昌平州途中，就急着问咱家，这昌平州的历史和名胜，你们谁先禀奏哇？"

昌平州以往接待过多少大明朝的皇帝、贵胄、大人们，到昌平州来就先观赏和选要当地名贵宝器、土产，这里真是香水喷地，美女如云，繁花似锦，香气四溢。顺治帝乍进正堂客室，站立彩女两排，就是明代迎圣驾的老习惯。此次，昌平州还是第一次迎接从东疆圣地而迁都燕京的满洲第三代帝王——年幼的福临顺治皇帝，亘古第一次在中原内迎接满洲皇帝圣驾，一切都非常新鲜，一切不知所措。李鲁生、王万象、丘宝琪等虽习练百遍，总是心中不踏实，寝食难安，生怕失礼，其罪安知？一个个像怀中抱个小兔子，心跳得坐立不宁。

谁想到，顺治小皇帝头一次见面，并没有任何威严，非常随意，命辞退彩女，不追求迎迓大礼，只求问俗亲民，首先让禀告本州的历史名胜。这些全在脑中，不费吹灰之力，大家立刻感到如释重负，轻松万分。李鲁生用眼色扫了一下丘宝琪。丘宝琪马上领悟，向前迈了两步，跪倒在顺治帝膝前，说："奴才，丘宝琪为昌平州同知，于顺治二年五月由怀柔县知县任调来，宝琪深感圣恩浩大，谨代表两州庶民叩迎圣

227

驾。说起昌平州，历史悠久，为京师北门，追溯自汉代即为县阜，《方舆纪要》云：昌平自古属上谷郡。汉齐悼惠王子印以昌平侯立为胶西王，县名始见于此。至王莽时此地称长昌。后汉时改广阳郡。晋时仍为昌平县，属燕国。隋大业初，昌平县属涿郡，唐属幽州。辽属析津府，金属大兴府，元属大都路。明初属北平府，永乐中属顺天府。"

丘宝琪跪地还要继续禀奏，顺治皇上看他年岁已过不惑之年，不忍让其跪禀，便说道："请起，坐朕旁详细叙说。李府尹、王府丞亦请落座，共叙家常可也。"

皇上有旨，众臣落座，丘宝琪又继续禀奏起来。禀奏道："皇上，昌平乃京都风光秀丽之地，素有'京师北大门''京师之枕'的美称，有誉满燕山之居庸关、龙虎台之险隘及天寿山，明十三陵就在本州。盛秋时柿林红山，为历代皇家所重视。昌平背据大山，有古代雄伟的长城为护屏，居庸关在本州西十里之遥，山岭层峦，绵延无边，山中藏奇峰古刹。州东南五里有名山龙泉，山顶筑有龙王祠。山半有洞，可闻水声，幽深神秘，人不敢进。洞北有潭，深不可测。潭东有泉，清湛可濯，为游观佳境。州东北又有名山曰银山。银山中峰有大万圣寺，明正统年间重修，赐额曰法华。山林中所言大万圣寺。此皆古寺，追其源多建于辽金时代，悯其倾圮，历朝捐资斥财，创大雄宝殿于寺中，设三世佛像于殿后，建伽蓝视师堂于殿之旁，立天王殿于殿前，竖钟鼓楼于山门内之左右，甚为气魄威严，来昌平者不可不游赏。陛下，昌平胜地，古迹甚多，且山光秀丽，土质肥沃，实乃游玩与物产丰盈之宝地。"

丘宝琪还要继续禀奏，被顺治帝打断了，说道："罢了，朕此行非为观光赏玩，实为多望聆听一方治政与民声也。"

顺治帝停了停，又突然显出年轻小皇帝遇事好奇的心情，忙说道："唉，昌平地方有何逸闻掌故，以彰显本州之富有乎?"

没想到，顺治皇上这句话，倒引起李鲁生府尹的兴趣，忙走向前要跪地禀奏，福临顺治皇上仍不习惯这些大礼，像个小孩子似的，就喜欢有人讲当地逸闻和乡邦故事，高兴极了，便说道："不必拘泥，来，来朕身边坐下，咱们不必如此肃穆庄重，犹如唠家常，李府尹，你就侃侃而谈吧!"

在福临顺治皇上毫无圣主龙威的感召之下，众臣僚也都松了口气，如释重负，都纷纷凑到皇上身边，刘老公公拿过不少椅凳，让大家围坐好，李鲁生就讲了起来：

"相传，昌平红崖谷古时有一茅庵，庵内修道者持行甚严。夜深，有一美妇人叩门求宿，时逢天寒，道人怜而纳焉。妇动以言，道人不乱。不一会儿，妇人突言腹疼，产下一婴儿于盆中。第二天天将亮，妇人抱儿离去。道人非常厌恶那个曾降生过婴儿的血盆，嫌其脏有污圣地，便扔入涧中。谁想，扔盆时盆血染其左手，仔细观瞧，只见五指皆金，再视涧中之沙，沙亦尽是金色。逸闻尽颂昌平之富有，满地黄金。"

李鲁生府尹讲完，叹息一声，又说："皇上，昌平州确是吉祥宝地，自我大清定鼎中原，迁都燕京，光照宇内，然而身当京师卧榻之昌平等顺天诸州县，喜事绵连，痛事亦日日不断。如今顺天府生民谣，奴才放胆奏于皇上圣闻，望祈恕奴才死罪。谣云：'崇祯吊煤山，顺治换新天。大清万事好，唯惧抢民田。圈山圈地勤，嫩女悍男甜。充旗名阿哈①，庄头权无边。昨言闯王凶，今夕泪涟涟。'明时尚无此劫，社会动荡，啼饥号寒，父女兄弟生离死别，屯乡因地亩田舍殴械不休，臣实无奈，亦无良策。就在日夜焦虑之时，上天眷顾，蒙皇太后、皇上恩诏，谕坦言直陈。今日皇上圣驾降临，昌平、顺天之幸也。"李鲁生讲到这里，话再也说不下去，俯地痛哭，众官员亦个个吁吁长叹，潸然落泪。

福临顺治皇上听得格外认真仔细，仿佛每一个字都印入自己的脑海之中，若有所思。而后便向身边站立的巴图侍卫问道："巴图，你把近两年来朝中有关圈地之事，给朕复述一番。朕记得十分清晰，皇叔父摄政王每有大事必呈太后，朕也应知晓的。"

巴图稍加思索，便口若悬河般地向顺治皇上说道："皇上，朝中最先提出圈地，是顺治元年甲申五月丙寅，摄政和硕睿亲王首报，京城内官民被圈者，皆免三年赋税，其中有被圈房屋之人同属者亦免一年，大军经过之处，田地被伤者，免今年田赋之米，河北各府州县免三分之一。顺治元年甲申十二月，顺天巡按柳寅东以圈地中满汉杂居之弊疏言：清查无主之地，安置满洲之庄头，诚开创弘规，第无主之地与有主之地，犬牙交错，势必与汉民杂处，不唯今日履亩之难，恐日后争端易生。臣以为莫若先将州县大小，定用地多寡，使满洲自占一方，而后以察出无主地，与有主地互相兑换，务使满汉界限分明，疆理各别而后可。盖满人共聚一处，阡陌在于斯，庐舍在于斯，耕作牧放，各相友助，其便一也。满人汉人，我疆我理，无相侵夺，争端不生，其便二

_____

① 阿哈：满语，即奴才。

也。里役田赋，各自承办。满汉各官，无相干涉，且亦无可委卸，其便三也。处分当，经界明，汉民不致窜避惊疑，得以保业安生，耕耘如故，赋役不缺，其便四也。可仍者仍，可换者换，汉人乐从。且其中有主者既归并，自不容无主者隐匿，其便五也。此疏下户部详议速复。又有真定巡按周允疏言，巡行各处，极目荒凉，旧额钱粮，尚难敷数。况地亩荒芜，百姓流亡，十居六七，若照额责征，是令见存之丁代逃亡者重出，垦熟之田为荒芜者包赔也。臣以为欲清荒田，法在丈量，欲清亡丁，法在编审，果能彻底清楚，则钱粮自有实数，官吏无巧蒙之弊，百姓免代赔之累矣。本疏下所司议。本年本月鉴于圈地引发之纠之乱；皇太后与皇叔父摄政王商议，重述引发圈地之由来，更重申一切严守规策，并谕户部刊示各府州县遵行。谕文如下：我朝建都燕京，期于久远。凡近京各州县民人，无主荒田及明国皇亲驸马公侯伯太监等死于寇乱者，无主田地甚多，尔部可概行清查。若本主尚存或本主已死而子弟存者，量口给予，其余田地尽行分给东来诸王勋臣兵丁人等，此非利其地土，良以东来诸王勋臣兵丁人等无处安置，故不得不如此区划。然此等土地，若满汉错处，必争夺不止。可令各府州县乡村，满汉分居，各理疆界，以杜异日争端。今年从东先来诸王各官兵丁，及见在京各部院衙门官员，俱著先拨给田园，其后到者，再酌量照前与之。至各府州县无主荒田及征收缺额者，该地方官查明，造册送部，其他留给东来兵丁，其钱粮应征与否亦著斟议。至熟地钱粮，仍照额速征。凡绅民有抗粮不纳者，著该抚按查处，有司官徇情者，著抚按纠参。若抚按徇情事发，尔部即行察奏。"

巴图侍卫详细陈述谕文后，顺治皇上说道："巴图所述上疏与奏文，清晰可悉，圈地之由来及朝廷所严循之策，践而力行，必可为民有利，为国有利，亦可安抚东来将帅兵丁之生计与稳定。可惜近闻各地多生舛谬，酿生民祸，圣母姑太皇太后和额姆皇太后，悯而难寐，朕亦欲详求其因，故依皇兄和硕肃亲王之奏请，来体察民谟。朕此来纯属私行，皇叔父摄政王并不知悉。故而，尔等宜不必外宣也。朕谨奉皇太后懿旨，遍访民情，遍谙民风，以弘亲政者仁厚圣心。诸事可问巴图可也。"

巴图侍卫接着说道："众位大人，皇上亦申明旨意，众位遵行吧。吾等此来昌平，完全以晋冀名商大贾之要裔华生公子率账房伙计远售绸缎之行为名而来，尚需到怀柔、顺义等地，一切食宿完全自理。日后众大人不必常陪远迎。吾等有事烦之，无事互相自便，尤不可再言皇驾之事，切切。"

李鲁生、王万象、丘宝琪及随来之通判、照磨，唯唯叩拜皇上。李鲁生说道："奴才谨记。秋日早晚山中寒气与山峦尚烈，敬请皇上起居珍摄健安。为私访便利，奴才特派昌平州通判秦善果随巴图侍卫。善果武功高，为人正义，昌平几大命案皆由他庭讯。谙熟匪类，可做可资调用的仵作。奴才等随时听候吩咐。"

众人叩拜后，只有通判秦善果留下。巴图、猛峨、安珠儿等送出门外，互相揖别。

刘老公公早在出发时，便已乔装成往常阔公子的老管家，称刘老管家，他在昌平市井街面上，早已选定了仁侠客栈，租定了客栈后院的独自青砖瓦墙，内有松柏、水泉、花池，并有月亮门的两栋客房，三间正房一栋，厢房五间一栋，院侧有马厩。看来客栈是专为过往的远方行旅备用的上乘客房，一昼夜白银三两，尚不贵，很安全，还清静、幽雅，非常适宜作为他们的下榻之所。

刘老公公将皇上和巴图等人及车轿、老板等领到仁侠客栈。大家一看都非常满意，齐赞福临顺治皇上福满乾宇，到哪儿都这么随心。李鲁生等官员和他们一条心，又有这么合适的宿处，真宛如皇家的宫院，没有杂人，关好大门就是自己一家人，多么安全自便哪！顺治皇上由刘老公公陪同住上房西大间，巴图、黑子住下屋东间的小暖阁，猛峨、安珠儿、温嘎里住下屋大暖阁。厢房上下两间由车老板们与通判秦善果分住。秦善果从自家果园摘来两挑新下来的大柿子，又黄又大，已经熟透了，分送各屋，供大家吃用。李鲁生、王万象又送来自家园中的西瓜、香瓜、大红枣，秦善果也给送到各屋，供大家尝鲜。

最辛劳者莫过于巴图侍卫，一天天总是那么全神贯注，一分一秒都不安闲。他表面率领的人员，有助手武将黑子，猛峨、安珠儿两位伴读，再就是皇上身边的刘老公公。除此，前书讲过，还有无数像苗小六、苗小七那样的暗处侍卫随从。这部分人皆由巴图侍卫以暗语暗号调遣指令，他就像扯着长线放风筝的人一样，牵着线，使风筝忽高忽低，忽隐忽现，全由他随机应变，没有丝毫的舛错。而且他在沿途的松林中擒拿到一个暗贼——温嘎里。这温嘎里是最狡猾的大盗，最会装腔作势、见风使舵，被擒住后，他将自己扮成一个心向两大黄旗的人，属于太宗、顺治皇帝、和硕肃亲王豪格的人，千方百计与巴图、猛峨套近乎。他把自己说成是被博尔惠、罗什等多尔衮亲随逼迫的，是受害者，与他们不是一条心，装得十分可怜。温嘎里以为这样就可以唬住巴图和猛峨，能高抬贵手放了他，逃之夭夭！这不是白日做梦吗？

巴图心里有数，我们扈卫皇上出宫，这是极为机密之事，你们如何知晓的？为何要跟踪圣驾出游？是何人唆使？是何居心？博尔惠那是皇叔父摄政王多尔衮手下最亲信的大将、左膀右臂，而对温嘎里谁人不知，何人不晓，你是博尔惠的亲信、耳目，从来是一个鼻孔出气，如今你还装什么蒜？能瞒过谁呀？当时，巴图与猛峨互相递个眼色，将计就计，佯装完全信任温嘎里，不深究他，到了昌平州之后，巴图、猛峨也没有为难他，对他不像是被擒拿的贼人看待，而是让温嘎里与猛峨、安珠儿住在一起，表面上是一伙人，不分彼此，不戒备他，实际上是迷惑温嘎里。巴图侍卫暗中早已下了狠碴儿，并告诉猛峨、安珠儿、黑子三人，要时时警惕温嘎里，观察他的动向，千万别要让温嘎里接近、接触正房上屋皇上住的那个居室。千万别让温嘎里摸清底细，必要时再惩治他，设法套出他们的阴谋诡计，然后再见机行事。巴图侍卫将他的全盘安排告诉了猛峨、安珠儿、黑子，让他们共同对付温嘎里，既要稳住他，又要监视他的一言一行，保护好皇上。

巴图侍卫安排好一切之后，又专门找昌平通判秦善果，让他将昌平近年来无头案之事及卷宗，以及仵作、师爷们的访查档案文书等都搜集到一起，以备参阅共议。又反复叮嘱，不可张扬外泄，不言宫中来人，只言是山西来了故交而已。为守密，秦善果住在仁侠客栈，与黑子形影不离。

所有这些事部署安排放心之后，巴图便在当夜别人熟睡之时，稍稍起身，整理好夜行装，带上匕首和三角翅镖，在马厩中牵出一匹红鬃快马，飞驰电掣般返回京师，叩见皇太后。

自进燕京后，西西皇太后从未让福临顺治皇上离开自己身边，更别说出远门。这些日子，皇太后真像失魂落魄一般在焦灼地等待巴图侍卫的信儿。出宫之前，君臣事先早已约定，巴图侍卫必须回去奏明太后，并亲耳聆听圣谕。朱伯西我就不赘言了，皇太后与巴图侍卫之间的话语，说实在的，朱伯西我一点没听到，安敢肆意胡猜。

话说，天还未亮时，巴图骑快马又回到仁侠客栈，此时仍是星斗满天。红鬃马跑得满身大汗如水洗一般，巴图将马交给随行车轿驭夫，自己回卧室，脱身入眠，身边的黑子一点也不知道。巴图刚刚躺下，将要阖眼，就觉恍惚耳边传来下屋里有人静静地推开房门，声音非常轻，迈步出来走到外屋。

巴图耳朵多灵啊，一听这轻轻的步履声，就马上意识到不好，这声音绝不是出自猛峨或者安珠儿，他们没有这种走路轻声，怕影响别人熟睡的意识，谁最为小心呢，那说不定是温嘎里了。温嘎里又为何这么小声出门呢？肯定有鬼，怕同宿的猛峨、安珠儿发觉。巴图立即坐起来，又重新披上外衣，跳下地，一闪身推开门跟了出去。

温嘎里根本没有发现，还很庆幸没有碰醒睡在一铺炕上的猛峨和小安珠儿，他心中有事，早已醒了很长时间，一看四面静寂，以为上下屋里的人全熟睡了。他决定起来，趁天还未亮，人们睡得十分香甜的空当，他要到正房外面，透过窗户纸，观察清楚那屋里的公子，是否真如巴图、猛峨等人一再宣称的是山西一位大商贾的公子出游到昌平办商务之事。这是他秘密受博尔惠主子之命，一路跟踪探查的要事。他表面装得十分老实，以为骗过了猛峨等人，实际上他完全在耍花招，掩耳盗铃，一心想探个究竟，知晓巴图等人是否来自宫中，是否扈卫宫中那位大贵人。他探听虚实，弄准确后，好向博尔惠交差，为此又立一大功，摄政王必给予重奖，又会晋升一级的。温嘎里边往外走，边想着美事，没有提防后边巴图侍卫紧紧跟着。

温嘎里推开外面的中屋正门，走了出去，脚尖一点地，使个轻功，就飞身纵上屋脊，落在瓦片上，没有一点声响。然后噌噌几步便隐在房脊后的一个砖垛子暗处。此时天还未亮，一片漆黑。他本想再选个好位置，到房檐前来个金钩倒卷帘，探听屋里动静，以便查清屋中的公子身份。温嘎里用眼往四周仔细扫了扫，静悄悄的，连狗咬声都没有，更没有人的动静了。他很放心，心里暗自高兴，巴图哇巴图，你们别以为自己最能耐，最聪明，结果还是让我围脖太岁给唬住了。我现在就看清公子的真面目，揭开他的迷人面纱，让你们好好领教一下我围脖太岁的神功本事！他很洋洋自得地在屋脊上选中一块地方，便双脚支住房上的瓦楞，下身俯下，头伸出房檐。在早砖瓦结构的房舍，房檐与窗户距离很近。有功夫的人，在房檐倒卷金钩，就可以探视或聆听屋内情况和说话声。温嘎里过去就干这些偷鸡摸狗的勾当，专有这个本事。在他正拼力施展偷听功夫之时，一点也没顾及和防范是否还有高人在监视着他，他根本忘记了这些警惕，一心要尽快探知屋里的实情，便伸下身子，伸手点破窗棂纸，往里探望。

就在这千钧一发之时，温嘎里就觉得两条腿上被一个大铁夹子给夹住了，没等他疼得叫出声来，嘴刚一咧，舌头刚一上抬，就被腿上的大铁夹子给狠狠地一掀，他根本无法防备，手也没抓住房檐，就从房檐上给掀了下来。全仗这个砖瓦房的独门小院，里边种着花卉，房前有一长条的花池，种着细粉莲、扫帚梅、爬山虎等类的花，秋季开得正盛，谢了开，开了谢。温嘎里这个家伙坨挺大，特沉，不偏不倚，正好摔到花池子里，把花卉砸个满地，头扎进泥土里，弄个嘴啃泥。虽然憋了一阵，满嘴吃泥土，总算没有伤筋动骨，还算保住了他一命。若是摔倒在满院的青砖石地上，那就很难说是什么下场了！还没等他从花池子中挣扎起来，早被几只大手薅住，揪到地上，五花大绑起来。

这时，温嘎里才注意到，方才没有见到一个人影，现在在他眼前站立的正是他的冤家对头，曾经抓过他的苗小六、苗小七，还有巴图侍卫，连猛峨、黑子也都走过来，个个怒目横眉，正在瞪眼看他。

猛峨扑过来，不由分说，就是当当两拳捶在温嘎里的脑瓜子上，骂道："温嘎里，你真是狗改不了吃屎，我本以为你真要弃暗投明，败子回头金不换，我真让你给骗了，还是巴图大师傅火眼金睛，看透了你，早布下天罗地网，抓住了你的贼手！"猛峨一肚子火，自己没看守住，让温嘎里乘机作恶，感到在巴图大师傅等人面前太丢面子了，更加憎恨温嘎里，还想狠揍他一顿，出出心中之气。

这时，让巴图挡住了，他与苗家兄弟把温嘎里推进下屋，说道："不许大声吵叫，公子正在睡觉，进屋里再说。"就这样，几个人把温嘎里推进猛峨、安珠儿住的正房下屋。当即审问，黑子还把昌平通判秦善果叫了过来。

猛峨、安珠儿依照巴图侍卫的话，两人在左右架住温嘎里的胳膊站立屋的中央，巴图侍卫坐上座，首先开口说："温嘎里，你以为骗术得逞，谁相信你的鬼话，快如实招来，把你的真实用意全盘托出吧！我们可不是吃素的，你放明白点，别以为你是'围脖太岁'不好对付，可我巴图那是一尊太岁头上的'石敢当'，专门镇大小太岁的万钧巨石，是专除邪恶的！"

温嘎里听后还真没往心里去，脖子一挺，意思是你能把爷爷怎么着？巴图看明白了，温嘎里那是有名的混世魔王，滚刀肉，说好话不听，不动点真格的那是白费劲。温嘎里既然来了，就会抗拒到底，都是博尔惠喂养的送命鬼，怎么敢吐真情呢？只有以重刑伺候，否则他会守口如瓶的。巴图侍卫狠下心来，走过去，一把抓住温嘎里的右手中指，捏住两侧，迅即一转动，使个摘骨术，立即将他的中指骨脱下，手指皮拉长，手中匕首一动，中指就下来了。十指连心，这是早年江湖上最恶的酷刑，手指用这种快速法一个个脱落，指骨解脱一只，就能疼昏过去一次，全身无处不疼，立即昏厥，大冒冷汗，刺痛如闪电，再刚强的人也难抵御得了！

这时，温嘎里昏死过去，让猛峨用钢针猛刺他的大胖屁股，血一淌，把温嘎里疼醒，只听巴图侍卫在身旁大声地说："温嘎里，我什么都不信，你也不用胡编，要知道我也是江湖中人，我们山西丐帮素有专摘骨头的习惯，我就把你手指骨头一个一个地摘下来，让你有臂不能抓东西，活活饿死你，困死你，谁让你生下来作恶多端，只好自作自受了！"说着又抓起温嘎里的左手中指，没等他防备，早已一使劲，左手中指骨一拧一顿，匕首一转，又摘解下中指，温嘎里大叫一声又昏厥过去。猛峨又是照腚上狠钉了一钢针，臀部像被狗咬了一口，把温嘎里从昏死中拉回到阳间，立即呻吟大叫，再也没有方才那种视死如归的样子了。

巴图侍卫不动声色地仅仅摘掉温嘎里两只手的中指，他就败象毕露，满脸哭容，万般受不了了。他心里不住地骂巴图这伙人，太缺德，太可恶了，没想到他们动这种从来没有听说过的摘骨头刑法，比那割耳朵还狠，耳朵掉了，人还能活下去，这摘手指头的刑法真是太狠太绝了，人缺了两手，那不干瞪眼等着饿死，成了光有嘴的废人了吗？

温嘎里来前，跟博尔惠、罗什表过忠心，宁死不屈，必会马到成功，请恭候佳音吧！哪想到，才几个回合，温嘎里就完全被巴图侍卫给制服了。

巴图侍卫仍佯装无事，又走过来，抓起温嘎里满手滴血的大手，这回抓起两只手的大拇指，捏在一起，说道："接骨郎中皆知，人手之力皆出自拇指与其他四指之间合力共济，方有千钧之力，拇指失之，手掌则顿失半倍以上之力，纵有四指亦无缚鸡之力，宛如废人也。如今我就摘取尔之双拇指，看你还为虎作伥，狼狈为奸否？"

这可吓傻了温嘎里，他马上下跪，一声爷爷，一声奶奶地叫着，又哭又叫又哀求，死抱着自己受伤的手不敢伸出来，忙说："你们都是我温嘎里的活祖宗，我下辈子做牛做马也是你们几位爷爷家的报恩人，永生永世做你们的奴才，饶了我吧，我啥事都告诉你们，我可不敢再满嘴喷粪，欺瞒各位爷爷啦！"

温嘎里满地哭叫着打滚，就怕巴图把他的两个大拇指再给摘掉。就这样一顿哭闹吵叫，将上屋的顺治皇上给惊动了，一定要出来看个仔细。刘老公公怎么劝怎么拉也没有挡住，竟从上屋走了出来，一直奔向下屋。只见地上打滚的温嘎里，根本不认识，是个陌生的人。又见巴图手正卡着腰，气狠狠的样子，那边猛峨、安珠儿等也紧盯着躺在地上哭叫不止的壮汉。顺治皇上看样子，听这痛苦的哀号，有些心痛了，便说道："你们这是为了何事，巴图、猛峨，你们为何对这个陌生人如此的凶啊！快，快扶他起来。"

巴图侍卫根本没有想到惊动了上屋的顺治皇上，大吃一惊，慌忙走过来，拉住顺治皇上的手想到外屋去，以便向皇上仔细禀报事情的缘由经过。他们刚往外屋迈去，谁知躺在地上的温嘎里发起飚来，大声嚷道："你们真是无法无天啦，好大的胆子，我可不是一般的寻常人，我是受皇命的钦差要臣，奉旨寻查不轨之人，却被尔等擒拿。本不想暴露我的身份，想将事化小，看你们也是局外之人，只是几个做生意的商人而已，跟你们较真犯不上，谁想到爷爷我没有拿你们治罪，反遭你们的害，竟敢捏断我的中指，还要作恶下去，咱们马上到朝上见皇上评理去！"

温嘎里这一大嗓门喊叫，可不得了，真像把天捅了个大窟窿！福临顺治皇上就在跟前，刘老公公、巴图侍卫、猛峨、安珠儿，谁不惊奇啊！这温嘎里可真是疯了，竟敢冒天下之大不韪，自称是皇上的钦差要臣，你是谁的钦差呀？可是，冷丁一想，刘老公公、巴图侍卫等马上反应过来，这温嘎里非同一般人，必是皇叔父摄政王多尔衮派下来的探子，要不，他说话咋这么仗义啊！

温嘎里这么一闹，没等福临顺治皇上、刘老公公、巴图侍卫等上前回话，急性子小猛峨先火冒千丈，冲过去一把抓住温嘎里，大声骂道："好个贼子，你真十恶不赦，还敢冒充皇上的钦差。"说着，双手就要抓住温嘎里，薅住他满脸胡子的嘴皮子，把腮帮子扯得像个黑倭瓜。

这时，巴图侍卫大步迈过来，把猛峨衣衫一拉，说道："猛峨，不许胡来，退下。"猛峨不敢乱来了，往后退了几步。

福临顺治皇上走了过来，低头认真仔细看了看这个肥头大耳的温嘎里，胖脖子带着黑痣，长得一脸凶相，一看就知道，绝不是个好东西。巴图侍卫那是先皇身边的御前一等侍卫，两眼如明灯，是善是凶在他眼前是秋毫不差的。凡他擒拿之人，必是朝廷之祸，也必是为朕的安危在猫捉老鼠。别看福临顺治皇上年纪尚小，可是是非分明，对巴图、猛峨其疾恶如仇之心，万分理解，故此更引起了他的兴致，一定要了解个水落石出，知道个究竟。这个陌生人怎么被巴图他们擒到的？他是怎么激怒巴图、猛峨他们的？他怎么敢自称是奉旨来查不轨之人，奉什么旨？奉谁的旨？难道是皇叔父摄政王派他来考察朕有何不轨之行为？岂有此理，太后总是不与朕说清真相，以为我还是乳臭未干的襁褓顽童，此次朕必要知晓个究竟，非问清楚不可！

顺治皇上坐下，说道："各位都不要吵叫，都静下来。"命巴图把温嘎里从地上拉起来，温嘎里因手指疼痛，仍在抱手哀叫。

巴图从怀里取出一个小铁盒，打开盖，用手捏出一些红伤药，给他敷在手指上。这药真厉害，立即止住痛苦，血也止住了，巴图很严厉地说："温嘎里，你别再装了，我的药一敷便好。我们主子在此，老实回话，要再要滑头，小心我照样捏掉你的脑瓜子！"

这时，温嘎里不敢太张狂了，便低头偷偷瞅每个人，特别是，他总是仔细瞅着福临顺治皇上，是头一次见到，很生疏的。从他的衣着面容上，可以看出确是位家有万贯资财的阔公子，那么儒雅、端庄、文静，彬彬有礼，可见其家庭的文才资产非常雄厚，非同一般。

顺治皇上说："你叫什么名字？何方人士？因何被抓？你把你的身份详实地说出来吧！"

猛峨、安珠儿等都随声应会，大声喊叫，催他开口。

温嘎里先闭口不吭声，待了一会儿，仰头说道："好！这位小主人，头遭见面，我就再重叙一番。我叫温嘎里，原名孙长庆，河北涿州人氏，大丈夫从不说狂言吓人，我现在在当今大清国摄政王麾下当差，我的满洲名讳大号温嘎里，是摄政王赐给的名字。我是武林北派，绰号围脖太岁。"温嘎里说这些，声调特别高，觉得非常仗义、骄傲，全身又来了那股狂妄劲儿，昂首挺胸，表现出不可一世的样子。

顺治皇上很稳重，也没有生气，照样心平气和地问道："噢，围脖太岁，这个绰号挺响亮！围脖太岁，你接着说，为何被我的人给抓到了，他们为何要审问盘查你？"

温嘎里想了想，说道："我，我在执行公务时，让，让他给抓住的！"温嘎里怒气冲冲地用伤手指向巴图侍卫。

巴图忙说："主子，咱们来昌平路上，发现道旁松林中他还有一个同伙鬼鬼祟祟跟踪，秘密探查咱们轿车的动向，我当即擒拿了温嘎里，

237

还有一贼逃之夭夭。温嘎里，你说，为何要暗地跟踪我们？那一个逃贼是谁？现在何处？咱们之间素日无仇无冤，为何要跟踪我们？你们的用意何在？"

顺治皇上也说："对呀！温嘎里，你跟踪我们一行商人，要执行什么公务？"

温嘎里不吭声，巴图、猛峨、安珠儿都在追问他。温嘎里半天才说了一句："如今，天下方平，江南仍有明朝势力，京师也不平静，杀斗劫掠之事不断，我奉命侦查是我等公差，你等休得过问。"温嘎里就是不回答，为何被巴图擒获之事。

后来，在顺治皇上一再平静地抠问之下，被逼无奈，温嘎里只好说道："我奉命盘查探询所有行路客旅，你们一行之车轿众多，随人众多，忒为显眼，我们观察究竟，亦为情理之事。没想到你们之中更有高人，竟把我擒拿，私囚朝廷命官，你们业已违法，速速放了我，免生罹难，快放了我，以免节外生枝。要惹恼了我，小公子啊，摄政王要动怒了，你家主人再有多少万贯家财，多少鹰犬家丁，都要一并受刑的！小公子，你是通晓圣人书的有识之士，可不能让你带来的这帮人为所欲为，惹出大祸呀！"温嘎里还很能说，反过来劝起顺治皇上来。

顺治皇上并没被他唬住，慢条斯理地说："温嘎里，你既然始终在跟踪我们，按你说在探查行旅，分明在找我们有何违法行为，你说，我们究竟违何法？为何引起你如此跟踪？是谁委派你干此勾当？勿要转移话题，照实说来！"

顺治皇上的问话抓住了温嘎里的要害，"是谁让你跟踪我们的？"下一句话就是，"我们是谁？能让你如此注意，跟踪寻查不止。"顺治皇上的话，一针见血，逼温嘎里不要拐弯抹角，直截了当说出来吧。

温嘎里还要推托、装傻，不说。顺治皇上说："温嘎里，你说，我是哪家公子？是谁让你胆敢寻查我们？"

温嘎里吓得慌忙跪下，大声说："温嘎里我真不知道您是谁家公子？我，我，我也绝不能说是谁让我们来跟踪的，至死也不能说！"

众人一再威逼温嘎里，让他讲出来，他拼死拼活就是不说，逼急了，要碰头就地求死了之。

顺治皇上十分气恼，便正言说道："温嘎里，孙长庆！你好大胆，还敢胡言蒙骗朕，朕是谁？"

温嘎里一下子被顺治皇上大声喝问吓得毛骨悚然，慌忙叩头不止，

扎呼泰妈妈

说："奴才给皇上叩头，给皇上叩头，奴才罪该万死！罪该千刀万剐！"痛哭流涕，脑门都叩出血印子来了。

端庄坐在顺治皇上身边的刘老公公，因自己不愿露出身份，从不发话。这时刘老公公也万分恼火，见温嘎里如此嚣张，倚仗他身后的主子权势，从京师跟踪到此地，一见便知，这是专为跟踪福临顺治皇上而来的。他们既知道皇上出来，又知道何时出来，这个秘情绝非一般人可以知晓的，何况要洞察皇上的行踪，肯定不是寻常的人。除了皇太后之外，关心皇上的人还有老王爷礼烈亲王代善，他老人家自顺治二年由盛京迁至京师，就很少过问宫中之事，皇太后、皇上一再恩请老王爷颐养天年，所以他根本不会派人跟踪小皇上。郑亲王等也心向皇太后、皇上，也不会暗中盯梢幼帝顺治皇上的。最关注最想了解顺治在宫中动向和作为的人，绝不是别人，就是当今主掌朝中一切权柄的皇叔父摄政王了。他多次对福临顺治小皇上总好过问朝中之事而恼怒，甚至常将不悦之火发到哲哲姑太皇太后和西西皇太后的身上，斥以规教不严，越礼碍事。两宫皇太后多次承担释说，才一一过去。此次是皇上首次出宫，便有人暗中跟踪，可见皇叔父摄政王甚是密切关注宫中圣母皇太后与皇上的任何细微行事。

刘老公公想到这里，从内心中愤恼皇叔父摄政王太霸道专权了，要控制年幼皇上的所有言行自由，真是岂有此理。现在温嘎里已被擒，真相已经大白，还佯装不认识皇上，甚至闭口装蒜，在福临顺治皇上面前仍不投降认罪，顽固到如此地步，足见其后台皇叔父摄政王何等盛气凌人，根本不把顺治帝放在眼里！刘老公公怒火中烧，是可忍，孰不可忍，便开口说话了："我说温嘎里，如今早已真相大白，你还穷装什么，你说在你面前的我们这些人等，都是何许人也？还不痛快老实交代，你的主子是谁，你为何如此猖狂敢于跟踪暗探，难道你想被祸灭九族，遭凌迟车裂之苦吗？快快说吧！"

连刘老公公这样心肠好的人，都憋不住了，他一开口，那声音语调一听便知是位德高望重的深宫中的老太监的女人般的尖细声音，慢条斯理的，如同没牙的老太太在唱歌，很好听，说得让猛峨、安珠儿在一旁偷着笑。

巴图侍卫接着说道："温嘎里，快快老实说出你是谁派来的？你们怎么知道的？难道你还要继续犯十恶不赦的欺君大罪吗？"

温嘎里吓得魂飞魄散，知道不能再装聋卖傻，佯装不认识皇上，那可真要罪上加罪呀！可是又不敢吐露真情，便大声叩头哭叫："圣上啊，奴才孙长庆，死有余辜，蔑视天颜，明知圣驾佯装不知。刘老公公，巴图侍卫奴才早就知晓，大名如雷贯耳，只是不敢正视，以为将计就计，按主子吩咐，办完这些事就远走高飞，谁想却被众英雄擒住，不得脱身。这些日子我如在火中炙烤，一时一刻也未得安闲哪！"温嘎里说完就是一个劲儿地痛哭不止，泣不成声，头猛劲儿碰地上的青砖，看样子是只求一死，了却残生。

顺治皇上、刘老公公、巴图侍卫等都怕他死掉，这样会断了亟待追查询问的线索。刘老公公和巴图侍卫都扑上他的身躯，把他摁住，不准他乱蹦乱动。刘老公公说："温嘎里，你怎么这样浑哪！圣上在此，你就是犯了天大的罪孽，冤有头债有主，你上方不是有主子嘛，是谁让你干这伤天害理、大逆不道之事的，你说出来不就轻松了嘛，皇上下旨令恕你无罪，若是把事情讲明白，一五一十说给皇上听，你不就脱清静了嘛！何苦这么折腾呢！别藏着，也别瞒着，多大的罪都说出来，你讲出来你有功，给你折罪，我们保你平安无事。你还是有福分之人，能得睹见天颜当今皇上，温嘎里说不定从今以后，你可真就鲤鱼跳龙门，飞黄腾达，真有出头之日了！"

还是人老姜辣，刘老公公一番话真抓住了温嘎里的心思，他开始动心了，觉得说到他的心上了，于是不哭了，又叩头说："皇上，皇上，我干的勾当都是欺君大罪，我这是死有余辜哇，我要是说出真情，能够下旨免奴才狗命吗？"

顺治皇上正襟坐定，也烦他如此啰唆，便说道："朕下旨，温嘎里你把事情原委讲清楚，恕你无罪！"

这时，温嘎里心里有底了，便跪地说道："罪奴实不相瞒，一切所为之事，皆秉承皇叔父摄政王旨意，奴才授命于摄政王的几位心腹爱将罗什、何洛会、苏拜、吴拜、博尔惠等人，分赴京畿要地，详查各地反叛之事。前者因剃发风波，京师顺民不惯满洲人剃发之习，视为身体之发是受之父母，剃发乃伤父母所授之躯，实为不孝、不忠，大失中华古风，屈俯东夷愚氓之俗，视为倒退。摄政王以兵威相胁，顺民泣而从之。更甚者，为解决东来之满洲众将官兵之生计，强征京师周边所有田亩房产，名之曰掠取明亡后之无主田产，实则，无主田产甚少，且混杂有众多是有主田亩，真假难辨。且八旗将勇手握权柄利刃，多为巧取豪夺，争相掠劫抢夺，顺我者昌，逆我者亡，因此民怨沸腾，必生反叛之心。致使顺治初年至今，虽言天下太平，实则怨声载道，啼饥号寒，妻离子散，甚有西方闯王走后又有东方闯王入京之民谣。这引起摄政王的注意，命吾等详究京师所有疑迹异情，密令详查，不可漏网。摄政王以武治武，以武治乱，以武治世之志誓不更移，以求升平之世。为稳固一座座八旗庄田，伤害了多少汉人宋明以来的甜蜜家园，改姓易名，弃田逃跑。更甚的是，一些年轻男子被收为家奴，年轻女伶收为庄园妻妾，多少庄头小妻小妾如云，日日新欢。有多少不甘辱者悬梁或溺水，荒野无主之尸多如干柴蒿草，曝尸岸畔，惨不忍睹。圈地之风，已蔓延京畿全部地区，近年又扩充到冀州四地，增至晋鲁，尤在争扩外省田地，人人惧畏，何日何时圈地可以平息。各地农户因无田产，背井离乡，多少地痞无赖大占便宜，谎称田亩为自己祖产，携田投充满洲庄头，兴风作浪，狼狈为奸。逃亡之众日多，社会日益动荡不安。我等便是受令查案和安抚之人。特别是又受密信，随博尔惠都统出巡暗访一宗人马的行程，务要查询清楚其真正身份、名讳，行路用意，与何处何人相联络等事宜。一路严查，不可显露自己的身影，若一旦被擒，要立即设法脱身，宁死不可申明自己的所有主人和用意。温嘎里我不慎被俘，本应一死殉身，可是终未获得机会。想来博尔惠已禀告摄政王，他们随时都要杀掉我，杀人灭口，防泄露追查圣驾一行的用意。皇上啊，罪奴我早已知晓皇上车轿一行的真实身份，早知是皇上出行。为摸清皇上出行的用意，我随博尔惠大将跟踪，他轻视了皇上出行的人马如此神秘，侍卫明里暗里如此之多，本以为就只有巴图侍卫和猛峨、安珠儿等几人，结果吃了大亏，被暗里随行的皇家侍卫捉到，令我们陷入重围，无法逃脱。博尔惠逃走了，而我终陷罗网。被擒后数日，日夜谋求自尽，终未得逞。今日见皇上与众侍卫、公公，如此慈爱，宽宏大量，着实令我感激涕零，万分惨痛，诚心降伏皇上，千刀万剐，罪奴在所不辞！"

福临顺治皇上别看年龄小，尚未执政，但在圣母皇太后的悉心训教下，做事都井井有条，从不草率从事。他事先就已安排安珠儿备好文房四宝，一路携带。方才温嘎里的所有陈述，安珠儿已一字一句记录翔实。温嘎里讲完，安珠儿已记录、整理完，文字工整干净。呈于福临，福临顺治皇上仔细看了看，说道："温嘎里，你这样做就对了，朕会保护你的，你画押吧，朕要保存下来。从现在起，你就跟随巴图侍卫，帮助他办些民间积案，朕还要看你是否心诚，要以观后效的。"说完，先命巴图侍卫将他带下去，嘱咐好生对待，再给他一些红伤药粉，到后堂小屋里歇息去吧！

温嘎里千恩万谢，随巴图退至后堂。猛峨还怕他逃跑，不放心呢。刘老公公说："皇上说得对，有皇上保护他，他还能再跳火坑吗？摄政王见到他，会气得非活活吃了他不可，放心吧，他会老老实实替咱们效力的！"众人都会心地笑了。

不说温嘎里进入内堂歇息片刻，吃些养伤止疼的药。再说顺治皇上跟刘老公公、巴图侍卫、猛峨、安珠儿、黑子在一起商议，下一步该如何是好？大家又把关注点放到昌平州往日传出来的三宗无头命案上来。猛峨最清楚，他曾查问过顺天府尹李鲁生，又询问过自己的阿玛肃亲王豪格大将军。豪格曾在昌平地界听到当地乡保禀奏过此事，因当时兵务甚忙，没来得及赴现场探查，只是命李鲁生府尹必要详究此案，务要冤有头债有主，无头案的被害者是何许人也？是何人所为？出于何种用心？为何连续出此凶狠的命案？豪格将军甚为重视，本欲回京后禀告皇太后、皇上，只是因摄政王催他发兵江南，急令于明年春（顺治三年）率师西征四川，不得迟误，豪格大将军才未来得及向太后、皇上禀奏，便只跟自己的小儿子猛峨讲了，让他转奏给太后与皇上，说明此案很蹊跷，务设法密查到底，此事必与某些歹人有关。猛峨也遵父命，还真的禀奏皇太后知晓。皇太后深谙豪格禀性，素与睿亲王多尔衮不睦，常怀复仇之心。听猛峨禀奏后心中多有所思，未表露于外，想深查一番后再做处理，便对猛峨说："知道了，尔毋须乱讲。"猛峨诺诺称是，此事便搁置下来。

这些事，福临顺治帝也有耳闻，此番出巡前他听皇太后、巴图、猛峨又详述此事，早已牵挂在心，决心到昌平后一定要查个水落石出，揪出凶犯不可。于是，大家想到了昌平通刺秦善果，他是顺天府尹和昌平州同知丘宝琪专门留下做巴图侍卫助手的，命他陪同查案，听候调遣。对，快将秦善果传唤来，让他禀奏无头积案的前因后果。猛峨马上站起来，要去厢房请秦善果过来一起商议。

就在这时，突然听到后堂屋内传来吵喊之声，接着又听到钢刀相碰的拼击声。巴图侍卫立即惊觉，忙命猛峨、黑子、安珠儿不要动，保护好皇上，自己立刻冲出屋去，直奔方才送温嘎里的后堂屋里。

这时从屋里蹿出一人，头戴大斗笠，脸上罩有蓝色轻纱，身穿短身剑衣，提着一把刀拼命向外跑出，后边追赶出屋门的正是秦善果。温嘎里手扶右臂，坐在地上。巴图侍卫一见便知，这是刺客突袭温嘎里，何

扎呼泰妈妈

等猖狂。因刺客迎面冲出，正与巴图打个照面，从门缝一猫腰像泥鳅鱼一样企图滑脱而逃。巴图侍卫手疾眼快，没等他从自己的左肋下溜走，便猛举右拳狠狠砸向黑衣刺客的后腰臀部。这一拳非常重，犹如千钧之力砸在刺客腰间，只听"啊呀"一声应声倒地，瘫在门口砖地上，一动不动。

此时，秦善果早已冲上来，压住刺客，当即从身上拿出"捆绳"，迅速将刺客捆得结结实实，好像蜘蛛抓飞虫，丝线缠得他周身只露个头和蒙有轻纱的脸了。巴图侍卫用手把贼人身上的捆绳一提，狠劲一抛，扔进后堂屋内炕沿角下。由于抛力甚猛，嘭的一声，头撞在砖地上，刺客又一阵哀叫，耳、脸鲜血淋漓。秦善果走过去，一把将他的轻纱面罩薅下来，巴图侍卫、秦善果两人仔细辨认，都不认识。这刺客面容清秀，年纪也就二十多岁，是个武生。此时，刺客完全被慑服，低着头，不敢仰视，一言不发。

巴图侍卫来到里屋看望温嘎里。温嘎里这时惊魂刚定，好在身上没受多少伤，只是右臂的衣袖让刺客的砍刀给划了一个大口子，右臂没有伤及到。温嘎里说："我正在低头吃您老给的红伤药，突然进来这个贼子，后边又跟进那位义士，他们前后脚闯进来。这个贼子举刀向我砍来，那位义士向他砍去，刺客只好转身回防。他俩打到一起，贼子招架不住，往外跑，您老及时赶来，擒住贼人，我才免遭杀身厄运。"

巴图侍卫让秦善果、温嘎里好生看管这个突然闯进来的刺客，等一会儿，咱们再好好审问他，我马上就回来。

巴图侍卫怕正房上屋的顺治皇上及众随人还在惊慌之中，必须先去禀报，使皇上与众人安心之后，再审问刺客。巴图侍卫来到福临顺治皇上身边，详细禀奏方才擒拿一位不速之客，一切顺利，刺客已束手就擒，不必牵挂担心，请皇上少安毋躁，歇息片刻，等我们趁热打铁，抓紧审讯刺客，知其来龙去脉。通过这件事会对昌平积案掌握更多的线索。是老天相助我们，又送来了一条探索疑案之路。

巴图侍卫遵照福临顺治皇上的心愿，想尽早多了解些昌平疑案的情况，便让秦善果抱来昌平州有关此案的宗卷，请皇上过目。由刘老公公陪侍，随时请皇上休息，饮茶，吃果品。

巴图侍卫、猛峨、安珠儿、黑子、秦善果、温嘎里聚到下屋厢房里，一同提审新擒拿的陌生刺客。这样安排，互不相扰。秦善果通判首先说："众位，今日我遵照巴侍卫的吩咐，准备参加上屋正要进行的积案听证会审，我拿着几册宗卷走出下屋，刚出屋就突然觉得有一个黑影从我眼前一闪不见了，我甚觉奇怪，以为大白天见鬼了。我再定眼细找，见一个人已大步闯入正房，身影诡秘，看其身形并不认识。我立刻警觉，不好，必有贼人入室，忙抽出腰刀追了过去。这家伙像很熟悉似的，径直开门进入下屋温嘎里住的房间。我便跟了进去，不容分说，那贼子举刀就砍正在吃药的温嘎里。我举刀迎上去，向他臂上猛劈。那贼很机灵，反身举刀迎我砍来，与我刀相碰，碰出声响和火花。这时，全仗巴侍卫赶到。这贼见势不好，想夺门而逃，被巴侍卫举拳击倒。温嘎里过来，你认一认，他是谁，为何举刀要杀你？"

温嘎里走了过来，仔仔细细围着这个狠贼转着辨认。他还特意低下身子，细细观瞧，对眉毛眼睛看了个够，然后站起身来，向众人说道："我真不认识，还头次见到。"说着，很奇疑地凝视着这个刺客。

巴图侍卫走过来，厉声问道："你是何处人氏？为何要举刀杀人？是谁派你来的？快老实说出来，免得我们不客气。看你年纪轻轻，干此等匪徒勾当，我不忍心一剑穿了你。你若不说实情，我这口宝剑可不是吃素的！"说着，巴图抽出明亮寒光宝剑，压在这个刺客的脖子上，锋利的剑刃只要一动，年轻刺客白净净的皮肉便立即血溅横飞。

这个年轻刺客可能还是头一次尝到宝剑压在脖子上的凉飕飕的苦滋味，他早被巴图软硬兼施的话语给震慑住了，吓得大哭起来，便把一肚子话语和盘倒了出来。他哭泣地说道："众位官爷，饶了我吧！我本是昌平武校的一个生员，秦通判还是我们的武师。我于昨晚在郊野练拳时，来了一个老者，把我拉到一个僻静之地便说：'我给你这一箱五百两银子，只要你按我的话去做，你就一切成功，否则，明日晚上我就杀了你。我是州外高人，你逃不脱我的手心！'我问他干何事，他就告诉我，你到昌平仁俅客栈后院套正房下屋，有个满脸胡须、脖子上有黑痣之人，把他杀死，你不用吭一声，杀死后便走，就可以了。还说，你必须在今日下半晌就快去，凡事我都详查明白，你不必担心，要大胆去，大胆做，办完事就大胆走出，不会有任何闪失。他说得万分轻松，我是图这五百两银子，财迷心窍，就轻易上当干这等荒唐蠢事，如今被擒，所说的句句实情，不敢胡言，若有半句瞎话，我头长疮，脚冒脓，不得好死。我得到的那五百两银子都埋在村外大杨树底下，不信咱们马上取来，一个也没有动啊！这就是我杀人始末，没有一句假话，饶了我吧！饶了我吧！"边说边在地上叩头，向众人哀告不停。

扎呼泰妈妈

巴图侍卫等人见这个刺客年纪很轻，不像城府很深的人，他的话很实在，非常可信。为验证他的交代，命猛峨、黑子按照他的话，到村外大杨树底下找到埋藏的一个小木匣。他俩抱了回来，刺客一见便说，就是这个匣子害死我了。

巴图侍卫打开一看，匣子里确实有五百两银子，与小刺客交代的完全吻合。温嘎里得知此事，十分焦急，他知道这是有人想除掉他，说明博尔惠他们已经下黑手了，决定要杀掉他。忙说："巴图师傅，必须快点找到这个唆使刺客向我下毒手的人，他一准是博尔惠雇佣的人，抓住他，就能挖到博尔惠这伙人了！"

巴图侍卫点头称是。他根据小刺客的回忆和叙述，画出一个长脸的老者肖像，让温嘎里辨认。温嘎里细看一番，摇头不认识。可是，大家依据小刺客叙述的这个陌生人，都异口同声地说："哎呀，这个人怎么这么熟悉呀，好像咱们在哪儿见过似的！"可是，大家又仔细想了一阵，都没想起在什么地方见过。

温嘎里最着急了，说道："这个贼，我们必须抓住，一定是摄政王的爪牙。"

猛峨说："反正是昌平州这一带的人，必定还会出现的，咱们都注意就是了。"

猛峨的话，倒引起巴图的注意。对呀，咱们住的仁俣客栈后街就是一条闹市，不怕这个贼不再露面。既然他的贼眼在盯着我们，早晚必会擒住他。巴图的想法与福临顺治皇上的心思很合拍，福临顺治皇上自打住进仁俣客栈，不知为什么他的心也时时惦念起这个客栈后街的闹市来。

在顺治皇上和众随从居住的仁俣客栈后院围墙外面，便是临着后街的闹市，人群、车马往来，熙熙攘攘，热闹异常，夜里睡觉都能听到后窗外传来的车马声，小贩的叫卖声，以及交易声。特别是一些临街杂食店的烧炒声响，引逗人们总是想出去看一看，逛一逛，尝一尝各种小食店五花八门的甜美食品。福临顺治皇上就是一个最好动最好奇的人，孩子气十足，就多次磨刘老公公要出去亲自看看那临街上行走的都是什么人，都是卖什么物品食品的小贩。

刘老公公为了皇上的安全，一再劝阻解释，逗引他转移注意力，忘掉后街吵闹的叫卖声。可是福临顺治小皇上总是忘不了这宗事，只要想起来，就磨刘老公公带他走一走，出去看一看。因为福临出来前，皇太后已经约法三章，让福临一切都听刘老公公的。福临顺治皇上是最尊崇孝道的皇上，只要额姆说的话就严格遵守，视刘老公公如圣母皇太后在身边一样，谨言慎行。刘老公公也暗里心痛皇上，怕他上火，一旦不随意，闹出点小毛病，那可让圣母皇太后挂牵，这样就对不起太后对咱家的信任了。

刘老公公想到这儿，又不想过于阻挡，好在到昌平几日，一切还算顺利，抓到了刺客，凡事皆有进展，都挺舒心，皇上也挺精神的，就答应他吧。今个咱家我亲领皇上出后门见识见识后街的生意，看究竟都是什么人没早没晚的这么个吵吵呀，闹得人又心烦又想过去凑个热闹。刘老公公捏指一算，偏巧再过半个多月，快到九月九日重阳节了。在宫里年年都过，这次皇上出来巡游，也不能不让皇上过呀！对啊，借机大伙庆贺一下，于是便对巴图侍卫等说道："快到重阳节了，咱们跟皇上出来，也是难得的机遇，咱家领皇上到后街逛一逛，吃点昌平州的重阳小吃好不好？"

巴图侍卫、猛峨、安珠儿等人，谁不高兴啊，知道这是刘老公公讨皇上喜欢，他们每个人也都有这个心思，一拍即合，连连称赞。安珠儿说："重阳佳节是好日子，预示皇上此行凡事大吉大利，马到成功！"

小猛峨还真没有小安珠儿汉文底子厚，安珠儿说什么他都觉得新鲜，便好奇地追问道："为啥这么讲啊？"

小安珠儿忙回答说："《易经》有云：'以阳爻为九'，将'九'定为阳数，两九相重谓之重九，日月并阳，两阳相重，故曰'重阳'。"猛峨听得直瞪大眼睛，谁知他懂没懂，边听边摆弄着指头在琢磨。

小安珠儿的话引起福临顺治皇上的兴致，说道："好，适逢佳节，重阳节，自古为人所重视，魏文帝曹丕在《九日与钟繇书》中便言：'岁往月来，忽复九月九日，九为阳数，而日月并应，俗嘉其名，以为宜于长久，故以享乐高会。'可见，重阳之名，远自三国时期亦有之。陶渊明五柳先生《九日闲居》一诗中的序文写道：'余闲居，爱重九之名。秋菊盈园，而持醪靡由，空服九华，寄怀于言。'可见，东晋初年，'重九'已为时人所重。刘老公公，你可知九九重阳，皆有何种游赏啊？"

刘老公公笑着说："皇上，自古，重阳节登高赏菊，不论皇宫还是民间，饮宴作乐，明以来重九吃花糕，京师各地颇为盛行。"

刘老公公这么一说众人都馋得口流涎水，对呀，在昌平州咱们到后街去吃花糕吧!

说来也真有趣儿,昌平州街市已经显出重阳节气氛了,连后街亦然,处处摆出九月菊,金黄灿烂,满地生辉,别有生气。而豆花糕已经上市。

为了逛后街,巴图侍卫特意给顺治皇上选了一件很不起眼的蓝色万字坎肩和浅黄色的下身长袍,配上两个用马莲编织蝴蝶的红丝香囊荷包和手帕,头载镶嵌玛瑙的兰花粉丝小瓜皮帽,一副水晶墨镜,甚有绅士公子的气派。刘老公公等仍然扮为随公子的大管家、差人,一看便知是陪同阔少爷逛街游玩的。

巴图侍卫鉴于后街十分杂乱,什么人士都有,而且他们也为盘查一些机密,不可不小心,万不可大意。他一再要求大伙要多观察,少开口,少说为佳,要牢记言多语失,务请检点自律,不可过于张扬,惹世人注意。若露出身份,闹出麻烦,那样咱们什么事都办不成了。巴图还特别强调,温嘎里和小刺客就蹲在客栈,不准外出,不准露面,至于饭菜、水酒由客栈专门供给,已花了银子。黑子和车老板也不准出游,在客栈守候,喂好马料,以防外面歹徒趁机毒马破坏。

最后,巴图侍卫还说:"皇上,您也要少说话,千万小心,不要露出我们的来历。您老可别吱声,千万别说出'朕'字,就说'本公子',要记住啊,有事向我和刘老公公递个眼色就行了。皇上啊,奴才们一到街上,就不好再向皇上直谏了,皇上请谅解呀。"

福临顺治皇上说:"巴图啊,别再啰唆啦,快走吧,昌平的街头能比得上京师吗?"说着大步先迈出了门,刘老公公、猛峨、安珠儿赶忙追了出来。

昌平街摆出的"重阳花糕",一点也不逊色于京师。花糕店铺一家挨一家,有的是。花糕铺用烤炉烤出来的酥脆糕饼,中间还夹着枣栗诸果,上面插着小旗,可以供在佛堂,还可以馈赠亲友,也可以买来就地边吃边品评技艺和香甜果味。

刘老公公领着顺治皇上等人,来到北街口一家摆满菊花、香气扑鼻的门市房,便被热情的主人迎进去,让到店铺里边上方席位处坐好。这里很有特点,店铺都是临街现搭成的大门市,上面搭有芦苇,挂着彩条,四周摆满盛开的菊花。菊花的品种甚多,京师闻名的黄金带、白玉仙、银玉团、旧朝衣、老僧纳最为典雅、上乘。铺里面摆满各式花糕,就地品尝的客官可以在席棚内长条桌前的长条椅上落座,边吃边聊,甚有风味。刘老公公选好几个长条桌位，请顺治皇上坐上座，巴图、猛峨、安珠儿依序坐好。顺治皇上和刘老公公亲自到柜台挑选上好的花糕，由店家送到长桌上，供大家品尝。

单说，这店铺是临街摆设，也最能招徕客主，生意红火兴隆，随之带来了一片混乱嘈杂的现象，什么人都有，丐帮的人也都齐聚过来，帮助吆喝，店主人一高兴，还能赏他们几块花糕吃。正因如此，在店铺周围，不仅围着穿着各式服装的男女老少购买花糕的人，店主应接不暇，而且还围着不少衣着褴褛的大小乞丐，眼巴巴盯着每一块花糕。特别是还有不少小乞丐，小丐帮，像一群小燕子似的张着小嘴，瞪大眼睛，看着店铺中那些大口大口品尝甜美花糕的绅士、小姐、太太、老爷们……稍有不顺眼，这帮苦儿就被一顿拳打脚踢，哭声震天，泪水洗面，真是惨不忍睹。所有这些，对于福临顺治皇上来说，还是第一次见到，第一次听到，又吃惊又新奇，甚至感到奇怪，觉得他们太可怜、太可悲了，真想过去给擦擦泪水，问他们为何不跟自己爹妈要花糕去……

顺治小皇上，还是个七岁的孩子，别看个子不高，可一身打扮，周围人一见就知道这是哪个富阔人家的小少爷、小公子，你看周围还有两个人侍候，还有几个小孩子护从，真了不起。这帮小丐帮们都非常羡慕，不少小乞丐都像跟腚虫一样跟着顺治皇上后边转，他到哪，他们就跟到哪。顺治坐好，大人给他切花糕让他吃，众小乞丐都瞪眼盯着，瞅得顺治皇上都吃不下去花糕了。看着站在桌前看他吃花糕的几个小乞丐，都是跟他差不多大小的年纪，大眼睛，长睫毛，长辫子盘在脖肩上，满脸全是污泥色，黑乎乎的，只有小嘴巴露出红色，还有小白牙。

心肠生来就慈善的福临顺治皇上，还真是头一遭遇见世间这么可亲可爱、跟自己差不多大小的孩子们，就是太脏、太苦、太穷了。每个小兄弟的脸、脖子、耳朵、小胸脯、小肚脐、小拳头、小脚丫，都是刺鼻的泥垢味，头发毛蓬蓬、乱麻麻的，就像堆乱雀窝，小辫子像一条条泥绳子在后脑勺乱甩荡。福临顺治皇上再仔细看，有的小兄弟虽然剃了额前发，可能是用剪子剪的，长短不齐，头上套个小黑绳，绳尾坠着一绺马尾鬃，十分新鲜异奇。顺治小皇上一把将小兄弟头上的小黑绳抓起来细细观赏。

小乞丐说："这是嬷嬷们给戴上的，可别薅掉了！"

顺治皇上小心地松开手，观望着这群小兄弟，又联想到刚出京师在德胜门见到的那帮大哥哥们，若有所思。从小额姆皇太后训育自己，要广爱众人，得以学问，今朝睹见，世间竟有许多苦难之人，又聆听母训，凡事务求真心，己不欲者勿施于人，剃发必求己愿。为此一再告谕摄政王，勿以剃发易服而致覆舟之害，要循序渐进，化灭不可无情。人生多艰，真不可思议。此时，福临一阵阵心酸，丝毫不感到这帮丐儿讨厌、憎恶，他不顾一切，恨不能把自己身上穿的戴的都分给这帮小伙伴。

要知道，孩子们的心灵就是这样，灵犀相通，彼此就没有隔阂，于是他们之间谁都不拘束了。福临顺治皇上一跟大伙无拘无束，这帮小乞丐，就格外喜欢贴近他，呼啦一齐围上长桌。他们可能有生以来头一次在世上见到这么一位身穿整洁、干净、利落的服装，长相这么可爱、俊俏的小伙伴，看人家的穿戴真是非同一般，人家爹妈该是什么样的人家呢？这个小伙伴一点也不傲气，不显得自命不凡，与咱们很随和。于是，众丐儿都凑过来，越聚人越多，都奇怪地围向福临，好像福临是天上观世音菩萨身边的善财童子下凡了！真是天降奇瑞呀！孩子们拍着小泥手，跺着小泥腿子，又大又圆、黑白相间的眼珠子乐得都快瞪出来了！

这些小乞丐的突然举动，可把刘老公公、巴图侍卫、小猛峨、小安珠儿给活活吓坏了，吓傻了。他们事先也没防范这些举动啊，急得都手足无措，既不敢声张，又不敢愤怒驱撵这群乞儿。真是如临大敌，他们都立即站立起来，一齐挤向这群乞儿之间，护住福临顺治皇上，想把众乞儿与福临迅速隔离开来。火暴脾气的小猛峨，早已握紧两个小铁拳头，真想拍倒几个满身是味、又脏又黑的小乞丐不可。

在这危急关头，还是福临顺治皇上开口大声说道："没事，休得莽撞，这都是我的小朋友，今天有幸结识这些有缘分的人，来吧，都请上座！这个铺子咱们揽下了，店主人快上花糕，大家都坐下来尝花糕。千里有缘来相会，这是老天给咱们的机缘哪！"

福临顺治皇上这一嗓门，真管用，不仅提醒了刘老公公等众人，也立即缓解了全店铺杂乱慌张的气氛，顿时店铺内外欢欣如常。众丐儿本来惧怕店主人驱赶，此时，真的如释重负，转惊为喜，个个都笑脸感激这位天下难见的小财东。

刘老公公、巴图侍卫机灵得很，立即脸色和声调一变，马上命店家快快摆好长桌长凳，赶快端上来本店最拿手的各式各样的大花糕，摆满长桌之上。巴图、猛峨、安珠儿热心地又拉又扯，请众位面生窘态的小乞丐们一一上座，快快请吃大花糕。刘老公公还亲自抱起两个年岁最小的小乞丐，也就是五六岁吧，将他们抱上长条凳子，坐在福临顺治皇上身边，嘴里还一个劲儿地向众丐儿说道："孩子们，不要怕，不要急，这是我家小主子赏的，你们大口大口吃吧，管够吃，吃光了，让店主再上新花糕！"

刘老公公看这群破衣烂衫的小乞丐狼吞虎咽的样子，眼里含着热泪，跑前跑后地忙碌，还在说着："孩儿啊，慢点咽，俺们小主子答应了，你们吃到啥时辰，吃多少都管付银子，所以不必抢，千万别噎着哇！"

刘老公公一会儿照顾这个桌，一会儿又去瞧瞧那个桌。说实在的，他除了照顾福临顺治皇上吃花糕外，就是细心看管小乞丐们吃，特别是给那两个五六岁孩子，掰小块花糕给他们，让他们慢点吃，可是自己还一口没尝花糕呢！嘴里还不停地叨咕："这可真怪了，京师怎么出这么多苦孩子啊？乍出京师时，在德胜门咱们遇上了燕子帮，那是一群大孩子，这会儿到了昌平州，又见到这么多小娃娃，这世道怎么闹的？"

巴图侍卫也应声说："是啊，多可怜哪！"

福临顺治皇上坐在苦儿中间，他也没怎么吃，也在帮助坐在他两边的丐儿们选花糕，看他们吃得那么香，沁着头，不顾说话，像似饿多少日子没填饱肚子了，心疼得很。他轻声细语地问左边两个大点儿的丐儿说："你们都是谁家的？住在哪儿？"孩子不吱声，照样吃花糕，像没听到一般。

这时，正巧店里一个前身围着蓝色小花长围裙的送花糕的女伙计，足有四十多岁，听到顺治问孩子们的话，孩子没有回答，她回答了，说道："唉，真是老天有眼，碰上你们这几位客官老爷，撒银子为小乞丐们尝重阳花糕。这些孩子真是积八辈子德了，遇上您这位救命公子。他们都是街北头孤儿堂的孩子，原本有几个老嬷嬷照看他们。这个孤儿堂是大明朝时一个王爷舍万两银子建的。大明朝完了，这个孤儿堂的地盘正巧在街北，统一划入北街天齐庙的百亩田产之中，因为那一带田地原属明朝一个王爷，是位叫嘉惠王爷的祖先田产，这嘉惠是嘉靖皇帝的一个义子，封在昌平地界。明亡后，这片地被朝廷收缴，因为是旗田，听说原来是黄旗管地，后又属于白旗属地，现在是白旗旗下的一个庄达统理，这个孤儿堂也就划到里边了。"

福临顺治皇上一听，更吃不下去了，便追问道："既然划入白旗领地，孤儿堂怎么闹成没人管，把孩子们饿到如此地步？你说得准吗？"福临顺治皇上心想，这涉及大清国的脸面之事，心中十分气愤，这个围长围裙的女人太多嘴，想必是对大清国不满，给泼屎盆子了，太可恶了。于是，他脸色一变，可把那个女人吓坏了。女伙计慌忙后退，喋喋说道："我不知其详，不知其详，小官人别当回事。"踉踉跄跄退走，钻进内屋去了。

巴图侍卫便问坐在身边两个岁数大点儿的孩子，说道："你们孤儿堂黄了不成？怎么没有人管你们了？"

那两个丐儿说道："也不是不管，听说因为庄达这几天办喜事，娶新夫人，我们的几个嬷嬷都被叫去给他收拾新房，缝做新被褥，还要备办十二碟十二碗的酒宴大席，已经忙得十几天都不照面了，这样我们就没人管，放羊了。"

还有一个孩子说："听说，我们这帮小兄弟快散伙了，庄达要把我们一个个像卖猪羔似的，要卖走了，我们再也见不着你们这几位活菩萨了！"

孩子们说得很有感情，很动心，顿时把顺治皇上、刘老公公、巴图侍卫、猛峨、安珠儿给吓傻了，都放下了筷子，双眼盯着看这两个孩子，盯着长条桌子上的每一个可怜的丐儿们。

还是福临顺治皇上最先开口，安慰孩子们说："不怕，有我呢，有我们这些仗义的好人，谁也不敢欺侮你们的，有事就找我们。"

刘老公公说："是啊，俺们公子的心总是向着受人家欺侮的人。别想那么多了，你们把剩下的花糕都拿回去，每人拿几块。"说着，刘老公公把桌上的花糕，分给众丐儿们，又让猛峨、安珠儿向店主多称来不少花糕，分给大家。巴图侍卫统一到大柜师爷处，如数交了花糕的银子。

福临顺治皇上心就是细，他伸手拉了一下满身破补丁的两个六七岁丐儿的烂衣衫，一抓直掉碎布块。原来他的小泥身上并没有内衣，包身的碎衣条相互连在一起，系了不少布疙瘩，连成又黑又脏又碎的小袍子，身上连个扣都找不到。福临顺治皇上长这么大，还是第一次见到这种袍子。他用手摸后，觉得一阵阵心酸可怜，便惊奇地说："呀，你们怎么都穿这个呀！冬天可咋办哪！"说着，他从自己身上脱下一件蓝缎子的小坎肩，又脱一件白细布的内身襟衣，说道："咱们见面有缘，这衣裳算是我送给你的。"顺治皇上把两件衣裳送给方才坐在他身边向他讲述要被卖走之事的那两个孩子。

那两个孩子很不好意思，刘老公公说："俺主子给你们了，你们就拿着吧。"于是，两个丐儿叩谢收下。

刘老公公随福临顺治皇上出来，每次都多带两件衣裳，备福临顺治皇上一旦弄脏，或因天气寒暑而用。刘老公公见皇上把身上的坎肩等脱掉两件给了丐儿，想让皇上再穿上带来的衣裳，怕皇上傍晚天凉身体不适。福临顺治皇上却说："不用，你把这两件也都送给他们吧！巴图，你记下这宗事，过些日子，一定想法弄些孩子们穿的衣裳，天马上要冷了，给他们送来。"

巴图侍卫忙答应说："主子，巴图一定记住，回去就办。"

原来刘老公公、巴图侍卫想陪福临顺治皇上到客栈外的后街逛一逛，然后快点回客栈，因为福临顺治皇上性喜好动，他一再催促出来逛一逛街，没想到后街如此嘈杂、热闹，吃花糕又遇到这么一帮可怜可爱的小乞丐，把皇上给缠住了。顺治皇上却分外高兴，问这问那，难舍难分的。此时他俩心中忐忑不安，怕生出事端，皇上的安危是万万不可忽视的。实际上，他俩也没怎么吃花糕，心在突突地跳，就盼快点吃完，早早带福临顺治皇上返回仁侠客栈。所以，巴图侍卫早就跟店里大柜师爷付了银两，算清了账，心想，快点辞别吧，可不能再让这群小乞丐没完没了地缠着小皇上了。他们身份不同，那是天壤相别。虽然各自穿戴、气派差别很大，但互相之间都感到万分的新奇，彼此都有共同的探求欲，各自的童心中都有着最大的问号：他是干什么的？他为何那个穿戴？他为何不跟我一样？不少丐儿见到福临顺治皇上，真是万分敬慕、新奇、崇仰、羡慕，乞求能结识他，能得到他的鼎力相助。每一个丐儿都从内心里不愿意与这个小主子分手，都围着不想走。

福临顺治皇上也完全被这种情感、氛围给融化了，感染了。他与这帮小伙伴心心相系，此时也不想、也不愿意与丐儿们分别！刘老公公、巴图侍卫拉着福临顺治皇上，笑容可掬地向众丐儿们挥手告别，一心想快快离开这个是非之地，回到客栈去。猛峨、安珠儿也帮助与众丐儿握手相别。

这时，那两个被顺治皇上赏给衣裳的丐儿突然大喊了一句话，震动了大家，也改变了顺治皇上回客栈的打算。那两个丐儿喊了什么话，扭转了刘老公公和巴图侍卫想尽早把皇上引回客栈，免生枝节的意图。原来他们喊着说："你们咋不去瞧瞧庄达办的婚宴大礼呢？那可比京城里皇上迎娶三宫六院还要阔气百倍呢！我带你们去看看！"

福临顺治皇上本来就不想回客栈去，是让刘老公公、巴图侍卫硬劝说拉着出了花糕店铺。但他早就听说庄达办婚事，把这帮苦儿们的嬷嬷全招去为他操办喜事，苦了这帮苦儿没人管，为此他甚感不快，心想，这是什么庄达？哪来的这么大派头？这么霸道，饿得这群小乞丐没人管，真是可恶已极，就想打抱不平，去看个究竟。这两个苦儿这么一喊，正好提醒了福临顺治皇上，立即回转身来应声说道："好哇，你们快带路，巴图、猛峨，咱们到庄达婚礼处所，也随礼去！走哇！"

刘老公公、巴图侍卫正一心往回走，小苦儿这么一喊，他们心中十分焦急，顺治皇上又说，让他们带路，去给庄达婚宴随礼去。皇上说话了，那就是圣旨，只有马上应承，硬着头皮陪伴福临顺治皇上去另一个陌生之地，那里情况一无所知，是吉是凶更是未卜难知，只好小心应对，保护好小皇上，见机行事了！刘老公公向巴图侍卫、猛峨、安珠儿等使了个眼神儿，令其好生应付，不可马虎大意。

巴图侍卫也甚是焦虑，因事先从客栈出来没有想到能发生这么多事先未预测到的事，也未有事先安排，多布置几个暗哨，随时随地都有策应的人。可是，冷静想想，也觉得可以放心。这帮苦儿都很直，心地单纯，对皇上和他们几个人都很亲近，无有敌意，遇到突发之事也会帮助我们的。至于庄达那里，凭巴图侍卫、猛峨、安珠儿三人的武功完全不在话下，不必担心，为知己知彼，眼下急需要了解正在办婚事的庄达这个人。对，要多从这群丐儿口中知道一些底细。

没等巴图开口问话，福临顺治皇上便说道："小哥们，告诉我，这个庄达办婚事的地点在哪？有多远？庄达叫啥名字，何地方人氏？"

这群小乞丐，都愿意引领顺治皇上他们去看婚礼，众多丐儿把福临顺治皇上、刘老公公、巴图侍卫、猛峨、安珠儿围在中间。顺治皇上叫刚才坐他身边吃花糕那两位丐儿引路，其他丐儿都跟随在猛峨、安珠儿的左右，像围着一帮蜜蜂一样从店铺出来，顺着后大街一直向北山方向奔去。

刘老公公站住说道："众位小哥们，不必大家都去，只请两三位带路即可。我褡裢袋里还有二十两银子给你们吧，你们拿去置点有用的东西，过几天咱们再见面，有啥难事尽管告诉我家小主子，他天生一副菩萨心肠，就喜欢跟你们结交！"

刘老公公这么一提议，不仅福临顺治皇上、巴图、猛峨、安珠儿都同意，这帮小丐儿也满意，不但管吃花糕，还给他们一些零用银子，太好了，便异口同声地说："谢谢老嬷嬷！"

刘老公公又问："那么谁带领我们去呀？"

在苦儿中有两位顺治皇上给坎肩衣裳的丐儿，举手应承说："我俩去就行了，别的小哥们玩去吧！"

刘老公公把银子给两个年纪大点儿的丐儿，然后就由两个丐儿引路径直奔北山庄头住地而去。

北山庄头住地，实际就是城关北一片峻岭山麓下边的林莽与开阔地，远远望去有许多田地，众多田舍篱笆掩映在绿海之中。这大片田亩中还有一片片松林，沿途有牌坊、古碑。相传，早在金代就留存下来，年湮日久，变为明代嘉靖年代一位王爷的分封领地。其间也混杂几块某些大明朝的将军世袭领地。福临顺治皇上兴致勃勃地放眼望着这片田野，农舍相间，鸡犬相闻，牛羊在林中安详地嚼着草，几匹大骏马正在悠闲地边吃草边扬鬃甩尾，颇有一片田园景象，令人心驰神往，心旷神怡，不由地说出："呀，多美的地方啊！"

领大家来的这两个丐儿还真是个小灵通，知道的事情非常多，口齿又伶俐，成了"昌平通"了。刘老公公点头称赞地说："穷孩子早当家，在外头越闯荡越成小活神仙，瞧，一个个小嘴巴巴的，讲得让咱家的主子都迷上了！"

两个小丐儿的小手指着前头左右一片片山林、田亩、耕牛、牧马和整齐的绿荫中显露出来的一片居舍，正仰着小脖滔滔不绝地跟顺治皇上、刘老公公、巴图侍卫等人边走边说："瞧哇，昌平州有六七块这样的平川地，现在就起名叫'××庄'，不叫啥屯、啥寨的了，都是新名词，管庄的官满洲话叫'庄达'。庄达的权可大了，就像县官、州官似的，是掌握生死簿子的人！"说得大家都乐了。

巴图侍卫说："你们这两个小兄弟，都叫啥名字啊？能不能告诉我们？"

这两个小丐儿笑着说："行啊，可你们咋不说一说都姓啥叫啥呢，你们先告诉我们，然后我们再说。这也看你们是不是诚心跟我们俩交朋友了。"

巴图没等顺治皇上等表态，先揽过去说道："我们早就在店铺里申明了，我们很瞧得起你们这群孤儿堂的小兄弟，我家小主子叫福公子，福贵人，很同情你们遭的苦，为你们能吃饱穿暖，舍多少银子都肯花，

扎呼泰妈妈

这你们都看到了。我姓巴，我们都是小主子的家奴、随从，跟小主人一块儿出来的。"

这两个丐儿听后很高兴，说道："我也姓巴，跟你还是一家子呢！跟我来的这个小兄弟，是嬷嬷捡来的，他不知道自己姓啥，就跟嬷嬷一块姓唐了。"

小丐儿这么一说，大家听了心里都觉震撼，为那个从小生下来就不知道自己姓氏的苦儿伤情悲痛不已。这两个引路的丐儿，秉性不一样，姓巴的小苦孩活泼爱说话，见生人不显得胆怯，挺有主见；那个随嬷嬷姓唐的丐儿，显得特别腼腆，沉稳，不好说话。可是从他的大眼睛中可以看出是一个很聪明机警的孩子，对人真诚、热情。这两个小丐儿，都是一般高的个儿，都是大圆眼睛，长睫毛，长得非常清秀。刘老公公摸着他们头顶问他们多大岁数，他们都知道自己岁数是六岁半，再追问他们怎么知道岁数的？他们说，是嬷嬷有一本账写得清清楚楚的，什么时候得到他们的都有记载。

刘老公公心里暗暗想，多可怜的孩子啊，来到世上连自己姓啥都不知道，唉，两个苦儿长得真俊俏，像两个小姑娘，要是姑娘长大一定是天下最好看的美人了！刘老公公亲昵地问："你们俩都叫啥名啊，我们以后见到你们好有个称呼。"

还是姓巴的小丐儿先说了："我叫猫崽儿，他叫小鱼儿。"

逗得顺治皇上笑得直弯腰，嘴里不停地叨咕："猫崽儿、小鱼儿、小鱼儿，猫崽儿，这可真是世上最令人喜欢的名称了！"

各位阿哥，朱伯西我放下猫崽儿、小鱼儿领福临顺治皇上等人去参加庄达的婚宴之事，回过头再表一表猛峨的家事。这和本书是很有关联的。

猛峨之父肃亲王豪格，领正黄、镶黄二旗旗主，可惜抵斗不过皇叔父摄政和硕睿亲王多尔衮，屡受打击。全仗皇太后、皇上保护，免遭杀身之祸。现在多尔衮正要派他赴江南征伐，目的在于消灭他在京师的两黄旗的势力，使京师的两黄旗群龙无首，备受欺凌。这些事猛峨始终耿耿在心，他知道原来京师的通州、怀柔、顺义一代本为两黄旗属地，昌平当然也应属两黄旗属地。可是自从正黄旗的都统何洛会被钦命盛京留守，任盛京将军之后，更加投靠摄政王多尔衮，倒戈揭发豪格的所谓"欺君大罪""图谋不轨"等罪行，因而得到多尔衮赏识，现已调回京师，兼理西安将军大任，职权重大，声威日高，而且已申明由正黄旗改入正白旗，投靠多尔衮统领的正白镶白两旗。

　　为扩充势力，京师东部、北部之地业已成为满洲东来八旗军和诸王之围占的土地。从顺治元年下半年到顺治二三年间，京师东部沃壤已完全划入两白旗属领地界，所开创拓建的所有新的旗田、旗庄，皆为皇父摄政王多尔衮属领之下正白镶白两旗领地，威势逼人。自八旗军入燕京以来，皇叔父摄政王旗属日渐强大，趋于领先众旗之上，所辖之人口、田产、资财统归其占有，可谓兵强马壮，资源雄厚，锐不可当。

　　猛峨虽年岁小，可心中十分有数，他属于太祖、太宗领属的正黄镶黄两旗。太宗驾崩后，两黄旗屡受两白旗的挤压、排斥、掠夺，特别是旗主太宗长子、猛峨之父和硕肃亲王豪格，智谋皆逊于正白镶白旗主和硕睿亲王、太宗之弟、豪格之叔，现又为摄政王之多尔衮，屡遭其嫉妒、中伤、倾轧，元气大伤。顺治初年豪格几乎被贬为庶人，好玄没丢了性命，全仗扎呼泰妈妈——西西皇太后仗义执言，一口给保了下来，才保住了性命，最后又有了旗主的名誉。多尔衮还在找机会，誓要治豪格于死地，多亏皇太后、皇上硬给顶着，多尔衮才未敢妄动。

　　说实在的，两宫皇太后早已看清了形势，京师四周土地虽按八旗左右翼统领，作为扈守京畿要地，保卫大清社稷皇权天祚之志，但各旗皆竞争领地、沃田与有利之势，最大竞争者便是正黄镶黄与正白镶白两大旗之争。老王爷礼烈亲王代善所领属的正蓝镶蓝两旗为福临继皇位已受到重大损失。老王爷年事已高，自知无能也无力与九王爷多尔衮争雄，早已退下阵来，不与争锋，自保安危而已。故此，正黄镶黄与正白镶白双方格斗不息，豪格并未服输，其子猛峨也拼力倚仗皇太后、皇上苦苦争斗。他一年多来从未停止过努力，企图寻找时机，鼓动福临顺治皇上出游，亲眼看看，然后再奏皇太后。猛峨受父豪格之命，多次向皇上讲述这些窘况，告知皇太后、皇上，太宗时代两黄旗之势力已经江河日下，岌岌可危，再不加以阻遏，两黄旗甚有被吞噬殆尽之虞，到那时将无颜恭对祖宗矣！

　　福临顺治皇上虽然年岁尚小，但对两白与两黄旗之间的争斗已深有理解，自己承袭先祖先父皇位的正黄镶黄旗的权势，日被蚕食，已有危机之感，为此也屡打抱不平，为兄长豪格鸣不平，为飞扬跋扈的皇叔父摄政王咄咄逼进而心愤不平。所以，在姑太与母后皇太后面前屡谏，然而两宫皇太后以为社稷将定，南国未稳，勿可以小失大，毋要鼓噪以防生变。但在猛峨等一再启奏之下，终于谕旨准允皇上出行。顺治帝与猛峨等亲历下层，感同身受，明显看到两白旗的强大势力已达不可撼动的地步，确实令人无法安静，不能无动于衷。

猛峨武力来其父豪格，有万夫不当之勇，又殊于其父，有其祖父太宗皇太极的智谋，故此颇得扎呼泰妈妈圣母皇太后西西的器重，觉得这孩子不知啥地方非常像太宗，有太宗的血统，机灵诡巧，遇事有道眼儿，而且从不显露于外，总是一个劲儿地袒露忠厚，做事循规蹈矩，按部就班。可是其武功非同寻常，十八般武艺样样精通，在养育兵中，健锐营校场比武时总是名列前茅，不夺魁元也能得个探花。西西皇太后看中了，就跟豪格说："你儿子猛峨做皇上的伴读吧！"这可是莫大的恩惠和殊荣，豪格当然立刻叩谢了。

猛峨自到皇上福临顺治身边，真是兢兢业业，与小叔的感情也真好，他们形影不离，顺治也真听猛峨的话。此次出巡，小猛峨出了不少道眼儿，还帮助皇太后想主意，终于冲开皇叔父摄政王多尔衮的重重为难和罗网，使福临顺治皇上在没有临政之前，尚为幼帝时悄悄出游京畿重地之昌平州。当然，这也是皇太后的心意，她从心里愿意儿子闯荡闯荡，得到锤炼，学到真才实学，亲自体察民情民风，知晓大清国的天地到底是何种模样？

西西皇太后、姑太皇太后都深信不疑九王爷皇叔父摄政王之忠贞不贰，深信其大将军之虎威盖世，堪为清太宗皇太极第二。然而又甚惧其心地狭窄，素不容人，傲慢难容异议，生性淫威亦爱幼女，恐生积怨，贻害清祚。故此，又不尽放心。此事礼烈老王爷也曾与两宫皇太后有些吐露，曾言过："九王天马行空，喜独来独往，终有马失前蹄之虞耶。"

猛峨此番陪巴图侍卫扈从皇上来昌平州，恪尽职守，成为巴图侍卫得力的好帮手。他想方设法引导福临顺治小皇上尽量多知晓皇叔父摄政王巧取豪夺、培植自己势力爪牙、削弱诋毁皇上倚重的正黄镶黄两旗基础一事，有朝一日，可分庭抗礼，知其险恶用心，亡羊补牢，不可疏忽。就连年幼的福临顺治皇上，久已预感威胁自己的帝业。猛峨到昌平州之后，遇到温嘎里中途跟踪刺探，又有神秘大个儿暗唆昌平武生做刺客，妄图刺杀温嘎里，这宗宗件件，真是神秘莫测，可知京师有股不可忽视的暗流涌动，必然来自皇叔父摄政王，为巩固其在京畿既得的权势，正在实施剪除异己的凶狠手段。皇叔父摄政王且今羽翼甚丰，跟随之人趋之若鹜，就连原在正黄旗父罕肃亲王麾下之何洛会，亦反叛旗主，投靠正白旗多尔衮，日益飞黄腾达，不可一世，官运亨通，现在既为西安将军，又在京师协助皇叔父摄政王统理国政。昌平州之无头积案，想必是何洛会也逃不了干系。

咱们接着前书讲，猛峨突然问猫崽儿和小鱼儿两个丐儿说："你们听说没有，咱们去看望的办婚事的庄达，是何地人士？叫什么名讳？是满洲旗人吗？"

猫崽儿说："这个庄达我们没见过，也不认识。恍惚听嬷嬷们说，这个庄达是一个什么何老大人的干儿子，刚拜过何大人不久，好热闹呢，还办了一台戏，是请沙河镇戏班子演的。说来真艮，他都是六十大多的老杂毛了，何大人还没有他岁数大，管人家叫干爹，多贱哪！听说，他原本是昌平一个土财主，专给明宫按节气送应时贡果的，因进鲜有功，崇祯皇上钦点他看守十三陵陵寝，做明陵洗马照磨，手下还有十几号人呢。后来，不知怎么巴结上大清国东来的何大人。原来的庄达是由何老大人贴身的戈什哈①担任，因这个戈什哈随何大人在朝中和西安等地办差，便把这个庄达肥差，委以陵寝洗马照磨，从此他不在怀柔和十三陵奔走，而是到了昌平南口择地建起青楼大宅，又娶了美貌年少的阳坊庄果园老两口的深闺小女为续房夫人，真是一步登天了。"

猛峨忙问："这何老大人是叫何洛会吧？"

猫崽儿说："不知道，反正是个大将军。"

福临顺治皇上听罢心中震怒，出来方几何时，耳中塞进多少愤世嫉邪之事，真想尽早让皇太后知晓，不禁说道："一派龌龊，成何体统，岂不辱我朝声名，与明何异？"

猛峨、巴图等人都十分恼怒地说："擒拿此贼子贪官，应杀一儆百。"

福临顺治皇上不悦，说道："尔等性癖杀字为先，何岂拙劣技穷。此次随尔等出游，巴图残伤手指，堪不忍睹，人失手足堪何以生？皇太后告谕勤行善礼，少倡凶悍。进入中原尤常思恩教为先，少生荆棘，方有卧榻琼浆。多结挚友，少结冤家。庄头始末必要查清，大清应创律法，赏惩分明，以正方圆。数日间，所见诸事，足证京师内外，绝非所言社会升平，百姓安适乐业，竟有如此荒唐事。此来不是痛快一时惩戒杀戮几人，务要寻得病症的标本，鼓噪邪恶之源，求本朝治国之道，百年千载之安。"

随同引路的小鱼儿，不像猫崽儿那么活跃，好说话，可是因为他们

---

① 戈什哈：满语，即随从。

引领的人，从尊贵的小公子到他的那几个随从，个个和蔼可亲，使他的胆子壮了，无所拘谨了，冷丁说了几句话，引起顺治皇上、刘老公公、巴图等人的格外注意。小鱼儿说："小哥哥们，我会说一个《燕水谣》，这是听小哥哥们讲，我学会的，让我给你们学说一说：

"燕山高，
燕水长，
燕地来了白无常。
打马扬鬃，
圈地忙，
鸡鸭人狗，
都姓庄。"

福临顺治皇上听后问道："燕地来了白无常，是什么意思？"

猫崽儿说道："听嬷嬷们讲，白无常，黑无常，都是阎王爷属下的两个厉鬼，白天有白无常，黑夜有黑无常，他们是到人间巡察管事的。听说，白无常是指满洲八旗的正白旗和镶白旗说的，他们是八旗里最厉害的人，圈地占地最多了。"

福临顺治皇上又问："那么，鸡鸭人狗都姓庄，又是什么意思？"

猫崽儿说道："说他们圈地可狠了，凡是被圈占的土地，原来土地上的田产、房舍、人口及鸡鸭鹅狗全都划归圈地的满洲人所有，成为新的主人，重新建庄园。一庄的首领就是庄头，满洲话叫庄达，掌管这片土地的所有权利。这还不算，小鱼儿背的《燕水谣》还没背齐全，下边还有这么几句：

"都姓庄，
剃发忙，
换旗装。
丢了祖宗，
忘了娘。
背着铺盖，走他乡，
两眼泪汪汪。"

猫崽儿和小鱼儿两个小乞丐大声诵念毫不在意。他们丝毫不知道这《燕水谣》充满“反味”，真是天真，不知死活，不晓深浅，还大摇大摆地跟着福临顺治皇上和刘老公公、巴图等人，天真无邪地走着。

刘老公公忙说：“猫崽儿啊，小鱼儿啊，以后不要跟别人念叨这个，这不好听，不是好话。”

顺治皇上在静静地琢磨。巴图、猛峨、安珠儿听到这些歌谣，真想驳斥两个丐儿，又见福临顺治皇上一言不吭，不知在思索些什么。几个人只是往前走，欢乐的场面突然寂静起来。

天真的猫崽儿很善于观察，望着顺治皇上说：“好心的福哥哥，生我的气啦？你在想啥呢？怎么啦？”

福临顺治皇上笑着说：“没有事的，你们能告诉我们就好，我就想听一听你们知道的歌谣。”

顺治皇上边走边又向刘老公公、巴图侍卫等人说道：“真长见识，不由使我想起范文程老夫子可贵的诫语：人贵能听八方之音，不为顺者喜，不为逆者愠，则堪大任也。猫崽儿和小鱼儿视吾人为知己，不怨念叨的人，就怨办此等事之人，念叨好。安珠儿，你一字不落地把他们念叨的《燕水谣》好好记下来。”

安珠儿很有心计，猫崽儿和小鱼儿说时就已铭记在心，说道：“小主子，我已经记下了。”

这时，不好吭声的小鱼儿又开口说话了，噘着小嘴说：“好心的哥哥，我再告诉你们一个事儿。这个办喜事的庄头坏透顶了，仗势欺人。就因为这个《燕水谣》，四处查找说念《燕水谣》的人。还动用来京的八旗兵马，弄得四邻五舍不得安宁，到处囚牢会念《燕水谣》的人。听说在怀柔、顺义、密云、昌平到处捉拿说写《燕水谣》的人，有被逼跳河的，有被逼上吊的，闹腾老长时间了。听说，在昌平州阳坊庄出了一位秀才，人称白先生，后来他到官府自首说：‘众官爷，不要再伤及众乡里，这个《燕水谣》是我编的。’庄头把他捆到顺天府，他当场背诵《燕水谣》，一口咬定是他自己编的，罪有应得。后来官府将他押赴郊野斩首。乡里人偷偷将他埋了，还留有‘白先生墓’呢！”

他们正听得入迷，忽然前方传来一阵阵吵骂声，他们向前方望去，原来已到了庄头办大婚喜宴的村舍附近。在五棵钻天杨下有一个大院落，青砖墙围着，黑漆的两扇大板门，门上贴着大红双喜字。前来贺喜的客人甚多，大门院外都是人，人来人往，出出进进，仿佛闹市。院内传出一片喜洋洋的欢乐声、寒暄应承声、操办酒宴的忙碌声，混杂一片，真够繁忙的了。

眼下，最招引福临顺治皇上、刘老公公、巴图、猛峨、安珠儿和猫崽儿、小鱼儿注意的是，大门外面围着一伙人，正在争议不绝，一方正在放开嗓门，蹦着高地大骂什么，另有一伙人正在劝解、安抚，还有几个像兵勇的人，穿着号坎外衣，在驱赶那些怒骂的人。

刘老公公忙让巴图侍卫上前看个究竟，他与猛峨、安珠儿护卫着福临顺治皇上，在一棵古松树下停下来，没到人堆中凑热闹。

片刻，巴图侍卫回来，言讲庄头亲家来人，找他评理，所娶嫁之事并未同意，便依势强行将姑娘用轿抬来，女家兄长和原未婚夫来接女子回庄，双方为此争论，惹来众人围观。

顺治皇上听后，说道："走，过去帮助受害者闺女，不能羊落虎口。"

刘老公公未能劝住皇上，便跟随向人群中走去。猫崽儿和小鱼儿紧紧跟着顺治皇上，从人堆中硬是挤进去。见到女家兄长，是个中年男子，身边站着女方未婚的丈夫，二十多岁，身体瘦弱，忠厚朴实，焦虑的眼神企望着一个身材魁伟的大汉，满脸络腮胡须，相貌可憎，正张着满口黄牙斥责他们说："三十两银子已经给了你们，娶亲文书你家老头儿已经画了押，保人和见证人都摁了手印，万事齐全，竟敢来此撒野，你们不想活啦？快，快快滚蛋，别耽误拜堂成亲，不然，我都把你们送进监牢去！"

对方也不示弱，女家兄长当即喊叫说："是你们一帮匪徒强拉我家老爹在文书上画的押，老爹和老娘至今未说应允之话，我们哪干那种下三烂的勾当，一个女子已有夫家再收另一家彩礼。你们哪是送彩礼，你们纯属强盗，还我小妹妹！"

说着扑过去，那大汉举拳要打，被巴图侍卫右手一抓，大汉顺势往前一趔趄，好玄没来个狗啃泥。他身边的几个同伙齐围向巴图。他们仔细打量巴图，都觉得不认识，很陌生，认为可能是个过路人。见巴图人不太高，体魄远没有大汉壮实，却如此有力，就知道此人绝不是等闲之辈，武功必在他们众人之上。好汉不吃眼前亏，都没敢动手。

那个大汉也是市面中人，知道巴图必有来历，办事如此仗义，竟敢在庄头家门口动手，不问青红皂白就敢支持女方人家，他手腕一抓，自己就知道此人有千钧之力，要没有十年以上武功是绝没这个气力的，不好惹。于是，他便满脸堆笑，双手抱拳，向巴图先作揖，然后又深深鞠躬下拜，大声说："小人有眼不识泰山，大师傅驾到，有失远迎，罪该万死。小徒儿知您老人家大名，这事好说，一切听从您的安排。"说完，反过身来，又向女方家兄长和随来的夫婿双手作揖，说道："一切好说，我必禀告庄主，婚事暂拖，放心吧，请都进内堂，真是不打不相交，天大的冤仇都易解不宜结的！"他说完使了个眼色，周围的几个同伙，可能都是庄头家的亲信伙计，一齐拥了上来，两人架一个，硬是把女方家的兄长和随人，都给架入院内。任凭女方家人如何拒绝，也抵挡不住他们的力气。

这时，巴图侍卫心中早已警觉，从温嘎里被他擒到后，有刺客要杀他，肯定博尔惠已经通禀多尔衮，估计已知皇上出游，庄头这里如此对待他们，不还手，而且表现出彬彬有礼的样子，十拿九稳可能知道他们的来历。既然如此，就要顺水推舟，将计就计，不能硬拼，何况在庄头属地，自己人手少，皇上安危至关重大，只能走一步看一步，依计而行了。想到此，便大声说："我也不是想动手，过路到此，见你要伤及这位兄弟，才出手劝阻。你说得对，不打不相交。我们是从山西来的客商，陪公子到这附近探访朋友，路过此地的。"说完，巴图又回过头来，向刘老公公、猛峨使了个眼色，会意他们保护好皇上，将计就计，入虎穴探个究竟，见机行事。

刘老公公、猛峨等完全领会，便护着顺治皇上随大伙进入院里。他们来到正房南间一个雅致的客厅，专供他们五位歇息。由侍女奉茶、果品、糕点，请客人随意享用，非常客气有礼。

此时，顺治皇上发现猫崽儿、小鱼儿没有随他们进来，让猛峨、安珠儿出去寻找。片刻，将猫崽儿、小鱼儿领了进来。原来，他俩被看院人视为流丐，硬不许迈入院内。他俩正与门倌吵叫，猛峨、安珠儿及时赶到，便把他俩领进来。

顺治皇上见他俩进来了，非常高兴，让他们坐下来吃糕点、果品，喝茶。

少顷，那个大汉领一个庄头亲随进屋来，向刘老公公、巴图等客人施礼，谦逊地说："诸位贵客，我家主人庄头正与朝中内大臣禀报事务，不好抽身，特命小的，本院兼任管家，婚礼司仪前来看望，请稍加等待，不一会儿便由小的陪众位到后堂饮宴。小的斗胆，您可否将照牌赐予小的。我家庄主要熟知众位贵客，哪敢慢待，得做相应的准备。庄主

扎呼泰妈妈

说了，客人要是资深德高长者，我们要备随行车轿，或专派小姐佣人陪同左右，特此小的得把您老照牌呈于庄主，以免失了礼仪。讨扰了。"

过去，官场交往，素重各自名讳、身份，仁者名流，皆备制照牌。凡进高官门第，首先报号，呈递照牌。佣人接后传给主人，主家依照牌行各式接待礼仪，主人亲接或属下和家眷迎接，讲究甚多，不可逾越。照牌有纸制、木刻、帛绣，精巧美观，烫金并喷洒香精，大方端庄，体现照牌本人的秉性、爱好和身价以及官阶地位。

巴图侍卫心想，庄头要照牌，无非是要考察一下我们这伙不速之客有何来头，为了防范而已。我就把早已预备好的照牌给他，让他不敢小视。想着便从自己行囊中取出一张，递给来人。心知，他们急于知道自己的来历，他们最怕是宫中来人，我偏偏南辕北辙，给他山西道照牌。

那人恭手接过照牌，一看是用烫金薄木，上刻楷书，非同一般，连连点头，便知非一般人家。烫金镶边香木板上书写着：

廖攀龙的照牌，是名副其实的，不是假的，更不是巴图侍卫有意冒充的。此照牌是皇太后授给他们的，告谕要名正言顺，无事不要惹事，皆以平凡心待人待事，一旦有询则以此照牌对之，称来自山西太原，勿言来自宫中。福临顺治皇上亦知廖攀龙，前明著名晋地监察御史，刚直不阿，曾在他审定下，击破反清逆僧，使社会安宁，因功受旨仍为原任，为山西道监察御史。此人也是洪承畴荐举的明时清官。皇太后、皇上、皇叔父摄政王多尔衮皆赏识。顺治二年春，皇太后、皇上特召廖攀龙进京陛见，赐金银鞍马。廖攀龙感激涕零，心向皇太后、皇上。皇太后也信任他。福临顺治皇上坚持要出宫看看，乔装出行，想来想去，便称廖家之人，以东游的名义，与世人接触。

巴图、猛峨送那人拿着照牌出去，向庄头回禀。突见门外还迎来一人，正是他们多次见到，又想不起来的一个神秘人物，面孔怎么如此熟悉？那人见了巴图、猛峨也急想回避，但已让巴图、猛峨仔细辨认清楚，此人原来是仁侠客栈后院的看院伙计。

巴图辨认清楚后忙上前说："哎呀，这不是仁侠客栈的看院管家吗？我们还住在你处，你怎么也来这里了？"

巴图这么一问，这个看院伙计躲不开了，只好上前施礼说："我们与庄头住得近，办喜事能不凑个热闹吗？"

此时，巴图、猛峨立即想到，那个昌平武校的武生，就是被他逼迫去刺杀温嘎里的，现在凶手辨认出来了，绝不能让他逃跑。巴图侍卫向猛峨递个眼色，猛峨领会，是让他马上去客栈叫那个小刺客和黑子过来。猛峨转身出了庄头大院，奔客栈跑去。

这工夫，巴图还搭讪与那人闲唠，问他的名字，知他叫霍庆，是客栈的后院管家。巴图想随那人去见庄头，那人很狡猾，要往外走。巴图拉住他的手说："朋友，我们有事找你。"说着，手使劲儿一拉，这劲儿真大，当时那个人还没有反应过来，就被巴图拉过来。那人想转身离开，巴图施展气功，单手向他身上一推，真如一面墙倒下，将他推进屋里，没等站稳身子便坐在地上。

巴图冲进来，手拿匕首对着他说："幸会，我寻找了数日，总算见到了你。真是冤家路窄，今日落入我之手。"

那人佯装不解，一再推托，说道："误会，全是误会。大家都是萍水相逢，我与你们有何仇冤？"

巴图侍卫不理他，向顺治皇上、刘老公公说道："瞧，这就是唆使小刺客杀害温嘎里的凶手！原来就是仁侠客栈的伙计！"

刘老公公过来仔细一看，忙说："正是，那天我要寻找客栈，是他迎上前来，讲仁侠客栈的优越宿处，让我下了决心住进仁侠客栈的！"

这个霍庆还一再支吾，死不认账，就是一口咬定冤枉了他。

不一会儿，猛峨领黑子、小刺客、秦善果由客栈赶来。小刺客进屋便一眼认出霍庆，双手抓住他的衣领，说道："你好歹毒，逼我杀人。可你倒好，逃之夭夭，你安的什么黑心！"

这时，霍庆再也不能抵赖了，只好低头不语。

巴图说："秦通判，你来得正是时候，你禀告丘宝琪同知大人，迅速刑审，趁热打铁，务要撬开他的口，以便早早查清无头积案。"然后，巴图命黑子与秦善果通判押着霍庆去昌平州衙门，迅即审问霍庆，尽快将刑审结果告诉我们。

巴图侍卫又来到霍庆面前，用匕首点着他的鼻子说道："想你也能猜到我们是什么人。你真胆大包天，妄想杀人灭口，你没想一想，你将要受到什么样的重刑吗？我现在网开一面，你只有老实交代自己的所作所为，才有出路。你要是识时务就和盘托出，我保你免于一死，甚或还能给你一官半职，比你当客栈伙计吃香百倍。你琢磨办吧！你老老实实跟秦通判走，胆敢放肆胡来，我可不饶你！"巴图侍卫斩钉截铁的话，完全把霍庆震慑住了。巴图讲得头头是道，句句都是为他的前程着想。他听后也觉得在理，只有按巴图讲的话去办，才能有活的希望。霍庆也很怕死，谁不想往活的路上走哇！

霍庆站起来，默默点头，规规矩矩地跟随秦善果通判他们去昌平州府衙，听候刑审发落去了。

巴图安排完霍庆这宗大事，眼见昌平无头积案和温嘎里被唆使的幕后人快要浮出水面，心情十分兴奋，总算有了些眉目。眼前庄头抢娶民女之事也不可放过。庄头之案与昌平州无头积案是否亦有干系？一定要查个水落石出。

巴图侍卫的想法，深得福临顺治皇上的赞同，决意乘胜追击，不回客栈，再寻找个住处，设法夜探庄头住舍，寻找赃证。另外，想方设法救出被强抢的民女，决不能让庄头抢娶民女的美梦成真。

刘老公公说："方才照牌已经交给庄头，他们看了照牌决不会让咱们脱身，必然要给予上等贵客款待，我看就将计就计，贺喜的银子照样拿，救民女的事照样做，咱家最愁的是皇上怎么安排，晚上下榻何处？人手怎么分工是好哇？"

巴图侍卫说："我与猛峨夜探庄头大院，救走民女。刘老公公、安珠儿护送福公子回客栈，你们回客栈吃晚饭，我们就地随便糊弄一顿就可以了，明早咱们在客栈相会。"

猫崽儿、小鱼儿两人听了说道："福公子，你随我们去，我们的住处您老不要嫌弃，我给你弄来上好的被褥。"

刘老公公不同意去丐儿的孤儿堂，多乱多脏哪！皇上又得遭罪了，不能去，便说道："不用，不用，我们回客栈去。"

谁知，福临顺治皇上生性好奇好动，听猫崽儿、小鱼儿请他去孤儿堂，从心里就乐坏了，马上说道："我同猫崽儿、小鱼儿去孤儿堂，刘老公公你们回客栈吧，我喜欢住一住昌平州的孤儿堂。"

刘老公公哪敢说个"不"字，也绝不敢撇下顺治皇上自己去客栈，便改口说："主子既然愿意去孤儿堂，那咱们就同猫崽儿、小鱼儿去一块儿住，我也不愿回客栈去！"

大家正说着，门开了，庄头果然命那个取走照牌的管家来请客人进餐，说道："庄主太忙，命我陪山西贵客享用喜宴，真是有缘千里来相会，难得到我们昌平州来参加庄主的婚宴。庄主命我向贵客致以谢意！"

福临顺治皇上、刘老公公、巴图侍卫等，在管家盛情邀请之下，出了客厅，通过后面月亮门的花卉篱笆甬道，来到一个明亮整洁的饭堂，饭堂摆满盆花，还有鸟笼，一连有几个这样的饭堂，十分雅致，可能都是庄头款待不同贵客的独立饭堂。

进入室内，侍人先捧上一排盥洗用具，请大家梳洗。完毕，又上茶，然后管家陪同用餐。管家说："明日是正日，庄主设大宴，今日为小宴，请贵客吃好吃饱。"

巴图侍卫极为机警，仔细观察参加庄头婚宴之客，多为地痞流氓帮会会首与一群市侩，真正的正派民人住户没有一家来贺喜的。尤其令巴图注意的是，因圈地沦为赤贫户、佃户、奴仆的，不得不来送贺礼祝贺。这庄主简直就是一方恶霸。这些顺治皇上也觉察到了，好在他们装成山西贵客，自己身份未露，免去他们不少的恐惧。为了继续欺骗庄主及其爪牙，顺治皇上与刘老公公等合计，舍不了孩子套不住狼，再献出银子做婚礼贺银，迷惑他们，以便多了解罪证。

饭后，巴图遵从顺治皇上的旨意，从行囊中取出封银五百两，交与管家，作为山西道监察御史的婚礼贺银。管家收下，替庄主连连致谢。管家还在庄内选出不少房舍，专为前来参加婚宴的宾客临时居住，条件俱备，甚为舒适。他为巴图等客人挑好两套房舍，巴图一一谢过。其实他们已安排和分工，巴图与猛峨住在庄内，顺治皇上与刘老公公、安珠儿、猫崽儿、小鱼儿悄悄离开庄头家，去孤儿堂寄宿。

巴图、猛峨不放心皇上住到孤儿堂，又怕生事，于是他们俩陪同顺治皇上、刘老公公等一起去了孤儿堂。到了孤儿堂他们方知，地点与房舍均甚好，在镇西一个庙宇旁边，庙宇是三宝庵，住持为法空禅师，老尼七十多岁，多年修持、化缘建成三宝庵，有大雄宝殿禅堂，众尼姑修持住地，还开辟了一个菜园，种满瓜果。法空禅师一生乐善好施，由她化缘建成了孤儿堂，有孤儿近百名，有两大栋房舍，专请无依无靠的寡女做孤儿堂的嬷嬷，负责孤儿们的衣食住行。法空禅师鼓励众孤儿自食其力，耕地收粮，自己织衣，自己牧马放羊。孤儿堂从明万历以来就很红火，甚有名气。

猫崽儿、小鱼儿将顺治皇上、刘老公公、安珠儿领到孤儿堂，嬷嬷觉得这可是从建孤儿堂以来还没有过的大事，自己不敢做主，何况来的客人看其衣着就知不是寻常之人，又是来自山西黄河套地方，人家是否习惯孤儿堂这个地方，亦未可知。如何是好，便领着猫崽儿、小鱼儿一同去三宝庵叩见法空禅师，禀明此事。猫崽儿、小鱼儿一再哀求老仙师留住几位客人。

法空禅师只好请刘老公公陪着顺治皇上、巴图等人进入禅堂。法空禅师慧眼观瞧，见顺治皇上红光普照，非一般常人，口中直打佛号，善哉善哉，吉星高照，小庵有龙云之气，忙施礼迎接。法空禅师说道："猫崽儿、小鱼儿凡事常思与人方便，与己方便，请贵客来三宝庵是有佛缘，今晚就请几位贵人住在庵内禅堂，你们仍住原室。贵人到此诸事平安顺利，大家放心。"

巴图侍卫听后十分惊奇，也十分高兴。老尼姑收下顺治皇上，禅堂静洁，香烟缭绕，确是很难享得的宝刹，与猛峨也就放心了。

巴图和猛峨辞别顺治皇上、刘老公公、安珠儿，重又回到庄头住地。两人详细商量夜晚的大事。

他们感到最难办的事，是如何安置好被庄头抢来的少女，将她送到何处最安全，庄头势力再大也寻找不到，即便找到也休想碰她一下。他们想来想去，只能送到两黄旗衙门。如若可行，就让这个少女与她夫婿投入黄旗麾下，庄头再有靠山，也只能眼巴巴地瞅着，不能妄为。

猛峨说："巴图师傅，这个主意完全可行，此事由我来办，两黄旗衙门在京师西郊，我骑马送他们，当夜还能赶回客栈。此事神不知鬼不觉的，把庄头气疯了吧！"

巴图侍卫说："办好此事后，还不能住手，必须查清庄头的来历，谁是靠山。他罪恶多端，到头来恐怕也顾不上女子了，他该愁自己的性命是否能够保下来了！"

两人商议完后，等到星星出齐，便悄悄走出房门，到邻舍打探好成亲女子兄长住的客房，划开他的房门，进入内室。见室内炕上睡着两个男子，里面里还有一个小屋，挂着白布帘子，里面一定是睡着庄头要与之成亲的少女。巴图与猛峨来到两个男子枕前，轻轻拍了一下，其实这两个男子正愁肠百结，为明日的婚事在发愁，都闭着双眼没有入睡。巴图侍卫一拍，两人惊慌坐了起来，刚要张口大骂，就被巴图捂住嘴，小声说："别吵，我是来救你们逃出虎口的人，白天咱们见过面了，小声点，以防被打更的人听到。"

两人这才放心，透过窗外射进来的月光，仿佛看清了来的两人的面孔，经他们善意一说，万分感激。巴图侍卫向他们详细交代逃走的办法，又叫少女的兄长进内室唤起她，迅速出来，以出外解手的名义去茅厕。

巴图走出门外，在暗处监视更夫。庄头从来都是当地一霸，谁也不敢私闯院内，所以并未有防范，根本没有想到竟有如此胆大包天之人，在他的院里和家中敢于劫走他的什么人。这就被巴图、猛峨钻了空子，非常顺利地把少女及其兄长、夫婿一起带出庄头大院。猛峨又在院外马槽上解下几匹烈马，猛峨、少女夫婿、少女与其兄长骑着烈马，风驰电掣般直奔京师而去。

巴图侍卫送走猛峨，便径直星夜去昌平州同知丘宝琪府上。丘宝琪白天已暗得黑子传来的密信，并未有熟睡，他与秦善果通判、黑子、小刺客都在屋内，边躺着边等他们到来。巴图侍卫进来，向他们讲了"所有事都做得非常顺当，现在要擒拿庄头，天亮前得想法把庄头捆到昌平州衙门。他身边爪牙甚多，不可透露了消息，事不宜迟。"

这时，秦善果向巴图侍卫讲述他们抓紧刑审客栈管家的进展结果，告诉他："正如大家猜测的，这个客栈管家，果然是被收买的同伙，他被内大臣何洛会手下的戈什哈用银子买通，同意协助他们暗中行事。由戈什哈做中间人，他结识朝中何洛会同僚，即摄政王的得意大将军博尔惠。博尔惠向他密授机宜，设法在昌平本地将围脖太岁温嘎里杀死。又告诉他温嘎里的长相、行踪及可能会出没之地，以此达到杀人灭口的目的。我们向他告以实情，巡察昌平州者非一般人士，是朝中天子身边的重臣，以整纲肃规而奉旨钦差，尔要小心斟酌利害。结果客栈管家求生急切，将一切内情完全供出，并画押在案，现押在牢中。客栈管家还揭发庄头独吞田产，收拢奴仆，设酒宴杀死别的庄头的多起未破疑案。

巴图侍卫听后非常振奋，真是踏破铁鞋无觅处，得来全不费工夫。真没想到，曾几何时无头案大海茫茫无处寻找，竟是由于住进仁侠客栈后，在一群小丐儿引领下，找到了开解谜团的钥匙。此番跟顺治皇上出巡，得到百灵相助，贵人相帮，皇上真是洪福齐天哪！想到这儿，巴图侍卫急切要去三宝庵，不知福临顺治皇上昨夜休息安适否？要见皇上，要把这些振奋人心的喜讯禀奏皇上，然后再商议下一步的行动。巴图侍卫将这些想法告诉秦善果，秦善果和黑子也完全同意。于是，他们告别府衙，一同来到三宝庵。

扎呼泰妈妈

福临顺治皇上、刘老公公在法空禅师的精心安排下，早已吃过素斋。孤儿堂的猫崽儿、小鱼儿和众多吃过他们给的花糕的丐儿，都围在庵门前共同等待巴图侍卫的到来。

刘老公公听巴图侍卫要禀奏昨天刑审和巡察实情，就说："法空禅师给安排的禅堂很雅静，便于议事，你陪主子谈事，恰为适宜，就不要再寻它处，以防行事外泄。我领着大家和猫崽儿、小鱼儿到大佛殿听禅师讲经去。"刘老公公的安排十分周到，顺治皇上便与巴图侍卫又回昨夜歇宿的禅堂，聆听巴图侍卫禀奏密情。

原来北山这片山林、田野、居舍、水渠都在温榆河流域，肥田沃土，又盛产柿子、葡萄等果品。顺治二年夏日，被满洲八旗中正黄旗划为眷属耕用田，即圈为八旗土地。理由是此地多数为明朝一个王爷的属地，其中也夹杂少量民田，统一计算拨银为东来八旗将士占有。顺治二年冬，又被满洲八旗镶白旗旗衙门划为白旗属地。白旗土地在昌平、密云、正义等地甚多。自此这片农田归属满洲八旗之正白镶白旗统管。正如前书所说，初选庄达时，八旗兵的戈什哈为庄达，后交给自选的好友即现在的庄达，汉人，已经管此片庄园一年有余。

说来，庄头姓张，本是屠户出身，人称张屠户，有妻室、小姜，平日经常在北山居庸关等地以狩猎贩皮张为生。明亡后投靠内大臣何洛会身边的戈什哈，因在京师东郊多处强占民田，并以无主田之名收入自己账簿，讨得何洛会、吴拜、苏拜、博尔惠等人欢心器重。戈什哈借权势成为一地庄达。后因战事甚繁，戈什哈随主子何洛会去陕西，便把庄达一职让给了张屠户，从此张屠户便成为庄达。张屠户当了庄达，无恶不作，真可是顺我者昌，逆我者亡，手下欠有不少命案。他曾与另一地庄头争人争地，聚众殴斗、火拼，死伤无数。这些罪证尚未清算。昌平无头积案恐又与张屠户有关，他已然是官家擒拿的要犯。顺天府与昌平州的李鲁生、王万象、丘宝琪，几天来已遵旨密查无头血案的蛛丝马迹，并在张庄头护院伙计处找出两个与案情难脱干系者，业已在册，并找出斧头、板斧等凶器，只等缉拿归案。

福临顺治皇上听了巴图侍卫所述暗访寻查情况，又得知当地府州的行动，心中甚喜，称赞巴图的辛劳和收获，又急切询问道："朕最惦记的是，被抢夺的女子如何安置，如何保护不受歹徒欺凌？"

巴图侍卫又详细禀告由猛峨亲自护送，送入京师西郊黄旗衙门安身，以后再设法在两黄旗衙门中充差，帮助他们在那里安生。此事在办理中，皇上不必牵挂。猛峨今日便回昌平。

顺治皇上办事就是爽快，说道："既已如此，你告知顺天府、昌平州，擒拿张庄头及有关人犯，不要漏网，一一捉拿归案，刑审造册，凭证凶物缴收勿失，罪证如山，言之凿凿，切不可轻率。"

顺治皇上说完，还不放心，又说："事关重大，燕地出现庄头一说，乃本朝有之。庄头非搅害一方之恶棍，实乃应满洲人家族族长、和睦乡里者、族亲之忠勤办事者、德高者担之。张庄头乃害群之马，贪婪者之为虎作伥者，必正国法，必找出其怂恿者，即恶行作俑者。唯此方可国泰民安，万象更新矣。"说完，福临顺治皇上分外高兴，又说道："好哇，咱们现在就在昌平州衙门擒拿庄头，就地审讯，不可拖延。"

就在这时，前边突然来了一队人马，为首的正是顺天府尹李鲁生，府承王万象，后边跟随的正是宫中御前学士詹霸和皇太后膝前的黄公公，两人飞身下马，来到福临顺治皇上身边，只因见周围尚有丐儿和三宝庵几位禅堂师傅，怕惊动他们，没敢叩拜。

刘老公公赶紧拉着顺治皇上走出很远，来到前边一片松林中，密林蔽挡住三宝庵门前人们的视野。詹霸和黄老公公双膝跪倒，禀奏道："皇上，奉皇太后懿旨，命皇上接旨后速速回返宫中，姑太皇太后和皇太后急等皇上面谕，切切。"

顺治皇上还想细问缘由，眼下昌平州这边诸事尚无完结，没有最终头绪，怎么能就此走开呢？心甚迟疑。

刘老公公说道："皇上，皇太后派黄老公公和詹学士百里赶来，必有急事。皇太后想事从来周到细致，皇上不可犹疑，有悖圣命。"

顺治皇上听后不再迟疑，说道："朕即刻回宫。"

刘老公公又把巴图侍卫叫过来。方才巴图见刘老公公领皇上走进松林里，他怕猫崽儿、小鱼儿跟过去，故此与他俩在三宝庵庙门前叙谈着。听到刘老公公唤他，知道有要事，便走向松林里。刘老公公走出松林，与猫崽儿、小鱼儿玩起捉迷藏来。

巴图侍卫见过黄老公公和詹学士，又听他们传来皇太后懿旨，知道皇上要立刻回宫，便与詹霸学士、黄老公公详细介绍几日来护从皇上所做的事情。

顺治皇上说："巴图，你看朕走后扔下这么多事，你留下继续查办吧。对张庄头恶霸必须擒拿正法，毋可中途而废。朕此番同尔等下来，大开眼界，仿佛增长数岁，知晓世间人事甚多，不逊于宫中研习圣贤之

扎呼泰妈妈

书，受益匪浅，禀于姑太、母后她们亦会为朕欢悦的。皇太后命詹霸学士同来，他深通律法，常于太后膝前讲述明史、古礼，尔将案档尽情让他详阅，必有良策与完备做法指教于你，慎而办之。"

巴图侍卫说："皇上，奴才记住了。皇上回宫请向太后详细奏明一切，请太后明白实情真伪，会有明示，亦必仗义执言，尽可放心。"

在一旁与刘老公公玩耍的猫崽儿、小鱼儿，似乎觉察到气氛有些不对劲儿，孩子们都牵挂天下难见到的这位好心肠的小公子，人们都尊称的福公子，他那么和蔼亲昵，毫无阔公子的架子，心地如此善良，又富有同情心、怜悯心、正义感，真是从内心崇仰、喜欢，舍不得他离开自己，愿从今以后都能像这些日子一样，同吃同饮同欢乐。他们心里好像明白，可能福公子有啥大事，是否被谁召唤要走？这工夫，真是六神无主，心里像揣着小兔子跳个不停。可是刘老公公还缠着自己，他不讲话，只是逗弄自己。他俩干脆一转身，甩开刘老公公，径直跑到福临顺治皇上和巴图那里，拉着顺治皇上的手，壮着胆子大声地问："好心的福哥哥，你们是不是要跟我们分别了？我们不让你们走，咱们永远在一起！"

猫崽儿、小鱼儿赤诚的话语，着实很感动顺治皇上、刘老公公、巴图侍卫，短暂间的相处有了难舍难分的感情，也真感激小伙伴们天真纯朴的情怀和热情的相助。可是许多实情又不能以实相告，甚感遗憾，又不想伤了他们朴实的感情，于是顺治皇上说："猫崽儿、小鱼儿，是的，我们家里来人要我们即刻回去，有急事要办。咱们相识不易，但是俗话说得好，天上白云能相聚，地上的人总有一日会碰到一起的，来日方长，后会有期。我永远忘不了你们，忘不了孤儿堂，也忘不了慈眉善目的法空老禅师！"

猫崽儿、小鱼儿其实早有准备，两人各从怀里取出一枚红丝绳编织出来的饰物，都有一双长长的小红穗，上边还有一串串彩珠，精美好看。他们走过来送给顺治皇上，说道："我们亲自编织的马莲蝴蝶和小金鱼，代表着我们的心意，送给你吧，可别忘了我们哪！"

只因懿旨匆匆，福临顺治皇上迅速回到客栈，决定离开昌平州。猫崽儿、小鱼儿两个丐儿急得要哭起来，把他俩闪得好苦，就舍不得福临离开他们，一再挽留。刘老公公、巴图好言劝慰他们，总算止住了热泪。巴图拉着他们的手，送出很远，劝他们回孤儿堂去，并说："咱们后会有期，一定还会见面的。"

猫崽儿、小鱼儿忙问："我们怎么还能见到你们，见到福公子呢？"

巴图说："这还不好办吗？福公子不是给你们坎肩衣裳了吗？那就是最好的信物，只要你们一拿出来，你再提我，咱们就能见面了！"这样，他俩才放心地走了。

顺治皇上当即坐上轿车，刘老公公、安珠儿陪同，与詹霸、黄老公公一同回京师。巴图、黑子和温嘎里、小刺客仍留在仁侥客栈，处理积案，并静听宫中随时传来的信儿。

说来，福临顺治皇上此次出来，十分兴奋，认识了许多从未见过的各层人士，也包括一群天真烂漫的猫崽儿、小鱼儿这些与自己年岁相仿的苦儿们，福临格外同情、喜欢他们，也有了深厚的感情。对于所听到各种前所未闻的任何情况，他都觉得如此新鲜，都想问个明白，查个清清楚楚。他觉得刚进入一个生疏的陌生地域，刚刚揭开蒙罩着的面纱，还未有完全弄清楚，就突然被召唤回去，心情十分不快，也很有气。所以，他从内心对皇太后，自己的额姆一万个不满意！他是怀着一肚子气回宫的。一路上也没有话，总是噘着嘴，看什么都不顺眼，把刘老公公、安珠儿等人看成陌生人，理都不理，一句话都没有。

詹霸学士、黄老公公这次是受命通知皇上回宫的。所以，顺治皇上对黄老公公、詹霸学士更是一肚子火，生他们的气，为什么不向皇太后解释和奏禀，害得朕正在兴头上被召回宫。黄老公公一再向福临顺治皇上解释，圣命难违，太后的话谁敢去驳违呀，那是大逆不道，不想活命啦？刘老公公也帮助黄老公公解释，可怎么也平息不了福临顺治皇上的任性脾气。

朱伯西我不说一路上不愉快的事，单说福临顺治皇上回到宫中，并未先回到自己的寝宫，在刘老公公、黄老公公陪伴下，径直去叩见西西皇太后。在去皇太后宫中的路上，刘老公公还劝福临顺治皇上说："皇上，此番能够出宫，全仗皇太后多方安排，担当多少风险，一定要体谅皇太后的良苦用心，千万别伤皇太后的心。太后传谕命皇上速回，必有缘故。皇上一定谨言慎行，聆听太后圣谕，万不可伤太后仁慈、远谋、宽厚之心哪！"

福临顺治皇上从小就是天不怕地不怕、刀压脖子不眨眼的性格，特别是对自己的亲生额姆更是从小就耍闹惯了，最终总是得到慈母的爱抚。所以，福临不惧皇太后，过去唯惧阿玛父罕太宗皇太极及众位皇叔们。因为父罕从来都是替众位皇叔说话，不给自己情面，当时虽然幼小，但在心灵中也留下深刻印痕和影子。后来自己继大统成了皇上，但在与皇太后单独相处的时候，还常常忘了自己是皇上，在皇太后面前撒娇耍小性子。西西皇太后只能由着福临顺治的小脾气慢慢说教引导，才使福临渐渐懂事起来。

且说，福临顺治皇上进入宫中，还没等刘老公公、黄老公公、詹霸等叩拜皇太后，禀奏归来，福临顺治皇上便上前给皇太后跪下叩头，说："额姆皇太后，为何急着传朕回宫？太后误了我们的大事！"

西西皇太后这几日正在焦急等待，盼福临顺治返回宫中，有要事商量。见他回宫非常兴奋，刚想说皇儿回来了，皇儿辛苦了，母后我正在日夜惦念你呢！见福临顺治皇上又耍小脾气，一定是因为追他回宫，打破了他的兴致，没有遂他的心愿，便不管不顾，火冒千丈，在太监、臣仆面前有失体统。于是她忙将面孔一板，极为严肃地说："刘老公公、黄公公，速陪皇上去叩见姑太皇太后。然后福临皇上来哀家宫里，咱们母子详叙数日别情。尔等旅途劳顿，就各自回去歇息去吧！不宣不必陪侍了。"

刘老公公等领命后便陪顺治皇上去叩见哲哲姑太皇太后，问安少坐后，出宫，陪送顺治皇上去拜见西西皇太后。刘老公公、黄公公又婉言嘱咐福临顺治皇上一番，请皇上一定要耐心聆听教诲，皇太后早在盛京太宗皇爷在世时，就是闻名的"扎呼泰妈妈"，太宗都非常敬重、信任，记忆力非常好，处理事务井井有条，循序渐进，极有程序规矩，故而甚得太宗皇太极的喜爱，总希望她陪伴在身边，谋事省心得力。长期戎马生涯，鞍车随侍，使她心装国事，培养成管家护院之长。咱大清迁都燕京，皇太后之心仍如以前，心系念盛京陪都太祖、太宗陵寝护卫情况，又心系念皇叔父摄政王、和硕豫亲王治理国政、平定江南的兵战情况，又心系念皇卜您的学识、治国之能和每日每时成长情况，待将来春秋鼎盛可承继帝业，不负太祖太宗之望。西西皇太后虽然年轻已头添白发，是大清国中最用心、使国运鼎盛的操心人。俗话说了，不当家不知柴米贵。皇上啊，您老尚不执政，还不知执政之苦，您老可要认真聆听皇太后的训谕呀！刘老公公、黄老公公如此苦口婆心地好言告诉福临顺治皇上，觉得话已说到头了，便拜别福临顺治皇上，回宫中歇息去了。

西西皇太后深知自己的皇儿是个非常倔强耿直之人，不能硬戗他，否则他啥事都能闹出来，一旦把事闹大了，会惹出乱子，所以，她尽量收敛自己。福临顺治皇上进入宫中，西西皇太后命所有侍女退下，把福临顺治皇上一把拉到自己的怀里，说道："皇儿啊，额姆天天在惦挂你的安危，恨额姆哀家不该准允你一人出去，惹起满朝震动！"

福临顺治皇上说："都谁这么胆大敢管朕出游？是谁走漏的风声？一定是九叔摄政王吧！"

西西皇太后说："唉，正是皇叔父摄政王，皇上一举一动咋能够瞒得了他呀！到处都是他的耳朵，到处都是他的眼睛。听说，巴图你们还抓了他们派出查勘夜巡的使者，现在不知是死是活，那个温嘎里是摄政王手下的护军，为此事，昨日皇叔父摄政王竟来到哀家处，当面质问哀家。哀家本想佯装不知，搪塞过去。可是摄政王说得有头有脑，什么时辰出去的，到了什么地点，甚至还指名道姓，就是没有正面点出皇上你的名字，但是对刘老公公、巴图侍卫、猛峨、安珠儿都说得真真切切，一点都没有遗漏。看来皇叔父摄政王真像太宗在世时说的一样，多尔衮，那是一只有神性的獵子，是朕的千里眼，顺风耳，朕有多尔衮高枕无忧也！摄政王来后，要哀家管住宫中之事之人，少给朝廷惹是生非，少生乱子！甚至说，若如此下去，皇叔父摄政王就率他的所有臣僚回盛京去看守东陵、北陵，与太祖、太宗共迎日月。皇上，你九叔也是性烈的人，你们皇家子孙，都与太祖一个脾气，烈性得很！霸气得很！不饶人，不容人，也不深思体谅人！哀家虽然知道，你九叔皇叔父摄政王也不会真就甩手不管咱们母子，扔下这一大摊子江山回盛京去，那是气话，吓唬人的话。可是哀家额姆皇太后我，一心向着皇上，不给他面子，处处不随他的心，处处背地里查这查那，他就认为哀家管事太大、太宽、太有偏向。我想，你九叔皇叔父摄政王也会真的下碴子，给咱们娘俩出难题，来个下马威。皇儿啊，你尚在幼冲之年，大清国这个大家还离不开像你九叔和硕睿亲王和他的亲弟弟，你的小叔和硕豫亲王，他们主政重军，大清国正如日中天，万事顺绥，万国来朝，旗开得胜，江南平复，南明已岌岌可危。这些，皆赖皇叔父摄政王之功，今日赢得大清天下，非尔九叔摄政王则难觅堪当大任之人！哀家思前虑后，虽对九王倡兴之策，哀家亦甚惴惴不安。正如圈地之烈，剃发之紧，捕逃之惨，收奴之众，恐惧天地不稳。皇上日后青春鼎盛亲政天下，要社稷坚如磐石，哀家与皇上姑太皇太后也暗议多时，苦无良策。皇上务要有海纳百川之胸，有韬光养晦之才，凡事从长计议，得容人时要容人，汉家有个俗语，在人屋檐下，怎敢不低头，遇事不可强顶，也是一时的应对之策。皇上，综上思索，哀家便让了摄政王一步，未与他争执，故宣皇上回宫。皇上出游，摄政王便如坐针毡，不愿让人干涉其政。"

西西皇太后还要接着向福临顺治皇上解说她心里揣的许多话，都想好好告诉自己的皇儿，可是福临顺治皇上不耐烦了，抢着说道："圣母皇太后，我的额姆，皇儿虽小可是知道额姆从来就是办事认真、一丝不苟的人。皇上我的父罕太宗文皇帝，一向敬重额姆是位管事的好妈妈，扎呼泰妈妈的眼睛里从来揉不进去沙子，从来办事丁是丁，卯是卯，谁都怕额姆。额姆您不是说，从小在科尔沁也是个管家人，多少蒙古王爷、台吉、额驸都夸赞额姆，长大一定是位能管理天下的大英雄，女中魁杰。额姆，皇儿到昌平大开眼界，见到不少各式各样的人，各种民族、各个年龄的人，不少都是汉人、穷人、乞丐，不少是因咱们八旗军进京后抢占了土地，收去了田产、房舍，甚至连同鸡鸭鹅狗、男人女人都变成了满洲八旗人家的奴婢，有个民谣这么唱：

"燕山高，
燕水长，
燕地来了白无常。
打马扬鬃，
圈地忙，
鸡鸭人狗，
都姓庄。"

这里说的姓庄，是指东来满洲八旗诸王贝勒到京畿之后所圈占的明朝田产，其中也掺杂一些现在的民田，八旗圈占后建立新的庄屯，庄屯由庄达管理，行制与辽东盛京等地一制。不少事就出自这个庄头身上，他们为非作歹，草菅人命，成为万祸之苗，此事之源皆出于摄政王。因接额姆皇太后懿旨，匆匆回宫，朕已命巴图等与当地府衙会同地方人等，正汇集所查之积案，近日即可带回，请圣母皇太后详查定夺。事不宜迟，不可再妄行，伤民害国岂可安否？"

西西皇太后虽知朝中的奏文，但多尔衮统理朝政和军国要事，除他亲与皇太后陈述之外，每有重要各部批文、文诰等均命各部和内大臣呈皇太后御览，从未空缺遗漏过。所以，西西皇太后和姑太皇太后对朝廷内外军国要事，都是清晰入心的。皇太后知悉，亦呈送幼帝知晓，但不知细情、实情。额姆皇太后听皇儿福临念一首民谣，心中为之一震，既生民谣，说明民怨已结，谣乃心之歌，情所动，力如锐斧铜钟，刻骨入髓，最易远播，犹如春风吹万里，不可不防。

聪明的西西皇太后表面未动声色，慢慢说道："皇上，你有此心，铭记民谣，哀家心甚大悦。皇上真的长大了，能诊测出民间庶众的心律，为民所想，一定要时时倾听民众的心声和脉搏，方能成为爱民忧国的仁君。哀家马上吩咐詹霸学士，速回昌平州，同巴图侍卫早早结案，将卷宗速速呈上来。哀家真要仔仔细细认真读读，不能老坐守紫禁城中静静地听悦耳的钟声。"

且说巴图侍卫等人谨遵太后懿旨，迅速查案，不过数日便带着卷宗和张庄头室中、暗窖中的赃物、赃证及来往文书等，并押解温嘎里、小刺客等人回到京师。人犯与待审人等交给正黄旗统领鳌拜管理。鳌拜此时正受旨参与书写大清律条，与宁完我、范文程等大学士在一起。巴图侍卫将温嘎里、小刺客交给他们，并叮嘱防范歹徒乘虚而入杀戮温嘎里等人证，要稳妥保护好他们。

鳌拜心向太宗皇帝，也格外敬重西西皇太后。因他是正黄旗的勇将，又为豪格的得力心腹，皇叔父摄政王极不喜欢他，总是千方百计挑剔、找毛病，想方设法挤压鳌拜巴图鲁的人气和威望。

还有一位心向太宗皇太极和西西皇太后的，此人叫苏克萨哈，那拉氏，满洲正白旗人。其父苏纳，是叶赫贝勒金台吉同族，太祖初创业来归，天聪初年便追随太宗皇太极，深得皇太极的器重。又因其家族显赫，为太宗皇太极亲信，所以，虽为正白旗人，却对太宗皇太极、皇太极之子女、妃妾倍加崇敬。太宗驾崩后，虽属多尔衮同旗，但心向着正黄旗豪格，向着西西皇太后，向着福临顺治皇上。多尔衮个性孤僻傲慢，霸气十足，拉帮结伙，顺我者昌，逆我者亡，故此，正白旗、镶白旗中多尔衮有任何迹象，苏克萨哈都主动禀告西西皇太后和豪格等人。

西西皇太后得悉多尔衮派博尔惠秘密追踪皇上，打探动向，就是苏克萨哈密告皇太后的。皇叔父摄政王多尔衮气急败坏地进宫当面质问皇太后，是谁准允皇上出游的？如今世上刀兵不息，反清之人正在积蓄力量，京师要地更是众矢之的，皇太后有母仪天下之任，岂可纵幼帝信马由缰，为所欲为？皇太后好言劝慰，并言："哀家详询之，再当理论。"回言亦甚简单有力，多尔衮未敢再深入追究，不欢而别。

数日前，西西皇太后密宣苏克萨哈进宫，命苏克萨哈暗中窥探摄政王还要如何斥责顺治皇上出游之事。另方面急命巴图等将昌平州调查积

扎呼泰妈妈

案一事迅即呈来，以想应对方策。

不久，苏克萨哈急来禀奏："摄政王命顺天府府丞进宫面谕机宜。"未多时，苏克萨哈又急报："摄政王以顺天府尹李鲁生年逾古稀罢去其职，王万象升任顺天府尹。"

西西皇太后得知此事后，便急召吏部尚书巩阿岱入宫，询问此事。巩阿岱不敢隐瞒，向太后禀奏乃摄政王谕，未言其因。西西皇太后心中明白，皇叔父摄政王多尔衮因哀家准允皇上私下昌平州，必有顺天府府尹李鲁生之助，便将李鲁生革职不用，名义因其年老，实则迁怒遭贬。西西皇太后深知李鲁生乃洪承畴尚书推荐任用，兢兢业业，乃难得之良臣，摄政王贬斥不用，真是岂有此理。西西皇太后召见巩阿岱告知益加优待李鲁生，待摄政王气消了之后，再设法婉言举荐，哀家也会从中斡旋相助的。又召户部尚书英俄尔岱入宫，密授机宜，迅速协助顺天府与昌平州清查伤民和民怨积案之事，并将案卷早早呈上。

西西皇太后素来体贴众臣，早在盛京时凡每有民间所贡之食品果类，从不自享，依太宗之命分赏大内各部。自到燕京，皇太后此情未改，每有晋贡，依然想着大内各部，让太监、侍卫、侍女们分送各部大臣和翰林院众大学士品尝。秋末，津门总督献秋实于大内，全是又香又大又甜又成实的特制糖炒栗子，此乃京津一绝。我国自宋明以来，糖炒栗子久负盛名。栗子品种甚多，有京东板栗、燕山板栗、良乡板栗，等等。京师尤佳于"天津卫良乡"板栗，颇有名气。良乡板栗个头小，但壳皮薄，炒熟后都自动爆裂开，轻轻一捻壳内果实就可以吃到嘴里。板栗爆炒后可充夜饥，真是喷香可口，誉满京城。西西皇太后不仅赐给众大臣板栗，她还殷勤讲述板栗可做糕做菜，又可补身，用来医治腹泻、疝气诸症，很有疗效，它是北方难得的佳粮美食。

皇太后赐给臣僚的赠品虽然微薄，但十分暖人心，众臣都愿意亲近皇太后，凡皇太后的事都千方百计做好，让皇太后心安高兴。在办理积案中有几位老臣最卖力气，其中户部尚书英俄尔岱、吏部尚书巩阿岱、礼部尚书郎球等都是太宗时代盛京老臣，也是太宗身边的得力佐臣，敬重顺治幼帝，尤崇仰信任西西皇太后，心向太后和皇上，对皇叔父摄政王敬而远之，对其飞扬跋扈、颐指气使，从不买账，身存戒心。

各位阿哥、玛发、色夫们，朱伯西我还要多多颂扬扎呼泰妈妈西西皇太后几句，她可是颇有泰山之巍、白山之尊，从来遇事不惊不慌，纵然矛盾激起千层浪，她却有精明处事稳局之能。顺治小皇上自从进入燕京，才不满九岁的幼帝，还未理政，世上人，朝中人，包括皇叔父摄政王多尔衮，都将福临顺治视为乳臭未干的孩子。于是，皇叔父摄政王便将天下一切事都包揽在自己手里，摆出一副代皇上下旨的至高无上的权威，其架势压根就轮不上福临顺治皇上出马面世。可是，小福临顺治皇上在母后暗中护佑下，真的出世了，这能不掀起怒海狂澜，平地起惊雷吗？大则说这是在撼动太宗文皇帝归天后的大清政体，皇上圣旨，昭告天下，和硕睿亲王、定国大将军、文皇帝九弟多尔衮为摄政王，进而圣谕为皇叔父摄政王，统御全部大清军国大事，扶持幼帝，即太宗文皇帝九子福临为顺治皇帝，待其江山鼎盛，成年后再亲政，主宰天下。但是，就在这时，偏偏上述这些想不到的事真的发生了，顺治皇上在冲龄期便干预政事，皇叔父摄政王等朝中人就受不住了，将此事看成扰乱朝纲，视为改制乱朝，进而迁怒于西西皇太后，认为是太后背后唆使。西西皇太后也成为各方众矢之的，所有怒火、怒气、疑虑、疑问、责怪、詈骂，齐向她身上冲击而来。一般人会坐立不稳，受不了的，而西西皇太后泰然应之，心仍极为平和自若，笑语如前，喜形于色。西西皇太后自有治世秘窍，主张善能造事，而后又善能稳事。这一造一稳，国势方兴，不造不稳，犹如死潭，万事殉绝，国势焉强？西西皇太后善于处事，又善于理事，又善于在万千惹事源头中理出、寻出生事的源头人。捉住源头人，就可以万祸皆消，天下太平，使世间事又迈上一个新天地，千源万绪的事中人又重新会聚，开拓崭新的境界。太宗文皇帝生前就说过："朕有幸上天恩赐西西，在朕万马营中纷乱无绪中助朕抓事，理万事之源头，又善在源头中捉住主宰者，最能理事，顺理成章，井然有序，千条江河归大海，难得的扎呼泰妈妈也。《左传》有云，'君之卿佑，是谓股肱'，西西乃朕难舍难分之股肱也。"

所以，西西皇太后遇到任何狂涛骇浪，都是在静观安逸中一一排解。西西皇太后深知，此事的风波掀浪者就是皇叔父摄政王，安抚住皇叔父摄政王，就会风平浪静。但西西皇太后更知道，安抚皇叔父摄政王是很棘手的事，不管他怎样愤怒地反对，最终还得听自己的安排，就像孙行者再闹腾，也跑不出如来佛的手心一样。多尔衮与西西皇太后之间有争斗，有口角，有相互首肯和钦佩，有互不服气，但最终总是西西皇太后略胜一筹，斗来斗去，多尔衮还是斗不过西西皇太后的智谋和神断。西西皇太后的美貌能赢过多尔衮，使他心动，西西皇太后的烈性和女杰风采，更使多尔衮却步，相形见绌。西西皇太后的善抓人短，狠触鄙端，伶牙俐齿，更令多尔衮常常狼狈不堪。真是想见皇太后，又怕见皇太后，常常恨自己为何在这位科尔沁美貌女人面前就变成自惭形秽、理屈词穷的境地。

但是，多尔衮何曾没有过他们兄弟们常有的恶习，总想挑逗自己美如天仙的"阿沙"①或"兜嫩"②。满洲人自古就有兄弟同妻之俗。西西那可是蒙古人，有股子草原旋风的烈性子，凡事专凭本事，以布库、赛马和箭法分高低，不分男女、长幼，凭本事对垒。那还是太宗文皇帝在世时，兄弟间戏谑争雄，皇太极在坐骑之上洋洋自得，甚为爱妃西西那股傲视群雄的英姿而由衷喜悦和赞佩，未有一丝的不快和戒意，竟激励地说道："朕素来喜欢龙腾虎斗，宁生在虎窝里，不愿与弱鼠为伍。"这更助西西的威严。西西脚蹬菊花马，烈马咴咴暴哮，前蹄纵起，后蹄挺立，西西身披豹皮斗篷，双手紧勒红鬃缰绳，如钉在马背上，大喝一声："吁！"双腿狠打烈马两肋，马疼得赶紧缩身，再不敢耍威风，老老实实重新立定。西西在马上耀武扬威，安然无恙，大声说道："按照我们蒙古习俗，先来马术和赛马，再来地上的箭法和摔跤，胜我者怎么欺侮我，我都认输。老蒙古人说话就是泼出去的水，再也收不回来，从不反悔！"

当时在场的莽古尔泰、阿济格、多尔衮、多铎都耐不住性子，罕王没有怒色，西西庄妃又在叫号，频频挑战，没把众位太祖的珊延哈哈③放在眼里，对他们都有七个不服、八个没瞧得起的架势。太祖的众珊延哈哈都不想被庄妃女流之辈镇住，再加上都为美丽的草原明月所迷醉，都想上去与她过过招儿，亲一亲、摸一摸这个美娇人。

这时，莽古尔泰向罕王抱拳致意，打马冲过去，就与西西在马上比试拳术。双方互相拉住手，看谁的力气大，能将对方从马上拉到地上。别看这是个简单的动作，这要比马上坐技，比斗智，比耐力，比腕劲儿。众人都聚精会神地盯着他俩在马上的对持力功。莽古尔泰心里十分有把握，凭自己有万夫不当之勇，一个女流之辈敢跟自己斗力气，还不是小菜一碟，庄妃这会儿可要丢尽了脸面。他暗自高兴，闭着两眼，伸出双手，与西西较劲儿，用力往自己一方拉扯，僵持着。莽古尔泰怎么

巧断无头案

①　阿沙：满语，即嫂子。

②　兜嫩：满语，即弟妹。

③　珊延哈哈：满语，即好男儿。

用劲儿也拉不动西西,像在移动山峰竟纹丝不动。他甚觉惊奇,周围的众兄弟也在帮助较劲儿。莽古尔泰性急了,一溜号,身上的劲儿就不往一处用了,手臂发松。这工夫西西大声断喝:"王爷,小心了,快快给我下马吧!"

这一声断喝,如平地惊雷、天塌地陷一般,众位王爷根本没想到一个西西庄妃能发出如此巨大的声音,震耳欲聋。就在莽古尔泰正感纳闷之时,全身一颤动,一懈怠,早忘了西西在猛力拉动他,顺着喊声从马背上活活被抛向远处的绿草丛中,像个球滚出了老远才停下,可把莽古尔泰摔个不轻。众王爷慌忙过去扶起,西西也跳下马,亲自去扶莽古尔泰,口里一直在深表歉意。这会儿,莽古尔泰和众王爷可领教了西西的智谋和功力了。

多尔衮自小就有不服输的性格,他从来对任何人都不服软,当然对西西这次战胜兄长莽古尔泰王爷,也甚不服气,只是因为莽古尔泰太麻痹太大意,让西西钻了空子,这不算啥惊天动地的真能耐。他心想,我不能和老蒙古比试马上功夫,蒙古人都是马上娇子,不能比彼长己短的功夫,就比摔跤吧,自己从来就是摔跤能手,与西西比试摔跤肯定是十拿九稳,准能赢。

多尔衮报号比摔跤,西西欣然应承。不过,西西提出条件,说:"要摔跤,得摔我们蒙古布库,双方对手在蹦跳中使用任何技法将对手撂倒就为赢家,三回合两胜,可以吧?"多尔衮也知道蒙古摔跤的规矩,便答应了。

西西脱掉豹皮斗篷,紧系腰带,头上用彩布包紧髻发,跳下场来。她双手舞动,双脚蹦跳,仿佛在舞蹈,实际是在运气,双眼盯住多尔衮。多尔衮是有名的野獾子,身轻力壮灵活无比。两人互相凝视,舞手摇身蹦跳,都在想抓住时机抱住对方,猛力将对方摔倒。但他们都不给对方任何一点儿机会,都在边蹦跳边窥视时机。多尔衮像獾子,身轻灵敏,蹦跳自如,而西西像只草鹰隼,双目如火,双手如翅,弹跳腾飞,忽东忽西,忽上忽下,闹腾得多尔衮眼力都不够用,眼神好像不够使了,被西西边叫、边蹦、边蹿跃,弄得头晕目眩,渐渐只看有个人影在眼前晃来晃去,根本抓不着。正当多尔衮急切想赢,急于想制服、捉住西西的衣襟时,哪知西西一个鹞子翻身,就地一滚,双腿插入多尔衮身中。就在多尔衮大劈胯站在地中间,想俯身向前扑捉西西之际,没想到下身突然感到大地翻腾起来,有座大山从他身下涌起,直冲九霄,把多尔衮像拱起来的一只小鸡，推向空中。好在西西在他身下没有使歹劲儿，是双腿平抬，碰在他下身大腿的内侧，将多尔衮头朝下，屁股朝上给撅到前边，嗖一声射在草坪上，来个嘴啃泥。

这会儿，众王爷都深深领教了西西的真本事，竞技中一个个败下阵来，从此不敢再有造次的非分之心。后来，此事被西西和众侍女们当作话柄讥笑："瓦克珊①想吃天鹅肉，色波色曷②想攀上月亮，得照照自己有没有那些真本事。"

这些王爷一败涂地，太宗文皇帝打心眼里高兴，为身边有美貌绝伦、武功超凡的爱妃感到荣耀无比。当时多尔衮还不太服气，双方比箭法，射鸽子，射飞雀，蒙眼闻锣射靶，互有伯仲，还是在太宗文皇帝劝慰下，九王爷多尔衮才善罢甘休。

太宗文皇帝归天后，多尔衮曾三番五次试探过西西之心。西西邀他面谕独谈，严厉揭其虚伪，正色言道："你们满洲姑嫂不分，我们蒙古虽有滥欲，但从来以武定天下。我们蒙古人是草原上的雄鹰，套马杆定主人。蒙古人个个性如烈火，忠贞不贰，被套马杆套中的烈马，一生忠于原主，死无二心。"

从此，多尔衮已领略西西皇太后的为人和性格，不敢越雷池半步。多尔衮对西西皇太后心服口服，所以成为西西皇太后手中听话的棋子，为西西皇太后所用，为西西皇太后鞠躬尽瘁。这些事情福临顺治皇上哪晓得那么深奥和那么细致啊？福临虽小也懂点事理，也在背地听过一些奴婢们窃窃私语，也曾询问过额姆皇太后，均遭到太后的严词申斥，使福临顺治皇上后来再也不敢提及一些污秽太后的只言片语。

说来，现在要平息顺治皇上巡游而引出的风波，最棘手的并不是皇叔父摄政王多尔衮，而恰恰是自己的皇儿福临顺治皇上。福临让自己惯得任性得很，又太偏强，不服输，从小养成"皇极至上""朕即皇上"、唯我独尊的意识，从小就有一种"朕从无错""世人必循朕意去办"的想法，处处以我为轴心的思想从小就根深蒂固。西西皇太后越到这时，越加理解范文程大学士常颂扬"母仪天下"之语，身为母后，皇儿之性还是与自己平时训导和提示不够有关，胸纳百川，非一时所能学得来的。身为天子，要能胸怀天下，喜、怒、哀、乐、忧、恐、惊皆能泰然

---

① 瓦克珊：满语，即蛙。
② 色波色曷：满语，即蚂蚱。

处之，方能决胜千里，运筹帷幄。自己尚不可忽视对皇儿的提教。

方才顺治皇上归来对自己的一顿数落，逼迫皇太后与他一起去与皇叔父摄政王多尔衮对质，事未弄清，便想治多尔衮之过，这太轻率了。何况眼下皇上尚在幼冲，仍住深宫养精蓄锐，尚未亲政，皇权全委于皇叔父摄政王，不可乱纲，更不可造次。凡事应循序渐进，依议而行，以理以情以诚感化诱引皇叔父摄政王，以达到既要扭转和消除谬误之事，又不伤害皇叔父摄政王一腔忠于大清，治理朝政，指挥豫亲王等众将平定南明和江山全部定鼎的热情。前程坎坷多艰，不可对大小、主次、轻重有一丝一毫的颠倒，本末倒置而生憾事。对皇叔父摄政王只能时时勒紧点缰绳，给点温情知会，万不可暴雨淋漓，免生风寒而沉于难治。圣母西西皇太后，扎呼泰妈妈可真是为大清社稷苦费心机，为大清国运昌隆，为幼帝明日顺遂临政，施展八方之智。西西圣母真犹如王叔和[①]在世，又如孙思邈[②]临凡，专治痼疾。

刘老公公心疼皇太后朝夕劳顿，从来不见进暖阁里歇息躺着一会儿，尽管奴婢们给铺好锦褥，皇太后都不安歇片刻，早晨送来的鹿茸大宝菱角羹，已经凉了，也没上上嘴尝一口。方才又呈上吉林老山参饮，刘老公公苦劝太后补补身子，可是太后无有心思饮用一口，心里惦记着政事，又让刘老公公命太监端了下去。

此时，福临顺治皇上匆匆进来，禀奏皇太后说："皇额姆，方才命詹霸学士派快马传信公差速去昌平州，催促巴图侍卫速将案卷和人证带进宫来，朕急想知晓是宫殿中哪位大臣秘派博尔惠等人跟踪密查朕的行动，十分可恶。难道说连朕的行动也该是他们人等妄加暗查的吗？成何体统。皇额姆，不可瞻前顾后，优柔寡断，往此下去，难道朕要作茧自缚不成。"口气十分强硬，大有耐不住性子的劲头。

西西皇太后也变了脸色，面有怒容，冷冷地说："皇儿，毛躁脾气又犯啦？进宫来也不禀报，礼仪全忘，步履如此跄踉，哪有皇上的风范。尔已年近九龄，还令额姆为你操心！额姆皇娘词语缠绵，跟尔言讲无数，缘何不学习汝父太宗文皇帝，不学习汝父祖太祖武皇帝，纵使大军压境，仍然能闲游信步一般安详自若。心中不能装事不能容人，岂有大将军、大英雄顶天立地之神威？何况，区区小事就像火烧猴腚，坐不

---

① 王叔和：魏晋间医学家，编成《脉经》十卷传世。
② 孙思邈：唐著名医学家，著有《千金要方》《千金翼方》传世。

住，站不稳，皇儿你这样怎么可以当管控天下的一国之君？你怎么老忘掉自己是什么身份之人哪？额姆皇太后我，苦口婆心叮咛你的话，怎么遇上点烦心事，就给忘得干干净净啊？"西西皇太后这些话，越说越伤心，眼看要哭出声来了。

可把福临顺治皇上吓坏了，忙跑过去，双手搂住皇额姆，小脸仰望着亲额姆，急得也大声咧嘴哇哇哭出声来，说道："亲额姆，福临错了，福临又惹皇娘伤心了，还是皇儿头脑愚笨，不懂事，额姆的话总记不住。额姆，您老别哭了，别伤心了，福临从今往后，永远记住了，永远都听您老的话，都遵循您老的话去做，好吗？皇额姆！"

福临这么一搂、一哭、一说，反而使西西皇太后更加委屈伤心地频频落泪，俯身紧紧搂住乖皇儿小福临，脸贴脸，嘴里不住地说："额姆的心肝，好皇儿，额姆相信你，你最机灵，最聪明，你最听额姆的话！"西西皇太后略停了停，若有所思地手拉住皇儿福临顺治皇上的手，一同走到宫中暖阁。婢女们忙过来给铺好黄龙彩穗绒垫两座，退下。西西皇太后与顺治皇上并肩坐在床边，侍女献上茶，奉命退下。宫中只有西西皇太后和皇儿福临顺治皇上。

顺治帝在周围没有太监侍女时，总是习惯地挤坐在皇额姆的绒榻之上，偎依在皇额姆身边，露出孩儿离不开娘的那股亲情。西西皇太后也习惯了福临的偎依和揉搓，亲昵地说道："额姆我看到皇儿，又想起哀家我一股傻气。你还记得范文程大学士在授业时讲到《孟子》吧，有些话令哀家刻骨铭心。皇儿是否记起《孟子》篇中公孙丑与孟子的对话，他问孟子遇事有何心志，孟子如何回答？"

福临顺治皇上立即回答说："我知言，我善养浩然之气。"

西西皇太后说道："皇上，孟子之言甚善。你身为万乘之君，应锤炼和善养浩然之气，吾儿牢记之。哀家又想到范文程大学士授业所释《孟子》一句揠苗助长的成语，颇有情趣。哀家亦久久难忘，浮想联翩，有时像个老顽童不能自已。唉，额姆皇娘我为皇儿的成长就业全能，几乎到了心竭力尽的地步。揠苗助长，是讲述有个急性子的宋人，为期盼小苗快长大，竟拔苗助长，归来向儿子报喜。可是儿子去田间查看，结果瞧见被拔的小苗全枯萎了。寓意凡事顺其自然，不可用外力强求。皇儿啊，眼下额姆皇娘我多么盼你快快长大呀！时不饶人，时不我待，额姆日日夜夜祈拜神佛庇佑你，平平安安，顺顺利利，芝麻开花节节高，你可要旭日东升，越升越高。额姆皇娘我简直都盼疯了，心切切焉不可终日。皇儿啊，你不可辜负了额姆一片心，要严以律己，要牢记孟子古训所云：天将降大任于斯人也，必先苦其心志，劳其筋骨，饿其体肤，空乏其身，行拂乱其所为，所以动心忍性，曾益其所不能。人恒过，然后能改；困于心，衡于虑，而后作；征于色，发于声，而后喻。入则无法家拂士，出则无敌国外患者，国恒亡。然后知生于忧患，而死于安乐也。孟子还教育人，君子不怨天，不尤人，要有平治天下的雄心和勇志，当今之世，舍我其谁也？皇儿勉之，再勉之。

西西皇太后万事准备齐全，觉得各方的工作都做得放心满意，便到宫中禀告姑母皇太后。姑母皇太后牵挂之事也与西西相同，对多尔衮不可得罪，还靠九叔打天下，安天下，赢得天下，福临才能安稳坐天下。姑母皇太后就这么一个心念，命西西严加把握，若管就管好皇儿，宁使皇儿受委屈，而不可生大害。西西将所做之事翔实禀明，直到姑太皇太后放心点头，才拜别出宫，回到自己寝宫。

说来，皇叔父摄政王还十分挂念西西皇太后的寝宫，现在位育宫修缮工程已近尾声，主殿可以入住，竖白玉栏杆等项目早已完竣。西西皇太后与福临皇上就分住在位育宫两大宫殿之中，侍人往来如梭，香烟缭绕，铜钟鸣响，别有一派生机盎然的气派。

西西皇太后命詹霸学士再次催询巴图侍卫与昌平州丘宝琪等官员速携带案卷进宫回禀，太后亲览案卷。当夜即呈上来，不可迟延。另外，由刘老公公去请皇叔父摄政王多尔衮进宫赐茶叙谈，宣福临顺治皇上陪坐，并嘱咐皇儿少言为上，一切都要看母后颜色行事。福临一言不发，只是点头称"皇儿知道了"。西西皇太后立意就是不争执，凡事宜解不宜辨，以免令摄政王心中不快，多做安慰之事，只有将所查证之案卷讲于摄政王，他才会感到事态的严重。皇太后深知皇叔父摄政王身膺军国大任。

正如前述，自太宗驾崩，一晃三载有余，八旗兵勇奋勇征战，鞠躬尽瘁，一路戎马辉煌，迎来大清一片崭新天地，世人景仰，万国朝贺，燕地讴歌，黄河长江粤江携手，中原南北几近一统，江山一宇，万邦来归。这些都依赖皇叔父摄政王武功运筹，宏谋伟略，永载史册。尤虚怀若谷，结义蒙疆，谦用汉臣，广扬睿智，同铸洪基，不负祖德，犹如太宗皇帝之气概雄威。皇叔父摄政王宵衣旰食，高世奇才，令两宫皇太后敬慕之至。所以说，西西皇太后对皇叔父摄政王多尔衮，始终感佩有加，既敬慕又有戒心，既觉实难离舍，又感行事豪横霸气，不容他人染

扎呼泰妈妈

指品说。但是又觉得多尔衮九王爷大将军人才难得，一时一刻也离不开，不能得罪，不能惹多尔衮这个野獾子，若脾气上来会给你撂挑子，给宫里两位"赫赫"出难题。若央求他，到了那步田地，还得搭上各种没完没了的好言好语，不仅丢了哀家的面子，还会长多尔衮的声威。现在已经封到皇叔父摄政王，如再向他哀求，那多尔衮该摆到何等位置？将哀家放到哪？皇上放到哪？咳，呦呦，真不敢再想！

可是若退一步想，又觉得福临顺治皇上屡屡向哀家进谏之言，亦不可漠视，不可不过问。福临顺治年岁虽小，疾恶如仇，主张仗义执言。皇叔父摄政王啥事都不糊涂，心中非常明白，就因为权高势大，让哀家捧的，现在不知天高地厚，都跳到脑袋顶上去了，不煞煞威风，日后不知他将要做出何等惊天动地的事来。所以，防微杜渐，已迫在眉睫，早斗比晚斗更有利，大局如何，车轮可以扭转过来，正道不致出现偏颇。这些谏言，能出自幼年皇上之口，可见福临顺治将来会成为可信赖的大清明君。可是又一想，福临顺治皇上提出的谏言，哀家万万不可苟同，纯系儿童玩火，一厢情愿，到头来仍会伤及大清，其后果不堪设想。

绝对不可，哀家万万不能受皇儿的蛊诱，险生大患。西西皇太后思前想后，绞尽脑汁，找不出最好的柳暗花明之路。

西西皇太后想到，大清江山如日中天，特别是进入燕京以来这二三年，随着万事顺遂，一切如意，皇叔父摄政王威镇朝野，甚至其地位声誉已超于皇太后、皇上，确有天子已在他管控之下的势头。因此，他随心所欲，不与皇太后、皇上申奏而自下谕旨，怎么有劲儿，怎么顺当就怎么去办，就仗着明廷已完全丧失声威，大清八旗劲旅天下无敌，便很少审时度势，详察民怨民心，忘记"水舟"之警言，想起这些着实令人不寒而栗。

更有甚者，皇叔父摄政王生性喜色，男儿好女劣习复萌，仿学明宫皇上检选貌美雏妓陪侍，畅言"岁在二六、二八日徐娘"，真是醍醐实难出口。皇叔父摄政王正妻为蒙古科尔沁台吉桑阿尔塞之女，即后来尊称之正宫元妃。西西皇太后与她从小就熟悉，两人友好如亲姊妹。后来她常到西西皇太后宫中含泪诉冤情，多尔衮很少回府幸遇，待如路人，哀求太后管束摄政王，言多尔衮天天纵欲，每晚皆有人送各族雏女进宫。他不听进言，体瘦如柴，长此下去，何谈寿命永年？西西皇太后只能好言抚慰多尔衮元妃，为之干焦虑、着急，而无能为力。

对西西皇太后的左右徘徊，不拿决断，福临顺治皇上也常生愤懑之情。自己虽年尚在幼冲，可是人生之事也似有朦胧，何况耳边也偶尔听到传来一些"皇太后是摄政王心上人""太后为社稷离不开摄政王"类似的流言蜚语。福临顺治皇上激愤之下，母子两人在一起时，也憋不住向母后质问其意，结果均遭皇太后怒斥："此种下溅污秽之言，怎么出自皇上之口，这不玷污你的圣容吗？今后不准你再吐出此种下流中伤的话。福临，你务要自爱自重，在人言混杂之中哀家看你的判断力，这也是身为人君的尺度，好自为之，勿令皇额姆为你伤心，失望。"

西西皇太后又再三叮嘱皇上："此番皇叔父摄政王进宫，是母后邀请，哀家为东，皇上少开尊口，一定要稳妥行事，学学母后我是如何在安安详详之中把事办完的，少生波澜。这可能就是成语中所言之'同舟共济'的含意吧！"

话说顺治三年十二月，两个月前大将军豫亲王多铎征南凯旋，平定浙闽，获伪玺九颗，得旨，诏赦天下。归师回燕京。顺治帝亲幸南苑迎迓劳师，赏赐众将有加。皇太后喜送太宗文皇帝次女固伦公主格格下嫁察哈尔汗之子阿沛萧，蒙古诸地诸王齐来恭贺。豫亲王多铎大将军征南有奇功，皇太后懿旨与皇上特加封号增赐为和硕德豫亲王，赐鞍马金帛，修缮府邸。这些忙碌完毕，迎接位育宫正式修缮竣工，宫中举办庆贺典礼。届时，顺治皇上御太和殿，诸王及文武群臣行庆贺礼，赐宴。是日，皇上正式居住位育宫。

所有这些完毕后，才又提出皇太后与皇叔父摄政王面议之事。前一次，因摄政王忙于《洪武宝训》修竣翻尺成书，修盛京孔子庙，商议审核严禁奴仆逃亡之《逃人法》等诸事缠身，所以，商谈皇上昌平巡游之事摆不到日程，以至被拖延数日。

顺治四年丁亥，春正月，趁皇上诣堂子行礼还宫，拜神毕，诣皇太后宫行礼，御太和殿，诸王、贝勒、贝子、公、文武群臣及外藩蒙古诸王上表行庆贺礼，赐宴。

宴罢，诸王群臣散去，皇叔父摄政王多尔衮心中多日不快，尤对皇太后纵容皇上私下巡游，为本朝节外生枝，十分恼怒。又因皇太后几番召见，终未面谕，因此甚感烦恼委屈，心中郁闷无法吐出。所以群臣叩拜，他都一一谢绝，整天板个面孔，朝中臣属个个都胆战心惊，小心翼翼地应对，早早退下，免生罹难。

这天，摄政王在博尔惠、吴拜、何洛会等簇拥下走出大宴，迈步踉跄，腿脚踏地都发飘，众侍臣苦劝皇叔父摄政王早早回府邸安歇，让侍女们多熬些醒酒汤，以免遭受酒醉的痛苦。皇叔父摄政王大手一挥，斥道："都给我滚蛋，本王要面见皇太后，我有大江大河的苦水和疑问，向皇太后详禀。快快，送本王去皇太后宫殿！快！快！"

多尔衮在耍酒疯，说话语无伦次。他身边的一帮亲信，罗什、博尔惠、额克钦、吴拜、苏拜、何洛会，像走马灯似的围着他转，左劝右劝，可他就是不听。他们怕他到皇太后处闹出笑话，惹出事端。这时多尔衮仍在破口大骂，骂他这帮无能的亲信："你们全辜负本王一片心，办什么事都给我惹出乱子。博尔惠我要剥你的皮，你那个围脖太岁温嘎里呢？你不是说他比泥鳅还滑，什么神仙也逮不着吗？他如今在哪里？你们这帮蠢货，给我闹出多少乱子，本王大事这么多，还让本王给你们一个一个擦屁股！"他越骂声越大，越骂话越难听，众臣只好诺诺苦劝，就差没有跪地叩头哀求了。

正在此时，忽然御前头等侍卫巴图和刘老公公赶到，向皇叔父摄政王叩头禀奏："皇叔父摄政王，奉皇太后懿旨，敬请皇叔父摄政王临御皇太后寝宫，有事商议。顺治皇上也临御皇太后处，就敬请皇叔父摄政王了。"

皇叔父摄政王多尔衮，其实是三分酒，七分装醉，他心里什么都清楚，特意装着这么大喊，就是让皇太后知道的。众侍臣同伙们哪知多尔衮的鬼点子啊，可都吓了一大跳。只听多尔衮说："回去禀奏，本王即刻便到。"他向亲随们使了个眼色，便转身随着巴图、刘老公公直奔皇太后寝宫而去，心里还一劲儿琢磨着，你看我怎么折腾这位聪明漂亮的皇兄寡妇。

多尔衮自打听到皇太后偷偷把皇儿福临顺治皇上放出巡游，由侍卫、公公护卫，竟出了紫禁城，越过德胜门，去昌平州私访，就一肚子火。这么小年纪就给放出去，任他到处跑，乱闯胡来，可真太惯小皇上了，一点也没把我这响当当的皇叔父摄政王放在眼里，是啥意思？是跟我过不去，还是作对找碴子不成？真是火冒三丈，心里万分想不通，又万分的委屈，你们娘们儿不动手，不动腿，整天有女婢侍奉，嬷嬷喂奶，老公公捶腿，还不闲着，真是闲着的人找忙乎人的碴儿。我整天为国事奔忙操劳得脚后脑勺，累得晚上都上不了炕，吃不好，睡不香，没有一点的慰劳和心疼，还总想挑出点儿毛病！是何用心？多尔衮身边的众心腹们，也都帮助打抱不平，帮腔兴风点火，更加助长了多尔衮的不满、怀疑、嫉恨和不平，将一腔怨气、怒火全部撒向西西皇太后。认为她居心叵测，助纣为虐，因此绝不能退步，不能心软，非要狠狠对付反击不可！

所以说，多尔衮和他的一群亲信贴心部将们，完全是有备而来，是下了狠碴子的。总之，多尔衮对他的亲信一个也没赶走，都硬跟着皇叔父摄政王同去皇太后宫中。皇太后要数落摄政王我们都有份儿，一块儿帮助说理，一块儿替皇叔父摄政王挡风遮雨，要活就活在一起，要惩治就一块儿来擎受着。于是，多尔衮在前头走，吴拜、苏拜、罗什、何洛会、博尔惠在后头跟着，像一字长蛇阵似的一溜风直冲皇太后的宫殿而来。

博尔惠出主意："一定要替摄政王承担责任，就说是自己脑瓜发热，办出傻事，事先未有禀奏王爷，心好奇就让温嘎里跟着，也是立功心切，利令智昏，忘了杀头之罪。"

朱伯西我先不说他们一伙暗中商议对策、个个虎视眈眈的架势，单说皇太后宫中，今日非常新鲜、热闹，是多少年未曾见过的景象。过去太宗文皇帝在位时，太宗喜好在戎马空闲之间，挤出点时辰，把众王爷、贝勒、贝子、公、侯、文武群臣邀请到一起，大家无拘无束，融融洽洽，就像召开家族聚议，有啥话都可以讲，很少有君臣上下的礼仪约束，共议军国大事，抒发一些相互的误解和疑虑，皇上从不怪罪。这次到了燕京，西西皇太后就嘱咐詹霸学士、巴图侍卫、刘老公公、黄老公公等，一是恭请各位王爷、贝勒、大臣来，不是进谏禀奏，就是述述各自的心头话，尽情地开心，就像在早太祖皇爷常讲的"巴那给孙"[①]，随时的地头聚议，亲切随意。

今日，皇太后请来莅席的众大人，有翻释明《洪武宝训》有功的人员：大学士范文程、刚林、祁充格、冯铨、宁完我，学士詹霸、苏纳海、吴达礼、来衮、额色黑、伊图、刘清泰、查布海、李若琳、胡世安、高尔俨等众位著名大师傅，其中多数是皇太后、皇上的汉学业师。还有兵部尚书孙之獬、礼部侍郎阿哈尼堪，也是很快要继孙之獬大人之位的新任兵部尚书，有户部尚书英俄尔岱、礼部尚书郎球、吏部尚书宗宝巩阿岱，以及即将继任巩阿岱职衔的新任吏部尚书谭拜，顺天府的李鲁生原府尹，王万象府丞并将新任府尹，昌平州同知丘宝琪，山西巡抚兼奉旨查勘昌平州事务的监察御史廖攀龙。

---

① 巴那给孙：满语，民间土语"地头话"。

席间还有坐在皇太后、皇上身边的皇叔父摄政王多尔衮以及他身边的罗什、吴拜等众位将领和统领。除此，皇太后还特意命巴图迎请来有病在府邸的和硕郑亲王济尔哈朗老王爷。

金碧辉煌的大宫殿，被众位大人相拥，显得满满登登的，多少年没见有这样的红火热烈景象了。可以说朝中各方百官上下聚齐，互相庆贺，真是很少见到哇！虽说皇太后事先明话，各大人不必谦恭有序，随随便便，把它当成故人相逢、家人聚会，不要苛求君臣大礼，可是众大人也都十分规矩，走路轻脚轻步，说话也都轻声小语，抢揖打躬肃穆异常。

就这时，皇叔父摄政王却突然站起来，大声说道："太后、皇上，臣等今日得见圣容，怎能有失君臣大礼，成何体统，不可不言礼训，昔日粗俗不可全仿。皇叔父摄政王多尔衮我先向皇太后、皇上叩头问安，万岁万岁万万岁。"说着就撩衣下拜，要跪地叩头。

众人被多尔衮这一突来的尖嗓门给镇住了，都惊奇站立，不知皇叔父摄政王又要发什么暴脾气，心惊胆战。

西西皇太后向多尔衮走过来，大声数落着又要叩头下拜，心中十分不快。心想，多尔衮所说的话都是直接对哀家来的，对哀家今日的安排不满，指责哀家轻蔑国家礼序，有失朝纲礼仪。可是西西皇太后并没有直接发火，依然心平气和，知道他有一肚子不满还没有吐出来，便走了过去，双手将多尔衮扶起，大声说道："皇叔父摄政王，你怎能抗旨而行，此前哀家已下懿旨，由皇上下旨，已准允皇叔父摄政王见皇太后、皇上可以免跪拜礼仪。皇叔父摄政王你这样做有失朝纲礼仪，轻蔑哀家和皇上旨意，这可是皇叔父摄政王不该违的，真是健忘啦！"

多尔衮被西西皇太后这么一述说，满面通红，站不是，坐不是。西西皇太后不说什么，把他推到皇上下边的虎皮椅上坐下，说道："众位大人，哀家做东，请各位莅临，还是那一句话，都不要拘束，这也是皇上的心意，只要按哀家的懿旨、皇上的旨意来做，就是谨遵朝纲礼仪了。"

哪知多尔衮纯粹要找碴儿，又站起来大声说道："太后，皇上，本王早已下诏，郑亲王身为辅政王，不思朝政，不为皇上效力，修缮自家府邸。殿堂台基逾制，并擅用铜狮铜鹤，诸文定罪，罚银两千两。乃有罪之身，怎么也敢与众王贝勒齐坐皇太后、皇上面前，这是对本朝之羞辱，速速给我退下！"

这一嗓子比方才那嗓门还高，把众大人吓坏了，又都慌慌张张站立。多尔衮在朝中也是脾气暴烈，闹得众将众大臣提心吊胆，不知何时怒火发到自己头上，都非常惧怕皇叔父摄政王，就像怕雷公爷爷手击钉锤子打雷一样。

坐在顺治帝另一侧的和硕郑亲王济尔哈朗被这一嗓子吓得全身一激灵，慌忙站起，低头下拜，连声说："皇太后、皇上、皇叔父摄政王，罪臣有罪，罪该万死！"说着痛哭流涕，又说："罪臣立即退下。"说完转身向宫外走去。

这时，福临顺治皇上跳下龙椅，跑上前，一手把和硕郑亲王给拉住，说道："皇叔父，是太后和朕请您老人家来的，何必要走，快快请坐，请坐，什么铜狮子、铜鹤的，破玩意儿，朕下次赏皇叔金狮金鹤，何足挂齿！"

皇太后也下了卧榻，站立起来，说道："皇上，不许乱说。皇叔父摄政王何必发如此大的火？气大伤身，别老抓人家一个小辫儿就不松手！辅政和硕郑亲王功高盖世，纵有一些瑕疵，改正就好，何必总挂在嘴上，何况您已经纠正了，人非圣贤，孰能无过。快快请上坐，是哀家和皇上请辅政王的，见见面，正好谈谈军国大事，身为辅政王理应在场，哪有退席的道理。刘老公公、詹霸、巴图快快搀扶辅政王去上座。"

济尔哈朗回身给皇太后、皇上叩头说："谢太后、皇上。"

在座的众大臣个个知道，辅政王济尔哈朗凡事谨慎，少言寡语，处处都被皇叔父摄政王多尔衮压制三分。郑亲王说什么话，都讨不到摄政王的满意，多尔衮从内心里认为辅政王济尔哈朗和自己不是一条心，总是不顺着他，不买他的账。于是对他更霸道，越来越唯我独尊，目空一切。济尔哈朗觉得自己没那么大兵权，也没有一大群人拥戴，多尔衮属下人多，一呼百应，盖过武英殿。今日众大臣见皇太后、皇上这么敬重济尔哈朗，都从内心感动，真给郑王爷出了口恶气。

多尔衮见皇太后、皇上如此对待和硕郑亲王，也就未敢再说什么，坐在虎皮椅上生闷气。尽管这样，会后多尔衮回到武英殿还是下旨，七月加封自己弟弟和硕豫亲王多铎为辅政叔德豫亲王，废黜郑亲王济尔哈朗听政，回自己府邸待着去。当然，这都是硬逼迫皇太后、皇上下旨做成的结果。这是后话，不多赘述。

单说皇太后邀请众朝臣到太后寝宫聚议，让皇叔父摄政王多尔衮突然这么一闹腾，原本很热烈和谐的相聚，弄得人人心里都不痛快，气氛相当冷落紧张，大家满腔喜悦的情绪给打消得一干二净。

还是皇太后最有办法，她马上暗地吩咐后宫大臣总管们，命一队宫中彩女鱼贯而入，手捧方盘，内盛丰盛的果品、鱼子、北海鲸鱼干、犴肉干献了上来。由公公们摆在各位大臣们的桌案前，请随意品尝。

刘老公公说道："奉太后旨，特献上北海（鄂霍次克海）乞烈迷人奉献来的鲑鱼子、鲸肉干、犴肉干，还有东海岸的大楮柿、大菱角，请众位大人随意品尝。这些浆果、肉干、鱼子都是北方名庖精制的，鲑鱼籽是腌蒸之后，嚼起来外脆里软包一股水，芳香可口，别有风味；鲸肉干、犴肉干也全是选用鲸犴的脊肉，晒干，加入北国花汁浸泡，不仅口味绝佳，且可大补身体，有减肥增肌之功。那些大楮柿、大菱角都是黑龙江以北出产的浆果，酸甜可口，而且果实硕大，晶莹如玛瑙。众位大人尽情品尝，边吃边谈，其乐无穷啊！"刘老公公一席话，把众位大人给说乐了，宫中又重新泛起一阵阵开心的笑声。

西西皇太后站起身来，说道："众位大人，哀家我与皇上今日有劳诸位到宫中一叙，十分欣慰。说来，哀家系蒙皇叔父摄政王之邀，要谈叙自顺治初年至今三载有余，国政要事，承前启后，继往开来。在祥瑞盈喜的日子里，我们也是三省吾身，津津自钦，防微杜渐，务求少有瑕疵，少生史憾。哀家自来燕京，常与礼亲王老王爷、皇叔父摄政王促膝相叙，本朝自太祖武皇爷起兵老城，自始至终务求争得一城一池一人一马，皆要投身其中，将宇宙之气融于一体，将江河寸土糅入其间，俗称'拌砂子'，不分彼此，渐渐融合为一，方能堪称一统天下。虽然关东数域，本朝却渐渐糅入一体，满蒙诸族如亲兄弟，坚若磐石，铜墙铁壁，无人而敌。我朝顺治元年冬十月，皇上定鼎燕京，亲诣南郊告祭天地继皇帝位，仍用大清国号，顺治纪元。伏唯天地佑助，早清祸乱，载戢干戈，九州悉平，登进仁寿，俾我大清皇图永固。我朝仍沿袭太祖太宗之古制，亦为东来的满洲诸王、贝勒、贝子、公、勋臣、兵丁，进入京畿内域有衣食生息之源，又为真正与当地汉民融为一体，不可常为游客寄旅。虽初期与汉民相混，会有诸多习俗信仰不一而生芥蒂，然渐渐相亲相通，融如一家。三载以来，已在京畿诸州县影响甚巨，所谓满汉相糅之剃发圈地大事，此乃前无古人之盛举，必将流传千古，载入史册。众位王爷皆为造时势之英雄豪杰，成败若何，民声若何，当苟而求之，必要以胸怀大志汲纳众议，擅听八方之言，以和本朝固国安邦。今日哀家命户部尚书英俄尔岱、兵部尚书孙之獬先陈述我朝的历来国策和众臣僚之颇有见地的疏折。"

户部尚书英俄尔岱站起展开文卷，代表户部、兵部禀奏道："奉皇太后圣谕，向各位大臣禀述有关重要疏文和皇上的圣谕，可从中窥知本朝圈地之施政谋略和有关律令行文。

顺治元年甲申五月，本朝八旗劲旅雄师至燕京，摄政和硕睿亲王谕兵部曰：今本朝定鼎燕京，天下罹难军民，皆吾赤子，出之水火而安全之，各处城堡，著遣人持檄招抚，檄文到日，剃发归顺者，地方官各升一级，军民免其迁徙，其为首文武官员，即将钱粮册籍兵马数目，亲齐来京朝见。有虽称归顺而不剃发者，是有狐疑观望之意，宜核地方远近，定为限期，届期至京，酌量加恩，如过限不至，显属抗拒，定行问罪，发兵征剿。至朱姓各王归顺者，亦不夺其王爵，仍加恩养。

丙寅，摄政和硕睿亲王谕，京城内官民房屋被圈者，皆免三年赋税，其中有与被圈房屋之人同居者，亦免一年。大兵经过之处，田地被伤者免今年田赋之半，河北各府州县，免三分之一。

皇太后、皇上，本朝东来满洲八旗大军，最早牵涉圈地之事，便从此时此谕开始的。顺治元年甲申十二月己未，顺天巡按柳寅东疏文，禀奏圈地实况，其所奏方略甚佳，后为本朝采纳。

另，真定巡按卫周允疏言甚善（真定位于河北，汉代为县制，后来本朝雍正初因避帝讳，改称正定，仍县制），本朝亦采纳。

甲申十二月丁丑，圣谕户部正式公布有关圈地之缘由，政略与法规文告如下：

我朝建都燕京，期于久远。且近京各州县民人，无主荒田及明国皇亲驸马公侯伯太监等死于寇乱者，无主田甚多，尔部可概行清查，若本主尚存或本主已死而子弟存者，量口给予，其余田地尽行分给东来诸王勋臣兵丁人等，此非利其地土，良以东来诸王勋臣兵丁人等无处安置，故不得不如此区划。然此等地土，若满汉错处，必争夺不止，可令各府州县乡村，满汉分居，各理疆界，以杜异日争端。今年从东先来诸王各官兵丁，及健在京各部院衙门官员，俱著先拨给田园，其后到者再酌量照前与之。至各府州县无主荒田及与否，亦著酌议。至熟地钱粮，仍照额速征。凡绅民有抗粮不纳者，著该抚按察处，有司官徇情者著抚按纠参，若抚按徇情事发，尔部即行察奏。

户部尚书英俄尔岱还要继续宣读下去，皇叔父摄政王多尔衮耐不住性子，扑腾一下站起来，不顾皇太后、皇上都是静心若有所思地聆听英俄尔岱的宣读，大声说道："不要念了！所有这些朝中大事，都是本王传谕而为的，有何不好？今日回首，只可惜治政尚不斩钉截铁，致使还存有诸多不快之事。眼下尚有许多逃匿的满洲奴仆和汉人刁民，反叛作乱，使市井不靖，百姓无法安生。摄政三载，畅行天下，究其功可自慰，武治国安，法严民服，此乃天经地义之道。凡力行之则畅，悖误之则乱，不可不牢记也。"

多尔衮处处显示出目中无人的傲气，仿佛他在朝中训教众臣，又仿佛在指挥万军征杀在疆场，根本忘记是在皇太后、皇上身边，摆错了位置。皇太后、皇上虽然未有指责，可是在座的众臣却十分不满，这是犯上抗旨的大逆不道行为，就连他身边的一些贴身心腹，如苏拜、罗什、何洛会以及英亲王阿济格都感到太放肆了。何洛会在他身后悄悄地直扯多尔衮的衣襟，暗示他快点收敛，坐下不要说话了。多尔衮根本没有理会，还想说什么。

这时，福临顺治皇上因母后事先就约束他，尽力闭口不出一声，可是，多尔衮这么不知谦和自省地夸夸讲述自己的"武治国安"之道，真让他憋不住了。顺治皇上虽然没有临政，但自从亲自去昌平州访查，已经深感朝廷对黎民百姓过于严苛，大有苛政猛于虎、草菅人命的罪过！自己想来想去，又偷偷用眼睛一瞥，见皇太后正在低头思忖，并未注意他，实在压抑不住心头之火，急于显露他忧国爱民的赤子心肠，开口说道："皇叔父摄政王，三载功过自有史评。为君者，为民之父母，益多怀有虚怀若谷之心，古人云：流水不腐，户枢不蠹。又云：明者防祸于未萌。而今天下，敬畏八旗劲旅，宜少扬武威，疑者乐聚，与民亲朋比肩，方可深解怨心，唯如此验证黎民百姓拥戴之诚意。此番朕到顺天府，发现数宗无头积案，皆源于圈地、投充逃人之祸端，触目惊心，朕不晓其他省府州县乡屯实况若何。朕意必究其因，改弦更张，不可妄谈武治国安。"

多尔衮当即抢过话茬儿，侃侃关切道："皇上，正在研读古史典章，习学治国安邦之道，本应目不斜视，心无二用，专心致志，长筋骨，增脑髓，壮体魄，少受世人蛊噪。来日方长，诸王承袭先帝太宗文皇帝遗志，精诚团结，众志成城，会将大清国运，扶膺永昌，不必幼冲皇上耗费尚未成人之躯，皇上要苦心于学，堪成众王爷放心之可教孺子，勿负帝忘，亦勿辜九叔殷殷扶佑之艰辛，则臣等感激涕零矣。"说着，头还低下，好像还要落几滴伤心泪似的。

西西皇太后多精灵啊，她今日对多尔衮的种种作态早有防备，心想，任你怎么耍，哀家一定不受干扰，务要将这圈地所带来的一连串祸害一定在众王爷面前摆出来，使众目睽睽，认其对大清国之声威百害而无一利，必令戛然而止，不可再推行。所以，她有自己的安排，有一定之规，故而最初听到多尔衮霸气十足的架势，并不十分在意。其本性盖如此，何必管他，而且不思自省，以为自己是太上皇，唯我独尊，不听谏言，一意孤行必造成可悯后果，还在强词夺理，侃侃大言武治，已经坠入"朕即皇上，朕言不可更替"的狂妄五里雾中。

皇太后自恨自己长期过于热语抚慰，将他捧入云霄所致，没有多听礼亲王代善老王爷的嘱告："九弟天性孤慢傲上，太后要多言崇语。"也不太听自己皇儿常在耳边冒出来的"荒唐话"，"皇额娘不要总是一味向着他，九叔快把咱们娘俩丢到脑后去了！""九叔在营造本旗的安乐窝，其他三旗都被他踩在脚下，皇额娘再不吱声说一说，八旗里头就得有窝反，到那时国家不但没有治理好，还会摇撼大清国天祚大业呀！"多尔衮近一二年的表现越来越被礼亲王和年幼的皇儿说中了。正因如此，此番福临顺治皇上在多尔衮发表一通邪论后，未得允许抢着反驳皇叔父摄政王的每一句话，她都觉得皇儿句句说得在理，能够仗义执言，明辨是非。此次答应他巡游顺天府的昌平州地方，胜于读十年书，真正长了见识，没白出去走一圈儿，自己由衷的满意。对皇儿驳斥多尔衮的言语一点也没有反感，觉得比多尔衮通晓事理，孺子可教，堪为皇上，没有辜负哀家一片心！

正当西西皇太后兴奋时，突然见多尔衮站起来，直接向自己皇儿顺治皇上发威了。表面看来像似长者对晚辈的训教，仔细玩味，便可听出来一肚子不满，一肚子傲气，根本没把福临顺治当皇上和大清天子看待，而是在数落管教自己的孩子，甚至大有讥讽之词。不仅没有重视顺治皇上所言之至关重要，而且对他摄政中的弊病丝毫没有反省。更令西西皇太后恼怒的是，多尔衮竟含沙射影，将矛头指向皇太后等人，言外之意是皇太后等在教唆、蛊惑年幼的皇上向他挑战，挑拨叔侄、君臣关系，其用意十分阴险可恶。

西西皇太后从来都是不饶人的，口齿伶俐，说得对方理屈词穷。早年太宗在世时，就知道她有这股子劲儿，得了理，抓住对方的短处，便将对方说得心服口服，不服也得服，否则就抓住不放，有种不达目的不罢休的劲头。对这一点其实多尔衮早就领教过，但现在总觉得时过境迁，此一时彼一时，早些年太宗皇帝在世，你有大靠山，事事我得让着你，可现在是我当家，你们娘们儿依靠着我，这样你就得听我的，别总想处处争个尖儿！西西皇太后却不听那个邪，不是依靠你就任听你摆布。她更想到不能软，越软越遭人家捏。西西皇太后自小在蒙古科尔沁草原中就是压倒一方的摔跤手，别看是个长发女人，但必把众男子摔倒在地、压在身下不可，如不服软不认输就休想让你爬起来，所以男子摔跤手也没有不怕她的。她这个性格至今未改，多尔衮也是从心里喜欢、钦佩的。

这时，西西皇太后正颜厉色地说道："皇叔父摄政王请要自律些，不要像狼冲进鹿群里，以为只有自己长着满嘴尖牙，不要忘了那尖利的鹿角也能挑死狼的！哀家告诉你，皇上神聪天赐，不要只知其年幼少阅历，要想到睿亲王你是何时明白事理的，你自称五岁便学会自己额姆阿巴亥皇后教的舞蹈歌唱，六岁就得到武皇帝的夸奖，说你是'神童''将才'，难道说皇上福临就不如你当年的才智么？哀家提醒你，此次皇上出游，并非哀家调唆和安排，完全出于他的心愿，不想久住宫内，唯想见见燕京故地，人情事理，见识见识汉民的吃住和待人接物。学习汉民，满洲才能当燕京中原的明主。不要忘记，先帝太祖、太宗早在漠北域外，就延请汉师、高丽师，学习两国文史，丰赉优厚。福临顺治皇上有祖宗之德，非哀家强命而为，此乃上天怜爱，小小年纪胸有众民众族，躬习不怠。难道皇叔父摄政王不为之欣悦乎？"

多尔衮照样不以为然，甚至大发雷霆说："强词夺理，皇上幼冲所务正业，在于习学历代储君，勤于沉湎历世通治史鉴，修塑帝王之相。何况，皇上已明谕本王，代行皇权圣谕，毋要为本王添乱。俗言一天不可二主，八旗诸王、贝勒、贝子、公、群臣，左顾右盼，号令多门，步调不序，贻误国，惑迷军，酿罪何以堪？"

福临顺治皇上实在压制不住心绪，说道："毋庸骇人听闻。皇叔父摄政王唆令博尔惠人等，跟踪朕，心中有短惧露真相。燕京顺天诸地，受圈地之苦，平地生出燕子帮、孤儿堂，流离失所，无依无靠。更有甚者假满洲庄达之名，招摇哄骗，抢男霸女，民不可安生。此为大清燕歌盛世乎？朕结识丐儿猫崽儿、小鱼儿，为朕诵唱'燕山高，燕水长，燕地来了白无常。打马扬鬃，圈地忙，鸡鸭人狗，都姓庄'。朕入民间，如亲尝酸苦，亲试水热。古语云：不临弥泉，何以知没溺之患？传闻不如亲见，观影不如察形，虽有天下之至味，弗嚼安知其旨？朕遵母训，胜读十年书，深谙真谛。今众大人均在，大学士均在，执政者均在，唯民所止，少威势，少虚言，各旗无争良亩，各王少掠新奴，赐民以安，少倡圈地，少倡异俗。要有先王之怀，即入汉域，即掌领列祖列宗自金元以来梦寐求索之黄河长江，不诚习汉学汉术，不虚怀若谷，妄自尊大，纵得一时一地之胜券，岂有落叶生根之果乎？朕虽幼冲，仁俟客栈犹如针毡，茶无味，饭不香，令朕倍生恐惧之心，居安不知思危，暖室不知修篱，南明朱家子孙重回燕京，亦指日可待也。"

西西皇太后说："昌平州无头积案，在礼亲王代善老王爷和郑亲王的一再执意之下，为公正刑审，特命山西巡抚廖攀龙为顺天监察御史，会同昌平丘宝琪、顺天王万象等经几番三堂会审，业已审明，系正白旗强夺土地，误用当地恶徒张屠户，抢掠民田，甚者讹占他人田产。其称本家田产，强征强占，杀害正直执言的村达，唆使手下恶徒，将其首级抛之荒野，致使当地仵作一时难以辨捕真凶，成为无头疑案，闹得民心惶惶，四镇不安。终于捉住真凶，其之所以有恃无恐，皆因有正白旗衙门为遮阴伞。廖攀龙因此案有功，升任都御史侍郎，正是皇叔父摄政王亲自御批的。"

福临顺治皇上接着说道："自古孔圣人云：'人受谏则圣；木受绳则直。'老子亦云：'慎终若始，则无败事。'吾侪应谨记之。"

西西皇太后幼生蒙古草原，天膺神聪敏智，常诲于福临，不厌其烦地耳提面命，告之："皇儿铭记，不仅皇儿、皇儿儿孙务精习汉学，原本荒野土民，进入中原，切不可墨守成规，偏醉弓马，汉学益深切精，方可如鱼得水，方可得天下。"

福临深受太后之染，年虽小，博学而谈，四座惊异，令人刮目相看。不少人往日漠视福临，认其为太后怀中吃乳娇儿，福荫皇上虚名而已，今日所见所闻，知以小人之心度君子之腹，小皇上攻于治学，实为大清之幸，忧国忧民之心天日可鉴，来日临政，必大有作为矣。

皇叔父摄政王多尔衮在皇太后、皇上据理力争、言之昭昭的窘况下，实难巧辩、推诿、抵赖，弄得理屈词穷，然而又碍皇叔父摄政王之虎威，便摆出豪横傲慢、自命不凡的固态，仍在负隅顽抗，竟言道："皇上尚未临政，勿参政事，此乃诸王、贝勒、贝子早定之制，否则本王退避三舍，皇上御政，请择有能者为之。"多尔衮竟跟年幼的皇上叫号，耍起赖来，想给皇太后和众臣一个下马威。

多尔衮如此一说，他身边的罗什、吴拜、苏拜、博尔惠，甚至连英

扎呼泰妈妈

亲王阿济格也都一起走出来，跪在皇太后、皇上前面说："请留住皇叔父摄政王，皇叔父摄政王功高盖世，不可令老王爷伤心，使国家不幸。豫亲王多铎正在江南挥戈征杀，凯歌频奏，勿使其伤心却阵，令南明有反扑喘息之力。皇叔父摄政王声威盖世，号令天下，若出闪失，上下军心民人涣散，一切一切都将前功尽弃，还有何脸面奉祀列祖列宗，逆悖太宗文皇帝之遗志，皇太后、皇上又何以回报太宗文皇帝在天之灵啊！"

多尔衮的一帮心腹真能说，说得也真对，句句像针一样扎在皇太后、皇上心中，纵然怎么说，眼下也不能离开皇叔父摄政王。皇太后、皇上最初的心愿，也不是要数落多尔衮，而是想给他指出优中之不足，防微杜渐，全为江山永固而坦然言之，万万没想到会出现把多尔衮气走的局面。

多尔衮的众心腹这么一闹、一哭，一造声势，满宫里众大臣都坐不住了，甚至有的大臣跪下替多尔衮说好话，维系已经得到的大好局面，可不能乱闹、乱折腾，弄得文臣武将伤心泄了劲儿啊！

多尔衮见到这个情景，更来劲儿了，一定要走出宫去，众人怎么拉都拉不住他，宫中乱成一团了。西西皇太后也未想到会出现这种混乱局面。

就在这时，宫中后排座的一个角上，有人突然大喊一嗓子，这声音真响亮，把全宫中像蜂窝似的混乱场面给镇住了，顿时鸦雀无声。只见此人被家人用手推小车推到前方，来到皇太后、皇上身边，小车停住。这时大家才看清，原来是在王爷府邸养病的礼烈亲王代善老王爷。只见他满头白发，身体消瘦许多，但眼神还炯炯有光，面容和蔼可亲。皇太后、皇上见到代善礼烈亲王，万分高兴。这是天降救命天火的唯一神仙。代善老王爷在众王爷中威望最高，功劳最大，皇太后、皇上早已下旨，进宫见到太后、皇上不必跪拜，可带刀见召，享优渥的礼遇。

代善，太祖武皇帝第二子，初号贝勒，以骁勇赐号"古英巴图鲁"。后金初建，列为"四大贝勒"之首。此人从不争功，与众兄弟相处祥和，甚有人缘。崇德四年十二月从太宗猎于叶赫，射獐，马仆伤足，下马为之裹伤，酌金厚劳之，太宗曰："朕以兄年高，不可驰马，兄奈何不自爱。"太宗罢猎，命与缓行数余里，护以归。八年太宗崩，世祖福临继帝位。代善礼烈亲王有功，命诸王贝勒大臣共议，以郑亲王济尔哈朗、睿亲王多尔衮辅政，亲自倡议和同意将自己儿子贝子硕讬、孙儿郡王阿达礼私议立睿亲王，下法司，诛之，稳定福临顺治继皇帝位的定制，为此姑太哲哲皇太后和西西皇太后都由衷感激礼烈亲王，把他视为顺治皇上的护佑亲人长辈和靠山。

西西皇太后见到老王爷亲自驾临，感到诸事有了主心骨，真是激动得要落下泪来。礼烈亲王代善命人将小车推到多尔衮面前，说道："九王爷，你身为皇叔父摄政王，地位名誉早已超出皇上和皇太后，难道这样纵容你的臣属如此胡闹，要把皇太后、皇上戏弄到何等地步？我看一点儿也没有摄政之能，白白给你个大名声，皇上教你流水不腐、户枢不蠹，难道不对吗？九弟，不要做傻事，心胸要宽广点儿，有如盘弓射日，众人在帮你加力，除却瑕疵，不可自持功名出憾事！"还是老王爷深知他的性格，说得多尔衮一腔怒气、怨气立刻全消，重归于好。

按照礼烈亲王之意，命兵部、户部认真禀奏圈地始末，重回首已走过的征程，改过更新，说道："不要因噎废食，吃一堑长一智，要树大国之风范，剃发易服，唯为创立新朝雅制但必求民心，不可强制，民不愿而不为，要做到何时通泰何时为之，要绵绵细雨润无声。征地与满汉相糅，大势所趋，亦不可以力以势强推，务细务慎。德民为上，还是先让户部、兵部仔细陈奏上来，除其弊，坚其制，扬其利，百姓万民岂有不拥戴之理？"

礼烈亲王代善老王爷一席话，开启了众臣，使皇太后、皇上都极为高兴和满意。皇太后下樽榻，激动得要给老王爷下拜致谢，代善老王爷立刻从小车上下来要跪地，被皇太后、皇上抱住，扶上车。众王爷、大臣均同意老王爷的高见，也深深打动了多尔衮和他属下的众权臣武将，一场风波就此完全平息下来。

更令人想不到的是，聪明的多尔衮不知被二哥老王爷哪句话给点化清醒，从此同意福临顺治皇上可以随时出巡，再不乱加挑剔干涉，消去诸多疑虑。同时，严惩了心腹博尔惠、何洛会等人，命他们严守自律，不得背地结伙营私，谋自家小天地。从此，多尔衮也收敛许多。被其压迫很苦的鳌拜、索尼、苏克萨哈也都伸直腰杆，出了口长气。德高望重的礼烈亲王于顺治五年十月薨，终年六十有六。皇太后、皇上痛悼，赐祭葬。

说来，国初圈占民地，在辽东时原为备苗猎往来下营之所，迨进入燕京，因八旗生计此风大涨，其势甚烈，致使贻害伤民，民怨沸腾。直至后来顺治帝亲政，此风才最终得息。到康熙朝后，才永免地亩圈占。从顺治元年至顺治七八年间，圈地成为满洲进入中原最令人伤心的一笔欠情账，霸王账，也是西西皇太后常日夜不安的深感对汉民不公允的伤心账，是笔必须痛改的账。

国初拨给宗室、勋戚庄田：

正黄旗共地一千七百七十六垧，镶黄旗共地六百一十垧。

正白旗共地六百垧，镶白旗共地二万八千六百一十九垧。

正红旗共地二万七百三十六垧，镶红旗共地四万三千八百三十五垧。

正蓝旗共地八万八千五百五十四垧，镶蓝旗共地三万七千五百七十九垧。

拨给官员兵丁田：

正黄旗三次拨地三十九万三千八百九十垧。

镶黄旗三次拨地三十九万二千三百九十六垧九亩。

正白旗三次拨地三十四万六千六百零八垧。

镶白旗三次拨地二十五万七千四百零五垧。

正红旗五次拨地二十万六千七百八十五垧。

镶红旗三次拨地二十一万七千五百九十五垧。

正蓝旗三次拨地二十八万五千六百一十垧。

镶蓝旗三次拨地三十三万五千一百八十八垧。

凡所拨地，坐落在大兴、苑平、良乡、永清、东安、香河、三河、武清、昌平、密云、涿州、房山、庐龙、乐亭、定兴、蠡县、安州、高阳、易州、涞水、河间、任邱、通州、宝坻、顺义、怀柔、霸州、保定、蓟州、玉田、平谷、遵化、丰润、昌黎、满城、青县、延庆、沧州、天津、宁河、抚宁、宣化、德州、张家口、喜峰口、山海关、海城、辽阳、盖平、开原、铁岭、锦州、宁远、广宁等地。就缘于圈地，将不少外地外族原居民逼人无家可归之境地，产生史上投充一说。考国初，投充名色起于墨勒根王，许各旗收投充贫民为役使，嗣则有地产田亩者，带地投充，奸蠹（即蠹）无赖，或恐圈地，而以地投。或本无地，而暗以他人地投。恃强霸占，弊端百出。借旗为恶，横行害人。于是凡有圈地之事之州、府、县、乡，出现了反朝廷的怒火，出现了告血状的种种情况，什么击鼓鸣冤之诉状，从乡一直告到州府，不达目的不得平怨，于是告官不罢休。更有甚者，进城蹲皇城根儿，一见到有皇家轿车，抱着擎旗手死不放松，一定要冒死进宫告御状，不一而足，由此留下不少小说故事，在民间传讲。

礼烈亲王私下叮嘱西西皇太后："毋可放纵睿亲王，九弟生性孤芳自赏，从不让人，眼中无黄、红、蓝其他旗主，唯白旗统属。凡事以白旗为上，必酿后祸，不会有好结局。"多尔衮的后半生，未脱开代善的预言。顺治五年戊子，多尔衮随着权势声威日大，竟几度逼宫，强令皇太后、皇上随他之意下旨，降辅政王济尔哈朗为多罗郡王，不允许济尔哈朗与他同为辅政王。皇太后问多尔衮："那么，由谁补上辅政王呢？"多尔衮毫不掩饰地说："豫亲王多铎，几载南征北战，为大清朝功勋盖世，非他莫属。豫亲王多铎应为辅政叔德豫亲王，皇上应下宝册封诰，方为公允。"

皇太后和皇上难抵多尔衮之威胁，并骇言如济尔哈朗不降，本王瞬离武英殿，回籍亩猎，以度晚年。皇太后、皇上只得允奏，直至一月后，西西皇太后亲赴多尔衮府邸，好言说了千千万，又答应增扩其府邸，可破格使用皇帝九龙和纯金琉璃瓦，此独为皇上御用，多尔衮位若皇上，可以使用。多尔衮元妃博尔济吉特氏有疾，不能陪御，可以迎选少女为嫔，不必皇上允旨，也不告知博尔济吉特氏蒙古部落。这些条件全部答应令他满意后，方允复老实忠厚、不善巧辩的济尔哈朗和硕郑亲王辅政王之位。即使复位，多尔衮也从不找他，只与自己弟弟多铎议政执政。

更有甚者，多尔衮自福临继皇帝位，就从内心妒忌福临之兄长肃亲王豪格。前书已说过，豪格领正黄镶黄两旗，武功超群，最能打仗。多尔衮怕豪格武功压过他与多铎，将豪格看成眼中钉，总想铲除他。几经皇太后、皇上的庇护，得以保全。多尔衮借由将其派往征四川，暗中又派心腹，四处编织豪格的罪名。豪格本是粗人，很少心计，这次凯旋回来，多尔衮早就做好了惩治豪格于死地的"豆腐"，诬陷他征四川无功、骗功、害人，罗列大罪，并上书皇太后、皇上，降死罪于豪格，将他囚禁死牢，不准辩理。皇太后、皇上无计力挽狂澜，只有从命，但一再哀求，不忍加诛，幽禁囚所。皇太后几番含泪探视，却无力回天，不久豪格便激愤死于禁所。

十一岁的顺治皇上，在豪格之子猛峨陪伴下，巴图侍卫、刘老公公护佑下，于禁所送别贬为庶人之皇兄豪格，几度哭昏，泣不成声。回宫后很长时间精神恍惚。

皇太后深虑皇上病体，怕他出事，由众位大学士、王爷和侍卫们亲随，出去狩猎，转移皇上的思绪。在福临顺治皇上的提议下，又出德胜

扎呼泰妈妈

门、去昌平、去居庸关猎兔。此时正是五月时光，居庸关一带的野兔，既多且肥，并有野鹿、野猪、狼等，銮仪卫众多箭弩手随行，很是热闹。

此行去了五天，全设御帐，灯火连营，鼓角相闻，以此引起少年小皇上的情趣。可是，怎么也激不起顺治皇上的兴趣，众臣都非常焦急，一筹莫展。还是刘老公公有办法，突然想到前不久同来昌平州到过孤儿堂，那里有庵庙，又有许多小丐儿，曾引起过顺治皇上的莫大兴致。刘老公公便在福临顺治皇上跟前，突然提起昌平州的孤儿堂，这么一提，福临顺治皇上马上接过话茬儿，兴奋地说："对呀，对，不是还有猫崽儿、小鱼儿吗？不知他们现在在哪儿？生活得怎样？还有那个小刺客，是否已经回到演武堂，朕思念他们！快快宣他们到大帐共欢乐！"

这次随福临顺治皇上出巡狩猎者，完全是由西西皇太后仔细斟酌亲点的，有和硕郑亲王济尔哈朗，正黄旗固山额真巴图鲁鳌拜，大学士范文程、宁完我，侍卫巴图以及詹霸学士和刘老公公，除此就是皇上的起居亲随陪护猛峨、安珠儿，他们是从小在一起的小朋友、小知己。这些人都是顺治皇上亲密贴心的、敬重喜爱的人士。

顺治皇上提出要见猫崽儿、小鱼儿后，经随皇上出巡的王爷、将军、大学士们共同合议，觉得皇上想法不妥，方才不是还在评论过皇叔父摄政王强施圈地等事，顺天府京畿一带人心不测，常生凶事，宜小心谨慎为上。目前皇上出巡已出德胜门，大驾、龙旗、卤薄、卫队，十分抢眼，皇上四周有众多銮仪卫健锐营，护军守卫，根本不允许任何庶人混入。若来也只能在某个龙帐陛见而已，陛见完毕，庶人必被护送远离，此乃古制，历来如此。若让几个小乞丐在皇上身边，又是闹，又是吃睡在一起，亘古未听说过，也不可能允许这么龙虾混杂，若出点儿闪失谁负得起这天大的护驾责任哪！济尔哈朗、鳌拜、范文程等众位王爷、将军、大人都知道，福临顺治皇上是个任性、好动、情感丰富的人，啥事都得任着他的性子，连皇太后都劝不了。何况此次出巡就是解皇上心中的积闷，无论如何不能再惹他不愉快、不随心。

想来想去，鳌拜出了个主意，不如照前次乔装北游一样，皇上的轿车、卤薄、护军、大帐依然设在居庸关布特哈行宫，皇上还可以乔装再去昌平州，拜访故人，仍由巴图侍卫、刘老公公、猛峨、安珠儿等人陪同。还是那个打扮，那班人马，这样不会引起人们的注意，既能访看丐帮的小朋友，又可去郊西三宝庵，拜佛堂，拜见七十多岁德高望重的法空禅师老尼，任凭皇上怎么玩、怎么闹，让他尽情高兴，把摄政王对他气急败坏的事及思念皇兄豪格的不幸悲情完全抖落干净，这或许像一剂猛药，能救顺治皇上多情重义的心上病患！众人一听皆拍手称赞，是个两全其美的好主意，便决定下来，讲给刘老公公、巴图侍卫，让他们明白护驾要旨，精心去做。他们又要多劳了，郑亲王、鳌拜等就在居庸关附近的布特哈行宫等待他们归来，然后再返回京师宫中。

刘老公公、巴图侍卫、猛峨、安珠儿四人准备诸事，然后陪同福临顺治皇上再访昌平，去见想念的猫崽儿、小鱼儿。此事向皇上一奏禀，顺治皇上马上来精神了，话也多了，脸上不断出现笑容，惊喜地说："甚好，甚妙，朕早就惦念他们，这确是上佳的好安排。对，马上就动身，朕耐不住性子了！"

事情就这么决定了。巴图侍卫暗中用秘密的联络信号，仍由黑子做暗中扈从，扈卫皇上的安全。快马去传告苗小六、苗小七，速来昌平州，此行依然按前次私访的装束，顺治皇上依然扮作晋地布庄一阔公子，为生意再到昌平、密云等地看望故人，随班人马照旧。这些车轿用品都来自内务府，此次出巡一应用品都是现成的，只要刘老公公按样按数点出，众随驾的宫中侍人立即就能备齐。给福临顺治皇上重新穿上阔公子的兰花团万字衣衫，立即就显现出一个富商阔少的派头。

顺治皇上催着早走，不敢逗留，在居庸关的布特哈行宫告别了辅政王济尔哈朗等众位王爷、将军，向东南直奔昌平州而去。济尔哈朗等率护军仍在居庸关一带隘口射猎、演武，并不感到寂寞。

话要简说，君臣一行很快进入昌平州城。还是刘老公公先说话。刘老公公最能体贴小皇上，也最讨皇太后欢心，处处都从太后心意考虑，事事办得都让皇太后满意和放心。他说道："皇上，前边就是上次来过的昌平州。我琢磨着今个来昌平州就不住到仁侠客栈了，那里临街太乱，不清静。上次还发现那个客栈管家私通歹人，已让昌平府衙门提拿在案。今个儿就不住那里了，太令人不快。皇上不是想念惦记着那个小丐儿猫崽儿、小鱼儿吗？这回咱们就住到他们隔壁的三宝庵，那里有一位七十多高龄的法空禅师，她是一位慈眉善目的佛家大师，她有几间禅堂，专为世上皈依弟子们进香拜庵预备的，佛堂静，膳食香，老禅师又善结佛缘，听我们来了，必热情留我们在庵中斋住。皇上啊，咱们就住在那里吧，您老看咋样？若行，咱们就直接奔三宝庵去了！"

刘老公公非常能说，说得天衣无缝，谁都打心眼里佩服。顺治皇上当然很满意，说道："就依公公安排吧！"

话说顺治皇上一行进入了昌平州。顺治皇上是个多情的人，命车轿先去造访一下仁侠客栈。进入客栈令他们吃惊，现在客栈格外冷清，像遭洗劫一般，两大院的客房似乎空闲着。他们特意又来到后院，正房和厢房的门锁着，店家打开了门，满屋一股潮霉味。看门的客栈佣人说，已经好久未招客人了。他们到前柜见到客栈掌柜是一位老板娘，根本不是原来的老掌柜了。经一打听，得悉老掌柜在家中养病，老板娘是老掌柜夫人，勉强为丈夫照看门面。巴图详细询问客栈生意，老板娘不爱回答。在大家追问下，老板娘说，因店里有一个管家犯了案，被衙门和仵作绑走，仁侠客栈从此名声大跌，谁也不敢在这里住宿。再仔细追问其因由，老板娘就是矢口不说。

顺治皇上与刘老公公、巴图、猛峨、安珠儿、黑子，辞别老板娘，径直去城西三宝庵。这里香火照样很旺，善男信女来往不断，庵中钟声悦耳，香烟升腾，烟雾缭绕。他们一直走进佛堂正殿，见到法空禅师。老禅师见顺治皇上、刘老公公、巴图等来庵，手打佛号说："阿弥陀佛，善哉、善哉，施主，远道再来小庵，老尼在此向施主问安了，请您进禅堂歇息。"

在法空禅师相陪下，由两个小尼头前引路，一直进入禅堂东侧一排歇息的房间。巴图侍卫特意向法空禅师说："我家小主人与老师傅有缘，此次来还想住在庵内数日。"

法空禅师听后甚是高兴，说道："佛门专爱招待世上有缘之人，与施主上次见面，便看出来是一心向佛之人，佛祖保佑你们吉祥平安。住在佛门禅堂，一心清静。我这里有地方住，又有一日两顿膳餐，施主呆多少时日，老尼都高兴啊！"

主客进入清新幽静的禅堂佛室，每室都有佛龛，室内虽非常简陋，但令人感到分外静谧舒适。小尼送上茶来。法空禅师也是非常好客之人，对八方施主都热情相迎，令人颇有宾至如归之感。

福临顺治皇上心里惦记着那些孤儿堂的人，禁不住打听起来，说道："老禅师，我们很惦念你们佛堂附近的孤儿堂，他们可好哇？怎不见这帮孩子们呢？"

法空禅师一听说孤儿堂，心中为之一震，停了半天才说出话来，说道："阿弥陀佛，好心的远道施主，还记得那个孤儿堂啊，说来令老尼至今还很伤心。施主啊，也不知他们接触了江湖上的哪些歹人，朝廷震怒，月前来伙兵马，一夜间把他们捉走，放在几辆棚子大轮车上，听说都给迁出了昌平，到什么平谷县。噢，不对，是西边张家口一带的什么地方，在那给盖的房子，建的孤儿堂。老尼真是舍不得这帮孩子，还挺想他们的。现在，也不知他们住那儿是好是坏，一点儿信儿也没有。"

法空禅师这么一说，真是晴天霹雳，大家都急得坐不住，立刻站起来，心想，他们能与何种歹人厮混，分明就是与我们相识的！是哪个官府，朝廷中哪些人把凶手伸到可怜的一群丐儿的头上？巴图侍卫说道："老禅师，请您老慢慢详细地讲给我们，那伙人是什么样的朝廷兵马，是从什么地方来的，孤儿堂犯了什么王法，为什么活活给迁出昌平州？"

法空禅师说道："是啊，老尼也感到莫名其妙，让小尼们暗地打听，说是京师老王爷震怒，撤了顺天府、昌平州的官，孤儿堂的人帮助捉拿张庄头，惹下了大祸。阿弥陀佛，孤儿堂是靠老尼化斋求缘养活下来的，都是一帮天真善良的孩子，还用京师老王爷惩罚他们吗？听说，百十多号孤儿堂的人，官府来捉拿迁徙时，不少孩子四处逃散。官府人不熟悉当地的山沟河坎，他们抓不到，所以抓走的人也不过十之三四。老嬷们反正都被逼着上车了，小丐儿们谁知都跑到哪里去了，老尼我还在惦记，让庵里的弟子们四处打听查找，至今还没有下落呢！"

顺治皇上一听可真气坏了，拍桌子说道："这一准又是摄政王干的坏事！朕要去朝里评理！让他们速速把这帮无辜的苦儿都送回来！"

顺治皇上的话，把在旁边的刘老公公吓出了一身冷汗，忙岔开说道："小主子，是真应该去评一评理！是什么摄政王，咱们哪知道有没有这个官，反正这伙兵马一准是朝廷的！"

巴图侍卫也忙着打圆场，说道："对，对，小主子，回山西去找老主子，想个办法救一救这群苦儿！"

坐在一旁的法空老禅师没有出声，站起身来说道："善哉，善哉，实乃我佛之幸也，佛光普照，遍地生辉呀！众位吉祥施主，还是请入老尼打坐的禅堂少坐，若施主们喜欢鉴赏古画，不妨到禅堂观赏。"

福临顺治皇上自幼受中华历代名人名画濡染，对古画甚是崇仰喜爱，尤喜爱观赏唐代以来绘画。唐代最擅长彩画贵妇美女，其最传世者莫过于《挥扇仕女图》，丰润的脸型，艳丽的容颜，极富有时代的特征。盛唐时期的山水画，气傲烟霞，势凌风雨，其中《春山行旅图》等为传世珍品。《韩熙载夜宴图》，更是名闻艺坛，堪垂画史。所以，顺治皇上听法空老禅师说去观赏古画，不由得激起兴致，便匆匆起身随老尼去内堂。

　　他们走过长廊小道，来到院落一角的一个独门独院。院中有花卉古松，进入室内，有金身佛像。禅堂烛光明亮，有拜垫和木鱼，是老法师修身诵经之所。禅堂一侧有长几、座椅，可能是休息之处。老法空禅师屏退众僧尼，只请顺治皇上、刘老公公、巴图进禅堂，便将门关好。请顺治皇上坐在几案正中，后面的墙壁上有佛祖之像，佛像之下摆满供果。

　　顺治皇上和刘老公公、巴图侍卫都不知怎么回事，只见法空禅师整理一下自己的袈裟，突然跪地，向顺治皇上双手合揖，说道："阿弥陀佛，善哉，善哉，老尼自上次有幸见到众位施主，就看出众位言语不凡，形态神秘，就已猜到八九。今日吉祥永照，施主们光临小庵，这乃我佛有缘，佛光普照。施主不必隐饰，老尼认出来，是当今万岁爷顺治皇上驾临本庵，老尼给皇上磕头，吾皇万岁，万岁，万万岁。"说着，老尼一连叩头不止。

　　顺治皇上、刘老公公、巴图侍卫被一时弄得万分惊异，顺治皇上俯身要把老禅师拉起来，想不承认，不公开自己的真身。老禅师就是低头趴在地上，不抬头，不起身，口中连连呼叫万岁，万岁，万万岁。

　　刘老公公一见，已经被老尼姑完全认出来了，好在三宝庵是很幽静之地，为全昌平州各界所景仰的地方，并非是是非之所，便向顺治皇上说道："皇上，别争执了，法空禅师是真心叩拜皇上，三宝庵为昌平万民景仰之地，善男信女甚多。皇上日后降旨，拨些善银重新修缮一下大雄宝殿如来金身，作为皇上此次驾临三宝庵的纪念吧！"

　　刘老公公这么一说，法空禅师又连连向刘老公公施揖，俯身致谢，说道："谢谢刘老大人，老尼最先认出来的是您老大人，说话、做派、走动，一看就非寻常之人，非常像早年随崇祯皇上来小庵的皇上大内内差，就是太监们，你们瞒不过我，一听一看就认出来了。所以我认定您老陪同的小主子一定是当今的天子，那就是顺治皇上了。我知他是幼帝，尚未临政。何况，你们来后，昌平州出现这么多奇怪的事，惹起京师兵马赶来。老尼特别记得猫崽儿、小鱼儿那些可爱可怜的孩子们，就是他们与你们认识上了，才被拖累闹得老尼我化缘创办的孤儿堂也像平地拔大萝卜似的，被连根薅起，抛到张家口那边去了。老尼我一想到这些便一阵阵心酸，泪就止不住了！"

　　方才大家都因为老禅师认出皇上，情绪激动，现在重又提到孤儿堂，大家又回到伤心、气愤、惆怅的心绪上来了。法空禅师突然提到顺治皇上牵挂已久的孤儿堂，仿佛刺了他的心。顺治皇上痛心地说："老禅师，实不相瞒，朕与众卿就是牵挂上次在昌平州见到的孤儿堂的小伙伴，专程赶来看望他们，结果听到懊丧的信儿。朝中有的权贵出于一己之利，竟干一些伤天害理的勾当，黎民怎能痛痛快快地过活呀！"

法空禅师说："请皇上宽心，老尼可发动全庵的僧尼、信徒、佣人等，大家出去访察。庵中僧尼与孤儿堂感情至深，知其冷热凄苦，常接济于孤儿堂，也与他们情同手足。纵使官府憎恨他们，他们个个喜助弱扶贫，声援正义，鞭挞邪恶，故此一些财霸恶棍，视其为眼中钉，肉中刺，早就想冲散孤儿堂，将其一个个收拢，卖于商贾地痞为奴婢，不少人犯子早有这个打算。全靠我庵仗义庇护，庵中僧尼与我老尼，个个有武功在身，贼徒邪恶不敢轻易染指，才一直熬到今日。谁想，竟让大清国的兵马给拆散了！"

老尼说到这儿，又忙打了佛号，说道："阿弥陀佛，老尼罪过，怎么说到当朝了。想必是不明真相之人，做的错事。皇上您敬请息怒，老尼不怨当朝，也请皇上开恩。眼下咱们合力四处寻找一下逃散的小丐儿们！找到一两个，便可寻出个究竟。再在皇上的恩泽下，让孤儿堂重新回到三宝庵来。老尼舍不得这群可怜无母无父的丐儿，老尼愿徒步周游天下讨缘，求来一碗粥、一身衣，养育他们，不给官府增加养育的重担。"

法空禅师高风亮节的话语，使顺治皇上、刘老公公、巴图侍卫、猛峨、安珠儿听后都非常感动、敬佩，又甚觉惭愧，尤其是福临顺治皇上，特别觉得自己真无能为力了，对不起自己的名声，对不起老禅师，对不起孤儿堂的猫崽儿、小鱼儿等人，保护不住这些弱小可怜的人们，反而因自己来昌平连累了他们，闹得无家可归的境地！福临顺治皇上伤心不已，竟坐在地上孩子般地痛哭起来。

可把刘老公公、巴图、猛峨和安珠儿吓坏了，都一个个跪地苦劝皇上，别伤心，别难过，这不是皇上的过错，老禅师不是说，能让众僧尼费心找一找嘛！

这时，法空禅师跪地叩头，说："皇上仁慈，体恤万民之心，老尼无上敬佩，请不要忧伤，我等马上就出去告诉僧尼们去找逃散的小丐儿们。"

顺治皇上在刘老公公、巴图侍卫和老禅师劝解下，停止了悲伤，被刘老公公、巴图侍卫给搀扶起来。巴图向法空禅师说道:"老禅师,您知晓皇上身份了,请您老务必守口如瓶,不要向外讲。"

法空禅师说:"巴侍卫,老尼铭记了。哎呀,老尼要请皇上欣赏禅堂中一些字画,光顾谈唠了,来,请先浏览一番,再出去寻找不迟。"

于是,法空禅师进入内室,推出一个带小木轮的楠木雕花小柜,推到顺治皇上跟前,然后把小木柜两扇门打开,里面放满名画卷轴。老禅师拿出几件画轴,轻轻展开,请皇上和刘老公公等众人观赏。

顺治皇上说:"朕拿过观赏可否?"

法空禅师说:"可以,可以,请皇上阅览。"

顺治皇上拿过几轴古画,仔细欣赏。片刻,突然说道:"老禅师这些古画,不是原作,但可看出来都是您老的仿模之笔,看来老禅师非常敬仰、崇爱明代山水画大师董其昌。山水图仿模得如此逼真,几乎到了乱真之境。朕甚喜爱,山势之布局,村舍之略略几笔,非常传神,大有人生若梦皆在墨笔中之感,令人陶醉联想,品味无穷啊!老禅师亦是山水画中人,可谓造诣高深,何时请给朕留一幅董其昌第二之山水图,朕悬于卧榻,永为纪念。"

法空禅师高兴地说:"老尼遵旨,不日奉上。老尼素爱江山日月,小河溪流,董其昌之山水图甚投本意,见董其昌之山水图,犹如融入自然大我,浑然一体,抱明月而长终,此是老尼修真正果之企冀也。"

顺治皇上总是挂念着孤儿堂的一伙小丐儿,便催促说:"老禅师,您老头前带路,告知庵内的众师傅,询问一下,听听他们知道一些什么下落没有?朕真是系念得很哪!"

于是,法空禅师收拾起楠木柜,领着顺治皇上出了禅堂,掩好门之后,便到前殿释迦牟尼金身大像下,走到正在诵经的众僧尼面前,向一位领班师傅耳语几句。领班师傅便领悟了,到众诵经的僧尼中领出一位师傅,来到老禅师和顺治皇上身边。法空禅师怕碍着众僧尼诵经,便一同来到耳房的一个空堂中。

那位僧尼说道:"众位师傅、施主,那日来的官军兵马突然闯入孤儿堂,已是深夜,大家都熟睡了,官兵不容分说,强逼众丐儿速速起炕穿衣,不许吵叫,穿好衣服带好自己的用物齐到院外等候。众丐儿齐问缘何事唤我们起来?官兵勒命不必多问,竟言:'尔等私通歹徒,违犯国法,流徙惩治','不要再惹是生非,否则罪加一等'。本僧尼系三宝庵摊派到孤儿堂协助众嬷嬷管理众丐儿衣食诸杂务的,也被这突然袭来的一时慌乱，弄得没有主意。在众丐儿哭喊、难舍难分之时，我与丐儿想出一个妙计，反正官兵乍进孤儿堂，四周地址完全不熟，又是黑夜，告诉众丐儿趁一片混乱，官兵陌生此地，能逃就逃，能躲就躲。于是，百余丐儿被官兵捉住一些连同嬷嬷被押上车，迅即拉走往西去，至今不知到了什么具体地方。当时乘机逃走的一些丐儿，东奔西跑，多数都藏匿到三宝庵的各大殿空隙之中，已经数日。我们也未详细追索，真怕官兵再来捉拿众丐儿，怕他们遭殃，就索性让他们安安稳稳地藏匿在本庵各处，想再等些时候，乱事平息了，再设法重新安置他们的生路。"

顺治皇上、刘老公公、巴图侍卫等仔细聆听这位师傅一说，反倒不生气了，更对三宝庵大慈大悲的行为，由衷的敬慕感激。顺治皇上心想："谁说中原人心叵测，实多是救困扶危、助人为乐之人，真乃可嘉呀！"

在僧尼的帮助下，大家在三宝庵各个院里找个遍、翻个遍。三宝庵隔壁的孤儿堂院套，原来是三宝庵的房舍，法空禅师给予扩建改装，划出个单独小院，成立了孤儿堂。"孤儿堂"三字匾额还是法空禅师亲笔题就的。不久前，兵马一至，掠走小丐儿们，这个单独小院又重新划入三宝庵，现在已人去院空。跑出没有被掠走的丐儿就在庵堂内供桌下偷闲，睡在供桌下，饿了就吃供桌上的糕点果品，渴了就在庵堂防火大水缸中舀水喝，过得很是安闲。顺治皇上终于把他们唤了出来，并让刘老公公从随身鞑裢中取出一百两银子，交给法空禅师。

刘老公公说："这是皇上赏赐的，等回宫中说于户部，您老放心，会有人来你处，重新挂出'孤儿堂'的匾牌，朝廷会拨下救济丐民的帑银的。"

话说，此番顺治皇上出宫，来居庸关，又到昌平，明日已到乙亥，整整五天了，在昌平就待两天多，见到了三宝庵法空禅师，又找到孤儿堂的几个丐儿。可是顺治皇上和大家最惦记的猫崽儿、小鱼儿并未有找到。顺治皇上非常惆怅、惋惜、伤感，大为失落。刘老公公、巴图、猛峨、安珠儿以及法空禅师和众僧尼，都对猫崽儿、小鱼儿留下深深的烙印，天真烂漫，活泼可爱，两个人的身影总在人们眼前闪过，令人思恋惦念。猫崽儿、小鱼儿你们在哪儿啊？是否落入那伙兵马的手里？是否已被圈在陌生的地方受罪呢？

巴图侍卫与行辕大营的辅政王和硕郑亲王济尔哈朗约定会合的时期

扎呼泰妈妈

已近，他们必须返回居庸关附近布特哈行宫，众王爷大将军们都在那里等待皇上的御驾。巴图侍卫禀奏顺治皇上，顺治皇上想了想，也只能返回行辕大营，因为五日出巡狩猎是皇太后懿旨钦定的，不能违背。于是，便告别法空禅师与众僧尼，车轿离开昌平州，在外围观的人等，还以为这几位晋地商贾公子又要返回晋城去了。除法空禅师外，其余人并不知是顺治皇上驾临昌平州。

且说顺治皇上在辅政王济尔哈朗、鳌拜、范文程及刘老公公、詹霸、巴图等扈从下，浩浩荡荡回到京师，回到宫内，叩见皇太后，禀奏一切。

皇太后很是高兴，宴赏众随驾王爷、众臣，以表慰劳照顾幼帝之功。福临顺治皇上心里十分不快，仍无笑脸，表现出满脸沉郁若有所思之情。皇太后很是牵挂，怕皇上身体欠佳，心中十分悬挂，就问道："皇上，按皇上之意，皇叔父摄政王这次并无阻拦，由和硕辅政王等随从众臣，出德胜门，再到昌平州，又到居庸关一带险隘口狩猎，尽情玩了一场，怎么还有郁闷之情？皇儿，怎么了，告诉额姆我。"

福临顺治皇上就将此番并连同第一次去昌平州，到了三宝庵，见到和认识孤儿堂的小丐儿朋友，其中一个叫猫崽儿、一个叫小鱼儿，都是天真、聪明的孩子，还帮助了解到圈地之弊，更了解到皇叔父摄政王的白旗霸占良田，宠惯下人做坏事以及抢民女之事说给皇额母听，并说那首《燕山谣》就是他们唱给朕的。此次去寻找看望他们，竟被摄政王派兵马迁走，至今不知去向。摄政王把对朕等在昌平州的私访完全迁怒到孤儿堂身上，可怜可爱的众小丐儿遭了殃，因朕受过，朕心何忍？皇叔父摄政王之心又何等狠哪！顺治皇上将这些一股脑都详细禀告额姆皇太后。

皇太后想了想，安慰地说道："皇儿不要想得太多了，不要把摄政王想得那么厉害。绥靖京畿地方，朝廷将无业散丐发往一地，拨库银或分拨耕牛籽种，令其一地就业谋生，亦是常理，不要谬想。这么做是好事，应该提倡，这是摄政王的德政啊！皇儿，你为何如此这般牵系那两个丐儿，他们是男是女，是何身世的人？"

西西皇太后心十分细致，对福临顺治皇上凡总提念的人，她都要详细询问，甚至派侍卫们去寻访一番，禀奏她为止。这个猫崽儿、小鱼儿竟是何等人，令皇上注意，也记在心间。这时，皇太后又随意安慰顺治皇上几句，说："看来，皇儿没出去走够啊，心还不十分舒畅，可以再出去，多走多看，多体恤民情冷暖，也是为君之道。"

顺治皇上听了非常高兴，正合心意，于是就向皇太后提出再去昌平州等地狩猎，上次仅为五日，十分匆忙，诸事都未办成，皆因出巡时日甚短。

经与皇太后、兵部、户部、内务府共议，决定出巡时间为一月，赴昌平州再西上居庸关，进入蒙古地区狩猎。这时节是草原黄羊生育最旺季节，随之熊、狼、鹿、豹、野猪皆会出没，是射猎最好时机。由正黄旗固山额真鳌拜巴图鲁陪护，他对蒙古草原最熟悉，通蒙古语，是蒙古通，且武功绝佳。由鳌拜随护，皇太后也十分放心。除此依照顺治皇上钦点仍是他的亲随人等，人员从简，依然以晋商贵裔身份出游，少惊扰四方。这是顺治皇上一再力主的。

可是，临行前，巴图侍卫禀奏，他的暗探助手苗小六、苗小七经三宝庵法空禅师相助，打听到要找寻的猫崽儿、小鱼儿，并未被当夜的兵马掠走，他俩夜里中途跳车，被关口居庸关游击佟彤大人捉拿，疑为绺窃人等，羁押在南口，不知要发往何地。这个信儿很准确，也甚紧急，不可拖延，应速速赶去，才能解救猫崽儿、小鱼儿。

巴图侍卫将此讯禀奏顺治皇上，确是喜事，顺治就一心惦记着这两个丐儿，几乎到了吃饭难觉香甜的地步。顺治皇上不想惊动皇太后，便命巴图速召鳌拜巴图鲁进宫议事。顺治皇上从小就喜欢并敬佩鳌拜，佩服他儿时的经历，通晓蒙古语，是半个蒙古人，深得蒙古各部台吉王爷的欢迎和敬慕，把他看成是满洲八旗将领中最知心的亲密兄弟，因此，也深得姑太哲哲皇太后、西西皇太后的亲近和信任。鳌拜与顺治皇上的接触与会见，从来不会引起皇太后的注意，而且希望鳌拜有机会时多多关心年幼的皇上。

少顷，鳌拜进宫拜见顺治皇上。顺治皇上立即拉住他说："老将军不必大礼，快快请坐。"福临什么事都不想隐瞒，将鳌拜看成自己的武师、长者，便将自己想找到孤儿堂几个小朋友之事重述一番。

其实鳌拜早已摸透了皇上的心思，便说："皇上，臣一定帮助皇上办好此事，只要皇上一切听我的安排，准成。皇上，我与佟彤甚熟，他是一员年轻将领，曾在山海关任游击，才调来不久。据我所知，此地临近蒙古诸部，属宣府总督辖境，很可能要见到蒙古与宣府的众将领，一切由我与他们应付，找出被掠之人。皇上及刘老公公、侍卫等仍然乔装巡游长城、草原，更为自由自在，有我等扈从，会一切顺遂的。"

就这样安排了，次日丑时天刚刚亮，顺治皇上的车轿便出了紫禁城。鳌拜率领的十数名禁卫军都是八旗将勇的装束，骑马挎箭带刀，很是威武。

顺治皇上仍坐在蓝布黄穗红缨车轿内，以晋商贵公子的身份乔装外游。巴图侍卫、猛峨、安珠儿、黑子骑马随行，仍从德胜门出京师北上，首站沙河，次站便是南口。这里地势险要，面对雄峨险峻的居庸关，旧称军都关。这里是长城要口之一，为军都山隘口之中枢，又称蓟门关，是通往西北的交通要冲。南口在居庸关前，当年商铺很多，是出口子的重要前站。在这里备好各种给养，然后去西部大草原。南口是历朝守关隘的兵勇驻扎之地，盘查甚严。清初顺治初年，刚平定不久，这一带社会很乱，常有兵事。鳌拜深知这里的情况，他命巴图将皇上车轿在沙河附近选客栈休息，没让和他一同进入南口，以防有耳目。

巴图侍卫领命后，便命车夫将车轿赶进一个清洁整齐的客栈，选出几个房间包下，不准外人进入。这个小店就叫"南口老店"，规模不大。老店从明时嘉靖年间就出名了，因而到老店的客人很多，都是老主顾，多半是张家口那边的行旅和货车老板。巴图侍卫暗地告诉猛峨、安珠儿、黑子，都要精神点儿，不可大意，并具体分工，轮流值班，这且不说。

单说鳌拜率众骑兵进入南口，一直奔向佟彤游击的行在营房，下马进入中堂，见到佟彤。互相寒暄一阵后，鳌拜开门见山，便讲有两个丐儿被你们掠押在这里，特为此事来告之。佟彤深知鳌拜在朝廷中统领马步兵，执掌京师的防护要务，哪敢怠慢，禀告道："将军，确有此事，不过不在我的管辖之内。据知，现被羁押人等，人数较多，不仅两人，具体情况背景不详，这完全是为平定市面安宁，而随时收拢的闲散杂人，统交宣府总督府衙门居庸关前卡伦①总理。据说收拢一定人数后，统一送至宣化，另行徙散。"

经与佟彤了解，鳌拜还算来得及时，应速到居庸关前哨卡伦，找该卡伦的骁骑校哨官便知分晓。鳌拜马上率领众兵勇赶到居庸关下一个卡伦哨所，见到哨达骁骑校扎尔罕，该人为蒙古八旗正蓝旗下骁骑校。沿长城东段直到山海关老龙头，今由蒙八旗管辖。经了解，宣化府总督与巡抚均由前明汉官担任。军事镇守诸事由皇叔父摄政王谕令满蒙八旗统

---

① 卡伦：满语，即哨卡。

辖。因拱卫京畿要地，统领和各牛录佐领人选皆由京师驻防各分驻固山额真指挥，这段军事已是正白旗和镶蓝旗防地。昌平东至通州，西至老沙河一带皆为两白旗属地。故而，顺治皇上上次北游所遇到的诸多不快以及孤儿堂被迁，实因两白旗所为。

　　鳌拜摸清了情况，便返回沙河，见到巴图侍卫等人，详细讲述了居庸关一带军事部署情况，并说要查出皇上想找的人，不必再访昌平城内，也不必去打扰宣府总督，就直接问询驻扎这一带在两白旗固山额真统领之下的蒙古正蓝旗统领即可，这里的治安、绥靖、流散人等的收拢管理和将来的发往安排以及从事职业等均由他们负责，问询后，便可一清二楚。所以皇上要找的两个人，必在他们手中。

　　情况完全知悉，鳌拜便详细告诉巴图侍卫说："巴侍卫，本将军将此事已经查明，下一步找人之事你就可以办了。我告诉你，你只能以智速办。现在这里军情紊乱，尚无上峰统一规定，各自为政，各辖区兵爷们有权自行打发、安置这些无主的闲散流民，何况各地皆在用人，正处在人荒之际，主家要奴才，商家用杂役，军衙招兵员，有权有势者可以不费分银，收罗奴婢，广招小妾而无罪，最多之法就是私下买卖。眼下，这人头买卖最是肥缺，人价一时一样，高低全在军爷之手，全凭他大嘴煽呼了，高兴了，看你顺眼了，银价就少些。你不会来事儿得罪军爷，他可就拼死命治你，猛要银子。满足了他，你才能接走你相中的一个个壮劳役、秀娇娘。"

　　巴图侍卫说："鳌拜统领，难道你让我跟那些军爷去谈人价，再要人吗？"

　　鳌拜说："巴侍卫，你怎么聪明一世糊涂一时了，你用武林之技，何事能难住你这位大英雄？速去办吧！"

　　鳌拜这么一说，巴图侍卫完全明白了，实际上就是让他神不知鬼不觉地去抢人，不用找什么官爷将军，那样事会更多，麻烦更大，也会节外生枝，简单事办成棘手事，要寻找之人反而得不到手。

　　巴图先将细情禀奏皇上，请他不要焦急，恭候佳音，那两个小丐儿一定完好无损地送到皇上面前。

　　福临顺治皇上一听很是高兴，而且兴致也上来了，便说："巴图侍卫，朕也同你一起去救猫崽儿、小鱼儿。"

　　巴图侍卫知道，自己做一等御前侍卫，皇太后早就给了自己一个差使，当好皇上的武师。清朝历代皇帝都有尚武精神，习武为常事，马上功、箭上功、拳脚功和自己平时的养身功，包括八卦太极、浑元吐纳等，都能习以为常，在此基础上去务深务精，万马军中可是一员骁将。福临顺治皇上从小习武，西西皇太后、太宗文皇帝、睿亲王多尔衮、鳌拜巴图鲁、豪格等都曾传授和指点过武功，特别是巴图侍卫是最亲近最经常的护卫和业师，这与前明后中期几代皇帝只求读文史、炼丹术，对武术及六韬战法不熟不知大不相同。巴图侍卫说："皇上，不必急，我们先打出场子，皇上再下场显身手也不迟。"

巴图施展他不外传的暗招武友之术，很快苗小六、苗小七都速与他会合，听他调遣。巴图侍卫心中有数，谨遵鳌拜叮嘱，南口居庸关一带当时很乱，不可轻视，一定护卫皇上安危为上。他除有鳌拜屯兵护卫外，身边的黑子、猛峨、安珠儿，一个也不准外游，要一心扈从皇上，其他任何事情不用他们去关心，严防有歹人调虎离山，使皇上遭受不虞。

当日白天，巴图侍卫率领苗小六、苗小七化装成南口货担小商人，每人都挑一个货担。当地这样的小贩很多，便于在山沟林场到处游动，轻便灵活。货担主要卖油炸果饼、天津卫的白糖大麻花等。苗小六、苗小七分别挑着担子，巴图侍卫一路跟着吆喝，"香油果饼""天津卫大麻花"，都是非常吸引人的食品，每到一处，人们都争着抢着买。

南口哨卡卡伦正建在两山夹一沟的中间大道旁，是交通要道，居庸关隘口正卡住由京师向北通延庆，向西通老沙城即狼山、怀来、花园子、辛庄子，一直到宣化府的山道，地势险要，历来是兵家必争之地。清初年间，这一带甚是不太平，匪患常生。当时，皇叔父摄政王多尔衮亲征山西，荡平燕京、阳高、大同之明残部，后由明降清将领镇守，但总因地势险恶，守官骇惧逃脱，又成匪患滋生之地。后来多尔衮与喀尔喀等蒙古八旗商议，征调蒙古幼旅进入这一带驻守。因为都是马队，行动迅速，剿匪最有雄威。由此，顺治初年以来渐渐安宁多了，走这段路心里也不提心吊胆了。

居庸关前隘口哨卡卡伦统领扎尔罕，喀尔喀人，本为牛录额真骁骑校衔，勇猛无谋，汉语不熟，许多交往专听师爷笔帖式刘生的。这刘生善于钻营，原来是宣府总督府的门官，因与总督府的一个通判交友，经其推荐，正好蒙古部中扎尔罕受命驻守居庸关隘口的一个哨口卡伦，希望有一个通译谋士做文书笔帖式，做每日哨卡的军务记录，便把刘生给介绍过来。刘生本为汉人，善于联络各方人士，哨卡又能见到各方人士，所以不长时间，刘生就与各方混得烂熟，处理事情灵活自如，成为哨卡的红人。扎尔罕又爱饮酒打黄羊，哨卡之事全由刘生来办。

话说，刘生发现这哨卡有羁押疑犯和收拢散杂人等的职务，还有个明朝时修建的大土牢，能关押百八十号人，集拢到牢满额后再发送到宣化府，由总督府一一安置处理。当年，凡将捉拿的疑犯和闲杂人等，除要收监严审外，余众全由户部下文发配到各庄头、窑户、炉户等地，安置谋生，使这些闲散之人有了生计，社会也少一个惹是生非的祸端。清初时，西西皇太后与皇叔父多尔衮议事，力主少以武力行事，劝人务农经商，奖励多种生计，使无依无靠者有衣食之源。人有衣食，不会产生窃盗，就能出现路不拾遗，夜不闭户之景象。

这居庸关隘口哨卡就兼有既管守卫京师门户，又有广收闲人，安置生计之任。两者兼得，利于社会平静安宁。可惜这里用人不当，反成了人贩子窝，令人啼笑皆非。扎尔罕牛录额真，自把管理、收拢、入档在押闲人之任交给刘生，天天有兵勇送来哨卡盘查出的没有固定职业的人，都收入土牢。这是最麻烦、最乱、最脏、最惹人烦的差使，他带的兵勇全是蒙古人，天天就知道喝酒烤羊腿，天高皇帝远，没人监视，没人管，就把这个本为饥民安置生计的仁义善事，交给图谋不轨的刘生全盘料理。

刘生把这看成发财之路，暗地里勾结市面上不少奸究之徒，与"丁口师爷""妈妈嬷嬷房子"等关系诡秘，丁口师爷专干那些要苦工、要奴才之事，然后按人头换银子，可卖他一生，也可卖他几个、几十个时辰，画押，有担保人，一手拿银子一手交人。丁口师爷手下有一群打手，如买家违约，打死勿论；妈妈嬷嬷房子专售妇女，小至女童，大至妇人甚至老妪，亦是按人头换银子，比男丁银价要高。对女人要看年龄、看姿色，大有讲究。年龄轻、姿色艳丽的甚至价值连城。如娇艳好看多卖入妓馆勾栏，沦为倡优，价如售珍宝。妈妈嬷嬷房子房主有女主，也有男主，豢养数十名打手，如狼似虎，俨如强盗。被卖出而后又逃出的女奴一旦被他们抓住，入蛇牢、水牢、钉牢，那是九死一生啊，有多少香魂飘游在居庸关上。

长时间管控卡伦的兵勇皆知，凡是流窜各地的闲散无业氓流或绺寇，完全是男子打扮，女子皆女扮男装，流丐没有外露女相的，只要人行方便就行。哨卡中那些恶徒，为了分辨出被缉拿土牢中的究竟是男是女，是操何种技业的，都有一套办法，让他显出庐山真面目。干这些差使的人，都是专门伙计，是刘生手下的"照磨"，叫审相照磨。对在押土牢之众，要经过几道手续：被缉拿入牢，记档（登记）、记相（审相）、分监（分出性别，择室羁押）等项，其中记相最难，因为很多流丐、惯盗都不愿显露自己的真实性别，惧怕遭到无尽的凌辱，千方百计遮掩自己的性别，极力将自己扮成男人相。甚至添假发、假髯，满脸抹上锅灰，炕洞墨灰，满身抹着粪便，没到近前就闻到一股恶臭味，令人不敢摸碰。这些审相照磨个个都是九尺男儿，腰粗体壮，两人走过来抱定一个被缉拿者，双手合提这个人，真像提小鸡一样，从侧面上手抓肩臂，下手薅大腿，合力一举就给倒立过来。被缉拿者根本未得防备，突然被一拳一甩，使你头发晕，眼发花，让你神经紊乱，先给你来个下马威。接着便斥问姓名、家事、籍贯，一一由录士在旁入档在案，画押入册。

先不问这些人的性别，由两个识相照磨武士来完成审相程序。这是每一个入牢的人，都不能逃脱的程序。在一个木栅栏围成的大木屋，用苇席苫成，里面竖有两根大木柱子，中间相连，系一个门型高架，中间门型横木上系着两根皮带，垂下，下方有两个大皮套。被识相者由木栅房一侧推进去，双手就被套入大皮套之中，然后往下一扯，皮套缩紧，把被识相者吊起来。下边一侧坐有一个监相人，坐在垫有羊毛皮毡的大木墩上，双袖挽到两臂上，面向识相人，突然将被识相者下身衣裤用刀一裁，将布带或麻绳、裤子拽下来，被识相者没等防范，早就袒露阴部真相。只听监相人大喊一声，"打鸡的"①，或大喊一声"下蛋的"②，旁边有录士挥笔记录在档。另有一壮汉忙上去给松开手环套，从另一门推出木栅房，由专人按识相者的呼喊，拨入男女不同的土牢大监之中。所有这些程序，只在一呼一吸之中，十分麻利，便把入监牢之事办妥当了。

刘生便按照这个档册，详知入牢者的实况，对其年龄、性别、长相、身材体魄、职业等情况了如指掌，便于他胸中有数，暗里再与众多奸徒联络，干罪恶的贩人勾当。

巴图侍卫、苗小六、苗小七详细打探到刘生的恶行和哨卡卡伦的内幕，禀告鳌拜巴图鲁。鳌拜气得哇呀呀怪叫，他大骂扎尔罕失职昏庸，

---

① 打鸡的：意指男性。
② 下蛋的：意指女流之辈。

误国害民，在身边竟有这种干伤天害理之事的恶贼。他让巴图趁还未完全监察土牢中在押人等的实情，夜间潜入土牢，先去辨认你熟悉的那两个皇上要找的小丐儿，是否在其中，即或没有，也一定要迅速弄清楚，弄准确了，才不虚此行。去扎尔罕处揭开这个黑窝的龌龊勾当，必须清理这个哨卡，不能让他们在此胡作非为，让蒙古喀尔喀部再重新选派精干者管理卡伦，扎尔罕必绳之以法。

巴图侍卫说："将军，不必着急，我先设法进去找人，然后擒拿刘生，你再拿着罪证去找扎尔罕。"

鳌拜说："这也好。"

当夜巴图、苗小六、苗小七装成哨卡的兵勇进了土牢。这里很乱，他们找几件兵勇的号坎服非常容易，三人化装成卡伦兵勇，手拿腰牌，奉骁骑校命，下土牢巡察羁押人犯情况。刘生手下的人谁敢盘问阻拦？巴图等三人便大摇大摆地进入令人窒息的黑暗土牢。土牢里只是用木栅围成无数个牢室，牢中挤满了老老少少的在押人，挤得犯人只能坐在那里，连倒下的空隙都没有。满牢里一股刺鼻的恶臭味，让人呕吐。从牢室里不断地传出悲哀的哭泣声。听牢里人说，一天也没有一两次放风的时辰，两三天才放一次。放风也不是出外面走走，只是把土牢上面的盖帘揭开，能看到苍天，透透空气。这全仗着管牢的兵丁想起来就揭开一阵，忙了、忘了就一连两三天也不揭开，所以，常有憋晕的人被兵勇抬出，缓过气后再给塞进土牢里。

巴图侍卫认识猫崽儿、小鱼儿，他在土牢里一个一个地寻找。土牢分出新羁押的人众和经过识相的人众。经过识相的人意味着在土牢城熬出头了，快被分拨到宣府去了，即将成为自由人了。可是，大多数是尚未识相的人，天天进，天天往里送人，土牢里人最多，也最杂乱。巴图约莫猫崽儿、小鱼儿也就是前几天被掠进来的，若在土牢里，就很可能在这群混乱的人群中。因没有识相，这些人都挤在几个土牢房里，人山人海，吵吵嚷嚷，要在这幽暗的人海中找出猫崽儿、小鱼儿极为不易，真得有孙悟空的火眼金睛不可。巴图简直把俩眼珠快瞪出来了，费力地一个一个连摸带仔细辨认，一连挤过三个木栅栏也没有认出来，人头从他手下摸过辨认过足足有二百来人。苗小六、苗小七跟在后边也急坏了，这可如何是好？又一想，猫崽儿、小鱼儿是小孩子，人小又瘦弱不显眼，若真挤在哪个人堆中不注意，也可能给丢掉，没有发现！

苗小六说道："师傅，你这么找不行，不如你喊出名来，反正这里很乱，你喊什么外边也听不到，里边这些人还听不懂，只要是咱们要找的人在，唯有他们能听懂。他认识你，肯定会自动跳出来，他们也在急着盼人来救他们呢！"

巴图听后一拍脑门，说道："好兄弟，我纯是让这恶臭味和这伤心的景象给弄糊涂了，净办傻事。你说得对，就按兄弟的话去做！"于是，巴图放开嗓门，边走边喊边观望："孤儿堂猫崽儿、小鱼儿""小鱼儿、猫崽儿，孤儿堂……"他简直像疯了似的，一个木栅一个木栅地喊呀、找呀。不少人都以为是在押的人被逼疯了，满牢里疯跑呢！

阿弥陀佛，我佛大慈大悲呀！可能是千眼佛指点，巴图侍卫竟在一个木栅栏的墙角处见到两个小丐儿。他们紧紧搂抱在一起，两人的头贴在一起，好像怕听到满牢房里的吵叫声。他俩头上戴的黑色丐帮小破毡帽头，让巴图一眼就给认出来了，惊喜地走上前去，对他们说："哎呀，猫崽儿、小鱼儿，我们可把你俩找到了，真是老天有眼，快，快，跟大哥逃出去！"

这猫崽儿、小鱼儿真像是在做梦，惊恐地仔细看一看来叫他们的人，开始不信，怕又是那伙坏人来捉拿他们，可是仔细一看，认出来了，真是那位可敬的大英雄，他们日夜想念的巴师傅。两人"哇"的一声大哭起来，都站起来扑到巴图的怀里，真像多少日子没见到娘的苦儿找到了娘，把委曲、痛苦一下子都倾吐出来。

巴图一面紧紧搂抱着他们，一面推着他们往外面跑，说道："这里哪是人待的地方，快逃，出了这鬼地方我们再细唠，快，跟住我，快走！"

巴图在前，猫崽儿、小鱼儿在后面紧跟，冲出满地的人群，总算挤了出来，与苗小六、苗小七会合。他们互相使了个眼色，便径直到前山口杨树林中与鳌拜将军和他的马队会齐。

鳌拜见巴图顺利归来，并找到了两个要找的小丐儿，如释重负，如愿以偿，为他们庆幸，忙叫巴图快快护送这两个狼窝中得救的孩子，迅速将他们护送到沙河镇。那里日夜不安的小皇上和刘老公公，可能都等疯了，快去报喜交差去吧！居庸关这边的乱摊子，不用你们管，由我鳌拜应付，我会稳妥处置的，请禀告皇上放心吧！

巴图深信鳌拜将军骁勇善战，身有固山额真的名望和代王行事的"令"字铜牌，那还是太宗文皇帝在世时亲赐的御令，惩恶扬善，勇扫悍敌。巴图侍卫他们护送猫崽儿、小鱼儿，骑上快马，当即走进山坳林莽，一直向南口沙河镇而去。

再说鳌拜率铁骑直到居庸关哨口卡伦，手有令牌，何况蒙古骑兵都认识他，不敢阻拦，便直进大帐。扎尔罕和几个护从戈什哈喝得酩酊大醉，七躺八歪地睡满一屋子。鳌拜命部下一个个都捆上，拉到外边树林，给我吊起来，让他们好好醒醒烈酒。又直闯入刘生的帐内，不容分说，亲手将他擒拿。刘生还要吼叫强辩，鳌拜哪容他再满口喷粪，恨得咬牙切齿，说道："你这个蛀虫，竟敢叮到我们大清国的身上，你死有余辜，本额真有令牌在身，论你恶罪，我点你天灯！"

刘生也闻知鳌拜的威名和来历，没想到自己犯在他的手上，那是掉进虎口，难逃一死。可他还在苦苦哀求，说什么是自己财迷心窍，犯了大罪，败子回头金不换，自己能够改邪归正，放了他，今后要做大清一个改恶从善的人。

鳌拜哪听这一套，早已命手下人将他五花大绑，并让兵勇在院中立起一根粗榆木高杆，埋好后，用绳子将刘生捆在榆木杆上，任他怎么哭号也无济于事。鳌拜让部下守护好，执刀站立，不得任何人靠近。他飞马百里进入洋河岸边的尼玛哈噶珊，这里驻扎着蒙古喀尔喀部胡尔岱额真，是他的老友，曾多次打过交道。胡尔岱深知鳌拜的身世，是科尔沁明安贝勒的得意义子，武功高强，胡尔岱之父兄都曾在布库竞技大会上败在鳌拜之手。胡尔岱额真受命镇守居庸关，扎尔罕就是他委派去的亲信。

胡尔岱哪敢得罪鳌拜呀，见他风风火火、怒目横眉地闯进来，就深知来者不善，必有大事发生了。鳌拜把他扯起，不容分说，命他上马一同去居庸关卡伦。两人上马直奔扎尔罕被吊的树林。

此时扎尔罕已经醒酒，正在树上吊着，下不来，浑身晃动，大喊大叫。这时，胡尔岱、鳌拜赶到。鳌拜让部下放下扎尔罕。扎尔罕一见此时情景也吓傻了，知道自己惹下了大祸。鳌拜又让胡尔岱、扎尔罕一同随他去刘生被捆的榆木高杆之前，刘生还在哭叫，直呼饶命。

鳌拜很有心计，早已派人飞马通报宣府总督府速派要员到居庸关卡伦议事。此时飞马早已赶到，来者是宣府总督马国柱身边的大员冯巡抚，他们原都是明臣，受降后仍复原职。闻知鳌拜到来，深知鳌拜是满洲正黄旗固山额真，清太宗皇帝和现在继位的顺治皇上驾前的大将军，威名盖世，万分敬慕。总督马国柱正患病在床，委派心腹好友冯巡抚星夜赶到，哪敢怠慢。

冯巡抚见了鳌拜，慌忙要下拜施礼，鳌拜将他扶起说："冯巡抚，不必如此，你能百里赶来我就感激了。"

鳌拜见各方人等均到，首先他拿出身上佩戴的腰牌和令牌，说道："本将军奉皇叔父摄政王命巡察居庸关防务到此，特请冯巡抚、胡尔岱牛录额真前来，听听这两个人的自述，再行定夺！"

然后鳌拜又向刘生、扎尔罕两人说道："你们自己口述自己的恶行，本将军依你们改恶从善的决心，再军令发落。"鳌拜令刘生先说。

刘生为了活命，就把自己到扎尔罕部后，怎样蒙骗扎尔罕，供给他们日日的美酒，自己乘机与市上奸徒合谋，私售押于牢中的闲散待安置的流人和散丐，不少人被卖入各种娼门或当佣奴，自己从中渔利的实情说了一遍。羁押所变成了自己的"卖人窝"，罪该万死，罪不可赦！

扎尔罕此时才知道自己犯下了不可饶恕的大罪，恨自己轻信刘生，陷入火坑！情愿听从鳌拜大将军发落。

胡尔岱牛录额真见此情景，知道自己有失职不察之过，甚是惋惜，说道："鳌拜将军，说句心里话，我们被派到此地心中十分不遂意。此哨口应交给宣府管理，蒙古骑兵不习惯于汉地生活，依恋草原故土，不安于职守，本想上疏朝廷，诸事一拖，竟酿成如此令人遗憾的大错，很是痛心。"

鳌拜说："本将军受命北巡，哪有闲心管此事。尔等事不宜迟，不可再如此行事，贻害百姓，有失我大清声誉，必须当机立断！若出事由我鳌拜承担！回京后我自当禀奏。刘生罪不容赦，恶贯满盈，点天灯，以儆效尤。扎尔罕棍二十，胡尔岱部可归原部，居庸关卡伦由宣府总督派兵驻守，即日交接。本朝满蒙汉本为一家，亲如手足，毋要互有芥蒂，用人不疑，疑人不用，冯巡抚传达宣府总督，精诚团结，敬业守边，勿有自卑之想，勿负皇上敏悯仁爱之心。"

鳌拜一声令下，谁还敢吱声，蒙古八旗喀尔喀部胡尔岱真挺高兴，总算同意他们撤出这里，仍回蒙古西部草原地区戍守，不再在四不靠的荒凉之地，生活十分不便，他从内心里高兴鳌拜的安排和帮助，真是感激不尽。

鳌拜也非常会来事儿，让胡尔岱领走扎尔罕，回部里以后自行处罚去吧，扎尔罕千恩万谢。鳌拜是在蒙古部落里生活惯的人，喝醉酒是蒙古人的性格，有啥错事让他们处理，我不要太苛求了！多交一个朋友就多一条路，大家都高兴。于是，便让胡尔岱迅速与宣府冯巡抚做好居庸关卡伦的交接驻守事宜。一切事宜办完后，蒙古人便当即率马队匆匆回怀柔地方去了。于是宣府总督立即派兵驻守居庸关卡伦，从此一直归宣府管辖，就是鳌拜将军给定下来的。

至于那个刘生，是臭狗屎，没人替他求情。他作恶多端，也是自讨的报应，真让鳌拜部下给点天灯了，刘生的臭名从此留在了居庸关隘口。旧时代，点天灯那是最惨的刑罚，把人全身缠上布帛，布帛上抹兽油，用长绳吊上高竿，点火活活将人烧成焦炭，是对罪大恶极者的最严厉惩戒，以警诫世人。

鳌拜办完事率部急返沙河，与顺治皇上等相会合。说来，鳌拜办事就是麻利，等他纵马跑二百多里山道赶回沙河，哪知快进沙河时见到巴图、苗小六、苗小七和被救的两个可怜的丐儿。鳌拜非常奇怪，问巴图说："你们怎么才到这儿啊！"

巴图侍卫说："巴图鲁额真，您老不知，猫崽儿、小鱼儿在地牢里关押半个多月，从昌平州辗转数地，由于饥饿、惊吓，两人都患霍乱症，精神恍惚，一路上哪敢骑马快跑。他们还不让我们陪护，我们一到跟前他们就大怒大哭，我们只好在远处等着他俩。他们原来是在闹肚子，肚子虽然空空无食，还在泄水，太折腾他们了！就这样，我们走走停停，这不才刚刚进入沙河界。"

鳌拜因急于见到顺治皇上和刘老公公，没有细问，便与巴图等人直去南口老店。谁知，没等到老店门口，就看到猛峨、黑子在老远处等待迎接。他们见到鳌拜等一群人赶到，特别是见到人群中的猫崽儿、小鱼儿，特别高兴。这些天他们就像盼星星、盼月亮把他们找到，真是老天有眼，终于把大家苦盼苦寻的人领回来了，他们能不惊喜万分嘛！

这时，猛峨、黑子冲上去，拉住猫崽儿、小鱼儿的手说："哎呀，猫崽儿、小鱼儿，咱们相别不多久，你们怎么满脸黑呛呛的，就像脱相似的！我们皇，皇……"一着急，猛峨差点儿说漏了，马上改口说："我们可急慌啦！对，我家小主子盼你们都快急疯了，就怕你们有啥闪失！"

巴图侍卫推了一把猛峨，说："你胡说啥？连话都不会说，啥叫'脱相'？多难听。他俩都在病中，你快，快背着他俩进老店去！"巴图侍卫这么一说，猛峨、黑子一人背起一个，急匆匆往老店院中奔去。

外面吵嚷声早让室内的人们听到了，福临顺治皇上、刘老公公、安珠儿都匆忙跑出来。刘老公公大声喊着说："真是福星高照哇！我们小

扎呼泰妈妈

主子盼着想着的两位好朋友，终于给接回来了！此乃大喜、大吉、大利呀！"大家都涌向前，挽拥着猫崽儿、小鱼儿，一直进入老店内室。

福临顺治皇上上前拉住猫崽儿、小鱼儿的手，说道："猫崽儿，小鱼儿，可算找到你们了，你们遭罪了，受苦了。这回你们到我们这里，咱们就再也不分开了，有我们吃的，就有你们吃的，永远跟我在一起。我家家大业大，用人千千万，怎么能让你们挨饿受苦呢！"福临顺治皇上心非常软，也非常慈善，一见他俩形如枯槁，双目塌陷，就剩两个眼睛，四肢绵软乏力的可怜相，心痛得都快要落下泪来。

猫崽儿、小鱼儿两人，满眼泪涟涟，他们真像见到自己的亲人了，不知说什么好，只是哭泣，要下跪给大家叩头，感谢救命之恩！

刘老公公见猫崽儿、小鱼儿身上很脏，从头到全身都是灰尘，又因多日折腾，虚弱得很，怕皇上什么都不顾，贴过去弄一身尘土和怪味，便说着拉住顺治皇上说："小主子，您老盼着的丐儿接回来了，他俩多日受苦受难，哪能还让他们在这儿硬挣扎地站着，快快挽他俩上炕，快给换衣裳，给他俩搓个澡，我到前街'保和堂'抓几服药，给他俩补一补身子。安珠儿快去买一只烤店的大熏鸡和肉馅大包子给他们吃，几天就能过来这个劲儿，猫崽儿、小鱼儿准保又是漂亮的小伙子了！"

刘老公公这么一说，大家没有不拍手叫好的！齐说："刘老的主意正合大家的心思！"于是，大家都围着猫崽儿、小鱼儿手拉手，问寒问暖，都想挽他俩上炕脱衣。安珠儿早已从包裹中取出几件衣裳，让他俩快把脏衣脱掉，换上干净的衣服。

谁想，刘老公公这一倡议，唯有猫崽儿、小鱼儿像是大祸临头一般，吓得睁大眼睛，咧着嘴大叫起来，就像疯了似的冲开众人，拼命地往门外跑。大伙对猫崽儿、小鱼儿的奇怪表情，甚感惊诧，都感到莫明其妙。这时，巴图、猛峨、安珠儿都追了上去，双手拉住，不让他们跑出去。可是不管怎么扯，怎么拉，猫崽儿、小鱼儿就是拼命往外挣，坚决不和屋里人在一起，大家都甚感奇怪。

刘老公公一直追到了门外，说道："你们这是犯哪股邪病？为啥拼命往外跑，怕什么？难道说你们真让那些抢你们的兵马给吓疯了不成？难道对我们的小主人，还有我们也信不过？你们该放心了，现在谁也不敢欺侮你们，还怕什么？还跑什么？快快换衣裳，多脏啊，痛痛快快洗个澡，听我的话，好孩子！"说着一手拉猫崽儿，一手拉小鱼儿，直往屋里拽。

可是猫崽儿和小鱼儿红胀个脸，使劲儿挣扎着往后退，就是不回屋里。后来他俩干脆就蹲在地上，不说话，也不进屋。

顺治皇上和巴图等都围上来苦劝，两人仍不出声，也不站起来。任你怎么劝怎么问，就是一声不吭，憋得大家无可奈何。

就在众人摸不着头脑，不知所措之时，还是鳌拜将军经事多，觉得事情挺蹊跷，便走过来仔细端详猫崽儿、小鱼儿两人，问巴图侍卫说："他们是不是昌平州地方的丐儿？"

巴图说："是啊！我们就是从孤儿堂结识他们的！"

这时鳌拜已明白了八九，便把巴图拉到一边，向刘老公公、巴图两人耳边悄悄说了些什么，他们大为惊愕。刘老公公、巴图不再硬拉猫崽儿、小鱼儿，说道："猫崽儿、小鱼儿，你们受了好多天的苦，遭这么多罪，走，咱们到前边柜台老板那里给你们要间房子，你们在那里歇息吧！我们再请郎中弄些草药，给你们补补身子，不要怕，见到我们就是到家了！"

刘老公公这么一说，猫崽儿、小鱼儿真像解了围一样，两人马上有了笑脸，也有了精神，立即站了起来，自动跟着巴图、刘老公公快步去前边的账房柜台找客栈老板去了。顺治皇上、猛峨、安珠儿惊奇地望着他们走了出去。

刘老公公又让安珠儿从行囊中取出备用的衣服，快快送过来，然后去集市买些糕点，到饭店买些新出屉的包子，快快给他们送去。猛峨、黑子两人陪着顺治皇上和鳌拜将军在屋里静静等候他们的信儿。

不一会儿，安珠儿回来说："鳌拜将军，刘老公公请将军过去。"

鳌拜正在焦急等待，听召唤他，便知有好消息了，忙安抚顺治皇上说："皇上，请少安毋躁，这回可真要柳暗花明又一村了！"

顺治皇上不解，只是更加着急，鳌拜的话更让他丈二和尚摸不到头脑，一定要随同过去看个究竟。鳌拜说："皇上不用急，人家不打扮好，不想展露真面目，等着吧！"

说完鳌拜就走了，还回头叮嘱猛峨说："猛峨，你在屋里好好陪护皇上，咱们远离紫禁城，一切都不可粗心大意！"

鳌拜怕猛峨、黑子都是孩子，好奇，容易精神流移，可他俩都应承说："我们明白，请将军放心。"

鳌拜来到前边账房柜台，安珠儿正在等候，说道："将军，他们在屋里！"安珠儿引鳌拜进屋，这客房是两套间，外有客厅，是佣人的住

扎呼泰妈妈

所，内有正室，是朝阳的居室，门紧关着。鳌拜见到刘老公公、巴图侍卫正在客厅中等他，就猜到了八九不离十，他俩走过来向鳌拜附耳报喜："将军，果不然，正如您说的，这猫崽儿、小鱼儿还真是一对女婵娟，赫赫朱子①！"

到底是怎么回事呢？刘老公公就把方才的事一五一十重新向鳌拜讲述一番。刘老公公、巴图两人陪猫崽儿、小鱼儿急忙来到前台账房，见到正在打着算盘、低头核账的客栈师爷，也是栈房大掌柜的，六十开外，戴着老花镜，五绺长髯，面善忠厚的样子。刘老公公上前客气地抱拳施礼说："掌柜的，有急事相扰，我有一事相求。"

账房大掌柜的那是生意人，两目有神，对要住店的客人看得最清楚。凡到南口他这客栈的人，绝非一般常客，要过居庸关，那都是关里关外有钱的商贾，腰缠万贯，他们将口外的土产送进京师，京师的绫罗绸缎、景德镇瓷器以及燕京的奇珍带出口外。这一进一出，那都是几千两纹银的大营生。所以住他客栈的货商，个个都是财神爷，大手大脚的，有派头！账房大掌柜这几天也格外注意刘老公公陪护的少年倜傥的阔公子，从穿戴、做派就知非同寻常，那些毕恭毕敬的随从，那所用的骏马车轿，他在世上还是头一次瞧见，一看就知，这公子家里绝非平凡人家，是大明朝王公贵胄之后？不像，大清国正如日中天，看小公子如此尊贵，还有清军官兵扈从，必是当今大清国哪位王爷的娇子到居庸关游玩？也不像，是干什么的？真是无法猜测，早已令他无限敬畏、猜想联翩。他见刘老公公带人突然找他，马上站起作揖还礼说："客官老爷，何必如此客气，敝家小店历来就是来往行旅的家，宾至如归，有何吩咐，小店理当竭诚相助，请讲。"

刘老公公看了看嘈杂的客栈，便把大掌柜拉到一个僻静的屋角处，离开巴图、猫崽儿、小鱼儿几个人，小声跟他说："大掌柜，这事说来奇巧了，我们救了两个被人家拐骗抢劫的孩子，他们都是昌平州一带的苦难丐儿，我们要给他们换新衣裳、洗个澡，他俩死活不干。我们从他俩的恐惧样和不敢当我们面脱衣的举动来判断，有可能是丐帮的私密：'流丐保身，男妆欺世。'我想，他俩很可能是女孩，无颜在我们一帮男人面前更换衣襟。就想求大掌柜帮忙，给找个空房间，给他们个方便。"

大掌柜非常爽快，懂情理，说道："噢，这是小事一桩。我家老婆

---

① 赫赫朱子：满语，汉译为"女儿家"。

娘常做善事，救济逃难的无依无靠的女流，常与那些女扮男妆的流丐交友，这事就交给我吧，我们会帮助你们让他俩顺顺当当显露真身的！"

刘老公公一听非常高兴，便抱拳说道："大掌柜，这太感激不尽了，我们可以多给你们些小费，略表感谢之情。"

大掌柜说："何必客气，我们分文不取。我这就告知我家婆娘，让她准备，房舍由她选定。你快把要辨认的那两个人领来看看，就交给我们吧！我们一定待如上宾，敬请放心，不会让他俩受到半点苦处和惊吓的，我们会像亲人一样对待的。"

刘老公公立即回来，告诉巴图侍卫，领着猫崽儿、小鱼儿一同到账房里拜见大掌柜，互相认识后，大掌柜夫妇俩便亲昵地拉着手将猫崽儿、小鱼儿领走。猫崽儿、小鱼儿很懂事，挺痛快地跟他们夫妇走了。刘老公公坐在账房里等信儿。

不大工夫，老掌柜匆匆跑了过来，双手抱拳，说："恭喜，恭喜，老客官您真是有福气呀，我家婆娘将他俩领进内室，不费半袋烟时辰，就辨认准确了，您带来的两个丐儿都是黄花闺女，都没有破身，真是我佛慈悲，偏偏遇上你们这帮菩萨了，若是让流氓奸徒掠去，这两人可要值上几万两银子，就像凭空降下聚宝盆了！"

刘老公公听后也是莫大惊喜，便说："老掌柜，就烦请你家婆娘给些热水，给她俩好好洗个澡，然后再给弄两套合适的衣衫让她们换上，洗浴和衣衫的费用由我来给，我们没有女孩的衣裳，就由你们给好好打扮一番，我们好接闺女！"

刘老公公的一席话，说得大掌柜也乐了。大掌柜真是一位热心肠的人，说道："没说的，我家有三个闺女，闺女的衣裳太多了，我让我家婆娘给她俩挑两件最合身的衣裳换上，这也是我们南口老店的大喜事，还说什么银子呀，我们就送给这两个贵人了！"说完，他返回身又进入内室去了。

刘老公公也急忙回居室，要把这惊天动地的喜讯禀奏皇上和鳌拜将军及巴图等众人知晓。走着，走着，刘老公公思路一改，不，先不能让皇上知道，皇上太牵挂猫崽儿、小鱼儿了，真如有前世之缘，总是一个劲儿惦记她俩，一定要见到她们，找到她们。这次终于找到了，让皇上有个惊喜，让他做梦也想不到，寻找的两个丐儿竟是女婵娟！世上的奇遇竟验证到福临顺治皇上身上了！我先将此秘密禀告鳌拜将军和巴图等众人，让大家先高兴一番，然后再去禀奏皇上。

刘老公公这个念头，果然正中巴图、猛峨、安珠儿等众人之意，特别是猛峨、安珠儿、小黑子，都还是孩子，都在翘首以待，都在急于想知道猫崽儿、小鱼儿是男还是女，互相都在猜测着。这回真成了天大的喜事，多少日子盼望找到她们，天天在想念她们，现在又惊闻是两个女孩，能不高兴吗？

大家又冷不丁想起初到昌平时见到她俩，给大家带路找庄头，晚上曾与顺治皇上挤睡在一个小炕上，可是猫崽儿、小鱼儿只说自己身子长年不洗有怪味儿，硬是不跟大家睡在一起，她俩单独睡到一个墙角里，现在明白了，原来"索索阿户，赫赫乌鲁，乇纽，乇纽！"[①]坐在一旁的鳌拜将军，看这帮孩子的天真活泼劲儿，笑了，说："孩子，别闹了，把这桩天大的喜事快去禀奏皇上吧，他最牵挂猫崽儿、小鱼儿了，要知道这个底细，咱们的皇上还不高兴得乐疯了！快向他禀报去吧！"

鳌拜这么一说，提醒了大家，对呀，皇上还在屋里惦记猫崽儿、小鱼儿呢。刘老公公马上说："等一等，我把人接回来，大家一起去见皇上。"

于是，刘老公公又返回前台大柜。不大工夫，刘老公公在老店大掌柜夫妇陪同下，领着两位梳洗整齐、洁净、美貌惊人的小女孩出来，再不像初见时一脸泥黑的小丐儿模样，真是漂漂亮亮的一对女孩儿。猫崽儿、小鱼儿腼腆地向大家笑着施礼问候致谢，大大方方地与猛峨、安珠儿、黑子手拉手，显得那么亲热无比。

刘老公公头前引路，大家簇拥着两位美貌女孩，来到前厅福临顺治的住室。猛峨、安珠儿两人事先安慰皇上，不让他总挂念猫崽儿、小鱼儿，让他宽心，最终将思绪疲倦的顺治皇上哄睡了。

刘老公公领着大家来到顺治皇上的卧榻前，见皇上嘴唇还在动，并未睡实，便轻轻说："主子，您老睁眼瞧瞧，看看谁来您老这儿了？"

福临顺治皇上闻声立即睁眼，并坐了起来，面向众人仔细观瞧，只见眼前站着两位非常美丽的小女孩，真像一对小天仙，都梳着盘头髻，白皙的瓜子脸庞，两道弯弯的柳叶长眉，银杏眼，长睫毛，鼻如悬胆，口若珠玉，上身穿着汉女喜穿的百叶衫，下身穿着百褶裙，每人手腕上还都戴着一副绿翡翠的亮手镯。见到顺治皇上，两个人都慌忙跪下，

巧断无头案

[①] 索索阿户，赫赫乌鲁，乇纽，乇纽：满语，汉译为"没长小鸡鸡，母的，怪事，怪事啊！"

说:"好心的主子啊,我们知道是您老惦记我们,救了我们,您的大恩大德,我们终生难忘!我们给您老叩头谢恩了!"

猫崽儿、小鱼儿这么一跪,倒把顺治皇上弄糊涂了,平生头次见到这两位汉家小女子,正在惊疑中,刘老公公马上过来解释说:"主子,这两位就是您老要寻找的昌平州孤儿堂咱们的好朋友猫崽儿、小鱼儿!您老再仔细看一看,这都是老店的大掌柜夫妇相助,给她们梳洗打扮的!"

刘老公公又把鳌拜将军嘱咐的,他们如何求助老店大掌柜帮忙,为猫崽儿、小鱼儿洗澡、换衣,并将他们女儿们的衣物、首饰赠送给猫崽儿、小鱼儿,分文不收的详细过程向顺治皇上讲述一遍。

福临顺治皇上这才如梦方醒,万分高兴,从炕上跳下来,又仔仔细细地将猫崽儿、小鱼儿两人从上到下,又从下到上地看个够,拉着猫崽儿、小鱼儿的手深情地说:"我们可是想念你们多日了,真是老天有眼,佛光普照,赤情促使百神功,我们朝思暮想的机灵鬼猫崽儿、小鱼儿,原来都是我们的小妹妹呀!"

哪知,小鱼儿突然发话了:"好心的阔公子,你说错了,我跟猫崽儿都比你大,猫崽儿今年十二岁,属牛的,您说过您属虎,比我们小一岁呢!您还是我们小弟弟。"

福临顺治皇上听了更是万分高兴,猫崽儿、小鱼儿对自己多么熟悉,足以证明她们跟自己一样,都将对方搁在心里了。

因出宫之前,皇太后有严格要求,出外地巡游,不要显露自己的皇家身份,要仍以晋商子弟之名与外界周旋,免生事端。因此,刘老公公在南口老店始终以晋商贵公子与随从之名义与人接触,到现在猫崽儿、小鱼儿仍然还认为福临顺治皇上就是山西一家显贵的富商公子,其他众人都是贵公子的随从家奴。

现在猫崽儿、小鱼儿既已寻到,意想不到的是,她们并不是男孩小兄弟,而是女儿身,这样事情就更复杂了,可怎么办好?福临顺治皇上从内心就看中了猫崽儿、小鱼儿,两个女孩无论是行为、声音、长相、情感,处处都令福临顺治皇上遂心满意,绝不想让她们离开,执意让她们跟随自己,尤其不许歧视慢待,要依然如旧。

刘老公公为这事焦虑万分,这若让皇太后知道,可是大罪呀,自己是贴身太监,是太后最信任的老公公,如何是好?福临自小就任性,说啥是啥,谁能够劝阻,谁又敢劝阻哇!巴图侍卫毫无主张,刘老公公这时只能求助于鳌拜将军了。

鳌拜是皇太后最信赖的人，也是最尊敬的人。因为太宗在世时，鳌拜就是太宗文皇帝身边最得力的巴图鲁。太宗文皇帝通过鳌拜笼络蒙古诸部，蒙古诸部都非常听从鳌拜的调遣。太宗驾崩后，皇太后与皇叔父摄政王都依靠鳌拜。摄政王多尔衮虽然十分妒忌鳌拜，但因有皇太后、皇上的支持，他不敢太为难鳌拜。此次顺治皇上出巡，皇太后便让鳌拜同行，就是为了更好地保护福临顺治皇上。想到这儿，刘老公公便将他心中担心的事讲给了鳌拜大将军。鳌拜听了毫不在意地说："不必多虑，皇上若喜欢带着，就带着她们，皇上是素喜多探问事的人，就由他，这可能是前世之缘。皇太后那边我去说，太后要怪罪下来，把事推到我身上，就说我同意的！"

刘老公公又问："皇上的真实身份那不全让这两个丫头知道了吗？"

鳌拜说："公公，这两个鬼丫头，机灵得很，她们能讨你们和皇上的喜欢，一见如故，别后不忘，又专门去寻找她们，可知她俩必有讨得皇上依恋的能耐。我估计她们可能探出一些奥秘了，世上的丐儿走南闯北，经多见广，啥事能瞒过他们哪！随缘而行吧，凡事不必太在意，咱们也不必说穿身份，依然如在昌平州相识一样，仍如晋商车轿同往，仍是小友邂逅，相亲相爱，都是一帮孩子，萍水相逢，就看她们的造化吧！"

刘老公公禀明福临顺治皇上，既然已寻到猫崽儿、小鱼儿，就不要再在南口久留了，重赏南口客栈老掌柜夫妇俩，感谢他们热心侍候猫崽儿、小鱼儿。

走时，居庸关游击佟彤护军送驾五里之遥，车轿离开南口。巴图侍卫从南口佟彤处又征用一挂四马车轿，由猫崽儿、小鱼儿姊妹乘坐。佟彤又拨来两名侍女陪护。骑马、车轿浩浩荡荡，离开了南口，向鸡鸣地方进发。

宣府总督马国柱，巡抚冯圣兆率文武官员迎接。鳌拜将军受命赐食并赐袍帽等物，总督马国柱迎皇驾至宣府。

此次北巡，从丁卯到丙申，出巡三十天，除在南口多逗留数日外，又到宣化、张家口等塞外草原巡游数日，打黄羊，围野兔、山鸡，骑骆驼，欣赏北地茫茫草原。

在海流土河河口沼泽地方，在鳌拜将军全盘安排之下，土默特蒙古章京派兵数十里内赶仗，围来棕熊两只，一只大母熊带一只小熊崽，供顺治皇上射猎。鼙鼓咚咚，杀声震天，征马、刀矛如云，将小熊吓得直往老母熊腹下藏。老母熊被围困得水泄不通，急得声嘶力竭地吼叫，喷出满口白沫，两眼都血红血红的，趴在小熊之上哀叫着。鳌拜等人让顺治皇上拉弓射它。在众蒙古骑兵的欢呼声中，众人都在观望皇上怎么用力拉弓射杀母熊。

顺治拉满大铁弓，可是见到棕熊母子的哀号相，便把拉圆了的弓收了起来，喊道："鳌拜巴图鲁，快让土默特章京打开一个缺口，放了可怜的母子俩吧，朕不忍放箭，饶它们无罪！"

福临顺治皇上所站之地，正是两山夹一沟，立马弯弓在北坡之巅，对面山坡南向有蒙古骑兵重重堵劫，在沟塘左右两翼亦均有蒙古骑兵横刀立马站立。两只熊正被包围在四面围拢的柳林中间，无路可逃，母熊仰天哀号，深知自己与爱子必死无疑，红红的两眼流着血泪，紧紧骑压在小熊身上，用自己粗大的四肢护卫着爱子，真是人间与动物完全一个心思，母子连心，何等感人至深哪！顺治皇上立马之处，还有猛峨、安珠儿、巴图、刘老公公以及猫崽儿、小鱼儿，他们都被哀号的棕熊惊动了。

猛峨以满洲猎手之心喊出："主子，快，快，快放箭射，箭能从熊嘴中穿透心，立刻不会叫了，省得这么揪心！"

猫崽儿有生以来头次看到这种骇人揪心的场面，哭泣出声，竟憋不住喊出声来，说："好心的公子啊，您老这么爱我们苦儿，难道您老能忍心射杀它们娘俩吗？它们不就是不会说话的人嘛，饶了它们吧！"

小鱼儿也哭着哀求，更助长了福临顺治皇上的恻隐之心，又大喊道："鳌拜将军，快摇旗退兵！"

鳌拜见皇上执意已定，便将手中令旗一摇，号角长鸣，这是围猎的军令："开仗了！"即马步兵停止围堵，后退，解散围堵之势，被围堵的各种兽类如熊、兔、狼等迅即从马队中找到了逃生之路，立即蹿入柳林草莽之中。

鳌拜紧接着令旗又一摆，第一环形马队冲了过来，立刻形成第二股围堵之势。在号角、鼓声之中瞬间又在两山夹一沟之中，组成第二赶仗大军。这次赶进来的是三只野鹿和两只獐狍。小鹿、獐狍与前批两熊不同，不号叫，只是在众骑兵追堵中，在柳林、草莽之中上下乱窜乱跳，像拼命能蹿入天堂、逃脱厄运。可是不管它蹦多么高，最终都落在地上，再蹦起再摔在地上，在绿海中獐狍的黄色身影忽闪忽落，非常耀眼惊心。福临顺治皇上说："巴图、猛峨、安珠儿与朕同获猎物，给咱们的客人猫崽儿、小鱼儿送上见面礼吧！"

主子有话，巴图等人才开弓放箭，捕获狍鹿五只，另获山鸡两只，野兔一只。鳌拜摆动令旗，鸣锣收兵，蒙古马队才各自散去。土默特章京安巴尔王爷护拥着顺治皇上及众随从进入在海流土河设的大营。

当夜灯火通明，同享全鹿宴，共饮米尔酒、马奶酒、花水酒（拖盘果饮汁）。鳌拜将军亲自下场，与蒙古兵齐跳驼铃舞，兴浓时，鳌拜和安巴尔王爷把顺治皇上、刘老公公、巴图、猛峨、安珠儿、小黑子以及猫崽儿、小鱼儿都拉入欢舞之中，大家纵情欢歌醉舞。当启明星升入南天，众人才在悠扬的马头琴声中，疲乏地困睡在驼绒、羊毛绒的温馨大帐之中……

且说猫崽儿、小鱼儿跟随福临顺治皇上此次出行，走了居庸关外许多地方，看到了无尽的山峦，到了塞外的大草原，见到了羊群、驼群、马群，多如白色的大海、金色的大海，在蓝天下像波浪翻滚。还见到了彪悍的蒙古男女，都是尚武的挥刀立马英雄，还顿顿吃着烤肥羊、手把肉，跳着激情的舞蹈，唱不尽的蒙古歌谣，听讲着专由大臣们为他们翻译的情节生动迷人的英雄传说……可把猫崽儿、小鱼儿这两个从没经过世面的丐儿给镇住了，简直像是天天在做美梦，真是享尽了天下的福，受到了从未得到、见到过的礼遇，使她俩如梦方醒。记得早在昌平孤儿堂丐儿帮中，法空大禅师曾说过："孩子们哪，一定要多行善事，才能进入无忧无虑的佛国，阿弥陀佛！"现在，不真是进入了佛国了吗？是何缘、何德、何能、何人相助哇？

她俩发现，在昌平邂逅相识的晋商公子可绝不是一般人氏，哪是什么山西大同的某大商号的贵胄公子哥，全是骗人的话，这个被叫作"主子""公子"的小哥哥，原来是大清国当今天子——顺治皇上！那个说话有公鸭嗓味儿的老者，形影不离公子一步，伺候得那么周到、细致，一定是皇宫中的大太监刘公公了。那位巴图大哥哥就是皇家侍卫，猛峨、安珠儿必定是皇上的亲随。哎呀，我俩能跟皇上在一起，这可是几辈子也难遇的奇遇呀！猫崽儿、小鱼儿两人搂抱在一起，欢喜若狂，决定天亮后一定去叩见皇上，可不能这样糊涂了，一点臣子感恩之心之情都不懂，皇上身边哪能久呆，救咱们的大恩大德终生不忘，快快离开，可不能在皇上身边惹是生非，别给这位好心肠的小皇上添乱子、添麻烦，成了大家的累赘。

猫崽儿、小鱼儿私下想清楚之后，就下了决心，一直熬到天明，刘老公公过来说："猫崽儿、小鱼儿，主子早都起来了，他已出外与猛峨、安珠儿在一起打了一套'滚地雷'（拳术名），正在屋里梳洗漱口呢，完了咱们用膳，今个主子要回程了！"

刘老公公说完很后悔，说"主子回程"的话，感到太多余了，猫崽儿、小鱼儿能听懂啥叫"回程"。其实，他是遵皇上之命，过来招呼她俩就行了，至于"主子回程"，即皇上起驾回宫的安排，不必告诉她俩，一切均由皇上下旨定夺。至于对猫崽儿、小鱼儿今后怎么安排，刘老公公心里有数，顺治皇上为人慈善，愿做好事，事事喜替他人着想，从小就是这个脾气，一定是领她俩走一走，开开眼界之后，赏些银子交代地方官员，给她俩找个舒适之地和安排今后生计，便就分手了。所以也不想跟猫崽儿、小鱼儿说太多的话，免得她俩再缠住不想分开，两个丐儿，咋能总在皇上身边转悠，又是两个女孩，这成何体统。若让太后知道，我这老奴才的脸往哪放，必受申斥无疑。刘老公公在默默琢磨如何安排猫崽儿、小鱼儿快点离开皇上。

顺治皇上这人就是心眼好，单纯，富有同情心，心里早就装着猫崽儿、小鱼儿，此番寻到她俩，竟是两个小女孩，更是感到好奇，又万般同情、怜悯，愤恨世间如此倾轧、无情，这么小小年纪的丐儿都被逼得女扮男装，世道何等凶残、恐惧，真是世间炎凉，求生不易呀！福临顺治皇上恻隐之心便油然而生，比相识猫崽儿、小鱼儿时更加护爱她们、关心她们、亲近她们。从这次见面后就不想再让她们走开，离开自己，有朕吃的就有她俩吃的，再不能让她们受到一点儿不幸和痛苦！所以，夜夜总是挂念此事，从未忘记过。

天明以后，顺治皇上在刘老公公小心伺奉下盥洗完毕，安珠儿取出箧囊中新的黄色袍挂，天气已进入深秋，早晚寒凉，请皇上再加一件新衣。顺治皇上执意不听，言微感凉意，不必增衣。刘老公公、安珠儿正在苦劝，巴图和猛峨低头忙于整理皇上的绣花驼皮长靴，擦拭靴头上的泥珠。

这时，猫崽儿、小鱼儿突然走进顺治皇上的住宅，两人突然仆身跪地，给顺治皇上叩头，痛哭流涕，哀告说道："小民猫崽儿、小鱼儿承蒙皇上怜爱，救命之恩，终生感激不尽，至死也难以回报！我们有眼无珠，冒犯皇上，以前斗胆认为贵家公子，现在已经知晓，原是大清国皇上到民间私访，草民不敢再烦扰皇上，我们已经想通，就此谢别皇上和众位恩人大哥及小弟弟们。我们走到哪里，都为皇上祈福，万寿无疆，万岁，万岁，万万岁！"说完，两人又连连磕了几个响头，爬起身来，返身出门便跑了。

众人都没有这个防备，太突然了，几乎没人阻挡住。猫崽儿、小鱼儿都是在市面上穿行惯了的丐儿，比麻雀都机灵百倍，一溜风，早从众人目光中晃过就不见了。

这瞬间的事，都在福临顺治皇上的注目之中，猫崽儿、小鱼儿两人哭拜之后，起身就跑。他当时被震惊得只睁着眼睛不知怎么办好，弄得他措手不及，刚蒙醒过来，猫崽儿、小鱼儿的影子早已经不见了。他从惊慌中暴跳大怒起来，皇上还头一次出现如此可怕的怒容，把正在换的新黄衣一扔，向刘老公公、巴图侍卫怒声喊叫道："尔等怎么像个呆柱子，还竖在这里，快，快，快去追猫崽儿、小鱼儿啊，为何慢待人家，护卫如此疏漏，你们心里只有朕，没有苦儿，令朕伤心！"说着快要哭出声来，并不顾一切地先跑了出去。

刘老公公、巴图、猛峨、安珠儿、黑子，还有鳌拜将军也从自己屋里出来，跟随顺治皇上冲去了行辕大门，追赶猫崽儿、小鱼儿去了。顺治皇上在前面追赶，还回过头来说道："巴图，你带猛峨他们从另一条街追赶，别都跟着朕跑，传告鳌拜大将军，不要调动蒙古骑兵马队，别惊吓了猫崽儿、小鱼儿。"

巴图领命，便按皇上旨意迅速去办了。正逢昨天下小雨，海流土河是沙沱地，存不住雨水，但雨后沙土松软，猫崽儿、小鱼儿两人跑出去，在街巷上留下一串错乱的小脚印，人虽不在，但在巷路上隐约可见的脚印中能辨出她们跑走的方向，脚印一直向南山跑去，前面是一片榆树林。海流土河蒙古行辕大营正建在古寨中央，左右两条南北向的街巷小路，街道不大，户舍民房不多，是个荒凉之地。

顺治皇上又命巴图等人从左翼小街向南追寻，自己与刘老公公从右翼街巷向南追寻，必在前头榆林处相遇，那里已是古寨的尽头，再没有人家了。

虽然福临顺治皇上命巴图传告鳌拜，不要调动蒙古骑兵，怕惊动猫崽儿、小鱼儿，可是鳌拜大将军依然通告土默特章京安巴尔王爷，迅即用骑兵左右包剿海流土河古寨，把两条街巷和南山坡榆林地全都围个水泄不通，行动之快，真如神兵天降。

当顺治皇上和巴图两路追赶的人赶到榆树林沙坡时，安巴尔王爷早已经将跑出的猫崽儿、小鱼儿给围在中央。安巴尔王爷见顺治皇上和巴图侍卫赶到，向前走几步，给皇上跪地叩头说："奴才安巴尔给皇上叩头，两位格格未受惊吓，我们承鳌拜巴图鲁的指令，海流土河地方尚有匪患，社会不宁，为扈卫皇上，又为及早寻到两位尼堪①格格，故违命出骑兵寻找，敬望皇上恕罪。现在找到两位格格，交于皇上，奴才率兵退下，给皇上叩头。"

说完，手摆令旗，身边拨什库②手举角号，吆响，两路骑兵立即上马，在安巴尔王爷率领下，迅即离去。马蹄征尘，烟砂四起，霎时间就离顺治皇上、刘老公公等人远去。

顺治皇上走过来，拉住猫崽儿、小鱼儿的手。猫崽儿、小鱼儿慌忙跪地叩头，头都不敢抬，连连说："草民给皇上叩头了！"

顺治皇上笑着说："猫崽儿、小鱼儿，你们怎么变样了，朕就喜欢你们在昌平州时那样，随便相处，不要这么拘谨不安，朕不喜欢你们这么做。咱们都亲如手足，好知己，不要弄得泾渭分明，天壤之别！"

刘老公公说："猫崽儿、小鱼儿，皇上说了，你们不用以君臣之礼跟皇上说话，皇上宽厚仁慈，恕你们无罪。今后不要分那么清清楚楚，皇上拿你们当成自己亲姊妹看待，这可是多大的洪恩哪！你们还怕什么？还到处躲到处跑什么？怎么不知好歹！快快随便些，彼此都亲亲热热，皇上最高兴了！"

还是刘老公公会说话，猫崽儿、小鱼儿由此转意，开点儿窍，不想跑了。猫崽儿说："你们不是一般的人。我们孤儿堂的人，还有法空大禅师及三宝庵的师傅们早就猜到了八九。大禅师就说皇上您相貌非凡，刘老公公一举一动，对待皇上毕恭毕敬的劲儿，任何人都做不到，学不会，都说您老一准是侍奉宫里人的。大家都知道，当今皇上是幼帝，由摄政王主政。所以您们走后，大家猜来想去，就认定是当今的大清国小皇帝御驾昌平州。为皇上到昌平州，三宝庵还举行斋祭七日，僧尼和信士都祈祝皇上福寿臻祥，江山永固。"

顺治皇上听了更加高兴，连连说道："巴图侍卫记住此事，朕必献银千两赐予三宝庵，诚谢佛缘和法空禅师。"

刘老公公说："皇上，猫崽儿、小鱼儿已经回心转意，快快回行辕

---

① 尼堪：满语，即汉人。
② 拨什库：满语，即护兵。

大营，到该用膳时辰了。安巴尔王爷和鳌拜大将军，都在等皇上一同用膳呢。"

顺治皇上说："好哇，走，猫崽儿、小鱼儿，咱们一块用膳去。"说着，走过去，一手拉着猫崽儿，一手拉着小鱼儿，三个人跟刘老公公走去，巴图、猛峨、安珠儿、黑子后边跟随。走不远，鳌拜、安巴尔王爷已经前来迎接，共同去大营中用餐，吃现宰杀的火烤草原黑毛肥羊。

福临顺治皇上心中就惦记着一件事，所以，很快就吃完烤羊宴。猫崽儿、小鱼儿两人心事甚多，也很快吃完，被顺治皇上拉着手一同进入内室，一起坐下，共同饮着野菊玫瑰花汁。顺治皇上说道："猫崽儿、小鱼儿，朕一直惦记你们，早就想问个究竟，结果没等有机会，咱们就分手了。我回京城后，总放不下心来，为此又出城寻找你们。可你们还想跑掉，不行，这是缘分。朕有个怪脾气，凡事不弄明白，就会惦记一辈子的！你们必须告诉我两件事，第一件事，你们名字为啥叫得这么怪，猫崽儿、小鱼儿，难道说从小就没有大名吗？"

猫崽儿先说："皇上，我从小就死了娘，爹去逃难，不知死活，也可能早已离开人世了。我是法空禅师云游时在河北冀州捡来的，法空禅师当时见到为躲避天花灾而逃难的老乡们，那时死了不少人，一路上都是尸体，她在一个老头子身边见到了我，正搂着老头哭得死去活来。法空禅师路过时，老人家招手叫住师傅，求她救救命，抱走这个苦命孩子，老人家说完倒了几口气，就快死去了。法空禅师忙将老人扶起，才又缓了口气，老人家又有气无力地说：'菩萨大慈大悲吧，这孩子家姓巴，因全家得天花疾病，她娘和哥哥已经死了，穷人家没有名字，就像猫崽子、狗崽子一样，老师傅救救这条小命吧……'说着，老头就闭上了眼睛，再也不能喘气了。法空禅师本想再打听老头与这孩子是什么关系，结果都没办到。就这样，法空禅师把我带回三宝庵，收入孤儿堂。后来，老禅师就为我采用猫崽儿的名字，一直叫了下来。我的家事就知道这些，法空禅师把我从两岁多一直拉扯到十二岁。后来，博尔惠的马队把孤儿堂捣毁了，我与小鱼儿一起逃跑，半道又被他们捉到，押到居庸关的哨卡。还是皇上来救了我们。"

小鱼儿说："我在孤儿堂的日子没有猫崽儿妹子长，我今年十四岁，属猪，猫崽儿妹子属牛。我的身世说来最苦，我们家是香河县夏垫子人，从爷爷时我家就给潮白河上一家姓谭的船把式柜上当鱼担子，谭家从大明朝嘉靖年间起，一直管理潮白河上的渔产苇业和九个渡口生意，有十五条铁板快船，有上百号看苇工、担鱼工。他因为与县丞有亲戚，有后台，在潮白河上截水，所有渔产全归谭家管，外户若想在潮白河上网鱼、捉鳖，都要经谭家允许，他权势很大。我叫小鱼儿的名字就是谭家老太太给起的，说是富富有余（鱼），一生吉利。只因大清国兵进燕京改了朝代，来了不少满洲八旗兵，个个威武，知道老谭家靠县丞的威风，欺压民众，八旗兵打抱不平，我爹甚是感激，结果惹出祸端。我爹认识云游的法空禅师，由她搭救把我隐藏到孤儿堂，其实我父母双全，因与猫崽儿等处得好，感情深厚，又舍不得法空禅师和三宝庵的众位师傅，就常住在那里。"

福临顺治皇上和刘老公公、鳌拜等众人，都看出来小鱼儿边说边满脸羞红，有些话没有细说，似乎还有难言之隐。顺治皇上说："你们为什么见到我们还跑呢？我猜想，你们心里一定在惦着什么人？在想什么人？是吧？告诉朕，你们既然知道朕是大清国皇上，难道还不能帮上你们的忙吗？"

顺治皇上确实聪明，看透了她俩的心思，一针见血地这么一说，反倒激起猫崽儿不顾一切地把话全都倒了出来。猫崽儿说道："别看您是大清国皇上，我们的心事皇上也解决不了！"

猫崽儿这么一说，刘老公公、鳌拜、巴图、猛峨、安珠儿一个个都连连摇头说道："猫崽儿，可不能这么说啊，说大了，这可是欺君大罪。皇上是一国之君，天下之事没有皇上不能解决或是办不了的！猫崽儿、小鱼儿，说出来，是什么难事？"

猫崽儿、小鱼儿两人互相看了看，觉得不说也不行了，还是猫崽儿鼓起勇气开口说道："皇上，刘老公公，各位大恩公，还是让我替小鱼儿姐姐揭开这个放在心里有五个年头的终身大事吧，救救小鱼儿姐姐，也救救另一位恩公。那位恩公现在还押在水牢里呢！"猫崽儿这么一说，小鱼儿捂着脸哭了起来，猫崽儿也同情地流眼泪。

她俩的表情，顿时又引起福临顺治皇上的一阵心酸，大家心情也都沉重起来，不知又发生了什么大事，眼睛都直勾勾地盯着猫崽儿，在听她要吐露什么心里话。

只听猫崽儿说："我跟小鱼儿去寻找一个人，他是小鱼儿心里最惦记的人，也可以说是她家的一个恩人。我虽然没见过，可听小鱼儿讲过多次，也成为我的挂念人了。他是小鱼儿很钟情的人，说来话长。那是明崇祯八年端午节，家家过端阳，潮白河两岸人家都争着抢着到谭家鱼市买潮白河白鱼，这是潮白河的特产。鱼市管账的就是谭家大儿子'女人烦'，三十开外，明里暗里有说不清的相好的，多数因他家有钱有势，连蒙带唬，小恩小惠，软磨硬泡给霸占着的，谁都知晓，谁都忍气吞声。替'女人烦'整天打网捕鱼，站在鱼市取鱼卖鱼的人就是小鱼儿她爹，是他家的长工。这天因正逢五月节，买鱼人特多，鱼市挺兴旺。巧得很，在潮白河上的临河白泥小房中，一个婴儿呱呱坠地，接生的稳婆偏偏就是'女人烦'相好的，都是谭家佣人，不用花接生银子，白帮忙，以此'女人烦'笼络小鱼儿的爹，好为他家拼死拼活地卖命。孩子生下来是个白胖胖的小千斤，'女人烦'的祖母谭家老太太高兴了，说：'鱼市生意这么好，是老谭家奴才喜生千斤带来的福气，我要给孩子亲口起个名，讨个大吉大利，就叫小鱼儿吧！'就这样，小鱼儿的名字从此就叫起来了。小鱼儿越长越好看，在潮白河上是出了名的小美人。这可让'女人烦'从小就惦记上了，他就像个苍蝇，天天轰都轰不走，把小鱼儿家盯上了，这下子可把小鱼儿的爹娘急坏了，吓坏了，也愁坏了。'女人烦'天天来找碴儿，欺侮得小鱼儿一家无法活下去了。就在这时候，老天有眼，大明朝完蛋了，改天换地建起大清朝，香河镇来了满洲八旗兵，到香河镇驻守的旗兵统领是曾在盛京镇守昭陵的何洛会大人，属于正黄旗。所以香河镇圈地就归属满洲正黄旗，后来又听说何大人又归正白旗了，香河一带就成了正白旗管辖之地。潮白河上的渔业，老谭家名声一下子臭了，谁也不理'女人烦'，凭他往日的德行，现在成了过街的疯狗，人人打，人人搡。管潮白河鱼市的庄头是满洲八旗中的正黄旗人，叫福来，满洲话叫呼突里，身边有几个小伙子，人缘好，不熊人，肯帮助人。小鱼儿爹经年劳累，早年患了瘫症，大明末年就不能劳动了。小鱼儿娘命短，没过两年，淹死在潮白河上，尸首都没找到。白泥小房全是邻里给修葺，小鱼儿就靠邻居家照养。这'女人烦'是狗改不了吃屎，还总是寻思着要抢到小鱼儿。十来岁的小鱼儿长得像天仙，'女人烦'身边有一帮打手，打家劫舍，强抢民女，无恶不作。小鱼儿的瘫爹无法护卫自己的小女，当时呼突里福来庄头手下有个青年人，是满洲人瓜尔佳氏，勤劳忠厚，身体又挺棒实，小鱼儿的爹早就看上了，小鱼儿也从心里喜欢，就认为是靠山。当时在夏垫子满洲八旗那是高贵的人，都另眼看待，不少汉人姑娘都心里盼着嫁给他们，能够过上安适生活，不受人欺负。

"这个小瓜尔佳氏是护卫潮白河的兵卒，身穿旗人'卒'字号坎，风里雨里身披芦苇，划着梭子船，在河上巡游，保卫各渔家网鱼。偶尔有渔民为鱼汛斗殴，小瓜尔佳总是和颜劝导，从不出口不逊，赢得潮白河上人们的一致称颂。小瓜尔佳打听到河边白泥房中有个瘫子，生活贫困，就常常把自己网得的白鱼送给小鱼儿和他爹度日。一来二去，小瓜尔佳与小鱼儿萌生出相互恩爱的情感，时间一长，他们越来越谁也离不开谁，互相总是惦念不忘。

"这中间'女人烦'还带领他的打手们竟想强抢小鱼儿，几次闯进白泥小房下战表，把她瘫爹吓得整日水饭不进，夜不能睡。小鱼儿她爹思前想后，觉得不能硬挺了，否则小鱼儿就得让'女人烦'抢去，这怎么对得起她死去的娘啊。于是他请来突呼里庄头，求他帮忙，成全瓜尔佳与小鱼儿成婚，年岁不到不要紧，只要说小鱼儿是满洲瓜尔佳旗兵的未来媳妇，就有了护身符，'女人烦'也就不敢妄为了。

"谁知她瘫爹把心中大事向庄头一讲，庄头突呼里吓得慌忙站起来，拱手说道：'老爹爹，这个念头万万不可有，我们满洲有个老规矩，满汉授受不亲，不能通婚，违犯这个天条，不单小瓜尔佳要治重罪，我这庄头也要砍头的，万万使不得，一定打消这个念头。'庄头口气变得十分强硬，卷了瘫爹的面子。庄头走后，又找到瓜尔佳，严厉申斥他一顿，并将瓜尔佳调走，不知到什么地方去了。小鱼儿和他的瘫爹，从此再也没有寻找到小瓜尔佳。据传小瓜尔佳还被庄头罚鞭挞五十大鞭子，至今下落不明，生死未卜。打那以后，'女人烦'天天来白泥小房捣乱，逼得小鱼儿瘫爹快急疯了。

"在最紧急的时刻，他爹想到了三宝庵法空禅师，那是济世救人的高僧，多次到潮白河云游，不少百姓都认识她。瘫爹求庄里一位师父为他写了封信函，让小鱼儿连夜带信逃往昌平州三宝庵，一定要当面将此信函交到法空禅师之手，并嘱咐说：'法空禅师见信必会收留你的。爹爹这边你就不用管了，只要你有救了，爹就是死也能瞑目了，去见你娘也能团聚了。'父女痛哭一阵，小鱼儿跪地磕了三个响头，瘫爹逼她快快走，又嘱咐她一定不要提自己是潮白河的人。小鱼儿哭得像泪人，离开瘫在炕上的爹，心如刀绞便上路了。

"后来，小鱼儿打听到瘫爹送走她后，自己悬梁自尽了，是乡邻埋葬了他，与亡妻并了骨。小鱼儿到了三宝庵，法空禅师果然收留了她，

扎呼泰妈妈

收入孤儿堂，从此就与我分到一个屋，我们成了知心的姐妹，无话不谈，也就知道了她的苦难命运。她家的事感动了我，我情愿帮小鱼儿设法寻找到那个满洲瓜尔佳好心人，现在也不知他在哪里？是否还活在人世？是否已经有了婚配？我跟小鱼儿一样，管他什么满汉不准通婚的老规矩，都是大清国的人，两相情愿就该答应人家成婚，官府不准就隐姓埋名，远走高飞，恩爱百年，海枯石烂，不变心！"

猫崽儿发自肺腑的倾诉，打动了顺治皇上和所有在场的人，巴图侍卫这才理解猫崽儿、小鱼儿为什么与孤儿堂的小伙伴走散，两人被居庸关哨卡擒拿，被他们救出牢房，为何还要拼命挣脱逃跑，他们怕顺治皇上不会帮她们去寻找那个满洲小瓜尔佳，不会允许满汉通婚。因此，她们想挣脱这个不利的境遇，实现他们心中的秘密。

猛峨性格很像他阿玛肃亲王豪格，从来就仗义执言，不会拐弯抹角，说道："小鱼儿，你能敢于爱满洲瓜尔佳氏，我很佩服。幸福都是争取来的，我支持你，满汉一家，通婚有何错谬，摄政王抱着老皇历，到处发布禁令，说来他府上就有不少汉家女，还冠冕堂皇地管满朝的人。这个律令应该打破！"

鳌拜说："猛峨，不要胡言，满汉不通婚，早在金代以至到后金太祖太宗时期就立下了这个规矩，并非摄政王定下的律条。皇上，大清国已经定鼎燕京五载有余，满洲'诸申'已融入汉人天下的中原大国，人非草木，情欲难除，人相处必生情，安能抵御。据我所知，就像小鱼儿与满洲旗兵瓜尔佳之恋，绝非只此一例，现在汉女求满男，满男求汉女，男女钟情之事不少于千例。既然是大清国臣民，各族亲如一家，应冲开族籍藩篱，更令举国上下同欢，少生芥蒂，同仇敌忾，大清国必如日中天，强盛无比。不然，儿女情冤，易生嚣乱。"

福临顺治皇上点头示意，说道："大将军所言甚是，猫崽儿之心甚善可嘉，能为知己舍命相助，朕仿学你助人为乐，同去寻找瓜尔佳，朕助小鱼儿喜结良缘！"

刘老公公说："皇上，此事看来事小，但摄政王未有示下，皇上之事亦是白费。"刘老公公替顺治皇上着想，不同意先表态，免得无法兑现，日后不好向猫崽儿、小鱼儿交代。

顺治皇上虽然现在还没亲政，但他性情倔强，心中不服，刘老公公这么一提示，反而主意更强了，说："朕是皇上，一言九鼎，岂是儿戏？猫崽儿、小鱼儿，朕一定玉成此事！"

猫崽儿、小鱼儿连忙跪地叩头说："我们谢谢皇上了。"

顺治皇上说："猫崽儿、小鱼儿，这回你们该信着朕了吧，随我一同进京，叩见母后皇太后。巴图、猛峨速查瓜尔佳氏的下落，朕要亲为小鱼儿完遂夙愿，告慰小鱼儿父母在天之灵。"

皇驾回京，车轿中新增加两位客人——猫崽儿、小鱼儿，除此又从蒙古草原带来蒙古诸旗敬献的草原烈马数十匹，另有猎鹰五架，分装在五个鹰笼之中。双马大车，装着一排大鹰笼，驭夫小心赶着马车，精神抖擞，都是献给福临顺治皇上的。烈马和猎鹰都是顺治皇上最亲近、最喜欢的方物。他从小受父辈影响，甚喜欢蒙古骏马，而且更喜鹰猎。一路上由巴图侍卫等陪同，捕野兔无数。刘老公公点篝火，顺治皇上亲烤品尝自己捕的兔脯，同时分赏给猫崽儿、小鱼儿、鳌拜、巴图、猛峨、安珠儿、黑子，大家齐赞芳香可口，夸赞顺治皇上不仅放鹰呼唤技巧娴熟，猎物丰盈，而且升火燔烤，浇油、撒盐面、辣椒面，庖制之工，从小习学得也堪称不凡。

回宫后，顺治帝暗命猛峨给猫崽儿、小鱼儿换上男侍人衣，在他处择室安歇。又嘱咐猫崽儿、小鱼儿一切听猛峨安排，不必恐惧，既来之，则安之，朕将以贵客款待。

刘老公公怕惹出事来，皇太后怪罪，也反复嘱咐猛峨，一切要小心谨慎，万不可让摄政王各属下臣僚知晓。

鳌拜对顺治皇上说："皇上，此番回宫，奴才与刘老公公先叩见皇太后，皇上以多日行程，有些疲惫为名，需睡觉歇息些天，我们先去禀奏太后，不会有何想法的。"顺治帝点头答应。

刘老公公是太宗在世时的大太监，老亲随，最了解皇太后，那是聪明绝顶的人，想事最细，管事最严，从她眼中什么细微的尘埃也休想蒙骗过去，一旦让太后察觉，那可要受罚了。太后总是让下头的奴才自己先奏请赏罚规程，让奴才自己表达"如果有违约之事，奴才情愿受××罚罪"。订约以后，让你去办，太后一旦发现了错谬，便按你事先约定之罚例，自行惩处，绝不宽恕。因此，刘老公公比谁都格外小心，生怕皇上私下带进生人，太后知道后，首先挨板子的就是自己。

此次，刘老公公侍奉顺治帝出巡，到居庸关及西部蒙古草原，皇太后千叮咛万嘱咐，一定要伺奉好皇上，也要替哀家照看好（实际是代太后管好）皇上，不可做越格违礼之事，少给哀家和姑太皇太后添"堵"、生事、去擦屁股，又得向摄政王没完没了地解释安抚。"刘老公公你可是哀家最信赖的老奴才，要少睡一些觉，多辛劳勤思索，皇上好奇好贪玩好任性，你得会让皇上舒心地听你的话，扭着他的性子，平平安安地去，平平安安地回来，让哀家少操点心哪！"皇太后每次都是苦口婆心地嘱托刘公公。

扎呼泰妈妈

　　此番回到宫中，刘老公公仔细思忖，越来越发现这次皇上出巡又惹出不少乱子，自作主张将两个丐儿带入宫中，自己也无力阻挡，按顺治皇上的心思办了，现在就要面见皇太后，怎么禀奏？不说，能挨过皇太后的询问和眼神吗？哄骗一时，不能哄骗多日。何况私自带入宫中的是两个女扮男装的山野姑娘，这些事顺治皇上还执拗要办，这可怎么能瞒得住哇！我老奴可该受什么惩罚？怎么熬过这个难关哪！

　　刘老公公思前想后，抓住了一根救命稻草，那就是深得皇太后赏识的鳌拜巴图鲁。此次皇上出巡，鳌拜就是皇太后钦点的，可不能放走鳌拜大将军。自己要脱身得让他当挡箭牌，他可是智多星。于是，刘老公公到鳌拜大将军面前，一把抓住他的马雕鞍，说："大将军，您可是公公我的救命人哪，您可不能拍拍屁股一走了之，您得随我进宫，面见太后，只我一个人怎么回禀太后哇？我怎么说？若胡说一气，我这脑袋还能长在脖颈子上吗？"刘老公公说得这么邪乎，把鳌拜说得反而哈哈大笑了。

　　刘老公公又说："大将军，你怎么还笑呢，还不快点儿想些招儿，要看咱家的笑话不成？"

　　鳌拜说："老公公，俗话说，当娘的哪有不知自己儿子性体的。你还怕啥，太后最知道皇上遇事好奇和好做出平常人想不到的事情来，会比你还想得细，不必担心。太后和摄政王两人已磕磕碰碰多少年了，从盛京到燕京，明里暗着，哪天闲着过。别看摄政王耀武扬威，像只镇山虎，可咱皇太后就像卤水点豆腐，一物降一物，摄政王最后还不是按皇太后的招数出棋？就依本将军猜度，皇太后早有各种准备和应对。所以，你见了太后就如实禀奏，太后若怪罪下来，你就往我身上推。皇太后能懿旨让鳌拜陪皇上出巡，就是信得过我鳌拜的！一切听我的吧！"

　　刘老公公这才把心放到肚里，去皇太后宫中复旨，禀奏皇上回宫。刘老公公没容皇太后细问，便从头到尾，一五一十地详细陈述。

　　皇太后越听感到越奇，眉头紧皱，最后听说皇上救出两个化装成男孩的苦命女孩，与皇上在一起多日，并私下带入宫中。太后没敢细想，虽然尚在幼年，可那也是十二三的丫头了，皇上尚未大婚，未来皇后早已指定是自己的亲侄女。何况满汉历来分住，互不相扰，自入关至今，满汉官民相互械斗之事日频，朝廷还为此事头疼。没想到福临偏在头疼事上惹麻烦，何况私带汉民贫女入宫，太祖太宗皆无此例，这不会让满朝文武大臣传成笑柄，摄政王那里又要搅得天昏地暗了。

皇太后震怒，打断刘老公公陈奏，说道："你是宫中老公公，哀家最信任你了，竟办如此荒唐事，不拦住皇上，让他胡来，你太辜负哀家一片心了！"

刘老公公见皇太后真动怒了，吓得连连叩头，说道："皇上的所作所为，都是鳌拜巴图鲁答应的。"刘老公公真按鳌拜嘱咐说了，把鳌拜推了出来，心想，也只能靠鳌拜应对了！

皇太后一听，便命立即宣鳌拜进宫。西西皇太后虽然有气，但又一想，我皇儿福临那不是头脑愚笨的人，也不是贪花钓誉之人，其中必有情理，又听说经鳌拜大将军准允，更放心了。她急切宣召鳌拜进宫，了解究竟，弄清之后再与皇上详询。

不大一会儿，鳌拜进宫叩见皇太后。他胸有成竹，没等太后询问，首先跪地叩头恭问大安，没有喝太后命侍女献上来的峨眉茗尖，只顾激动地叩头，便说："太后，奴才此行大开眼界，一腔感佩，真没想到哇，祝福皇太后和姑太皇太后，太祖太宗在天可以放心了。福临皇上真正长大了，抓事了，是位有情有义的圣主明君，炽爱蝼蚁小民，视若姊妹手足，令昌平、宣府一路满、蒙、汉民敬慕讴歌。不仅如此，凡事皆不独断，甚怀谦恭之心，众臣个个皆愿忠诚奉侍皇上，一路君臣融洽，万民敬仰。蒙古土默特等部护驾功高，为皇太后、皇上恭献骏马五十匹，骆驼十九头，猎鹰海东青五架。皇上虽在内宫，尚未临朝，此巡足传史册，所言所为，井井有秩。皇太后可命公公、巴图细奏详情，再让皇上述说故事，必会让皇太后万般欣慰的！"

鳌拜这么一说，反倒使皇太后转怒为笑。太后对鳌拜深信不疑，甚喜他素能遇事纵横捭阖，应付急难，化解凶相。尤与西北部狂傲难伏、从不服输，且又兵强马壮、美丽富饶的草原中蒙古诸部关系密切，亲如一家。有鳌拜在顺治身边，啥事也错不了。于是，皇太后让鳌拜快快起身，坐在自己身边，说道："将军辛苦了，哀家有你在皇上身边，还有何不放心的。刘公公、巴图你们详细禀奏这一个月的情况吧！"

巴图按皇上日巡录册详细禀奏再巡昌平州等地情况。西西皇太后听得非常认真，最终得悉皇上此次出巡，在居庸关哨卡中发现被关押的两个丐儿，了解到哨卡里暗无天日的勾当，下层的混乱，最终救出丐儿，却是两个女孩。更知满汉禁婚引起社会的动荡、不安，现在皇上已将女孩带入宫中。西西皇太后听后十分惊愕，正如鳌拜所言，自己的皇儿办事甚有一国之君的风度，是非常人能考虑如此周到、细致的，事事处处为民生着想，像个皇上，令她欣慰。特别是皇太后也屡屡为满汉通婚之事焦虑。自入燕京以来，满汉私婚之事已大小出现百例，皆以重斩男女以警示世人。然仍禁而不绝，甚有不可阻挡之势。此次皇上又遇一案，其情节甚为感人，现已到当机立断之时了。皇太后并未有申斥刘老公公、巴图侍卫等人。皇太后当即懿旨，宣召皇上并召民间女孩儿猫崽儿、小鱼儿进宫。

不大工夫，福临顺治皇上入宫，两手各拉着猫崽儿和小鱼儿进宫，叩见皇太后。

皇太后站起来，特意下榻俯身细瞧跪在地上的猫崽儿和小鱼儿，然后双手把两人都拉了起来，说："孩子，起来吧，快起吧。皇上救得对，太难为你们了，从小就受苦遭罪，你们是在苦海里泡大的。哀家也跟皇上一样疼你们，爱你们。你们进宫里，就像到家一样，不要怕。"

猫崽儿、小鱼儿在进宫前，刘老公公就悉心教她们进宫叩见皇太后的礼节，怎么叩头，怎么讲究规矩，皇太后问什么就答什么，不要怕，要口齿伶俐，能讨皇太后喜欢，就能留下你们，给你们找世上最幸福的差使，你们就一步登天，永不再受熬煎了。猫崽儿、小鱼儿聪明，见到皇太后之后各方面做得都非常得体，一点儿也看不出是荒野丐儿进入皇宫大内的拘谨。西西皇太后的抚爱、慈祥、可亲是她们根本没想到的。什么叫皇太后，皇太后就是自己的老奶奶。她们从小没得到过抚爱，后来在三宝庵得到法空禅师的爱抚，那是佛奶奶。这次又认识了皇太后奶奶，比佛奶奶还可亲可敬。

这时，两个丐儿也不顾什么礼规，竟扑到皇太后身上呜呜痛哭起来，就像见到久别的亲奶奶那样亲近。皇上福临也扑过去，十分感激自己的皇额姆能这样亲昵猫崽儿、小鱼儿，他事先根本没有想到会出现这种感人的场面，连连喊道："皇额姆，皇额姆，朕将唱《燕水谣》的两个丐儿找到，给皇额姆领进宫来了，她们不但在昌平州协助朕摸清庄头的无头积案，还在居庸关为朕洞晓哨卡人贩的诡秘，有功朝廷。福临又给皇额姆惹乱子了，要生气怪罪，就申斥朕吧！皇额姆救救猫崽儿、小鱼儿，救救瓜尔佳吧。现在瓜尔佳尚未找到，还不知是死是活呢！"说着，也哭了起来。

猫崽儿、小鱼儿和皇上动情的哭声也使刘老公公、巴图、猛峨、安珠儿都既悲伤又惊喜地落下泪来。

皇太后命众人都不要落泪了，都坐好。太后又仔细端详猫崽儿、小鱼儿，从心里喜欢两个长得标致的小姑娘，虽身着男妆，仍不失本色。于是，命侍女将她俩领入后宫。

不大一会儿，两个女孩都换上了女妆。刘老公公专门按皇太后懿旨，让她俩都穿上汉家女孩的绫罗绸缎，梳着刘海，头戴金钗、小花穗，画眉、点唇，上身穿牡丹画眉的小红衫，下身穿百蝶荷莲跃鱼儿的宽腿裤，足登绣花绒球的花鞋，右胸间各有一个银丝珠点香帕，从内宫由侍女引出。

门帘一打开，引出猫崽儿、小鱼儿，众人都惊呆了。随着香气阵阵，走出来的是天上下凡的两位小神女，美艳超凡，清宫中娇女三千，也没有一个能与这两个小美女媲美的，颇有沉鱼落雁之容，把顺治皇上喜欢得连连拍手叫好。西西皇太后也笑得双唇合不拢，没等她俩在太后、皇上膝前翩翩下拜，就让西西皇太后两臂一边一个给搂住了，说道："好孩子，不必下拜了，免了，快快坐下吧。"

皇太后转过身说："鳌拜大将军，哀家谢谢你，你费心了，此事做得好，很令哀家欣慰。皇上，你没有辜负额姆，做得好！领来两位小神女，进入哀家宫里，哀家打心眼里高兴，欢迎两位小贵客！多少日子以来，哀家时时为'燕山高，燕水长，燕地来了白无常'的民谣而焦虑不安，终与摄政王和诸大臣说通利害，圈地之潮得以平息。哀家早就想亲眼见到这唱民谣的小丐儿，她们之功胜比平明大将，固我皇基。皇儿能有此心计，不忘唱者，迎请进宫。国之强，首倚明君，更倚黎庶，历朝皆有采风之俗，歌为民声，方知寒暑。这些日子，哀家通览摄政王送来之军卷，又悉南方征明之役，慷慨悲歌，触目惊心，江山来之不易，贵在有忠臣献身，前仆后继，血贯长虹，有多少悲歌之士为此献身！哀家万分钦敬多少明臣为明主朱由榔献身，只可惜明廷倒行逆施，气数已尽，犹如朽木难雕，到头来，枉有多少英雄白白命丧黄泉。这其中就有南明广西巡抚张家玉，字元子，东莞人，清军攻下广州、肇庆，克平乐，浔州继破，再克长沙，明主朱聿健死，朱由榔继立，何腾蛟武英殿大学士，加太子太保。清军摧枯拉朽，明军内乱，明将刘承允劫迁朱由榔于武冈州。广西巡抚张家玉见明主狼狈逃窜，决意组织当地乡兵抗清，与举人韩如璜联手抗清，缺少粮饷，把尚书李觉斯家产全部籍没以犒士，奉表朱由榔。南明封张家玉为兵部尚书。可惜，张家玉以卵击石，立即败于势不可当的我大清八旗军，韩如璜战死，张家玉败逃西乡。张家玉祖母、母亲、妹妹跳河而死，其妻彭氏被清军俘获，不屈而死。张家玉在西乡巧遇当地大豪陈文豹，出资助张家玉，重整兵马，战清军，陷新安，袭东莞。清兵至，张家玉败走铁冈，文豹死于兵火。彼时，尚书李觉斯恨怨家玉，毁其家，尽灭家玉族，市井为墟。张家玉过故里，号哭而去。张家玉又与明将陈邦彦会师战清军，明将虽死伤狼藉，但终不言败，立保朱由榔反清。张家玉只身逃龙门农家，奔走呼号，复募兵万余人，分为龙、虎、犀、象四营。清兵步骑万余进击，张家玉三分其兵，犄角相救，倚深溪高崖自固，大战十日，力竭而败。被围数重，诸将溃围出。以家玉叹曰：'矢尽炮裂，欲战无具；将伤卒毙，欲战无人。乌用徘徊不决，以颈血溅敌人手也！'因遍拜诸将，自投野塘中以死。为明主忠心捐殁者甚烈，不可数举，哀家哀怜且敬慕备至。江山易主，天地倾覆，必究有因。哀家秉承太祖、太宗遗志，有众诸王、贝勒、公、侯、伯、将军精诚谋略，更有皇叔父摄政王、和硕郑亲王辅政王鼎力辅佐，方有今朝盛世。然南域未归，南明尚嚣，国祚未稳，有图楼舍阿房，少忧患，凡事只言胜蹄踏野，不记也曾有多少麦城失策，舒展龙旗非畅易之举，开创基业何岂艰辛，应牢记愈壮益谦，王者益慎。哀家夙夜无眠，忘尽更漏何时，眼前总是闪过南明虽大势已去，但仍困兽犹斗，不减余勇，令人常有所思：开创新基，承继太祖、太宗基业，必不可因循守旧，抱残守缺。今时境全新，一切不可仍遵盛京固制，控掌周秦以来数千载寰宇，重塑宏图，无有胜前朝韬略，不思求新进取，不如偃旗回关东故里，亦无颜面对明臣清将抛洒之沃血！此番知悉进入中原后，又临满汉通婚之事，改弦更张，又涉祖宗之法。哀家素喜创新，其实算来满洲婚配，何岂日纯，满洲素与关东各族通婚，而与我蒙古通婚早成定制，如今时入长城域内，旗人犹如滴水落入汉民大海，而不融于海岂可生焉。入乡随俗，大家欢喜。我行我素，互不来往，作茧自缚，难求和睦。长时以来，屡下文书，三令五申，满汉旗人官民不准混居，强令搬迁，闹得民怨沸腾，诸地不宁。若准满汉通婚，便少有催迁之乱，社会安定，民心稳定，何乐而不为。不过，此举扭转'旗民不交产'的祖宗规矩，哀家一人岂能做主，哀家已延请姑太皇太后的懿旨示下，又请皇叔父摄政王与诸王定夺。"

这时，巴图侍卫奏道："禀太后，姑太皇太后已传来懿旨了。"

西西皇太后忙说："懿旨在哪里，快快传上来。"

只听巴图侍卫奏道："博尔济吉特妃正从姑太皇太后宫中赶来，马上就到。"

接着，传宣官黄公公禀道："皇叔父摄政王进宫。"

只见皇叔父摄政王多尔衮急匆匆走进来，旁若无人，见到福临顺治皇上佯装未见，只到皇太后面前施礼说道："太后，又是何事让本王赶来？"

西西皇太后见多尔衮来了，忙让刘老公公引入正位坐好，侍女献茶。多尔衮这才见到顺治皇上，点头施礼。多尔衮因有殊权，见到皇太后、皇上不必叩拜，但受众臣叩头礼。在皇太后宫中的所有人等，除皇太后、皇上外，均走过来一一叩拜问安，多尔衮一一挥手示意免礼，才一个个退下，站立一旁聆听训谕。

多尔衮坐在太师椅上，甚是不快，不耐烦地听巴图侍卫受皇太后之命，详细复述皇上一行去昌平、居庸关哨卡、宣府诸地巡幸，所见所遇诸事。特别听到皇上提议满汉禁婚礼应该有所更改，便打断巴图的话，大声说道："皇太后，此事难道又是你同意了吗？"

西西皇太后见多尔衮这么强硬地问，心中也十分不快，随即答道："对呀，此是大事，故请皇叔父摄政王进宫商议。"

多尔衮说："满汉禁婚乃祖宗旧制，断不可违。前些天，本王谕户部等衙门，京城汉官汉民与满洲共处，争端不宁，劫杀抢夺。经查，满汉人等彼此推诿，竟无已时，似此何日清宁？此实满汉参居之祸。反复思忖，满汉绝不能杂处一地，互不扰害，实为永便。尔等竟倡满汉通婚，尤酿大乱，既违祖制，又祸安宁，不可兴此妄为之举。太后，俗话说，谁不当家谁就难知当家人的难处，不干事的人总不知干事人操劳得腰疼！"

多尔衮这话刚说完，跟随他来的户部尚书巩阿岱说道："太后，皇叔父摄政王所言甚是，户部中最令人头痛之繁务，就是满汉相处所生之械斗。户部给事中日日筹谋满汉迁居之事，若满汉通婚，社会将更难治理，户部如何应付，大清国必将乱成麻团了。"

坐在一旁正生闷气的顺治皇上突然站起来，痛斥道："巩阿岱，尔身为户部尚书，竟说出无作为的谰言，满汉混居与满汉通婚则为两桩事，户部只要诚意谋事，皆可事半功倍。朕深思熟虑，自顺治元年至今，缘何满汉混居屡生器乱，多由满汉两族生活故俗不谐所致。满汉衣食住行皆有差异，汉民人口如汪洋之海，而旗人终为少数，满汉相融，满洲旗人尤应习学汉民，入乡随俗，亲如兄弟，结为一家，唇齿相依。若此长久，安有满汉械斗、劫杀、抢夺不宁之事，大清国则为其乐融融，江山永固矣！"

这时，忽然传出一位女人的声音，大家注目一看，正是皇叔父摄政王之妃蒙古博尔济吉特氏，站在她一旁的是她的胞妹小博尔济吉特，她是肃亲王豪格之妃，豪格被多尔衮逼死后，守寡，与姐姐合住在一起了。多尔衮妃大博尔济吉特氏实际也是长期寡居。多尔衮日日有新欢，喜欢由博尔惠、何洛会、吴拜、苏拜轮流选送满洲旗人家之雏女陪宿。博尔济吉特氏姊妹都是西西皇太后博尔济吉特氏家族的人，姊妹俩都是西西皇太后和哲哲姑太皇太后的同族和晚辈，都是蒙古科尔沁部一家人。姊妹俩一肚子委屈和泪水，只能向西西皇太后诉说，西西皇太后百般安慰后，在宫中给她们找专室居住，这样她们常到西西皇太后处消遣度日。就因为顺治帝带回两个女子入宫，又商议满汉通婚大事，西西皇太后派她俩去姑太皇太后处禀奏此事，征求意见，并由她俩将身体欠佳的姑太皇太后懿旨带回来。到西西皇太后宫中，正巧见多尔衮、巩阿岱在言讲，便坐在一旁等待，当顺治皇上说完，大博尔济吉特氏便站起来向皇太后禀奏姑太皇太后懿旨。

大博尔济吉特氏说道："太后，姑太皇太后懿旨言道，身体欠佳就不临御太后宫了。姑太皇太后认为，皇上满汉通婚之倡议，实属必要。时过境迁，不可仍守关东之俗，对国对民皆有大益。"

多尔衮见两宫皇太后、皇上都执意改变满汉不通婚的祖宗规矩，仍一再坚持，受皇命为皇叔父摄政王，负有全责，改变列祖列宗之制不能在自己为摄政王之时出现，故此仍不同意。

西西皇太后当即又请郑亲王辅政王济尔哈朗、阿济格并范文程、宁完我、刚林、陈名复、陈之遴、冯铨等众位大学士直陈己见。唯陈名复与陈之遴未正式表达，其余诸王、诸大学士皆一致同意满汉通婚，认为江河东流不可逆转。

最终西西皇太后下懿旨："哀家与哲哲姑太皇太后秉承太祖、太宗基业、宏图，详折利害，唯行满汉通婚，皇基永固，皇上顺治御笔意旨，由户部行文各行省周知。"

扎呼泰妈妈

多尔衮终未表明可否。西西皇太后、顺治皇上让范文程大学士、宁完我大学士起草旨意，首告谕礼部云：方今天下一家，满汉官民，皆朕臣子。欲其各相亲睦，莫若使之缔结婚姻，自后满汉官民，有欲联姻好者，听之。数日后，又谕旨户部云：朕欲满汉官民，共同辑睦，令其互结婚姻，前已有旨。嗣后凡满洲官员子女，欲与汉人为婚者，先须呈明尔部，查其应具奏者，即与具奏，应自理者即行自理。其无职人等之女，部册有名者，令各牛录章京报部方嫁。无名者听各牛录章京自行遣嫁。至汉官之女，欲与满洲为婚者，亦行报部。无职者听其自便，不必报部。其满洲官民，娶汉人之女，实系为妻者，方准其娶。

旨意传下，满汉皆喜，往昔互相戒防、猜疑、嫉妒、结党殴斗之案日益减少，社会更加和睦欢乐。

福临顺治皇上在西西皇太后的懿旨下，赏赐重金、布帛、绸缎，为小鱼儿筹办婚嫁。鳌拜巴图鲁终在正白旗中查到小瓜尔佳氏，他被博尔惠惩戒，在朝阳门护卫营听差。奉旨将他调出，收入鳌拜巴图鲁统领的正黄旗行辕大营，升小瓜尔佳氏为牛录额真。共同选定吉日良辰，为小瓜尔佳氏与小鱼儿拜堂成亲。

这可是有清以来最高规格的大婚了。顺治帝御太和殿诏小瓜尔佳、小鱼儿上殿，双双叩拜皇上，下殿后又到位育宫叩拜皇太后。皇太后、皇上赐宴于位育宫，锦衣美食，载歌载舞，受到顺治皇上和刘老公公、鳌拜、巴图、猛峨、安珠儿、黑子以及猫崽儿的纵情祝贺。宴会后，正黄旗旗衙门出的喜轿彩车，将新婚夫妇送至正黄旗戍守之德胜门营地中，在新修缮的一幢新房中，欢度蜜月。

小鱼儿终于与恩人小瓜尔佳结成连理，顺治皇上等众朋友们都非常高兴，总算完成了一直挂念于心的一件事，心里都轻松不少，既感到无限欣喜，又感到少了一位知心的好友。特别是小鱼儿成亲，单单把猫崽儿一个人丢下了，使她感到无限的伤感。平日形影不离的姐妹，突然离开了自己，小鱼儿有了美满的结局，而自己仍孤单一人，引起无限的孤独悲情，总是偷偷落泪。

福临顺治皇上亲眼见到猫崽儿孤单痛苦的表情，便过来安慰她，为她擦泪，一再说："猫崽儿，咱们永远在一起，不分开，不要到外边去，就住在朕的宫里，朕一定有办法，这么大的皇宫还没有你住的地方吗？别哭了，我们都是你的好朋友。"

在昌平州的孤儿堂中，猫崽儿是给人印象最深刻的丐儿，高高的身材，一双水汪汪的大眼睛，长长的睫毛，白皙透红的脸庞，非常俊美、精神。其性格爽快、大方，乐于助人，有一副好心肠。她热心做他们的向导，介绍昌平的情况，当时就在福临顺治心中留下永恒的记忆，后来得知她姓巴，从小就失去亲人，福临就产生了一种难舍难分的同情感，并对猫崽儿说："你想上哪儿去，想做什么，朕都会想办法帮助你的！"

猫崽儿现在跟顺治皇上很熟了，也不惧怕了，就把心里话直接说了出来："您是皇上，我猫崽儿哪也不想去，也不愿意去，就愿一生一世跟着皇上了！您到哪儿，我猫崽儿就跟到哪儿，让我给皇上干啥差使都行，倒水、洗衣、扫地、做饭、打更、把门儿，啥活儿猫崽儿都能干，不嫌累、不嫌脏，猫崽儿就是皇上的人了！"说着，扑腾跪在地上，哭着叩头不止。当即把顺治皇上感动得也哭了起来，一把把猫崽儿搂抱在怀里，动心地说："猫崽儿，好，朕答应你，就在朕这里，咱们不分开！"福临顺治皇上说完，又紧握猫崽儿的手说："从今以后，你不要再叫猫崽儿了，昨日之苦让它永远离开你，猫崽儿是流丐时的苦难痕迹，从今以后，都把它抛弃掉，朕叫你巴姐，你就叫巴姐吧！"

猫崽儿高兴得紧紧抱着福临顺治皇上直蹦高，说："太好了，皇上让我永远不要忘了生育我的本姓，我记住了！"

顺治皇上安慰猫崽儿一阵之后，就径直去位育宫中叩见额姆皇太后。见面还没等太后问询，便首先向太后禀奏说："皇额姆皇太后，儿臣想着一桩大事，小鱼儿已经成婚走了，还有猫崽儿，只剩她一人，孤苦伶仃的，朕就留在身边了，请皇额姆恩准。"

西西皇太后听后一惊，忙说："皇儿，尽说呆话，一个民女焉能留在皇上身边，名不正言不顺，岂不是笑话。皇上成龄之后便要有皇后了，哪能像冲龄耍性子一般。哀家早有考虑，命鳌拜、苏克萨哈早给猫崽儿选订好了人家，她不会受到轻视慢待的，皇上不必操心了。"

福临顺治皇上还要缠磨哀告，可皇太后早已由侍女们穿戴衣衫，选佩挂饰，正在一心忙碌着，说道："皇上，不要再多费唇舌，额姆我主意早已定了。如今姑太皇太后正在病中，哀家甚是挂念，特备参药去探视姑太皇太后。皇上此次西游月余，功课荒废多时，速回宫中研读经典书籍，不可主次不分。退下吧！"

顺治皇上遵命退出皇太后的寝宫，心中十分焦急，这可如何是好，左思右想，只好快去找巴图、刘老公公，这两人都是自己最贴心的人，都会鼎力相助的。

于是，便召见巴图，并邀来皇太后身边的刘老公公。顺治皇上将自己被太后申斥和碰了钉子的事向二人说了一遍。巴图和刘老公公说道："这好办，皇上身边安排人，只要我们不说，谁能知道。"

刘老公公说："巴图，让猫崽儿仍女扮男妆，宫内司礼、御用、尚衣、织染都急需人，让猫崽儿到织染监吧，浆洗熨烫，随时为皇上换洗衣物，还能常到皇上身边去呢。"

顺治皇上一听放心了，好在暂时安置下来了，待一段时间后再慢慢想出好主意吧。便立即让巴图去把猫崽儿安置在宫里。

说来，事也凑巧，偏偏赶上宫内连续发生了许多突然的大事，所有上下人等都忙于宫内大事，也没有人特别是皇太后也无暇顾及皇上要安置猫崽儿的事了。

自顺治五年旧历十月，太祖武皇帝第二子、德高望重的和硕礼亲王代善老王爷久病于床，突然薨逝，享年六十有六，满朝悲痛，停宴乐七日。

顺治六年乙丑三月，太祖武皇帝第十五子，功高盖世、威名远震南疆的辅政德豫亲王多铎丁丑薨。

皇叔父摄政王多尔衮因满汉通婚颁诏通行全国，完全与他的独断专权相抵谬，与皇太后相左，心情十分不快，一怒之下便由陈名复、何洛会、博尔惠等陪同，于乙丑春日赴居庸关塞外猎鹰，发泄心中郁闷。不久，家奴挥马急报，辅政德豫亲王多铎，自己最亲近的胞弟薨逝，惊悉悲痛欲绝，急返京师临丧。办完丧事，都未与皇太后、皇上晤面，便又去赤峰狩猎。

多尔衮不辞而去，引起西西皇太后的注意，知道皇叔父摄政王为人恃傲，从来不取有背悖他意之人。特别是近两年，多对福临极力过问政事不满，认为这是本末倒置，即为储君就该攻于学业，勤于修德，临政则为以后之想事。现在既有皇叔父摄政王主政，必有文韬武略，你不要生事惹事添乱，更迁怒于太后的纵容和对摄政王治国能耐之猜疑或不信任。如皇上两下昌平，多尔衮都甚为不满，认为福临是在"挑刺"，是对"皇叔父摄政王之无礼蔑视"。再加上他身边的将领火上浇油，又被找出诸多弊端，甚感没有面子，下不了台阶，真是暴跳不得，吵闹不得。但又碍两宫皇太后的面子，又觉福临毕竟是十几岁的孩子，自己的亲侄子，太宗皇兄之遗孤，更是自己力主辅佐之当今及未来的皇上，如当面发怒火，或吵得失礼，必让人贻笑大方，也大失我皇叔父摄政王的身份，这样也不是我多尔衮的性格。于是猜疑、误会、委屈、费力不讨好，等等，心绪乱如麻，只好远去他处回避，自己生闷气去了。

皇太后是最善解皇叔父摄政王的人，心中对他也最感激、最崇敬，视他为大清国首推显赫功臣的第一人，是再造大清国的人，对这样的人，能不感激吗？可是，对多尔衮越来越飞扬跋扈，目空一切，唯我独尊，朕言是听的派头、行为实在看不上眼。皇上和一些臣僚的疏言评语，不时传来，亦甚有同感、赞同，并对一些奏文进行支持。这都引起多尔衮的不满，甚至认为皇太后变了，变得有时他都不认识了。

其实，西西皇太后和哲哲姑太皇太后对多尔衮功绩的认识最清楚，评价也最高。对任何人包括皇上及王爷对多尔衮的评议，有的赞同，有的保留，对认识不对的地方甚至严厉申斥，帮助摄政王解释，澄清一些事情。她们深知皇叔父摄政王在摄政辅佐的位置上，成为众目睽睽，众人所指，好话赖话都得听，各种气都得受，真是众口难调，怎么能让人人高兴，人人满意，为此多尔衮竟成为众矢之的。姑太皇太后多次懿旨西西皇太后说："九王太苦太累，也太难为他了，尔要多让众王爷体谅他吧！"

姑太皇太后很心疼多尔衮，她自己已经染病多时，常有膀肿、血尿，西西皇太后时常去陪宿，夜间亲自为姑太把尿，尿后姑侄相拥洒泪。对自己的病情，姑太皇太后不让往外宣扬，不准讲出去，她说："朝中大小事太繁杂了，不要让摄政王知晓。"怕影响摄政王主持朝政。

近些日子，姑太皇太后夜间常常昏厥过去，太医在身旁监护，多尔衮都不知其详。西西皇太后命多尔衮元妃大博尔济吉特氏告诉摄政王，请他进宫探视。但西西皇太后一再叮嘱元妃，不要话语说得太重，令摄政王惊吓，他闻讯会来的。结果，传告后多尔衮依然率钦军去永平，未有进宫叩拜姑太皇太后。西西皇太后不敢在姑太皇太后榻前提摄政王的名字，怕引起姑太皇太后思念。

各位妈妈、玛发、阿古们，朱伯西我心中难过，由衷祈福姑太皇太后万寿无疆。姑太皇太后是如今大清国第一位万民敬仰、德高望重、心如菩萨在世的皇太后，佛龛敬香，升入天穹，向天泪祈赐寿，诚愿灾星速去，平安吉祥。心灵手巧的姑太皇太后依如从前，总是默默在宫闱中作画刺绣，将精品分赏给本族晚辈或宫中嫔娥。现在不能做了，宫中上下都无比忧伤。

西西皇太后从入宫就受姑太所染，也常习刺绣，原来只研练马上箭、马上技，后来又精于彩绣。多尔衮从小就喜欢兄长皇太极，后来成为太宗皇太极的左右臂。当西西皇太后还是庄妃时，每精做的"乌涩"① 都给太宗，给另一位的就是多尔衮，因多尔衮常随太宗征战，是重要的武威将军。做"乌涩"，又称"警示带"，乌涩彩带是庄妃的心，带上绣有"宽、仁、忍、戒"等字，又称"宽带""仁带""忍带""戒带"，常系在内衣腰间。只要见带上之字，就提醒自己秉性品德的修持，常常起到有最亲的人在时刻警示自己言行的作用，要对臣属黎民兵勇宽厚仁德，遇事要冷静，善忍让，尤要戒酒色贪婪。

太宗驾崩，到燕京之后，西西皇太后仍给皇叔父摄政王送"乌涩"，保持亲近关切之情。多尔衮也甚感激备至，更加忠于皇太后、皇上，力主朝政兵战，以致终日"机务日繁，疲于裁应，头昏目涨，体中时复不快"，而不知安歇。可是，近两年大变样，特别是官至皇父摄政王之位，自觉已凌驾小皇上之上，两宫皇太后对自己也得另眼看待，大有与众不凡之心，甚而总觉得在当朝无论怎么做、怎么说也不逾规，恶习暴涨，求图非凡的府第，应"与帝座相同"，虎踞龙盘，雕镂奇异，总是秘密去外地寻游，选建府邸宫址。细心的西西皇太后看不到在多尔衮腰间再常系有自己赠赐的"乌涩"带，心甚胆寒，摄政王在变心，对他在姑太皇太后病中仍不来探视而径去外地狩猎，也不觉奇怪了。

那么，多尔衮在忙什么呢？多尔衮有个大嗜好，从小就好打猎。打猎既可习武，提高武技、马技、箭技，锤炼统兵夺寨的谋略，又是消遣、娱乐、整饬自己心绪的最好办法。进入深山，发现和追逐猎物，全神贯注，忘记一切思愁苦绪。所以，多尔衮在关东、山海关时狩猎甚勤。到燕京之后，再忙仍不丢掉狩猎，心情越郁闷，接近愤懑，越去狩猎。此番，他不带任何属下，打马直奔他经常狩猎的滦河湾。这里山清水秀，风光优美，古木参天，长鹤飞鸣，绝是人间仙境。他看中此宝地，还是位路中偶遇的老僧指点的。老僧告诉他，若要修行，找世外仙境，莫过滦河湾。多尔衮问老僧："若是修建府邸，到哪儿去找？"老僧又说："就去滦河湾，那是神仙都在寻找的好地方。"

多尔衮心中有个不可告人的秘密，他认为自己帮助两宫皇太后打下大清江山，等自己年老就在滦河湾建造宫殿，把两白旗人马、家眷都迁入滦河湾。燕京师十分喧闹，水土不好，又稀缺水，常患痘瘟，人常得

---

① 乌涩：满语，汉译为"用绸缎绒绒绣制的彩穗腰带"。

疗病。滦河湾空气清新无尘，益寿万年。

单说这天，多尔衮信马由缰，进入滦河弯密林，沿着麋鹿小径在河谷中前往。突然听到林中有人在吟唱，只听唱道：

> 爱恨都是一笔债，拧成绳结难解开。
> 心光融入弥陀海，冤亲平等登莲台。

多尔衮急催马走出树林，见到河边一位老僧正在濯足歇息。到近前一看，多么巧哇，正是多日未见的那位指路僧人，真是有缘。他心中甚是高兴，急忙跳下马，牵马走了过来，抱拳向老师傅问候。老僧也非常高兴，忙打佛号施礼说："施主，老僧在此等候施主，想您今日必来。"

多尔衮惊奇地问道："大师缘何知我今日来滦河湾？"

老僧说道："人生事事皆在我心中，施主早已惦挂滦河湾，这里是你的家，你早晚要来的。不过，今日你不宜在此狩猎，你心不宁，琐事多，你也静心不下来，老衲猜得准，你虽到滦河湾，心仍在京城里，是不是一股什么闷气把施主催到这里的呀？你一腔怒容，都写在脸上了！"

多尔衮虔诚信僧佛，老僧说得完全对，说到他心里去了。他确是生皇太后、皇上的气，认为在挑他的刺，与他过不去。皇上不懂事，皇太后怎么偏偏向着皇上，这是在拆我摄政王的台。他越想越生气，一怒之下出宫来到滦河湾他的故地。

只听老僧又说道："施主，您老必须赶回去，京城有天大的事发生，快赶回去还好，若迟过，您可有难临头！快回去吧！要记住，施主，再送你几句赠言：

> 听到称赞莫欢喜，听到诽谤心不烦。
> 喜怒哀乐都是魔，八风不动泰安然。

老僧咏颂着，穿上大傻鞋，背上大布袋，顿时隐进山林不见了。

多尔衮站在那里琢磨着老僧的赠言，不知何意，又想到老僧叫他快返回京师，必须早回去，否则有难临头。多尔衮不敢怠慢，立刻骑上自己的铁骊马，紧打几鞭，穿越林海，急速往京师催赶。二百多里的土路，快马没到傍晚已进入紫禁城。

刚进入武英殿，就有小厮来传报，所有宫中人等，在皇太后率领下都到了姑太皇太后宫中。姑太皇太后已几次昏厥，不省人事，要凤归天庭了。

多尔衮急匆匆于卯时赶到。皇太后、皇上与自己的妃子博尔济吉特氏、郑亲王济尔哈朗等全跪在地上痛哭。申刻，姑太皇太后崩，走得安详，未说一句话。皇太后、皇上率文武众臣及王妃以下各官、命妇，都穿孝服致哀。百日停灵祭奠。

多尔衮终于赶回，西西皇太后泣泪向多尔衮感激，多尔衮甚感惭愧。

此时正值顺治六年旧历四月。哲哲姑太皇太后，慈祥、沉稳、寡言、聪敏手巧，广受上下崇仰，崩年五十一。在弥留时谕西西皇太后：哀家三女已下嫁远去，京师无有牵挂，唯思回盛京太宗身边，望遂祈愿。上尊谥曰孝端正敬仁懿庄敏辅天协圣文皇后，梓宫于戊子发引，二十多日后的乙酉孝端文皇后至盛京，隆重祭奠，安葬太宗昭陵。

天有不测风云，大清国顺治五年时突然发生一件惊天动地的大事情：山西大同姜瓖自号大将军，占据大同，反清复明，其声势震动陕西，波及山东，其凶悍摇撼大清国的社稷安危。这是满朝上下谁都没预想到的事，都认为大清在定鼎中原之后，此地诸省州已顺利归入清廷，明臣已经降服并被授为清廷官员，皆有晋升奖赏，万民讴歌。南明朱由崧已被擒，南明新政权已风雨飘摇，危不保夕。皇叔父摄政王日日兴高采烈，只为痛惜平南大将军、自己的胞弟豫亲王英年早逝而无限悲伤，并多次禀告皇太后，自颂奠鼎社稷之亘古丰功。姜瓖叛清对皇叔父摄政王、西西皇太后都是沉重打击。

姜瓖何许人也？姜瓖乃原明朝将领，陕西榆林人，祖上世代皆为明将，其兄姜让为明陕西榆林总兵。姜瓖镇守大同，李自成大顺军东进，姜瓖不敌李自成，投降大顺军。顺治二年，摄政王多尔衮征西，姜瓖投降清军，命其镇守大同。姜瓖孤芳自赏，穷兵黩武，且又嫉贤妒能，对英亲王阿济格甚有戒备，认为自己未被重用，便起反心。于是在十二月初三自号大将军，重换明服，在大同反叛清朝，声势甚大，影响大同附近七个城邑。在姜瓖鼓动之下，反清之势如燎原之火，突然乘势燃烧起来，使全晋震动。

大同乃京畿辅弼，危及朝纲安宁，西西皇太后便急与多尔衮议政。多尔衮当时心情不好，对皇太后、皇上都心存怨气，只言讲"已派兵清剿"。然而大同方面兵情甚紧，波及数州县，更危急的是与江南反清复明之势相呼应，形成南北夹攻之势。西西皇太后再次与皇叔父摄政王商议，便提出解铃还得系铃人。大同的姜瓖最惧怕之人就是大清国王中王皇叔父摄政王多尔衮。多尔衮曾收降大同，包括姜瓖，都惧怕他的大清骑兵马队。西西皇太后央告他亲自出征，督师大同。

多尔衮很是倔强，就跟太后直言说："本王不被人重视，找当今皇上去平大同之乱。"多尔衮直接叫号未执政的福临顺治帝。

西西皇太后问多尔衮，你让皇上怎么向你道歉呢？多尔衮直言不讳地说："让顺治皇上当面向我认错，蔑视本王，除非叫我三声皇阿玛，跪地磕三个头。"

西西皇太后知道多尔衮从来就是气盛得很，说了必须按他的话去做，否则誓不罢休！西西皇太后喘口气，只得回宫宣召福临顺治皇上。母子见了面后，西西皇太后耐心地对皇儿福临说明情况，讲清大同反清之兵已危及朝廷社稷，皇上要以国事为重，忍辱负重，与额姆同去皇叔父摄政王处向他求情，亲征大同。唯有摄政王出马，才能调动大清上下的兵马，合力剿灭大同反军，擒拿叛首姜瓖，以防烈火越燃越炽，伤及江南已归大清版图之地域的百姓，否则南北齐嚣，其气不可设想！

福临顺治皇上深解皇太后之心，顾及国家安危，便慨然答道："朕可做，可呼为阿玛，即是称皇父摄政王，又是叔辈，有何不可。不过，朕无错，唯不能认错，摄政王自有过，朕安可违心自称有错，至死难允！"

于是，西西皇太后拉着福临顺治皇上到皇叔父摄政王府邸。顺治皇上本来就很机灵聪明，见面未等皇叔父摄政王开口，首先便拜倒在地，说道："朕从来就仰慕皇叔父摄政王对大清国之绝世伟绩，未有皇叔父摄政王，安有定鼎燕京之大清国，亦难有侄儿承继天祚之位也。朕诚愿呼皇父摄政王为皇阿玛，祈请皇阿玛速亲征大同。大清天下乃皇父摄政王闯下来的，岂能让姜瓖之流毁于一旦，朕想皇父摄政王对成败利害会明断的！"

多尔衮当时对皇太后是说些气话，说完也有些后悔，没想到福临来后，慨然下拜，所言之语不是虚言应付，而是出自诚心！看来自己误会了，孩子是有啥说啥，从内心还是无比敬重我的功绩的！福临不愧是本王钦定的太宗承继人！这个风波就这么顺利解决了。

次日，多尔衮率兵去大同，督师剿灭姜瓖。当时，因多铎病危返回京师。七月中，多尔衮再去大同，亲征姜瓖，终于在九月底彻底平叛反军，收复大同。

多尔衮平叛大同之乱，更加高傲，蔑视顺治皇上和皇太后，自己为所欲为，出外狩猎巡视不传告任何臣属，常常有奏文找不到摄政王，不少臣属直接到皇太后宫中禀奏朝事。多尔衮常与小妾外游，他与原配妃子大博尔济吉特氏，前书已讲过，多年来判若两家，互不联系。多尔衮不与她合宿，姑太皇太后见她可怜就收在身边，奉侍自己。如今姑太皇太后崩，大博尔济吉特氏悲愤欲绝，冬月壬子夜在哭泪中故去。小博尔济吉特氏，为其妹，原豪格之福晋，睡梦中发现大姐全身冰冷，停止呼吸，便慌忙禀奏西西皇太后。皇太后命巴图侍卫通告摄政王多尔衮，多尔衮此时正与小福晋卧在温衾中，闻其噩耗，甚感惭愧。下谕旨，令两白旗牛录章京以上官员及官员妻，皆衣缟素，六旗九录章京以上官员皆去缨帽，予以祭奠，并以玉册玉宝追封大妃博尔济吉特氏为敬孝忠恭正宫元妃。

多尔衮并不满足于小福晋温存，在姑太皇太后忌日，在梓宫尚在送往盛京途中，全朝上下挂孝祭奠，而且自己元妃刚死去不久，他不顾西西皇太后劝阻，执意去连山亲迎朝鲜国送来的美女，当日在连山成婚。数日后，携朝鲜女回京师，群臣贺拜。皇太后命福临顺治皇上幸摄政王府邸祝贺。福临顺治皇上自上次去摄政王府的事，就打心眼里发烦，拒不愿前往。皇太后嗔怪地说："好皇儿，尔为何不学会通达世理，要善知人之所喜恶，摄政王最喜人奉迎捧场，就随着他去吧。若再恼怒了他，难道还想让咱们母子再去登门哀求吗？"

皇太后这么一说，福临立即起身，由刘老公公备办厚礼，幸摄政王多尔衮府邸祝福。谁知，多尔衮并不满意朝鲜秀女，斥其不美，催逼李朝再选新女，闹得李朝胆战心惊，又送女子。西西皇太后婉言劝阻，遭多尔衮严拒。俗话说：天恶有难，人恶有灾。多尔衮事事皆不遂心，皆不如意，认为顺治皇上与他抢权柄，便在愤闹中陷入女色，以泄郁情。太医为摄政王疗病，嘱告"力避女色，疗药不在庖服草药，游于山川，吐纳天地之气，使糟糠之躯大补真元，必会返老还童焉。"

故此，摄政王以有疾泄郁，顺治七年十一月率诸王、贝勒、贝子、公等及八旗固山额真官兵猎于边外，静心休养一个时期。可是多尔衮不听皇太后劝阻，更违背太医忠告，以疗之名，到喀喇城即他多年秘密经营之滦河湾河谷之宏大府邸地址，并企图将两白旗人马都迁至滦县。由于奔忙劳碌，引发风疾，像太宗皇太极一样，于十二月初九，戊子午夜，溘然长逝，薨于喀喇城，年三十九。

皇父摄政王薨，讣告传入京师，西西皇太后、顺治皇上震悼。太后悲伤至极，连连说道："九王好盛，哀家早有所料，结果闹成这个下场！哎呀，老天阿布卡腾格里①缘何如此狠心无情。说来，昨夜哀家就挺难过，哀家在梦里恍惚梦见九王爷，好像是在盛京，又像是在科尔沁草原上，哀家冷不丁见到摄政王从老远的地方骑马跑来，向我招手说：太后，本王有急务要走了，说得那么匆忙，返身打马就走了。哀家我当时还要追问他，为何如此紧急，还没等我喊话问他，人似乎已经不见了。哀家被惊醒了，坐起来，说什么也睡不着，琢磨来琢磨去，也不知摄政王这是何意。结果噩耗传来，这是九王爷向哀家道别呀！九王爷也惦记着这偌大的摊子，让哀家怎么背怎么抱着走哇！"说着又痛哭失声，突然昏厥过去。

这时，宫中已经来了皇太后的众亲信和知己，有郑王爷辅政王济尔哈朗、大学士范文程、宁完我、冯铨，还有一位黄毛头发、大鼻子的日耳曼德国人汤若望，都像飞似的一个连一个地跑到皇太后的寝宫来，都围跪在皇太后的身边，轻声细语地安慰皇太后。一个个时而呻吟叹息，时而搓手跺脚，显出万般悲痛的样子。刘老公公护拥着福临顺治皇上来安慰太后，巴图侍卫、詹霸学士、猛峨、安珠儿以及宫中的众公公、侍卫、侍女等里里外外的人都心神不安，慌慌张张地过来看望、安慰皇太后。

不一会儿，在冲服汤药后，太后苏醒过来，汤若望学士给诊脉，安慰太后不要悲伤，要保重凤体，就是万民之幸。福临顺治皇上仍然像个孩子，紧偎在太后怀里，搂住太后说："皇额姆，可要珍摄贵体，摄政王纵欲无度，咎由自取。皇额姆为摄政王操心，他哪次听您的了，结果出事了吧！"福临顺治皇上还要说，让皇太后申斥制止。

皇太后说："皇上，在这大庭广众之下，怎么没有节制，说这么难听的不恭敬之语！"顺治皇上不敢出声了。

---

① 阿布卡腾格里：蒙古语，汉译为"天神"。

357

范文程大学士提议迅速安排迎接摄政王枢车的一应礼仪准备之事和礼节等，马上筹办治丧大事，上下臣民人等，易服举丧。

五日许，摄政王灵车至，福临顺治皇上率诸王、贝勒、文武百官都穿上白色的丧服，出迎于东直门五里外，上亲奠爵，各官伏道左举哀，跪地大哭。是夜，诸王贝勒以下各官一同守丧。

此时，摄政王之胞兄和硕英亲王阿济格，觉得往日自己弟弟权势过大，不能发挥自己的才智，如今见多尔衮已死，认为自己功高盖世，企图夺摄政王之位。可惜阿济格有勇无谋，贪图私利，早为众将蔑视。皇太后与顺治皇上过去就听到众贝勒、将领弹劾他告密之罪，于是下旨缉拿阿济格，交吏部、刑部详议，幽禁之。

福临顺治皇上获鳌拜、范文程、宁完我奏，下旨以苏克萨哈、詹岱为议政大臣。鳌拜心中有数，深知苏克萨哈、詹岱皆是摄政王身边的人，最晓摄政王之军国大事。顺治皇上下旨升任他们为议政大臣，必受感动，心向皇上，忠于皇上。

鳌拜、巴图、猛峨、范文程、宁完我、冯铨等向皇太后奏表，摄政王薨，皇上应该亲政。皇太后首允，鳌拜等便急忙去找礼部尚书巩阿岱，传皇太后懿旨，由礼部上皇帝亲政仪注。

顺治八年辛卯正月十二日庚申吉旦，福临顺治皇上御太和殿，皇帝亲政。皇上时年十四岁，诸王群臣上表行庆贺礼。是日，福临顺治皇上颁诏大赦天下。诏曰：朕今躬亲大政，总理万机，深思天地祖宗，付托甚重。海内臣庶，望治方殷。满汉内外文武大小官员，务各殚忠尽职，洁己爱人，任劳任怨，乐业安生，共享泰宁之庆。

各位妈妈、玛发、色夫、阿古，朱伯西我要耽搁各位时辰，要专门讲讲本书的主人——西西皇太后，扎呼泰妈妈。摄政王多尔衮突然撒手西游，远离人寰，对谁震动最大呢？那就是西西皇太后。多尔衮在主政时，越来越放肆，不把皇太后、皇上放在眼里，甚至还时常申斥顺治皇上，看不上他到处问事找事的行为，大有犯上欺君之嫌。可是，又不能离开他，还得倚仗着他。大清国的天下全赖西西皇太后掌舵了。大清国就像一只大船，像一辆大车，这个掌舵人、赶车人就是西西皇太后，在风里、浪里、崎岖的山路里行走，真是十分不易呀！追想太宗在盛京突然驾崩，诸王争位，多尔衮力主扶六龄的福临承继大统，后来迁都燕京定鼎中原，一直进入顺治八年，都是多尔衮摄政王掌政，才有了今天。多尔衮那是难伏的野獾子，凶暴、狡猾，足智多谋，勇悍超凡，也就是西西皇太后能降伏他，管制他。多尔衮平时多行不义，得罪满朝众多八旗将士，肃亲王豪格是他逼死的，正黄、镶黄旗的人，也包括顺治皇上、猛峨等人都对他恨得咬牙切齿，都在暗中诅咒多尔衮不得好死，总想与多尔衮当面斗。西西皇太后曾申斥这些人，压住了这把火。郑亲王济尔哈朗是辅政王，硬让多尔衮给排挤得不能施展权柄，对多尔衮也恨之入骨，盼他早点儿一命归西。就连日耳曼人汤若望也看不惯多尔衮的做派，说他好色、贪功、争占皇家御用玉器古玩。他曾跟福临顺治皇上说过："多尔衮贪色不会活得太长，皇上会早早临政的！"福临还把这话告诉皇太后，遭到皇太后一顿申斥。

巴图、詹霸、鳌拜、猛峨，从正白旗中与多尔衮不合的苏克萨哈处知道不少多尔衮做的坏事，他背着皇太后自己在滦河湾开荒占草，修建宫舍，其阔气劲儿比过燕京的皇宫。他正要把两个白旗兵马悄悄拉到那里，从而架空皇上和皇太后。皇太后听后严词斥责鳌拜、巴图、詹霸，告诫他们要记住："不要因小失大，摄政王为皇上打下大清江山，安定天下，就是头功一条，其他吃喝玩乐之事就不要斤斤计较了。日后不许再私议摄政王，违者定斩不赦。你们更不要唆使皇上办些不轨之事。"皇太后始终把事情给压下去。

特别是，皇太后千方百计管教福临顺治皇上，对他看得很紧很严，不许触犯皇父摄政王。多尔衮逝世于喀喇城，皇太后命福临顺治皇上亲自祭奠于郊外，命皇上颁旨，尊摄政王为懋德修道广业定功安民立政诚义皇帝，庙号成宗。皇太后对多尔衮死后给予最高最尊贵至上的荣誉和地位，以由衷感谢他保护自己儿子继位，并未有更改初制。子荣母贵，顺治皇上稳定，自己太后之位也就安稳了。这些都是多尔衮给予的。

西西皇太后之所以这样做，还有一个重要原因。此时，科尔沁卓礼克图亲王吴克善、皇太后之兄长由和硕亲王满达海、多罗端重郡王博洛陪同已来京数日，闻悉摄政王突崩，福临顺治皇上已于顺治八年辛卯正月庚申御太和殿，受诸王群臣上表行祝贺礼，皇上亲政，颁诏大赦天下。

顺治皇上由皇额姆西西皇太后和大舅吴克善亲王给订了"娃娃亲"，娶吴克善之女为皇后，即皇太后之亲侄女，初议二月将举行大婚庆典。皇上之大婚，还是摄政王多尔衮在世时极力联姻玉成此事，皇太后和吴克善亲王都非常感激多尔衮。西西皇太后以此告慰摄政王多尔衮在天之灵。

更使皇太后焦急万分的是，卓礼克图亲王吴克善不仅自己来到京师，还隆重地赶来十几辆彩轿，光奴婢、驭者就有上百人，其骏马、牛羊之多足足有三里地长，亲自送自己女儿科尔沁博尔济吉特氏未来的皇后到京，住在西西皇太后的深宫中，与侄女即未来的儿媳见面，皇太后能不高兴吗？你看她笑得嘴都合不上了。西西皇太后还嗔怪哥哥吴克善说："尔等缘何这么性急，竟把丫头也带来了，眼下摄政王归天，朝中大事甚多，一件事连一件事，都应付不开，你们怎么不事先告诉哀家呀！"

卓礼克图亲王说："妹子，本王心急呀，路途遥远，既然来看慰太后，又为摄政王的丧事而来，干脆就把皇上的婚事一块办了，省事，也快当！"

西西皇太后非常讲究斋日，总觉得自己侄女在摄政王大丧期进门，丧喜相克，不顺当。可是，哥哥吴克善既然送女来京，也就不好多说，何况当时朝务甚繁，特别是福临顺治要亲政，也必须亲去安排照看，便不多责怪哥哥了。于是命宫中刘老公公迅即安排卓礼克图亲王在位育宫之侧的寝宫安歇，并命内务府将卓礼克图亲王奉献之马、羊、牛等礼物一并收下。

这时，西西皇太后才发现，陪同卓礼克图亲王的朝中大臣和硕亲王满达海、多罗郡王博洛、敬谨郡王尼堪及内大臣苏克萨哈等正站立在一旁，听候太后谕旨。

满达海说："太后，当下卓礼克图亲王已经送皇后进宫，事不宜迟，皇上已经亲政，应按制举行大婚，名正言顺，不可拖延，以免失礼，令卓礼克图亲王失去面子，对太后也会觉礼仪不周。"

皇太后问："大婚，请钦天监看否，何时为宜？"

满达海奏："二月举行，吉日良辰。"

卓礼克图亲王吴克善说："太后妹子，二月吉期，迅办吉祥，本王爷和科尔沁所有王爷、福晋、台吉都是此意，都翘首企盼皇上大婚，再来宫中祝贺！"

西西皇太后看这般情景，也只能如此安排，便点头应允，并命满达海等速去按礼筹办，并命议政大臣苏克萨哈等与户部、礼部大臣详议皇上大婚礼仪细节，一并上奏。

西西皇太后将众位打发走了之后，宫中才清静了许多，又忙命侍卫巴图宣请皇上进宫议事。

不大工夫，福临顺治皇上匆匆进宫，拜过皇额姆，说："皇额姆，儿臣急宣旨处理几个积案，都是皇父摄政王在世时压下未办之事。一是江宁、苏州、杭州三处织造，已有专设官员管理，又差满洲官员乌林等人催督，不仅浪费钱粮，也甚骚扰驿递，嗣后应加以改制，著停止差催。另，陕西已设织造，可以废止。朕亲政御太和殿，颁诏大赦天下，此诏由朕心爱的大师傅范文程大学士手出，行文甚好，朕心大悦。范大学士书就之后，呈于朕，让朕过目，有何增删。朕览后在'务各殚忠尽职，洁己爱人，任怨任劳，不得推避'之后，加入'天下利弊，必以上闻，朝廷恩意，期于下究'，再接上范大学士的下文'庶政举民意，早臻平治。凡我民人，宜仰体朕心，务本兴行，乐业安生，共享泰宁之庆'。还与范大学士、宁完我等大人会议，亲政大赦天下，应该恩赦的范围人等。定南王孔有德攻下广西省城，擒斩伪靖江王以下人等四百七十三员，招抚二百四十七员。再江西进额造龙碗，欲献宫廷。朕念百姓之苦，何期休养生息，烧造龙碗，自江西解京，动用人夫，苦累驿递，造此何益，朕谕以后永行停止。再者，顺天府进春，送来京城新鲜果品食物，尚待太后选取，命老公公去送些可口者赏用吧……"福临顺治皇上说得滔滔不绝，临政之事可太多了，怎么说也说不完。

西西皇太后看出皇儿顺治真是全心用在朝政上，由衷地欣慰，忙打断说："皇上，哀家请皇上来宫，是为皇上本人的切身大事。"

福临顺治皇上完全不记得，竟问道："切身大事，是何事啊？"

西西皇太后说："皇儿健忘了？卓礼克图亲王到京来，并带来皇上要办大婚的皇后，正住在哀家宫中。皇上与哀家去看看皇后，再拜见卓礼克图亲王，免得失礼。哀家已经与礼部商定，现是正月，下月为吉期。钦天监已看好了日期时辰，二月就为皇上皇后办理大婚吧！"

福临顺治皇上一听，脸立即就变色了，站起来，大声地嚷着喊："皇额姆，这是何等的傻事啊！不行，朕无此意，何况时逢刚刚临政，万事生疏，朕心在朝，无暇邪念，朕要办朝中之事去了！"

说着，抬腿就走，还是让皇太后一把给拽住，说："皇上，朝中事多事急是实事，皇上都应该认真办理。但是礼仪上皇上临政年方二七，已到婚娶时日，迎娶皇后理所当然，何必如此推诿，皇额姆要嗔怒了！"

福临顺治皇上甩开皇太后，转身边走边说："婚事荒唐，办得太急促，容日后再议。"竟扬长而去。

福临顺治皇上从来就孝敬皇太后，最听太后的话。可以说，这是有生以来头一次如此突兀、没有礼貌地顶撞太后，一听办大婚他如临大敌，着实让皇太后大吃一惊。此时在皇太后看来，根本不像是自己心爱的皇儿在额姆怀前撒娇、嬉闹，而是在跟自己额姆吵架，在顶撞。西西皇太后头一次受到如此无礼的对待，顿时热泪横流，坐立不是，不知如何是好。好在此刻皇太后打发走一切奴婢，只太后一人，冷冷清清地凝立在宫中，全身颤抖，不知所措，半天才冷静下来。西西皇太后在思索，在细想，这是为什么？难道说福临心中有什么没告诉额姆的事儿？在瞒着什么？孩子也不小了，十四岁了，也该懂些人生之事了，难道，难道……西西皇太后不敢细想，又否定自己太不信任自己皇儿了，皇儿读书知礼仪，又有几位大学士在耳提面命，苦读圣贤书，聪明睿智，曾受到几位大学士夸赞，不会犯有违规的事，自己不该胡思乱想。可又一转念，前些日子与巴图、猛峨、安珠儿出外巡游，带回来两个女子，走了一个，尚有一个还不知如何打发的，因一时事多，再加上姑太皇太后驾崩，心中悲伤，也没顾及详细询问那个女孩怎么安排的？是否由鳌拜已经给远远送走？想到这里，心情一阵紧张，当即宣召刘老公公进宫，追问此事。

刘老公公禀奏："一切按太后谕旨办了，请太后放心。"

西西皇太后是最能看下人声音眼色的，一看刘老公公低个头，不敢正视她，话语也是应付，不敢语气坚硬地回答，知道必定有事，便大声说道："哀家放什么心？哀家问你那个叫猫崽儿的丐女现在何处？鳌拜大将军真给领走了吗？为何未听你禀报。"

刘老公公一见皇太后问得仔细，竟点出猫崽儿的诨名，可见皇太后对这个女孩真正放在心上了，不敢再打混吞语，只好一五一十地禀奏，于是说道："太后，说到那个猫崽儿，奴才不敢隐瞒，皇上不让鳌拜大将军知道，现仍在皇上身边。鳌拜并未带走，猫崽儿现在的情况奴才也不知晓，皇上不让奴才过问。奴才曾委婉嘱告皇上，此事要是太后知晓，事情就闹大了，不好收场，若传出去有伤皇上圣名。可是皇上强命不准过问，一直到今日，奴才也不知实情。"

西西皇太后听说此事气得直跺脚，说道："快，迅去为哀家详查实情，回来禀奏，不得迟疑。"

此时，范文程大学士、詹霸学士、宁完我大学士由巴图侍卫领进，叩见皇太后，随来者还有鳌拜大将军。叩拜皇太后之后，屏退周围一切奴婢，密奏道："太后，议政大臣苏克萨哈、詹岱、穆济伦等，都曾是

扎呼泰妈妈

摄政王身边近臣，素对摄政王违规犯上之态不满，他们合伙告发摄政王死在猎所，藏有皇上服用之八福黄袍、大东珠、素珠和黑狐褂，潜置棺内，犯有图谋不轨之罪。又携两旗欲移驻永平府，曾与他的心腹罗什、博尔惠、吴拜、苏拜、何洛会密谋，有谋反之举。"

皇太后闻听大惊，正在这时，辅政王济尔哈朗也痛哭流涕地进宫，低头下拜，说："太后，为奴才做主，多尔衮一贯阳奉阴违，别具二心，挤压微臣，夺辅政王权，让与其弟豫亲王多铎，栽赃于我，奴才告发多尔衮，他怀有狼子野心，早想废掉皇上夺王位而自立江山！"

此时，宫中痛哭、痛斥多尔衮之声混成一片。皇太后无法安抚，直到福临顺治皇上进宫才平息下来。福临顺治皇上说："多尔衮狼子野心，终已败露，害朕不浅，伤风败俗，千刀万剐，难解朕之恨也！"

西西皇太后说："皇上，凡事详查，摄政王罪大，然莫过于换来大清一统。皇上今日临政，仍是摄政王创的安宁盛世。凡事可察，摄政王之罪可惩，但不可株连过甚，要适可而止。"

各位阿哥、听众，朱伯西我简言相告，西西皇太后扎呼泰妈妈真是一言九鼎，远见卓识，皇上和众臣、王爷、贝子、贝勒不敢不听。当时出现反多尔衮之风正猛正烈，真是墙倒众人推，何况多尔衮在世时大权在握，治政很严，得罪了不少人，其他旗中不少权贵，都盼着有朝一日多尔衮下台，就狠狠踹上一脚，解解心中之恨！当时闹得很凶，甚至要掘坟扬尸。与多尔衮有关之人如刚林、罗什、苏拜、吴拜、何洛会、博尔惠皆被斩首。凡与多尔衮有仇之人，还挑唆顺治皇上下旨惩办其党羽，其中户部尚书巩阿岱被杀，吏部尚书谭泰伏诛，并籍没家产。最终还是皇太后下懿旨："不准再株连，违者立斩！"方止住此难。当然此难也是多尔衮自己找的，从来不听皇太后劝阻，为所欲为，其后果如此悲惨。由于皇太后懿旨，其后代得以复名，到雍乾之后，多尔衮才得以平反复位。劝人要以多尔衮为鉴，多做好事多积德，千万为后人着想啊，这是后话。

话说，西西皇太后千方百计立即平息了发难已死的多尔衮，接着找济尔哈朗等面谕："臣等与众王爷不要穷追不完，闹得后来人人有过。大清朝迁都燕京，圈地、雉发、兵进中原，人死几何，要讨起债来谁能说清楚。哀家已给众位王爷、贝子、贝勒殊荣，郑王爷你仍像当辅政王那样，一丝不苟地治军治政，不可优柔寡断，否则必会前功尽弃。"郑亲王济尔哈朗听了太后面谕，心里有了底，乐颠颠地退出皇宫。

西西皇太后好不容易说服众臣，这才喘口气来，又在惦念茶饭不进的一宗大事——福临皇上不娶皇后，这怎么能行？自己的哥哥、嫂嫂卓礼克图王爷和大福晋都住在宫中，整天两眼盯着，就是不回科尔沁老家，如不把宝贝格格自己的侄女真正封为皇后，他们就不离开宫殿，你说这事急不急人？偏偏这时天生娇惯了的皇上福临一改常态，不听额姆的话，就是不着急办大婚，连一点儿喜爱、亲近皇后的意思都没有，这叫皇太后能有一点儿面子吗？对，刘老公公必知道其中的秘密。这个老奸巨猾的公公，也在暗耍哀家我，哀家让他暗查此事，不知现在查到没有？看来，就得死死薅住刘老公公，是他把皇上带出宫的，又是他陪皇上把那个丐儿野丫头私下领进宫的，他们一定早就商量好了，就专门瞒着我这个皇太后。好哇，刘老公公，哀家不施家法，你也要飞上天了！于是，命速召刘老公公。

不多时，刘老公公胆战心惊、慌慌张张地跑进宫，跪地求饶，说道："皇太后，老奴侍奉太后，又侍奉皇上，都是老天爷呀，奴才谁也得罪不起呀！不如叫奴才死在太后面前吧！"说着，嗷嗷大哭起来。

西西皇太后仍板着面孔，怒声说道："少装相，哀家让你查找那个野丫头，在哪里呢？查到没有？"

刘老公公从盛京到燕京，从皇太后是庄妃时就在身边，已有十数年之情，深知皇太后脾气，凡事不打破砂锅问到底是从不罢休的。现在不说是不行了，于是心一横，便和盘招出："皇上与那个巴氏，不，猫崽儿，奴才早看他们挺可怜，俗话说有情人终成眷属，也就睁一眼闭一眼让他们到一起了。"

西西皇太后一听，眼冒金星嗡地一下，顿时天旋地转，差点儿昏倒，大声喊道："他们在哪儿？哀家去看看！"

于是，刘老公公走在前，西西皇太后跟在后，出了正殿，围着位育宫绕了大半圈儿，在另一侧有个宫门，这是位育宫太监们起居歇息饮水之处，门前还有安珠儿、黑子在把门，他们一见太后过来都吓得飞跑躲藏起来。

西西皇太后眼睛多么锐利呀，其实她早就看到了，现在顾不得找他们算账了，就想早一点儿捉住那个小野丫头和皇上。更使西西皇太后生气的是，福临顺治皇上竟把小野丫头藏匿在她现在住的位育宫中，真是灯下黑不被人发觉呀！这个侧室是皇太后专门为福临顺治预备的，她总想儿子，也惦记儿子，顺治从小就常在额姆身边，娘俩谁都离不开谁，这不挺近嘛! 谁想到被福临顺治钻了个空子, 让小野丫头藏在这儿, 宫中谁也不敢到这里来查找, 所以摸不到任何踪迹。

这时, 西西皇太后径直进入室内, 飞快奔去, 前边的刘老公公见快到了, 装着路上被石头子滑了一跤, 情不自禁地"哎呀"一声, 其实是通知屋里的人, "有人来了!"

西西皇太后口中边说边往里走, 说: "公公你就是喊出声儿来, 哀家也到了!" 说着把门猛劲一推, 门立刻四敞大开, 只见屋里只有一个女子, 身穿旗妆, 是银灰色的绸缎上绣着百蝶的宫妆旗袍, 脚踏寸子鞋, 正手掐腰, 左右扭动, 在大衣铜面镜子前照看自己, 看头上的凤冠、蝶簪、双喜簪、玉簪、百珠垂帘簪, 那么美, 那么娇艳, 正在自我欣赏呢!

皇太后到了近前, 屋里女人吓得不知所措, 手捂着脸面, 往内暖阁里跑。刘老公公大喊一声: "跪下, 皇太后驾到!" 那女子被刘老公公这一嗓子喊清醒了, 慌张回身扑通通趴在地上, 磕头如捣蒜, 连连说: "皇太后娘娘千岁, 千岁, 千千岁!"

西西皇太后走过去, 用右手把这女子的下巴往上一抬, 看个仔细, 还真挺美, 水汪汪的大眼睛, 瓜子脸, 白白净净, 脸上并未抹多少胭脂, 自然的美丽, 真是个野妖精, 来迷皇上了。说道: "你叫什么名字, 快从实说来!"

这时, 里暖阁中丝帘一扬, 走出福临顺治皇上, 见太后既不叩拜, 又不问皇太后母后安, 大摇大摆, 扬着身子, 双手往后一背, 走过来说: "皇额姆, 她姓巴, 就是朕的巴姐, 也是朕早就禀告皇额姆的'猫崽儿', 乃昌平州孤儿堂人氏, 父母双亡, 无依无靠, 投奔朕处, 收为爱妃。"

福临顺治皇上大大方方, 精神抖擞, 理直气壮, 说得还有板有眼。这个举动, 更让西西皇太后大吃一惊, 是有生以来, 头一次听到的声音。看其动作, 非常陌生, 但听声见人, 真真切切是自己的皇儿, 是自己千方百计, 在纷乱之中东挡西杀, 费多少口舌, 费多少心计, 失掉多少尊严, 淌过多少伤心泪, 将他扶上皇帝宝座的福临顺治啊! 她真要瘫在地上了, 真要全身炸裂了, 两眼一黑, 就要摔倒在地上。全仗刘老公公在旁, 急忙搀扶住太后, 说道: "皇太后, 息怒, 息怒, 敬请珍摄凤体, 奴才该死!"

然后, 刘老公公又急忙给皇上跪下, 说: "皇上, 奴才磕头了, 奴才请皇上也息怒，息怒，快，快过来搀扶太后坐下。"说着，刘老公公两眼发黑，口中喷出鲜血，昏厥过去，他反身倒躺在宫中金丝绒的地上了。

倔强的福临并未有过来搀扶皇太后，反而过去把那个跪在地上的女子拉起来，那女子就是不起来。皇上还在拉，两人扯在一块儿。这更令西西皇太后伤心落泪，愤怒已极，说道："皇上，你在皇额姆面前还不叩拜，拉，拉，拉你那个野丫头，谁给你权力叫她为'妃'，大胆，哀家要下懿旨令侍卫擒拿，处死！"

福临顺治皇上因为母后皇太后突然间冲进来，这是他从来未有预料到的事，一急便慌忙离开巴氏猫崽儿，自己躲进里暖阁，心中突突跳，不知如何是好，知道一切事全败露了，皇额姆该怎么处置？朕不怕死，可是千不能万不能伤害或杀死猫崽儿，这可是朕走了多少里的路，费了多少日子，朝思暮想才找到带回来的。她小小年纪，苦已经吃得够多的了，没亲人，没人疼，天下的泪都让她淌干了，可不能再让她受半点委屈了，朕要保护她，朕用死保护她！所以，心情一冲动，就不管不顾地冲出来，完全忘掉了宫中大礼，忘掉了一国之君之身份，反正是自己皇额姆，虎毒还不食子呢，皇额姆从来都是疼爱自己，从来都是由自己性子的，如今到这地步只能大声喊："皇额姆，救命人，救朕救小猫崽儿，也唯有皇额姆了，您就是佛菩萨，救命恩人！"说着，想着，跑了过来，扑在西西皇太后的怀里，痛哭失声，一口一口地喊叫"皇额姆""皇额姆"。那个小猫崽儿这时也扑了过来，双手搂抱皇太后的双脚，趴在地上搂着喊："皇额姆，皇额姆，饶命啊，饶命啊！"

这么一来，反把西西皇太后弄得痛哭失声，用手猛捶自己，喊道："西西呀，西西呀，这般年纪怎么讨下这个孽债呀！"

福临顺治皇上见皇额姆这么伤心，他哭着禀告说："皇额姆，儿臣有罪，早该把这事禀奏，可一张口就不敢禀奏，惹皇额姆这么伤心难过，福临死有余辜。福临禀告太后，千万别伤及小猫崽儿了，他如今已经怀有朕的龙种。朕不想当皇上了，放我俩走吧，如果太后不允，朕就死在皇额姆面前。皇太后给我俩一个出路吧！"

此时天色已晚，宫中又十分静寂，皇太后、皇上和巴氏这么一哭，声音很大，就传出去了。再说住在太后位育宫侧室的还有西西皇太后科尔沁的贵客，她的哥哥卓礼克图亲王吴克善和她的亲嫂子大福晋，他们就住在隔壁，这么大的哭声他们能听不到嘛！两人循着声音便找上门

扎呼泰妈妈

来，见到此情此景也是大吃一惊。他们一看这个场面就明白是怎么回事了。西西皇太后见兄嫂来了真感羞愧，不好意思。吴克善和大福晋反而十分爽快、大方，竟劝起自己的妹子西西皇太后来了。大福晋很能讲，口齿伶俐爽朗，说道："好妹子，我们的皇太后啊，您伤哪份心哪！福临是您的皇儿，是当今皇上，我家格格，你的侄女当了皇后，不也还要有三宫六院嘛，这是大喜事啊！皇上自找妃子，有何不安？皇上，微臣科尔沁卓礼克图王爷和大福晋给皇上贺喜了。都别哭了，就让皇上的大舅、大舅母做主，答应这门亲事了，都别抹眼泪了，要破涕为笑，大吉大利！"

她这么一说，在场的人心中如有万钧重的石头一下子就落地了，都感到格外轻松。西西皇太后听后叹了口气，觉得也只好如此了，能让谁去死？都是自己心上的肉，舍不得呀！这个猫崽儿可能前世有缘，佛爷送来的，阿弥陀佛，不可拒，收下吧！西西皇太后心中顿时也敞亮了。

福临顺治皇上过来给卓礼克图亲王、福晋施礼，感谢，又拉起猫崽儿给亲王和福晋叩头。大福晋这时才仔细瞥了一眼猫崽儿的长相，果然是个美女，与自己格格美丽相仿，心倒吸了一口凉气，事已到此，只能将计就计，自己女儿是皇后，她反正是妃子，何况妹子是皇太后，能不偏向自己的亲侄女吗？这个野丫头往哪儿摆，不必怕。霎时，这场风波就这样风平浪静了。

福临顺治皇上从心里不喜欢自己额姆的亲侄女，就是看不上眼。这门亲事又是摄政王做的媒，打心眼里恶心，就是不想招为皇后。自从出了这个事，是卓礼克图亲王和福晋救了自己和猫崽儿，有恩于自己，从此也就不再推辞大婚之事了。

于是在顺治八年辛卯旧历八月吉旦戊年，正式册立科尔沁卓礼克图亲王吴克善之女博尔济吉特氏为皇后。卓礼克图亲王吴克善才放心地回科尔沁了。大福晋在皇太后挽留之下，又在宫中陪住两个月才回科尔沁。

就在本年十一月乙亥，巴氏女生下皇上第一子，取名牛钮。顺治皇上非常高兴，命宫中笔帖式正式书记上档，这便是清实录载庶妃巴氏，子牛钮，顺治九年早殇。西西皇太后原意不必入档，顺治帝则执意上档，说道："皇后爱妃上档，庶妃亦应上档，凡朕挚爱之人，要永远怀念勿忘。留于史书，正大光明。"

各位妈妈、玛发、阿哥，朱伯西我还要说一个人，就是刘老公公。

在这场皇太后、皇上破天荒第一次母子争斗中，刘老公公并没有死，当时一阵焦急、焦虑，内火上攻，吐血昏厥。皇太后虽然在怒火之中，还是心疼老奴才，相依为命几十年，总是有感情的，忙命黄公公等迅速抬出，让太医及时诊治，总算招了魂，还了阳，慢慢苏醒过来。只可惜半身瘫痪，行走不便，口齿不行，说话呜噜呜噜的，半天听不清在说什么。刘老公公心肠好，对皇太后、皇上尽忠尽孝，是出了名的。因此次保护皇上出巡，惹出如此大的事来，本应送内务府处以斩刑，皇太后没有这么办，下懿旨送安老房去，那里都是老太监，一生有功，年老不能动，有专人照看、侍奉，是个养老的地方。刘老公公泪流满面，感激皇太后。临别时，他身边有好几个小崽子，都是他平时挑选、调教的小太监，个个像小老虎，个个都是机灵鬼，手脚、眼睛、耳朵都有神，像他一样忠实可靠，给皇太后宫中选去两个，给皇上选送一个，给庶妃巴氏送去一个，就是没给皇后选送太监。刘老公公打心眼儿看不惯皇后的高傲，挑剔，不会说话，说一句话就要把人撞到南墙。刘老公公心想，这种德行的人，怎能讨福临皇上喜欢呢，休想吧！没门儿！

巴氏猫崽儿知疼知热的，从小就吃过各种苦，不怕累，没有架子，与刘老公公、皇上算是患难相交了。巴氏对刘老公公可好了，隔三岔五就去安老房看看，还给带去各种好吃的、好看的物件，让刘老公公开心，甚至还逼着刘老公公脱衣裳，巴氏女都一件一件亲自给洗，巴氏把刘老公公看成亲爹一样孝敬。

这些事多次让皇太后看到，皇太后心里甚是高兴，看来皇上找来的野丫头心眼就是好，知道疼人。皇上身边有个知道疼他的人，能照顾他的人，皇上忙于国事也更有劲头了，我这当娘的也放心了。唉，想到这里，又暗暗落泪，皇后怎么这样娇气，天天来缠哀家，告皇上不来陪她，从没见到皇上对她有过好脸色。一见面就是哭，狠劲儿抱着姑姑我撒娇，闹得哀家都怕皇后了，一听她过来，心里就打怵。唉，那日晚上竟敢让哀家把皇上从巴氏屋里拉到她的宫中，要合房。这叫啥话，当太后的还干这桩子事！那是你没能耐，女人没有迷男人的本事，那算什么女人！唉，真让哀家烦透心了！说着又泪流满面。

西西皇太后心里不痛快，想这想那，心里憋得慌。就在这时突然觉得身子骨舒坦，好受多了，唉，怎么刘老公公回来了？这手腕运转这么灵活、快当，压得身子那么好受。皇太后没有转身去看，而是用手去摸这双手，一摸感觉不对。她多么熟悉刘老公公啊，那手又宽又大又厚，这手细软，是小手，还热乎乎的。太后猛回头一看，心里不知说什么是好，高兴得站起来。

原来是庶妃巴氏女在给皇太后揉背，她笑得那么清盈美丽，忙说："皇额姆，快坐下，您老多少日子没有人给捶背、揉身子骨了。唉，说实话，皇太后太苦了。我们都有人疼，有人来说个话，有个伴儿，太后您就天天一个人，多孤单哪！猫崽儿我惦着太后就过来了！"

巴氏女的一席话，更使皇太后心里热乎乎的，一把把巴氏女搂在怀里，说："孩儿啊，皇额姆也心疼你！"西西皇太后还没有一次这么搂过自己的侄女——皇后呢！

巴氏女——猫崽儿长这么大还头一次有位亲人这么亲热地搂抱自己，真像梦中有妈妈来抱自己一样，立即眼圈一红，热泪涌出，哭了起来，说："皇额姆，我小猫崽儿过去没人疼，没人理，不知老天爷这么抬爱我，我与小鱼儿得到皇上、皇太后这么热情的爱护、照顾，我们可享老福了！"

西西皇太后说："皇上把你们带回宫，乍开始哀家不理解，后来哀家明白了。皇上做得对，他能两次去寻找你们，说明皇上至爱百姓，他去照看你们，去救你们，这是他当皇上的本分。"

猫崽儿巴氏女又说："皇额姆，我是汉人，不像你们旗人，我们低贱，总觉得抬不起头来。"

皇太后说："猫崽儿，不，巴氏妃，不要有这么卑贱的想法，汉人怎么的，汉人文化高，人口那么多，我从心眼儿里敬重。别的不说，像身边的范文程大学士、冯铨大学士、洪承畴大学士，还有已经过世的谢升大学士，我很想他们。他们都是大清建国的功臣，都是汉人。他们都是我们旗人的老师和先生，如今满汉一家，共建大清。还有我们蒙古人和回族人、藏族人，以及其他族人，我们都是亲如手足的兄弟，不要分彼此，要拧成一股绳。汉人，是我们的老大哥，你更要理直气壮，感到荣耀哇！你聪明，又勤快，吃过苦，知道下情，这一点皇上比你差远了。你就像个大姐姐，好好带带他，别怕他，要管他，他也听你的话，可千万别老宠着他。皇上就是让我宠着惯坏了，太随便，太任性了。咱们要像管小马驹似的给他套上笼头，好好拉大清国这挂大车，他可是大清国头一个车老板，有个开路先锋的责任，让他领好道儿，走好路。咱大清才能旭日高升，后来人好继往开来万万年。猫崽儿，皇额姆把你也看成自己亲儿女，没分你是汉人我是蒙古人，他是满洲旗人，就是一家人和和睦睦过好咱们的小日子，不分心，额姆谢谢你了，把皇上托付给你了。"

西西皇太后说得巴氏女热泪滚滚，皇太后这么信任自己，听得出来就是让我多关照皇上，不给他拖后腿，为掌握好大清的江山，也要尽自己的一份力气。

这天，天刚亮，宫外就有人呜呜哭，哭着进了皇太后的宫中，谁也不敢拦，正是皇后博尔济吉特氏。她手拿着粉手帕，擦泪擦得湿漉漉的，扭着身子，耍着娇，蹦跶着走进皇太后宫中。太后刚刚起床，吓了一跳，众奴婢没有挡住，皇后就蹦上皇太后的凤床，搂着抱着姑姑就诉苦告状，说："姑姑，姑姑，我的哈达姆爱克①，这可咋好哇，巴氏给皇上洗脚，小妖精迷皇上，他也不到我这边来！可咋办好？姑姑，您帮侄女给下懿旨把皇上找来吧！我一个人也真憋屈坏了！哎呀，我的额克②，待在科尔沁也不来看我啊！噢，噢，噢……"

说着，又是泪又是鼻涕的在皇太后宫中噢叫着耍起来，把皇太后揉搓得真生气了，身子一抖，便把皇后甩开，大声说："巴氏晚上给皇上洗脚，这说明她心里疼皇上，惦记着皇上，你怎么不会这样做呢？姑姑跟你说过多少遍了，当女人要学会疼男人，懂得男人的心。你可好，光知道你自己痛快，你妈给你洗脚，还得姑姑想着给你选衣裳，你心中有你的男人吗？自作自受，活该！找你阿玛妈妈，额西克③、额克、哈达姆爱克都没用，谁也帮不了你。你再这么哭，再这么到哀家处吵闹，哀家也不客气了，叫你的爸妈把你接回科尔沁老家去，婆婆再不想见你这个窝囊废了！"

皇后一见皇太后真动怒了，吓得也不哭闹了，看没人理他，自己就悄悄溜走了。

扎呼泰妈妈西西皇太后真够累的、够忙的了，一天到晚，不仅为宫中儿女情长之事操心、动气，而且大清朝那么一大摊子朝政之事也得管。在早是摄政王多尔衮统管着，多尔衮走了，现在归到年少的福临顺治皇儿手上了。其实，西西皇太后仍然在操心，在时时动脑筋，弄得头直痛。多尔衮在世时，前书已讲过，那是个大野獾子，野性凶残，手又

---

① 哈达姆爱克：蒙古语，即婆婆。
② 额克：蒙古语，即母亲。
③ 额西克：蒙古语，即父亲。

黑，抓政管军那可是说一不二，谁都不敢不听，不敢有半点违拗。他是胆大妄为，宁狠不软，宁强不弱，宁杀不饶，因此得罪不少人。南方不少民族，明朝大臣、满洲各旗下诸王、将军都对他恨之入骨。为此西西皇太后对多尔衮还是约束着，管束着。两人天天吵来吵去，有时多尔衮就像野豹子，对西西皇太后干涉他的治政治军张口大骂，睁着两只大眼睛像要吃掉西西皇太后似的。西西皇太后就有这个能耐，俗话说：卤水点豆腐，一物降一物。皇太后就能治住多尔衮。西西皇太后说：跟九王爷打口架，不能来真格的，一定要假假真真，真真假假，让他摸不到你的真招。他来硬的，你就用软刀子去碰，他来软的，我就来硬的。还要会关心他，他不怎么打扮自己，男子都硬闯惯了，我就得帮他安置好吃喝拉撒睡，他不要自己的福晋，净住野宿，真像野獾子，到处跑骚找小母獾，他也真能耐，我们劝都劝不住。太宗在世时就当面说他，十七岁时一宿占三个女的，一下子从此心衰力竭，再也不成男女之事，王爷中都知道这事。九王爷败阵，从此一蹶不振。可是仍心有余力不足，众王爷都劝他，他还是有那个年轻气盛的心思，天天忙活不安，越忙活越糟，越糟越不心甘，结果把王爷的命都搭进去了。这事就连在朝中做事的大鼻子学士汤若望色夫都直接告谏过他，可他不在意。汤大学士告诉我，让小皇上早点准备，亲政很快就会来到。果不其然，完全按汤大师的话来了。皇儿也真长脸，很早就喜欢参政，九王爷再挡也挡不住，这是天命，临政马上就能拿起来。范文程大学士曾讲过三国的故事，说四川蜀国刘备死后，他的儿子阿斗，全仗有个诸葛孔明扶持，自己是个大饭桶。诸葛亮可多操心哪！阿斗真让人笑话！

西西皇太后治政之秘诀是会用人。她会观察人，有神测之能，看准什么人有才有德，是可信赖的人，便大胆启用，真正是用人不疑，疑人不用。最早看中范文程大学士的就是太祖努尔哈赤，然后由太宗皇太极观察、试用，后来交给西西皇太后。经皇太后观察、试用，她看准了范大学士就拜为尊师，一用历经四代王朝，一直尊为恩师。西西皇太后从心里信任，打心里敬佩，而且必按范大学士之言践行，毫无反悔，毫不迟疑。因此倍使范文程感动，更激励他处事要千倍的深思熟虑，不敢应付，鞠躬尽瘁，死而后已。西西皇太后这么做，又强命自己皇儿从小就养成对范文程的敬仰之心，拜为恩师，言听计从。范文程是西西皇太后、福临顺治皇上的开国军师，是帮他们把舵的恩公。

西西皇太后还有其他几位恩公，但不像范文程是全才恩师，而是一方之恩师，发挥其长，成为一方之帮助把舵公。如宁完我的治学，冯铨之学问和科举。洪承畴在明朝之威望和谙熟明朝军政，成为招降、举荐明臣，延用明制、明规之重要谋士，是大清国承续过程中最终取舍、推荐的人。清因明制的大功臣就是洪承畴。由此，稳定了大清社稷，使之更有创新和发挥。

西西皇太后将治理大清国之重任都托付给范文程大学士。福临顺治皇上跟着范大学士走，范大学士扶着幼主，像过河一样稳步向前走着。福临是一位很值得称道的刻苦治学、励精图治的帝王，他曾说过："朕极不幸，五岁时太宗即早驾崩，太后生朕一身，又极娇养，无人训教，坐失学机。年及十四，九王薨，方始亲政。阅览诸臣奏章竟茫然不解，范大学士助之，激朕发愤读书，常常由晨刻到晚，又常五更起读，苦读曾经呕血。"

顺治曾有座右铭，写有"莫待老来方学道，孤坟尽是少年人"。顺治少年即读书成癖，在范文程大学士的训导之下，研读典籍《十三经》，他深敬范文程自幼能熟背《资治通鉴》。顺治很聪明，也是过目不忘，对《大学》《孔子》《孟子》《荀子》《庄子》都有涉猎和自己的见解。特别是范大学士教授后他曾提出："孔子乃完人之本，用于人则正人，用于国则治国，朕为君必以论语治国安邦。"范文程听之大惊，禀于皇太后，"天道酬勤，福临皇帝必为圣主，大有帝王之相。宪斗愿竭诚授之。"所以，范文程很是喜爱福临幼年睿智、勤奋，因而福临的学识基础还是很扎实的。

福临自幼很喜欢听讲自古之帝王传略，听后都有自己的评说。特别是对明崇祯朱由检甚感兴趣，认为朱由检是位可敬的勤奋之君，其敬业忠职远超过其祖上除朱元璋、朱棣之外的任何皇帝，可惜失国在于不会用人。自古曰，疑人不用，用人不疑，而朱由检却用者戒之，用者疑之，大将非死疆场，而丧于帝君，悲哉，痛兮。而其本人终死煤山，卫臣皆亡，岂不最终向隅而泣，民心失尽之典例也。明最值照鉴者乃朱元璋，起于沙尼，待人虚怀若谷，养天下豪杰为己股肱，肝胆相照，推倾大元，皆众志成城之功。尤悲者固成则杀勋臣，鸟兽尽，良弓藏，背信弃义，无以复加，皆妄为朱氏天下，青史自会评说，不可效仿也。吾子吾孙务读懂朱元璋，亦为立国之道，行事楷模。福临顺治皇上这些读史评语，深为有清历代继业者铭记，满洲"乌勒本"中便有《东海沉冤录》即其子玄烨常谕之典，而成传世名篇，在于总结明初之史训，教育子孙。

福临顺治从小很有心计，牢记范大学士讲史中之妙语，"诸葛一生唯谨慎，吕端大事不糊涂"，成为他立身之戒。与朋友相交，与众陪读嬉闹，与多尔衮属下之众将谋士心腹交往，表面看来似是一个小储君，未成年的孩子，光懂得酷玩淘气好奇，是个幼稚顽童而已，引不起任何人的注意和警惕。然实际上福临自幼到十四岁亲政，仅仅才六年功夫，福临千方百计设法参与政事，多次遭摄政王冷眼回拒，皆设法以软硬兼施、巧辩硬磨之法，躲过非亲政不可干预政事之制，从而学习练达治国访察办事之才，从中暗访查人、测试人心，辨其忠奸，认其归属，深知未来亲政后究可诚用之用，防戒必除之患。福临顺治堪称有心者，有谋者，有志者，有远见者，非常人也。他是大清定鼎中原第一帝，堪称创世之君。

正因如此，顺治八年亲政时，福临顺治皇上已经成竹在胸，必事深记母训"务要明若童子，暗要必为顺治"，此戒语含义甚深，即是说在未亲政之前，在一切人士面前，必须谦恭寡言，童心不泯，必引万人爱之护之敬之；而在内心务要牢记自己是大清承继大统的顺治皇帝，是即将临政者，要时时刻刻记住自己，谨言慎行，不失精神，苦心暗学，练达学问。人之德行非一时可学，必终身习练苦求而获者。福临潜心六载，可谓积蓄六载之功，一朝临政，母子如鱼得水，立即组成堪仪之朝班，不慌不乱，水到渠成，此皆皇太后之作，福临严聆母训而迎来者也。为什么这样说呢？

首先，福临迅即建立自己亲政之朝班，重新重用因与摄政王有隙被打下去之蒙古通希福。此人本是太祖、太宗的亲信重臣，与蒙古联姻的倡导者、践行者，蒙古各部都非常敬重他，甚有威望。只因他向皇太后密告多尔衮在蒙古诸部中培植个人势力，挑唆与朝中正黄旗、镶黄旗的关系，为多尔衮怀恨，借由贬走希福，令其回盛京养老，所有考绩晋升均被排除。顺治亲政后，遵母命于顺治八年三月招希福入京，恢复与范文程同样之大学士衔，称为弘文院大学士。

此外还有：索尼，赫舍里氏，满洲正黄旗人，希福大学士之侄，自幼追随太祖太宗，屡建功勋，因多尔衮忌妒遭贬。顺治八年福临亲政，受母训特诏，恢复世职，累进一等爵世袭，擢内大臣兼议政大臣，总管内务府，成为顺治帝亲政之重要辅弼。

遏必隆，钮祜禄氏，满洲镶黄旗人，额亦都第十六子，母和硕公主。天聪八年太宗时即袭一等昂邦章京，只因与白旗诸王有隙，得罪多尔衮遭贬。顺治八年福临亲政，受母训，特诏授以议政大臣，擢领侍卫内大臣，累加少傅太子太保，亦为顺治帝亲政后重要佐臣。

鳌拜，瓜尔佳氏，满洲镶黄旗人，本为太祖太宗重要大将，深谙蒙古诸部事务，从小是蒙古通，是满蒙联姻的重要促成者，功勋最高。太宗时钦封巴图鲁，但屡遭多尔衮忌妒、挤压，终有皇太后庇护，仍在福临顺治皇上左右随护。亲政后，鳌拜由顺治特诏授总管侍卫，直接为顺治帝护驾之总监军统帅。

索尼、遏必隆、鳌拜还有已被重用之正白旗反目多尔衮的苏克萨哈，上述这四人就是顺治朝之辅弼重臣。顺治十八年世祖顺治崩，又同时受皇太后谕旨，为康熙朝辅政大臣，这是后话。

顺治皇上不单亲政后就有了太宗以来两黄旗为主体的护驾班底，牢牢掌控军政形势，而且立即清除异己。多尔衮执政八年其势甚强，冲散了两黄旗，削弱了两黄旗和两红旗，不少成其附庸。多尔衮突然去世，白旗中苏克萨哈见势已去，又因素与皇太后之关系及对太宗之旧情，突然杀出，揭九王之罪。济尔哈朗极力反扑，多尔衮多年培植的文武班底，如楼阁倒塌，土崩瓦解，真是多行不义必自毙。顺治九年，福临顺治皇上下旨尽述巩阿岱、锡翰、席如布库、冷僧仪等人之罪，痛斥自己不在位期间，蔑视圣躬，傲慢抗上，附膺睿王，罪恶多端，俱行正法，籍没家产。这是多尔衮病亡不久，先整肃刚林、何洛会、博尔惠、祁仁格后又深入挖出的多尔衮同党，保证了顺治亲政的政令畅通。

西西皇太后见多尔衮同党大势已去，无有反扑之能，就地下懿旨，不再株连，子孙免罪，削去宗室为平民百姓。这一系列举措，使社会平安，局势稳定。然后顺治帝立即遵范文程大学士之禀奏，号召臣民尊孔读经，提倡忠孝节义。亲政第二个月，即遣官赴孔子故乡阙里祀孔子。赐衍圣公孔兴燮五经博士，颜绍续、曾闻达、孔毓麟、孟贞仁、仲於陛等宴，弘扬孔孟之道。

顺治九年九月，顺治帝亲率诸王、大臣等到太学隆重释尊孔子，亲行两跪六叩礼，并谕学官、诸王曰："圣人之道如日中天，讲究服膺，用资治理，尔师生共勉之。"还命内院诸臣翻译五经，主持编修《资政要览》《劝善要言》《顺治大训》《范行恒言》《人臣儆心录》等，均亲自撰写序言。还特命大学士冯铨为总裁官，编《孝经衍义》；特命大学士巴哈纳、刘正宗为总裁官，编《通鉴全书》。特别是在顺治九年敕封关羽为"忠义神武关圣大帝",神化关羽的忠义。由此关东关内相继出现威严雄峻的关圣帝庙,为万民祭拜。

顺治九年秋,北国苦兀野人于万里之遥,乘舟船奉献鲅鲱海大金龟三条,均有百斤之重,另有海狗肾、鲸须百束,皆干晒后珍品。

顺治帝设宴赐北人,席间询问北地民情,问范文程、冯铨大学士"北地若何,朕不知其详。"

冯铨大学士说:"普天之下,莫非王土,率土之滨,莫非王臣,皆我大清之域,原地自元明即由历朝管辖,北涉勘察加诸屿地,当地人烟绝罕,一载仅有三十天风和日丽,民皆畏缩于地穴之中,酷若地鼠,冰雪盖焉。不生米谷菜蔬,唯鱼兽肉以饱果腹。"

顺治皇上问北地野人:"若患疫病,如何防疫。"

北民说:"民有抗冰雪之能,不知何为病。"

顺治皇上又问:"民寿几何?"

北民答:"少有生即夭折,寒地母最易受风寒,难育儿,人生三十寿已足矣,四十为仙翁矣!"

顺治帝惊骇,问道:"朕所在之京师,尔所在之漠北,北民若评理,何处最宜生息?"

北民道:"吾等世代与冰雪相亲,久已成习,恰如众大人所言之故土难离者,若扪心评论,皇上所居之地则是天堂。土民之地岂可相比哉。"

冯铨大学士说:"土民之言甚善,北国冰天雪地,万物不生,民无米谷瓜果安生,不毛之地也。"

顺治皇上兴奋地大声向众臣说:"善哉,善哉,朕承继周秦以来泱泱美域,物阜昌盈,民皆鹤寿,应告谕儿孙,生死护守,子子孙孙,勤耕耐劳,其乐永年。"

后来,在民间和众臣中都责怨冯铨多嘴,竟说北方寒域为不毛之地,忘其地域中的宝藏。顺治后康乾以降,不甚乐谈北域,竟渐渐失落大片宝土,惟天道乎!

尤值得特书的是,顺治皇上遵皇太后之懿旨,不忘祖宗发祥之地的一草一木,皆应永享祝祀,特派官员赴盛京祭奠祖庙、陵寝,尤其敬祀山河湖沼。顺治朝正式谕户部、礼部,以关东之东珠,分出等级,列为官中至宝,规定辽东东珠为皇帝、皇后及王、公、贝勒、贝子、爵秩帽上的官饰,规定必设职官与辽东、吉林地方打牲丁达制定常规,按时采取进献，命内务府设档册记录在案，不可随用随征，不无良秩。顺治初年仅有此旨意，后来正式设立吉林打牲衙门，初仅由吉地当地噶珊达管理，后设专门采捕职务，衔定品级，珠轩达，高者有五品衔，显贵至极。吉林东珠之业渐成大清之荣耀，显赫整个有清一代。

说来，这是福临顺治皇上亲政后做得非常漂亮的一件德政，惠及了整个大清国白山黑水的万民生业，由顺治朝至康熙两朝，才完成这项有清二百余年的创业宏基。说起此宗德政，还要归功于扎呼泰妈妈——西西皇太后的雄才大略。说来很有趣，西西皇太后乍到燕京时，明宫一片破落，是李自成兵马焚烧践踏抢劫所致。每至夜间，西西皇太后常是搂着皇儿福临睡到夜半就醒。睿亲王多尔衮知晓，命多分拨两白旗的将勇护卫皇太后和皇上，但仍是夜晚睡不实。西西皇太后一连几夜梦见相同类的焚境，令她惊奇不已。仿佛是在盛京宫里，她与太宗一起走到九龙大殿之前，见太祖从九龙宝殿上走出来，太祖只身穿旧时的白麻布襟衣襟裤，正向太宗说："朕多时命你，采录白山黑水之宝，以乌拉采捕达组成巴雅喇，让朕衣食丰盈，朕就会永远成为巴彦玛发①了。"太宗与西西孝庄皇妃跪叩说："儿臣知晓了。"觉得梦中好像说出了声，一下子惊醒，哪有什么太祖、太宗，九龙庭啊，仍在燕京宫中。她命侍女点起高蜡，坐起，方知正是子夜时辰。侍女给皇太后披上彩凤夹袍，怕皇太后凉着。福临虽有宫舍，但到燕京后总愿意与皇额姆同眠一榻，娇得很，就不愿意离开皇太后。西西皇太后惊醒后，坐起来，被梦中的往事和盛京九龙庭的场景引起无限的思绪，兴奋起来，也就没有困倦之意了。令西西皇太后感到非常亲切的是，好长时间没梦到太祖、太宗了，怎么突然梦见了，而且还很特别。太祖从九龙宝殿出来仅穿有内衣内裤，并让太宗采录白山黑水之宝，以乌拉采捕达组成巴雅喇操役此事，方可使朕衣食丰盈。甚有寓意，必是太祖在天之灵向哀家传袭神旨，宣命睿亲王九王爷多尔衮把乌拉采牲之业确立下来。入关到燕京后，勿忘故土白山黑水，故土物资丰富，开辟拓建衣食之源，使国库充盈，衣食不愁，丰衣足食，这岂不是"朕衣食丰盈。""朕"即指大清国，太祖是谕旨，让哀家迅即践行此任。

西西皇太后先把梦受太祖谕旨之事告知多尔衮，多尔衮对此也有深刻印象。早在盛京时，因有太祖、太宗创立基业成就，就有乌拉部每逢

---

① 巴彦玛发：满语，汉译为"富翁"。

年节、春秋两季，必由吉林将军委派乌拉部牛录噶珊，按时进鲜，有牲禽、米、果诸类，供应宫室，其物产之源，远至东海诸岛屿等地的海鲸、海狮、海豹、海龟等。东海大龙虾、海狗肾成为东海名品。除此鲸鱼之鲸珠，极为珍贵。当年盛京吃之所有海味，均来自黑龙江出海口之东海广阔海域。太宗与多尔衮等众兄弟，都是吃黑龙江盛产的东海鲜品哺养成人的，所以对白山黑水，对东海充满深厚的情谊。顺治初年，清廷进入长城以内，定鼎燕京，按时吃用白山黑水及东海贡物之习，始终未改，仍以故乡漠北盛产的物品为衣食物用之源。

西西皇太后命刘老公公热诚款待从北方吉林乌拉运送贡品的满洲诸姓牛录大小舟车之献贡人，从而结识了吉林乌拉当地满洲富察氏家族、瓜尔佳氏家族、伊尔根觉罗氏家族的历代穆昆达①。其中对吉林乌拉满洲正黄旗、镶黄旗富察哈喇家族首领友谊最深厚。黑龙江将军萨布素之祖父哈勒苏将军及其四个儿子，清初称"五虎上将"，皆在太祖、太宗时期任重要将领。在夺取沈阳大战中他们父子都立下赫赫战功，曾在鏖战中护救过当年为四贝勒的皇太极，哈勒苏右眼被贯箭失明，深得继皇帝位的皇太极赏识。天聪年间哈勒苏被派往吉林乌拉，开发吉林，安抚北疆。哈勒苏在吉林乌拉遵太祖太宗之意，初创打牲牛录和选拔各个行业、门类的打牲丁，组建初具规模后，哈勒苏又奉命开发宁古塔，当时只带自己的小儿子去宁古塔，任宁古塔城守尉之职，留下大儿子、二儿子在吉林乌拉，仍分拨正黄、镶黄两旗充差。富察氏子孙从来未有中断按季节向京师皇家献乌拉贡品，已成长习。

西西皇太后在京师宫里，还常向福临顺治皇上讲述乌拉贡物乌勒本，其中就有讲述乌拉盛产东珠的《塔娜格格》、歌颂辽东柞蚕丝的《蚕姑姑》、歌颂乌拉物阜丰盈大宝藏的《乌拉白小米》《参娃神女》《松江细鳞赛银河》《紫貂与雪妈妈》等乌勒本，从小培育福临顺治皇上永远不忘故乡养育之恩。

顺治皇上于顺治八年亲政后，首先下旨吉林将军初建打牲部，乌拉并关东之湖泊、河流、山林应由打牲部拨人管理，为皇家御用之地，施行封禁。顺治十四年后正式下旨成立吉林乌拉打牲总管衙门，职衔在参领之上，后定为从二品，由京师内务府直接管理。进入康熙中期以后，清廷更进一步加强了乌拉打牲衙门的管理，形成体制，清朝二百余年的

---

① 穆昆达：满语，即族长。

皇家除绢丝、彩陶、果蔬等依靠江南外，大多食物、用具及至箭杆、骨角、桦皮、雕翎等皆由打牲乌拉入贡。

清代后期有位诗人叫沈兆褆的，曾有反映故乡土物献贡的诗传世，诗中曰："祀典尊崇祭民齐，预储簿记数堪稽。帝乡土物依时贡，鹿尾雕翎敬谨赍。"

相传，顺治皇上之长兄肃亲王豪格曾到过吉林乌拉，并在鳇鱼圈与为皇上献鲜贡的满洲渔家晒过网。据当地耆老讲，就是在今日的乌拉街附近的打鱼楼。打鱼楼就是顺治年间专为捕捉鲟鳇鱼而建的，内供江神及众位神祇。当时将鳇鱼称为"依寒尼玛哈"[①]，口在脸下，身有三排骨甲，其子、其鼻为满席上乘食品，古代满族望族专做鳇鱼宴，后来渐成宫中专贡之上乘江鱼。清代打牲乌拉采珠镶蓝旗恩贡生官森，其祖上世代居住在打鱼楼噶珊。满洲依尔根觉罗氏赵姓，曾留下诗作数篇，颇有文采，现引一首《鱼楼晓景》与阿哥们共欣赏：

> 为贡鲜鳇筑一楼，临江晓起景颇幽。
> 网堆舵尾渔翁睡，月隐林梢兔魄收。
> 水扑朝烟笼四角，迎含晨气润中流。
> 任他波浪兼天涌，我在齐云最上头。

话说远了，咱们再接前面说。福临顺治皇上少有奇志，也有抱负。在范文程大学士指引下，福临顺治年轻有为，虽年方十四五，但阅历颇深，皆赖平时苦学勤问研读各类书籍，通晓各种行文要窍。每览各部呈上之疏书如丈高，命翰林院众庶吉士迅即按事由分类，然后，顺治必一一阅批，不由内务大臣代理。福临顺治皇上览阅批文之前，必择几篇与呈交所部尚书面谕。

顺治八年二月亲政，即将多尔衮时的各尚书完全更替，皆由他亲自阅其才德钦点，太子太保刑部尚书党崇雅为户部尚书，太子太保原户部尚书金之俊为兵部尚书，礼部尚书原为巩阿岱，处死后，下旨重新任用太宗时老臣郎球，召入宫中谕曰："户部、兵部、礼部为本朝政务之基，必晓下情，必通民心兵心，谙熟民之所思所求，而上呈之疏文，不可过夜积压，挡拒应付，一经发现，立斩不赦。"顺治皇上常常与众大臣为

---

① 依寒尼玛哈：满语，汉译为"牛鱼"，形容其大。

呈文复谕，几经斟酌，甚至经夜，君臣辗转反侧，千方百计解民之需求。

皇太后看到顺治皇上亲政后虽身体消瘦，但神情畅然，锐志不减，特命巴图侍卫将自己炮制的鹿茸羹送于皇上，命其不准通宵览阅奏文。福临顺治皇上遵太后命，酉时请众臣食鹿茸羹，皇上与陪臣共享。后来西西皇太后又殷切嘱告，日后不准通宵阅审奏折，重要奏折，可由皇上择定时日，各部会审议决。早年，凡呈上奏文，皆由摄政王代皇上批谕，由一人定决。西西皇太后下谕之后，福临顺治皇上与众大臣都甚认可。从此，凡有大事奏章，皇上与有关大臣和议政大臣共议，集思广益，慎重酌事。后来形成清代历朝之定制，传袭下来。福临顺治皇上谨遵皇太后命，每夜朝事忙于酉时乃止，众臣回府，自己回宫安歇，亦成定制。

单说已进入顺治十年三月，顺治帝幸南台校射。说到南台校射，清史中只是一般记载，还有个秘密很多世人不知，朱伯西我要多啰唆几句。顺治皇上跟其皇阿玛太宗皇帝一样，非常尊敬国外友人，听范文程大学士和俄罗塞臣、沙尔虎达等人多次讲述俄罗斯，太宗甚感兴趣。多次说道，他要亲眼见见俄罗斯人，相互见面谈心，就会了解彼此，会少生械斗，和好相处。可惜，太宗时代没有这个机会，也没有与外国人相谈的机会。定鼎燕京可就不一般了，承继前明中原政权，影响日大，接触国外人士也就多起来。

前书讲过，有一位耶稣教士，学者，他叫汤若望，全名约翰·亚当·沙尔·冯·白尔，生于德意志国家莱茵河畔的科隆城，是个大学问家。虽是耶稣信徒、修士，但专攻天文学和数学。他步意大利神父利玛窦之路，立志到中国传教。明万历四十七年七月（1619）抵澳门，他入乡随俗，穿中国人服装，取中国名叫汤若望。明天启三年（1623）一月到北京，深受明廷重视。顺治元年，清军进入北京，明亡，汤若望以其天文历法方面的学识和技能受到清政府的保护，并受命继续修正历法。汤若望因通晓天文地理，所以当时大清国上自皇太后、皇上、王公贝勒、贝子，下到旗民百姓，都视汤若望为神人，是"神通法师""通神玛发"。汤大师能够传"上天示警"，不少预言还甚灵验，特别是日食、月食，都讲得非常准确。故此，让其觐见西西皇太后、皇上，见面不需其跪地叩头，只是鞠躬。皇太后问汤若望很多问题，关于寿禄、年庚、国运等神秘大事。汤若望凭着自己对当时形势、大清兵力、民心向背及舆论考察，讲得头头是道，甚得西西皇太后欢欣，认为他的看法如神算，是"腾格里玛发"，即天爷爷。西西皇太后设大宴款待，拜汤若望为"玛发"，又命福临顺治皇上拜汤大师傅为"比干扈伦玛发"①，并特封汤若望进宫不必行繁缛之礼，特许随来随进，诸宫向汤大师"随时敞开大门"。从此，汤若望成为多尔衮摄政期间西西皇太后、顺治皇上除范文程大学士之外的外国谋士，对福临顺治未亲政前的治学、社交与亲政准备诸事都提出过极为重要的建议和方案，成为西西皇太后、顺治皇上的恩公、大师，宫中的常客。特别是使西西皇太后敞开心扉迎接八方来客，国人为师，外国人亦为师，皆可取其长，补己之短。这种思想深深影响了后来自己的孙儿玄烨康熙大帝。

正因如此，汤若望曾觐见福临顺治皇上，他听说满洲八旗自太祖、太宗皆以骑射得天下，汤若望便问，如今大清定鼎燕京，收揽中原大地，满洲骑射可以成为史话了吧？

福临顺治皇上说："此言差矣，满洲以骑射赢天下，今后仍以骑射保天下，满洲骑射之俗世代不衰。"

汤若望说："我在京师，尚未见陛下的骑射，能否让我有幸一赏。"

这样双方约定，再有重大健锐营校练时，请比干扈伦玛发检阅。所以南台校射，福临顺治皇上非常重视，特授意兵部做认真准备。顺治也想校阅一下健锐营和銮仪卫的兵马骑射之功。届时，汤若望出席，上幸南台。骑射校阅以后，顺治赐宴延请汤大师傅，三院大学士、学士、翰林官、六部尚书、都察院、左都御史等都参加，一直到夜深君臣方散。

回宫路上，侍卫巴图、安珠儿相随，猛峨已被擢升为正黄旗副都统，领军南下，离开了皇上和巴图、安珠儿等朋友。巴图骑马紧赶几步追上皇上的快马。福临顺治皇上未坐龙辇，喜欢骑马是他的秉性。巴图坐骑靠近皇上后，小声奏请："皇上，皇后一连几宿都在宫门外候等皇上回宫，今晚……"

福临顺治皇上马上说道："不，朕不去，不必理她。"

回宫后，顺治皇上径直奔巴氏庶妃寝宫而去。说来，巴氏庶妃自去年年底偶感风寒，虽经太医诊治吃了几服草药，仍不见好。福临顺治皇上很是挂念。这几天因太忙急匆匆探视，今晚决定陪宿住在巴氏庶妃处。

---

① 比干扈伦玛发：满语，汉译为"外国爷爷"。

进入宫中，侍女正在精心侍奉，巴氏正要入睡，忽见皇上进宫，急忙坐起。福临走过去，用手轻轻扶她安卧，福临坐在榻前询问近日情况。

巴氏庶妃说："妾身命薄，早年在孤儿堂患肺痨症可能又发作了，连咳不止。皇上不必为此操心，过几日就好了。"

福临顺治皇上与巴氏庶妃两人就是投缘，相爱甚笃，彼此无话不谈。巴氏庶妃命身边侍女退下，手拉着福临顺治皇上说："妾有一言望皇上采纳。"

福临顺治皇上问："何事？"

巴氏庶妃说："妾身体不佳，难奉侍皇上，但妾已心满意足了。日前，妾结识宫中一新来妃子，尚未得皇上临幸，她姓董鄂氏，人品好，甚合妾意，姿色也颇像妾，真是天下之事无奇不有。妾与她互称亲姊妹。皇上不妨去认识认识她吧。"

福临顺治皇上听后迟疑许久，见庶妃一片真诚，很是感动，便说："猫崽儿喜欢之人，必是朕喜欢之人，朕去见见此新进宫之人。"

朱伯西在此暗表，巴氏女不知宫中新选进数名，只知这新入宫妃子，乃董鄂氏，长史喀济海女。正如庶妃巴氏预言，顺治皇上一见倾心，长宿于新妃董鄂氏处，福临顺治并为新妃赐名为宁悫妃，悫者诚意。两人一见如故，如胶似漆，顺治十年七月，宁悫妃为福临顺治生下第二皇子福全，福全赫赫有名，日后辅佐康熙帝，功勋卓著。

且说，博尔济吉特氏皇后可大怒了，凭自己皇后身份，又依仗皇太后是自己亲姑姑，身后是父亲科尔沁蒙古卓礼克图亲王吴克善，大清国的重要靠山。蒙古骑兵为大清国南征北战，可以说在夺得大清国江山之中有一多半功劳。倚仗这些，皇后随时发火发脾气，吵得宫中上下不宁，有些不逊之言传到宫中，令皇太后、皇上甚是恼怒。皇后的骄横，都惹恼了姑姑皇太后，也不想替她说话了。福临顺治皇上在盛怒之下，执意要休了皇后，众臣和皇太后深感不妥。卓礼克图亲王为此多次向妹子皇太后求救，不能就凭这点小错就废掉皇后，有失大雅，千不看万不看，还要看满蒙联姻以来从未发生过如此之事，若废皇后是给先人丢脸，有辱太祖太宗满蒙联姻之策，万万不可在定鼎燕京第一帝顺治朝出现这种事，对未来帝王会产生何等难堪的后果。可是，福临顺治皇上仍坚持圣命，直言朕与皇后无有真情，无情何以相守。

此事一直拖着、吵着、闹着，最终于八月福临顺治皇上下定决心，力排众议，废掉皇后。最后闹到皇太后处，众大臣都对太后说：皇后没有大错，没有理由随便就废，历朝无有先例，皇上能容保万邦，而不能容一后，岂能说得过去。何况这事要激怒于蒙古草原众多蒙古人，激怒之面甚大，将来不可收场，断断不可行。

西西皇太后对皇儿的所作所为，已经到了最不可容忍的地步，为他心已憔悴。可是皇儿一口咬定要废掉皇后，就是不听皇额姆的话。废皇后就等于自己嘴里咽下对蒙古故乡、乡亲和兄长卓尔克图亲王吴克善、亲嫂嫂大福晋的反目和仇恨，能咽下去吗？嫂嫂为此哭得两眼红肿得成一条逢儿了，姑嫂双双抱着哭了几宿。这福临为废皇后竟不管自己亲生母亲的苦泪，怎么哀告说好话，给皇额姆留一点面子，这皇后再不好，当皇额姆的该说也说了，该骂也骂了，甚至当她妈大福晋面逼她跪地，皇后都做了，已经服软了，什么事都答应，今后皇上跟谁好睡在哪儿再也不乱说乱闹了，只要不废自己皇后名分就行。这还不行吗？皇上啊，心怎么这么狠，就是一味不饶。

最后竟闹出大事来。一天夜间皇后突然大哭大闹，满地打滚，双眼发红，满口吐白沫，见到太后和自己母亲大福晋、父亲卓礼克图都不认识了。可把满皇宫的人吓坏了，立即找太医院郎中诊治、针灸，用上安神药后稍时安睡。最终还是请汤若望外国通玄大师用西药救过来，皇太后甚是敬佩感激。后来皇太后与大福晋嫂子合计，退了一步，福临顺治皇上实在不允，就废皇后降为妃吧，可不能扫地出门哪！西西皇太后与自己嫂嫂大福晋商量，好话说了千千万，最后，福临顺治皇上答应降为妃。

福临的大舅母大福晋说："皇上，降妃，您也得有个名啊，要不说出去不好听啊！"

顺治皇上说："就叫静妃吧，改居侧室。"

顺治皇上说完，离开西西皇太后的慈宁宫，大福晋这才把心上的大石头放下来，想去告诉哭得死去活来的女儿皇后博尔济吉特氏。正要出去，顺治皇上又匆匆进来，大声喊叫："皇额姆，朕再三慎思，必废后，她是多尔衮给提的娃娃亲，我与后没有感情，三年来未到一起，静妃亦不可，必废之逐出宫去！"

西西皇太后知道自己的倔儿子任性，没办法。大福晋一听立刻瘫倒在地，西西皇太后赶忙去救嫂嫂。福临顺治冷冰冰的一句安慰话都不说，转身出宫，命礼部发谕旨，布告天下。

扎呼泰妈妈

废自己亲侄女，是对西西皇太后一生中最大的痛击，她几乎支撑不住了。她左右思忖：侄女未有半点儿失德之处，只是看不上皇上像九王爷年轻时候一样，如同一个小公牛进入母牛群，天天就是一个一个地争占母牛，哪顾旁观者的劝阻和关怀呀，已到了不要命的地步。这样下去，不又要重蹈九王那样短寿的下场吗？我的皇上，我的宝贝皇儿啊！西西皇太后耐着脸皮，哀告着送别嫂子大福晋，下决心把废掉的皇后留在自己身边，不能让她走，怕她寻短见。一个女人被这么休了，年纪轻轻的，可怎么活呢？真是活杀人哪！又请嫂子回去好好安慰正在病中的卓礼克图亲王吴克善哥哥，那是个烈性子人，蒙古人都是这样，千万别干傻事，领兵来讨伐自己妹妹和外甥，那可让天下人笑掉大牙了！一切骂、一切恨、一切不满都记在妹子我西西皇太后身上吧！

西西皇太后把这个烂摊子都打发了以后，她未有闲着，又把身边的贴心太监黄公公派出去，一定要打探明白，为什么皇上这么急着要废后，必有原因，不知皇上心中又在惦上哪一位了。以前是她领来的野丫头，后来又与宁悫妃好上了，近来是否又有新好的人了。

经皇太后详察，果不然，皇上与顺治十年时新选进宫的博尔济吉特氏感情亲密，深受皇上宠幸。她是科尔沁贝勒绰尔济的女儿，顺治十一年五月，册聘为妃。太监秘奏，皇上多住其处。说来也有趣，此女是西西皇太后命哥哥给推荐的。这事若让哥哥吴克善知道，定会又气又后悔，给别人带来吉祥如意，反而使自己大祸临门。真是凡事难以说清楚。西西皇太后在福临顺治皇儿身上可是费尽了心机，就想把皇儿永远搂在自己怀里。儿子娶媳妇，最担心的事儿，就是婆媳不一个心眼儿，媳妇若是外姓人，和婆婆不亲近，那儿子必定会跟母亲分心离德。所以，在北方满族等民族中都是亲套亲，亲加亲，亲上再加亲，全是一姓人，婆媳都是辈辈亲，甚至是自己的几层晚辈。这样婆媳之间就少隔阂，少分心，婆婆说啥媳妇都得听，深了浅了都没说道。反过来媳妇再不行不好，婆婆也能原谅将就，所以儿子永远与母亲一条心。

可是，西西皇太后还是不满足，就觉得福临顺治皇上性格古怪，多变，没有常性，妃选了不少，亲几天就冷了，摸不透自己儿子的心情。后来，西西皇太后反复琢磨，觉得皇上一天多变的心情，喜怒不定，主要原因还是自己给皇儿的压力太大，朝事太重太繁，何况顺治皇上是大清立国第一帝，事事都是新鲜的，都是过去太祖、太宗没碰见过或很少过问的事。尤其是定鼎中原，清朝承前启后，每一件事都必须处理稳妥，不留积案，不生民愤。西西皇太后总是殷嘱众大臣务要辅佐好皇上，事事办好，显出大清王朝的新政、德政又沿袭历朝，继往开来。这样，福临顺治皇上也非常孝道，谨听母训，事事办得认真、细致，从不马虎，大小事宜都一丝不苟。可是一天下来累得精疲力竭，对什么都没有情趣。西西皇太后想到这儿，又心疼皇儿，也就原谅了皇儿的冷酷寡欢。当时，新选进的妃子许多，西西皇太后也不过多询问皇儿。皇儿对哪个妃子亲，哪个妃子疏，也未过问管得太多，由皇儿自便吧。

不过，西西皇太后还非常关心哪个妃子有何变化，吃东西喜欢什么，心情有什么反常，体态有什么异样，不仅让侍女、太监留心，自己也很在意。后来，西西皇太后在去她宫中问安的众妃子之中，注意到皇上亲近的博尔济吉特氏，身子并没异常变化。在奇怪中皇太后突然有了惊喜的发现，有一位入宫一年多之妙龄少妃，是都统佟图赖之女。佟佳氏妃在向她问安时，见体态异常，是有身孕的喜兆，非常高兴，一再叮嘱注意安养饮食，让侍人也要百倍关照扶持。

顺治十一年三月戊申诞生福临顺治皇上的第三子，取名玄烨，即未来的康熙皇帝。其母佟佳氏，后封为孝康章皇后，康熙即位尊为慈和皇太后，康熙二年二月崩，终年二十四岁。这是后话。

话说这年六月，福临顺治皇上下旨立科尔沁镇国公绰尔济女博尔济吉特氏为皇后。吴克善之女废后，终不愿留在姑姑皇太后慈宁宫中，让其父卓礼克图亲王吴克善派来车轿接回。辞别了皇太后，临走时范文程大学士、宁完我大学士、冯铨大学士以及新立册之博尔济吉特氏皇后都前来相送。皇太后亦出宫送别。废后依依不舍、泪痕满面地回科尔沁草原去了。后人有诗叹废妃，曰：

> 一代香韵过蝉西，性烈如火烧自身。
> 孤芳美誉千男喜，何嗟难征帝王心。

此诗虽不算上乘之笔，但从中可见科尔沁废后姿色甚佳，可与中国古代丽人相比肩，只因性格过于娇惯，终难讨顺治喜欢。

可怜的位在万人之上的母后皇太后，一时一刻也不得安闲，完全让皇上的妃后之事扰得心神不安，操碎心思了。可以说顺治帝短暂的后半生，就陷于情字、佛字，被弄得神魂颠倒，好在扎呼泰妈妈西西皇太后在范文程、汤若望两大内外谋士相助下，选定了可信任的有为的辅弼之

扎呼泰妈妈

臣，索尼、遏必隆、苏克萨哈、鳌拜，他们都是太祖、太宗时的重臣及其后代，又有范文程、宁完我、冯铨、陈之遴等大学士，还有礼亲王代善七子巽亲王满达海等众位贝勒、贝子，真是国运亨通，诸事顺绥，称心如意。只是福临顺治皇上不听母后之命，废了皇后，正如西西皇太后怒斥之语："皇上一时神魂颠倒，神驰魂往，让哀家日夜悬念不得安身。"

好在顺治十一年甲午三月之后，西西皇太后心里总算得到莫大的安慰，第三个大孙儿，即玄烨降生。西西皇太后深感有冥冥之大预兆，使她饭食也吃进肚里了，脸上也多了笑容，愁闷思虑的皱纹也少了许多。什么事令皇太后如此高兴呢？

说来话长了。西西皇太后是虔诚如来弟子，每日晨昏皆要拜佛焚香，从盛京到燕京，佛堂总是设在自己寝榻的另一间，日日诵经，从不违时。而且，她自己秘规，凡所梦所思，从不外宣，认为神兆不可渎，不可泄，必遵大忌。那日佟佳氏妃进宫问安，她见佟佳氏身罩祥光，体态甚是异样，似怀身孕，便唤过来详细询问，又亲自掀开佟佳氏的衣裙，轻抚腰衿，心中油然而生难抑之喜。佟妃已身孕三月有余，一再殷嘱小心安养，哀家必宣可靠之嬷嬷照看、扶持。命黄公公送佟妃回宫后，西西皇太后仍兴奋得难以坐立，便进佛堂叩拜焚香祝祷，命侍女不可搅扰，不宣不可碍太后礼拜。这也是常例，众侍女皆知，都不敢扰太后做佛事。

这日时已进卯时，太后仍在佛堂诵经，由于平时操劳过度，实在困累了，便在佛堂龛前的绣墩上跪坐片刻，竟睡了过去。皇太后恍惚入了梦乡，只觉进入西方佛国，多少弥罗围坐在菩提树下诵经，走过去问道："我走错路，竟到这里来了，请指示我回家的路。"

一位弥罗僧者大笑说："你没有走错啊，你不是来接人的吗？那位拯世僧者是百智千慧大罗汉，不就是你要接引去的人吗？他已随你去了！"

西西皇太后心中一震，突然惊醒，原来是一场梦。她仍跪在佛堂绣墩上，想来想去，对梦中之事甚感蹊跷奇特，突然间又恻悟，必是神示，那么近期谁到哀家处了呢？哀家要接谁呢？不久前正是佟佳氏妃生哀家第三个孙儿，玄烨。玄烨是拯世僧者，是百智千慧大罗汉转世，是大清之福哇！后来，在四川成都宝光寺庙宇罗汉堂中，第二百九十五阇夜多尊者，便附会为康熙的本尊法像，其传说皆源于皇太后当年之梦而派生出来的。

西西皇太后从此全身心投入到对小孙儿玄烨的养育和扶持上了。不仅皇太后一个人关照，还嘱咐选入宫中成为皇后的博尔济吉特氏和其妹妹淑惠妃一同照顾玄烨。姊妹俩一生没有孩子，因有皇太后训谕，两人一心一意地与皇太后一起扶养玄烨。玄烨是一个有福吉星高照的皇子，除有母亲佟佳氏抚养外，还有皇太后、皇后和皇后的亲姊妹，都是玄烨的亲额姆、亲奶奶，真可谓关怀备至，生在福窝窝里。

尽管这样，人生也难逃劫难。玄烨在幼年得过轻度的天花，发高烧昏迷不醒，身上脸上生红疱，奇痒无比，用手一挠即破，痊愈后即成疤痕，因此又名"天花斑"，俗话称"麻子脸"。好在有郎中及时诊治，皇太后、皇后精心护养，又有外国大师傅汤若望从德意志买来西药，一并诊治。玄烨脸上只有眉中有几粒、右耳前有几粒，不仔细看一点儿也看不到。

说来真有意思，汤若望就曾告诉皇太后，说："太后孙子玄烨非常聪明、懂事、好奇，对我的天文仪挺喜欢，不懂事也愿意玩我的天文仪。太后的孙子玄烨会是天文家，他的知识面比谁都要宽广！"玄烨深得汤若望喜爱，三岁时就牙牙学语，学"英文""德文"，记得还挺快。汤若望对皇太后、皇上说："玄烨是神童，你们要好好教育，必有大出息。"皇太后也深有感触，她亲自带过第二个孙子福全，福全就非常好动，但特别老实，不像他弟弟玄烨从小就用眼睛、鼻子、嘴、手表达出许多令人吃惊的意思，令大人欣喜若狂，啼笑不止。为此，玄烨从小懂事时就深得皇太后、皇上、淑惠妃的厚爱。皇后姊妹无子，都把玄烨视如己出。她们抱着他，有时尿一身，也不嫌脏，给众侍女、众嬷嬷省去不少精力。

说句实在话，这时候的福临顺治皇上已经完全沉浸在情爱之海，不能自持自拔。皇太后知儿子长大了，权已在手，就由他去了。哀家靠着众位老臣，小马怎么蹦跶，也在辕子里套着，任他走吧。哀家就一个心思抚养小孙子，可不能再把孙子惯成福临那样了。千不该，万不该，就怨自己太溺爱儿子，总觉得从小丧父，皇位难保，全靠九王开恩，继位十分不易，不要对皇儿管得太苛了。对待第三个小孙子，一定要抚育好，这是神援之孙，是未来大清国承继者。其父开拓，皇孙奠基，这至关重要，要全力抚养、教育好玄烨，上靠太祖、太宗之德，下靠范大学士、汤大恩师的训教，一定要听汤大师傅之言："我们日耳曼人，教育儿孙向来主张像栽小树一样，供给阳光、水、土壤，任其成长，有弯枝、坏芽时帮助修理，任它长，尽量发挥他自己的才智，不要按大人之意乱干涉，弄得孩子没有主见，没有独立思考，成不了大器。"哀家就一改太祖、太宗旧制，不要太多陈规戒律，束缚儿孙，要换个招儿，让玄烨自己去顶破天吧！

西西皇太后从玄烨在襁褓之中，便与玄烨之母佟佳氏，以及自己同族同乡晚辈新册封不久的博尔济吉特氏皇后和其小妹美丽的贞妃，这些清宫大丽人，共同全心全智倾注于玄烨的成长。西西皇太后这样做，还嫌智谋不够，又恳请"义父""比干扈伦玛发""通玄教师"，后封为"光禄大夫"正一品的外国大师傅汤恩公为谋士，随时提议如何育儿训子，他随时进出深宫不受阻拦。汤若望除在余暇忙于修饰《西洋新法历书》《火攻挈要》等外，还撰写了《幼儿发繁》《育儿精要》等书传于清宫，可惜此书已经佚失，未能传出。在西西皇太后的盛情之下，汤若望对训教玄烨付出了很大精力。汤若望虽然后来遭杀身之祸，深陷囹圄，但被西西皇太后特旨救出。后来又有一位外国名师南怀仁，成为玄烨成帝后的名师。康熙帝后来常对众臣说，南怀仁是朕启蒙之师也。

本说部还是回头再讲讲福临顺治皇上。西西皇太后常与至亲和王公大臣们说，皇上虽为哀家亲子，其情致所钟非母可完全洞悉，其性格变幻莫测，时而睿智图治，忽而迷茫唱佛，痴言罗汉身，道中人，令宫监迷惑，不知所措。顺治十四、十五年，顺治二十、二十一岁之后，凡事自行而定，很少问母后，情趣奇谬难度。福临顺治皇上作为大清国开国君主，实乃不易，确是开了一代先河。在额姆西西皇太后的殷嘱扶佑之下，总算将车推向高坡，开创中华新天地。他在位践行母训，重用汉臣。过去满洲世居漠北，祖膺牧猎，荒蛮愚氓。中原是五千载大国，人杰地灵，因此顺治帝感到欲握权柄，必改满蒙旧制，敬汉人为师，方得天下。对南明不可穷兵黩武，招抚宜尚，则安天下，赢乎民心，社稷平安。益知满蒙人少，汉域广，人口众多，征心方有万万年之世。务秉太祖太宗之略，蒙藏犹若火焰山，安抚至重，太宗即迎敬达赖，继行宠幸达赖之策，子孙继之，天下得安。社会安定，贵在耕田，地荒丁逃，赋无所出，国不敷出，必重蹈明亡之患。务精于农，少用兵畏，安居乐业，田歌暮唱，拓此佳景。福临顺治在索尼等重臣辅佐下，努力实践，初有成就，可惜福临暴戾自用，终未按皇额姆扎呼泰妈妈预想之言而为，悄悄地重用内监吴良辅。

这吴良辅就是前书曾提到刘老公公被贬后推荐之小良子。这小良子内监聪明机灵，最能猜摸主子所爱所好，极力慰藉，深得主子欢欣。吴良辅后来成了福临顺治皇上身边的亲随太监内官，掌管皇帝一切起居行事，俨然成为"小皇上"，众太监都高眼看待吴良辅。可以说，自从小良子发迹之后，福临顺治一些行事就不像往常事事处处都往太后宫里跑，一事一省身，一行一禀奏，而是数日无影，太后如不召就难见皇上的身影。

说起吴良辅，罪可大了！自打受顺治宠幸，专权把持朝政，竟把明朝宦官那些臭德行都给搬到大清国来了，你说恨人不？在顺治十五年三月初七，发生宦官与官员勾结的大案，吴良辅终于露了馅。事情是广州雷州道王秉乾犯案，私通皇上身边的太监吴良辅，用金钱贿赂买通吴良辅，让他从中设法争取从宽处理，不被流徙到宁古塔。"地方险远，希图规避，贿嘱内监吴良辅，撤回另选。"这个受贿案被刑部抓到手，众王爷大臣群力攻击吴良辅胆大妄为，最终在顺治皇上极力庇护下吴良辅得以幸免，只处了罪犯王秉乾。

不过，此事被皇太后知悉，发现众多违犯大清律条之事。吴良辅奏请顺治皇上设立"十三衙门"，作为内廷机构，为皇帝及其家族服务，在宫廷内侍奉皇室及其家族，以宦官为主管。十三衙门仿明朝机构二十四衙门而设司礼监、御用监、御马监、内宫监、尚衣监、尚膳监等。顺治皇帝慨然采纳，下旨废盛京以来保存的宗人府，设十三衙门，其权全控在吴良辅之手。更十恶不赦的是，吴良辅千方百计把皇上引入温柔乡，陷入儿女情长之中。他常劝皇上，朝事纷繁，主子太苦累了，"逍遥逍遥"吧，便尽力给搜寻一些汉人少女入宫，美貌者封为庶妃，考稽顺治宫妃数目之多，远超过清代诸帝，有名位者甚多，其无名而失宠者不可详查。因此，皇上身心乏力，骨瘦如柴，不能抗阴阳寒暑，二十多岁的身躯已经难御变幻莫测之岁时节气，朝朝气喘吁吁不可抑。福临顺治帝在儿女情长中，总不随心，朝亲夕冷，喜怒无常。在难以抚慰之时，他又到庙宇古寺哀求安乐，认为佛国最适，可度一切苦海，是极乐世界，得闲自在。顺治皇上从顺治十四年开始以僧为师，以僧为挚友，成为忠实信徒，自称"痴道人""太和主人""体元斋主人""懒翁"，常言"勿以天子视朕"，总想将大清社稷交给他的堂兄，自己逍遥尘世。

在思绪缥缈之中，福临顺治皇上有幸结识董鄂氏，为内大臣鄂硕之女，入宫后于顺治十三年（1656）八月二十五日被册为贤妃，仅过一月之余，顺治以"敏慧端良，未有出董鄂氏之上者"，晋封为皇贵妃，顺治时年十九岁。十二月初六，顺治帝为之举行隆重的册封皇后大典，颁诏大赦天下。为董鄂贵妃之事，皇太后曾申斥过福临顺治，申斥他从一个异母小弟弟手中抢得美女。顺治并没听太后的话，不仅倍加宠幸，还将她父亲招旗，成为满洲镶黄旗。自董鄂妃入宫，真可谓"六宫粉黛无颜色，独承帝眷更漏短"。顺治十四年十月初七日，董鄂妃生下一子，顺治宠爱备至，夭折后封为"和硕荣亲王"，还由内务府和众位公公们，奉命在蓟州黄花山给荣亲王筑园寝。

皇子夭折，董鄂皇贵妃受到致命打击，一代名妃，绝代佳人，香消玉殒，于顺治十七年八月十九日逝于东后宫之承乾宫。顺治帝悲痛万分，传谕，亲王以下四品官以上，公主、王妃以下于景运门外，齐集哭丧，辍朝五日。顺治皇上用蓝笔批签奏章四个月有余，超过历朝皇帝、皇太后丧。后来康熙二年三月二十七日，晋将梓宫安于黄花山，六月六日附葬孝陵地宫。

且说，天有不测风云，顺治皇上于顺治十八年辛丑正月突染痘疾，体力不支，百病相侵。最疼爱他的皇额姆皇太后，皇后博尔济吉特氏与妹妹贞妃皆在身边服侍。顺治在昏迷中仍呼唤董鄂妃名字。西西皇太后手握福临热手，含泪大声呼喊"福临，福临，尼雅曼哈哈济。"①这才把顺治皇上唤醒。他仿佛是幼年时在蒙古大草原上骑着一匹小走马，颠跑着往前跑。猛听到亲额姆在喊他"福临福临，我心上的儿子"，这亲昵的喊声好像已经有十几年没听到过了，这么亲切、入心。这时他把眼睛慢慢睁开，皇额姆的泪水滴在自己脸上，他要伸手抚摸皇额姆的散发。此时他已完全清醒过来了，忙说："皇儿不孝，无能为祖上、为额姆执柄天祚，速召比干扈伦玛发，皇儿传遗诏……"说话声轻无力，顿时又昏迷过去。皇太后忙命太医速灌服还魂参汤，少顷精神又安顺些。

此时，汤若望匆匆进宫。西西皇太后将汤若望拉于一侧，面谕数句，然后汤若望过来叩头请皇上圣安。福临被扶起立于皇太后之侧。汤若望眼含热泪，双手握着顺治皇上的手，安慰皇上静养，不要伤悲，有碍痘疾痊愈。这时君臣说起朝政之事，顺治帝有气无力地讲起自己亲政后的一些事，还讲了不少忏悔的话。

汤玛发说："皇上，可命臣等写下遗诏传世。皇上，您最关心的事

福临亲政

---

① 尼雅曼哈哈济：满语，汉译为"心上的儿子"。

是谁来继承皇位的大事。臣意,历来中国皆是子承父位,父传子为历朝陈规,应立皇子登极大宝。皇三子玄烨聪睿超人,有罗汉转世之兆,从小始终受命训教,堪有帝王之相,必不辜圣念。何况玄烨出过天花,勤于学习,最为万民所望。"

顺治帝轻声问母后皇太后之意。西西皇太后说:"汤玛发之言,正合哀家之意,玄烨堪承大清基业,光照山河,扬祖宗之德于天下。"

正月初二,顺治帝召原任大学士麻勒吉、学士王熙代帝起草遗诏,这就是历史上传下来的《顺治帝遗诏》,文字冗长,帝言臣等跪地草就而成。遗诏有十四项罪责,主要概括自己亲政之功过与遗憾,大诉诸多惋惜之心。

说来,当时福临顺治皇上忽而清醒,忽而闭目沉吟,泪水盈盈,麻勒吉等忐忑迷茫,两耳像聋子,也记不清楚皇上句句都说些什么,只能疾书而就。当时,在旁边的皇太后最知皇儿的心,看他嘴在抖动,说着:"福临恨瘦如枯落,知恨方惜晚,愧于祖志,辱于母爱,英年弃世,重负难载,愿朕儿孙勿惰弯弓盘马之风,高寿永年。"西西皇太后搂抱皇上,劝他少说话,此时遗诏已书写完毕,顺治皇上闭目张口,皇太后呼唤他的名字,早已没有回声。遗诏中专有后节为遗旨:

> 太祖太宗创垂基业,所关至重。元良储嗣,不可久虚,朕子玄烨,佟氏妃所生,奇异颖慧,克承宗祧,兹立皇太子,即遵典制,持服二十七日,释服即皇帝位。特命内大臣索尼、苏克萨哈、遏必隆、鳌拜为辅臣,伊等皆勋旧重臣,朕以腹心寄托,其勉矢忠荩,保翊冲主,佐理政务,布告中外,咸使闻知。春正月辛亥朔,上不视朝,免诸王文武群臣行庆贺礼。丙辰,顺治皇上病危重,遣内大臣苏克萨哈传谕,京城内除十恶死罪外,其余死罪及各项罪犯,悉行释放。

顺治十八年正月初七丁巳夜子刻,顺治皇上崩于养心殿,遗诏颁示天下。福临顺治皇上在位十有八年,亲政凡十一年,寿二十四。康熙二年六月壬寅,葬孝陵,庙号世祖。

朱伯西我最后向众位妈妈、玛发、色夫、阿哥赘述几句,孝陵为大清帝王陵寝最初建者,孝陵为大清开国皇帝第一帝之陵寝,后称清东陵,位于河北遵化西北六十华里,距京师二百五十里,始拓建于顺治十

扎呼泰妈妈

八年（1661）。此地王气旺盛，昌瑞山为东西走向，正中主峰突起，两侧群峰拱卫低首，甚有灵气。远眺昌瑞山主峰犹如有佛在打坐，极为真切动心。群言此地为顺治帝游猎时自选，非也。其实，顺治帝未幸遵化几次，忙于朝事与众妃事，一无心选千秋宝地，何况年轻鼎盛，并未思虑百年后之事。此皆众臣之慧眼，而择选之东陵万年宝地。此地钟灵毓秀，山清水美，拱卫昌瑞以下，佛光普照。除清入关第一帝孝陵之外，后来有二帝康熙的景陵，第四帝乾隆的裕陵，第七帝咸丰的定陵，第八帝同治的惠陵。还有孝庄、孝惠、孝贞（慈安）、孝钦（慈禧）四座皇后陵，另有妃园寝五座。这里成为清代吉祥盛域，有重兵守卫。陵寝由专门护陵者世代守护祭扫奠祭。值得说的是，顺治帝之前太祖、太宗，即清初顺治和前二帝，均依女真故俗，火葬、火化，盛京故乡之专制骨尸罐，称"宝宫"。有陪葬、殉葬之制，地宫中皆入葬骨尸罐。此古习皆源于萨满万灵观念，认为火化魂气入火飞升入寰宇，可永在天母怀中，罐上留有孔洞，魂可出入自在。

顺治十八年正月初九，玄烨即皇帝位，年甫八岁，定次年改元康熙，由四大臣辅政，二月释服。受西西皇太后懿旨，下旨便依"变谬祖宗制度"之罪，立即将内监吴良辅处死刑，罢内官干涉政事。玄烨即位，尊西西皇太后为太皇太后。顺治帝皇后博尔济吉特氏，虽不得宠幸，但深得西西皇太后喜爱，是养育玄烨帝的重要帮手，颇有功，玄烨即位，尊为母后皇太后，居寿康宫，康熙五十六年（1717）十二月薨，享年七十有七。玄烨生母佟佳氏，康熙帝即位，尊为慈和皇太后，康熙二年二月薨，时年二十四岁，康熙帝仅为九岁。康熙少年成长全靠奶奶西西太皇太后和博尔济吉特氏母后皇太后的恩养抚育。

康熙玄烨，天表奇伟，神采焕发，气度恢宏，过目能诵。五龄即好学不倦，丙夜披阅每至深夜。凡帝王政治，圣贤心学，《六经》要旨，无不融会贯通，洞彻原委。至孝性成，侍奉太皇太后、皇太后竭诚尽敬，历久弥殷。武功箭法，少年惊俗。内外群臣皆赞天赐大任，必开一代鸿基，千古流芳。

康熙帝感激自己亲祖母扎呼泰妈妈太皇太后养育大恩，协助世祖皇阿玛开创大清立国丰功。康熙玄烨自登极伊始，每事必奏，每行必请，每出巡必奉太皇太后，遇山岭崎岖难行之路，康熙玄烨必亲自护卫扶辕而行，最怕皇祖母身体微有不适。太皇太后最疼爱皇孙玄烨，常含泪笑言，哀家今犹在高树之下乘荫，真有快慰感矣。祖孙相依，形影难离。

康熙二十四年，太皇太后身体不豫，康熙亲尝药扶持，稍安。康熙二十六年九月，太皇太后病疾复发，康熙帝昼夜陪护在身旁；十二月，康熙帝步行天坛泣泪祈祷求寿，太皇太后病渐轻，弥留中谕皇孙玄烨曰：太宗奉安已久不可为我轻动，我心恋汝父子，当在孝陵（顺治帝陵寝）近地安厝，我心始无憾矣。康熙二十六年十二月二十五日，太皇太后崩，年七十有五。

玄烨帝哀恸，欲于宫中持孝服二十七月，在众臣苦劝下，以日易月始从之，撤太皇太后所居宫移建昌瑞山，暂时安葬在康熙二十七年三月底竣工的"暂安奉殿"。康熙帝率子、后妃、众臣年年亲御泣拜。雍正帝胤禛甚有功勋，在三十七年之后的雍正二年，在此吉祥宝地筑土建陵，增建方城、明楼、宝城、宝顶、地宫。雍正三年二月初三破土兴工，年底竣工，同年十二月初十，将孝庄文皇后棺椁葬于地宫。

这就是后世所见的清东陵之昭西陵。所言昭西陵，皆因清太宗皇太极陵寝叫昭陵，即在盛京沈阳，俗称北陵，孝庄文皇后陵寝在河北遵化，方位在昭陵之西，故尊称昭西陵，表示与盛京昭陵为同一体系之皇家陵寝。陵墓宫楼在东陵众陵寝中虽显规模狭小，不甚高峻，但别有风格，凸显宫楼，在翠柏苍松掩映下，仿佛一位慈祥的老祖母——扎呼泰妈妈，正凝神坐在那儿，在沉思，在冥想，在守望，在关注自己的儿孙们，如何在凭智凭勇凭一颗忠诚的赤子心肠，子承父业，开拓寰宇，坦然否？惭瑟否？朝朝夕夕，白云悠悠……

满族说部《扎呼泰妈妈》（《顺康秘录》）
至此全书讲述完结 谢谢
诚敬传讲人：富察·育光 拜
二〇一二年壬辰旧历九月下完

我怀着十分兴奋的心情整理完富育光先生家传的《扎呼泰妈妈》。在满族传统说部中我比较喜欢这部书，因为它是一部非常典型的民间口述史。讲述者以真挚的感情、通俗流唱的语言，讲述永福宫西西庄妃当年怎么成为太宗皇太极的亲随，在围攻锦州、大凌河、计降洪承畴、智驱林丹汗等事件中如何献计献策，为满洲八旗进关反明扫清道路；太宗突然驾崩，她独擎危局，临难不惊，为皇儿福临承继大宝左右周旋，众星捧月，转危为安，使大清的航船顺利航行；她育教顺治、康熙两代儿孙，学习汉学，重用汉官，主张改革，禁止八旗圈占土地，实行满汉通婚，奖励农商，从而巩固大清江山、开拓康熙盛世。通览全书，会使你感到就是在阅读一部清前史。但是，口述文化，并非是对历史的直叙，虽然讲的都是真人，却不是对历史人物的照相，而是塑造一群典型的艺术形象，对历史进行折射投影。这些典型的艺术形象，既和历史中的真实人物、事件有着千丝万缕的联系，又有鲜明的区别。因为讲述者在讲述过程中对故事情节经过不断地选择、增删、解读，反复进行加工提炼，使故事日臻完整生动，人物形象更为鲜活典型。比如：大清定鼎燕京后出现的八旗圈占土地之风，引起民众不满和社会动荡，书中不是直接提出来的，而是通过顺治小皇上去昌平州郊游，遍访民风民俗，结识孤儿堂的丐儿，向他讲述了民谣《燕水谣》，并通过参加庄头的婚礼，了解到庄头的罪恶，从而断定昌平州的无头积案都与白旗圈占土地有关。这一系列生动的故事，说明八旗入关后出现的社会尖锐矛盾，直接关系到大清江山社稷安危的大问题，所以福临小皇上曰："朕意必究其因，改弦更张。"从这里我们可以看出，讲述者在讲述这部书时，是以人民群众自己的立场、观点、感情为轴心，以他们的理想和是非观念为准绳，对故事的取舍，对人物的评价，都是按照这个原则进行的。

正因为如此，该书把孝庄皇太后置于内外尖锐矛盾斗争的旋涡中，处处显示出她遇事不惊，深思熟虑，足智多谋，善于处理棘手问题和总理事情的本领。所以，人们都称她为"扎呼泰妈妈"，"扎呼泰"为满语，是满族祭礼中一位明察秋毫、护卫氏族兴旺吉祥的守家女神。讲述者说："万水归源，万事归宗，千根针一条线，纵有多少事最后都归到西西皇太后身上，最终都由西西皇太后去收场，去调和，去中和，去化解，去安抚，把一切化为乌有。"进而讲述者十分感慨地说："大清国的天下全赖西西皇太后掌舵了。大清国就像一只大船，像一辆大车，这个掌舵人、赶车人就是西西皇太后，在风里、浪里、崎岖的山路里行走，真是十分不易呀。"这些话乍听起来使人感到是否美化了西西皇太后，夸大了她在历史上的作用，但仔细一想，这是满族世代传承的说部，即民间口述史，并非正史。既然是民间文学，就不能苛求它对历史人物的评价是否准确。我认为，讲述者在讲述说部时充分发挥了主观意识，将自己对历史、人物的认识、理解、看法毫不保留地融入讲述的内容中去，并努力营造事件、人物真实可信的感觉。这正是民间意识在创作过程中发挥的积极作用，也是民族意识对历史人物评价的顽强表现。

鉴于上述看法，我在整理这部书时，没有在人物、事件的评价上做过多的考究，更没有以正史为依据判断说部中人物的是非，而是完好地保存了传承人讲述的本来面目，只是在不脱离原意的情况下对文字做了调整、润色，化解一些使读者难懂的句子。根据书中的内容和语言环境，把很长的段落分成小段，人物对话采取另行处理的方法，使读者感到人物性格鲜明，故事发展急缓有致，阅读时有个喘息的机会。

尽管我做了努力，但由于水平有限，仍感到整理得不够细致，还存在很多问题，敬请读者批评指正。谢谢。

荆文礼

2013 年 6 月 9 日

扎
呼
泰
妈
妈

　　富育光，满族，1933 年 5 月生，黑龙江省瑷珲县人，1958 年毕业于东北人民大学（现吉林大学）中文系，毕业后被分配到中国社会科学院吉林省分院文学研究所，投身于民间口碑文学挖掘、搜集与研究工作。1984 年 9 月，由吉林人民出版社出版了其搜集整理的满族传说故事选《七彩神火》。这是中华人民共和国成立以来，我国最早的一部满族传说故事选，受到国内外好评。1986 年 2 月，由中国民间文艺出版社出版了其与他人合作整理的《康熙的传说》。1989 年 2 月，由中国文联出版社出版了其与他人合作整理的满族传说《风流罕王秘传》。

　　富育光曾任吉林省民间文艺家协会理事、副理事长，现为吉林省民族研究所研究员、中国社会科学院民族文学研究所萨满文学研究中心顾问、长春师范大学萨满文化研究所名誉所长、吉林省民俗学会名誉理事长；1993 年起享受国务院颁发社会科学有突出贡献政府特殊津贴；曾承担和主持国家"八五""九五"萨满教研究课题，参与国家"十五"社会科学基金项目《满族史诗〈乌布西奔妈妈〉研究》；独立或合作出版萨满文化研究专著及论文集六部、民族文化研究著作二十余部，发表论文七十余篇。

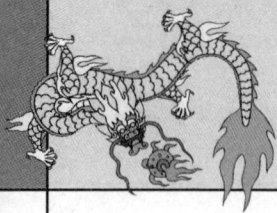

荆文礼，汉族，1936 年 8 月生，辽宁省朝阳市人，1956 年考入东北人民大学（现吉林大学）中文系，毕业后在《长春日报》副刊部从事编辑、记者工作。"文化大革命"之后，在长春市文化局、吉林省文化厅从事文化工作。1986 年 10 月任吉林省艺术研究所所长，直至退休。现为中国戏剧家协会会员，研究员。几十年来，曾在国家级、省级报刊上发表论文九十余篇。曾参与撰写、编辑出版《文化馆学》（吉林大学出版社）、《二人转艺术》（中国曲艺出版社）、《新剧种论》（时代文艺出版社）等著作。任所长期间，曾主持《中国民间舞蹈集成·吉林卷》《中国民歌集成·吉林卷》《中国器乐曲集成·吉林卷》《中国戏曲音乐集成·吉林卷》以及中国地方志吉林省志社会文化分册、艺术分册的编纂工作；曾承担全国艺术科学"九五"课题"萨满教舞蹈象征艺术研究"（该专著由辽宁人民出版社出版，荣获第二届文化部文化艺术科学优秀成果奖三等奖）和"十五"国家课题"中国口头文化遗产满族传统说部"的编纂工作。2004 年 8 月参加国际萨满文化研讨会，其论文《萨满文化与满族传统说部》在会上宣读并发表在当年的《民间文化论坛》上。

扎呼泰妈妈

396

图书在版编目(CIP)数据

扎呼泰妈妈 / 富育光讲述 ; 荆文礼整理. -- 长春：
吉林人民出版社, 2018.8
（满族口头遗产传统说部丛书）
ISBN 978-7-206-15277-1

Ⅰ.①扎… Ⅱ.①富… ②荆… Ⅲ.①满族－民间故
事－中国 Ⅳ.①I277.3

中国版本图书馆CIP数据核字(2018)第189159号

扎呼泰妈妈
ZHAHUTAI MAMA

丛书主编:谷长春	出品人:林 毅
讲述者:富育光	责任编辑:刘 学
整理者:荆文礼	装帧设计:张 娜 杨 硕

吉林人民出版社出版 发行(长春市人民大街7548号 邮政编码:130022)
印 刷:天津画中画印刷有限公司
开 本:670mm×970mm 1/16
印 张:26.25 字 数:430千字
标准书号:ISBN 978-7-206-15277-1
版 次:2018年8月第1版 印 次:2021年1月第2次印刷
定 价:80.00元

如发现印装质量问题,影响阅读,请与出版社联系调换。